BEATRIX MANNEL | Der Klang der blauen Muschel

Das Buch

Samoa 1905: Henriette ist mit ihren Eltern in die deutsche Südsee-Kolonie ausgewandert. Ihr innigster Wunsch ist es, Reiseschriftstellerin zu werden, und das Leben in der Südsee erscheint ihr wie der erste richtige Schritt. Doch dann muss ihre Zwillingsschwester Sophie schwer krank in Deutschland zurückbleiben, und ohne sie fühlt sich Henriette auf dieser paradiesischen Insel vollkommen verloren. Noch dazu setzt Henriettes Vater alles daran, sie schnellstmöglich zu einer Heirat zu bewegen. Und er hat auch schon einen Kandidaten für sie ausgesucht: den Deutschen Ernst-Otto Hofmann, der höchst zwiespältige Gefühle in Henriette weckt. Sie spürt, wie ihr Traum vom Schreiben in immer weitere Ferne rückt. Erst als sie eines Nachts am Strand einem jungen Samoaner begegnet, der sie in die Geheimnisse und Legenden der zauberhaften Insel einführt, fasst sie langsam wieder Mut. Von Tamatoa lernt sie, die Welt mit anderen Augen zu sehen. Und er schenkt ihr eine ganz besondere blaue Muschel, die mit ihrer magischen Energie Henriettes Leben verändert. Doch dann ist es genau diese Begegnung, die Tod und Verderben über die ganze Insel bringt. Henriette flieht in das quirlige San Francisco, wo sie im Hotel ihrer Tante Berta ein neues Leben beginnen will und darauf hofft, endlich ihre Schwester wiederzutreffen. Doch niemand entkommt seiner Vergangenheit …

Die Autorin

Beatrix Mannel studierte Theater- und Literaturwissenschaften und arbeitete dann als Redakteurin beim Fernsehen. Heute schreibt sie Romane für Jugendliche und Erwachsene, die in viele Sprachen übersetzt wurden. Für ihre aufwändigen Recherchen reist sie um die ganze Welt.

Nach *Die Hexengabe, Der Duft der Wüstenrose* und *Die Insel des Mondes* ist *Der Klang der blauen Muschel* ihr vierter Roman im Diana Verlag. Beatrix Mannel lebt mit ihrer Familie in München.

Mehr Infos unter www.beatrix-mannel.de

BEATRIX MANNEL

Der Klang der blauen Muschel

ROMAN

Diana Verlag

Das Gedicht von John Keats auf S. 15 in der deutschen Übersetzung: »John Keats. Werke und Briefe«, Reclam Stuttgart 1995, S. 177, übersetzt von Mirko Bonné
Im Original: Keats, John: Complete Poems and Selected Letters of John Keats, Modern LIB, London 2001

MIX
Papier aus verantwortungsvollen Quellen
FSC® C014496
FSC www.fsc.org

Verlagsgruppe Random House FSC® N001967
Das für dieses Buch verwendete FSC®-zertifizierte Papier *Holmen Book Cream* liefert Holmen Paper, Hallstavik, Schweden.

Originalausgabe 08/2014

Redaktion | Carola Fischer
Umschlaggestaltung | t.mutzenbach design, München
Umschlagmotiv | © shutterstock
Karte auf der ersten Umschlagsseite
© THEPALMER / E+/Getty Images
Karte auf der dritten Umschlagsseite
© Bayerische Staatsbibliothek München/Bildarchiv
Illustrationen (Innenteil) | © Helena Eichlinger
Satz | Leingärtner, Nabburg
Druck und Bindung | GGP Media GmbH, Pößneck

Printed in Germany
ISBN 978-3-453-35785-3
www.diana-verlag.de

Meinen Roman *Der Klang der blauen Muschel* widme ich allen Schwestern und ganz besonders der besten Schwester der Welt: *Ulrike Mannel*

Prolog

München, 1905

Henriette fühlte ein merkwürdiges Kribbeln in ihrer rechten Hand. Gleichzeitig bemerkte sie, dass eine Welle von Energie durch ihren Körper strömte, die ihr Herz schneller schlagen ließ, obwohl sie völlig ruhig auf ihrer Ottomane saß, wo sie gerade den Roman »Ruf der Wildnis« zu Ende gelesen hatte. Das Kribbeln in der Hand wurde stärker, sodass sie unwillkürlich hinschauen musste, doch alles sah aus wie immer.

Einbildung, alles nur Einbildung! Das war nur ihre blühende Fantasie. Vielleicht fing sie auch noch an zu bellen, wie die Hauptfigur in dem Buch. Also hör jetzt auf, befahl sie ihrer Hand. Aber das Kribbeln wurde mächtiger.

Sie räusperte sich und sah zu ihrer missgelaunten Schwester hinüber, der sie eigentlich von dem berührenden Ende des Romans erzählen wollte. Nachdem Sophie auf ihr Räuspern nicht reagierte, schlug sie mit einem Knall das Buch von Jack London zu.

Sophie saß mit grimmig zusammengepressten Lippen in einem tiefen Sessel vor dem Fenster, wo sie ein Taschentuch mit Rosenmustern besticken musste. Sie verabscheute Handarbeiten, doch ihre Großmutter verabscheute es noch mehr, wenn man ihr widersprach. Leider betrachtete Christiane-Auguste jeden eigenständigen Gedanken der Zwillinge als Affront. Wer ihr nicht zustimmte, war ihr Feind und musste bestraft werden.

Henriette betrachtete wieder ihre rechte Hand, die sich abwechselnd taub und kribbelig anfühlte, und schüttelte sie, damit die unsichtbaren Ameisen endlich verschwanden.

Sophie, bald sind wir sie los, und dann müssen wir nie wieder tun, was Großmama will, wollte Henriette sagen, aber es kam kein Wort aus ihrem Mund. Sie versuchte es noch einmal, schließlich wollte sie Sophie vom Schluss des Romans erzählen, wo sich der Hund Buck endlich dem Wolfsrudel anschloss und in Freiheit leben konnte, aber sie brachte kein Wort hervor. Gleichzeitig spürte sie in ihrer rechten Hand, wie das Kribbeln in ein Zucken überging.

Wie unter Trance stand sie von der Ottomane auf und ging zu dem kleinen Damensekretär hinüber, wo ihre Hand sofort nach dem Füllfederhalter griff, Tinte in den Kolben pumpte und anfing, fremde Worte aufzuschreiben.

Sophie, die glaubte, Henriette wolle einen Scherz machen, um sie aufzuheitern, ließ das verhasste Stickzeug sinken und grinste Henriette an. »Ja, Schwesterchen, du hast recht. Großmutter verwandelt uns, wir sind für sie nichts anderes als automatische Püppchen«, sagte sie, stand auf und drehte übertrieben monotone Pirouetten wie die Ballerina auf einer Spieldose. Aber dann bemerkte sie, dass mit Henriette etwas nicht in Ordnung war, hielt inne und eilte zu ihr zum Sekretär.

»Henriette, mein Maischwesterherzchen, was ist denn los?«

Henriette bemühte sich, den Mund aufzumachen, doch sie konnte nichts sagen, nur schreiben, ihr ganzer Körper benahm sich, als würde er einem Geist gehören, der von Henriette

Besitz ergriffen hatte, jedoch am meisten Macht über ihre Hand besaß.

Sophie legte sanft die Hände auf die Schultern ihrer Zwillingsschwester. »Mai«, flüsterte sie, »um Himmels willen, was machst du da?«

Henriette zuckte mit den Schultern, sie konnte nicht sprechen, alles, was sie sagen wollte, verebbte irgendwo in ihrer Kehle. Alle Kraft strömte in ihre Hand, in den Füllfederhalter, ihre Finger glitten über das Papier, wo sie Buchstaben zu völlig fremden Worten aneinanderreihte.

»Tut das weh?«, fragte Sophie. Henriette schüttelte den Kopf.

»Dann mach es, du willst doch schreiben! Lass es einfach geschehen, sperre dich nicht dagegen. Ich kann fühlen, dass du dich sträubst, es ist bestimmt gleich vorbei.«

Henriette versuchte es, und Sophie hatte recht, wenn sie keinen Widerstand leistete, war es leichter. Aber ihr Herz hämmerte, und ihre Füße zuckten unter dem Sekretär, als würde etwas durch sie hindurchströmen.

Atemlos sahen die Schwestern zu, wie Henriettes Hand schrieb, die Worte flogen nur so über das Papier.

O le Tala ia Tapuitea

O le planeta o Tapuitea a tu mai i le afiafi, ua taua o le matamemea; a tu mai le vaveao, ua taua lao le fetuao. O le ulugalii sa nonofo i Falealupo …

Henriette war unendlich dankbar, dass Sophie hinter ihr stehen blieb und ihre Schultern liebevoll drückte, denn sie fühlte sich, als ob man ihr den Boden unter den Füßen weggezogen hätte.

Wie konnte sich ein Teil ihres Körpers selbstständig machen, und wie konnte sie etwas schreiben, das sie nicht verstand, wie war das möglich?

Während ihre Hand Zeile um Zeile füllte, fielen ihr auf einmal die Augen zu, und Bilder stiegen empor, wie in einem Traum, aber auch wieder nicht wie in einem Traum. Sie sah einen glitzernden Nachthimmel über einem schwarzen Meer, in dem alle Sterne golden schillerten. Nur einer von ihnen pulsierte plötzlich rot, stärker und stärker, und schließlich fiel ein einziger Tropfen Blut aus dem Stern in das Meer unter dem Nachthimmel und verwandelte die Dunkelheit in eine flammende Dämmerung, aus der die Sonne emporstieg.

Plötzlich wurde ihre Hand ruhiger, der Füllfederhalter rutschte aus ihren Fingern und fiel auf das Papier. Sie öffnete die Augen und sah, dass alles mit Tintenflecken verunziert war.

Dann drehte sie sich zu ihrer Schwester um, der Tränen in den Augen standen, die sie aber schnell wegblinzelte.

Gemeinsam betrachteten sie das Geschriebene.

»Es sieht nicht mal aus wie meine Schrift.« Henriettes Kehle fühlte sich wie ausgetrocknet an, sie hatte plötzlich großen Durst.

»Diese Sprache kenne ich nicht, das ist nicht europäisch«, stellte sie fest und stand auf, um sich ein Glas Wasser aus der Karaffe einzuschenken, die auf dem Tisch vor der Ottomane stand. Sie taumelte, aber Sophie war sofort bei ihr und stützte sie.

»Es geht schon.« Henriette trank einen großen Schluck und merkte, wie sie langsam wieder ruhiger wurde. Nachdem alles vorbei war, spürte sie nun eher Neugier als Angst.

»Was das wohl zu bedeuten hat?«

»Ganz einfach, du bist verrückt«, sagte Sophie grinsend, »du bist eine wahnsinnige Hexe!« Sie nahm das Blatt in eine Hand und raffte mit der anderen ihre Röcke und begann, die Worte laut zu singen. Dabei lief sie im Kreis herum und stampfte bei jedem »O« lautstark mit den Füßen auf.

Obwohl sich Henriette immer noch sehr flau fühlte, musste sie bei dem wilden Anblick ihrer Schwester lachen. Mit ihr zusammen war wirklich alles zu ertragen, sogar so mysteriöse Vorgänge wie der gerade eben.

Urplötzlich kamen ihr Bedenken, sich über diese fremden Worte so lustig zu machen.

»Sophie, tu das nicht!«

»Was ist denn?« Sophie ließ sich schwer atmend auf die Ottomane fallen.

»Was, wenn das eine Verfluchung ist oder so etwas wie das *Vaterunser* in Zulusprache oder in dieser eigenartigen Schnalz- und Klicksprache der Nama, über die ich neulich erst gelesen habe?«

»Ja, natürlich«, Sophie schlug sich an die Stirn, »Gott, dass mir das nicht gleich klar war! Du bist Moses, und dein Füller war der brennende Dornbusch!«

»Sophie!«

»O nein, besser, du bist Mohammed, und die Engel der Offenbarung sind in den Füller gefahren!« Sophie zog ein Spitzentaschentuch aus ihrem Ärmel und fächelte sich Luft zu, dann legte sie ihren Arm um Henriette und streichelte versöhnlich die Hand, die sich gerade so sonderbar benommen hatte. Es beruhigte Henriette, dass ihre Schwester neben ihr saß und wie immer nach Honig und frisch gemähtem Gras duftete.

»Es tut mir leid«, sagte Sophie. »Entschuldige, ich musste das irgendwie loswerden, du hast mir ganz schön Angst gemacht. Ich bin sicher, wir können herausfinden, welche Sprache das ist.«

»Aber selbst wenn, wie können wir erfahren, was es zu bedeuten hat?«, fragte Henriette.

Sophie zuckte mit den Schultern. »Das weiß ich nicht. Aber ich glaube, das alles kommt nur von deinem ständigen Lesen. Du bist überspannt. Vielleicht hat es damit zu tun, dass du dich insgeheim als Reiseschriftstellerin siehst. Möglicherweise hast du irgendwo etwas aufgeschnappt, was zu diesem unbeabsichtigten Schreibfluss geführt hat. Warst du nicht neulich erst in dieser Völkerschau, wo man Menschen aus den Kolonien anstarren darf, das könnte doch …« Sophie hielt mitten im Satz inne. Ein Leuchten ging plötzlich über ihr Gesicht. »Ich hätte eine Idee, was wir da tun könnten!«

Neugierig ließ Henriette sich von Sophie erklären, was sie vorhatte, und nach anfänglichem Zögern fand sie es sogar sehr vernünftig, der Sache auf den Grund zu gehen. Auch wenn es ihr eine sehr ungewöhnliche Methode zu sein schien.

Doch wenn Henriette auch nur geahnt hätte, welchen Preis sie beide dafür zahlen würden, hätte sie sich niemals darauf eingelassen.

Teil I

Samoa

»O le upega e tautau, ae fagota.«

»Wenn du beim ersten Mal nicht erfolgreich bist,
versuch es, versuch es noch einmal.«

Samoanisches Sprichwort

»A thing of beauty is a joy for ever:
Its loveliness increases; it will never
Pass into nothingness; but still will keep
A bower quiet for us, and a sleep
Full of sweet dreams, and health, and quiet breathing.«

»Ein Ding von Schönheit ist ein Glück für immer:
Es nimmt noch zu an Liebreiz; es wird nimmer
Ins Nichts vergehen, doch hält's uns alle Zeit
Ein ruhiges Plätzchen süßen Schlafs bereit,
Voll Träumen und gesundem, ruhigem Atem.«

John Keats, *Endymion*

1. Kapitel

Henriette wachte in der Hitze der Nacht von seltsamen Vogelgeräuschen auf und blickte sich schlaftrunken in dem fremden Zimmer um. Durch die Gaze des feinmaschigen Moskitonetzes erschien alles wie traumverschleiert. Die hell lackierten Holzpaneele, die einfache Waschkommode mit dem Krug, der kleine englische Damensekretär, der wehende Leinenvorhang vor dem Fenster. Doch als ihr Blick das leere Bett ihrer Zwillingsschwester streifte, wurde sie sofort hellwach, schlug augenblicklich das Moskitonetz zurück und erinnerte sich vollständig an das, was geschehen war.

Wenn sie früher nachts aufgewacht war, konnte sie sicher sein, dass es ihrer Schwester Sophie genauso ging. Dann war eine zur anderen ins Bett geklettert, und sie hatten sich ihre Träume erzählt. Ihre glücklichen Träume waren sehr verschieden, während sie beide genau den gleichen Albtraum hatten. Den Traum vom Murmelmann. Ein Mann griff sich in seine Augenhöhle, wo Murmeln wuchsen, nahm eine Glasmurmel nach der anderen heraus und legte damit eine Spur auf der Erde, die so unwiderstehlich war, dass Henriette und Sophie ihr einfach folgen mussten, auch wenn sie genau wussten, dass diese Murmeln sie in den sicheren Tod führen würden. Immer erwachten sie schweißgebadet im Moment ihres Todes.

Zum Glück hatte Henriette heute Nacht nicht davon geträumt, denn Sophie war nicht da, um sie zu trösten. Und sie hoffte, dass ihre Schwester sich auch nicht mit diesem Traum herumquälen musste.

Sie vermisste Sophie nicht nur nachts, wenn sie nicht schlafen konnte, sondern jede einzelne Minute. Niemand brachte sie zum Lachen, niemand debattierte mit ihr bis zum Wahnsinnigwerden darüber, ob es besser wäre, eine Heldin wie Jane Eyre oder Emma zu sein, oder welches Tier interessanter zu erforschen wäre: Pinguin oder Elefant, Spinne oder Schlange. Henriette seufzte voller Bedauern. Sie wusste, sie sollte lernen, sich damit zu arrangieren. Aber es fühlte sich an, als hätte man sie zweigeteilt.

Nur eine Hälfte ihres Herzens war hier auf der Insel, die andere war bei Sophie in München. Das war nun schon seit einhundertzweiundzwanzig Tagen und Nächten so.

Henriette gab sich einen Ruck, ging hinüber zum Fenster, vor dem sich der leichte Leinenvorhang im Nachtwind bauschte, schob ihn beiseite und blickte hinaus. Das also war ihre erste Nacht auf Samoa.

Am mondlosen Himmel funkelten die Sterne, ein unruhiges Blinken, das sich im zitternden Meer unterhalb des dunklen Gartens widerspiegelte. Verführerisch süßer Duft stieg ihr in die Nase und lockte sie nach draußen. Sophie hätte schon längst das stickige Zimmer verlassen, um ihr neues Zuhause zu erkunden. Obwohl ihre Schwester jünger war, allerdings nur ganze sieben Minuten, hatte sie sich immer schon mehr getraut als Henriette.

Sie schlich barfuß durch den Flur und stieg die Treppe in den großen Raum im Erdgeschoss hinab, dabei bemühte sie sich, keinen Lärm zu machen. Noch wusste sie nicht, welche Stufen knarzten und welche nicht, und zuckte einige Male überrascht zusammen. Schließlich hatte sie es geschafft und stand auf der weiß lackierten Veranda, die sich um das Haus zog.

Eine leichte Brise wehte durch ihr dünnes roséfarbenes Batistnachthemd und trocknete ihre verschwitzte Haut. Hier roch es nach Vanille und exotischen Blumen, deren Namen Henriette nicht kannte. Sie wünschte sich wieder, Sophie wäre bei ihr, denn die interessierte sich für Blumen. Angefangen hatte es damit, dass sich Sophie überlegte, ob man an der Wahl eines Blumenbouquets erkennen konnte, wer der richtige Verehrer war. Ihre Schwester hatte nie daran gezweifelt, dass die Verehrer bei ihr Schlange stehen würden. Aber – so ihre Theorie – nur der Richtige würde ihr genau das Blumenbouquet überreichen, bei dem sie nicht anders konnte, als sich zu verlieben. Deshalb hatte sie sich mit der Sprache der Blumen befasst und schließlich mit den Blumen an sich. Und als es dann beschlossene Sache war, dass sie ihren Eltern nach Samoa folgen sollten, hatte Sophie alles über die Flora der Südsee gelesen, was sie nur auftreiben konnte. Schließlich erwartete sie, auch dort von Anbetern umringt zu sein. Henriette musste bei dem Gedanken daran lächeln, denn damit hatte Sophie vollkommen recht. Obwohl sie nahezu gleich aussahen, zog ihre temperamentvolle Schwester immer zuerst alle Blicke auf sich.

Hier unten auf der Veranda konnte Henriette das Meer nicht sehen, aber sie hörte das Rauschen, das sie unwiderstehlich anzog. Sie lief den abschüssigen Rasen hinunter, der sich unangenehm stachlig in ihre Fußsohlen bohrte, weiter hinab zu dem kleinen Palmenwald, der das Grundstück vom Strand trennte.

Kokospalmen und Hibiskussträucher raschelten im Wind, als sie immer weiter Richtung Meer rannte. Hier zwischen den Palmen und Sträuchern war der Boden weich von den abgefallenen Blättern, und der Geruch von Rinde und Blüten vermischte sich zunehmend mit dem von Tang und feuchtem Meeressand.

Endlich lag die kleine Bucht vor ihr. Eingerahmt von schwarzen Lavasteinen, leuchtete der helle Sand in der Dunkelheit wie ein Wegweiser hin zum Wasser, das sich weit zurückgezogen hatte, denn es war Ebbe.

Oh, sie musste einfach eintauchen in das Meer und das Salz auf ihrer Haut fühlen. Henriette holte tief Luft, schürzte ihr Nachthemd, damit es nicht nass wurde, und rannte voller Vorfreude los.

Doch schon nach wenigen Schritten schrie sie laut auf. Der so trügerisch weich aussehende Sand war durchsetzt mit scharfen Muschel- und Korallenstücken, und etwas davon steckte in der Sohle ihres linken Fußes fest.

Sie fiel auf die Knie, sofort bohrten sich weitere scharfe Muschelstücke in ihre Haut, deshalb setzte sie sich auf ihr Nachthemd und betrachtete dann außer Atem ihren Fuß. Solange kein Druck auf ihn ausgeübt wurde, tat er nicht weh. Das Blut, das in dicken Tropfen hervorquoll, wirkte im fahlen Licht der Nacht schwarz.

Was, fragte Henriette sich jetzt, was hätten die von ihr so bewunderten Reiseschriftstellerinnen getan? Ida Pfeiffer, die sogar die Schrecken Madagaskars überlebt hatte, würde sicher den Fuß ins Meer halten und warten, bis die Blutung von allein aufhört. Aber auf dem Weg hinaus zur Brandung hätte sie nur weitere Verletzungen riskiert. Außerdem, Henriette grinste selbstironisch, wäre Ida Pfeiffer nie so dumm gewesen, hier barfuß herumzuspazieren.

Hinter ihr raschelte es. Erschreckt drehte sie sich um. Keinen Moment lang hatte sie daran gedacht, dass außer ihr noch jemand hier sein könnte, sie war davon ausgegangen, dass das alles noch zum Grundstück ihres Vaters gehörte.

Vor dem Wäldchen, das ihr nun auf einmal bedrohlich düster erschien, entdeckte sie die Silhouetten von drei Menschen. Sie kniff die Augen zusammen, um besser zu erkennen, mit wem sie es zu tun hatte. Ihr Herz klopfte laut.

Der Größte der drei war ein breitschultriger junger Mann, die beiden anderen waren Mädchen. Zuerst zweifelte sie an ihrer Beobachtung, denn alle drei trugen Röcke, aber der Größere hatte so starke Schultern, dass es sich kaum um eine Frau handeln konnte.

Die Samoaner kamen näher, und Henriettes Herz schlug noch schneller, und sie erinnerte sich, worüber die Offiziere auf dem Schiff, mit dem sie von San Francisco hergefahren waren, am liebsten geredet hatten. Über die Kannibalen im nahen König-Wilhelms-Land und all die anderen Gräueltaten, die die Menschen in den neuen deutschen Kolonien einander, und vor allem den Weißen, antaten.

Aber du glaubst doch nicht im Ernst, Henriette, dass diese drei jungen Samoaner hierhergekommen sind, um dich zu einem Dämmerfrühstück zu verspeisen?

Die Samoaner waren stehen geblieben und flüsterten miteinander. Es klang kein bisschen angriffslustig, sondern eher, als wären sie belustigt.

Henriettes Angst löste sich auf wie Zucker in heißem Wasser. Sie schluckte und überlegte, was sie zu den ersten Samoanern, die sie in ihrem Leben kennenlernte, sagen konnte. Sie fühlte, dass es wichtig war, weil sie das niemals vergessen würde. Und sie wollte es richtig machen. Sophie, dachte sie, was würdest du tun?

Die drei kamen vorsichtig etwas näher, und Henriette konnte sie nun viel besser sehen. Der muskulöse Oberkörper des jungen Mannes war nackt und glänzte in der Dunkelheit. Die beiden Mädchen trugen helle Blusen zu ihren gemusterten Röcken, ihre glatten dunklen Haare waren ordentlich frisiert, und jede hatte eine weiße Blüte seitlich über die Ohren gesteckt.

Schlagartig wurde Henriette bewusst, dass sie nur ein durchsichtiges Nachthemd trug, während ihr langes Haar ungekämmt auf die nackten Schultern hing. Diese angeblichen Wilden wirkten sehr viel zivilisierter als sie selbst.

Der Gedanke entlockte ihr ein Lächeln. Und alle drei lächelten sofort zurück, als wären sie erleichtert. Sie näherten sich noch ein wenig, blieben etwa zwei Meter entfernt von ihr stehen und betrachteten sie genauso aufmerksam wie Henriette sie.

Eines der Mädchen deutete auf den Himmel und sagte etwas. Henriette folgte ihrem Finger mit den Augen. Dann sah sie es auch: Die Sonne machte sich bereit aufzugehen. Höchste Zeit! Sie musste unbedingt vor Sonnenaufgang wieder im Haus sein, aber sie wollte nicht einfach weglaufen, das wäre ihr unhöflich vorgekommen.

Henriette sagte das einzige Wort, das sie auf Samoanisch kannte und das, wenn sie sich recht erinnerte, eine Begrüßung war. »*Talofa!*«

Die drei wechselten Blicke, dann kicherten sie, als hätte Henriette etwas äußerst Komisches gesagt, und sie fragte sich, ob es eines dieser Worte war, das man durch eine falsche Betonung in etwas Peinliches verwandeln konnte. Obwohl die drei sehr viel Abstand voneinander hielten, wirkten sie vertraut, und Henriette schloss, dass sie Geschwister oder enge Verwandte waren.

»'O ai lou igoa?«, fragte dann das größere Mädchen. Sie schritt auf Henriette zu, deutete dann auf sich selbst und sagte: »Sina.« Dann stellte sie sich neben das kleinere Mädchen. »Ta-ufa«, sagte sie und zeigte mit der ganzen Hand auf den jungen Mann. »Ta-matoa.«

Danach nickte sie Henriette zu, verbeugte anmutig den Kopf und sah sie fragend an.

Was für höfliche Umgangsformen diese gefährlichen Kannibalen doch hatten, Henriette verbiss sich ein Lachen und beugte ebenfalls den Kopf, dabei fühlte sie deutlich, wie viel plumper ihre Bewegungen waren. Sie stellte sich vor: »Henriette-Viktoria Mayberg«, sagte sie und zeigte auf ihre Brust. Dann wiederholte sie, was sie gerade gelernt hatte, und deutete auf die entsprechende Person: »Ta-ufa, Ta-matoa und Sina.«

Die drei gaben sich Mühe, ihr erneutes Kichern zu unterdrücken, aber dann brach es aus Taufa so laut heraus, dass sich alle davon anstecken ließen, auch Henriette. Sophie, dachte sie, ich muss das für dich aufschreiben.

Sina räusperte sich und versuchte sich an Henriettes Namen, was für Henriette klang wie »Envi-ma-ii-ba«.

Das brachte sie auf eine Idee. Sophie nannte sie immer nur Mai, das war bestimmt sehr viel leichter als Henriette.

»Mai!«, stellte sie sich noch einmal vor.

»Ma-i«, wiederholten die beiden Mädchen und sahen dann Tamatoa auffordernd an.

Er konzentrierte sich, dann sagte er mit sehr viel tieferer Stimme, als Henriette erwartet hätte: »Mai!« Er lächelte ihr zu, dabei blitzte das Weiße in seinen Augen auf, und sein Mund gab den Blick auf schön geformte weiße Zähne frei.

Henriette mochte das Gefühl, das sein Lächeln in ihr auslöste, und gleichzeitig brachte es ihr zu Bewusstsein, dass sie sich wirklich dringend etwas anziehen sollte. Ihre Mutter bekäme bei ihrem Anblick eine Nervenkrise. Außerdem verfärbte sich der Himmel zusehends orange. Und so gern sie die Gesichter der Samoaner im hellen Tageslicht gesehen hätte, so klar war ihr auch, was sie zu erwarten hatte, wenn herauskäme, dass sie nur im Nachthemd zum Strand geschlichen war. Sie musste gehen, bevor es zu spät war.

Abrupt sprang sie auf, hatte durch die Ankunft der Samoaner völlig vergessen, was sie vorhin zum Hinsetzen gezwungen hatte. Durch den Druck auf ihren Fuß trat sich das scharfe Korallenstück noch tiefer in die Sohle, und der Schmerz flammte erneut durch ihren Körper. Sie stöhnte und sackte wieder in sich zusammen.

»Ma-i!«, riefen alle drei wie aus einem Mund. Sina und Taufa hockten sich vor sie in den Sand. Sina nahm den schmalen, sehr weiß wirkenden Fuß in ihre Hand, betrachtete ihn und sagte etwas zu den anderen, was diese wieder zum Kichern brachte. Henriette trieb es die Schamesröte ins Gesicht, weil sie nicht wusste, was an ihrem Fuß so lustig sein sollte. Wenn nur ihren Eltern nicht zu Ohren kam, dass sich die älteste Maybergtochter in der ersten Nacht auf der Insel den Wilden halb nackt präsentiert hatte, noch bevor sie überhaupt in die Gesellschaft der Kolonien eingeführt werden konnte.

Aber dann dachte sie daran, womit sie einmal ihr Geld verdienen wollte, und fand es ausgesprochen mutig, ihren Fuß in die Hand von Kannibalen zu legen.

Der Himmel verwandelte sich nun dicht über dem Meer in rote und gelbe Streifen, während er weiter oben grau wurde. Wolken tauchten am Horizont auf, zart wie Tupfen aus lila Puder.

Sina legte den Fuß sanft ab, erhob sich und rannte zu dem Palmenwäldchen, während die jüngere Schwester im heller werdenden Licht so behutsam das Korallenstück aus ihrem Fuß entfernte, dass Henriette es erst bemerkte, als Taufa das scharfe, blutverschmierte Korallenstück triumphierend durch die Luft schwenkte.

Tamatoa setzte sich mit gekreuzten Beinen in einiger Entfernung neben Henriette und richtete den Blick diskret auf das Meer, das jetzt die Farben des Himmels aufnahm und wie flüssiges Gold schimmerte.

»Ma-i!«, flüsterte er ein paarmal. Henriette betrachtete ihn verstohlen von der Seite. Sein Profil war ausgewogen, ein kräftiges Kinn ging einher mit einer breiten, aber wohlgeformten Nase. Sie versuchte, sich alles gut einzuprägen, damit sie es Sophie detailgetreu berichten konnte. Nur deshalb musste sie so gründlich hinschauen. Natürlich. Sie sah noch genauer hin, und ihr Blick glitt zu seinem Rock, wo sie ein interessantes Linienmuster auf seinem nackten Oberschenkel entdeckte, das er aber sofort mit seinem Rock verbarg, als er ihren Blick bemerkte. Ihre Wangen wurden heiß.

Was fiel ihr ein! Eine Dame benahm sich nicht so, selbst

dieser Samoaner bewies mehr Schamgefühl als sie. Tamatoa, ermahnte sie sich, ich kenne seinen Namen, ich sollte nicht *dieser Samoaner* denken.

Besorgt betrachtete sie den Himmel, an dem die Sonne gerade wie ein gleißend silberroter Ball aufging. Sie hätte es wissen müssen, die Dämmerung in der Südsee dauerte nie länger als zwanzig Minuten. Sie versuchte aufzustehen, aber Taufa hinderte sie sanft daran und deutete auf Sina.

Sina kam zurück, in der einen Hand hielt sie mehrere sattgrün glänzende längliche Blätter, in der anderen schwang sie ein Büschel ovaler gerippter Blätter. Schon im Gehen fing sie an, die länglichen Blätter zu zerkauen, dabei rief sie den anderen beiden melodisch klingende Worte zu, woraufhin diese sich erhoben und etwas zu suchen anfingen.

Außer Atem gelangte Sina zu Henriette, schlug ihren Rock sorgfältig zwischen den Beinen zusammen, kniete sich dann neben sie in den Sand, prüfte, ob die Wunde an ihrem Fuß sauber war, und schmierte die zerkauten Blätter darauf. *»Aloalo Tai«,* erklärte sie, als müsste Henriette wissen, was das bedeutete.

Zuerst zuckte sie zurück, aber dann stellte sie überrascht fest, wie angenehm sich dieser Brei auf der Wunde anfühlte.

Sina beobachtete sie aufmerksam, und als Henriette ihr zunickte, legte sie die großen Blätter auf die Wunde. *»Noni«,* erklärte sie, und dann kamen auch schon Tamatoa und Taufa angerannt und brachten Halme, die sie flugs zu einer Schnur flochten, mit der sie die Blätter so fest umwanden, dass Henriette aufstehen und dann laufen konnte, ohne dass sich der natürliche Blattverband löste.

»Danke.« Sie ärgerte sich, dass sie das samoanische Wort dafür nicht kannte. Sie deutete eine Verbeugung an, und dann machte sie sich auf den Rückweg. Ein Teil von ihr wollte rennen, weil sie hoffte, unbeobachtet ins Haus zu kommen. Der andere, größere Teil wollte viel lieber am Meer bleiben und mit den Samoanern sprechen.

Sie drehte sich um und entdeckte, dass die drei immer noch am Strand standen und ihr nachsahen. Sina und Taufa winkten ihr, während Tamatoa sie nur betrachtete.

Der Weg über das stachelige Gras im Garten war zwar wieder reichlich unangenehm, doch als sie ihren Blick hoch zur Veranda richtete, wusste sie, dass das Stechen in ihrem Fuß nichts war im Vergleich zu dem Ärger, der sie dort oben erwartete.

2. Kapitel

Auf der geräumigen Veranda standen ihre bereits angekleideten und frisierten Eltern und straften sie schon von Weitem mit ihren Blicken.

Als Henriette die Veranda erreicht hatte, ohrfeigte ihre Mutter sie mehrmals, während ihr Vater mit entrüstetem Gesichtsausdruck danebenstand.

»Wie kann eine junge Dame sich nur so kindisch benehmen?« Ihre Mutter schüttelte so vehement ihren Kopf, dass sich eine Strähne aus ihrem sorgsam aufgesteckten Dutt löste.

»In diesem Aufzug draußen herumzugeistern! Genauso gut hättest du ganz und gar unbekleidet gehen können!« Sie wandte sich an ihren Mann. »Karl-Joseph, ich versichere dir, so habe ich deine Töchter nicht erzogen! So etwas ist noch niemals vorgekommen, es muss diese ungesunde schwüle Luft sein. Nach der langen Reise ist ihr die Hitze zu Kopf gestiegen!« Sie wedelte sich mit einem Taschentuch Luft zu, wie um ihre These von der unerträglichen Hitze zu untermalen.

»Was ist mit deinem Fuß?«, fragte ihr Vater und deutete auf Henriettes Blätterverband. Er wies sie an, sich hinzusetzen und den Fuß hochzulegen, dann betrachtete er Sinas Kunstwerk.

Dabei zwirbelte er seinen Kaiser-Wilhelm-Bart. Henriette fragte sich, ob das ein gutes oder schlechtes Zeichen war. Nach seiner langen Abwesenheit war ihr der Vater fast ebenso fremd wie die Samoaner, und sie konnte nur hoffen, er wäre ihr genauso wohlgesinnt.

Doch in diesem Augenblick riss er wütend den Verband von ihrem Fuß und rief nach dem chinesischen Hausmädchen. »Nian!«

Dann blitzte er Henriettes Mutter wütend an. »Es kann nicht angehen, Apollonia, dass sich deine Tochter schon am Tag nach ihrer Ankunft gemein mit den Eingeborenen macht.« Er richtete sich auf, und seine Stimme wurde sehr leise und schließlich unangenehm kalt. »Das dulde ich nicht! Nicht in meinem Haus! Schließlich haben wir Pläne mit ihr.«

Pläne, was für Pläne?, fragte sich Henriette, während Nian lautlos herantrippelte und ihr Vater befahl, den Verband wegzuräumen, abgekochtes Wasser und deutsche Seife zu bringen, um seine Tochter von diesem schwarzen Schmutz zu befreien. Dann stürmte er vor sich hin fluchend davon.

»Warum tust du mir das an?« Ihre wohlbeleibte Mutter wedelte sich noch heftiger mit dem bestickten Taschentuch Luft zu und sank ermattet auf einen der weißen Korbstühle auf der Veranda, der unter ihrer Last laut knarzte.

»Wo bist du nur gewesen? Kannst du dich nicht einmal wie eine Dame benehmen? Und ich habe immer gedacht, Sophie wäre die Ungebärdige.«

Nian erschien wieder mit einer Schale Wasser und einem Schwamm, kniete neben Henriette und löste den Verband, den Sina angelegt hatte.

Das Wasser brannte auf der Wunde, die sie eben kaum gespürt

hatte. Henriette zuckte zusammen, und Nian erschrak dadurch so, dass die Schale mit dem Wasser umkippte.

Henriettes Mutter erhob sich, und eine Flut von Beschimpfungen ergoss sich auf die zarte Chinesin, die sofort anfing zu zittern. Henriette griff nach ihrer Hand und drückte sie beruhigend, denn sie fühlte sich schuldig. In Wahrheit richtete sich der Zorn ihrer Mutter gegen sie und nicht gegen Nian, die so elfenhaft und fügsam war wie keine der Mayberg-Töchter.

Zum Glück für Nian und Henriette setzte die Hitze, die nach Sonnenaufgang von Minute zu Minute stärker wurde, ihrer Mutter so zu, dass sie nach ein paar Minuten verstummte und wieder auf den Stuhl zurücksank, wo sie dann matt nach einem Zitronentee verlangte.

Nian sah zwischen Henriette und ihrer Mutter hin und her, offensichtlich wusste sie nicht, ob sie sich nun um den Fuß kümmern oder Tee herbeischaffen sollte.

Henriette wiederholte im Flüsterton: »Tee.« Nian erhob sich mit einer anmutigen Drehung, legte den langen schwarzen Zopf wieder über ihre Schultern und trippelte davon.

Henriette stand auf und fragte ihre Mutter, was sie mit der Wunde tun sollte. Ihre Mutter besah sich ihren Fuß und fand dann, dass das die gerechte Strafe für ihren Ungehorsam sei und man ohnehin schon viel zu großes Aufhebens davon gemacht hätte, und ordnete an, die Wunde mit Jod zu desinfizieren und dann zu verbinden. Und vor allem sollte Henriette sich endlich ankleiden und frisieren, denn ganz sicher würden in Kürze Besucher herbeiströmen, um sie alle in Augenschein zu nehmen.

»Es passiert in dieser gottverlassenen Einöde nicht eben gerade viel! Da ist die Ankunft von jungen Frauen aus Europa interessanter als eine Kriegserklärung«, seufzte sie und wandte sich dann wieder an Nian, die gerade ein schwarzes Tischchen neben ihren Stuhl stellte, wieder weghuschte und mit einem Lacktablett voller Tassen und einer Teekanne aus chinesischem Porzellan zurückkam.

»Wo ist eigentlich die Küche und wo ist das Bad?«, fragte Henriette.

»Ein Badezimmer gibt es hier nicht.« Ihre Mutter schloss die Augen, als könnte sie diesen unerträglichen Umstand so besser ausblenden, dann seufzte sie tief und öffnete sie wieder.

»Das Jod befindet sich in meinem Schlafzimmer, und die Küche ist dort draußen.« Sie deutete durch das Fenster auf ein kleines Häuschen. »Und wo der Abort ist, weißt du hoffentlich noch von gestern Abend. Und nun geh mir aus den Augen, kleide dich endlich an. Und sieh nach, ob wenigstens Ella schon respektabel aussieht.«

Henriette humpelte hinauf in ihr Zimmer, das in der Zwischenzeit schon von Nian aufgeräumt worden war. Im Kalender stand zwar September, aber es war so heiß wie zu Hause in Deutschland höchstens einmal im Hochsommer und so feucht wie sonst nur in den Treibhäusern des Botanischen Gartens.

Nian hatte die Holzjalousien geschlossen, aber Henriette öffnete sie, neugierig darauf, wie der Ort ihres nächtlichen Abenteuers im Sonnenlicht aussehen würde.

Vor ihr lag das Meer, grau und schaumig, weit hinten am Horizont schwebten rosa angehauchte Wölkchen, aufgereiht wie die Perlen einer unsichtbaren Meeresgöttin. Etwa fünfhundert Meter vom Strand entfernt zog das Korallenriff einen Schutzring um Samoa, an dem sich die gewaltigen Wellen des Südpazifischen Ozeans krachend brachen. Hundert Meter entfernt lag die kleine Bucht und noch einmal zweihundert Meter weiter im Meer entdeckte sie eine kleine, mit Palmen bewachsene Insel, die sie in der Nacht nicht wahrgenommen hatte. Direkt unter ihrem Fenster verlief die weiß lackierte Holzveranda, auf der Kübel voll blühender Gardenien standen, deren Duft sich mit dem der salzgeschwängerten Meerluft vermischte.

Sie schloss die Läden wieder, um die Hitze auszusperren, und trat zu der kleinen Waschkommode, wo sie etwas Wasser aus der Kanne in die mit weiß-blauen Blumen bemalte Porzellanschüssel goss. Damit benetzte sie ihr Gesicht und wusch sich von Kopf bis Fuß, danach setzte sie sich auf ihr Bett, über das eine weiße Häkeldecke gebreitet war, und sah zu dem unberührten Eisenbett auf der anderen Seite.

Sie und Sophie hatten sich geschworen, alles füreinander aufzuschreiben. Das würde schwer werden, sehr schwer. Der Vormittag war noch nicht einmal angebrochen, und sie hatte schon mehr erlebt als in München in einer Woche. Ihr Schreibzeug war noch in der Reisetruhe, die sie noch nicht angerührt hatte. Wenn sie Sophie von unterwegs geschrieben hatte, dann nie mit dem Füllfederhalter. Sie wusste nicht, ob sie den überhaupt jemals wieder benutzen würde. Seit jenem Nachmittag war er ihr unheimlich.

Unbemerkt war Nian hereingekommen und reichte ihr ein dunkelbraunes Glasfläschchen mit dem Jod. Henriette setzte sich und bat die Chinesin, den Fuß damit zu beträufeln.

In dem Hotel ihrer Patentante in San Francisco, wo sie die Reise für einen Monat unterbrochen hatten, um sich auszuruhen und Einkäufe zu machen, hatte sie zum allerersten Mal überhaupt Chinesinnen gesehen. Es waren Wäscherinnen, die bei Tante Berta die frische Hotelwäsche ablieferten und die schmutzige mitnahmen. Henriette wäre ihnen gern in das nahe gelegene Chinatown gefolgt. Leider hatte Tante Berta sie für verrückt erklärt und ihr das strengstens verboten, obwohl sie sonst so wohltuend anders war als ihre Mutter und Großmutter. Berta liebte Debatten und Drama und hatte Henriette ermutigt, die Theater der Stadt zu besuchen, mit den Gästen zu reden und zu lesen. Ihre Schwester hätte sich im *European Palace* auch wie zu Hause gefühlt. Hier stiegen nicht nur Schauspieler und Schriftsteller ab, sondern auch Boxer und Politiker. Sogar Puritaner waren darunter, die die Sauberkeit und das Essen des Hotels schätzten. Und als Henriette sich zaghaft nach Reiseschriftstellern erkundigt hatte, stellte Berta sie kurzerhand ihrer besten Freundin Charmian Kittregde vor, die nicht nur zweimal im Monat bei Berta Lisztabende am Piano gab, sondern auch für einen der größten Verleger an der Ostküste arbeitete. Was aber Berta mehr als alles andere beeindruckte, war die Tatsache, dass ihre Freundin über hundert Worte in der Minute auf ihrer Schreibmaschine schreiben konnte.

Charmian fand Henriettes Wunsch zu schreiben völlig verständlich und versprach, sich für sie in der Branche umzuhören, wenn Henriette ihr eine kleine Kostprobe zum Lesen gäbe. Henriette war sich ziemlich dumm vorgekommen, denn sie hatte nichts, was gut genug für Charmian gewesen wäre. Diese Mitteilung hatte Miss Kittregde mit einem Lachen quittiert. Darüber solle Henriette sich nicht den Kopf zerbrechen, sondern lieber schreiben und die Bewertung ganz ihr überlassen. Schamrot im Gesicht hatte Henriette versprochen, ihr etwas über Samoa zu schicken.

Nian räusperte sich und holte Henriette wieder zurück in die Gegenwart. Sie hatte die Wunde nun vollständig mit Jod beträufelt und sah abwartend zu Henriette.

Was für ein schönes herzförmiges Gesicht Nian hatte, dachte Henriette, aber das Eindrucksvollste waren ihre mandelförmigen dunklen Augen, die Henriettes Blick jedoch beharrlich auswichen. Die Chinesin war viel zierlicher als sie selbst, ständig verbeugte sie sich, und immer lief sie in gebückter Haltung umher wie ein geprügelter Hund. Das alles fand Henriette schon unangenehm, doch was sie am meisten bekümmerte, war, dass Nian höchstens so alt war wie sie selbst.

Auch wenn ihr Vater ihnen beim Dinner gestern Abend erklärt hatte, dass Nian sich glücklich schätzen konnte, einen so sauberen und sicheren Arbeitsplatz zu haben, kam es ihr falsch vor. Selbst wenn ihr Vater es Nian so ermöglichte, Geld zu verdienen und ihre Familie zu unterstützen. Nian war die Cousine eines chinesischen Vorarbeiters auf der Kokosplantage. Henriette hätte sich gern mit ihr unterhalten, aber sie wusste nicht, wie sie das bewerkstelligen sollte, ohne Nian Ärger zu bereiten, denn ihre Mutter konnte Müßiggang bei ihren Hausangestellten nicht ertragen und scheuchte sie unentwegt hin und her.

Henriette nahm Nian das Jod ab und lächelte sie an, weil sie sehen wollte, ob die Chinesin es erwidern würde, aber sie reagierte nicht und verschwand lautlos.

Als ihre Mutter gestern nach ihrer Ankunft herausgefunden hatte, dass die einzigen Hausangestellten Nian und ein samoanischer Koch waren, hatte sie ihre sonst so gut geölte Beherrschung verloren und ihrem Mann eine Szene gemacht. Schließlich hatte er ihr das Paradies versprochen. Und für Apollonia Mayberg, geborene von Wagner gehörte zu einem Paradies ein Himmel voller Dienstboten und ein mit portugiesischen Fliesen gekacheltes Badezimmer mitsamt einem Water-Closet nach englischem Vorbild. Und fließendes Wasser. In ihrer tiefen

Enttäuschung hatte sie gestern Abend sogar lautstarken Zweifel am Verstand ihres Mannes geäußert.

Mangels anderem Verbandszeug wickelte Henriette kurzerhand ein Taschentuch um den Fuß und zog sich endlich an.

Doch für das Korsett brauchte sie wieder die Hilfe von Nian, die sofort herbeieilte, als sie nach ihr rief. Und als Henriette ihre Haare selbst zu einem großen Knoten kämmen wollte, erwies sich Nian als sehr viel geschickter. Henriette konnte selbst kaum glauben, was ihr im Spiegel entgegensah, nachdem Nian fertig war. Ihr üppiges kastanienbraunes Haar war in ungewohnten Wellen an ihrem Hinterkopf aufgesteckt, und Nian hatte sie nach samoanischer Sitte mit einer weißen wohlriechenden Frangipani-Blüte über dem Ohr geschmückt. So wirkte Henriettes Kopf viel interessanter und schlanker. Henriette und Sophie hatten die füllige Figur ihrer Mutter geerbt, nur ihre jüngste Schwester Ella war so schmal und knochig gebaut wie ihr Vater.

Während Nian Henriettes Haare gekämmt und aufgesteckt hatte, war Ella hereingekommen, perfekt gekleidet in einem langen Rock und einer weißen hochgeschlossenen Spitzenbluse mit schmalen Keulenärmeln. Griesgrämig schweigend hatte sie Nian beäugt.

»Guten Morgen, liebe Schwester!«, hatte Henriette betont überschwänglich gesagt, weil sie dieses Mürrische an Ella nicht ausstehen konnte, dabei sah Ella aus wie ein bezauberndes kleines Püppchen. Sophie und sie hatten sich oft so lange über ihre miesepetrige kleine Schwester lustig gemacht, bis Ella weinend weggerannt war. Das war nicht sehr nett von ihnen, aber manchmal der einzige Weg, Ella zu ertragen. Henriette fand es äußerst schwierig, allein mit ihr auszukommen, und es verging kein Tag, an dem sie nicht mit ihrem Schicksal haderte. Warum war nicht Ella statt Sophie kurz vor der Abreise krank geworden? Aber das war natürlich unmöglich, denn Ella hätte nie das für Henriette getan, was Sophie getan hatte und woraufhin sie dann so krank geworden war. Ella hätte sie mit großer Genugtuung verpetzt.

»Mir gefällt es hier nicht«, war dann das Erste, was Ella an diesem Morgen von sich gab, und dabei verzog sich ihr großer dünner Mund, als hätte sie gerade in eine Zitrone gebissen.

»Wie meinst du das?«, widersprach Henriette. »Wir sind gestern Abend erst angekommen, und du hast doch noch nichts von dieser Insel gesehen und mit niemandem gesprochen.« Anders als ich, dachte sie. Plötzlich stand Tamatoas nackter Oberkörper vor ihrem inneren Auge, und sie merkte, wie ihr das Blut in die Wangen schoss.

»Es ist heiß«, stöhnte Ella. »Viel zu heiß.«

Henriette hätte sich lieber die Zunge abgebissen, als ihr recht zu geben, auch wenn ihr Korsett bereits jetzt völlig durchgeschwitzt war. Neidvoll betrachtete sie Nian, die genauso einen leichten Rock trug wie die Samoanerinnen, die sie heute Nacht am Strand getroffen hatte.

»Bestimmt gewöhnst du dich daran«, sagte Henriette, »wir sollten jetzt etwas frühstücken.«

Nian zeigte nach unten, als hätte sie verstanden, wovon die Rede war.

»Du sprichst Deutsch«, stellte Henriette erfreut fest.

Nian schüttelte den Kopf.

»Aber du verstehst mich?«, hakte sie nach.

Nian deutete ein Nicken an, dann war sie schon nach unten verschwunden.

Die beiden Schwestern sahen sich an. Henriette fragte sich, wie sie es allein mit dieser Schwester hier aushalten sollte. Ella interessierte sich für nichts, und welcher Mann würde sie erlösen und eine hübsche, aber derart langweilige, ständig schlecht gelaunte Frau heiraten? Ein Heiliger, beantwortete sie sich selbst die Frage. Nur ein Heiliger war dazu in der Lage.

Sie seufzte und setzte sich in Bewegung. Der Fuß zwang sie immer noch zum Humpeln.

Der Weg von den hellgelb und türkis gestrichenen oberen Zimmern nach unten war wie das Eintauchen in die Unterwelt, denn hier waren die Wände dunkel vertäfelt, was den Raum in düsteres Licht tauchte. Das ganze Erdgeschoss bestand nur aus einem großen Raum mit vielen Fenstern und Türen, und Henriette genoss jetzt schon die Vorteile, die diese Bauweise bot. Weil alle Fenster und Türen geöffnet waren, ging hier unten immer ein leichter Wind, was bei der feuchten Hitze sehr angenehm war. Der einzige abgetrennte Bereich war das Arbeitszimmer ihres Vaters, das genauso aussah wie früher in Deutschland. Ein großer viktorianischer Mahagonischreibtisch mit verschließbaren Schubläden, eine Glasvitrine mit Büchern und sogar das Eisbärenfell lag an der gleichen Stelle. Diese Entdeckung hatte Henriette gestern Abend zum Lachen gebracht. Ein Bärenfell passte so gut nach Samoa wie Sahne auf eine fränkische Rostbratwurst.

Leider gab es hier niemanden, der ihre Weise, die Dinge zu betrachten, teilte. Wenn doch nur Sophie hier wäre! Alles wäre anders. Wenn wenigstens endlich ein Brief von ihr käme. Aber seit ihrer Abreise hatte sie nichts von ihrer Schwester gehört, das Einzige, was sie wusste, war, dass sie nicht tot war, denn – da war sie ganz sicher – das würde sie im Herzen spüren.

Rechts von der Treppe befand sich das Piano, links davon der große breite Esstisch mit Stühlen für mindestens zwölf Personen, der jetzt für das Frühstück eingedeckt war. Und zwar mit dem aus Deutschland mitgebrachten Silber und dem Zwiebelmusterporzellan was ein wenig seltsam wirkte. Ähnlich wie das Bärenfell.

Ihre Eltern saßen schon am Tisch und tranken Kaffee, dessen Duft Henriettes Appetit noch verstärkte. Aber auf dem Tisch konnte sie nur eine Platte mit aufgeschnittenen Früchten entdecken, deren Fruchtfleisch ihr auf einem blauen Teller entgegenleuchtete wie ein Sonnenaufgang: hellorange Papaya, gelbrote Mangos, rosarote Litschis, goldgelbe Ananas sowie grüne Bananen und Limetten.

Sie vermisste einen Brotkorb, Butter, Wurst und Käse und Eier. Henriette hatte trotz der Hitze großen Hunger.

Nachdem sie sich hingesetzt hatte, räusperte sich ihr Vater.

»Henriette, es ist besonders hier in der Kolonie erforderlich, Anstand und Sitte zu wahren. Mangels anderer Neuigkeiten spricht sich hier alles sofort herum, und aus einem kleinen Fehltritt wird nur allzu schnell ein Skandal. Würdest du uns also bitte erklären, wie du zu diesem lächerlichen Wunderheilerverband an deinem Fuß gekommen bist?«

Nian brachte eine Platte mit kleinen dicken Pfannkuchen herein und reichte sie herum.

Henriette nahm von den Pfannkuchen und erzählte von den beiden Mädchen, die sie am Strand getroffen hatte. Ihr Verstand beschwor sie, Tamatoa lieber nicht zu erwähnen.

Ihre Mutter strafte ihre Erzählung mit verächtlichen Blicken, während ihr Vater die Lippen schürzte und dann mit einem Vortrag über die lieben Eingeborenen begann, dem Henriette beim besten Willen nicht folgen konnte. Während er betonte, wie wichtig es sei, durchaus freundlich mit den Samoanern zu verkehren, aber den Abstand zu wahren, schweiften Henriettes Gedanken zu Tamatoa und seinen Begleiterinnen.

Sie nahm sich noch einen Pfannkuchen, schnitt ihn in Stücke und genoss ihn mit großem Appetit und fragte sich, was die drei Samoaner wohl zum Frühstück aßen. Die Kannibalen fielen ihr wieder ein und entlockten ihr ein Lächeln, was sie zu spät unterdrückte und ihren Vater dazu brachte, mit der Faust auf den Tisch zu schlagen.

»Das Fräulein Tochter amüsiert sich? Ist es der Gedanke, dass wir hier Kaiser Wilhelms Bastion am Ende der Welt sind und wir hier eine Mission zu erfüllen haben? Ich rede davon, dass wir Pflanzer auf Samoa den denkbar schlechtesten Stand überhaupt haben, und meine Tochter findet das zum Lachen!«

»Es tut mir wirklich leid, Papa, ich war in Gedanken. Kann ich noch einen Pfannkuchen haben?«, fragte Henriette und zeigte auf die leere Platte.

Ihre Mutter schüttelte sofort den Kopf. »Meine Tochter, du solltest dich nach dieser schändlichen Eskapade heute Morgen mit Wünschen etwas zurückhalten.« Sie zog eine Augenbraue hoch und fügte in ihrem allerstrengsten Ton hinzu: »Früchte stünden dir deutlich besser an, deine Taille ist in einem beklagenswerten Zustand. Wir wollen doch deinen zukünftigen Ehemann nicht abschrecken.«

Henriette untersagte sich jeglichen Kommentar darüber, welche Taille an diesem Tisch wirklich beklagenswert war. Und sie verkniff sich eine spitze Anmerkung zu Ella, die mit demonstrativ angewidertem Gesichtsausdruck den nur zu einem Viertel angeknabberten Pfannkuchen auf ihrem Teller hin und her schob, als wäre er ein unüberwindliches Ansinnen an ihren damenhaften Appetit.

Ausnahmsweise fiel es ihr leicht, sich zu beherrschen, denn sie war so schockiert darüber, dass das Wort Ehemann im Zusammenhang mit ihr gefallen war. Wo sie doch gerade dabei war, erste Schritte als Schriftstellerin zu machen. Also fast jedenfalls!

»Ein Ehemann?«, wiederholte sie, und dabei wurde ihr klar, dass sie nach den Maßstäben ihrer Mutter schon ein altes Mädchen war.

Ihre Eltern nickten sich in völliger Übereinstimmung zu. Das kam nur selten vor.

»Deshalb ist es auch von großer Wichtigkeit, dass dein Ruf untadelig ist und bleibt.« Ihr Vater musterte sie, als würde er sie jetzt erst richtig wahrnehmen. »Deine Frisur ist etwas ungewöhnlich, doch mir scheint, sie bringt deine Vorzüge aufs Beste zur Geltung.«

Henriette hatte es nun endgültig die Sprache verschlagen, was nicht allzu oft vorkam. Man hatte sie doch wohl nicht ans andere Ende der Welt verfrachtet, um sie hier zu verheiraten? Und mit wem denn um Gottes willen? Und was war mit Sophie? Nie hatten sie an eine Hochzeit gedacht, sie hatten sich immer nur vorgestellt, was sie alles tun würden, wenn sie alt genug dazu waren. Sophie wollte Schauspielerin werden, Eleonora Duse, Sarah Bernhardt, Tilla Durieux, das war ein Schicksal, von dem sie träumte.

Henriette hingegen wünschte sich ein Leben wie das von Ida Pfeiffer, Lady Mary Montagu oder Elizabeth Main, die die Engadiner Alpen mit ihrer Kamera erforscht hatte. Und schuld daran war allein ihre Patentante Berta, die Schwester ihres

Vaters. Sie hatte Henriette zu ihrem neunten Geburtstag die *Geschichten aus 1001 Nacht* geschenkt. Danach hatte sie sich zum ersten Mal eine Weltkarte angesehen und war hingerissen von all den seltsam klingenden Orten wie Kisch, Dschalalabat, Macao, Montevideo, Guadalajara, Valparaiso, Timbuktu oder Barbados.

Ein Ehemann war weder bei der Bühnenkarriere ihrer Schwester noch bei all den Reisen, die Henriette im Kopf unternommen hatte, dabei gewesen. Und da ihr Vater sich wegen seiner Goldsuche am Klondike in Kanada vor allem durch jahrelange Abwesenheit empfohlen hatte, war ihnen beiden dieser Gesichtspunkt im Leben einer Frau als vernachlässigbar erschienen. Einen romantischen Verehrer ja, aber einen Gatten?

»Henriette wird heiraten?«, fragte Ella, und sie klang noch unglücklicher als sonst, was Henriette überraschte. So viel Anteilnahme hätte sie Ella gar nicht zugetraut.

»Warum Henriette, sie ist so mopsig und kann sich nicht benehmen. Wer würde denn die schon wollen? Ich hingegen möchte sehr gern heiraten und einen Mann glücklich machen.« Ella war ganz rot geworden bei ihren Ausführungen, die die anderen mit großem Staunen verfolgt hatten.

»Mein kleiner Liebling, du musst leider noch warten, bis du sechzehn bist«, erklärte ihr Vater mit einem beifälligen Nicken. »Und ich bin sicher, dass du eines Tages eine gute Partie machen wirst. Doch zunächst wird Henriette heiraten.«

Ihr Vater sah über sie hinweg und mied auch den Blick seiner Frau.

Henriette räusperte sich. »Aber es ist nicht so, dass ihr mich schon an jemanden versprochen habt?«

»Nun, wir leben nicht mehr im Mittelalter.« Ihr Vater nahm

langsam einen Schluck Kaffee und erzwang so ihrer aller Aufmerksamkeit, weil jeder wissen wollte, wie der Satz weitergehen würde. »Doch ich würde meinen, eine junge Dame ohne Kenntnis der Welt und ihren Gepflogenheiten wird sich dem Rat ihrer Eltern unterordnen.«

Es gab also doch jemanden! Langsam fragte sich Henriette, ob ihren Eltern Sophies Krankheit nicht sehr zupassgekommen war. Nur allzu bereitwillig hatte sich ihre Mutter den Anordnungen des Schiffsarztes gebeugt. Eigentlich mussten sich nur die Auswanderer auf den Zwischendecks ärztlichen Untersuchungen unterziehen. Aber Sophie hatte so viel und stark gehustet, dass es dem Schiffspersonal aufgefallen war, und die hatten eiligst den Arzt gerufen, der dann Fieber und Tuberkulose diagnostiziert hatte.

Sophie war zwar sieben Minuten nach Henriette geboren worden, und also offiziell die Jüngere und etwas Schwächere, aber ihr Charakter war viel ungestümer, heftiger, und sie war mutiger als Henriette. Weshalb sie sich über Henriettes Visionen von einer Wüstendurchquerung auf dem Kamel oder der Besteigung eines Vulkans immer lustig gemacht hatte. Und jetzt war Henriette nach dieser langen und unbequemen Reise wirklich am anderen Ende der Welt, während Sophie immer noch in Deutschland ausharren musste. Hatten sie vielleicht auch geplant, Sophie zu verheiraten? Oder entsprangen ihre Verdächtigungen nur der Hitze und ihrem knurrenden Magen?

»Ich denke außerdem«, fügte ihr Vater hinzu, »dass eine liebende Tochter sich nicht den Anweisungen ihres fürsorglichen Vaters widersetzen wird, vor allem, wenn es zum Wohle aller ist.«

Henriettes Herz begann zu flattern. Wer auch immer es war,

sie beschloss, es diesem Mann so schwer wie nur möglich zu machen.

»Apollonia, ich muss zur Plantage, aber vorher möchte ich noch allein mit meiner Tochter sprechen. Kommst du bitte mit in mein Arbeitszimmer, Henriette?«

Er stand auf. Henriette sah Hilfe suchend zu ihrer Mutter, doch die wirkte genauso überrascht, wie sie sich fühlte.

Beklommen folgte Henriette ihrem Vater ins Arbeitszimmer, wo er schon hinter seinem mächtigen Mahagonischreibtisch in seinem Ledersessel saß und sie bat, Platz zu nehmen. Ob es etwas mit Sophie zu tun hatte? Nein, beruhigte sie sich selbst, das würde ich spüren, ganz sicher. Aber was war es dann?

»Du bist nun neunzehn Jahre alt und möchtest doch sicher nicht länger wie ein Kind behandelt werden, oder?«

Sie nickte erstaunt.

»Nun, dann werde ich dir etwas anvertrauen, was nur für deine Ohren bestimmt ist und niemals die deiner Mutter oder Schwestern, auch nicht die von Sophie, erreichen darf. Je weniger sie alle davon wissen, desto besser.«

Henriettes Magen verkrampfte sich. Ein Geheimnis zu haben war aufregend, aber eines, das sie nicht einmal Sophie erzählen durfte, war eine Last.

Ihr Vater sah sie so durchdringend und missbilligend an, als ob er ihre Gedanken lesen könnte.

»Es geht nicht darum, einen Mann für dich zu finden. Denn ich habe bereits einen Gatten für dich ausgewählt.«

Henriette war nicht sicher, ob sie das richtig verstanden hatte. Gestern erst war sie auf Samoa, ihrem neuen Zuhause, angekommen, und heute sollte sie schon in das nächste hinein verheiratet werden? Sie nahm allen Mut zusammen. »Und wenn er mir nicht angenehm ist? Und wenn ich ihm nicht gefalle?«

»Angenehm, meine liebe Tochter, ist im Leben nicht allzu viel, wenn man der Kindheit erst einmal entwachsen ist, und du bist doch kein Kind mehr, oder?« Streng fixierte er ihren Blick, aber sie fasste sich ein Herz und wagte es, ihm zu widersprechen.

»Aber sollte ich ihn nicht erst einmal kennenlernen?«

»Freilich, dem soll nichts im Wege stehen.« Es hatte gönnerhaft geklungen.

»Und wenn es uns unmöglich ist, zu heiraten?«

Ihr Vater hob den Arm und sah aus, als würde er am liebsten mit der Faust auf den Tisch hauen, doch dann faltete er nur seine Hände und rang sie wie ein verzweifelter Pfarrer.

»Und um es kurz zu machen, wenn du dich weigern solltest, ihn zu heiraten, wird das diese Familie in den Ruin treiben.«

In Henriettes Kopf begann alles durcheinanderzuwirbeln, aber sie versuchte klar zu denken. »Soll das heißen, dass du Schulden bei diesem Mann hast und der Mann sehr reich ist?«

Ihr Vater löste seine Hände und zwirbelte seinen Bart, während er sich gleichzeitig auf die Lippen biss.

»Darüber«, sagte er nach einer geradezu endlos scheinenden Pause, »solltest du dir nicht dein hübsches Köpfchen zerbrechen.«

»Du erwartest, dass ich einen Mann heirate, weil du ihm etwas schuldig bist, aber ich darf nicht erfahren, warum.«

»Korrekt. Denn das alles übersteigt dein Vorstellungsvermögen, Nur so viel: Wenn du ihn nicht heiratest, verlieren wir alles, was ich hier für euch aufgebaut habe.«

Gut, dachte Henriette als Erstes, das wäre doch ausgezeichnet, dann fahren wir zurück nach Deutschland zu Sophie! Im nächsten Augenblick wurde ihr bewusst, wie selbstsüchtig das war. Der gesamte Besitz ihrer Familie bestand aus dem Haus hier und den Plantagen. Ihre Mutter und ihre Schwestern stünden vor dem Ruin.

»Warum ich?«

»Weil du hier bist.«

»Aber der Mann hat mich doch noch nie gesehen.«

»Deine Mutter hatte mir Lichtbilder von dir und deiner Schwester geschickt, und er war außerordentlich beeindruckt, was für uns alle ein Segen ist. Verstehst du nun, wie wichtig es ist, dass dein Ruf und dein Äußeres tadellos sind?«

Henriette fand diesen Mann bereits jetzt verabscheuungswürdig. Wie sollte man so jemanden lieben?

»Du opferst also deine Tochter für die Familie.«

Ihr Vater wurde plötzlich bleich. »Um Gottes willen, bitte rede nicht so, das hast du falsch verstanden. Dieser Mann ist ein guter Mann, er hat mir am Klondike das Leben gerettet. Ich schulde ihm in jeder Hinsicht etwas, und er wünscht sich eine Gattin und wäre entzückt, wenn sich unsere Familien so für immer miteinander verbänden. Ich werde dir die Hälfte der Plantage als Mitgift geben, denn auch er möchte in das Pflanzgeschäft einsteigen. Nach unseren Erlebnissen im eisigen Kanada wollen wir den Rest unseres Lebens nur noch im Warmen verbringen.« Er schüttelte sich so, als ob ihn ein kalter Schauer überlaufen hätte.

»Ist der Mann also ein Farmer?«

»Das nun nicht gerade, aber er wird einer werden. Außerdem ist er in jeder Hinsicht ein – Gentleman.«

Henriette hatte ihren Vater nicht mehr gesehen, seit sie ein Kind im Alter von Ella gewesen war, aber er war ihr stets wie ein übermächtiger Koloss erschienen. Jetzt saß er blass und sichtlich erregt vor ihr, und beinahe kam es ihr so vor, als wäre er vor ihren Augen geschrumpft. Was auch immer es war, was er vor ihr verbarg, es hatte eine große Macht über ihn, und das machte ihr Angst.

Aber was erwartete er von ihr? Dass sie niederkniete und seine Hand küsste und »Ja, Vater, so sei es« murmelte? Das konnte sie nicht. Schließlich stand ihr Leben auf dem Spiel. Sie räusperte sich, um ihm eine deutlich abschlägige Antwort zu geben, aber ein Blick auf sein Gesicht ließ sie alles herunterschlucken. Ganz offensichtlich stand nicht nur ihr Leben auf dem Spiel, sondern auch seines.

3. Kapitel

Julius von Sommerfeld

München, Mai 1905

Mein Vater hatte zu allen Aspekten des menschlichen Daseins stets unabänderlich feste Überzeugungen, und eine gern zitierte war die, dass ein Mann in seinem Leben alles ausprobieren sollte. Doch ich bin sicher, dass er mich heute Abend unter keinen Umständen begleitet hätte.

Nicht, weil er Angst gehabt hätte, seinen Ruf als tapferer Abenteurer zu gefährden, immerhin hatte er es bis zum Oberst in der kaiserlichen Armee gebracht.

Sondern vielmehr deshalb, weil er stets stolz darauf gewesen war, mit beiden Beinen auf dem Boden zu stehen. Eine Redewendung, die mich schon von frühester Kindheit dazu gereizt hatte, nachzufragen, wie man denn sonst dastehen sollte, außer natürlich, man war bedauerlicherweise nur im Besitz von einem Bein.

Ich bin jedoch sicher, so ein Abend wie heute hätte ihm genau diesen Boden unter den Füßen weggerissen, denn ich, sein einziger Sohn, war auf dem Weg zu einer spiritistischen Sitzung.

Merkwürdig war es schon, dass ich mich so plötzlich an ihn erinnerte, wo er doch nun schon seit sieben Jahren tot war. Und ich musste mich fragen, ob meine Gedanken ihm nur deshalb galten, weil ich heute Abend einer Séance beiwohnen sollte, oder suchte mich womöglich gerade schon sein Geist heim?

Ich war an meinem Ziel angekommen und setzte das schwere Stativ ab, während ich die Klingelschilder der Ainmillerstraße 20 studierte. Ich hatte eine Villa erwartet und war erstaunt, mich vor einem hochherrschaftlichen Mietshaus mit Erkern, Balkonen und einer reich mit weißem Stuck verzierten Fassade zu finden, die man sogar in der Dunkelheit gut erkennen konnte. Ich war noch nicht mit den Stadtvierteln in München vertraut, weil ich gerade erst aus Hessen kommend bei dem königlich-bayerischen Hofphotograph *Hochstätter und Söhne* unter Vertrag genommen worden war. Hochstätter selbst saß sicher gerade beim Abendessen mit seiner lüsternen Gattin Alfreda und rieb sich die Hände, weil es ihm gelungen war, diesen lästigen und höchst unseriösen Auftrag an seinen neuen Mitarbeiter abzuwälzen.

Zunächst hatte niemand auch nur angedeutet, was ich im Salon von Madame Blanche de la Beaufort denn eigentlich genau porträtieren sollte. Deshalb war ich von einer amourösen Aktstudie für den Liebhaber der Dame ausgegangen. Ein Auftrag, den der Chef wegen seiner reichlich eifersüchtigen Frau nicht übernehmen wollte. Schließlich war mein Ruf als Aktphotograph legendär, und nur deshalb hatte er mich, den, wie er mich gern gegenüber den Lehrlingen nannte, »etwas unterbelichteten Photographenneuling aus der Provinz«, in seinem Studio eingestellt.

Und wie ich erkennen musste, hatte er mit dem »unterbelichtet sein« so unrecht nicht, denn bevor ich nach München gekommen war, hatte ich noch nie von dergleichen Experimenten gehört. Ich musste meinen Freund Max, mit dem ich mir die Wohnung teilte, danach fragen. Und seine Reaktion auf meine Frage hatte meine Neugier erst so richtig angefacht.

Ich vergewisserte mich, dass ich wirklich an der richtigen Adresse war, und stellte mein Gepäck ab. Das massige Stativ, die alte Reisekamera von Ernemann aus Görlitz, die noch mit beschichteten Glasplatten einzeln beladen werden musste, meine Blitzlampe und der Beutel mit dem hochexplosiven Magnesiumpulver. Mein Chef hatte zwar neben den schweren Studiogeräten noch einige kleinere Detektivkameras, doch es wurde für unmöglich gehalten, mit diesen vergleichsweise winzigen Kameras Ektoplasma auf eine Platte zu bannen. Schließlich wusste niemand zu sagen, welche Form diese Substanz annehmen würde.

Bis vorgestern hatte ich noch nie von eben diesem Ektoplasma gehört, und da auch der Chef nicht recht sagen konnte, was es damit auf sich hatte, musste ich Max anzapfen, der ein Hansdampf in allen Gassen war. Er sah sich selbst als Maler, doch bis vor einiger Zeit hatte er auf Befehl seiner Familie eine Karriere beim Militär absolviert, und erst nachdem seine Gesundheit fast ganz ruiniert war, hatte er um seine Entlassung gebeten. Kennengelernt hatten wir uns auf einer meiner zahlreichen Reisen.

Wann immer es mir möglich war, schnürte ich meinen Ranzen und machte mich auf, die Welt mit meiner Kamera zu erobern. Um mir das nötige Geld zu verschaffen, hätte ich alles photographiert.

Wir beide trafen in Venedig aufeinander, wo er höchst pittoresk mit einem großen Strohhut inmitten einer Schar von Tauben an seiner Staffelei saß und so tat, als würde er den Canal

Grande malen. In Wahrheit galt seine Aufmerksamkeit den vorbeiflanierenden Damen, die ihm verdeutlichten, warum hier in der Serenissima jeder Mann geradezu zum Casanova werden musste.

Ich wollte ihn unbedingt photographieren, und so ergab ein Wort das andere, und ehe ich michs versah, landeten wir im Café Florian. Von da an nahm er mich unter seine Fittiche, erhöhte mein Bildungsniveau, indem er mir Neues und ungemein Interessantes aus dem Kulturgut Italiens nahebrachte. Ich lernte Bellini kennen und Caffè corretto, Tizian und zweiunddreißig Sorten Grappa.

Und nun wollte ich also von ihm wissen, was Ektoplasma war.

Max sparte nicht an ironischen Kommentaren darüber, wie schnell ich mich in die aktuellen Debatten von Münchens Hautevolee eingearbeitet hatte. Alsdann erklärte er mir, dass es sich dabei um etwas Parapsychologisches handelte, über das man sich nicht nur in den Künstlerateliers, sondern auch in Wissenschaftskreisen ereifern würde. Auch Universitätsprofessoren waren dem Ektoplasma verfallen, ganz besonders der Arzt Albert Schrenck von Notzing. Es gäbe gleichermaßen Spötter und glühende Verfechter von Ektoplasma.

Max scherzte, dass erst in dem Augenblick, in dem Rilke eine seelenvolle Ode an das Ektoplasma verfassen würde, wieder andere Themen nachrücken könnten. Es sei denn, Stefan George käme Rilke zuvor und würde Ektoplasma und Prometheus in einem seiner bedeutungsschwangeren Sonette vereinen.

Als er dann auch noch davon anfing, dass man sogar schon Thomas Mann im Gespräch mit Schrenck von Notzing gesehen hatte, musste ich ihn schließlich unterbrechen, um eine etwas deutlichere Antwort zu erhalten. Bedauerlicherweise dämpfte das, was ich dann zu hören bekam, jegliche Freude über meinen Auftrag: Ektoplasma sei etwas, das aus den Körperöffnungen eines Mediums austritt.

Ganz offensichtlich hatte mein Chef mich sogar für ganz außerordentlich unterbelichtet gehalten!

Aber Max versicherte mir, dass es sich bei Ektoplasma nicht um etwas wirklich Körperliches handelte, sondern es vielmehr astral und rein sei, feinstofflich, weißgrau oder leicht rosa, kurzum etwas, das man unter gewöhnlichen Bedingungen nicht sehen konnte, wohl aber photographieren. Und er war durch nichts davon abzubringen, mit mir zusammen hierherzukommen, denn er gehörte natürlich zu den Spöttern und wollte sichergehen, dass etwaige Ektoplasma-Aufnahmen nicht auf das Konto von Doppelbelichtungen oder anderen Manipulationen meinerseits zurückzuführen waren.

Bedauerlicherweise hatte er sich während eines feuchtfröhlichen, jedoch reichlich kühlen Maifestes einen schweren Lungenkatarrh geholt, der ihn ans Bett fesselte. So blieb ich mir doch selbst überlassen und hatte alles alleine herschaffen müssen.

Gerade als ich die Klingel von Madame de la Beaufort drücken wollte, öffnete sich wie von Zauberhand die reich geschnitzte halbrunde Haustür.

Ein stattliches junges Mädchen – nein, ich sollte besser sagen eine junge Frau – stand vor mir und lächelte mir durchaus irdisch zu. Nein, auch das wurde ihr nicht gerecht, denn sie lächelte mich überaus überirdisch aus ihren großen dunklen Augen an. Sie hatte ein außergewöhnlich klares, symmetrisches Gesicht. Leicht oval, mit einem schön geschwungenen Jochbogen, tief liegenden, ausdrucksstarken Augen, vortretenden

Wangenknochen, einem nicht zu großen herzförmigen Mund, kurzum die Sorte Gesicht, die auch mit achtzig Jahren noch schön sein wird. Ich war bereit, das Ektoplasma sofort zu vergessen und wollte sie porträtieren, jetzt und hier.

»Alle warten schon auf Sie«, sagte sie mit einem leicht gereizten Unterton. »Madame fühlt, dass sie in Kürze in eine Trance fallen wird.« Sie deutete auf meine Ausrüstung. »Sie sind doch der Photograph, oder?«

Ich verbeugte mich. »Julius von Sommerfeld, ja, Sie haben recht. Ich bin der Photograph. Woher wusste Madame, dass ich schon hier bin? Hatte sie womöglich eine Vision?«

Das junge Fräulein verbiss sich ein Lachen. »Sie stehen nun schon eine Ewigkeit vor den Klingelschildern. Wir dachten, Sie hätten vielleicht nicht genug Licht.« Sie deutete auf die Laternen und dann auf die Fenster im ersten Stock. Dann hielt sie mir die Tür auf und sah mich auffordernd an. »Soll ich Ihnen helfen?«, fragte sie.

»Gibt es keinen Hausdiener?«

Sie schüttelte jetzt ungestüm den Kopf, was ihre Frisur so durcheinanderbrachte, dass ich sehr gern auch noch die letzten Haarnadeln aus diesem üppigen dunklen Haar gezogen hätte, nur um zu sehen, wie es ihr zu Gesicht stand.

Was für eine Göttin! Nicht im Mindesten darauf bedacht zu wirken, sondern ganz hingegeben an eine Sache.

»Madame hat nur ein Hausmädchen. Aber ich könnte auch etwas tragen, Madame wohnt in der Beletage im ersten Stock.«

»Das kann ich nicht annehmen.« Ich betrachtete sie noch genauer. Sie trug ein helles Kleid aus schimmerndem Stoff, dessen Büstenteil über und über mit Perlen bestickt war. Eine opulente Büste, nicht ganz *à la mode,* doch meiner Meinung nach nur umso prächtiger. Eine Aktphotographie von ihr würde sich ungemein gut verkaufen.

»Was starren Sie mich so an? Ich bin nicht Madame. Kommen Sie endlich.«

Bisher hatte es Frauen nicht gestört, von mir betrachtet zu werden, im Gegenteil, den meisten schmeichelte es, schließlich war ich Photograph! Aber diese Dame hier war eben völlig anders als die Damen, mit denen ich sonst zu tun hatte.

»Und mit wem habe ich das Vergnügen?«

»Mein Name ist Henriette-Viktoria Mayberg.« Sie schlug sich mit der Hand auf den Mund und hielt mit ihrem Rücken die Tür auf. »O Gott, aber das dürfen Sie niemandem sagen. Meine Schwester und ich sind hier inkognito. Ich habe uns als die Geschwister Elsie und Lilli Falkenstein ausgegeben. Wenn meine Großmutter wüsste, dass wir hier sind, würde sie uns für Monate in den Keller sperren.«

»Das hört sich sehr grausam an, geradeso als wären sie einem Roman von Dickens entsprungen. Und was haben Sie ihr denn erzählt, wo Sie gerade sind?«

Henriette schlug die Augen nieder, aber um ihre überaus schönen Lippen zuckte es reichlich spöttisch. »Sie sehen mich gerade im Komitee für den Kirchenbasar, wo wir alles für das Frühlingsfest besprechen.«

»Ist das nicht gefährlich? Was, wenn Ihre Großmutter beschlösse mitzukommen?«

Henriette lächelte jetzt offen. »Großmama ist am liebsten dann barmherzig, wenn es sie weder Zeit noch Geld kostet. Aber bis sie merkt, dass wir gelogen haben, sind wir längst über alle Berge.«

Über alle Berge! Diese gewitzte junge Frau schien völlig frei von unnötigem Getue zu sein. Max würde sie auch gefallen.

Ich drückte mich dicht an ihr vorbei in das Haus und konnte nicht umhin zu bemerken, dass sie ausgesprochen angenehm roch. Nicht zu süß, nicht zu schwer, eine Mischung aus Jasmin und Sommerregen, jedoch ich war kein Kenner und erst recht kein Poet. Max wäre sicher eine passende Gedichtzeile dazu eingefallen, etwas, bei dem die Damen reihenweise andächtig aufseufzten. Jetzt schien es mir doch eine gnädige Fügung des Schicksals, dass er nicht mitkommen konnte.

Am ersten Treppenabsatz knickste das wartende Hausmädchen und ging dann voraus in den Salon, wo man mich offensichtlich schon dringend erwartete.

Doch was war das? Ich musste zweimal hinsehen und kniff dann die Augen zusammen.

Verblüfft blieb ich stehen, ohne das Zimmer zu betreten, und war angesichts der Erscheinung, die mir vom anderen Ende des Zimmers entgegensah, nur allzu bereit, an die medialen Begabungen von Madame zu glauben. Ja, mein abgebrühtes Herz begann sogar heftig zu klopfen.

Denn am anderen Ende des Salons stand genau die lächelnde Henriette, die doch eben auf der Treppe noch hinter mir gewesen war. Wie war das möglich? Hatte ich mit einem Geist geredet, oder war das vor mir im Salon nur eine Materialisation meines Geistes?

Ich drehte mich um und sah in Henriettes fragendes Gesicht. Da verstand ich, dass es sich hier keineswegs um übersinnliche Phänomene handelte, sondern ganz schlicht um Zwillingsschwestern. Fräulein Mayberg hatte ja gerade beim Vorstellen von einer Schwester gesprochen. Erleichtert betrat ich den

Salon. Nun hatte ich mich schon zweimal heute Abend zum Narren gemacht und nahm mir vor, es dabei zu belassen und mich auf meine Arbeit zu konzentrieren. Ich verschaffte mir einen Eindruck von dem Zimmer und seinen Lichtverhältnissen, denn ganz offensichtlich sollte hier die Ektoplasma-Photographie aufgenommen werden.

Der Raum war unerträglich vollgestopft, und ich sehnte mich augenblicklich nach meinem Studio, wo man sich konzentriert einer Sache widmen konnte. Überall standen kleine Beistelltische aus dunklem Holz, auf denen sich entweder Lampen mit orange schimmernden Glasschirmen befanden oder kleine und größere Statuetten. Und rechts von mir entdeckte ich ein besonders großes Exemplar des allgegenwärtigen Makartstraußes aus staubigen Pfauenfedern. Das Ganze präsentierte sich vor einer Tapete mit einem Rosenrankenmuster, von dem es schwach besaitete Damen sicher schwindelig werden konnte.

In der Mitte des Salons war der große Erker, den ich von unten gesehen hatte. Hier befand sich zwischen zwei Kübeln mit Stechpalmen ein breiter Barockstuhl, eine Art Thron mit Armlehnen und einer reich geschnitzten Rückenlehne, gepolstert mit bordeauxfarbig glänzendem Stoff, in den Lilien eingewebt waren. Aus diesem Stuhl erhob sich nun die Person, derentwegen sich alle hier versammelt hatten, wobei sie achtlos den kleinen Fußschemel umstieß, der sogleich von dem Hausmädchen wieder ordentlich aufgestellt wurde.

Madame hustete ausgiebig in ein weißes Taschentuch, schwebte dann auf mich zu, und schon von Weitem streckte sie mir ihre bleiche, schmale Hand zum Kuss entgegen.

Eine wallende Toga umhüllte ihre zarte Gestalt, die mich an

griechische Tempeldienerinnen erinnerte und die sie von den anderen Damen unterschied und hervorhob. Das galt auch für ihre Frisur, denn ihr blondes Haar war dazu passend aufgesteckt und mit Bändern umwickelt. Es fiel mir schwer, ihr Alter zu schätzen, was natürlich an der minimalen rosigen Beleuchtung lag. Und ich begann mir Sorgen wegen der Bilder zu machen, denn selbst mein Blitzpulver konnte hier nicht mehr viel herausholen.

Madame schenkte mir ein leidendes Lächeln, hustete und dankte mir auf Deutsch mit starkem russischem Akzent so inbrünstig für mein Kommen, als ob auch ich ein glühender Verehrer ihrer Kunst wäre. Dann stellte sie mich den anderen Anwesenden im Salon vor und erzählte mir, warum sie hier waren, ohne ihnen zu verraten, was mich hergeführt hatte.

Zuerst schüttelte ich die Hand einer älteren, schwer beleibten Dame, Magda von Schilling, die unbedingt etwas über ihren Sohn Wilhelm-Gerhard erfahren wollte, der während einer Forschungsreise zum Kaiser-Wilhelms-Land verschollen war. Madame flüsterte mir ins Ohr, dass Frau von Schilling entsetzliche Albträume plagten, in denen ihr Sohn Kannibalen zum Opfer fiel. Als Nächstes wurde mir Fürst Alexander Kurakin vorgestellt, ein Onkel, der Madame bei geschäftlichen Angelegenheiten beriet. Danach lernte ich einen Engländer, Mr. John Smith kennen, um den Madame ein solches Aufhebens machte, dass es für jeden ersichtlich war, dass er so viel John Smith war wie ich Kaiser Wilhelm. Auf dem Schoß des Engländers saßen zwei dicke Möpse, die ihn am Aufstehen hinderten. Es hätte mich nicht weiter gewundert, wenn er als spleeniger Engländer etwas über den Stammbaum der Möpse in Erfahrung hätte bringen wollen. Doch ich tat ihm unrecht, er wollte mit seiner

Gattin Violet Kontakt aufnehmen, die bei einem tragischen Reitunfall viel zu jung verstorben war.

Und dann waren da noch die Schwestern Elsie und Lilli Falkenstein. Ganz offensichtlich war Lilli der Deckname für Henriette und Elsie der ihrer Schwester. Und jetzt, da sie direkt nebeneinanderstanden und ich sie genauer betrachten konnte, bemerkte ich doch winzige Unterschiede zwischen ihnen. Lilli war fülliger als Elsie, und ihre Augen erschienen mir größer. Und obwohl Elsie ebenso in ihr Taschentuch hustete wie Madame und insgesamt etwas zarter und anfälliger wirkte, kam es mir so vor, als ob sie dem Abend mit großer Freude entgegensehen würde, wohingegen Lilli ganz offensichtlich beunruhigt war. Etwas versetzte sie in Angst.

Leider hatten diese Beobachtungen mich so gefesselt, dass Madames weitere Ausführungen meiner Aufmerksamkeit entgangen waren. Erst als mich plötzlich alle anstarrten, kam ich wieder zu mir und wusste nicht, welche Antwort erwartet wurde. Lilli, also Henriette, sprang für mich in die Bresche und fragte, wo ich denn nun meine Kamera aufbauen würde. Ich war ihr wirklich dankbar.

Erleichtert teilte ich Madame mit, dass ich den Photoapparat genau gegenüber von ihrem Stuhl aufstellen würde, und dann bereitete ich alles für die Aufnahme vor.

Das Hausmädchen wurde angewiesen, die schweren goldbraunen, mit Schabracken und Bordüren geschmückten Gardinen vorzuziehen. Die Lichter am Kronleuchter wurden angezündet, was merkwürdigerweise nicht etwa für mehr Helligkeit im Raum sorgte, sondern im Gegenteil, die flackernden Kerzen verliehen ihm etwas Düsteres. Ich konnte nur hoffen, dass meine Blitzlampe Wunder wirken würde.

Fürst Kurakin bestand darauf, dass sich die anderen Gäste davon überzeugen sollten, wie wissenschaftlich hier gearbeitet wurde. Er wollte, dass Lord John, wie er nun plötzlich genannt wurde, aufstand und überprüfte, ob hinter dem Stuhl von Madame falsche Spiegel, Fäden oder andere Zaubertricks versteckt waren. Das war völlig unnötig, so als würde man einen Trinker von den Wundertaten des Schnapses überzeugen müssen. Die Anwesenden vertrauten Madame, und es war ihnen peinlich, sich als Kontrolleure aufzuspielen.

Nur die beiden Schwestern wirkten reichlich skeptisch, und mir fiel auf, dass Madame sie in einiger Entfernung von sich platziert hatte.

Urplötzlich verdrehte Madame die Augen, hustete ein paarmal, dann begann sie zu taumeln, woraufhin sie von Fürst Kurakin sofort zu dem Barockstuhl geleitet wurde. Er half ihr dabei, sich zu setzen, was mit so großer Geste geschah, dass ich erwartete, gleich einen Engelschor das Halleluja singen zu hören. Fürst Kurakin bat um Ruhe, platzierte Lord John neben Madame, wo er dann aufgefordert wurde, ihre Hand zu halten, was die beiden Möpse nicht wirklich goutierten.

Madame begann, immer lauter zu atmen und zu hecheln, und die Möpse folgten ihrem Beispiel. Die anderen sahen ihr dabei zu, und ich war ratlos, wann ich denn nun das Photo machen sollte. Es wäre natürlich viel besser gewesen, erst einmal an einer Séance teilzunehmen und dann Photographien zu machen.

Aber nun war ich da und stand neben der Kamera und wusste nicht, wann der richtige Moment kommen würde.

Das Atmen und Hecheln wurde stärker und stärker, und dann auf einmal japste Madame laut auf, hustete und geriet in konvulsivische Zuckungen, die abrupt endeten. Plötzlich sprach sie akzentfrei und mit sehr tiefer Stimme deutsch und erklärte, Aquariel, ihr geistiger Führer, fühle sich bedrängt, weil einer der heute Anwesenden durch seinen Skeptizismus eine solch negative Aura um sich herum verbreitete, dass die Sphären für Aquariel nicht zu durchdringen seien.

Fürst Kurakin, Lord John und Magda von Schilling warfen mir dermaßen feindliche Blicke zu, dass ein zartbesaiteterer Mensch als ich es kaum ertragen hätte. Doch an mir prallten solche Behauptungen ab. Ich war keineswegs skeptisch, allenfalls neugierig.

Ich wandte mich Henriette zu und erkannte, dass sie mich auch sehr ernst musterte, während ihre Schwester die Augen verdrehte, und es war klar, wer hier der Skeptiker war. Was mich wieder zu der Frage führte, was die Zwillingsschwestern denn überhaupt hierhergetrieben hatte.

Kurzerhand beschloss ich, endlich das zu tun, wofür ich bezahlt wurde. Ich bereitete vorsichtig das Magnesiumpulver mit dem Kaliumchlorat und etwas Schwefelantimon auf meiner Blitzlichtlampe vor, öffnete den Kameraverschluss, entzündete das Pulver und schaffte es, nahezu gleichzeitig den Auslöser zu drücken.

Die Blitzflamme brachte alle zum Erstarren, und als das Photo im Kasten war, kam es mir so vor, als ob jeder laut ausatmen würde. Nur Madame hatte nicht auf das Licht reagiert. Sie murmelte nun leise in einer mir fremden Sprache vor sich hin, und ich war beeindruckt von ihrer ganz offensichtlichen Versunkenheit. Ich breitete ein Tuch über mich und legte noch eine Glasplatte ein.

Madame erhob sich nun mit geschlossenen Augen, und es sah beinahe so aus, als ob sie in ihrer Toga über dem Boden schweben würde, ich belud die Blitzlampe mit Pulver und photographierte auch das.

Diesmal waren alle so auf Madame konzentriert, dass niemand auf den Blitz und den aufsteigenden Qualm reagierte, und ich muss zugeben, dass auch mich eine ganz merkwürdige Stimmung ergriffen hatte.

Doch ich wollte mich nicht noch einmal zum Narren machen lassen und versuchte, bei Verstand zu bleiben: So einen Schwebetrick hatte ich schon einmal bei einem Magier gesehen, und ich war sicher, dass Kurakin eigentlich ihr Assistent war.

Madame sank nun zurück in ihren Barockstuhl, ergab sich wieder merkwürdigen Zuckungen, und ich legte schnell noch eine Platte ein, denn vielleicht war ja das kommende Ektoplasma der Grund für diese körperlichen Qualen.

Doch noch bevor ich mein Blitzpulver entzünden konnte, wurde sie ruhiger und begann, englisch zu sprechen. Dem Geist von Violet war es nun doch mithilfe von Aquariel, ihrem Führer, gelungen, durch die negative Energie im Raum zu ihr hindurchzudringen.

Sie beschrieb, wie sehr Violet ihren Gatten lieben würde und wie Violet ihn darum bat, ihre Perlenkette einer Frau zu schenken, die es verdient hätte. Sie könne nicht glücklich sein, wenn all ihr Schmuck verdorre, sie wünsche, dass er sich wieder verheirate, aber nicht mit einer Engländerin.

Mein Englisch war nicht schlecht, weil meine Mutter Englisch und Französisch an der höheren Mädchenschule in Darmstadt unterrichtet hatte. Also hatte ich wohl richtig verstanden, worauf das alles abzielte, Lord John sollte die Kette Madame schenken. Als ich zu den Zwillingen hinübersah, erkannte ich, dass sie wohl Ähnliches verstanden hatten, denn sie schauten sich vielsagend an, und in mir keimte der Wunsch auf, eine Photographie der beiden zu machen, dazu musste ich die Kamera nur ein kleines bisschen verschieben.

Da Madame gerade wieder stark hechelte und so alle ablenkte, gelang es mir, die beiden unbemerkt auf eine Platte zu bannen.

Kaum war der Rauch vom letzten Blitz verflogen, kam Madame zu sich, blickte verwirrt in die Runde, als gleite sie wirklich aus den Sphären einer anderen Welt herüber, und erst durch Fürst Kurakins sanftes Zureden vermochte sie sich wieder in ihrem Salon zu erden.

Der Fürst führte sie weg, weil sie nach solchen Sitzungen körperlich völlig erschöpft sei, und wies das Hausmädchen an, die Gäste zu einem kleinen Imbiss im Speisezimmer zu führen.

Überrascht stellte ich fest, dass die Parapsychologie den Körper offensichtlich stark fordert, denn ich verspürte den gleichen Hunger wie nach einem langen Ausritt.

Im Speisezimmer war ein kleines Buffet aufgebaut, nichts Übertriebenes, nur Brot, Butter, Käse, kalter Braten und Hühnerkeulchen, außerdem wurde Wein und Bier gereicht.

Ich hoffte, beim Buffet mit den Zwillingen ins Gespräch zu kommen, doch zu meinem größten Bedauern verabschiedeten sich die beiden. Hastig folgte ich ihnen zur Garderobe. »Darf ich Sie einmal besuchen?«, fragte ich, während sie schon ihre Mäntel überzogen. Dabei fiel mir auf, dass Henriettes Schwester jetzt ohne Unterbrechung hustete.

»Wohl kaum!«, sagte Henriette reichlich abweisend, was sie mir aber nur noch interessanter machte. Ich musste diese junge Frau wiedersehen, ich spürte bis tief in meine Knochen, dass es hier nicht nur um körperliche Freuden ging, sondern um etwas anderes, so etwas wie eine geistige Verbindung. Und ich war sicher, dass mich diese Gedanken nicht nur wegen der Séance heimsuchten.

»Wir werden Deutschland verlassen«, erklärte ihre Schwester etwas freundlicher.

»Machen Sie eine Kur wegen Ihres Hustens?«, fragte ich, weil ich um jeden Preis wissen wollte, wo ich sie wiederfinden könnte.

Überrascht sahen sich die Schwestern an, dann wieder mich.

»Das ist doch nur eine kleine Unpässlichkeit. Nein, wir …«, begann Henriettes Schwester, wurde aber rüde von Henriette unterbrochen.

»Es war nett, Sie kennenzulernen, aber Sie sollten Ihre Energie lieber nicht auf Damen verwenden, die in Kürze in die Kolonien abreisen.«

Nun war es an mir, überrascht darüber zu sein, dass die beiden sich den von mir lange gehegten Wunsch, durch die Welt zu reisen, erfüllen konnten. Wenn ich wie Max aus wohlhabenden Verhältnissen stammen würde, wäre ich mit meiner Kamera schon längst nach Übersee abgereist. Ich reichte den Damen meine Karte. »In die Kolonien? Darf ich fragen, wohin genau?«

»Nach …«

Henriette versetzte ihrer Schwester einen leichten Klaps auf den Oberarm.

»Wir müssen gehen.« Sie nahm ihre Schwester an der Hand und zerrte sie geradezu aus der Wohnung von Madame. Und nur das Verantwortungsbewusstsein für Hochstätters Ausrüstung hinderte mich daran, den beiden schnurstracks zu folgen. Ein Versäumnis, das ich später sehr bereuen sollte. Doch damals dachte ich, es wäre ein Fehler, meine Platten aus den Augen zu verlieren, schließlich sollten sie über jegliche Vorwürfe von Manipulation erhaben sein. Während ich innerlich hadernd zusammenpackte, verabschiedeten sich auch die anderen Gäste, und ich nutzte die Gelegenheit, Fürst Kurakin danach zu fragen, warum denn die Schwestern da gewesen seien.

Er verweigerte zunächst die Antwort mit dem Hinweis auf die Vertraulichkeit der Séance, doch ich blieb hartnäckig und erklärte ihm, dass ich doch durch meine heutige Teilnahme quasi initiiert worden sei. Schließlich ließ er sich erweichen und verriet mir, die Geschwister Falkenstein seien wegen eines Anfalls von automatischem Schreiben erschienen. Sie hätten Aquariel dazu befragen wollen, doch Aquariel war leider sehr launisch und hatte ihnen auch in der vierten Woche nichts dazu sagen können.

Automatisches Schreiben? Ich versuchte meine Unkenntnis darüber zu verbergen und lenkte das Gespräch auf die Photographien und versprach, so bald als möglich Abzüge meiner Aufnahmen zu liefern. Dann machte ich mich äußerst missmutig auf den Weg nach Hause. Da hatte ich zum ersten Mal ein weibliches Wesen kennengelernt, das in mir mehr als nur den Wunsch nach flüchtigen Umarmungen ausgelöst hatte, und ich hatte es einfach entwischen lassen, und anders als im Märchen hatte ich Tölpel noch nicht einmal einen Schuh von ihm.

Die viel zu kalte, viel zu nasse Mailuft tat ein Übriges und wusch mir gründlich den Kopf. Während ich schnellen Schrittes auf Max' Wohnung in der Viktoriastraße zustrebte, dämmerte mir, auf welch aussichtslosem Posten ich mich befand, und ich beschloss, keinen einzigen Gedanken mehr an Henriette zu verschwenden.

Allerdings musste ich natürlich den ans Bett gefesselten Max mit einer vergnüglichen Zusammenfassung des Abends aufheitern, und im Gegenzug versprach er, etwas über das automatische Schreiben für mich herauszufinden. Danach tranken wir noch einige Schnäpse auf sein Wohl, auf junge Damen und sogar auf das Ektoplasma und beendeten den Abend in bester Stimmung.

Damals dachten wir beide, dass er bald wieder gesund werden würde.

4. Kapitel

Henriettes Gespräch mit ihrem Vater lag schon zwei Wochen zurück, und noch immer hatte niemand bei ihnen zu Hause vorgesprochen, was die Spannung in ihr geradezu unerträglich verschärft hatte. Ihre Gedanken kreisten nur noch darum, wer dieser Mann war und warum ihr Vater ihm so verpflichtet war. Und anstatt dass sie eine Geschichte oder einen kleinen Artikel für Charmian verfasste, führte sie in Gedanken lange Gespräche mit Sophie und versuchte sich zu beruhigen, aber es gelang nicht.

Sie hatte sogar den bewussten Füllfederhalter herausgeholt und einen Brief an Sophie begonnen, doch über den Anfang war sie nicht hinausgekommen. Und jedes Mal, wenn sie an Sophie dachte, kam es ihr so vor, als ob es immer schwieriger würde, zu ihr vorzudringen, außerdem spürte sie dann so einen starken Druck auf ihrer Brust und musste husten. All das vergrößerte ihre Sorge darum, wie es Sophie wohl ergangen war.

Nachdem sie keinen Brief zustande gebracht hatte, versuchte sie sich wieder an einem Artikel für Charmian. Doch sie konnte nicht einmal einen ersten Satz aufs Papier bringen, und das ärgerte sie so, dass sie sich wünschte, sie bekäme wieder einen Schreibanfall, während dem sie nicht nur einen, sondern gleich zehn Artikel oder Geschichten für Charmian verfassen würde. Aber das geschah natürlich nie.

Zusätzlich zu all dem wurde die Hitze jeden Tag unerträglicher, weil nicht einmal mehr der leiseste Windhauch die schwere Feuchtigkeit in der Luft erträglich machte. Man vermied es, das Haus zu verlassen, und wahrscheinlich bekamen sie auch deshalb keinen Besuch.

Allein vom Atmen brach Henriette der Schweiß aus. Niemand konnte sich daran erinnern, zu dieser Jahreszeit je solch eine lang andauernde Hitzewelle erlebt zu haben, und man munkelte, dass diese völlige Windstille bald von einem gewaltigen Zyklon abgelöst werden würde. Davor fürchtete sich jeder, denn erst im Juli hatte es einen verheerenden Wirbelsturm gegeben, dessen Schäden in großen Teilen Samoas noch nicht wieder repariert waren. Henriette hatte ein paarmal darüber nachgedacht, ob das vielleicht ein Thema für einen Artikel sein könnte, es aber stets verworfen. Ihr schwebte ein Artikel über die Menschen von Samoa vor. Sie wollte etwas ganz Besonderes schreiben, etwas, das Charmian begeistern würde.

Und während der ausgiebigen Siesta sinnierte sie nicht nur darüber, welche grandiosen Ideen sie haben würde, sondern auch darüber, was für einen fantastischen ersten Satz sie dann schreiben würde und wie noch viel großartiger der letzte Satz dann wäre. Darüber schlief sie in aller Regel ein und erwachte erst, wenn die Dämmerung anbrach und das Haus wieder zu seinem gedämpften Leben erwachte – ohne auch nur ein einziges Wort zu Papier gebracht zu haben.

Henriette und Ella hatten noch nicht einmal einen Ausflug nach Apia in die Hauptstadt der Insel unternommen, weil es ständig etwas zu tun gab, man aber in dieser Hitze für die kleinsten Erledigungen sehr viel mehr Zeit benötigte als sonst.

Nach der Wäsche aller Reisekleider hatte ihre Mutter damit begonnen, ein paar deutsche Vorräte anzulegen. Ihre Mutter hatte bei vierzig Grad im Schatten und etwa neunzig Prozent Luftfeuchtigkeit Marmeladen gekocht und Gurken eingelegt, was Henriette insgeheim schlichtweg für Wahnsinn hielt. Dann versuchte ihre Mutter herauszufinden, wie der Herd funktionierte, wie viele Kokosschalen verbrannt werden mussten, um welche Hitze in welcher Zeit zu erzeugen. Ein Experiment, das in der Antarktis sicher vergnüglich gewesen wäre.

Und schließlich hatte ihre Mutter Hühner gekauft und einen Stall bauen lassen, was nicht nur wegen der Hitze, sondern auch wegen der samoanischen Art zu arbeiten viel länger dauerte, als sie sich das vorgestellt hatte.

Kein Samoaner verstand, warum ihre Mutter etwas schnell erledigt haben wollte, wo man doch alle Zeit der Welt zur Verfügung hatte. Wenn der Lattenzaun heute nicht fertig wurde, dann eben morgen oder übermorgen oder in zwei Wochen.

Und als der Stall dann endlich fertig war, brachte er die Samoaner sehr zum Lachen. Sie liefen in kleinen Gruppen wie zufällig hinter dem Haus vorbei und betrachteten den Hühnerstall, als wäre er ein Kuriositätenkabinett. Die samoanischen Hühner und Schweine liefen frei durch die Dörfer, niemand wäre auf die Idee gekommen, sie einzusperren, nur damit man nicht auf dem ganzen Grundstück nach Eiern suchen musste. Denn das war doch eine angenehme Aufgabe, bei der man viele Menschen treffen und sich wunderbar unterhalten konnte! So fremd diese Gedanken Henriette zunächst auch vorkamen, so musste sie doch zugeben, dass es in der Hitze wirklich sehr viel klüger war, alles langsam anzugehen. Das schien ihr dann doch einen Artikel wert, denn es zeigte auf verblüffende Weise den Zusammenprall zweier Welten. Zwar nur im Kleinen, aber man konnte es als Parabel für das große Ganze sehen, und sie hatte auch schon einen Titel dafür ins Auge gefasst: *Die Hühnerstallaffäre*. Der Titel war bis jetzt das Einzige, was sie aufs Papier gebracht hatte, aber sie fand, es war immerhin ein vielversprechender Anfang.

Nach einer besonders langen Siesta nahmen Henriette und ihre Mutter gerade einen Tee auf der vorderen Veranda, als Lesa, einer der Farmarbeiter, mit einer Nachricht ihres Vaters eintraf, die sie schlagartig in helle Aufregung versetzte. Ihr Vater, der seit drei Tagen an der Südküste unterwegs war, um Land zu kaufen, kam heute zurück und hatte zur Feier des Tages Gäste eingeladen, die am selben Abend noch fürstlich bewirtet werden sollten.

Ihre Mutter erlitt eine Nervenkrise, denn Lesa, der samoanische Bote, hatte für den Weg statt einiger Stunden zwei ganze Tage gebraucht. Deshalb blieben ihnen nun nicht zwei Tage, sondern nur vier Stunden für alle Vorbereitungen. Lesa hatte, wie er freimütig und ohne Zögern erklärte, den Weg dazu genutzt, bei verschiedenen Vettern, Schwestern und Brüdern vorbeizuschauen, Tee zu trinken und sich auszuruhen. Schließlich hätte er nicht gewusst, dass Eile geboten war. In Samoa war niemand je in Eile. Niemand rannte in Samoa.

Ihre Mutter war empört über diese gedankenlose Grausamkeit ihres Gatten, aber dann versuchte sie, das Beste daraus zu machen. Henriette und Ella mussten ihr helfen, um alles für zehn Personen vorzubereiten. Henriette, über der das Gespräch mit ihrem Vater in den letzten zwei Wochen wie ein Damoklesschwert gehangen hatte, war unglaublich erleichtert, dass sie nun endlich den Mann kennenlernen sollte, mit dem ihr Vater sie verheiraten wollte. Sie zweifelte keinen Moment daran, dass er an diesem Abend auch anwesend sein würde.

Ihre Mutter allerdings war am Boden zerstört, wie sollte sie in so kurzer Zeit reüssieren? Ihr Mann hätte doch wissen müssen, wie schwierig es war, in den Tropen einen anständigen Haushalt zu leiten. Ein Gespräch mit dem samoanischen Koch über die Speisenfolge führte ihr das Ausmaß der Katastrophe klar vor Augen. Es gab, von den gerade erst eingelegten Gurken und Marmeladen und einer echt deutschen Hühnersuppe abgesehen, nichts wirklich Deutsches, was man hätte reichen können, nur samoanische Speisen wie Fisch in Kokosnusscreme und Süßkartoffeln in Kokosnusssoße. Ihre Mutter verschwand in der Küche und packte mit an, um sicherzugehen, dass alles pünktlich um acht Uhr fertig war.

Nian verzierte den mit hellem Leinen gedeckten Tisch mit tropischen weiß-rosa Blüten, was zusammen mit dem Zwiebelmustergeschirr in Henriettes Augen wunderschön und sehr exotisch wirkte. Auf den ersten Blick schien der Tisch so, als hätte ein Windstoß die Blüten vom Himmel hereingeweht, aber auf den zweiten Blick erkannte Henriette, wie sorgfältig Nian alles arrangiert hatte.

Sie waren noch nicht einmal fertig angekleidet und ihr Vater noch nicht zu Hause, als auch schon die ersten Besucher eintrafen.

Herr und Frau Weber, die Inhaber des größten Kolonialwarenladens in Apia, Herr Ernst-Otto Hofmann, ein Vogelforscher, der für die Londoner *Society of Ornithology* auf Samoa die Vogelwelt erkunden wollte, und Herr Renkendorf, der für »die Firma«

arbeitete. Wie er Henriette ausführlich erklärte, wurde die *Deutsche Handels- und Plantagen-Gesellschaft* auf Samoa von allen nur »die Firma« genannt.

Henriette betrachtete die beiden Männer, die offensichtlich Junggesellen waren, und fragte sich, ob einer davon der Mann war, über den sie mit ihrem Vater gesprochen hatte. Sie ärgerte sich, dass sie ihn nicht nach seinem Namen gefragt hatte.

Beide Männer waren im mittleren Alter, aber deutlich jünger als ihr Vater. Sie waren schlank, hatten breite Schultern und waren nur wenig größer als Henriette. Renkendorf trug einen Schnauzer, der nicht wie bei ihrem Vater nach oben gezwirbelt war, sondern brettgerade über die Lippen herausragte und Henriette an eine Bürste erinnerte. Er wirkte wie ein Mann, der niemals lachte, nicht einmal dann, wenn er betrunken war.

Dagegen war der blonde und glatt rasierte Hofmann ein ganz anderer Mensch. Sein einnehmend symmetrisches Gesicht wirkte so freundlich und offen, dass nicht einmal die leicht abstehenden, eher kleinen Ohren diesen Eindruck schmälerten. Allerdings wanderten seine blauen Augen ruhelos hin und her, als wäre er auf der Suche nach etwas. Auf der Suche nach ihr?

Henriette bemerkte, dass Ella Hofmann mit ihren Blicken verschlang, als wäre er ein Adonis. Er bemerkte das und schäkerte ein wenig mit ihr, sodass die griesgrämige Ella plötzlich anfing zu strahlen wie ein Glühwürmchen.

Wie großzügig von Hofmann, dachte Henriette, während sie den trockenen Portwein herumreichte und überlegte, was sie tun würde, wenn Renkendorf der Mann wäre, den ihr Vater gemeint hatte. Immer wieder spähte sie zu ihm hinüber, aber sein Gesichtsausdruck von der Lebhaftigkeit einer Schnecke änderte sich nie. Einmal erwischte Hofmann sie dabei, wie sie

Renkenberg musterte, und zwinkerte ihr zu, was ihn ihr noch sympathischer machte. Zusammen mit ihrem Vater erschienen dann noch der Leiter des Krankenhauses für Europäer, Dr. Alfons Krämer, mit seiner Schwester Dorothea, die Krankenschwester war und ihn bei seiner Arbeit in Samoa unterstützte.

Der etwas schmalbrüstige Dr. Krämer wäre auch als Kandidat infrage gekommen, denn er war ebenfalls Junggeselle, aber auf Henriette wirkte er nicht wie ein Mann, der auf der Suche nach einer Frau war. Vielleicht lag das an seiner enthusiastischen, etwas walkürenhaften Schwester, die nicht nur mit ihm arbeitete, sondern auch seinen Haushalt führte.

Henriette wurde von ihrem Vater zwischen Ernst-Otto Hofmann und Claus-Wilhelm Renkendorf platziert. Nun gab es keinen Zweifel mehr daran, dass einer der beiden der erwählte Verlobte sein musste.

Renkendorf erzählte unentwegt weitschweifige Anekdoten von der Plantage, die im Wesentlichen darum kreisten, wie heldenhaft er, Renkendorf, gegen die faulen und nichtsnutzigen Arbeiter kämpfte und welche großartigen Fallen er sich ausgedacht hatte, um sie in flagranti beim Nichtstun zu erwischen.

Hofmann, der sich vorhin noch so aufmerksam um Ella gekümmert hatte, zeichnete sich nun durch ein geradezu unhöfliches Schweigen aus.

Ella, die ihm gegenübersaß, schien das nicht zu stören, sie konnte ihren Blick nicht von ihm wenden.

Ihre Mutter entschuldigte sich fortwährend für das Essen, für den Wein, für die wenigen Diener und zwang ihre Gäste permanent dazu, ihr zu widersprechen, was nicht nur Henriette etwas ermüdend fand.

Dann wandte sich die allgemeine Unterhaltung dem Krankenhaus zu, dem Dr. Krämer vorstand und der plante, auch ein Krankenhaus für Nichteuropäer zu eröffnen. Er hielt sich jedoch zurück, seine Schwester war die Wortführerin. Voller Bewunderung sprach sie von ihrem Bruder und wie er alle bürokratischen Hürden überwunden hatte, um dieses Krankenhaus aufzubauen. Sie hatte vor, junge Samoanerinnen als Krankenschwestern auszubilden, und gab der Hoffnung Ausdruck, dass ihr Vorbild in allen deutschen Kolonien Schule machen würde.

Dorotheas blaugraue Augen leuchteten, und ihr Gesicht rötete sich, während sie von der Ausbildung der Krankenschwestern sprach. Ihr Haar war nur nachlässig aufgesteckt, und ständig löste sich eine Strähne, sie hatte ein Lachen im Gesicht, das alles an ihr zum Leuchten brachte. Henriette stellte sich vor, dass jeder gesund werden musste, der von ihr gepflegt wurde.

Aber dann unterbrach ihr Bruder sie rüde mitten im Satz und erkundigte sich bei Henriettes Mutter nach der langen Reise, die hinter ihnen lag. Dorothea schwieg und starrte bestürzt auf ihren Teller. Henriette hätte ihr am liebsten die Hand gereicht und sie getröstet. Und wenn doch dieses rüpelhafte Männchen der Mann war, mit dem sie sich verheiraten sollte?

Sie sah ihren Vater fragend an, doch er wich ihrem Blick aus, und Henriette seufzte unwillkürlich.

Im gleichen Moment richtete Hofmann das Wort an sie und wollte wissen, was denn nun ihr erster Eindruck von Samoa sei und ob er damit rechnen dürfe, dass sie ihn bald bei seinen Vogelbeobachtungen begleiten würde. Sie hatte schon wieder vergessen, dass er Vogelforscher war, und betrachtete ihn von der Seite. Vogelforscher hatte sie sich eher so vorgestellt wie

Dr. Krämer. Kleine Männlein, die im Wald still und stumm standen, damit sie die Vögel besser hören konnten … Sie biss sich auf die Lippen, um nicht zu lachen.

»Darf man fragen, was Sie so erheitert?«, fragte Hofmann, und diesmal fiel Henriette auf, was für eine wohlklingende Stimme er hatte, mit einem tiefen Timbre, das angenehm in Henriettes Magen vibrierte. Daraufhin betrachtete sie ihn nun noch etwas genauer und fand, dass Ella nicht unrecht hatte. Hofmann war wirklich ein recht gut aussehender Mann.

»Nein, das dürfen Sie nicht. Die Gedanken sind frei, so sagt man doch.«

»Sie lesen Walter von der Vogelweide?«, fragte Hofmann interessiert.

»Nein, ich interessiere mich nicht so für Vögel.«

Hofmann lachte so schallend, dass die Unterhaltung der gesamten Tafel zum Erliegen kam und alle ihn anstarrten.

Henriette hatte das Gefühl, alles Blut ihres Körpers wäre in ihre Wangen geschossen. Das kam davon, wenn man nicht richtig zuhörte!

»Die Gedanken sind frei!«, deklamierte Hofmann mit seiner schönen Stimme. »Wer kann sie erraten? Sie fliehen vorbei wie nächtliche Schatten/Kein Mensch kann sie wissen/Kein Kerker verschließen./Wer weiß, was es sei?/Die Gedanken sind frei.«

Ella applaudierte begeistert.

»Und was ist daran so komisch?«, fragte Renkendorf, dem es ganz und gar nicht gefiel, dass sich Hofmann so in den Vordergrund gedrängt hatte.

»Nichts«, sagte Hofmann und erlöste Henriette, die gefürchtet hatte, gleich zum Gespött aller zu werden.

Ihre Mutter verkündete, dass man nun zum Dessert übergehen würde, und lenkte die allgemeine Aufmerksamkeit damit auf die Teller, die Nian gerade hereintrug.

»Danke«, flüsterte Henriette, »und wer ist nun dieser Vogelwalter?«

»Ein berühmter mittelalterlicher Dichter ...«

Henriette wurde wieder rot, aber weniger schlimm als vorhin. »Da habe ich wohl den Vogel abgeschossen!«

Hofmann lächelte, berührte leicht ihre Hand, wie aus Versehen, und versicherte ihr, dass es sicher sehr vieles gebe, wovon auch er noch nie etwas gehört habe.

Henriette sah an Ellas bösem Blick, dass sie Hofmanns Berührung ihrer Hand bemerkt hatte, und nickte besonders eifrig zu Hofmann hin, um die Schwester ein bisschen zu ärgern. Doch dann tat es ihr leid, denn Ella musste zwischen den Webers sitzen und hatte Mühe, deren reger Beteiligung an der Unterhaltung zu folgen. Sie hatten sich in zahlreichen Variationen darüber geäußert, wie außerordentlich erfreut man über die Einladung gewesen sei. Und immer begann einer der beiden den Satz, und der andere beendete ihn, und zwar ohne dass sie sich dabei ansehen mussten.

Als sie hereingekommen waren, hatte Henriette einen kurzen Hustenanfall vortäuschen müssen, um ihren spontanen Lachanfall zu kaschieren. Die beiden hatten wie siamesische Zwillinge auf sie gewirkt, als wäre einer der Seite des anderen entsprungen. Beide von großer, dünner Gestalt, mit den gleichen langen Gesichtern, tief liegenden Augen und in mehreren Falten herabhängenden Wangen, die Henriette unwillkürlich an einen Hund denken ließen.

»Also, was meinen Sie zu einem Ausflug?«, fragte Hofmann.

»Bisher habe ich mich nicht so sehr für die Vogelwelt begeistern können.« Es fiel ihr nicht leicht, ernst zu bleiben, aber sie schaffte es und pickte das letzte Stückchen ihrer flambierten Banane vom Teller.

»Es ist wirklich interessant! Ich schreibe über das Territorialverhalten der *Foulehaio carunculatus*.«

»Wie faszinierend.« Henriette nahm noch einen Schluck Wasser und gab ihm nicht die Möglichkeit, mehr zu sagen. Wie schade, er sah zwar ganz passabel aus, und anfangs hatte sie noch daran geglaubt, dass eine Unterhaltung mit ihm möglich wäre, aber es gab ja wohl kaum etwas Langweiligeres als Vogelforscher!

Hofmann fasste sie leicht am Ellenbogen und erzwang so wieder ihre Aufmerksamkeit. »Dazu müssten Sie allerdings früh aufstehen, in der Dämmerung kann man sie am besten beobachten.« Er klang so eindringlich, dass Henriette nun doch aufsah und seinen Blick suchte. Unruhig flackerten seine Augen, als würde hinter ihnen eine Laterne hin- und hergeschwenkt.

»Also, ich würde sehr gern mit Ihnen diese Furunkel beobachten!«, ließ sich Ella vernehmen. Unglücklicherweise fielen ihre Worte in eine Gesprächspause, und alle starrten zu ihr, als würden sie sie zum ersten Mal sehen. Dann begannen Renkendorf und Hofmann zu lachen, und sogar Dorothea hatte mit sich zu kämpfen.

Ella wurde blass, und Henriette hatte Mitleid mit ihr, aber dann warf Ella ihr einen triumphierenden Blick zu, der bewies, wie sehr sie es genoss, endlich im Mittelpunkt zu stehen.

Nachdem das Lachen verebbt war, beeilte sich Hofmann zu erläutern, dass der *Foulehaio carunculatus* beileibe kein Furunkel sei, sondern es sich dabei um den Schuppenkopf-Honigesser handelte, einen heimischen Vogel auf Samoa.

Jetzt ergoss sich ein Schwall von Fragen über Hofmann.

Die Webers wollten wissen, welche Spezies genau sein Spezialgebiet war, während Renkenberg erfahren wollte, wie er den Ruf des Schuppenkopf-Honigessers im Vergleich mit dem des Pazifik-Schnäppers einschätze. Dorothea Krämer war neugierig, ob es korrekt sei, dass der Südsee-Lalage wunderschöne blaue Eier legen würde, aus denen die Einheimischen Ritualschmuck anfertigten.

Henriette spürte, wie Hofmann neben ihr erstarrte, er verhielt sich genauso wie Sophie, wenn sie ihre Englischvokabeln nicht gelernt hatte und unerwartet abgefragt wurde. Sie sah, wie sich plötzlich dicke Schweißperlen auf seiner Stirn bildeten. Ganz offensichtlich wusste er keine Antworten auf diese Fragen. Das machte sie neugierig und brachte sie dazu, ihm zu helfen. Leider kamen ihr als Retter nur wieder die Kannibalen in den Sinn.

»Wo Sie gerade den Ritualschmuck angesprochen haben, Frau Krämer, wir sind ja neu hier in der Kolonie und haben viele Gerüchte gehört über die Samoaner und ihre Sitten. Ist es wahr, dass es Kannibalen nur im Kaiser-Wilhelms-Land gibt und wir hier sicher vor ihnen sind?«

Erneut breitete sich Gelächter über der Abendtafel aus, und man beeilte sich, ihr zu versichern, dass der Samoaner an sich zwar kriegerisch sei, es aber schon seit sehr langer Zeit keinen Kannibalismus mehr gäbe.

Hofmann tupfte sich die Stirn, und seine Schultern lockerten sich, als Renkenberg zu einem Vortrag über die schlechte Arbeitsmoral der Samoaner anhob, die in seinen Augen die deutschen Pflanzer zum Gespött aller Europäer machte. Und Gouverneur Solf würde ihnen mit all seinen unsinnigen Verordnungen auch noch kräftig den Rücken stärken.

»Wie kann dieser Mann einer deutschen Kolonie vorstehen und per Gesetz dafür sorgen, dass die Samoaner nicht auf deutschen Pflanzungen arbeiten müssen? Man stelle sich das einmal bei den Negern in Deutsch-Südwest vor oder in Kamerun!«

Ihr Vater nickte zustimmend, während sich die anderen Gäste zurückhielten.

»Ist das wahr?«, fragte Henriettes Mutter, und als sich bejahendes Gemurmel ausbreitete, sah sie ihren Mann fassungslos an. »Und wer macht dann die Arbeit auf euren Plantagen?«

»Das, liebe verehrte Frau Mayberg, ist in der Tat eine Frage, die man Herrn Solf stellen sollte.« Renkenberg deutete eine Verbeugung an. »Wir kommen nicht umhin, uns die Arbeiter aus anderen Kolonien zu holen. Am besten von allen arbeiten noch die Chinesen. Ohne die Kulis wäre diese Kolonie schon zusammengebrochen.«

»Warum arbeiten denn die Samoaner nicht auf deutschen Plantagen?«, fragte Henriette.

»Weil sie Faulpelze sind!«, erklärte Renkenberg.

»Weil sie klüger sind«, begann Frau Weber, und »… als wir denken!«, endete ihr Mann.

»Weil es nicht ihre Art zu leben ist.« Dr. Krämer zuckte mit den Schultern.

»Man nennt es *Fa'a Samoa*«, fügte seine Schwester hinzu.

»Fa'a Samoa«, wiederholte Henriette, und für sie klang das nach etwas, das sehr schön sein musste.

»*Fa'a Samoa* ist nur eine Lizenz zum Faulenzen, nichts sonst.« Renkenberg hatte sich jetzt in Rage geredet.

»Also auf Ihren Plantagen haben die Arbeiter jedenfalls nichts zu lachen!« Dorothea wurde ebenfalls laut, und Henriette war hingerissen von dieser Überzeugungskraft und dem Mut, mit dem sie Renkenberg anblitzte.

»Nun, nun«, versuchte ihr Vater, die gereizte Stimmung etwas zu beruhigen. »Ich würde vorschlagen, die Damen zu verlassen und draußen eine schöne Zigarre zu rauchen.«

Henriette nahm sich vor, Dorothea gleich nach dem *Fa'a Samoa* auszufragen. Sie beobachtete die Webers und wäre nicht überrascht gewesen, wenn Frau Weber mit nach draußen gegangen wäre, um die andere Hälfte der Zigarre zu rauchen. Aber die Damen blieben zusammen und setzten sich unter der Führung ihrer Mutter in die Ecke mit dem Sofa und den Klubsesseln, Ella wurde ins Bett geschickt, und dann kredenzte ihre Mutter den selbst gemachten Johannisbeerlikör, während die Männer draußen einen Whiskey tranken, den sie aus San Francisco mitgebracht hatten.

Obwohl die Sonne schon lange untergegangen war, tupften sich alle ständig wegen der klebrigen Hitze mit ihren Taschentüchern die Stirn.

»Draußen ist es viel angenehmer!«, meinte Frau Weber und sah sehnsüchtig zur Terrassentür.

»Aber ohne den Zigarrenrauch fressen einen die Moskitos!«, gab Dorothea zu bedenken, und Henriette betrachtete dankbar die Moskitonetze, die vor allen Fenstern angebracht waren.

»Stimmt es, dass es hier auf der Insel keine Malaria gibt?«, fragte Henriette, die gern mit Dorothea ins Gespräch kommen wollte.

Dorothea nickte ihr zu. »Das Klima hier scheint für Weiße sehr viel günstiger zu sein als das im Kaiser-Wilhelms-Land. Die Godeffroys sind schon seit 1857 in Samoa ansässig, und nie wurde ein Fall von Malaria berichtet. Es ist wirklich ein Garten

Eden, denn hier gibt es weder Schlangen noch andere giftige Tiere.«

»Aber es ist so heiß, dass man sich trotzdem ständig fühlt, als hätte man Fieber!«, stellte Henriettes Mutter fest.

»Das ist die Feuchtigkeit«, meinte Frau Weber. »Man gewöhnt sich daran. Und normalerweise weht auch immer ein leichter Passatwind. Das Wetter ist dieses Jahr wirklich außergewöhnlich.«

Dorothea nickte zustimmend. »Und Henriette, wie gefällt es Ihnen hier auf der Insel?«

»Ich habe noch nicht viel gesehen, wir mussten uns ja erst einrichten, und so war ich noch nicht einmal in Apia.«

»Apia ist das einzig Sehenswerte hier.« Frau Weber nahm demonstrativ den letzten Schluck von dem Likör, woraufhin sich Henriettes Mutter entschuldigte und die leeren Gläser nachschenkte.

»Da muss ich entschieden widersprechen«, ließ sich Dorothea vernehmen. »Es gibt so viele Naturschönheiten, die man gesehen haben muss. Die Togitogiga-Wasserfälle oder der Kratersee Lanutoo.«

Frau Weber zuckte die Schultern. »Für mich ist alles eins. Ich muss ganz ehrlich sagen, dass ich den Tag herbeiwünsche, an dem mein geliebter Mann den Laden verkauft und wir zurück nach Bremen gehen werden. Hier gibt es meiner Meinung nach zu viel Grün und zu viel Wasser. Ich sehne mich nach einer ordentlich gepflasterten Straße, nach einem Konzert oder einer Theatervorstellung.«

»Aber haben denn die Tanzvorstellungen der Einheimischen nicht auch ihren ganz besonderen Reiz?«, widersprach Dorothea.

»Vielleicht für Sie, weil Sie der Sprache mächtig sind, aber mich ermüdet dieses Hüftenschwingen. Und noch weit unangenehmer ist diese *Kava*-Zeremonie. Aber zum Glück muss man das als Frau nicht oft über sich ergehen lassen, weil für gewöhnlich nur die Männer daran teilnehmen.«

»Was ist *Kava?*«, fragte Henriette.

»Nur ein scheußliches Getränk«, antwortete Frau Weber, aber Dorothea schüttelte sanft den Kopf.

»*Kava,* manchmal wird es auch *Ava* genannt, ist die Wurzel eines Pfefferstrauches, die man zerkleinert, wässert und filtert, und dann wird daraus in eben dieser besonderen Zeremonie das Getränk bereitet. Mein Bruder sagt, es hat eine leicht narkotisierende Wirkung. Aber anders als Opium oder Kokain wird man nicht süchtig davon.«

»Und wie schmeckt das?«

Dorothea lächelte Henriette an. »Ich durfte nur ein einziges Mal davon probieren, und auch nur, weil ich zusammen mit meinem Bruder zu einem Treffen der *Matai* gefahren war. *Matai,* so nennt man hier die Dorfobersten. Frauen dürfen überhaupt nur in Begleitung eines Mannes von dem *Kava* kosten, sonst ist das nur Männern erlaubt. Nun, es schmeckte wie säuerliches Heu und prickelte auf der Zunge. Man trinkt nur ein winziges bisschen, es ist nicht sehr viel, was einem da in der polierten Kokosnusshälfte serviert wird.«

»Wie außerordentlich interessant«, ließ sich Henriettes Mutter vernehmen, aber sie klang so gelangweilt, dass Henriette sich bemüßigt fühlte, Dorothea ganz besonders freundlich anzulächeln. »Und wann gibt es diesen *Kava,* zu bestimmten Jahreszeiten?«

Dorothea zögerte, aber Henriette wollte es genau wissen.

»Nun, soweit ich weiß, wird die *Kava*-Zeremonie zum einen bei einem Treffen der *Matai* abgehalten und zum anderen zur Begrüßung wichtiger Besucher, zum Beispiel auswärtiger *Matai* oder auch ausländischer Würdenträger. Die *Kava*-Zeremonie verleiht dem Ganzen eine besondere Würde und ist eine Ehrung für die Teilnehmenden. Vor allem, wenn der *Kava* von der *Taupou* gereicht wird.«

Die Männer kamen herein, verbreiteten einen leichten Duft nach Zigarren und Whiskey und fragten, welchen Themen sich die Damen gewidmet hatten.

Herr Weber gesellte sich sofort wieder zu seiner Frau und begann mit ihr auf dem Sofa ein erregtes Gespräch, dem Henriette nur allzu gern gelauscht hätte.

Renkendorf und Hofmann blieben hinter Henriettes hohem Ohrensessel stehen, weil sonst kein Platz frei war.

Dr. Krämer und Dorothea machten sich bereit zum Aufbruch und erklärten dabei wortreich, dass am nächsten Tag wichtige Untersuchungen anstünden. Henriettes Eltern begleiteten die beiden hinaus zu ihrer Kutsche.

Hofmann wandte sich an Renkendorf, Henriette konnte die beiden nicht sehen, aber Hofmanns Stimme klang amüsiert. »Wichtige Untersuchungen … Nun, wir wissen ja, wen er sich jetzt noch vornehmen muss.«

»Ich weiß nicht, was Sie daran zum Lachen finden.« Renkendorf kratzte über seinen Bürstenschnurrbart. »Gerade ein Arzt sollte etwas mehr Gefühl für Anstand und Sitte haben, gerade ein Arzt sollte sich über die Reinhaltung der Rasse etwas mehr Gedanken machen als ein unbedarfter Leichtmatrose, den es in der Hose juckt.«

Fasziniert rutschte Henriette tiefer in ihren Sessel. Die

beiden Herren hatten offensichtlich vergessen, dass sie anwesend war.

»Das sehen Sie ein wenig zu engstirnig, mein lieber Renkendorf. Solange er sie nicht ehelicht, ist doch nichts gegen ein wenig Vergnügen einzuwenden.«

»Ich bin davon überzeugt, wenn seine Schwester von dem ganzen Ausmaß der Katastrophe erführe, wäre es mit dieser unerträglichen Bewunderung für ihren Bruder vorbei.«

Henriette musste sich auf die Zunge beißen, um keine der Fragen, die durch ihren Kopf wirbelten, laut auszusprechen. Der Arzt hatte also eine irgendwie unstatthafte Geliebte, die ihn mit einem Matrosen auf eine Stufe stellte.

»Vielmehr würde mich interessieren, wie Krämer darauf reagieren würde, wenn er wüsste, dass auch unser Gastgeber in seinem Revier wildert.«

Henriettes Amüsiertheit wich einer Beklemmung. Sollte das heißen, ihr Vater hätte dieselbe Geliebte?

In diesem Augenblick kamen ihre Eltern zurück. Ihre Mutter brauchte unbedingt einen Fächer, dachte Henriette, sie hatte sie noch nie so gefährlich rot im Gesicht gesehen. Ob ihre Mutter von der anderen Frau wusste, ob es ihr etwas ausmachte?

»Henriette, könntest du bitte dafür sorgen, dass etwas Limonade gereicht wird?« Henriette kam aus dem tiefen Sessel hoch und sah in die verblüfften Gesichter von Hofmann und Renkendorf.

»Wirklich interessante Geschichten, die die Herren sich da erzählt haben«, sagte Henriette leichthin im Weggehen und erkannte mit Genugtuung, dass Renkendorf errötete, wohingegen Hofmann so tat, als könnte ihn kein Wässerchen trüben.

Sie eilte in das Küchenhaus, in dem Nian neben dem Herd auf dem Boden kauerte. Sie war eingeschlafen und schrak schuldbewusst zusammen, als Henriette den gepressten Zitronensaft mit Wasser vermischte.

Als sie zurückkam, war Renkendorf ebenfalls gegangen, und die Webers befanden sich im Aufbruch, nur Ernst-Otto Hofmann war noch da. Er hatte sich auf das Sofa gesetzt, lehnte sich so behaglich zurück, als wäre es sein eigenes, und schlug breitbeinig die Beine übereinander, was ihre Mutter dazu veranlasste, ihm fragende Blicke zuzuwerfen, die er geflissentlich ignorierte.

Auch ihr Vater schien sich nicht sehr wohlzufühlen, denn er saß auf der vorderen Kante des Sessels, als ob er sich gleich auf den Weg machen würde, dabei war er doch der Hausherr.

Henriette stellte die Karaffe ab, und bevor sie sich noch hinsetzen konnte, erklärte ihr Vater, dass Hofmann sie mit seinem Einverständnis in den nächsten Tagen zu einem Ausflug abholen würde.

Ihre Mutter stand mühevoll von dem Sessel auf, was Hofmann nicht weiter kümmerte, nur ihr Vater sprang auf, küsste ihr die Hand und erhob keine Einwände, als sie energisch verkündete, die Damen würden sich jetzt zurückziehen.

Oben angekommen halfen sie sich gegenseitig dabei, ihre Korsetts zu lockern, dabei fragte ihre Mutter laut gähnend, wie ihr Hofmann gefallen habe.

Von allen Männern, die zu Gast gewesen waren, schien ihr Hofmann der attraktivste, allerdings hatte sie deutlich gespürt, dass er etwas vor ihr verbarg, doch darüber wollte sie lieber nicht mit ihrer Mutter reden. Also erwiderte sie nur, dass er einen angenehmen Eindruck auf sie gemacht habe, was anscheinend die richtige Antwort war. Ihre Mutter lächelte erfreut und schickte

Henriette in ihr Zimmer, wo sie sich auf ihr Bett warf und den Abend Revue passieren ließ. Doch ihr letzter Gedanke galt wie immer Sophie, und sie freute sich schon darauf, ihr eines Tages die Geschichte vom Vogelwalter zu erzählen.

5. Kapitel

Am Tag nach dem Dinner erschien Hofmann zum Tee bei ihnen, und obwohl ihre Mutter ihn formvollendet empfing, spürte Henriette, wie nervös sie war. Ständig schickte sie Nian mit neuen, manchmal einander widersprechenden Aufträgen in die Küche. Hofmann tat alles, um sie zu beruhigen, holte eingehende Erkundigungen zu ihrem Befinden ein und hörte sich ihre wortreichen Beschwerden zum Thema Hitze und Dienstboten an, ohne auch nur ein einziges Mal zu gähnen. Schließlich hatte er ein Einsehen und verabschiedete sich, nicht ohne zu betonen, wie sehr er sich auf den Ausflug mit Henriette am nächsten Morgen freue.

Es gab keinen Zweifel mehr, Hofmann war der Mann, den ihr Vater für sie ins Auge gefasst hatte, denn er würde sie schwerlich mit einem anderen auf einen Ausflug schicken.

Ella, die die ganze Zeit schweigend dabeigesessen hatte und Hofmann zusammen mit Henriette hinaus zu seinem Pferd begleitete, war empört, dass sie auf den Ausflug nicht mitdurfte, und beruhigte sich erst, als Hofmann versprach, eine spezielle Erkundungstour mit ihr zu unternehmen, die besser zu ihrem Alter passe als der morgen geplante Ausflug.

Nachdem er gegangen war, wurde Ella von ihrer Mutter zur Strafe für ihre Aufdringlichkeit in ihr Zimmer geschickt, während Henriette einen nicht enden wollenden Vortrag über Sitte und Anstand bei Ausflügen mit Männern zu hören bekam. Schließlich schlug Henriette vor, Nian könnte sie ja begleiten, was ihre Mutter für eine ausgezeichnete Idee hielt.

Henriette war sehr neugierig, wie sich Hofmann ihr gegenüber verhalten würde, wenn sie zusammen unterwegs waren. Wie ein Vogelforscher oder wie ein Mann auf Freiersfüßen?

Am nächsten Morgen frühstückte Henriette schon in der Dämmerung. Sie war vollständig in ihr Reitkostüm gekleidet, das aus einem dicken Rock bestand, der über langen Hosen drapiert war, dazu Knöpfstiefeletten. Henriette fühlte sich so wohl wie ein Pinguin in der Wüste.

Sie war allein mit ihrem Vater, ihre Mutter hatte sich angesichts der frühen Stunde entschuldigen lassen, und Ella schlief noch.

Sie saßen sich schweigend gegenüber, während Nian Kaffee und Pfannkuchen servierte. Schließlich hielt es Henriette nicht mehr aus: »Hofmann ist der Mann, den ich heiraten soll, oder?«

»Wäre einer der anderen mehr nach deinem Geschmack?«

»Das ist keine Antwort.«

Ihr Vater seufzte tief. »Ja.«

»Reicht es nicht, sich zu verloben? Gäbe dir das nicht genug Aufschub, um deine Schulden zu begleichen?«

Er massierte mit einer Hand seine Stirn. »Für diese Art von Schulden gibt es keinen Aufschub, es sind Ehrenschulden.«

Gerade als Henriette wissen wollte, was er darunter verstand, erschien Hofmann, und ihr Vater lud ihn ein, mit ihnen das Frühstück zu teilen. Dann wurde nur noch davon gesprochen, wie heiß es war und ob das Postschiff nur wegen der anhaltenden Flaute noch nicht eingetroffen war oder ob es infolge eines Sturms vielleicht schon irgendwo am Meeresgrund lag.

Nach dem Frühstück brachen sie auf, aber nicht wie geplant in der Kutsche, sondern auf Pferden, denn, wie Hofmann erklärte, waren die Wege so schlecht, dass mit einer Kutsche kein Durchkommen war.

»Du hast doch Pferde, oder?«, fragte Hofmann ihren Vater.

»Zwei – eines lahmer als das andere. Es ist schier unmöglich, auf der Insel anständige Reitpferde aufzutreiben. Ich habe sie einem englischen Gentleman abgekauft, der es vorgezogen hat, nach der deutschen Machtübernahme nach Neuseeland überzusiedeln. Leider hat er zusammen mit den Pferden auch seinen merkwürdigen Sinn für Humor zurückgelassen.«

»Wie meinst du das?«, wollte Hofmann wissen.

»Der schwarze Hengst heißt Kaiser Wilhelm und die lahme rotbraune Stute Queen Victoria.«

Henriette musste lachen, aber ein strenger Blick ihres Vaters ließ sie verstummen. »Ich habe versucht, sie umzubenennen, aber diese sturen Gäule hören nur auf ihre alten Namen.«

»Aber das passt doch, Papa. Ich heiße doch auch Viktoria, wir werden uns sicher gut verstehen.«

»Wir sollten jetzt los, sonst wird es zu heiß!«, drängte Hofmann, und sie setzten sich in Bewegung. Auf dem Weg zum Stall gesellte sich Nian zu ihnen und erklärte, dass sie nicht reiten könne. Henriettes Vater, der nicht so um ihre Tugend besorgt schien wie ihre Mutter, gab trotzdem sein Einverständnis und wünschte Hofmann und ihr einen schönen Ausritt.

Was für ein Glück, dachte Henriette, denn in der stickigen Kutsche hätte ihr Kostüm sie umgebracht. Allerdings war das auch schon das einzige Glück, was sie von diesem Ausflug zu erwarten hatte. Nachdem sie jetzt sicher war, dass sie Hofmann heiraten sollte, betrachtete sie ihn mit anderen Augen. Gewiss, sein Äußeres war nicht unangenehm, und beim Dinner war er nicht nur zu ihr, nein, auch zu Ella sehr charmant gewesen. Doch wer war er wirklich? Was für ein Mensch erpresst eine Ehe? Und es war deutlich, dass er ihr gegenüber nicht einmal mehr den Anschein aufrechterhalten wollte, er wäre Ornithologe. Er hatte weder Ferngläser noch Netze oder Notizbücher dabei.

»Sie sind kein Ornithologe, oder?«

Er unterdrückte ein Grinsen. »Ihnen entgeht aber auch nichts. Ich danke Ihnen auch für Ihre Rettung vorgestern beim Dinner.«

»Warum belügen Sie die Menschen?«

»Das ist keine Lüge, es ist nur eine kleine Scharade, die von allen geliebt wird. Hier in der Kolonie ist es leichter, mit einem etwas verschrobenen Beruf akzeptiert zu werden, als ohne einen Beruf. Und wir wollten vor allem Ihre Mutter nicht beunruhigen.«

»Dann haben Sie gar keinen Beruf?«

»Ich war und bin ein Abenteurer und Spieler, und die sind hier nicht gern gesehen. Meine Sorte Mann schimpft man hier auch Beachcomber, was so viel wie Strandräuber heißt. Gouverneur Solf sorgt dafür, dass man sie möglichst schnell mit dem nächsten Schiff wieder loswird. Aber natürlich bin ich kein Strandräuber, denn wenn alles gut geht, werde ich auf der Farm Ihres Vaters einsteigen.«

»Wenn alles gut geht?«

Das würde bedeuten, sie hätte eine Wahl!

Er ritt ganz nah an sie heran, brachte die Pferde zum Stehen und legte eine Hand auf ihre. Sie spürte seine Wärme durch ihre Spitzenhandschuhe hindurch. Und war verblüfft, dass ihr Körper mit einem leichten Kribbeln darauf reagierte.

Sie spürte seinen Atem an ihrer Wange, und sie sah, dass sich sein Brustkorb so schnell hob und senkte, als würde er einen Berg hinaufrennen.

»Henriette, Sie sind eine betörende Frau, und ich denke, das wissen Sie!«

Sprachlos hielt Henriette die Luft an. Betörend, nun ja, wie schmeichelhaft. Obwohl sie wusste, dass alles längst abgemacht war, gefiel es ihr.

»Wie könnte ich da nicht mein Glück bei Ihnen versuchen.«

»Weil meine Mitgift Ihnen sonst nicht einen Teil der Farm einbringen wird?«

Er verzog den Mund in mildem Spott. »Ich liebe besonders Ihren Verstand, Ihr Vater hatte mich gewarnt. Aber Sie liegen falsch, ich habe Geld genug, das ich in die Farm investieren werde, dafür brauche ich beileibe keine Ehefrau. Sie unterschätzen Ihren ganz persönlichen Wert. Es muss jeden Mann glücklich machen, Sie für sich zu gewinnen.« Ein paar Sonnenstrahlen verirrten sich in sein Haar und ließen es golden aufschimmern.

Er nahm ihre Hand, drehte sie um und küsste die Innenseite ihres Handgelenks. Überrumpelt ließ sie es geschehen und wusste nicht, ob es ihr gefiel oder nicht.

Plötzlich ließ er die Hand los, legte sie zurück auf die Zügel, zwinkerte ihr zu. »Wollen wir mal ein bisschen Tempo zulegen? Was meinen Sie?«

Statt einer Antwort drückte Henriette die Fersen in die Seite ihrer freundlichen alten Stute und schnalzte die Zunge.

Aber schon nach wenigen Minuten wurde der breite Weg aus staubiger, gestampfter Erde enger und schließlich so schmal, dass sie nicht mehr nebeneinander um die Wette reiten konnten. Sie verlangsamten das Tempo wieder und ritten hintereinander, Hofmann führte sie immer tiefer ins Landesinnere, und auf ihre Frage, wohin sie denn unterwegs waren, zuckte er nur mit den Schultern und lächelte geheimnisvoll.

Gegen ihren Willen musste sie sich eingestehen, dass sie das mochte, sie die Zeit mit ihm sogar genoss. Aber würde das so bleiben, wenn sie erst verheiratet waren? Im Moment war das eine angenehme Abwechslung zu dem eintönigen Zusammensein mit Ella und ihrer Mutter. Aber würde ihr Alltag als Ehefrau dann nicht wie der ihrer Mutter aussehen? Was für eine entsetzliche Vorstellung! Das hier war nur ein Spiel mit Masken, die sofort nach der Ehe abgenommen wurden. Warum machte er sich die Mühe, mit ihr zu flirten, wenn der Ausgang des Spieles doch längst entschieden war?

Je mehr der Weg anstieg, desto schmaler wurde er. Pandanusbäume, Hibiskussträucher und Gräser überwucherten den Pfad, als wollten sie ihn auslöschen. Große knotige Wurzeln brachten die Pferde immer öfter ins Straucheln. Sie beneidete Hofmann, denn auf ihrem Damensattel war es sehr viel schwieriger, Halt zu finden. Schließlich war der Weg den Pferden nicht mehr zuzumuten, und sie mussten absteigen, die Pferde an den Zügeln nehmen und nebenherlaufen.

Hier unter den Schraubenpalmen, den Brotfrucht- und Frangipanibäumen wuchs das Gras teilweise kniehoch, und das Kreischen, Trällern, Zwitschern und Tirilieren der Vögel wurde immer lauter. Henriette fragte sich, wie er je auf die Idee gekommen war, sich als Vogelforscher auszugeben, denn Vögel interessierten ihn ganz offensichtlich kein bisschen. Er schritt zügig voran, als ob er ein bestimmtes Ziel hätte.

Plötzlich versperrte ihnen ein höchst seltsamer Baum den Weg. Wurzeln stiegen von dem mittleren Baumstamm nach oben und näherten sich dann wieder dem Boden, als bräuchte die mächtige Blätterkrone viele Stützen, um nicht umzufallen.

»Was ist denn das?«, fragte sie.

»Ein Banyanbaum, beängstigend, nicht? Dieses Monstrum wird auch als Würgefeige oder Bengalische Feige bezeichnet. Er sucht sich einen Baum als Wirt, auf dem er seine Wurzeln schlägt.«

Einen Moment lang fand Henriette das einen sehr passenden Vergleich für das, was Hofmann vorhatte: Er stülpte sich auf die Familie ihres Vaters und schlug so Wurzeln.

»Hören Sie mir zu?«, fragte er und suchte ihren Blick.

»Mit der Zeit ...« Er deutete auf einen dicken Baumstamm, den Henriette gar nicht als zu dem anderen gehörig erkannt hätte. »... entwickeln sie sich zu Stämmen mit gewaltigen Durchmessern. Und wenn die Wurzeln sich berühren, verschmelzen sie miteinander, sodass ein dichtes Geflecht um den Wirtsbaum herum entsteht, und der stirbt dann langsam ab. Eigentlich traurig, oder?«

»Ja, das ist es!« Henriette bekam trotz der Hitze eine Gänsehaut. Aber Hofmann schien nichts davon zu bemerken und redete weiter.

»Noch dazu ist das Holz minderwertig und zu nichts nutze. Aber in vielen Ländern der Erde gilt der Banyan als heilig, weil man glaubt, dass er der Sitz von Geistern ist.«

Er kam näher zu Henriette. »Glauben Sie an Geister?«

Henriette wusste nicht, was sie sagen sollte. Auf keinen Fall konnte sie ihm erzählen, was sie zu Hause vor ihrer Abfahrt erlebt hatte. Andererseits reizte es sie, ihn herauszufordern, und wenn er ihr Mann werden sollte, musste er lernen, damit umzugehen.

»Ja, ich glaube an Geister«, sagte sie fest.

»Waren Sie auch schon einmal bei einer spiritistischen Sitzung?«

Henriette nickte. Das konnte sie durchaus zugeben, allerdings schmückte sie die Wahrheit sehr großzügig aus.

»Mit meiner Großmutter, die Kontakt mit ihrem erstgeborenen Sohn aufnehmen wollte.« Natürlich war sie mit Sophie dort gewesen, während ihre Großmutter sie auf der Sitzung des Kirchenbasarkomitees wähnte.

Hofmann grinste breit. »Und, hat's funktioniert?«

Henriette zuckte mit den Schultern. »Das Medium war meiner Meinung nach eine Betrügerin. Sie nannte sich Madame Blanche de la Beaufort und behauptete, eine Russin zu sein, aber das war gelogen. Ich habe einmal gehört, wie sie im Nebenzimmer ihrem Dienstmädchen völlig akzentfrei auf Deutsch Anweisungen für das Abendessen gegeben hat.«

»Darf man fragen, wie Sie dann zu der Überzeugung gekommen sind, dass es Geister gibt?«

Hofmann war näher zu ihr hingerückt, und Henriette, die sich zum ersten Mal seit der Nacht am Strand nicht zu Tode langweilte, überlegte, was sie sagen könnte, um ihn richtig aus der Fassung zu bringen. Sie hätte gern gesehen, wie er sich dann benahm.

Doch bevor sie noch etwas erwidern konnte, tauchten unter dem Banyanbaum zwei Samoaner auf, die formvollendet den Kopf neigten und ihnen bedeuteten mitzukommen.

Hofmann wirkte verärgert, weil das offensichtlich seine Pläne durchkreuzte, aber Henriette war begeistert.

»Ist das eine Einladung?«, fragte sie Hofmann, der mürrisch mit den Schultern zuckte.

»Wir sollten jedenfalls mitkommen, auch wenn die so aussehen, als könnten sie kein Wässerchen trüben, sind die Samoaner gute Krieger und reagieren empfindlich, wenn man sich nicht ihren Sitten gemäß verhält.« Er nickte den Samoanern zu, die drehten sich um und liefen voraus.

Nach wenigen Minuten waren sie in einem kleinen Dorf angekommen. Die Samoaner führten sie in ein merkwürdiges Haus ohne Wände, es war nicht viel mehr als ein Pavillon mit einem hohen, gewölbten Dach aus getrockneten Palmblättern. Der Boden bestand aus hellem, wie glatt poliertem Holz, auf dem geflochtene Matten lagen. Sie sollten ihre Schuhe ausziehen, bevor sie das Haus betraten.

Henriette erwartete, dass Hofmann dagegen protestieren würde, doch er schlüpfte ohne Zögern aus seinen Reitstiefeln. Henriette, die in Ermangelung von Reitstiefeln ihre Knöpfstiefeletten trug, beneidete ihn glühend. Ihre Mutter hatte auf dem unbequemen Schuhwerk bestanden, denn beim Reiten mussten die Knöchel einer Dame bedeckt sein.

Es war Henriette schleierhaft, wie sie ihre Schuhe ausziehen sollte. Das Korsett war auf Geheiß ihrer Mutter viel zu eng geschnürt worden, um einen guten Eindruck auf Hofmann zu machen, und der Gedanke, sich darin bücken und die zehn Knöpfe an jeder Stiefelette aufknöpfen zu müssen, versetzte sie in Panik.

»Wenn Sie erlauben?«, schlug Hofmann vor und beugte sich schon zu ihren Füßen.

Henriette nickte zwar, aber es ärgerte sie, dass man das von ihr verlangte. Sie sah sich nach den Männern um, die sie hierhergeführt hatten, um ihnen klarzumachen, dass das einfach unmöglich war.

Doch die Samoaner waren verschwunden.

»Muss eine Dame das über sich ergehen lassen, können Sie da gar nichts machen?«, fragte sie Hofmann und überlegte, was sie noch alles sagen könnte, um ihn abzulenken. Obwohl er vorhin ihre Hand geküsst und all die schmeichelhaften Sachen zu ihr gesagt hatte, gefiel es ihr überhaupt nicht, dass er unter ihre Röcke starren konnte. Und sogar ihre Füße berühren durfte, nur weil es ihr unmöglich war, es selbst zu tun. Und alles, weil er dachte, sie wäre seine Braut!

»Ich lebe ja erst zwei Monate hier, aber so viel weiß ich schon. Das hier ist das *Fale* eines *Matai,* eines Häuptlings, und es käme einer Kriegserklärung gleich, wenn wir mit Schuhen sein Haus beträten.«

»Ein *Fale?*«

»So nennt man diese Häuser. Sie werden gleich merken, dass es sich um eine einzigartige und sehr kluge Art des Wohnens handelt.« Es fiel Henriette schwer, ihm zuzuhören, während er sich an ihren Knöpfen zu schaffen machte, aber sie zwang sich, Haltung zu bewahren. Immerhin riss er nicht grob an ihren Schuhen, sondern fasste das beige Saffianleder behutsam an und sah immer wieder in ihr Gesicht, um sich zu vergewissern, dass sie damit zufrieden war. Dann plötzlich streichelten seine Hände ihren seidenbestrumpften Knöchel. Sie entriss ihm hastig den Fuß. Aber er redete weiter, als wäre das nicht passiert.

»In einem *Fale* sind Sie immer im Schatten, von allen Seiten weht ein leichter Wind und macht die Hitze erträglicher.

Durch die gemauerte oder jedenfalls erhöhte Plattform, die das Fundament bildet, ist man von unten vor Ungeziefer und Nässe geschützt, und das Dach hält den oft plötzlich einsetzenden heftigen tropischen Regen ab.«

»Aber das ist wie eine Bühne, alle können hineinsehen.«

»Das ist so gewollt. Jeder kann alles von jedem sehen, und was dem einen gehört, gehört auch der Gemeinschaft des Dorfes. Man hat hier keine Geheimnisse voreinander, denn jeder weiß, wie er sich benehmen muss.«

Hofmann hingegen, dachte Henriette ketzerisch, hatte überhaupt keine Ahnung, wie er sich zu benehmen hatte. Er schälte den linken Fuß aus seiner Umhüllung. Dabei erdreistete er sich tatsächlich, den Fuß wieder zärtlich zu berühren, und er hielt ihn so fest, dass es ihr diesmal nicht gelang, ihn wegzuziehen. Er bemerkte sogar ihre Wunde, und als er die auch noch sanft betastete, lief gegen ihren Willen eine Gänsehaut durch ihren Körper. Das ging zu weit! Sie versuchte seine Hand abzuschütteln, aber Hofmann hielt den Fuß diesmal mit einem Grinsen im Gesicht fest.

»Gefällt Ihnen das etwa nicht?«, fragte er. »Ich weiß genau, dass Sie das mögen. Alle Frauen lieben das.«

Was fiel ihm ein! Sie zerrte wieder vergeblich an ihrem Fuß, wandte den Blick von ihm ab, um sich zu beruhigen, und dabei entdeckte sie, dass sie beobachtet wurden.

Und zwar nicht von irgendwem, sondern von Tamatoa, der Hofmann sehr interessiert musterte.

Henriette schoss das Blut in die Wangen, und sie fühlte sich gedemütigt. Tamatoa hätte niemals so ihren Fuß angefasst, am Strand hatte er das den beiden Mädchen überlassen, was für ein Gentleman! Abrupt wich sie seinem Blick aus. Hofmann hatte ihren Beobachter nun auch entdeckt und gab ihren Fuß frei. Henriette stieg die drei Stufen hoch in das *Fale,* wohin Hofmann ihr folgte.

Hier war es tatsächlich viel kühler als draußen, und der leichte Wind trocknete ihre schweißnasse Stirn. Sie überlegte, ob es angebracht war, auch den Hut abzunehmen, beschloss dann aber, dass sie genug Opfer gebracht hatte. Sie sah sich nach Sitzgelegenheiten um, konnte jedoch keine entdecken. Nichts, nur die Matten auf dem Boden.

Merkwürdigerweise fühlte sie sich viel nackter als neulich am Strand. Nein, verbesserte sie sich in Gedanken, sie fühlte sich beschämt, doch dazu gab es keinen Grund, man hatte sie schließlich nur dazu gezwungen, die Schuhe auszuziehen.

Verärgert richtete sie das Wort an Hofmann. »Was tun wir hier überhaupt?«

Hofmann setzte zu einer Antwort an, doch Tamatoa lief auf sie zu und begrüßte sie lächelnd mit »*Talofa* Ma-i«, was Hofmann stirnrunzelnd zur Kenntnis nahm.

Tamatoa trug wieder einen dunkelblauen knielangen Rock, auf seiner haarlosen Brust hingen Muschelketten, und weil er in diesem Aufzug so natürlich und gelöst wirkte, empfand Henriette ihren Aufzug und den von Hofmann als reichlich unpassend und geradezu lächerlich.

Sie freute sich, dass er ihren Namen genauso gut behalten hatte wie sie den seinen. »*Talofa* Tamatoa!«, antwortete sie und war entzückt, als sein Gesicht aufleuchtete. Jetzt im vollen Sonnenlicht konnte sie zum ersten Mal seine großen Augen betrachten und war überrascht, dass sie nicht nur dunkel, sondern von einem rötlich schimmernden Braun waren, das Henriette an frisch gekochtes Pflaumenmus erinnerte.

»Tamatoa!«, wiederholte sie, auch weil sie merkte, dass das Hofmann missfiel. Dann fasste sie sich ein Herz und stellte Hofmann und Tamatoa einander vor. Die beiden verhielten sich, als wären sie beim kaiserlichen Hofball, senkten die Köpfe und nahmen Haltung an.

Tamatoa setzte sich an der Stirnseite des *Fale* mit gekreuzten Beinen auf den Boden und bedeutete ihnen Platz zu nehmen.

Henriette verfluchte ihr Reitkostüm, so eng geschnürt konnte sie sich nicht auf den Boden setzen. Sie überlegte, was sie tun sollte. Sie stand immer noch, als Sina und Taufa mit zwei Blütenketten auftauchten.

Sina lief zu Hofmann, der sie ungläubig anstarrte. Wie ein Jäger, dem unverhofft ein besonders schöner großer Hirsch vor die Flinte läuft, ein Hirsch, den man einfach besitzen, sprich, erlegen muss.

Widerwillig musste Henriette sich eingestehen, dass Hofmanns raubtierhaftes Benehmen sie faszinierte. Gerade eben noch hatte er ihre Füße liebkost und ihr gesagt, er fände sie betörend, jetzt betrachtete er Sina, als wäre sie Aphrodite höchstselbst. Er war nicht leicht zu durchschauen, das Leben mit ihm würde zumindest nie langweilig sein.

Und Henriette konnte ihn verstehen. Sina war schön, ihr Gesicht hatte vollkommen ausgeglichene Proportionen. Die hohen Wangenknochen betonten ihren vollen vogelbeerfarbenen Mund, auf dem beständig ein sanftes, unschuldiges Lächeln lag, so als ob sie die unziemlichen Blicke von Hofmann nicht bemerken würde. Ihre Figur in der weißen Bluse und dem schwarzen Rock war auch ohne Korsett fest und perfekt geformt, wie die einer Sanduhr. Sie hängte ihm den Blütenkranz um den Hals, trat zurück und verneigte sich anmutig, aber nicht unterwürfig. Dann kam sie zusammen mit Taufa zu Henriette. Sie reichten ihr den anderen Blumenkranz. »*Talofa* Ma-i«, sagten beide und neigten wieder ihren Kopf, Henriette tat es ihnen nach und wiederholte ihre Namen.

Zarter rosenähnlicher Duft stieg aus dem Blumenkranz in ihre Nase, und sie wünschte, sie könnte sich hinsetzen und so die Aufmerksamkeit von sich ablenken. Aber es war unmöglich. Und sie kam sich so lächerlich vor – wie wollte sie eigentlich auf einem Kamel durch die Wüste reiten, wenn es ihr nicht einmal gelang, sich hinzusetzen?

Sie versuchte sich hinzuknien und schaffte es schließlich mit der Hilfe von Sina und Taufa, aber sie hatte das Gefühl, dabei ersticken zu müssen.

Verwundert bemerkte sie, dass sich die beiden heute viel erwachsener benahmen als in der Nacht, in der sie die beiden getroffen hatte. Kein Lachen und Kichern. Sie standen vielmehr beinahe so stramm wie Soldaten vor dem Kaiser.

Henriette folgte ihrem Blick und entdeckte einen weißhaarigen Mann, der sich von Weitem näherte. Er wurde von einem weiteren Alten begleitet, und beide bildeten den Mittelpunkt einer Männergruppe. Alle trugen einen Rock und hatten nackte Oberkörper, die mit Ketten aus Muscheln, Korallen, Bast und Leder behängt waren, und der weißhaarige Mann war hier eindeutig das Oberhaupt, also der *Matai*.

Tamatoa war aufgesprungen, auch Hofmann konnte sich dieser Autorität nicht entziehen, nur Henriette schaffte es nicht rechtzeitig, obwohl ihr Sina half, was ihr böse Blicke der Männer eintrug. Sie nahm sich vor, ihre Kleider heute noch zu verbrennen und sich genauso einen Rock zu besorgen, wie ihn die Samoaner trugen. Der Schweiß rann ihr aus allen Poren, sie bekam kaum Luft, und es war ganz klar, wer hier als Einzige nichts von Sitte und Anstand wusste. Sie, ganz allein sie. Sie hatte das Gefühl, ihr Gesicht müsste explodieren, so heiß fühlte es sich an.

Nachdem der *Matai* Platz genommen hatte, setzten sich alle wieder hin. Der alte Mann wandte sich an Hofmann und begann zu sprechen. Hin und wieder gab er samoanische Anweisungen zu Tamatoa, Sina und Taufa, die ganz offensichtlich seine Kinder waren. Aber sonst sprach der *Matai* zu Henriettes großer Verblüffung ein singendes Englisch, das sie nur teilweise verstand, und Hofmann antwortete ihm auf Englisch. Soweit sie der Unterhaltung folgen konnte, wurden nur Höflichkeitsfloskeln ausgetauscht, gegenseitige Respektsbekundungen, Befindlichkeitsfragen. Henriette wartete ungeduldig darauf, dass man zum Punkt käme, aber dazu kam es nicht, und während sie so dasaß und sich die Seele aus dem Leib schwitzte, wurde ihr zum ersten Mal deutlich, was es wirklich bedeutete, über Reisen zu berichten.

Sie musste offen an neue Erfahrungen herangehen, musste sich von dem Gedanken verabschieden, sie wüsste schon etwas über ein Land und seine Menschen. Sie musste versuchen, ein leeres Glas zu sein, das sich bereitwillig mit Neuem anfüllen ließ. Warum konnte sie nicht einfach dasitzen und diesem Austausch von Floskeln zuhören, ohne das zu verurteilen? Die Antwort darauf war eigentlich ganz einfach. Sie war, jedenfalls im Augenblick, kein leeres Glas, sie war eine gefesselte Frau. Nicht nur ihr Körper war in dieses enge Korsett gepresst, nein, auch ihre Gedanken waren brav eingeschnürt in eine höchst begrenzte Vorstellung von richtig und falsch, wichtig und unwichtig. Sie sah bildlich vor sich, wie ihr Kopf immer fester geschnürt wurde, immer fester. Und dieser Gedanke brachte sie zum Lachen. Weg mit all diesen Schnüren!

Der *Matai* hatte seine Rede unterbrochen und blickte sie erstaunt an. Henriette fürchtete schon, ihn schwer beleidigt zu haben, aber dann brachen Tamatoa und seine Schwestern auch in lautes Gelächter aus. Nur Hofmann sah von einem zum anderen und hatte keine Ahnung, was sie so amüsant fanden. Henriette schwitzte zwar immer noch und sehnte sich nach einem kalten Bad, aber nun, da sie mit den anderen lachte, konnte sie viel entspannter zuhören und war neugierig, worauf diese Begegnung hinauslaufen würde.

Leider erhob sich Hofmann ungeduldig und entschuldigte sich wortreich, behauptete, zur Arbeit zu müssen, und drängte Henriette, ihre Schuhe wieder anzuziehen, aber diesmal halfen ihr Sina und Taufa dabei.

»Wir sollten unbedingt gehen«, flüsterte er ihr auf Deutsch zu, »bevor sie den *Kava* herbringen, sonst kommen wir hier nie mehr weg. Und das Zeug schmeckt fürchterlich!«

Henriette fand ihn reichlich unhöflich, sie hätte diese Zeremonie gern gesehen und setzte an, ihm zu widersprechen. Doch Hofmann redete davon, dass es immer heißer werden würde und sie unbedingt zurück sein müssten, bevor die Sonne ihren Zenit erreicht hätte.

Schlagartig verstand Henriette, dass all ihre hochfliegenden Pläne, über Reisen zu schreiben, ein Ende haben würden, wenn sie erst einmal verheiratet war, oder jedenfalls der Zustimmung ihres Ehemannes unterlagen. Und Hofmann machte nicht den Eindruck auf sie, als würden ihn Sitten und Gebräuche interessieren. Ganz und gar nicht. Sie musste mit ihm darüber reden. Wie und wo würden sie leben? Warum wollte er sie überhaupt heiraten? So wie er Sina betrachtet hatte, so hatte er sie bisher nicht angeschaut. Wozu brauchte ein Mann wie Hofmann eine Frau?

Tamatoa begleitete sie ein Stück zurück.

Henriette sah immer wieder zwischen Hofmann und ihm hin und her. Sie waren beide Männer und doch so verschieden wie Sonne und Mond. Nicht wegen ihrer Haut- oder Augenfarbe, nicht wegen ihrer Statur, sondern wegen der Art, in der sie sich bewegten. Tamatoa verschmolz mit seiner Kraft im Raum, Hofmann versuchte ihn zu beherrschen. Hin und wieder kreuzte sich ihr Blick mit dem von Tamatoa, und es kam ihr so vor, als würde er sie fragend anschauen, aber niemand sagte ein Wort.

Als der Banyanbaum wieder hinter ihnen lag, verabschiedete sich Tamatoa und nickte Henriette freundlich zu, bevor er lautlos zwischen den großen Palmwedeln und Stämmen verschwand.

Hofmann und Henriette liefen immer noch schweigend hintereinander her, und erst als sie beide wieder auf ihren Pferden saßen, richtete Hofmann das Wort an sie.

»Darf man fragen, wie Sie die Bekanntschaft dieser jungen Wilden gemacht haben?«

Henriette konnte unmöglich die Wahrheit sagen.

»Wenn Sie mir verraten, woher Sie meinen Vater kennen.«

»Abgemacht. Aber Sie zuerst.«

Weil ihr nichts Besseres einfiel, behauptete Henriette, die Samoaner wären bei ihnen zu Hause aufgetaucht und hätten feine Matten zum Verkauf mitgebracht.

Daraufhin kräuselten sich Hofmanns Lippen, als hätte sie einen anzüglichen Witz gemacht.

»Die Samoaner verkaufen ihre Feinmatten nicht, sie werden hochrangigen *Matai* geschenkt oder als Aussteuer bei Hochzeiten mitgegeben. *Le toga,* so werden die feinen Matten hier genannt, werden aus papierdünnen Pandanusfibern geflochten, das dauert ein bis zwei Jahre und ist von allergrößter zeremonieller Bedeutung.« Er schüttelte den Kopf. »Diese Matten mögen ganz hübsch sein, aber ich bitte Sie, Matten als Zahlungsmittel, das ist doch sehr rückständig!«

Henriette schoss das Blut ins Gesicht, nicht so sehr, weil Hofmann sie bei einer Lüge ertappt hatte, sondern weil sie sich schon wieder von ihren Ideen über Wilde hatte leiten lassen. Fehlte nur noch, dass sie behauptet hätte, die Matten mit Glasperlenketten bezahlt zu haben. Sie nahm sich vor, alles über Samoa herauszufinden. Sie dachte an Dorothea, die Schwester des Arztes, ganz sicher konnte sie ihr weiterhelfen.

Sie beschloss, so zu tun, als hätte Hofmann ihr nicht gerade eine Lüge unterstellt, und setzte an, ihn nach ihrem Vater zu fragen, aber da redete er schon weiter.

»Und warum nennt der Sohn des *Matai* Sie Ma-i und nicht Henriette Mayberg?«

»Meine Schwester und ich sind Zwillinge. Ich bin am 31. Mai kurz vor Mitternacht geboren und meine Schwester wenige Minuten nach Mitternacht, also am 1. Juni. Deshalb haben wir uns untereinander immer Mai und Juni genannt. Henriette-Viktoria und Sophie-Amalie war einfach zu sperrig.«

»Das erklärt leider nicht, woher der Samoaner diesen Namen kennt.«

»Er hat gehört, wie Ella mich gerufen hat, als er wegen der Matten bei uns war«, log Henriette weiter. Was fiel ihm ein, was sollte dieses Verhör? Noch waren sie weder verlobt noch verheiratet.

»Hegen Sie etwa Zweifel an meiner Tugendhaftigkeit? Wollen Sie das mit Ihren Fragen andeuten?«

»Würden Sie sich an meiner Stelle diese Fragen denn nicht stellen?«

»Nun, ich würde mich hüten, anderen …« Henriette hielt inne, gerade noch rechtzeitig. Sie hatte sagen wollen, dass er ihr nur deshalb Falschheit unterstellte, weil er selbst ständig über sich log. Aber sie spürte, dass sie damit gefährliches Terrain betrat.

»Ja, fahren Sie fort!« Er klang ungehalten.

»Sie haben recht«, gab sie zu und fragte ihn schnell, wie er denn nun ihren Vater kennengelernt habe.

Der Pfad wurde langsam wieder breiter und der Boden glatter.

»Nun, Ihr Vater und ich sind beim Goldsuchen am Klondike aufeinander getroffen.«

»Und waren Sie auch so erfolgreich wie Vater?«

Er warf ihr einen merkwürdigen Seitenblick zu. »Wir waren alle sehr erfolgreich.«

Er presste die Oberschenkel in die Flanken des Pferdes und gab ihm die Sporen.

»Wer zuerst bei Ihrem Haus ist, hat gewonnen!«

Verblüfft starrte Henriette auf die Staubwolke, die er zurückgelassen hatte. Nach dem Willen ihres Vater sollte sie diesen Mann heiraten, einen Spieler, Abenteurer und Lügner. Aber warum ausgerechnet ihn?

6. Kapitel

Fünf Tage später wurde Henriette sehr früh am Morgen von einem Kanonenböller geweckt. Als sie aufstand und zum Fenster stürzte, war sie überrascht, nichts weiter zu entdecken, doch das Geräusch ließ ihr keine Ruhe. Sie kleidete sich hastig an und lief nach unten.

Dort fand sie nur ihren Vater vor, mit dem sie seit dem Ausritt mit Hofmann nicht mehr gesprochen hatte, denn die beiden waren danach zu einer gemeinsamen Tour über die Insel aufgebrochen. Vögel beobachten, wie sie Henriettes Mutter erzählt hatten, was, wie Henriette jetzt wusste, ja gelogen war.

Sie hatte sich gefragt, was die beiden verband. Wenn Hofmann ihren Vater in der Hand hatte, wieso ritt der dann drei Tage mit ihm über die Insel?

Gestern Abend dann hatte er ihrer Mutter eröffnet, dass bald um Henriettes Hand angehalten würde, was ihre Mutter mit Stolz und großer Freude aufgenommen hatte. Aber Henriette freute sich nicht, auch wenn sie Hofmann nicht abstoßend und sogar interessant fand, wusste sie tief in ihrem Herzen, dass es falsch war. Und wann immer sie in Gedanken mit Sophie darüber sprach, stimmte sie ihr zu, ja, Sophie warnte sie eindringlich und riet ihr, alles hinauszuzögern, bis sie bei ihr wäre.

Ihr Vater begrüßte Henriettes frühes Erscheinen und verriet ihr, was es mit den Böllerschüssen auf sich hatte.

Es war das Zeichen dafür, dass der Postdampfer angekommen war. So wusste jeder auf der Insel Bescheid. Für gewöhnlich legte er alle drei Wochen hier an und brachte Post, Zeitungen und Waren aus Europa mit. Zur Feier seines Erscheinens wurde auf der Lotsenstation in Matautuu an der Ostspitze des Hafens in Apia eine vorsintflutliche Kanone abgefeuert. Nicht zu verwechseln mit dem Böllerschuss, der jeden Samstagmittag um zwölf Uhr abgefeuert wurde, damit alle in der Kolonie wussten, dass eine Woche vergangen war. Das hatte Gouverneur Solf verfügt und war dafür von den Pflanzern scharf kritisiert worden. Die wollten nämlich, dass es überall auf der Insel gut sichtbare Uhren geben sollte, damit ihre Arbeiter immer wussten, was die Stunde geschlagen hatte. Sie fanden, dass preußische Tugenden wie Pünktlichkeit und Disziplin ohne Uhren nicht gewährleistet werden konnten.

Doch in diesem Punkt war ihr Vater ausnahmsweise einig mit Solf, auch er fand, ein Kanonschuss reiche völlig. Auf Samoa richtete man sich nach dem Stand der Sonne. Und die ging zuverlässig jeden Morgen nach der kurzen, höchstens zwanzigminütigen Dämmerung gegen sechs Uhr auf und versank zwölf Stunden später genauso schnell wieder im Meer. Und in der Hitze kam es nicht auf ein paar Stunden hin oder her an.

»Das war also der Postdampfer!« Henriette hoffte so sehr auf Post von Sophie. »Wie lange dauert es dann noch, bis der Postbote hier ist?«, fragte sie, was ihrem Vater ein seltenes Lächeln entlockte.

»Man holt die Post selbst ab, im Postamt in Apia. Ich wollte gerade aufbrechen.«

»Ich möchte mitkommen!« Wenn er sie verheiraten wollte, um die Familie zu retten, dann musste er sie mitnehmen!

Ihr Vater bat sie, Hut und Handschuhe nicht zu vergessen, und dann fuhren sie in der leichten zweispännigen Kutsche nach Apia.

Gleich nach ihrem Aufbruch fragte er sie nach ihrem Ausflug mit Hofmann und wollte wissen, was sie über ihn dachte.

Henriette überlegte, ob sie ihm alles anvertrauen konnte, was sie beobachtet hatte, aber sie fürchtete, ihr Vater wäre nur an den Dingen interessiert, die seine Pläne voranbrachten. Sie sagte also nur, dass er ansehnlich und nicht unsympathisch sei, er ihr allerdings auch sehr draufgängerisch vorgekommen sei.

Der Moment schien günstig, und so fragte sie ihn geradeheraus, wo und wie er Hofmann kennengelernt hatte. Er gab sich abermals sehr bedeckt, und alles, was sie herausbekam, war der schon von Hofmann erwähnte Klondike River.

Sie hatte Apia immer noch nicht kennengelernt und freute sich über diesen Ausflug wie ein Kind. Vor allem aber fieberte sie Post von Sophie entgegen!

Ihr Weg führte zuerst durch die jetzt noch angenehm kühlen Kokosplantagen ihres Vaters, dann ging er über in die Strandpromenade, die schließlich in die Hauptstraße von Apia mündete. Ihr Vater hielt kurz an und deutete auf die lange geschwungene Linie der Straße. »Ist diese Bucht nicht von paradiesischer Schönheit? Vom Land her eingerahmt von den hohen, bis zum Gipfel bewaldeten, herrlich grünen Bergen, das Wasser umsäumt mit Palmenstränden, und weit hinten am Meereshorizont macht das Korallenriff einen weiteren Bogen wie ein Bilderrahmen um dieses Paradies! Etwas Schöneres kann es doch auf der Welt nicht geben, oder was meinst du?« Ihr Vater geriet so ins Schwärmen, dass Henriette ihn überrascht von der Seite anschauen musste. So leutselig hatte sie ihn noch nie erlebt.

»Schau sie dir an, die Hauptstadt dieser Insel, die herrlichen, von den Deutschen gebauten Häuser, die weniger schönen mit ihren Wellblechdächern und dort drüben die hässlichen von den aufdringlichen Amerikanern, die überall auffallen müssen. Da lobe ich mir doch die Engländer, die sich wie Gentlemen verhalten.«

Erstaunt betrachtete Henriette das bunte Treiben im Hafen und auf den Straßen. Es wimmelte nur so von halb nackten Samoanern in Röcken, samoanischen Frauen, die Früchte und geflochtene Fächer verkauften, Mischlingen, Chinesen und Europäern. Und alle strömten zum Postamt, gierig nach Neuigkeiten und Nachrichten. Es überraschte sie, dass sich die Samoaner nicht auf potenzielle Käufer stürzten, so wie sie das in den Reisebeschreibungen von Ida Pfeiffer gelesen hatte. Ihren Berichten zufolge war ein Europäer immer das Opfer von enthusiastischen Eingeborenen, die ihre Waren an den Mann bringen wollten. Hier schien das nicht so zu sein. Alles ging sehr gesittet zu.

Ihr Vater hielt wieder an und zeigte auf den kleinen Holzkai vor ihnen. »Leider ist dies kein wirklich guter Hafen, den haben sich die Amerikaner mit Pago-Pago gesichert. Denn so schön das ringförmige Korallenriff auch ist, es gibt nur einen schmalen Einlass in der Mitte, der noch dazu nur von geringer Tiefe ist, sodass nur flache Boote bis ans Ufer vordringen können. Vor allem, wenn bei Vollmond die stärkste Ebbe ist.«

»Und was ist das dort drüben, ein Wrack?«, fragte Henriette

und deutete auf einen rostigen, schiffsähnlichen Rumpf in der Mitte der Bucht.

»Es ist ein deutsches Kanonenboot, die *Adler*, die 1889 in einem entsetzlichen Zyklon untergegangen ist, damals, als hier der Kampf um Samoa noch getobt hat.«

»Ein Zyklon?« Das konnte sich Henriette gar nicht vorstellen, alles sah so friedlich aus. Die Wolken am strahlend blauen Himmel, das türkisgrüne Meer.

Ihr Vater nickte ernst und fuhr wieder weiter. »Ja, Kind, so ist es mit jedem Paradies, keine Rose ohne Dornen. Hier über der Insel hat ja auch erst im vergangenen Juli ein heftiger Sturm gewütet.«

Er grüßte nach links und rechts, doch Henriette hatte den Eindruck, als ob ihr Vater Ausschau hielte nach jemandem. Er wirkte plötzlich wieder völlig zugeknöpft.

In der Luft lag eine nervöse Unruhe. Es duftete nach frischem Fisch, nach Algen, verdorbenen Bananen und süßer Ananas, was Henriette daran erinnerte, dass sie ohne Frühstück aufgebrochen waren. Sie sah sich um. Am Ufer lagen die Boote der Einheimischen, Einbäume mit einem Ausleger, in der Nähe des Postamtes waren Stände aufgebaut, wo geflochtene Körbe, Fächer und Muschelketten auslagen, aber wirklich niemand pries seine Waren an, niemand belästigte sie oder drängte zum Kauf.

Vor dem Postamt hatte sich eine lange Schlange gebildet, und Henriette fürchtete schon, ihr Vater könnte sich dafür entscheiden, später wiederzukommen, doch er manövrierte den leichten Buggy vor eines der Lokale und band die Pferde fest. Dann reichte er ihr seine Hand, half ihr beim Aussteigen und lief mit ihr hinüber zum Postamt, wo sie sich in der Schlange hinter einer Samoanerin einreihten. Sie war die erste Samoanerin, die Henriette in einem europäischen Kleid sah. Ihre champagnerfarbene Bluse mit der sehr schmalen Taille, Stehkragen und spitzenverzierten Keulenärmeln stand in starkem, aber sehr apartem Kontrast zu der samoanischen Haartracht mit den großen weißen Blüten. Als sich die Frau zu ihr umdrehte und freundlich grüßte, merkte Henriette, wie ihr Vater sie am Ellenbogen packte, als ob er sie von dort wegzerren wollte.

Aber Henriette blieb stehen und sagte: *»Talofa!«,* was die Samoanerin mit einem strahlenden Lächeln quittierte. »Guten Morgen!«, antwortete sie und verblüffte Henriette, die bisher nicht viel Deutsch in der Kolonie gehört hatte. Man sprach englisch oder samoanisch, deshalb hatte ihre Mutter sie schon auf dem Schiff dazu gezwungen, mit zwei englischen Ladys an Bord Konversation zu üben. Das hatte Henriette nichts ausgemacht, weil sie wusste, dass sie das später auf ihren Reisen noch brauchen würde.

Die Frau wandte sich mit einem spöttischen Lächeln an ihren Vater. »Das ist also das Fräulein Tochter?«

Ihr Vater nickte widerwillig, und Henriette wartete darauf, vorgestellt zu werden, aber ihr Vater blickte höchst unfreundlich zu Boden.

»Mein Name ist Henriette-Viktoria Mayberg.« Henriette nickte der schönen Frau zu und reichte ihr die Hand. Gleichzeitig spürte sie, wie ringsherum das Gespräch erstarb. Und sich jeder aus der Schlange etwas zur Seite bewegte, damit er sie und die schöne Samoanerin besser beobachten konnte.

Ihr Vater packte sie am Arm, murmelte etwas wie »Ihr ist nicht recht wohl!« und zerrte sie aus der Schlange vor dem Postamt.

Völlig überrumpelt beeilte sich Henriette, neben ihrem Vater herzulaufen, was in dem engen Rock nicht eben einfach war.

»Und was ist mit unserer Post?«, fragte sie erschrocken, doch ihr Vater bugsierte sie stumm zurück auf die Kutsche und trieb die Pferde an, als wäre der Teufel hinter ihnen her.

Erst als die Hauptstraße hinter ihnen lag, geruhte ihr Vater, das Wort an sie zu richten.

»Was fällt dir ein?«, zischte er.

»Es war sehr unhöflich, mich der Dame nicht vorzustellen.«

»Darüber hast du nicht zu entscheiden!«

»Aber du kanntest sie doch!«

Ihr Vater zog die Zügel an, bremste die Pferde und zwang Henriette, ihm ins Gesicht zu sehen.

»Meine liebe Henriette-Viktoria.« Das war Henriette noch unheimlicher, als wenn er laut gebrüllt hätte, und in diesem Moment dämmerte ihr, dass es ihr niemals gelingen würde, sich ihm zu widersetzen. Er war es gewohnt, dass man genau das tat, was er wollte. Nur das.

»Als Plantagenbesitzer kennt man viele Menschen. Und nicht alle sind ein guter Umgang für meine Tochter. Habe ich mich deutlich ausgedrückt?«

»Wer war diese Frau?« Obwohl Henriette Tränen in den Augen hatte, weil ihr gerade deutlich geworden war, wie ihr Schicksal aussehen würde, bohrte sie weiter nach. Jetzt ging es nicht mehr nur um diese Samoanerin, es drängte sie vielmehr, ihren Vater zu reizen.

Der zwirbelte beide Bartspitzen gleichzeitig, als müsste er seine Hände beschäftigen, um sich nicht auf sie zu stürzen. Er betrachtete Henriette wie einen ungehorsamen Hund, der bestraft werden musste.

Henriette fragte sich zum wiederholten Male, ob diese kalten blauen Augen jemals jemanden geliebt hatten. Wie konnte dieser Mann ihr Vater sein?

Sie war auf alles gefasst.

»Du wirst den Rest des Tages, nein, nicht nur des Tages, auch den der Woche auf deinem Zimmer verbringen und es allenfalls zu dringenden nützlichen Tätigkeiten im Haus verlassen.«

Henriette wusste, sie sollte augenblicklich sagen, es täte ihr leid, aber sie brachte kein Wort über ihre Lippen. Stattdessen trieb sie das Spiel auf die Spitze und fragte nach der Post.

»Selbst wenn deine Schwester dir geschrieben haben sollte, wirst du erst dann ihren Brief lesen, wenn ich das für richtig halte. Und ich wünsche, dass du niemandem von deinem Verhalten erzählst. Nicht deiner Mutter, um sie nicht zu beschämen, nicht deiner Schwester, um sie nicht zu ermutigen, nicht Hofmann, um dich nicht üblem Gerede auszusetzen.«

Danach sprach er kein Wort mehr, bis sie zu Hause waren, wo ihre Mutter sie bereits erwartete. Auch sie war sehr enttäuscht, als sich herausstellte, dass sie weder Post noch Zeitungen mitgebracht hatten. Sie seufzte nur und griff sich so übertrieben leidend erst an die Stirn und dann an die Kehle wie die von Sophie so bewunderten Schauspielheroinen, die mit diesen Gesten ausdrücken wollten, dass sie todkrank waren und gleich ins Grab sinken würden.

Ihr Vater erklärte, dass Henriette den Rest der Woche unter strenger Aufsicht zu halten wäre. Es wunderte Henriette zunächst, dass er ihrer Mutter nicht erklärte, was geschehen war. Dann aber dämmerte ihr, dass es ihrem Vater peinlich war, diese Frau in der Post zu kennen. Deshalb durfte ihre Mutter nichts davon erfahren. Am liebsten hätte Henriette ihrem Vater gedroht, dass sie ihrer Mutter alles erzählen würde, aber sie wusste, dass sie dann niemals Sophies Briefe zu Gesicht bekäme.

Das Frühstück wurde in eisigem Schweigen eingenommen. Ella nutzte die Gelegenheit und erzählte, wie sie sich mit dem Häkeln eines Spitzendeckchens abgemüht hatte. Niemand ging darauf ein, und Henriette begann ihre Schwester leidzutun, weshalb sie ein paarmal nachfragte, bis auch Ella eingeschüchtert verstummte.

Danach machte sich ihr Vater noch einmal allein zur Post auf und lehnte es auch reichlich grob ab, ihre Mutter mitzunehmen.

Daraufhin beschloss ihre Mutter, Migräne zu bekommen, und legte sich für den Rest des Tages ins Bett. Ella ließ Henriette nicht aus den Augen und wollte wissen, was denn passiert sei, doch Henriette wollte es nicht riskieren, sich Ella anzuvertrauen, denn sie konnte nichts für sich behalten und hätte sich bestimmt verraten. Wenn doch nur Sophie hier wäre!

Henriette war von nervöser Unruhe ergriffen, sie fragte sich, wie sie die Zeit überstehen sollte, bis endlich die Briefe im Haus waren. Um sich abzulenken, ging sie in die Küche und schaute nach, ob sie Nian etwas helfen könnte. Ella fühlte sich von allen ausgeschlossen und trabte vor sich hin maulend hinter ihr her. Erst als sie merkte, wohin Henriette wollte, blieb sie zurück. Die Chinesin war Ella unheimlich, das wusste Henriette. Und das war einer der Gründe, warum sie in die Küche wollte.

Schon von Weitem hörte sie, wie Nian sich mit anderen Frauen unterhielt, und war erstaunt, wie laut und glücklich die Chinesin klingen konnte.

Sie öffnete die Tür zum Küchenhaus. Dampfige, nach Kernseife duftende Luft schlug ihr entgegen, noch feuchter als die

Luft draußen. Außer Nian waren noch zwei sehr viel ältere Chinesinnen dabei, Bettwäsche zu schrubben.

Als Henriette hereinkam, wurde es sofort totenstill. Die Chinesinnen starrten sie an, als wäre sie eine Geistererscheinung.

»Hallo«, sagte Henriette und versuchte es dann auf Englisch, aber Nian winkte ab und erklärte, dass ihre Freundinnen kein Englisch sprachen. Dann fragte sie, was Henriette suchte oder ob ihre Mutter etwas brauchte, und es war klar, Nian wollte sie schnell wieder loswerden.

Obwohl sie sich ärgerte, musste Henriette innerlich lachen. Es geschah ihr ganz recht, genauso hatte sie gerade Ella behandelt. Sie trabte zurück und bot Ella an, mit ihr eine Partie Schach zu spielen, was Ella liebte, denn darin war sie Henriette haushoch überlegen. Sie setzten sich an das kleine Tischchen aus duftendem Zedernholz, wo das Schachbrett aus Marmor und das Kästchen mit den Figuren bereitstand. Die aus Ebenholz und Elfenbein geschnitzten Figuren hatte ihre Mutter von ihrer Großmutter geerbt, und sie durften nur von ihr abgestaubt werden. Obwohl sie diese Figuren so liebte, spielte ihre Mutter kein Schach, sie fand es zu männlich für Damen.

Henriette stellte sich heute besonders ungeschickt an, weil sie die ganze Zeit darauf wartete, dass ihr Vater zurückkäme und endlich ein Lebenszeichen von Sophie mitbringen würde.

Während sie gedankenlos die Figuren auf dem Brett hin und her schob, dachte sie darüber nach, wer wohl die Samoanerin gewesen war, der sie die Hand gegeben hatte. War diese Schöne eine gefallene Frau oder schlimmer noch, eine Kokotte? Sophie hatte davon geträumt, einmal Sarah Bernhardt auf der Bühne in dem Stück »Die Kameliendame« in der Rolle der Marguerite Gautier zu sehen. Und sie beide hatten sich gefragt, ob sie dazu fähig wären, den Mann, den sie wahrhaft liebten, für ein höheres Ziel aufzugeben. Henriette war davon überzeugt, dass wahre Liebe solche lächerlichen Hindernisse wie Stand und Ehre überwinden müsste, wohingegen Sophie fand, die große Liebe würde alle Opfer bis hin zum Tode erbringen.

Aber wie es jetzt aussah, würde Henriette die wahre Liebe wohl nie kennenlernen. Sie konnte sich nicht vorstellen, dass sie jemals mehr als eine leichte Zuneigung für einen Mann empfinden würde, der sie zur Ehe gezwungen hatte. War es vielleicht möglich, sich mit der Zeit in einen Mann zu verlieben, oder war das nur ein sich aneinander Gewöhnen und hatte mit der einzigen wahren großen Liebe nichts zu tun?

»Schach!«, unterbrach Ella griesgrämig ihre Gedanken. »Du hast dich nicht mal ein bisschen angestrengt, um mich zu besiegen.«

Henriette wusste, dass sie recht hatte, riss sich zusammen und forderte mit gekränkter Stimme eine Revanche. »Ich bin eben nicht so geschickt wie du«, verteidigte sie sich.

»Das hat damit nichts zu tun. Du konzentrierst dich nicht auf das, was du tust, du träumst vor dich hin. Das ist für mich so, als würde ich gegen einen Idioten antreten. Da spiele ich ja noch lieber gegen mich selbst.« Ella stand auf und rannte in ihr Zimmer. Henriette sah ihr nach. Sie sollte sich besser um ihre kleine Schwester kümmern. Ella hatte niemanden, Henriette hatte wenigstens in Gedanken Sophie.

Sie räumte die Schachfiguren zurück in das mit Samt ausgeschlagene Kästchen und überlegte, wie sie mit Ella besser auskommen könnte.

In dem Augenblick hörte sie die Kutsche ihres Vaters über die Auffahrt holpern. Jetzt konnte sie sich nicht länger beherrschen.

Henriette rannte ihm entgegen. Ein Brief, das wäre wie Weihnachten und Geburtstag an ein und demselben Tag. Außer Atem traf sie mit ihm auf der Veranda zusammen.

»Papa, alles, was ich falsch gemacht habe, tut mir sehr leid. Bitte sag mir, ist ein Brief von Sophie gekommen?«

Ihr Vater zwirbelte mit der rechten Hand seinen Bart, während er in der linken einen Packen Briefe hielt sowie ein Bündel Zeitungen.

Ella war auch heruntergekommen und stürmte an Henriette vorbei auf ihren Vater zu, um ihn zu begrüßen.

»Ihr solltet euch wirklich etwas damenhafter benehmen!«, sagte er und zuckte vor Ella zurück. Aber dann reichte er Ella die Zeitungen. »Hier sind ein paar Modejournale, aber bring nichts durcheinander, denn eigentlich sollte eure Mutter sie zuerst lesen.«

Er sah Henriette unverwandt an, und seine blauen Augen blitzten triumphierend.

»Ja, es ist ein Brief deiner Schwester dabei, aber er ist an uns gerichtet, und daher werden wir ihn zuerst lesen. Doch jetzt habe ich keine Zeit, ich muss auf die Plantage. Du musst dich also bis heute Abend gedulden.«

Warum tat er ihr das an? Das konnte er doch nicht wirklich ernst meinen, schließlich hatten sie alle so lange nichts von Sophie gehört! Interessierten sich die Eltern denn nicht mehr für ihre Tochter? Henriettes Knie zitterten, und sie versuchte, nicht weinerlich zu klingen, als sie vorschlug, den Brief jetzt gleich ihrer Mutter zum Lesen zu bringen, denn die musste nicht zur Plantage.

Ihr Vater trat mit wütend erhobener Hand auf Henriette zu. »Es ist an der Zeit, diesem Haufen naseweiser, nichtsnutziger

Weiber deutlich zu machen, wo die Grenzen sind. Ich dulde es nicht, wie du dich benimmst. Habe ich mich klar ausgedrückt?«

Er verschwand, ohne Henriette zu ohrfeigen, in seinem Arbeitszimmer. Kurz darauf wurden lautstark Schubladen auf- und zugeschoben.

Henriette konnte es kaum erwarten, dass er endlich wegführe.

Ungeachtet der Konsequenzen, die es für sie haben würde, musste sie den Brief lesen, sofort. Für Sophie würde sie zum Mond schwimmen oder zur Sonne segeln, und sie war mehr als bereit dazu, eine lächerliche Schublade aufzubrechen.

»Warum ist Papa so böse auf dich?«, fragte Ella, eingeschüchtert von dem lauten Geschrei ihres Vaters. Sie konnte sich nicht einmal darüber freuen, dass Henriette in Ungnade gefallen war.

»Ich habe keine Ahnung«, antwortete Henriette, und das war die reine Wahrheit. »Und es ist sehr ungerecht. Sehr, sehr ungerecht!«

Doch sie würde es herausfinden. Nun musste sie erst einmal Ella ablenken. Es war sicherer, wenn ihre kleine Schwester ihr nicht dabei zusah, wie sie den Sekretär ihres Vaters durchsuchte.

Endlich verließ ihr Vater das Arbeitszimmer, stieg die Treppe nach oben, wo er mit ihrer Mutter sprach. Henriette und Ella schlichen auf die Treppe, um zu hören, was er zu ihr sagte, und erhaschten einige Brocken. »Deine Töchter! Kein Benehmen! Unfassbar unsittlich!« Die Antworten ihrer Mutter waren nicht zu verstehen. Dann polterte ihr Vater die Treppe hinunter, und sie schafften es gerade noch rechtzeitig, sich an das Schachtischchen zu setzen.

Wort- und grußlos ging er an seinen Töchtern vorbei nach draußen zur Kutsche und fuhr los.

Endlich!

Henriette glaubte, dass ihre Mutter noch ein bisschen im Schlafzimmer bleiben würde, um sich von den Vorhaltungen ihres Mannes zu erholen. Das verschaffte ihr etwas Zeit.

»Hast du heute schon Klavier geübt?«, fragte sie ihre Schwester scheinheilig und wohl wissend, dass das nicht der Fall war. Wenn Ella spielte, konnte sie nicht gleichzeitig Henriette nachspionieren. Ella maulte und behauptete, es sei nicht Henriettes Aufgabe, sich wie eine Gouvernante zu gebärden, aber sie blieb unerbittlich. Henriette erinnerte Ella daran, wie der Vater gerade ihre Mutter bedrängt hatte und wie wichtig es war, dass sie gehorsam wären.

Schließlich ergab Ella sich und schlurfte wenig damenhaft mit hängenden Schultern zum Piano. Aber dann verlangte sie zu wissen, was denn Henriette in der Zeit tun würde. Und erst als Henriette ihr glaubhaft versicherte, sie würde in der Zwischenzeit englische Vokabeln lernen und Ella dürfe sie dann abhören, setzte sich Ella auf den Hocker vor das Piano und begann mit ihren Etüden.

Henriette stand auf, holte sich die englische Grammatik und die Vokabelhefte, winkte Ella damit zu und setzte sich draußen an den Tisch.

Sie wartete ein paar Minuten, dann schlich sie um die Veranda zum Arbeitszimmer ihres Vaters. Genau wie sie gehofft hatte, war die Tür zur Veranda nicht abgesperrt.

Sie öffnete sie, ihr Herz schlug so laut, dass sie kaum noch das Piano hörte. Dann lief sie zu dem mächtigen viktorianischen Sekretär aus rötlich glänzendem Mahagoni und gab sich Mühe, dabei nicht über das lächerliche Eisbärenfell zu stolpern. Die Oberfläche aus grünem Leder mit goldenen Verzierungen war leer, das bedeutete, er hatte die Briefe weggesperrt. In eine der Schubladen. Quer unter der Platte waren drei Schubladen mit Schlössern, dann waren rechts und links außerdem noch jeweils drei Schubladen. Die auf der linken Seite hatten ebenfalls Schlösser, die auf der rechten Seite nicht.

Sie schlich zurück zur Tür, vergewisserte sich, dass ihre Mutter nicht heruntergekommen war und dass Ella noch Klavier spielte, dann riss sie hastig die unversperrten Schubladen auf. Natürlich waren hier keine Briefe. Nur ein Tintenfass, ein Aschenbecher aus Marmor, eine beschädigte Uhrkette, in der nächsten Schulbade lagen Pfeifen und Zigarren.

Sie zog an der rechten Schublade mit Schloss unter der Platte und war entzückt, als sie sie aufziehen konnte. In der ersten war eine Dokumentenmappe, der sie weiter keine Beachtung schenkte. Die Briefe, sie wollte die Briefe! In der mittleren der drei Schubladen lagen ebenfalls Schriftstücke, ebenso in der linken.

Blieben die drei Schubladen auf der linken Seite.

Doch die waren verschlossen.

Ich werde sie aufbrechen, dachte sie. Das solltest du lieber nicht tun, warnte eine innere Stimme, deine Strafe wird fürchterlich sein. Egal, dachte Henriette, in der eine Wut loderte, die sie selbst erstaunte und auch entsetzte.

Wo konnte er den Schlüssel versteckt haben? Befand der sich etwa an seinem Schlüsselbund? Sie versuchte, sich zu erinnern, welche Schlüssel an diesem Ring hingen. Wenn er nach Hause kam, legte er den Bund immer in eine Messingschale, die er einem Chinesen abgekauft hatte. Das ergab ein melodisches Pling und war so etwas wie die Erkennungsmelodie seiner Rückkehr.

Im ganzen Haus gab es nur an der offiziellen Eingangstür ein Schloss, das aber nicht benutzt wurde. Niemand wusste, wo der Schlüssel hingekommen war. Blieben der Schlüssel zum Stall, der zur Küche und die zu den Lagerräumen auf der Plantage. Das waren alles mächtige Schlüssel, deren Bärte viel zu groß für die filigranen Schubladenschlösser waren. Henriette sah sich in dem Zimmer um. Wo konnte der Schlüssel sein? Da war nur noch die Vitrine voller Bücher, die zu dem Schreibtisch dazugehörte. Die Glastüren der Vitrine wurden mit einem zierlichen Schlüssel auf- und zugesperrt. Vielleicht passte dieser Schlüssel auch für die Schubladen. Das wäre natürlich ein ideales Versteck. Das musste es sein!

Sie lief hinüber, nahm einen Schlüssel und probierte es aus.

Der Schlüssel ließ sich problemlos hineinschieben, aber leider nicht bewegen.

Sie probierte ihn bei allen Schubladen. Nichts.

Sie steckte ihn wieder zurück, öffnete die Türen der Vitrinen und sah die Regale durch, aber hier befanden sich nur Bücher über das Finanz- und Steuerwesen, über Kakao, Kokosnüsse und Landkarten.

Plötzlich war es still. Ella hatte aufgehört zu spielen. Blitzschnell hastete Henriette zurück auf die Veranda an den Tisch mit den Vokabelheften, gerade noch rechtzeitig, bevor Ella um die Ecke bog.

»Das hat sich schrecklich angehört.« Henriette versuchte, ihre Atemlosigkeit zu unterdrücken. »Du solltest noch ein Weilchen üben. Und ich sollte dringend mehr Vokabeln lernen, ich habe schon wieder alles vergessen. Nachher darfst du mich so lange Vokabeln abfragen, wie du willst. Was meinst du?«

Henriette wusste, dass Ella da nicht Nein sagen konnte, denn

Ella beherrschte sehr viel mehr Vokabeln als Henriette und liebte es, ihre große Schwester zu demütigen.

Ella trabte zurück an das Piano. Henriette wartete einen Moment, dann rannte sie über die Veranda zurück zum Arbeitszimmer. Ratlos sah sie sich um, dann blieb ihr Blick am Boden haften, und sie musste lachen. Plötzlich war sie ganz sicher, wo sich der Schlüssel zu den Schubladen befand. Ja, das war genau der Ort, wo sie so einen Schlüssel verstecken würde.

Schnaufend kniete sie sich neben das Eisbärenfell, hob den Kopf mit den Glasaugen hoch und sah in das Maul des Eisbären hinein. Nichts! Sie zog den Kiefer mit den großen Zähnen weiter auseinander, wieder nichts.

Enttäuscht stand sie auf. Entweder sie brach jetzt die Schubladen auf, oder sie musste sich bis heute Abend gedulden.

Unmöglich!

Ich warte keine Sekunde länger! Ich brauche nur einen Hebel, dachte sie, ein Werkzeug. Im Stall gab es verschiedene Werkzeuge zur Hufeisenpflege der Pferde. Aber sie hatte nicht mehr viel Zeit. Sie rannte wie um ihr Leben zum Stall, wo Queen Victoria sie freundlich anschnaubte.

Kurz tätschelte sie deren Hals, während sie die Werkzeuge, die ordentlich an der Wand hingen, betrachtete. Dann entschied sie sich für eine Eisenstange, die vorn wie eine flache Kelle geformt war. Das flache Teil würde sie zwischen Lade und Schreibtisch einzwängen und so das Schloss aufhebeln.

Sie hastete zurück, ihr Herz dröhnte so laut durch ihren Körper, dass sie Ellas Spiel kaum hören konnte. Sie zwang sich, ruhiger zu werden, und war zufrieden, als sie erkannte, dass Ella gerade mit einem längeren Nocturne von Chopin angefangen hatte. Das würde noch eine Weile dauern. Hoffentlich ermunterte die Klaviermusik ihre Mutter nicht dazu herunterzukommen.

Du hast nicht mehr viel Zeit, also tu es endlich! Sie atmete tief aus, versuchte das Zittern ihrer Hände zu unterdrücken und zwängte das flache Stück zwischen die Schublade und das Schloss. Es war nicht so leicht, wie sie gedacht hatte, sie musste es fester versuchen. Sie setzte erneut an, als plötzlich ein Schatten über sie fiel. Ihr Herz raste noch mehr. Alles war aus!

Erschreckt und verstört drehte sie sich um. Ihre Strafe würde furchtbar sein!

Vor ihr stand Nian. Im ersten Moment spürte sie große Erleichterung, doch im zweiten schoss ihr die Schamesröte ins Gesicht. Was musste Nian von ihr denken, eine Tochter, die den Schreibtisch ihres Vaters aufbrechen wollte. Die Ungeheuerlichkeit ihres Treibens wurde ihr erst jetzt bewusst.

Sie erhob sich und hätte das Werkzeug am liebsten wie ein unartiges Kind hinter ihrem Rücken versteckt. Und das vor einer Bediensteten!

Nian lächelte ihr hintergründig zu und legte ihre linke Hand beruhigend auf Henriettes Arm, während sie den rechten Zeigefinger zum Mund führte. Dann flüsterte sie mehr zu sich selbst als zu Henriette hin: »Sind die Alten nicht aufrichtig, so lehren sie die Jungen, Schurken zu werden.«

Henriette wusste nicht, was das bedeuten sollte. Wollte ihr Nian damit sagen, dass niemand etwas von ihr erfahren würde?

Noch bevor Henriette etwas erwidern konnte, langte Nian in ihre kunstvoll aufgetürmte Frisur, zog eine lange Haarnadel heraus und verbog sie mit wenigen Handgriffen zu einem sonderbaren Gebilde.

Staunend beobachtete Henriette, wie Nian die Haarnadel in

das Schloss der Schublade steckte, den Kopf nach hinten legte, ihre Lider senkte, dabei aber aufmerksam hinhörte und dann mit geradezu schlafwandlerischer Sicherheit die Schublade aufzog.

Henriette und Nian sahen sich an, aber keine sagte ein Wort.

Nian bedeutete Henriette, die Schublade durchzusehen. Es waren mehrere schwarze Aktentaschen, auf denen große Kuverts lagen. Kuverts! Ihre Briefe!

Die Kuverts waren nicht beschriftet, trotzdem nahm sie sie in die Hand, sah hinein und zuckte sofort zurück. Angewidert und doch auch höchst interessiert zugleich. Es waren Photographien von nackten Damen, die ihr den Atem verschlugen. Eigentlich hätte sie das gern näher betrachtet, vor allem die Aufnahme einer Frau, einer samoanischen Frau, die ihr bekannt vorkam. Aber die Zeit drängte. Hastig legte sie alles zurück, und Nian verschloss die Schublade. Dann öffnete sie nach einem fragenden Blick auf Henriette die nächste.

Ungeduldig zog Henriette sie auf. Die Schublade war so schwer, dass sie sich gegen das Herausziehen sperrte. Sie hörte leises Klirren. Was für eine Enttäuschung! In dieser Schublade war nur ein Whiskeyglas und eine Flasche Laphroaig, das war der schottische Lieblingswhiskey ihres Vaters. Sie schob die Lade mit roher Gewalt wieder zu und wies auf die letzte der Schubladen, die Nian dann auch mit ihrer Haarnadel öffnete.

Hier mussten sie sein, die Briefe! Henriettes Spannung stieg ins Unerträgliche, vor allem, weil sie meinte, Schritte auf der Treppe zu hören. Zu allem Überfluss hatte Ella aufgehört, Klavier zu spielen.

In dieser Schublade herrschte eine Unordnung, die ganz untypisch für das restliche Büro ihres Vaters war, so als hätte er alles wütend hineingeworfen. Das hätte zu seiner Gemütsverfassung am Morgen gepasst. Voller Vorfreude zog Henriette die schwere Lade ganz auf. Hier drin lagen tatsächlich Briefe, aber auch Schriftstücke mit Siegeln und mehrere mit einem Gummi zusammengehaltene Bilder. Henriette musste alles durchsehen, um ganz sicherzugehen, aber in diesem Moment hörte sie Ella nach ihr rufen.

So schnell sie konnte, suchte sie nach einem Umschlag, auf dem Sophies Schrift zu erkennen war, aber da war nichts dergleichen. Sie warf noch einen letzten Blick auf die Bilder. Das oberste war ganz offensichtlich am Klondike aufgenommen worden. Im Hintergrund war der Fluss zu erkennen, vereinzelte Schneehäufchen und eine Blockhütte. Davor standen zwei Männer, gekleidet wie Goldgräber in Nietenhosen, dicken Jacken und Hüten. Zwischen ihnen befand sich eine Frau in einem tief dekolletierten Kleid, was in dieser Wildnis grotesk wirkte. Zu ihren Füßen lagen die großen Siebe, mit denen man Gold wusch. Der eine Mann war Hofmann, der andere ihr Vater, die Frau kannte sie nicht.

»Henny!«, rief Ella, und es klang verdächtig nahe.

Henriette warf die Bilder zurück in die Lade und schob sie zu, dann bedeutete sie Nian, sie abzuschließen, und rannte hinaus, um ihre Schwester vom Arbeitszimmer fernzuhalten.

7. Kapitel

Ella musterte Henriette neugierig. »Warum schnaufst du so, wo warst du? Mama sucht dich überall. Papa hat gesagt, du darfst das Haus nicht verlassen!«

Henriette murmelte etwas, nahm Ellas Hand und zog sie zurück zur Veranda, wo sie Ella das englische Vokabelheft reichte, um sich abfragen zu lassen.

Ihre Mutter rief ihnen von der Veranda aus zu, sie sollten doch zu ihr kommen, ihr wäre nach ein wenig Unterhaltung.

Kurz darauf setzte sich Henriette immer noch reichlich atemlos mit Ella in die weißen Korbstühle. Ihre Mutter sah aus, als ob sie wirklich von fürchterlichen Kopfschmerzen gequält würde. Die Augen waren von geplatzten roten Äderchen durchzogen, und sie war weiß wie eine Jasminblüte. Das war Henriette nur recht, denn so entging ihr sicher, wie aufgewühlt ihre Tochter war. Immerhin hatte Henriette gerade die Schreibtischschubladen ihres Vaters durchwühlt wie ein Dieb, und sie hatte es nur Nian zu verdanken, dass man sie dafür nicht bestrafen würde.

Zwar schämte sich Henriette, doch sie war auch unglaublich wütend auf ihren Vater. Weil er sie ungerecht behandelt hatte und weil sich all diese peinlichen Photographien in seinem

Besitz befanden. Zu allem Überfluss hatte er die wichtige Post gar nicht dort versteckt und so ihre ganzen Versuche lächerlich gemacht.

Sie betrachtete ihre ahnungslose Mutter, die ganz sicher nichts von den schlanken, jungen Frauen auf den Photographien im Arbeitszimmer ihres Vaters wusste. Unwillkürlich verzogen sich Henriettes Lippen zu einer verächtlichen Grimasse. Das war also sein Arbeitszimmer! Whiskey und nackte Frauen.

Niemals würde ihre Mutter in den Schreibtisch ihres Gatten schauen, in sein Heiligtum. Sie betrat dieses Zimmer nicht einmal. Was war das nur, was ihre Eltern verband? War deren Ehe auch per Befehl geschlossen worden? Nein, das konnte sich Henriette nicht vorstellen, denn Mamas Mutter Christiane-Auguste von Wagner hatte niemals ein gutes Haar an ihrem Schwiegersohn gelassen und immer wieder in sich dramatisch steigernden Anfällen zu ihrer Tochter gesagt: »Man heiratet nicht aus Liebe, ich habe dich gewarnt, ich habe dich gewarnt!« Als sie älter wurden, hatte Sophie diese Szene dann wie in einem Stummfilm mit Gesten begleitet, die Augen weit aufgerissen, die Hand ans Herz gepresst.

Trotz der Vorhaltungen ihrer Großmutter konnte sich Henriette nur schwer vorstellen, dass ihre Eltern die Art von leidenschaftlicher Liebe verspürt hatten, der Sophie und sie in so vielen Romanen begegnet waren.

Und doch blitzte manchmal zwischen ihren Eltern etwas auf, sogar noch nach der langen Trennung. Eine zärtliche Geste, ein Lächeln. Ihr Vater hatte sich 1899 sofort zum Klondike aufgemacht, als er über Tante Berta, seine Schwester, von den Goldfunden gehört hatte, und erst sechs Jahre später hatten ihre Eltern sich hier in Samoa wiedergesehen. All die Jahre war ihre

Mutter allein mit ihren Töchtern gewesen, nahezu mittellos war sie auf die Gnade und Unterstützung von Großmutter Christiane-Auguste und anderen Verwandten angewiesen, die ihren Mann für einen Spinner und Abenteurer hielten. Wahrscheinlich, so dämmerte es Henriette jetzt, stammten diese Bilder in seinem Schreibtisch aus der Zeit, in der ihre Eltern getrennt gewesen waren.

»Henriette, was ist mit dir? Du wirst abwechselnd rot und bleich, bist du krank, hast du dir ein Fieber geholt?«, fragte ihre Mutter, die sie anscheinend schon ein paarmal angesprochen hatte.

»Es geht mir gut. Ich wüsste nur gern, ob ein Brief von Sophie gekommen ist und was sie geschrieben hat. Vermisst du Sophie denn nicht?«, entgegnete sie.

Überrascht bemerkte sie, wie ihre Mutter schuldbewusst zusammenzuckte. »Nun, ich liebe euch alle, aber eines Tages wirst du erfahren, Henriette, dass es eine sehr schwere Aufgabe ist, Kinder großzuziehen, und Zwillinge im Besonderen.«

»Wie meinst du das?«, fragte Henriette.

»Nun, die Geburt von Zwillingen ist kein Kinderspiel. Zwei Säuglinge gleichzeitig zu versorgen ist eine sehr anstrengende Aufgabe, die mit Kindermädchen vielleicht einfacher zu handhaben wäre. Doch ich hatte niemanden, nur meine Mutter Christiane-Auguste. Und zum Dank für all meine Opfer wart ihr beiden immer nur für euch, ihr liebtet nur einander. Ihr hattet eine geheime Sprache, geheime Spiele und geheime Scherze. Das ist für eine Mutter oft schwierig.«

Ella erkannte ihre Chance, sie kniete sich zu den Füßen ihrer Mutter wie ein Hündchen, und ihre Mutter belohnte sie mit einem Kopfstreicheln.

Fassungslos betrachtete Henriette ihre Mutter. Es musste die Hitze sein, die sie so ehrlich sein ließ. Für gewöhnlich bezog ihre Mutter niemals so eindeutig Stellung. Henriette fand es schockierend, dass ihre Mutter froh darüber zu sein schien, dass Sophie und sie getrennt waren.

»Machst du dir denn keine Sorgen darüber, wie es meiner Schwester geht?«

»Nein, mein Liebes, das ist verschwendete Zeit. Auch das habe ich erst lernen müssen. Wenn ich mir ständig um deinen Vater am Klondike Gedanken gemacht hätte, wäre ich schon tot.« Sie fächelte sich Luft zu. »Es ist sinnlos, sich Sorgen zu machen. Was könnte ich vom anderen Ende der Welt aus tun, um etwas in ihrem Leben zu ändern? Deine Schwester ist alt genug, in eurem Alter hatte ich schon Kinder geboren! Es wird ihr sehr guttun, auf sich gestellt zu sein, und dir übrigens auch. Vielleicht treibt es die Flausen aus euren Backfischgehirnen und bringt die klugen Frauen zum Vorschein, die eigentlich in euch stecken.«

Kluge Frauen, die in euch stecken. Ja? Kluge Frauen, die verheiratet werden sollten? Die nicht die Briefe ihrer Schwester lesen sollten? Ihre Mutter hatte nicht die leiseste Ahnung, wie wütend Henriette immer noch war. Denn ihre Mutter war ein kalter Fisch, sie liebte niemanden, nur ihre Bequemlichkeit.

Nian servierte ihnen Zitronengrastee, und dabei warf sie Henriette ein kaum wahrnehmbares Lächeln zu. Erleichtert wurde ihr klar, dass von dieser Seite keine Gefahr drohte.

Sie nippte am Tee und versuchte sich zu beruhigen.

Aber was war mit Nian? Sie würde sie zwar nicht verraten, aber warum hatte sie ihr geholfen, was erwartete sie als Gegenleistung? Und was bedeutete es, wenn Nian mühelos alle Schlösser im Haus öffnen konnte?

Henriette schwirrte der Kopf. Sie entschuldigte sich und ging auf ihr Zimmer. So allein hatte sie sich nicht einmal in der ersten Zeit auf dem Schiff gefühlt. Da hatte sie Sophie zwar vermisst, aber sie war noch in ihrer Nähe gewesen.

Jetzt war es, als wäre ihre Schwester tot.

Plötzlich wurde ihr so heiß, als hätte man ihr einen Brandsatz in den Magen geschleudert. Was, wenn ihr Vater schon auf dem Rückweg die Post gelesen hatte und Sophie etwas Furchtbares zugestoßen war? Und er ihr nur deshalb die Post nicht geben wollte, weil sie sich niemals wiedersehen würden?

Unruhig lief Henriette in ihrem Zimmer hin und her. Nein, das würde sie fühlen, das wusste sie. Und wenn ihre innere Verbindung längst abgebrochen war?

Immerhin war es allein ihre Schuld, dass Sophie krank geworden war. Weil sie bei diesem lungenkranken Medium gewesen waren. Sie musste wissen, wie es Sophie ging, und dazu musste sie diesen Brief lesen.

Jetzt.

Gleich.

Sofort!

Ich reite zu Papa und flehe ihn an, sage ihm, wie entsetzlich ich mich fühle, und bitte ihn, mich ihren Brief lesen zu lassen. Er muss einfach verstehen, wie wichtig das für mich ist. Immerhin ist er unser Vater!

Der Plan schien ihr vollkommen einleuchtend, alles besser, als noch eine Sekunde länger hier zu sitzen und darauf zu warten, dass er nach Hause kam.

Sie rief nach Nian, damit sie ihr half, das Reitkostüm anzuziehen.

Doch Nian schüttelte den Kopf. »Es ist viel zu heiß, du solltest dich jetzt nicht der Sonne aussetzen.«

Überrascht betrachtete Henriette Nian. »Also sprichst du sogar sehr gut Deutsch.«

Nian lächelte abgründig. »Natürlich, dort, wo ich herkomme, war es besser für die ›dreckigen Schlitzaugen‹, Deutsch zu verstehen.«

Sie betonte »dreckige Schlitzaugen« mit der gleichen Verachtung, mit der man über Ratten oder Kakerlaken spricht, wie etwas, das einen ekelt und das man gern zertreten wollte. Henriette fühlte sich noch elender und musste sich hinsetzen.

»So etwas darfst du nicht sagen.«

»Das ist es, was die Deutschen über uns denken. Ich finde es gut, wenn ich ihre Sprache beherrsche und es niemand weiß.«

»Und warum darf ich es wissen?«

Nian sah ihr tief in die Augen, dann zuckte sie mit der Schulter: »Weil du anders bist.«

»Ich bin so deutsch wie Kaiser Wilhelm.«

»Ja, und doch spricht aus dir noch eine andere Seele.«

Henriette bekam eine Gänsehaut. Wovon redete Nian da?

»Hast du mir deshalb bei dem Schreibtisch geholfen?«

Nian zuckte wieder mit ihren schmächtigen Schultern. »Wenn der Schreibtisch beschädigt gewesen wäre, hätte man zuallererst in der Küche bei den Schlitzaugen gesucht und dann bei den Samoanern …«

Sie hatte recht! Ihr Vater hätte nie vermutet, dass seine eigene Tochter seinen Sekretär aufbrechen würde. Obwohl alles, was Nian gesagt hatte, richtig war, war Henriette etwas enttäuscht. Sie hatte gehofft, ihr gemeinsamer Einbruch hätte so etwas wie eine Verbindung zwischen ihnen geschaffen.

Nian lächelte sie sphinxhaft an, als wüsste sie genau, was für Wünsche Henriette hatte und als fände sie die reichlich kindisch. »Du bist die Tochter. Aber ich arbeite hier«, sagte sie, dabei nahm sie ihre Schultern zurück, hob stolz ihren schönen Kopf. Henriette fragte sich, wie sie je auf die Idee gekommen war, dass Nian beschützt werden müsste. Sie kam sich plötzlich sehr lächerlich vor. Vorhin, bei dem Durchsuchen der Schubladen, hatte sie sich wie eine Verschwörerin gefühlt, die eine Verbündete hat.

Nian und sie befanden sich nun auf Augenhöhe, und Henriette erschrak über die Kraft ihres Blickes, dem sie sich nicht entziehen konnte. Henriette wollte ihm standhalten, ihr beweisen, dass sie nicht nur eine verwöhnte Tochter war, doch sie musste als Erste ihre Augen abwenden.

Nian seufzte. »Nun gut. Ich habe es auch getan, um dich vor Unheil zu bewahren.«

Henriette entspannte sich. Dann war zwischen ihnen doch so etwas wie eine freundschaftliche Verbindung.

»Wo willst du denn überhaupt hin?«, fragte Nian.

»Zu meinem Vater.« In dem Moment, als sie das sagte, spürte Henriette plötzlich selbst, wie unsinnig ihr Plan war. Sie würde ihren Vater damit nur verärgern. Letztlich saß er am längeren Hebel und konnte ihr Sophies Brief so lange verweigern, wie es ihm beliebte. Wenn er erkannte, wie wichtig ihr der Brief war, würde er ihn nur als Druckmittel benutzen, um sie noch schneller in Hofmanns Arme zu treiben.

»Zu deinem Vater – jetzt?«, wiederholte Nian. Die Vorstellung schien sie zu amüsieren. »In den heißen Mittagsstunden ist er nie auf der Farm. Da entspannt er sich.«

Noch einmal trafen sich ihre Augen. Henriette wusste nicht,

was Nian ihr damit sagen wollte, aber sie begann, das Reitkostüm wieder im Schrank zu verstauen.

»Hast du Schwestern?«, fragte sie. »Vielleicht eine Lieblingsschwester?«

Nian nickte. »Zwei Schwestern und vier Brüder. Mein Lieblingsbruder war Tin-tin, der jüngste meiner Brüder. Ich bin das jüngste Kind. Tin-tin war ein Dichter, ein Philosoph. Er hätte Ruhm und Ehre und Glanz über unsere Familie bringen können. Aber sie sind alle ermordet worden. Seither lastet die Zukunft unserer Familie allein auf meinen Schultern.«

»Ermordet?« Nian hatte so gleichmütig gesprochen, dass Henriette nicht sicher war, ob sie das richtig verstanden hatte.

Ein ironisches Lächeln umspielte Nians Lippen. »Ermordet, während des Boxeraufstands, wie er bei euch genannt wird. Meine Geschwister waren Kämpfer, und sie haben sich 1899 den Yi-he-tuan angeschlossen, das bedeutet in eurer Sprache so viel wie ›die in Rechtschaffenheit vereinigten Boxer‹. Ihr Kampf richtete sich gegen den Einfluss des Westens und gegen den eurer lächerlichen Missionare auf unser heiliges chinesisches Reich. Sie wollten der Qing-Dynastie helfen und alles Fremde vernichten, aber sie sind bei Tianjin gefallen.«

Henriette hatte noch nie etwas darüber gehört, obwohl sie angenommen hatte, sie wäre bestens darüber informiert, was in der Welt geschah. »Aber wenn sie bei einem Aufstand gefallen sind, warum sagst du dann, sie wurden ermordet?«

»Weil es die Wahrheit ist, die Truppen des westlichen Kaisers, eures Kaisers, waren sehr viel besser ausgerüstet als unsere chinesischen Kämpfer. Auf einen erschlagenen Boxer kamen Hunderte von misshandelten, vergewaltigten und ermordeten Unschuldigen. Nun gut, meine Geschwister waren keine

Unschuldigen, aber trotzdem, wie würdest du es nennen, wenn deine nur mit Fäusten bewaffnete Familie durch den Schuss aus einem chinesischen Kanonenrohr ausgelöscht würde?«

Henriette schwirrte der Kopf. Das alles war völlig neu für sie. »Und wie kommt es, dass du ausgerechnet hier bei uns arbeitest? Du musst doch voller Hass sein!«

»Nun, meine Eltern und ich haben dann Tianjin verlassen und uns in Kiautschou angesiedelt, weil wir dort Verwandtschaft hatten. Doch mein Vater war so gebrochen in seiner Trauer, dass er nur noch als Taglöhner arbeiten konnte. Und eines Tages kamen wiederum eure kaiserlichen Truppen, um Arbeiter für die Plantagen auf Samoa zusammenzutreiben.«

»Man hat euch gezwungen, wie Sklaven?«

»Nicht ganz. Es wurde uns versprochen, dass wir nach fünf Jahren im herrlichen Südseeparadies als reiche Familien ins Reich der Mitte zurückkehren werden, wenn wir gute Arbeit auf den deutschen Plantagen leisten.«

Henriette wollte schon erleichtert aufatmen, als Nian noch anfügte: »Doch sie haben uns verschwiegen, dass wir hier geprügelt und misshandelt werden. Und sie haben uns verschwiegen, dass man von dem geringen Lohn hier kaum leben, geschweige denn zurückkehren kann. Ich glaube nicht, dass viele von uns jemals wieder heim nach China gelangen werden.« Ihre Augen blitzten trotzig. »Aber ich werde es schaffen! Auch wenn uns die Deutschen verachten, weil wir ›dreckige Schlitzaugen‹ sind, die angeblich nicht genug arbeiten. Auch wenn uns die Samoaner verachten, weil sie uns hässlich finden und wir angeblich viel zu viel arbeiten. Ich werde zurückkehren in meine Heimat. Und Hass, nun Hass ist etwas anderes.« Den letzten Satz hatte Nian mit solcher Ironie hervorgebracht, dass

Henriette sich völlig hilflos fühlte. Sie wollte etwas Tröstendes erwidern, etwas Versöhnliches, doch alles, was ihr einfiel, war ein leises: »Aber ich verachte dich nicht.«

Nian nickte. »Ich weiß. Du verachtest niemanden.« Jetzt triefte ihre Stimme vor Hohn. Sie warf Henriette einen herausfordernden Blick zu, drehte sich um und verließ das Zimmer. Henriette sah ihr nach und bemerkte, wie Nian sofort den Kopf senkte und die Schultern nach vorne beugte, bevor sie die Treppe hinuntertrippelte. Es schauderte Henriette, wenn sie sich vorstellte, was es Nian kosten musste, Tag für Tag für Tag diese demütige Fassade anzulegen wie eine Rüstung.

8. Kapitel

Henriette starrte aus dem Fenster ihres Zimmers in die Dunkelheit. Den Rest des Tages hatte sie über Nians Geschichte nachgedacht und darüber sogar für eine Weile Sophies Brief vergessen.

Als ihr Vater dann endlich am Abend das Haus betreten hatte, war sie ihm voller Hoffnung entgegengerannt und hatte ihn angefleht, sie endlich Sophies Brief lesen zu lassen. Doch er hatte sie nur streng angesehen, mit ihrer Mutter einen verständnisinnigen Blick getauscht und den Kopf geschüttelt. Erst wenn sie sich entsprechend benähme, hätte sie eine Belohnung verdient.

»Wie kannst du erwarten, dass ich mich verheiraten lasse, wenn du mich so behandelst!«, hatte sie ihn angeschrien. Daraufhin hatte er sie zum ersten Mal in ihrem Leben geohrfeigt, was ihren Zorn erst recht entfacht hatte.

Überraschend war ihre Mutter dazwischengegangen und hatte ihren Mann angefleht, sich zu beruhigen.

Doch Henriette hätte am liebsten zurückgeschlagen und dann sein Arbeitszimmer mit einem Beil bearbeitet. Sie musste sich schwer beherrschen, nicht die Frau am Postamt und die

Nacktbilder zu erwähnen. Allein der Gedanke daran, wie sehr sie ihre Mutter damit verletzt hätte, hielt sie davon ab.

Schwer atmend standen sich Henriette und ihr Vater gegenüber.

»Wir werden sehen. Morgen kommt Hofmann vorbei, ich denke, er wird um deine Hand anhalten, und ich hoffe sehr, dass du verstanden hast, was ich von dir erwarte!«

»Vorher will ich Sophies Brief lesen!«

Ihr Vater lachte plötzlich sehr bösartig. »Ich kann es nicht leiden, wenn Frauenzimmer mich erpressen.«

Henriette flüsterte nur noch: »Aber du kannst es gut leiden, deine Tochter zu erpressen, einen Mann zu heiraten, der dich erpresst.«

Ihr Vater holte erneut aus. »Halt den Mund!«

Ihre Mutter stellte sich vor ihren Vater. »Beruhige dich, Karl-Joseph, ich bitte dich, das sind doch nur die Flausen von den jungen Dingern, nichts weiter.«

»Die Ehre unserer Familie steht auf dem Spiel«, zischte ihr Vater und verschwand dann in seinem Arbeitszimmer.

Ihre Mutter schüttelte den Kopf. »Was ist nur in dich gefahren, Kind?«

Daraufhin war Henriette in ihr Zimmer gerannt, weil sie ihr sonst verraten hätte, wie ungerecht ihr Vater war. Er bestrafte sie, weil *er* die mysteriöse Frau vor der Post gekannt hatte, er bestrafte sie mit lebenslänglicher Ehe, weil *er* in der Schuld von jemandem stand, und dann gebärdete er sich noch dazu, als wäre das alles ihre Schuld.

Diese Ungerechtigkeit war unerträglich, und sie verstand zum ersten Mal, wie es dazu kommen konnte, dass Menschen sich zu einem Aufstand zusammenrotteten. Zwar hatte sie schon davon gelesen, aber nie gewusst, wie sich das anfühlte! Sie hätte gern mit Nian darüber gesprochen, auch wenn jede Unterhaltung mit der Chinesin Scham in ihr hervorrief.

Was für ein hässlicher, widerwärtiger Tag! Sie lehnte sich etwas weiter aus dem Fenster und atmete tief durch. Dann schickte sie Sophie liebevolle Gedanken und hoffte, dass es ihrer Schwester besser erging als ihr selbst.

Etwas dort draußen auf dem Meer, zwischen dem Strand und dem Riff erregte ihre Aufmerksamkeit. Ein helloranges Flackern wie von einer Flamme. Ein Feuer auf dem Meer war doch höchst unwahrscheinlich. Sie sah genauer hin, aber jetzt war es verschwunden.

Während sie weiter nach der seltsamen Flamme suchte, beruhigte sie sich etwas, ihr Vater und auch Nian traten in ihren Gedanken zurück. Mit jeder Welle, die sich weit draußen am Riff brach, atmete sie gleichmäßiger, und es schien ihr, als wollte das Meer sie verführen. Es rief nach ihr! Die Palmen raschelten, und es klang wie ein einladendes Wispern. Der Mond, der voll und fahl und kalt das Meer mit seinem Glanz versilberte, versprach zusammen mit dem jasminartigen Duft der Wunderblumen ein magisches Abenteuer. Alles lockte, raunte ihr zu. »Komm her zu uns, Sophie ist auch hier, hab Vertrauen und komm!«

Henriette zögerte nicht länger. Auch wenn sie natürlich wusste, dass Sophie nicht wie durch ein Wunder am Strand auf sie warten würde: Alles war besser, als schlaflos in dieser stickigen Hitze über ihr Schicksal zu brüten.

Sie zog sich einen hauchdünnen Kimono über ihr Nachthemd und nahm eingedenk ihres letzten Abenteuers am Strand die Pantoletten mit.

Mit den Schuhen in der Hand schlich sie die Treppe hinunter. Mittlerweile kannte sie alle ächzenden Stufen, und so gelangte sie völlig lautlos bis zur Verandatür. Dort schlüpfte sie in ihre Pantoffeln und rannte über den Rasen hinunter zum Meer.

Mit jedem Schritt, den sie sich vom Haus entfernte, fühlte sie sich besser, wie befreit.

Außer Atem erreichte sie die kleine Bucht. Im Mondlicht schimmerte das schmale Strandstück wie Perlmutt. Es war Flut, und die riesigen Wellen brandeten über das weit entfernte Riff, das sonst die Brecher von Samoa fernhielt. Jetzt klatschte das Wasser mit unverminderter Wucht gegen die schwarzen Lavafelsen, die den Strand rechts und links einrahmten. Die niedrigen Palmen, die am Strand standen, bogen sich unter dem Wind, der die Flut vorantrieb.

Der Wind und die Wellen waren sehr laut und bliesen Henriettes Kopf frei. Alles, was sie belastete, ging im Donnern der Wellen unter.

Ich werde einen Brief an Sophie schreiben, hier in den Sand, dachte sie, und der Mond wird ihn lesen, und wenn der Mond über Deutschland aufgeht, wird Sophie wissen, dass ich an sie denke.

Henriette wusste, dass ihre Eltern sie für verrückt erklären würden, aber die waren auch nicht da gewesen, als ihre Hand einfach losgeschrieben hatte. Nur Sophie hatte es gesehen, und sie war froh, dass ihre Schwester dabei gewesen war, sonst hätte sie nachher noch geglaubt, sich das alles nur eingebildet zu haben.

Mit einem Stock ginge es leichter, aber das war nicht das Gleiche, wie ihre Hände zu benutzen.

Sie lief den Strand entlang und suchte den passenden Ort für ihren Brief. Mal war der Sand durchsetzt von schwarzen Lavabrocken, mal von Wurzeln. Dann endlich hatte sie den optimalen Platz gefunden.

Nachdem sie den Sand mit den Händen nach scharfkantigen Korallen und Muschelstücken abgesucht hatte, kniete sie sich hin und fing an. »Liebe, geliebte Juni«, schrieb sie in den Sand, dann wusste sie nicht, wo sie mit ihren Schilderungen beginnen sollte. Seit über vier Monaten schrieb sie nun schon Briefe an Sophie und hatte kein einziges Mal eine Antwort erhalten. Nein, dachte sie, Sophie ist nicht tot, das würde ich spüren. Das ist unmöglich!

Sie sah auf das Meer hinaus, das trotz des Vollmonds zum Horizont hin schwarz wurde wie der Eingang zur Unterwelt.

Liebe geliebte Juni … wo sollte sie anfangen? *Ich vermisse dich so sehr …* und was sollte sie ihr jetzt schreiben? Dass man sie verheiraten wollte, dass es angeblich von ihr abhing, ob die Familie gerettet werden konnte?

Nachdenklich blickte sie aufs Meer. Etwas hatte sich verändert. Sie sah genauer hin, da bewegte sich etwas. Sie erhob sich, um besser sehen zu können, und war überrascht, wie schnell der dunkle Schatten auf sie zukam.

Es war ein Boot, ein Einbaum mit Ausleger, wie ihn die Einheimischen zum Fischen benutzten. Das Boot steuerte genau auf sie zu.

Ich sollte wegrennen, dachte sie, vielleicht sind es – und sie musste wider Willen lächeln – doch Kannibalen aus Kaiser-Wilhelms-Land, die nachts hier landen, auf der Suche nach einer außergewöhnlichen Leckerei. Darüber sollte ich Sophie schreiben, das wird sie zum Lachen bringen, und etwas in mir weiß, dass sie ein Lachen nötig hat.

Unschlüssig sah sie zu dem näher kommenden Boot, dann

wieder zu dem Briefanfang. Nein, sie wollte nicht dabei beobachtet werden, wie sie in den Sand schrieb.

Schnell versteckte sie sich in dem kleinen Wäldchen. Von dort konnte sie beobachten, wer anlanden würde.

Das kleine Boot wurde geschickt durch den starken Wellengang manövriert und glitt zügig auf das Ufer zu. Es war in einem so leuchtenden Rot gestrichen, dass sie sogar im Mondlicht seine Farbe erkennen konnte.

Das Boot hatte nur einen Passagier. Sie kannte ihn, und ihr Herz schlug laut Trommelwirbel. Es war Tamatoa, der mit einem kurzen geflochtenen Rock bekleidet an Land sprang. Im Mondlicht konnte Henriette die seltsamen Linien auf seinen Beinen klar erkennen. Sie reichten bis hinab zu den Kniekehlen. Es musste sich um eine Tätowierung handeln. Bisher hatte sie nur Ankerherzen auf den Armen von Matrosen gesehen, das hier war dagegen ein Kunstwerk.

Tamatoa zog das Boot an Land, dann nahm er ein Netz voll bunt gefleckter Fische, die sie entfernt an Aale erinnerten, sowie ein Bündel verkohlter Palmwedel und setzte sich in Bewegung.

Er lief direkt auf Henriettes Buchstaben zu. Nachdem er sie entdeckt hatte, blieb er wie angewurzelt stehen und sah sich um. Henriette war verblüfft, sie hätte nicht gedacht, dass ihre Worte überhaupt bemerkt würden. Doch das Gegenteil war der Fall, nachdem Tamatoa sich versichert hatte, dass ihn niemand beobachtete, hockte er sich neben das Wort *Juni* und legte die Fische und die Palmwedel ab.

Er wird die Worte wegwischen, dachte Henriette, vielleicht beunruhigen ihn diese Zeichen, vielleicht hat er noch nie Buchstaben gesehen?

Aber er verwischte nichts, er tat etwas ganz anderes. Er steckte den Zeigefinger in den Sand und fuhr die Worte nach. Da er ihr den Rücken zugewendet hatte, konnte sie sein Gesicht dabei nicht sehen und wusste nicht, ob er es lächerlich fand, in den Sand zu malen, oder ob er es voller Neugier tat. Vielleicht war es auch eine Art magischer Brauch, Muster im Sand nachzumalen, etwas, das mit dem *Fa'a Samoa* zu tun hatte. Plötzlich hörte sie Tamatoa kichern, und dabei klang er genauso fröhlich und kindlich wie seine Schwestern. Henriette kam sich dumm vor. Was tat sie hier eigentlich?

Eine Wolke drängte sich vor den Mond und verdunkelte für einen Moment die Szenerie.

Tamatoa lachte zu Recht! Sie sollte zurück in ihr Zimmer gehen, einen richtigen Brief auf Papier an Sophie schreiben und den morgen zur Post bringen.

Sie drehte sich zum Haus und lief zurück. Sehr viel langsamer, als sie vorhin zum Meer gerannt war. Obwohl Tamatoa das sicher nicht beabsichtigt hatte, fühlte sie sich gedemütigt.

Eine Hand legte sich behutsam auf ihre Schulter.

Sie zuckte zusammen und drehte sich um.

Tamatoa stand vor ihr und zeigte auf den Strand. »Ma-i, komm mit«, sagte er. Henriette war überrascht, ihn deutsch sprechen zu hören. Sie war so überrumpelt, dass sie ihm folgte, ohne lange darüber nachzudenken. Offensichtlich war Nian nicht die Einzige, die Deutsch konnte, das aber sorgfältig vor den anderen verbarg.

Er führte sie zu dem Anfang ihres Briefes und wollte wissen, warum sie in den Sand geschrieben hatte.

Henriette spürte sehr deutlich, dass er wirklich neugierig

war und sich nicht über sie lustig machen würde, auch wenn er vorhin gelacht hatte.

Tamatoa bedeutete ihr, stehen zu bleiben und zu warten. Er verschwand im Palmenhain und kam dann mit zwei großen Blättern zurück, die er auf den Sand neben den angefangenen Brief legte. Gerührt setzte sich Henriette auf das Blatt. Der Mond wurde nun ständig von Wolken bedeckt, der Wind war schwächer geworden. Auch die Wellen waren weniger tosend, und die Nacht roch plötzlich stark nach Algen und süßen verdorbenen Früchten.

Tamatoa setzte sich auf das zweite Blatt, das er in einigem Abstand von ihr platziert hatte, und betrachtete sie. »Ma-i!«, sagte er ein paarmal. Henriette spürte, wie sein Blick dabei über ihr Gesicht und über ihren Körper glitt, aber es war ihr nicht unangenehm, obwohl sie wieder nur ein dünnes Batistnachthemd unter ihrem Kimono trug. Es gefiel ihr, dass er sie mit dem Namen ansprach, den sonst nur Sophie benutzte und den sie so lange nicht mehr gehört hatte. Es verknüpfte auf eine mysteriöse Weise Sophie und Tamatoa mit ihr selbst.

Auch sie betrachtete ihn, allerdings nicht so offen, dazu war sie dann doch zu schüchtern. Aber es entging ihr nicht, wie muskulös sein unbehaarter Oberkörper war, mit Oberarmen, wie sie sie ähnlich stark nur einmal auf dem Jahrmarkt bei der Attraktion »Die stärksten Männer der Welt« gesehen hatte. Sie hätte ihn gern nach der Tätowierung gefragt, aber nachdem er die letztes Mal sofort aus ihrem Blickfeld gebracht hatte, hatte sie Angst, ihn zu verärgern. Er deutete auf die Worte im Sand und sah sie fragend an. Sie wusste erst nicht, wie sie ihm das mit dem Brief erklären sollte, aber dann sprudelten die Worte aus ihr heraus, als hätten sie schon lange darauf gewartet, ausgesprochen zu werden. Sie erzählte ihm von Sophie, von der langen Reise und davon, dass es allein ihre Schuld war, dass ihre Schwester hatte zurückbleiben müssen.

Er hörte ihr aufmerksam zu, nickte hin und wieder, unterbrach sie aber kein einziges Mal. Es fühlte sich wunderbar an, so getröstet und verstanden zu werden.

Nachdem sie fertig war, wartete er einen Moment, wie um sicherzugehen, dass ihre Rede auch wirklich beendet war, und erklärte ihr dann, dass er leider nur wenig Deutsch könne und deshalb nichts begriffen habe.

Ungläubig starrte sie ihn an. So weit also ging Höflichkeit in Samoa! Sie musste sich ein Lachen verkneifen. Sein Zuhören hatte ihr so gutgetan! Sie selbst hätte niemals so lange schweigen können. Nach einer Minute wäre sie schon damit herausgeplatzt, dass sie kein Wort verstand.

Es stellte sich heraus, dass Tamatoa nur einige wenige Brocken Deutsch konnte. Sie versuchten es dann auf Englisch, das sie beide gleich schlecht beherrschten. Henriette vergewisserte sich ständig, ob er sie auch wirklich verstanden hatte. Zuerst fragte sie ihn, was er denn geglaubt habe, worum es sich bei den Zeichen im Sand handele.

Er sah sie höchst verwundert an, als würde sie sich einen Scherz erlauben. Dann erklärte er ihr, dass sie eine Botschaft in den Sand geschrieben habe, er aber nur das Wort Liebe erkannt habe. Henriette schämte sich in Grund und Boden. Natürlich konnte Tamatoa lesen und schreiben und das nicht nur in einer Sprache! Es sagte sehr viel über sie aus, dass ihr erster Gedanke gewesen war, er würde ihre Buchstaben für magische Symbole halten. Sie musste endlich aufhören, in Kategorien wie Kannibalen und Wilde zu denken. Wenn sie nicht lernte, aufrichtig zu beobachten, ohne zu bewerten und ohne Europa als Maßstab aller Dinge anzusehen, würde sie keine fesselnden Reisebeschreibungen verfassen können. Brennend sehnte sie sich nach Sophie, mit der sie darüber debattieren könnte. Doch war es nicht Sophie zu verdanken, dass sie hier saß und mit Tamatoa sprach?

Gerade, als sie ihm die Geschichte mit Sophie noch einmal auf Englisch erzählen wollte, fragte Tamatoa, ob sie einen Zauberspruch in den Sand geschrieben hatte, mit dem sie ihren Liebsten beschwören wollte. Und ob der Mann, der ihre Füße berührt hatte, dieser Mann war.

Jetzt musste Henriette doch lachen. Nein, sie hatte keinen Liebsten, versicherte sie ihm, das wäre auch nicht richtig. Junge Frauen sollten keine heimlichen Liebsten haben. Sie wollte ihm nicht sagen, dass Hofmann der Mann war, den sie heiraten sollte, denn Tamatoa würde sie dann anders behandeln, da war sie ganz sicher. Und sie wollte, dass er sie für ungebunden und frei hielt. Henriette seufzte tief in ihrem Inneren. Alles Lüge, sie wollte nur eines, nämlich, dass er sie als Frau betrachtete. Aber er war so unfassbar zurückhaltend. So höflich. Oder einfach nur nicht interessiert.

Jetzt nickte er voller Ernst. Henriette sah, wie sich dabei die Muskelstränge auf seinem Bauch bewegten, und sie spürte den Impuls, ihn dort zu berühren, aber sie konnte sich gerade noch bremsen. Es war sicher ein schlimmes Tabu, den Sohn eines *Matai* anzufassen.

Sie war so von seinem Körper gefangen, dass sie seinen Ausführungen nicht wirklich gefolgt war. Dabei gab er sich solche Mühe mit seinem Englisch. Sie versuchte noch einmal, sich auf seine warme, vibrierende Stimme zu konzentrieren.

In Samoa sei es auch so, sagte er gerade. Wenn seine Schwestern heimlich einen Liebsten hätten, würde man sie aus der Sippe verstoßen, und das bedeutete das Ende. Ohne seine Großfamilie, sein Dorf, seinen Clan war ein Samoaner ein Nichts. Deshalb mussten seine Schwestern rein bleiben, bis ihr Vater bestimmte, wann und wen sie heiraten durften.

Henriette unterdrückte ein Lächeln, genau das würde sie gleich morgen früh ihrem Vater erzählen, es musste ihm doch gefallen, dass die Mädchen auf Samoa nur heiraten dürfen, wenn der Vater einverstanden war, und dass der Vater den Bräutigam aussuchte. Dabei würde sie ihren Vater anschauen und warten, ob ihm auffallen würde, wie ähnlich sein Verhalten dem der von ihm als so rückständig beurteilten Samoaner war.

Tamatoa hatte eine Pause gemacht, so als ob er wüsste, dass sie in Gedanken von ihm abgeschweift war, und er redete erst weiter, als sie ihn ausdrücklich dazu aufforderte.

Vor allem seine Schwester Sina musste ständig bewacht werden, erklärte er, denn sie war in ihrem Dorf die *Taupou*. Die älteste oder jüngste, in jedem Fall aber die schönste Tochter des *Matai* im Dorf hatte die Aufgaben einer *Taupou* inne. Sie war auserwählt, die *Kava*-Zeremonie durchzuführen, sie tanzte zu speziellen Gelegenheiten für Gäste, die man mit besonderen Ehren auszeichnen wollte. Deshalb musste ihr Ruf makellos sein und rein wie ihre Haut und ihre Gedanken. Und es war seine Aufgabe, Sina zu beschützen.

»Aber wer sollte ihr denn etwas antun?«, wollte Henriette wissen.

Ein verschmitztes Lachen glitt über Tamatoas Gesicht. »Manche Mädchen sind sich selbst ihr größter Feind.«

Henriette fühlte sich durchschaut. Ob er ahnte, dass sie

gerade davon geträumt hatte, ihn zu berühren? Wie dachte er darüber? Ging es ihm ähnlich? War es ihm erlaubt, andere Frauen zu küssen, bevor er sich verehelichte? Sie hätte ihn gern gefragt, aber ihr fehlte der Mumm.

Tamatoa wurde schon wieder ernst und fügte hinzu, dass die Weißen mitunter falsch verstünden, was die Aufgabe einer *Taupou* sei. Sie machten sich an die junge Frau heran und entehrten damit ein ganzes Dorf. Sie brachten eine Schande über das Dorf, die nur mit Blut abgewaschen werden konnte. Es sei gerade erst wieder auf der Insel Savaii vorgekommen, dass ein Inspekteur der deutschen Plantagengesellschaft eine *Taupou* entehrt habe. Selbstverständlich musste man so einen Mann bestrafen. Auch wenn er ein Europäer gewesen war und man das Risiko einging, nach den Gesetzen der Weißen verurteilt zu werden.

»Was soll das heißen?«, fragte Henriette. »Wie wurde er bestraft?«

Tamatoa zögerte einen Moment. »Ich glaube nicht, dass du das verstehen kannst.« Er wollte ihr offensichtlich nicht verraten, was passiert war.

»Doch, das werde ich!«, versprach Henriette, obwohl ihr jetzt doch etwas mulmig wurde.

»Er wurde erschlagen und ins Meer geworfen, damit sein Geist niemals Ruhe findet.«

Wie, wollte sie fragen, wie wurde er erschlagen, aber es war besser, das nicht zu wissen, also nickte sie nur. Danach saßen sie eine Weile stumm beieinander und sahen aufs Meer. Nach einiger Zeit fiel Henriette auf, dass ihre Atemzüge sich angeglichen hatten, als wären sie zwei Teile eines Ganzen. Dergleichen hatte sie bisher nur mit Sophie erlebt. Sie hätte gern ihre

Hand nach seiner ausgestreckt und ihn berührt, aber sie wagte es nicht.

Der Mond war mittlerweile untergegangen, und nun spiegelten sich die Sterne im Wasser, als wären sie vom Himmel hineingefallen und würden dort auf den Wellen schwimmen. Sie sog die duftgeschwängerte, kühle Luft ein und dachte über das nach, was Tamatoa erzählt hatte, und über seine Frage, ob Hofmann ihr Liebster sei. Konnte ein Mann, den man heiraten musste, das denn jemals werden?

»Nun«, durchbrach Tamatoa die Stille, »wenn Ma-i hier im Sand nicht einen Liebsten beschworen hat, wen denn dann?«

Henriette erzählte ihm nun noch einmal auf Englisch, warum sie Sophie vermisste, aber ihr fehlten viele Vokabeln, und so fiel ihre Geschichte sehr viel kürzer aus als beim ersten Mal.

Tamatoa schwieg danach wieder so lange, dass Henriette der Verdacht kam, er hätte sie auch diesmal nicht verstanden.

Schließlich räusperte er sich. »Wenn deine Schwester vor der Abreise krank geworden ist, so ist eine der Welten, in der sie lebt, verletzt worden.«

»Wie meinst du das? Was denn für Welten?«

»Wir leben zwar in dieser Welt«, er deutete auf das Meer und dann auf das Wäldchen, »der natürlichen Welt, aber wir leben auch in der Welt, die aus unserer Familie, den Freunden und Nachbarn besteht. Und dann gibt es noch die Welt der *Aitu,* der Geister. Um *soifuaga,* also Gesundheit zu erlangen oder zu behalten, müssen alle diese Welten in Ordnung sein.«

»Die Welt der Geister?« Henriette hatte eine Gänsehaut, von den spiritistischen Sitzungen und der anderen Sache hatte sie ihm doch gar nichts erzählt.

Tamatoa nickte ernsthaft. »Aber natürlich. Die Geister sind

so wirklich wie du und ich, auch wenn wir sie nicht immer sehen können.«

»Wie kannst du an Geister glauben, ich dachte, alle Samoaner seien getaufte Christen?«

»Sicher sind wir das. In der Bibel gibt es jede Menge Geister, und wir auf Samoa kennen eben noch ein paar mehr. Da ist der böse *Aitu* Moso. Jedes Kind kennt ihn, wir sagen ›*Aina outou e Moso*‹, wenn Kinder etwas Böses tun, das heißt so viel wie ›Der Geist Moso wird dich fressen‹.«

Das kam Henriette bekannt vor, ihre Großmutter hatte Sophie und ihr immer damit gedroht: »Wenn ihr nicht artig seid, dann holt euch der schwarze Mann.« Aber das konnte sie einem dunkelhäutigen Mann nicht erzählen, ohne grob unhöflich zu sein. Sie begnügte sich damit, Tamatoa ermutigend zuzunicken.

»Dann haben wir die Regengötter Foge und Toafa, oder Nifoloa, der mit dem scharfen Zahn, so lang wie die Hand eines Mannes.«

Er lächelte so, dass sie seine gar nicht geisterhaften Zähne sehen konnte. Und er fügte noch breiter lächelnd hinzu, dass es natürlich auch weibliche Geister gäbe, wie Saumaeafe, die halb Dämon, halb Mensch war.

Er deutete auf ihr offenes Haar. »Keine Samoanerin würde jemals so herumlaufen, auch meine Schwestern kämmen ihr Haar nur unter einer Matte, denn es könnte sein, dass Telesa kommt und ihr das Haar ausreißt.«

»Telesa?«

»Sie ist ein Geistwesen, das sich in ein lebendes Mädchen verwandeln kann. Und weil Telesa einst selbst langes, schönes hellbraunes Haar hatte, wacht sie eifersüchtig darüber, dass keine andere Frau sie darin übertrifft. Frauen, die Telesa durch ihr offenes Haar beleidigt haben, erhalten ein Zeichen, meist ein schwarzer Hund, der aus dem Nichts auftaucht. Und dann bekommt diese Frau rätselhafte Krankheiten oder sie stirbt sogar.«

Henriette griff sich in ihr wirres Haar, und obwohl sie nicht an lebende Geisterwesen glaubte, wusste sie, dass sie schwarzen Hunden von nun an anders begegnen würde.

»Warum erzählst du mir all das?«

Tamatoa lächelte ihr zu. »Das wollte ich dir zum Trost sagen. Vielleicht ist es nicht deine Schuld, dass Sophie krank geworden ist. Es kann alles Mögliche sein, was sie aus dem Gleichgewicht gebracht hat. Vielleicht wollte eure Großmutter nicht, dass sie geht, vielleicht habt ihr die Welt der Geister verärgert oder beleidigt. Oder aber deine Schwester wollte ihre Freunde nicht verlassen.«

Henriette war völlig durcheinander und überlegte, ob sie Tamatoa die ganze Geschichte erzählen sollte, vielleicht könnte er sie verstehen. Er würde sie nicht für verrückt erklären.

Tamatoa zeigte auf den Himmel und meinte, dass in Kürze die Dämmerung hereinbreche und man ihn sicher schon unter den Opfern der *Aitu* wähnte, wenn er nicht schleunigst den Fisch nach Hause brächte.

Für Henriette war dort oben immer noch Nacht, allerdings ging nicht einmal mehr eine leichte Brise. Auch das Meer hatte begonnen sich zurückzuziehen.

Er erhob sich und reichte ihr die Hand. Henriette ließ sich gern beim Aufstehen helfen, denn ihre Beine waren eingeschlafen. Als ihre Hände sich berührten, war das, als liefe ein warmer Strom von seiner Hand hinauf in ihren Arm über die Schulter zu ihrem Herzen, das anfing wie rasend zu klopfen. Und wenn sie ihn einfach umarmen würde, einfach so? Wenn es ihm nicht gefiele, könnte sie sich mit einem bayerischen Brauch aus ihrer Heimat herausreden. Stattdessen stampfte sie nur mehrfach mit den Füßen auf, um das taube Gefühl aus ihren Beinen zu vertreiben.

»Vielleicht kann ich dir helfen«, sagte er, während er sich das Netz mit den Fischen umhängte und die verkohlten Palmwedel ergriff.

»Wie?« Henriette befahl ihrem Herzen, mit diesem Unsinn aufzuhören, denn er benahm sich schließlich auch formvollendet.

»Nun, ich werde dir einen Kamm mitbringen, um dich vor der Rache Telesas zu schützen.« Jetzt lachte er aus vollem Hals und so fröhlich, dass Henriette nicht anders konnte, als einzustimmen. Einmal mehr wünschte sie sich, Sophie könnte hier sein, in dieser warmen Nacht mit dem sternenübersäten Meereshimmel, und mit ihnen zusammen lachen.

»Ich muss wirklich gehen, sonst glauben meine Leute, dass ich im Boot auf dem Meer eingeschlafen bin und meine Seele von den *Aitu* geholt worden ist. Ich verspreche dir, wenn wir uns das nächste Mal sehen, werde ich dir etwas mitbringen, das dir helfen kann. Etwas von der Göttin Nafanua.«

»Wenn wir uns das nächste Mal sehen werden?« Durch Henriettes Körper strömte wieder diese kribbelnde Erregung, und ihr Puls kam wieder ins Stolpern.

Er nickte. »Natürlich, dann.«

»Und wann wird das sein?«, fragte sie.

Er trat einen Schritt zurück und neigte den Kopf. »Wenn es so weit ist.« Dann lief er mit weit ausholenden Schritten zum

Ufer, wo er das Boot ins Wasser schob, hineinsprang und dann rasant davonpaddelte, ohne sich noch einmal umzudrehen.

Wenn es so weit ist.

Sie starrte auf das Meer und lächelte.

Das nächste Mal, hatte er gesagt, *wenn sie sich sehen würden.* Er wollte sie also wiedersehen und sogar ein Geschenk mitbringen. Es war ganz eindeutig, sie war Tamatoa nicht gleichgültig, auch wenn sie eine Europäerin war. Ein Geschenk der Göttin Nafanua, das hatte doch ganz sicher etwas zu bedeuten, das brachte man doch nicht irgendjemandem.

Sie warf einen letzten Blick auf die Wellen des Ozeans, die in der beginnenden Dämmerung nicht mehr schwarz, sondern grau an den Strand schlugen, Welle für Welle für Welle, und sie fühlte eine beschwingte Gewissheit. Wenn es so weit war, würden sie sich wiedersehen. Sie atmete ein letztes Mal tief die salzige Luft ein und machte sich auf den Rückweg zum Haus.

9. Kapitel

Julius von Sommerfeld

Die Aufnahmen, die ich von dem Medium gemacht hatte, entwickelte ich unter den neugierigen und höchst kritischen Augen meines Chefs im Dunkelzimmer von *Hochstätter und Söhne*.

Auf den Bildern waren weder Geistwesen noch Ektoplasma zu erkennen, sondern nur Madame de la Beaufort, die sich auf dem barocken Stuhl wand.

»Sie wird sicher sehr enttäuscht sein«, sagte mein Chef, und an seinem Grinsen konnte ich erkennen, dass er froh war, den Auftrag nicht selbst ausgeführt zu haben.

»Was haben Sie denn erwartet?«, fragte ich ihn, während ich den Abzug für Madame im Fixierbad herumschwenkte.

»Es wäre doch möglich, dass es so etwas gibt. Auch meine Frau träumt davon, zu einer Séance zu gehen. Wirklich schade, wir hätten sehr viel Geld damit verdienen können. Dieser Albert Schrenck von Notzing ist ganz versessen auf solche Bilder! Man stelle sich vor, wir hätten ihn als Auftraggeber gewinnen können.«

»Wenn Sie das wollen, dann kopieren wir doch einfach ein zweites Gesicht, vielleicht das Ihrer Gattin, auf diese Platte?«, erwiderte ich.

»Nein, das wäre nicht richtig. Ich unterstütze keine Scharlatane.« Er seufzte. »Auch wenn man damit reich werden könnte.«

Dann verließ er das Dunkelzimmer, und ich wartete, bis er sich in die Mittagspause zu seiner Gattin verabschiedet hatte. Dann holte ich die Platte mit der Aufnahme der Zwillinge heraus, die ich für mich zu behalten gedachte. Henriette hatte einen viel stärkeren Eindruck auf mich gemacht, als mir bewusst geworden war. Erst als Max begann, mich ihretwegen aufzuziehen, gestand ich mir ein, wie sehr sie mir gefallen und wie viel ich über sie gesprochen hatte. Doch ich war sicher, dass er mich verstehen würde, wenn er sie nur erst einmal gesehen hätte. Und nun konnte ich es kaum erwarten, sie auf der Photographie zu betrachten.

Schon oft hatte ich voller Ungeduld auf das Erscheinen des Negativs gewartet, aber ich entsinne mich nicht, dass ich jemals so nervös dabei gewesen war.

Dann endlich war es so weit, ich nahm die Platte aus dem Fixierbad, um einen Abzug zu machen, und als ich den ersten Blick darauf warf, wäre sie mir beinahe aus der Hand gefallen.

Da waren die beiden jungen Frauen, sie standen mit etwas Abstand nebeneinander, und so weit ich mich erinnere, hatten sie sich nicht an den Händen gefasst. Aber auf dieser Photographie war das anders. Rechts stand Henriette, links Sophie, und zwischen ihnen schimmerte eine Muschel, es sah aus, als würden sie die in der Hand halten.

Mir stellten sich alle Haare auf.

Ich war ganz sicher, dass diese Muschel nicht da gewesen war. Nie und nimmer. Noch dazu ging von dieser Muschel ein unheimliches silbernes Leuchten aus, das beide Mädchen von der Seite anstrahlte, als hätte der Mond selbst Zuflucht in diesem Gehäuse aus Perlmutt gesucht.

Ich musste ein paarmal schlucken, bevor ich daranging, eine Erklärung dafür zu finden, denn diese Muschel war ganz eindeutig nicht da gewesen, als ich die Photographie gemacht hatte. Niemand wusste von der Platte, sonst hätte ich vermutet, mein Chef hätte sich einen Scherz erlaubt, aber ich hatte sie nicht aus der Hand gegeben. Es musste also entweder eine Verunreinigung der Platte sein, die ich nicht bemerkt hatte, oder aber es musste ein Loch in dem Falzbalg gewesen sein, durch das unkontrolliert Licht auf die Platte gefallen war. Aber dann hätten sich auch auf den Bildern von Madame merkwürdige Lichterscheinungen finden lassen müssen, und dem war nicht so. Also konnte es nur eine Verunreinigung auf der Platte sein. Ja, das musste es sein, und genauso würde ich es Max erklären, der schon darauf brannte, das weibliche Wesen zu sehen, das solchen Eindruck auf mich gemacht hatte.

Doch als ich ihm die Photographie der Schwestern am selben Abend zeigte, wurde er bleich, und dann schwieg er sehr lange. Das überraschte mich, ich hatte die üblichen spöttischen Kommentare erwartet.

»Das ist seltsam«, sagte er schließlich nach einem seiner nicht enden wollenden Hustenanfälle.

»Was meinst du?« Ich stellte mich absichtlich etwas begriffsstutzig. »Ich finde, ihre Schönheit kommt ganz ausgezeichnet zur Geltung.«

»Nein, schau dir diese Muschel an.«

»Was soll mit ihr sein?«

»Davon habe ich heute Nacht geträumt.«

Max wollte sich über mich lustig machen. Ich kam ihm zuvor und zwinkerte ihn von Mann zu Mann an.

»Das glaube ich gern, dass du von … ähhm … Muscheln geträumt hast, wer täte das nicht von Zeit zu Zeit.«

Er schüttelte den Kopf. »Nein, nicht das, was du denkst.«

»Dann verrate mir doch, was es war.«

»Und du hast das nicht nachbearbeitet?«

»Nein, ganz ehrlich, ich habe keine Ahnung, wie das auf meine Platte gekommen ist, und ich versichere dir, dass die Zwillinge ohne diese Muschel nebeneinanderstanden.«

Max hatte sich etwas beruhigt, aber anscheinend war es ihm peinlich, dass er mir Einblick in seine nächtlichen Traumabenteuer gegeben hatte. Nun begann er ganz bewusst, das Thema zu wechseln. »Sie sind viel hübscher, als du gesagt hast. Und jetzt sollten wir darüber reden, wo wir heute Abend ein Bier trinken gehen!«

»Meinst du nicht, du solltest zu Hause bleiben und deinen Husten auskurieren?« Gegen meinen Willen hatte meine Stimme besorgt geklungen.

Max schüttelte den Kopf. »Der Husten braucht nur eine ordentliche Spülung mit Augustiner Dunklem, das ist besser als jede Medizin. Wenn wir damals in Kiautschou Bier gehabt hätten, wären nicht so viele gestorben.«

Ich legte die Aufnahme in mein Zimmer und holte unsere Mäntel und für ihn noch einen Kaschmirschal. Dann machten wir uns auf in die nächste Kneipe, wo wir uns ganz außerordentlich männlich benahmen, um jeglichen Verseuchungen durch astrale Merkwürdigkeiten den Garaus zu machen.

10. Kapitel

Als Henriette am nächsten Morgen zum Frühstück nach unten kam, war ihr Vater schon zur Plantage gefahren. Den Brief von Sophie hatte er weder ihrer Mutter noch ihr überlassen.

Ihre Mutter war auffallend gut gelaunt und wedelte mit einer Visitenkarte, während Ella griesgrämig wie immer ihren Pfannkuchen auf dem Teller hin und her schob.

»Hofmann kommt heute«, begrüßte ihre Mutter sie, »und dein Vater meint, er wird um deine Hand anhalten.«

»Warum ist es von so großer Bedeutung für euch, mich schnell zu verheiraten?«, fragte Henriette scheinheilig und löffelte Marmelade auf den Pfannkuchen, den Nian gerade auf ihren Teller gelegt hatte. Nian bewegte sich demütig trippelnd und mit gesenktem Kopf. Nichts wies darauf hin, dass sie alles verstand, was um sie herum vorging.

»Wir möchten dich nur deshalb vermählen, um deine Zukunft abzusichern. Meine Liebe, du bist jetzt in der Blüte deiner Jahre und bereits recht füllig und, ehrlich gesagt, auch höchst eigenwillig. Es ist an der Zeit, dich zu verheiraten, oder möchtest du als alte Jungfer enden?«

Spürte ihre Mutter denn nicht, wie überstürzt ihr Vater das

eingefädelt hatte? Ahnte sie wirklich nicht, dass Hofmann ein Lügner war?

Henriette überlegte, ob es ihr gelingen würde, ihre Mutter auf ihre Seite zu ziehen, aber ein Blick auf das sanfte, runde Gesicht verriet ihr, dass ihre Mutter nur den Weg des geringsten Widerstands gehen würde. Trotzdem wollte sie wissen, wie sie wirklich über die Verheiratung ihrer ältesten Tochter dachte.

»Und du glaubst, so ein Vogelforscher bietet mir eine glanzvolle Zukunft?«

Ihre Mutter nippte an ihrem Kaffee, dann stellte sie ihre Tasse ab und sagte mit einem Seufzen: »Nein, ein Vogelforscher ist noch keine gute Partie an sich, es sei denn, er wäre ein reicher englischer Lord.« Sie lächelte Henriette und Ella an. »Aber wenn du heiratest, wird dein Vater Hofmann als Mitgift einen Teil der Farm überschreiben, und Hofmann wird dann ins Geschäft einsteigen. Dein Vater glaubt, dass Hofmann ein guter Kaufmann ist und dass er mit ihm zusammen expandieren kann.« Sie goss Tee aus der Kanne in ihre leere Tasse.

Henriette konnte nicht länger an sich halten: »Ich weiß, dass Hofmann kein Vogelforscher ist.«

»Nicht?« Ihre Mutter schien ehrlich erstaunt.

»Bei unserem Ausritt schenkte er den Vögeln nicht einen Blick!«

»Da hatte er sicher nur Augen für dich«, sagte ihre Mutter besänftigend.

»Neulich abends bei dem Dinner hatte nicht nur ich den Eindruck, er versteht überhaupt nichts von Vögeln.« Verzweiflung stieg in Henriette auf. Wieso glaubte ihre Mutter ihr nicht?

Ihre Mutter rührte drei Löffel Zucker in ihren Tee und schürzte die Lippen. »Warum sagst du so etwas, willst du ihn nicht heiraten, findest du ihn abstoßend?«, fragte sie schließlich.

Henriette schüttelte den Kopf. »Nein, das nicht. Aber warum gerade ihn, und warum unbedingt jetzt?«

»Ich kann ihn heiraten!«, platzte Ella heraus, deren Anwesenheit am Tisch Henriette völlig vergessen hatte.

»Ich finde, er ist der schönste Mann, den ich je gesehen habe. Er hat Haare wie gesponnenes Gold und so schöne glatte Haut!«

Perplex schaute Henriette ihre kleine Schwester an. »Von mir aus, ich bin nicht verliebt in ihn.«

»Meine lieben Töchter«, ihre Mutter richtete sich auf, »die Verliebtheit ist kein erstrebenswerter Zustand, denn er versklavt eine Frau. Es ist besser, den Mann, den man heiratet, nicht zu lieben, sondern zu achten. Verliebtheit ist nicht besser als ein Champagnerrausch, prickelnd durchaus, ja, aber im Nu vergangen und hat dann nichts als einen dicken Kopf zur Folge, sodass am Ende nur ein Gefühl unendlichen Bedauerns bleibt.«

Erstaunt musterte Henriette ihre Mutter. So viel Einblick in ihre Seele hatte sie ihnen noch nie gewährt. Ganz offensichtlich hatte ihre Mutter diesen Zustand aber zumindest einmal erlebt, so erregt, wie sie jetzt aussah. Was an ihrer Mutter hätte einen Mann in sie so verliebt machen können?, fragte sich Henriette. Sie fand ihre Mutter gelinde gesagt ermüdend. Das krisselige dunkle Haar war schon von sehr vielen grauen Strähnen durchzogen, ihre ehemals klaren Gesichtszüge wirkten durch ihre Fülligkeit seltsam grob und gleichzeitig verschwommen. Allerdings funkelten ihre Augen manchmal so dunkelbraun und lebendig wie bei einem jungen Mädchen, und man konnte ahnen, dass sie früher voller Esprit und Temperament gewesen war. Wodurch war das alles verschwunden? Weil sie aus Liebe geheiratet hatte? Oder durch ihre Schwangerschaften? Wie würde sie selbst in zwanzig Jahren auf ihre Kinder wirken?

Henriette schluckte, denn sie wusste, sie sah ihrer Mutter sehr ähnlich, jedoch hatte sie keine braunen, sondern goldgrüne Augen. Oder um genau zu sein, ein Auge war goldgrün das andere grün mit goldenen Einsprengseln. Das wusste sie nur so genau, weil sie ja immer Sophie vor Augen hatte, und deren Augen sahen genauso aus wie ihre.

»Und was ist mit Sophie, wer verheiratet Sophie?«, fragte sie dann. »Warum nur ich? Und warum kann ich nicht einfach unverheiratet bleiben, bis Sophie hier ist?«

Ihre Mutter und Ella stöhnten unisono. »Möchtest du eine alte Jungfer sein, die von anderen nur aus Mitleid eingeladen wird und über die sich alle lustig machen?«

»Und was ist mit Tante Berta? Sie lebt auch ohne Mann.«

Ihre Muter rollte die Augen. »Deine Tante ist ein Sonderfall, sie ist … ähm … eine Witwe.«

»Eine Witwe ist also weniger bedauernswert als eine alte Jungfer?« Henriette musste wider Willen grinsen.

»In der Tat. So ist es.«

»Nur weil sie einen Mann dazu gebracht hat, sie zu heiraten. Ohne eine Heirat gilt man also nichts.« Jetzt stieg wieder Wut in ihr empor.

»Das ist völlig richtig, es gäbe jedoch noch eine Alternative.« Ihre Mutter zwinkerte ihr zu.

Gespannt fragte Henriette nach. »Ja?«

»Du könntest dich mit Gott verheiraten.«

»Ist Gott ein Mann?«, fragte Ella neugierig und brachte sie

alle zum Lachen. Henriette bemerkte, dass sogar Nian, die gerade mehr Pfannkuchen und eine neue Platte mit Obst brachte, lächelte.

»Sie meint, ich könnte Nonne werden.«

Ellas Interesse erlosch sofort wieder.

Ihre Mutter wedelte mit Hofmanns Visitenkarte durch die Luft. »Also, da Gott gerade nicht zur Debatte steht: Wenn Hofmann um dich anhält, wirst du dich mit ihm verloben? Dein Vater legt den allergrößten Wert darauf!«

»Ich will!«, sagte Ella sofort.

»So lange können wir nicht warten!« Ihre Mutter schlug sich die Hand vor den Mund wie in einem dieser theatralischen Bühnenstücke, die Sophie so gern besuchte. »Das hätte ich nicht sagen sollen!«

»Was soll denn das wieder heißen?« Henriette war ernsthaft verwirrt.

Ihre Mutter erhob sich. »Ich habe zu tun. Helft Nian beim Abräumen.«

Sie lief zum Küchenhaus, und ihre Töchter sahen sich verblüfft an.

»Immer kriegst du, was ich will!«, fauchte Ella ihre große Schwester an.

»Du kannst ihn gern haben. Wirklich.« Henriette dachte an die letzte Nacht am Strand, an Tamatoa, der ihr so viel interessanter erschien als Hofmann. Sie konnte es kaum erwarten, ihn wieder zu treffen.

Am späten Nachmittag erschien Hofmann, herausgeputzt mit schwarzem Anzug, Hemd und Hut wie für einen Ball, mit einem exotischen Blumenbouquet aus Frangipani, Hibiskus und Wunderblumen für Henriette und einem kleineren für Ella, was ihm ihre endgültige Anbetung eintrug.

Ihre Mutter hatte schon eine Kaffeetafel vorbereitet und auch das Waffeleisen einheizen lassen. Obwohl sie es eine Zumutung fand, dass sie die Milch im Teig durch Kokosmilch hatte ersetzen müssen, weil es in ganz Samoa keine frische Milch gab. Henriette war darüber kein bisschen traurig, denn sie und ihre Schwestern verabscheuten Milch und bekamen hässliche Hautausschläge von ihr.

Nachdem sie ein paar Waffeln mit frischen Früchten gegessen hatten, bestand ihre Mutter darauf, dass Henriette und Hofmann einen kleinen Verdauungsspaziergang zum Wäldchen machen sollten, und sie verbot es Ella, sich den beiden anzuschließen.

Henriette hatte ein hellgrünes Empfangskleid mit einer elfenbeinfarbenen Spitzenpelerine angezogen und sich von Nian fest schnüren und frisieren lassen müssen. Ein großer Hut, weiße Spitzenhandschuhe und der Sonnenschirm aus Bambus und Brüsseler Spitze vervollständigten ihre Garderobe.

Während sie so ausstaffiert neben Hofmann herwandelte, dachte sie daran, wie viel wohler sie sich in der Nacht gefühlt hatte, als sie nur mit dem leichten Nachthemd bekleidet herumgelaufen war.

Als sie im Palmenwäldchen angekommen waren, blieb Hofmann unerwartet stehen, griff nach ihrer rechten Hand und suchte ihre Augen. Seine waren blau, wie sie zum ersten Mal bewusst wahrnahm. Ein sehr schönes Blau, wie mit Kreide auf Holz gemalt. Überrascht stellt Henriette fest, dass er sie nicht völlig gleichgültig ließ. Er wirkte plötzlich sehr ernsthaft und mied den gönnerhaften Ton, den er sonst so gern verwendete und bei dem Henriette sich vorkam wie ein unreifer Backfisch.

»Wie ich Ihnen ja schon sagte, sind Sie mit Abstand nicht nur die schönste Frau weit und breit, Fräulein Mayberg, sondern auch die einzige, deren Unterhaltung mich nicht zu Tode langweilt. Es dürfte Ihnen nicht entgangen sein, welche Gefühle ich für Sie hege, oder?«

Seine Worte rieselten durch ihren Körper und verbreiteten ein angenehmes Gefühl von Bedeutsamkeit, was sie zum Lächeln brachte. Bedeutsamkeit, nicht Liebe, ermahnte sie sich. Das solltest du nicht verwechseln.

»Ah, ich sehe, meine Ausführungen haben Sie zumindest nicht beleidigt?«, fragte er nach.

Henriette nickte voller Spannung, was er weiter sagen würde, und sie ignorierte die warnende Stimme in ihr, die das alles nicht richtig fand. Wer war dieser Mann und wer war sie, dass sie zusammen den Bund fürs Leben schließen wollten?

Sie betrachtete ihn eingehend. Unwillkürlich verglich sie ihn mit Tamatoa und fragte sich, wie Hofmann unter all diesem Aufputz aussah und wie Tamatoa in Hofmanns Kleidern wirken würde. Woran konnte man nur erkennen, wer der Richtige war, wie fühlte sich das an?

»Warum wollen Sie mich denn nun wirklich heiraten?« Henriette hatte keine Lust, sich sein Süßholzgeraspel noch länger anzuhören.

»Nur aus dem einen Grund, weil ich Sie seit dem ersten Mal, als ich Sie gesehen habe, liebe und verehre und schätze, kurzum anbete.«

Er wollte einfach nicht die Wahrheit sagen. Was für eine Ehe würden sie dann wohl führen?

»Aber wir kennen uns kaum«, entgegnete sie spitz.

»Das ist richtig, doch das würde sich ja ändern.« Ein sardonisches Lächeln glitt über sein Gesicht, das er aber gleich wieder unterdrückte.

»Und wie stellen Sie sich unsere Ehe vor?« Sie war wirklich neugierig, was er darauf erwidern würde.

Er kam einen Schritt näher und küsste sie auf den Mund.

Überrumpelt versuchte sie auszuweichen, aber dann fühlten sich seine Lippen kühl an, sie schmeckten ein bisschen bitter, und seine Haut roch angenehm nach türkischen Zigaretten, Anis und Lorbeerblättern.

Er trat heftig atmend zurück: »So. So stelle ich mir unsere Ehe vor.«

Henriette fühlte sich unerwartet beschwingt von seinem Kuss, aber noch mehr beunruhigt. Durch ihren Körper strömten die widersprüchlichsten Gefühle. Bis gerade eben noch hatte sie gehofft, dass es ihr gelingen könnte, für immer in dem Zustand der Plänkeleien zu bleiben, aber sein kleiner Überfall hatte ihr verdeutlicht, wie ernst es Hofmann war. Schlagartig war ihr bewusst geworden, dass sie das Küssen zwar mochte, aber der Gedanke, dass dieser Mann dann ihr Leben bestimmen würde, dass es nur noch ein Leben mit ihm zusammen geben würde und ganz sicher nie einen Kamelritt durch die Wüste, das war nicht nur erschreckend, nein, geradezu schockierend.

»Aber …«, setzte sie an, wurde jedoch von Hofmann sofort unterbrochen.

»Ich werde mich nicht entschuldigen, Sie sind so reizend, das haben Sie herausgefordert!«

»Aber«, begann Henriette wieder, »wenn ich Sie heirate, wie stellen Sie sich das denn vor, Ihre Ehe mit mir?«

»Wunderschön!« Er seufzte, als würden ihm ihre Fragen langsam ein wenig lästig. »Sie sollten nicht so viel denken, das macht Falten!«

»Sie weichen mir aus. Ich kann Sie jetzt nicht heiraten, auf keinen Fall.«

»Warum nicht, gibt es einen anderen?« Jetzt grinste er sehr breit, als wäre der Gedanke geradezu hochgradig lächerlich.

»Ich muss zuerst wissen, was mit meiner Schwester ist.«

Verständnislos schüttelte er den Kopf. »Ich würde denken, dass Ella gern mit Ihnen tauschen würde.«

»Ich rede von meiner Schwester Sophie, ich habe Ihnen doch von ihr erzählt.« Sie war nicht bereit nachzugeben.

»Mai und Juni, ich erinnere mich. Aber was hat das mit uns zu tun?«

Jetzt brach es aus Henriette heraus, und sie erklärte ihm, dass sie sich nicht mit ihm verloben könne, solange sie nicht wusste, wie es ihrer Schwester ging. Außerdem müsste ihre Schwester bei der Trauung dabei sein.

»Ich hatte keine Ahnung, dass ich Ihre Schwester auch gleich mitheiraten muss«, sagte er und kratzte sich den Kopf. »Ihr Vater hat mir signalisiert, dass Sie einverstanden wären. Nun, anscheinend haben wir uns da beide getäuscht.«

Mit jedem Wort lag weniger Wärme in seiner Stimme, und als er jetzt noch ein »Schade« hinzufügte, überlief Henriette eine Gänsehaut.

»Wirklich schade. Nun, dann werde ich Sie nicht länger belästigen, grüßen Sie Ihren Vater von mir und sagen Sie ihm, dass ich dann leider gezwungen bin, zu tun, was ein Mann tun muss.«

Henriette hatte nicht mehr nur eine Gänsehaut, sie fror,

obwohl es unerträglich heiß war. Rasend schnell bewegten sich die Gedanken durch ihren Kopf.

»Wie meinen Sie das? Was muss ein Mann tun?« Ihre Stimme zitterte.

Hofmann sah sie gönnerhaft an. »Ein Mann muss für Gerechtigkeit sorgen, auch wenn es manchmal nicht leicht ist.«

»Gerechtigkeit?« Sie war perplex.

Er nickte.

Warum redeten nur alle immer um den heißen Brei herum? Wenn er Gerechtigkeit ins Spiel brachte, dann hatte ihr Vater vielleicht gar keine Geldschulden, dann schuldete er Hofmann sicher etwas anderes. Sie dachte an die Photographie, die sie im Schreibtisch gefunden hatte.

»Sie meinen wegen der Sache am Klondike?«, fragte sie ins Blaue.

Er zuckte zusammen. »Wollen Sie mir sagen, Ihr Vater hat mit Ihnen darüber gesprochen?«

Weitermachen, Henriette, weiter, nur so kannst du herausfinden, was eigentlich gespielt wird.

»Aber wenn er das wirklich getan hat«, Hofmann schürzte verächtlich die Lippen, »dann verstehe ich dich nicht.«

Warum war er jetzt zum Du übergegangen?

»Wie meinen Sie das?«

Er trat näher zu ihr und küsste sie erneut, drängender.

Verblüfft trat Henriette einen Schritt zurück. »Ich bitte Sie, was hat denn das eine mit dem anderen zu tun?«

»Wenn du alles weißt, dann bist du erstens nicht die wohlbehütete Tochter, als die er dich mir verkauft hat, und zweitens müsstest du völlig beschränkt sein, wenn du meinen Antrag dann nicht annimmst. Oder willst du deinen Vater hängen sehen?«

Hängen!, dröhnte es durch Henriettes Kopf. Hängen? Was wollte er damit andeuten? Dass ihr Vater ein Mörder war? Trotz aller Wut, die sie auf ihn hatte, konnte sie sich das nicht vorstellen. Ihr Vater ein Mörder? Nie und nimmer!

Ihr wurde schwindelig, sie rang nach Luft und musste sich hinsetzen. Sie taumelte ein paar Schritte und lehnte sich dann gegen den rauen Stamm einer Palme.

»Es tut mir leid«, sagte Hofmann, und er klang aufrichtig bestürzt. »Ich war in meiner Eitelkeit gekränkt. Da Sie zögerten, sind die Pferde mit mir durchgegangen. Mein Gott, Sie sehen so unglaublich blass aus.« Er reichte ihr den Arm und führte sie in den Schatten an den Rand des Wäldchens zu einem Baumstamm, der am Boden lag, und half ihr, sich darauf zu setzen.

Sie spürte deutlich, wie sehr er bedauerte, was er gesagt hatte. Er hatte erkannt, dass sie gelogen hatte und nicht das Mindeste wusste, und er wollte den Zustand der Unschuld wiederherstellen, aber das war unmöglich. Genauso unmöglich, wie es für Henriette gewesen wäre, ihren Vater zu verraten, was auch immer er getan hatte. Und das bedeutete, dass sie Hofmann jetzt wirklich heiraten musste.

Er war nun ganz der Fürsorgliche, der sich um ihr Wohlergehen sorgte, als hätte es diese kleine hässliche Szene gar nicht gegeben. Er wedelte ihr mit einem Palmenblatt Luft zu und fühlte ihren Puls, der immer noch raste.

»Dann sind wir also verlobt«, stellte Henriette heiser fest. Sie räusperte sich. »Und wann wollen wir dann heiraten?«

»Finden Sie mich denn so abstoßend?« Es klang ehrlich.

Henriette gab sich einen Ruck und sah ihm ins Gesicht.

»Nein«, sagte sie, »Sie sind nicht hässlich.« Nur ihre widerwärtige Gesinnung, dachte sie. Warum war Hofmann in Klondike nicht zur Polizei gegangen, um ihren Vater anzuzeigen? Dafür muss es einen Grund geben, und den werde ich herausfinden, schwor sie sich. »Im Gegenteil, Sie sind ein attraktiver, kluger Mann, und die Frau, die Sie mit einem Antrag beehren, kann sich glücklich schätzen.«

Er lächelte sie an, und sie lächelte zurück.

»Dann darf ich also hoffen, dass wir offiziell verlobt sind?«

Sie nickte ergeben. Ich werde dieses Spiel mitspielen, und ich werde herausfinden, nach welchen Regeln hier gespielt wird. Und am Ende werde ich gewinnen, dachte Henriette, die sich plötzlich wie eine alte Frau fühlte. Ich muss nur dafür sorgen, dass das Spiel aus ist, bevor eine Katastrophe geschieht.

»Wir sollten einen Termin für die Hochzeit festlegen. Lassen Sie uns nicht zu lange damit warten!« Henriette reichte ihm innerlich zitternd ihren Arm, holte tief Luft und ging dann zielstrebig an seiner Seite zurück zum Haus, um ihren Eltern die frohe Botschaft zu verkünden.

11. Kapitel

Ihr Vater war hocherfreut, als er spätabends nach Hause kam und von ihrer Verlobung hörte. Das wäre ich auch, dachte Henriette, wenn ich damit ein Todesurteil von mir abwenden könnte. Trotz der Freude war er überrascht, als Henriette vorschlug, die Hochzeit so bald wie möglich zu feiern. Nach dem ersten Zögern stimmte er ihr zu und meinte zu ihrer Mutter, dass es in den Tropen immer besser sei, solche Dinge voranzutreiben, weil man sich wegen der Hitze in einem ständigen Zustand der Erregung befände, sodass man das junge Glück doch nicht allzu lange auf die Probe stellen wolle. Er schlug vor, an Weihnachten zu heiraten und die gesamte deutsche Kolonie einzuladen.

Henriette war das alles gleichgültig, Hauptsache, es ging schnell. Immer wieder betrachtete sie ihren Vater und fragte sich, was er getan hatte und wie er es vor sich selbst rechtfertigte, von seiner Tochter ein Opfer für eine schändliche Tat zu fordern, die er allein zu verantworten hatte.

Sie schwieg beharrlich, während ihre Mutter sich langsam mit dem Gedanken anfreundete und laut überlegte, was man zu einem solchen Weihnachts-Hochzeits-Galadinner servieren könnte, welche Getränke gereicht werden sollten und von wem sie sich wohl das fehlende Porzellan ausleihen könnte. Sie äußerte ihre Bedenken, ob sie und ihre Töchter das richtige Kleid für so ein wichtiges Ereignis besäßen und wen man einladen müsste und wen man getrost vergessen könnte, und ihr Vater ging gut gelaunt auf all ihre Fragen und Ängste ein.

Henriette saß da und beobachtete ihre Eltern, als wären sie Fremde. Wie lächerlich sie waren und wie unehrlich.

Schließlich fiel ihnen Henriettes mangelnder Enthusiasmus auf. Sie erklärte, dass sie sich krank fühle und im Übrigen jetzt gern Sophies Brief lesen würde.

Ihre Mutter sah schuldbewusst zu ihrem Vater. Der zwirbelte seinen Bart und versuchte dann seine Worte durch ein aufgesetztes Lächeln abzumildern.

Die entsetzliche Wahrheit war: Es gab gar keinen Brief von Sophie. Er hatte sie nur bestrafen wollen für ihr ungebührliches Verhalten in Apia vor dem Postamt.

Nichts.

Immer noch keine Nachricht von Sophie!

Genauso gut hätten sie ihr einen Dolch in die Brust rammen können. Ungläubig blickte sie von ihrem Vater zu ihrer Mutter.

»Wie, kein Brief, aber wie kann das sein?« Und sie hatte sogar seinen Sekretär aufgebrochen, um ihn zu finden!

»Ihr habt mich belogen! Und es scheint euch völlig gleichgültig zu sein, wie es meiner Schwester in der Zwischenzeit ergangen ist. Findet ihr das nicht reichlich kalt?« Henriette funkelte ihren Vater voller Verachtung an.

»Ich werde die Verlobung lösen, und ich heirate niemanden, so lange, bis wir Nachricht von Sophie haben! Das ist mein letztes Wort.«

»Mäßige dich, Henriette!«, stöhnte ihre Mutter, aber Henriette war das gleich. Ganz egal, welche Schuld ihr Vater auf sich geladen hatte, sie musste endlich Gewissheit über Sophies Befinden in Deutschland haben!

Henriette stand auf und flüchtete in ihr Zimmer. Keine Sekunde länger wollte sie sich von diesem Gespinst aus Unwahrheit und Täuschung einwickeln lassen. Sie sehnte den Moment herbei, wenn alle schliefen und sie zum Strand hinuntergehen konnte, um reine Luft zu atmen, die nicht vom ständigen Lügen vergiftet war.

Immerhin hörte sie, dass ihr Vater sein Pferd satteln ließ und nach Apia ritt, wo er, wie sie hoffte, dafür sorgte, dass man von San Francisco aus ein Telegramm an Sophie sendete.

Nachdem er zurück war, nahm er mit ihrer Mutter auf der Veranda noch einen Drink, dann endlich zogen sich die beiden in ihr Schlafzimmer zurück.

Vorsichtshalber wartete Henriette noch so lange, bis das ganze Haus in tiefem Schlaf versunken war. Dann huschte sie die Treppen hinab und machte sich auf den Weg zum Strand.

Dicke Wolken, aufgetürmt wie Haufen aus schwarzem Schnee, bedeckten den Himmel. Es war sehr viel dunkler als das letzte Mal, da sie nachts hierhergekommen war.

Das Gespräch mit Hofmann am Nachmittag beschäftigte sie, und sie fragte sich, ob es Sophie besser oder schlechter ergangen war als ihr. Wie immer, wenn sie an Sophie dachte, legte sich dieser Ring um ihre Brust, sie musste dagegen anatmen und sich sehr gerade aufrichten, um ihn loszuwerden.

Enttäuscht sah sie sich am Strand um. Sie hatte gehofft, Tamatoa wäre hier und würde auf sie warten, aber es war niemand zu sehen. Die Flut hatte ihren höchsten Punkt erreicht, und es ging nur ein leichter Wind, der ihre feuchte Haut angenehm trocknete und abkühlte.

Sie lief vor ans Wasser, setzte sich neben eine kleine Palme auf einen schwarzen Lavastein und starrte aufs Meer in der Hoffnung, ein Boot zu erkennen. Doch da waren nur die Wellen, die sich schaumig über dem Riff brachen. Ein paar Krebse, die sich unter ihrem Lavastein versteckt hatten, rannten zum Wasser und schwammen davon. Sie zog ihre Pantoffeln aus und bohrte ihre Füße in den feuchten, groben Sand. Henriette merkte erst jetzt, wie erschöpft sie war. Es war ein denkwürdiger Tag gewesen.

Das donnernde Schlagen der Wellen beruhigte sie, und der Duft nach Tang weitete ihre Lungen. Ständig fielen ihr die Augen zu, sie lehnte sich an den geriffelten Stamm der kleinen Palme und gähnte. Nur einen Moment ausruhen, wünschte sie sich, an nichts mehr denken müssen und Sophie im Traum begegnen.

Henriette kämpfte nicht länger gegen den Schlaf an. Sie träumte von Sophie, aber es war kein schöner Traum. Ihre Schwester folgte dem Mann mit den Murmelaugen und näherte sich dabei einem Abgrund. Dort unten warteten Teufel und mehrköpfige Drachenbestien schon gierig auf ihre wie in Trance laufende Schwester.

Sie wollte sie warnen und schrie »Nein, Sophie, nein!«, aber aus ihrer Kehle kam kein Ton, egal wie sehr sie sich auch anstrengte. Sie erwachte schweißgebadet.

Henriette rang nach Luft, rieb sich die Augen und schüttelte sich, um den Traum zu vertreiben. Dann erst bemerkte sie, dass Tamatoa rechts von ihr saß und sie aufmerksam beobachtete. Er lächelte ihr zu, und Henriette spürte, wie dieses Lächeln sich wie Balsam über den bösen Traum und all die hässlichen Dinge des vergangenen Tages legte. Sie holte befreit Luft. »*Talofa* Tamatoa!«, sagte sie.

»*Talofa* Ma-i!«, kam es von ihrer linken Seite, sie drehte den Kopf und erkannte Sina, die sie auch freundlich anlächelte.

Henriette nickte ihr zu, merkte aber, wie sich Enttäuschung in ihr ausbreitete. Warum war er mit Sina gekommen? Wollte er nicht allein mit ihr sein?

»Wir haben dir etwas mitgebracht«, sagte Sina auf Englisch und reichte ihr ein Stück Stoff.

»Was ist das?« Der Stoff fühlte sich wunderbar weich an.

»Ein *Lavalava.*« Sina stand auf und zeigte auf ihren Rock.

»Soll ich dir zeigen, wie man ihn anlegt?«

Henriette war völlig perplex, man würde ihr nie erlauben, so einen Rock zu tragen. Außerdem musste sie sich für ein solches Geschenk revanchieren. Was aber konnte sie den beiden schenken, worüber sie sich freuen würden?

Sie nickte Sina zu, daraufhin trat sie näher, schüttelte den dunklen, mit roten Blumen bedruckten Stoff aus, wickelte ihn um Henriettes Taille über das Nachthemd und verschloss den Rock mit einem Knoten. Sie trat zurück, betrachtete ihr Werk, kicherte und sagte etwas zu ihrem Bruder, woraufhin der auch zu lachen anfing.

»Sehe ich so komisch aus?«, fragte Henriette.

Beide nickten, und als Henriette an sich heruntersah, wurde ihr klar, wie lächerlich der *Lavalava* über dem Nachthemd zu ihren Pantoffeln wirken musste. Plötzlich schämte sie sich für diesen Aufzug und auch dafür, dass sie ihre Haare wieder nur zu einem schlampigen Zopf zusammengenommen hatte, bevor sie zum Strand gegangen war.

Um nicht länger wie ein Ölgötze dazustehen, nahm sie einen Zipfel des *Lavalava* in die Hand und fing an, ein paar Walzerschritte zu tanzen, wofür ihr Sina und Tamatoa großen Beifall bekundeten. Sina deutete auf Henriettes linken Fuß; sie lächelte erfreut, als Henriette ihr sagte, dass sie keinen Schmerz mehr spüre.

Henriette tanzte weiter, immer weiter, etwas in ihr löste sich, befreiende Tränen stiegen in ihre Augen. Sie konnte nicht aufhören. Bilder stiegen empor, Hofmanns Lächeln vermischte sich mit dem bärtigen ihres Vaters, die Photographie vom Klondike mit dem der nackten Frauen. Während sie sich im Walzerschritt drehte und drehte, sah sie den goldenen Ehering, der sich wie eine Fessel um sie herumschraubte, der schmale Reifen wurde breiter und breiter, je schneller sie sich drehte, fesselte sie mehr und mehr, wurde enger und enger. Schließlich wurde ihr schwarz vor Augen, dann sah sie nur noch Sophie vor sich, so nah und lebendig, als wäre sie wirklich hier bei ihr. Überwältigt ließ sie sich in den Sand fallen, wo sie tränenüberströmt, schwer atmend liegen blieb.

Während sie sich langsam beruhigte, bemerkte sie, dass Tamatoa und Sina schon lange aufgehört hatten zu klatschen. Ob sie sie mit ihrem seltsamen Verhalten vertrieben hatte?

Sie schlug die Augen auf, drehte den Kopf zum Wäldchen hin und sah, dass die beiden sich weit entfernt voneinander mit gekreuzten Beinen in den Sand gesetzt hatten, von wo sie gespannt, aber auch leicht verängstigt zu ihr hersahen.

Henriette war froh, dass sie nicht weggegangen waren, sie winkte ihnen und blieb noch einen Moment liegen. Sie lauschte der Brandung und wartete, dass ihre Tränen endgültig versiegten. Sie betrachtete den Himmel, der langsam aufriss, sodass mehr und mehr Sterne zu sehen waren, während die dunkelgrauen Wolken aus schwarzem Schnee wegtrieben und am Horizont mit dem Meer verschmolzen.

Sie fing an den harten Sand unter ihrem Körper zu spüren, Nachthemd und Rock waren hochgerutscht, etwas kribbelte über ihre nackten Beine. Eine kleine Welle schwappte über ihre Füße, und obwohl das Wasser warm war, schnappte sie erschrocken nach Luft und setzte sich auf.

Das wirkte wie ein Signal für Tamatoa und Sina, sofort zu ihr zu laufen und sich nach ihrem Befinden zu erkundigen.

Nachdem sie ihnen versichert hatte, das es ihr gut ginge, beschrieben sie ihr, welchen Eindruck ihr Tanz auf sie gemacht habe. Henriette habe Besuch von einem wichtigen *Aitu* bekommen, der mit ihrem Körper getanzt und ihre Seele an einen anderen Ort entführt habe. Zuerst wollte Henriette dem vehement widersprechen, aber dann fand sie den Gedanken gar nicht so falsch. Während sie sich gedreht hatte, waren wirklich eine Menge Bilder vor ihrem geistigen Auge aufgestiegen.

Außerdem erfuhr sie, warum die beiden so reglos neben ihr gesessen hatten, ohne ihren Schlaf zu stören. Die Samoaner glaubten, dass die Seele sich im Schlaf vom Körper löste. Und weil die Seele die Tochter von Taufanuu war – der Name Taufanuu bedeutete »Dunst über dem Land« – und Taufanuu die Wolken formte, fühlte man sich in einer wolkenverhangenen Nacht wie der heutigen besonders müde. Denn die Seele strebte danach, zu ihrer Mutter zurückzukehren. Nach samoanischer Auffassung begab sich die Seele während des Schlafs oder einer Ohnmacht in andere Lebensumstände, die dem Schlafenden dann als Träume erschienen. Und sollte die Seele aus irgendwelchen Gründen daran gehindert werden, in den Körper zurückzukehren, hätte das unweigerlich den Tod des Schläfers zur Folge. Deshalb weckte man unruhig Schlafende auf keinen Fall, und geträumte Ereignisse wurden als wirkliche Begebenheiten angesehen.

Der Gedanke ließ Henriette schaudern. Der Traum von diesem Murmelmann sollte niemals wahr werden. Nein, auf keinen Fall waren Träume etwas anderes als Träume.

Henriette wurde bewusst, dass sie jetzt noch schlimmer aussah als vor ihrem Tanz, und begann den Sand aus ihren Kleidern zu klopfen. Sina half ihr dabei, richtete den Zopf, band den *Lavalava* wieder ab, schüttelte ihn aus und legte ihn dann, zu einem kleinen Kissen zusammengefaltet, vor Henriette in den Sand.

Verdutzt fragte sich Henriette, ob man ihr das Geschenk wieder abnehmen würde. Fragend schaute sie Sina an.

Tamatoa, der sich während der Säuberungsaktion diskret im Hintergrund gehalten hatte, trat wieder zu ihnen und legte mit zeremonieller Würde eine große Muschel auf den *Lavalava*.

Sie setzten sich um die Muschel, und Tamatoa begann, mit seiner vollen Stimme zu erzählen, was es mit dieser Muschel auf sich habe. Dies sei eine ganz besondere Muschel, denn in ihr wäre der Geist von Nafanua und ihrer Mutter verborgen.

Henriette betrachtete die Muschel, die so groß war, dass ihre Hand sie nicht ganz umfassen konnte. Auf den ersten Blick sah sie aus wie eine herkömmliche Muschel, deren Äußeres mit Kalkspitzen versehen war, die wie kleine Stacheln die Öffnung auf der anderen Seite beschützten. Aber als Tamatoa die Muschel herumdrehte, sah Henriette in die Öffnung, die wie glatt poliertes Perlmutt im Sternenlicht schimmerte.

»Sie ist wunderschön blau, aber das kann man heute Nacht

nicht gut sehen«, fuhr Tamatoa fort. »Nafanua ist die Göttin des Krieges, ein *Aitu* aus Falealupo, das liegt auf der Insel Savaii, dem westlichsten Punkt von Samoa. Dort ist Fafa, der Eingang zum Jenseits, das Totenreich Polutu, wohin die Seelen unserer wichtigsten Männer nach dem Tode eingehen.«

Nach allem, was Henriette bisher über Samoa gelernt hatte, wusste sie, dass sie sich Zwischenfragen verkneifen musste. Es wäre äußerst unhöflich gewesen, ihn zu unterbrechen. Also versuchte sie alles schweigend in sich aufzunehmen.

»Der Herrscher von Polutu ist Saveasi'uleo, der Vater von Nafanua. Ihre Mutter ist Tilafaiga, die zusammen mit ihrer siamesischen Zwillingsschwester Taema die Tätowierkunst nach Samoa gebracht hat.«

Er warf ihr einen fragenden Blick zu, und Henriette beeilte sich, ihm zuzunicken. Es gab also nicht nur Zwillinge in der samoanischen Mythologie, sondern sogar siamesische Zwillinge.

»Es gibt viele Geschichten über die Zwillinge Tilafaiga und Taema. Die eine besagt, dass sie von Fiti nach Samoa schwammen, um die Kunst der Tätowierung nach Samoa zu bringen. Doch da sahen sie eine wundervolle Muschel durch das Meer schimmern. Sie tauchten bis zum Meeresgrund, um sie hochzuholen. Darüber vergaßen sie, was sie in Fiti gelernt hatten, nämlich, dass die Frauen tätowiert werden sollten und nicht die Männer. Und weil sie das vergaßen, werden bis heute auf Samoa hauptsächlich die Männer tätowiert und nicht die Frauen.

Diese wundervolle Muschel schenkten die beiden Tilafaigas Tochter, der Kriegsgöttin Nafanua. Wir erkennen die Muscheln von Nafanua daran, dass sie so blau schimmern wie das Meer, auch nachdem man sie herausgeholt und getrocknet hat. Man findet sie nur sehr selten, und sie darf niemals verkauft werden.«

Was für eine schöne Geschichte, dachte Henriette, die Mühe hatte, die vielen exotischen Götternamen und Orte zu behalten. Aber warum erzählt er mir das alles?

»Diese Muschel wird dir helfen, da bin ich ganz sicher. Denn sie kommt von göttlichen Zwillingen, und zu manchen Menschen spricht sie.«

Er hob die Muschel auf dem *Lavalava* voller Ehrfurcht an und überreichte sie ihr wie einen Orden auf einem Samtkissen.

Henriette nahm die Muschel entgegen und bedankte sich. Tamatoa und Sina beobachteten sie so gespannt, dass Henriette nicht wusste, was sie jetzt tun sollte. Offensichtlich erwarteten sie etwas, aber was? Schließlich griff sie nach der Muschel, die ungewöhnlich schwer in ihren Händen lag. Drehte und wendete sie und betrachtete sie ausgiebig. Entweder war es schon etwas heller geworden, oder ihre Augen spielten ihr einen Streich, denn jetzt konnte sie es sehen, das türkisblaue Schimmern, das zusammen mit dem Perlmutt wie eine Grotte unter Wasser schillerte, in der es geheimnisvolle Schätze zu entdecken gab.

Sie spähte aus den Augenwinkeln zu Tamatoa und Sina, die aussahen, als würden sie die Luft anhalten, und dann hob sie kurz entschlossen die Muschel hoch und führte sie an ihr linkes Ohr. Wenn das wirklich so eine besondere Zaubermuschel war, wie Tamatoa und Sina glaubten, was würde sie dann hören? Sophies Stimme etwa, wie bei einem der neumodischen Telefone, die sie bei Tante Berta in San Francisco gesehen hatte?

Sie konzentrierte sich auf ihr Ohr und vergaß beinahe zu atmen. Doch alles, was sie hörte, war das Rauschen der Brandung, das sich in der Muschel verewigt zu haben schien.

Sie legte die Muschel an das rechte Ohr, was mit einem

zustimmenden Kopfnicken von Tamatoa und Sina aufgenommen wurde.

Wieder drang nur das Rauschen der Brandung an ihr Ohr. Sie gab sich Mühe, ihre Enttäuschung zu verbergen, legte die Muschel respektvoll zurück auf den *Lavalava,* wandte sich mit einem Lächeln an die beiden und bedankte sich überschwänglich.

»Hast du etwas gehört?«, fragte Sina.

»Das Rauschen der Brandung …« Henriette kam sich lächerlich vor, das konnte man schließlich bei jeder Muschel.

Erfreut sahen sich Tamatoa und Sina an. »Das ist gut, so fängt es an. Nur sehr wenige Menschen können hören, was sie sagt. Du musst mit ihr sprechen und ihr verraten, was dich bewegt, und sie wird dir antworten.«

Henriette versagte es sich, ihnen zu widersprechen, das wäre grob unhöflich gewesen. Stattdessen dankte sie ihnen noch einmal.

Sina zeigte zum Himmel und redete samoanisch mit ihrem Bruder. Nachdem er geantwortet hatte, wandte sie sich wieder Henriette zu.

»Tamatoa muss noch zum Fischen fahren, aber vorher wird er mich nach Hause bringen, und weil es in wenigen Stunden schon dämmern wird, müssen wir dich nun verlassen.« Sie standen auf, Henriette nahm zum ersten Mal bewusst wahr, wie weit entfernt voneinander Bruder und Schwester standen, saßen oder liefen. Die beiden lächelten ihr zu, Sina neigte leicht ihren Kopf, und dann waren sie auch schon im Wäldchen verschwunden.

Henriette überlegte, ob das eine Art samoanischer Hinweis für sie gewesen war, dass Tamatoa zurückkommen und von hier aus fischen gehen würde. Doch sie konnte das rote Boot nirgends am Strand entdecken. Wahrscheinlich lag es am Strand in der Nähe seines Dorfes. Vielleicht würde er später hier an ihrem Strand vorbeipaddeln.

Sie bückte sich nach der Muschel, nahm sie in die linke Hand, den *Lavalava* in die rechte und machte sich auch auf den Weg zurück zum Haus.

Die Muschel war schwer, als ob sie voll mit feuchtem Sand wäre. Henriette blieb stehen und schüttelte sie, in der Hoffnung, dass der Sand herausfiele, aber sie hatte sich getäuscht, kein einziges Körnchen sank zu Boden. Sie wechselte die Muschel in die rechte Hand und lief weiter.

Sie spürte ein leichtes Prickeln in ihren Händen, als ob sie ungünstig darauf eingeschlafen wäre.

Sophie, dachte sie, während sie über den stachligen Rasen zum Haus zurück huschte.

Ich werde ihr jetzt einen Brief schreiben. Seit sie auf Samoa war, hatte sie immer nur angefangen zu schreiben, aber jeden begonnenen Brief weggeworfen. Oder um genau zu sein, sie hatte ihn verbrannt, damit Ella ihn nicht lesen und sie verpetzen konnte. Henriette wusste auch ganz genau, warum sie keinen Brief zu Ende gebracht hatte. Weil sie Angst gehabt hatte. Abergläubische Furcht hatte sie beschworen, nicht noch einen Brief ins Nichts zu senden, bevor nicht endlich Nachricht von Sophie gekommen wäre. Als ob ihre vielen unbeantworteten Briefe eine Mauer wären, über die Sophie sonst niemals mehr steigen könnte.

Sie schlich sich die Treppe hoch in ihr Zimmer, vergewisserte sich, dass alle schliefen, und legte den *Lavalava* auf ihr Bett. Die Muschel platzierte sie auf ihrem kleinen Damensekretär.

Sie warf die Pantoffeln von sich, zog den Vorhang vor ihrem Fenster weg und zündete die Petroleumlampe an. Dann holte sie ihren Füllfederhalter aus der Schublade und ihr Briefpapier.

Als sie die Petroleumlampe auf den Sekretär stellte, bemerkte sie, dass von der Muschel ein geheimnisvolles blaues Leuchten ausging. Jetzt verstand sie, warum Tamatoa und Sina die Muschel für etwas Besonderes hielten.

Die Muschel leuchtete so stark, dass sie sie unwillkürlich in die Hand nehmen und noch einmal genauer anschauen musste. Jetzt kam sie ihr viel wärmer vor als vorhin und noch schwerer. Einbildung, alles Einbildung. Trotzdem nahm sie die Muschel noch einmal an ihr Ohr. Rauschen, unverändert, Wellen, die sich am Strand brachen. Vielleicht etwas lauter als vorhin, eine stärkere Brandung?

Sie schüttelte den Kopf. Sie mochte Märchen, aber sie war keine Fantastin, sie brauchte Erklärungen. Nur weil Henriette den Dingen so unbedingt auf den Grund gehen wollte, hatten sie all die Abende bei Madame verbracht, immer in der Hoffnung, etwas Erhellendes von Aquariel zu erfahren. Nur deshalb war Sophie krank geworden.

Die Muschel vibrierte in ihrer Hand. Unsinn – sie stellte sie zurück auf ihren Sekretär, wo sie bewegungslos liegen blieb. Das war doch nur Einbildung gewesen, oder? Sie nahm die Muschel noch einmal in die Hand. Und hatte wieder ganz deutlich das Gefühl, sie würde leicht vibrieren. Schnell legte sie sie zurück.

Ihre Aufmerksamkeit wurde nun auf ihre Hände gelenkt. Ihre rechte Hand vibrierte weiter, sie wurde heiß, und es fühlte sich an, als würde das Blut unter ihrer Haut summen.

Henriette spürte ein Ziehen in ihrem Bauch, dieses Gefühl

in ihren Händen, genau das hatte sie schon einmal erlebt. Sie griff nach dem Füllfederhalter und schraubte die Kappe ab, um Tinte hochzupumpen. Dabei zitterte die rechte Hand jetzt so heftig, dass es ihr nur mit großer Mühe gelang, die Tinte hochzuziehen, ohne etwas zu verschütten.

Nachdem sie das bewerkstelligt hatte, konnte sie sich der Macht in ihrer Hand nicht länger widersetzen. Sie setzte die Spitze der Feder auf das Papier, und dann geschah es genauso wie beim letzten Mal. Ihre Hand begann zu schreiben, genau wie damals. Henriette hatte Angst, schließlich war sie allein. Sophie war nicht da, um sie zu trösten. Was, wenn sie diesmal in Kirgisisch schrieb oder sonst einer völlig fremden Sprache?

Ihre Hand malte die ersten Buchstaben. *Liebe, allerliebste* las sie, diese Sprache kannte sie, das war Deutsch. Das verstand sie. Erleichtert sah sie zu, was ihre Hand weiterschrieb.

Liebe, allerliebste Mai,

Sie fühlte sich jetzt besser, weil sie nun sicher war, dass sie sich das Vibrieren der Muschel nur eingebildet hatte und dies der Brief an ihre Schwester war, der endlich aus ihr herauswollte.

Aber es musste doch – *allerliebste Juni* heißen, denn schließlich schrieb sie an Sophie, und die war Juni, und sie selbst war Mai.

Als sie den Namen korrigieren wollte, weigerte sich ihre Hand wie ein störrischer Esel, ja, sie strich das von ihr hingeschriebene Juni immer und immer wieder aus. Ihre Hand hatte andere Pläne. Sie schrieb zu Henriettes großem Erstaunen wieder *Mai* hin, bewegte sich weiter und weiter, füllte Zeile um Zeile, schneller und schneller, bis Henriette es aufgab, den Sinn während des Schreibens erfassen zu wollen.

Ihre Hand hörte erst auf, als es schon dämmerte. Zweimal hatte sie die Tinte nachfüllen müssen.

Sie war erschöpft, als wäre sie stundenlang gerannt.

Sie stand auf, dabei fiel ihr Blick auf die Muschel. Im ersten Tageslicht war deren ozeanisches Blau immer stärker geworden.

Henriette nahm die Muschel in die Hand, aber nun fühlte sie sich nur noch an wie eine Muschel. Außen kühler, teilweise spitzer Kalk und wenn sie sie umdrehte, glattes Perlmutt. Nichts vibrierte, nichts bewegte sich. Sie legte die Muschel zurück auf ihren Sekretär und betrachtete die eng beschriebenen Blätter daneben. Sie fand es sehr seltsam, dass sie nichts von dem wusste, was sie in diesem Rausch geschrieben hatte. Sie fühlte sich völlig leer, aber auch völlig klar.

Langsam und bedächtig ordnete sie die Blätter und begann zu lesen. Doch dann hielt sie es in ihrem stickigen Zimmer keinen Moment länger aus, allein der Gedanke, Ella könnte hereinkommen und sie beim Lesen stören, war unerträglich. Sie packte die Blätter und stieg zum zweiten Mal in dieser Nacht die Treppe hinunter, rannte über die Veranda nach draußen, wo sie beinahe mit Nian zusammengestoßen wäre, die auf dem Weg ins Küchenhaus war.

Doch Nian wich ihr gerade noch rechtzeitig aus und sah sie erstaunt an. Henriette wedelte mit den beschriebenen Papierbögen. »Ein Brief, ich lese ihn unten am Meer. Wenn mich jemand sucht, verrate mich nicht, ja?«

»Du gehst so?« Nian deutete auf ihr Nachthemd.

Henriette zuckte nur mit den Schultern und rannte so schnell sie konnte ans Meer. Dort suchte sie sich einen Platz auf dem Baumstamm einer Palme, die fast parallel zum Wasser gewachsen war.

Kaum hatte sie sich hingesetzt, schob sich die Sonne wie ein Feuerball an den Himmel und übergoss den Ozean mit ihren

Flammen. Obwohl sie darauf brannte, endlich diesen merkwürdigen Brief zu lesen, musste sie sich das ansehen. Nachdem sie länger hingeschaut hatte, entdeckte sie den kleinen roten Einbaum, der gerade ins Wasser geschoben wurde. Von Tamatoa. Er warf ein Bündel Fische hinein und sprang dann, als das Boot im Wasser schwamm, hinterher und begann mit großem Eifer zu paddeln. Es sah fast so aus, als wäre er ärgerlich, denn er hackte auf das Wasser ein wie auf einen Feind. Sie hatte recht gehabt mit ihrer Vermutung, er würde wiederkommen. Die Erkenntnis breitete sich in ihrer Brust aus und wärmte sie genauso wie die ersten Strahlen der Sonne.

Sie bedauerte, dass er schon so weit entfernt war und sie ihn nicht mehr rufen konnte, aber je näher er zum Riff kam, desto lauter waren die Wellen, die sich dort brachen.

Sie setzte sich bequemer hin, und dann begann sie zu lesen, was Sophie oder was die Muschel, was Nafanua ihr diktiert hatte.

12. Kapitel

Liebe, allerliebste Mai,
zuerst einmal musst Du mir versprechen, dass Du Dir keine Sorgen um mich machst. Sei versichert, dass es mir nun wieder gut geht. Und ich schwöre Dir, dass ich alles getan habe, um Dir zu schreiben, aber erst heute, sechsundsiebzig Tage nach unserer Trennung, ist es mir möglich, diesen Brief nicht nur zu schreiben, sondern auch dafür zu sorgen, dass er auf schnellstem Wege zu Dir befördert werden wird.

Henriettes Herz begann schneller zu klopfen. Ihre Ahnungen waren also nur allzu berechtigt, ihre arme Schwester war zu krank zum Schreiben gewesen.

Auch wenn der Anfang meines Briefes sich besorgniserregend anhören mag, wirklich, liebste Mai, nun geht es mir wieder gut, und ich erzähle Dir nur deshalb alles, weil ich weiß, dass Deine Gedanken hier bei mir sind, so wie meine Dich nach Samoa begleitet haben. Und ich wünsche mir nichts sehnlicher, als Dich endlich wiederzusehen, allerdings fürchte ich, wir werden uns noch eine Weile mit Briefen zufriedengeben müssen.

Aber ich greife vor und möchte dort beginnen, wo wir so schmerzlich, doch wie ich nun weiß, auch zu Recht voneinander getrennt wurden. Tatsächlich lag der Schiffsarzt richtig, als er meinen Husten für Lungentuberkulose hielt. Und wir sollten ihm dankbar sein, dass er uns getrennt hat. Ich würde es mir nie verzeihen, wenn ich Dich angesteckt hätte oder Mama. Und nicht einmal Ella würde ich dieses Gehuste wünschen, die Atemnot, den Nachtschweiß, diese Antriebs- und Appetitlosigkeit.

Das Papier zitterte in Henriettes Händen. Sophie war schwer krank. Konnte man Tuberkulose überhaupt heilen? Henriettes Augen füllten sich mit Tränen. Dann war diese Enge in der Brust, die sie jedes Mal überfallen hatte, wenn sie an Sophie dachte, keine Einbildung gewesen, sondern nur ein kleiner Vorgeschmack dessen, was ihre Schwester durchmachen musste. Und wessen Schuld ist das alles? Ganz allein deine, Henriette, du hast das zu verantworten.

Sie hatte genau gewusst, dass ihre jüngere Zwillingsschwester eine viel schwächere Konstitution hatte als sie selbst. Trotzdem hatte Henriette sich von ihr wochenlang heimlich zu dem Medium und ihren spiritistischen Sitzungen begleiten lassen, nur weil sie mehr über dieses anfallartige automatische Schreiben herausfinden wollte. Doch von den schrecklichen Hustenanfällen der Madame Blanche de Beaufort abgesehen, hatte sich in ihren Räumen nichts wirklich Interessantes materialisiert. Und Henriette war ziemlich sicher, dass auch der Photograph, der am letzten ihrer Abende aufgetaucht war, weder Ektoplasma noch fluide Lichtgestalten auf seine Platten hatte bannen können. Es war Madame zwar Aquariel, ihr Engel und persönlicher Führer aus dem Jenseits erschienen und hatte Kontakt zu den lieben Verstorbenen der anderen Anwesenden aufgenommen, doch zu Henriettes Fragen hatte er sich nie geäußert. Stattdessen hatte Aquariel dafür gesorgt, dass Madames Keime Kontakt mit Sophies Lungen aufnahmen.

Du kannst Dir sicher vorstellen, mit welch übergroßer Freude Großmama mich empfing, als ich so unverhofft wieder bei ihr vor der Tür stand. Mich, ihre geliebte Enkelin zu sehen, die sie ja schon auf der anderen Seite des Globus wähnte, schockierte sie über alle Maßen. Und als sie erfuhr, ich wäre krank, quoll ihr übergroßes Herz sofort voller Mitleid über. Sie schickte mich, noch bevor ich einen Fuß in ihre Wohnung gesetzt hatte, zu einem ihrer Spezialisten, keine Kosten und Mühen scheuend, in der Hoffnung, dass sich der Arzt auf dem Schiff geirrt hätte und sie mich mit dem nächsten Schiff getrost nachsenden könnte, wie ein verlorenes Paket.
Leider musste er sich der Meinung seines Kollegen anschließen, was Großmama davon überzeugte, dass ich sie dem Sterbebett ausgeliefert hätte. Was angesichts ihrer vielfältigen wohltätigen Arbeit ein geradezu entsetzlicher Verlust für die Menschheit wäre und also dringend abgewendet werden musste.

Henriette musste trotz all dieser schrecklichen Nachrichten schmunzeln, und sie wusste, dass Sophie genau das beabsichtigt hatte. Großmutter Christiane-Auguste war eine entsetzliche Heuchlerin, deren Wohltätigkeiten darin bestanden, nur das zu tun, was ihr die gute Meinung ihrer Gemeinde eintrug. Von verborgenen Wohltaten hielt sie nicht das Mindeste.

Die Sonne blendete Henriette, und sie musste ein wenig zur Seite rücken, um wieder im Schatten zu sitzen.

Und es dauerte nicht lange, da hatte Großmama einen Plan geschmiedet, der mich aus ihrem Dunstkreis entfernen und gleichzeitig ihre beispiellose, hochherzige Großzügigkeit in alle Welt tragen würde. Um eine lange Geschichte kurz zu machen, sie schickte mich zu einer Liegekur nach Falkenstein in den Taunus.
War das nicht der Name, den wir uns bei Madame gegeben haben? Was für ein merkwürdiger Zufall, findest du nicht?
Ich musste also in die dortige Freiluftheilanstalt von Dr. Dettweiler, einem, wie ich heute weiß, berühmten Lungenspezialisten. Allerdings hatte er die Klinik längst verlassen, und die Heilanstalt war bereits im Niedergang begriffen, weshalb Großmama zwar den großen Namen im Mund führen konnte, ihren Geldbeutel aber nicht über die Gebühr strapazieren musste.
Dr. Karl Hess, Dettweilers Nachfolger, war mir sehr unangenehm, und ich wäre lieber zu Fuß nach Samoa aufgebrochen, als meine Gesundheit diesem Mann anzuvertrauen.
Nur damit du eine Vorstellung hast, liebste Mai, er legte einem die Hand auf den Arm und die Hüften, so ähnlich wie Schuschu. Du erinnerst Dich an unseren Tanzlehrer, den mit dem Sprachfehler und dem schlechten Atem, der einem immer so nahe kam und dabei »schuh, schuh« murmelte, statt »so, so«.
Doch unsere geliebte Großmutter wollte nichts davon hören. Sie beklagte meine jugendliche Unwissenheit und schrieb es meiner überhöhten Einbildungskraft zu, die wiederum eine Folge des Fiebers sei, welches sich zu dem Husten gesellt hatte. Immerhin waren meine Wangen dadurch immer hübsch rosig.
Und so wurde ich also zu dieser schier endlosen Liegekur in dieser entsetzlichen Freiluftheilanstalt gezwungen.
Wir beide teilen eine Seele, Schwesterherz, deshalb weißt Du, was das für mich bedeutet hat. Ich musste jeden Tag – jeden Tag! – sechs bis

zehn Stunden auf einem Liegestuhl liegen, je nach Wetter in eine oder mehrere Decken eingewickelt. Dazu kam ein strikter Essensplan, den ich Dir in seiner ganzen Albernheit nicht vorenthalten will:
7.30–8.30 Uhr: Erstes Frühstück: Kaffee, Tee, Schokolade oder Kakao, Milch, Brot, Backwerk, Butter und Honig.
10.00 Uhr: Zweites Frühstück: Milch oder Kraftsuppe und Butterbrot
13.00 Uhr: Mittagessen : 5–6 Gänge sowie anschließend Kaffee
16.00 Uhr: Milch
19.00–20.00 Uhr: Abendessen : Suppe, warme und kalte Platte mit Salat und Kompott
21.00 Uhr: Milch

Entsetzt ließ Henriette den Brief sinken und starrte auf das türkisblaue Meer zu ihren Füßen und auf die schaumig weißen Wellen draußen am Riff. Sie atmete die salzige Luft ein, sog sie tief in ihre Lungen und war ganz sicher, dass diese Liegekur ihre Schwester umbringen würde. Hier sollte sie sein, diese Luft würde sie heilen. Und all diese Milch, die sie beide so hassten. Hier auf Samoa trank niemand Kuhmilch, nur die der Kokosnuss, und die war gut zu ihrer Haut.

Mai, es war wie in einem Gefängnis. Man durfte keinen Besuch empfangen, und man durfte auch keine Briefe schreiben, angeblich, um die Heilung nicht zu gefährden. Erst wenn man es geschafft hatte, stabiler zu werden, durfte man auch schreiben. Doch man wurde nie für stabil genug erklärt. Was für eine Farce! So wollte man lediglich verhindern, dass wir uns über den rauen Ton und die endlose Langeweile bei unseren Angehörigen beklagten. Ehrlich gesagt, ich glaube, die meisten, die dort starben – und es starben viele –, wollten lieber tot sein, als einen Tag länger die immer gleichen Gespräche, die immer gleichen nach Fußschweiß stinkenden Decken und dieses ständige Temperaturmessen zu ertragen.

Henriette hatte Tränen in den Augen, sie sah das ganze Elend förmlich vor sich, jeder Buchstabe war eine Farbe, jedes Wort ein Geruch, jeder Satz ein Gefühl wie eine Welle, die sich über ihr brach. Sie schluckte und wischte die Tränen weg, dann las sie reichlich beklommen weiter.

Doch liebste Mai, sorge Dich nicht, ich erzähle das nur so ausführlich, damit du verstehst, was ich getan habe. Zunächst schlug ich vor, eine Theatergruppe zu gründen, was vehement abgelehnt wurde. Zu viel Aufregung, hieß es, dabei hätten wir ihrer doch alle bedurft. Aber Du kennst mich, ich ließ nicht locker, und so wurde mir dann nach endlosen Debatten gestattet, Lesungen zu veranstalten. Zu diesem Anlass durften sogar Damen und Herren im gleichen Salon sein. Hatte ich schon erwähnt, dass das Liegen und Essen ansonsten immer streng nach Geschlechtern getrennt stattfand? Du kannst Dir sicher vorstellen, wie mir das neuen Schwung gab, denn Du weißt genau, welche Freude mir das Lesen und Deklamieren macht. Ich hatte den Eindruck, dass nicht nur ich, sondern alle begeistert auf diese Abende hinfieberten. Ich trug die verschiedensten Texte vor, »Die Räuber« von Schiller, aber auch »Wilhelm Meister« und »Sturmhöhe«. Ein wenig Ärger mit dem Personal gab es, als ich für einen Abend »Der eingebildete Kranke« von Moliere wählte und auch »Fettklößchen«, diese traurige Geschichte von Guy de Maupassant, erregte einige der ganz besonders schicklichen Damen. Kurzum, ich sorgte dafür, dass sich alle auf diese Abende freuten, und ich hatte nun viel zu lesen und vorzubereiten.

Henriette fürchtete das Schlimmste. Was auch immer Sophie tat, sie gab sich ganz hin, wenn sie etwas vortrug, und ob das ihrer Genesung wirklich zuträglich war, wagte sie zu bezweifeln. Mit Sicherheit war sie nach einem solchen Abend zusammengebrochen. Aber davon hätte Henriette doch etwas gespürt, oder war die Verbindung zu ihrer Schwester nur noch eine eingebildete, die der Wirklichkeit dieser Trennung nicht standzuhalten vermochte?

Angespannt las sie weiter.

Und wie sich herausstellte, hatte ich bald noch mehr Gründe, mich auf diese Abende zu freuen. Schon beim ersten Abend war er mir aufgefallen, der Herr Max von Leberfinger. Da kannte ich natürlich seinen Namen noch nicht, aber mir gefiel seine melancholische Aura, er wirkte inmitten der anderen fiebrig Erhitzten wie ein kühler Schatten seiner selbst. Groß und breitschultrig, doch bis auf die Knochen abgemagert, weshalb seine dunklen Augen riesengroßen Moorseen glichen, die mich unaufhaltsam anzogen und verschlingen wollten. Und erst sein Mund, liebste Mai, was für ein Mund! Du hättest ihn auch sofort küssen wollen!

Erleichtert seufzte Henriette auf. Darum ging es also. Was für ein Glück!

Aber ich greife vor. Dieser knochige Max von Leberfinger lümmelte sich also mehr auf seinem Stuhl, als dass er saß, und sah dann dermaßen gönnerhaft auf die anderen Patienten herab, die alle ergeben an meinen Lippen hingen, dass ich anfing, mich zu ärgern. Durch seine spöttischen Blicke wurde die ganze Veranstaltung herabgewürdigt zu dem Laienschauspiel, das sie ja nun mal war.

Seine Haltung besagte: Ich bin in den Theatern der Metropolen dieser Welt zu Hause, aber gut, wenn es denn sein muss, lasse ich eben auch diesen kindischen Unsinn über mich ergehen!
Trotz seines unübersehbaren Überdrusses kam er immer wieder, und jedes Mal ärgerte es mich mehr, bis ich es nicht länger aushielt und ihn in einer Pause ansprach.
Zu meinem großen Vergnügen hatte ich ihn damit aus der Fassung gebracht, und er fiel für einen Moment aus seiner dandyhaften Blasiertheit. Dann erinnerte er sich an seine Erziehung und zeigte formvollendete Manieren. Max schlug die Hacken zusammen und stellte sich vor. Und er behauptete, er würde mich von irgendwoher kennen, was ich natürlich ins Reich der Fantasie verwies, mir aber dennoch schmeichelte. Kurzum, wir kamen endlich ins Gespräch, das leider nur kurz dauerte, da die Tugend der Patienten in dieser Freiluftheilanstalt strenger bewacht wird als der Heilige Gral von den Rittern. Deshalb dauerte es auch eine quälend lange Zeit, bis ich mehr über ihn herausfand. Seine Familie hatte ihn für eine Laufbahn in der kaiserlichen Marine bestimmt, und er hatte sich dem Willen der Familie gebeugt und es sogar schon bis zum Fregattenkapitän gebracht. Doch bei einem Einsatz in Kiautschou war er, geschwächt durch die dort allgegenwärtige Malaria, auch noch mit Tuberkulose infiziert worden. Und zum Ärger der Familie beschloss er daraufhin, den Rest seines Lebens dem Malen zu widmen.
Du als Reiseschriftstellerin hast sicher von diesem Ort, Kiautschou, eine deutsche Kolonie, schon gehört, aber für mich klang es höchst faszinierend. Dieser Max war also in China und damit fast schon überall in der Welt gewesen. Ich verzieh ihm seine Überheblichkeit. Vor allem, als er anfing mir Blumen zu schicken. Du erinnerst Dich, dass ich mich mit dem Alphabet der Blumen beschäftigt hatte und dachte, ich würde den richtigen Mann an dem Bouquet erkennen, das

er für mich aussucht. Damit lag ich nur ein bisschen daneben. Denn obwohl Max offensichtlich von dem Alphabet der Blumen keine Ahnung hatte, schickte er mir genau die Art von unkonventionellen Sträußen, die mein Herz berührten: Rote Rosen mit Schafgarbe, Maiglöckchen mit Vergissmeinnicht, Löwenmäulchen und Kapuzinerkresse. Kurzum, es waren Blumensträuße, wie sie nur ein wahrer Künstler zusammenstellen kann, jemand, dem es nur um die Schönheit des Anblicks geht.

Henriette sah hoch, und ihr Blick schweifte aufs Meer, das sich nun langsam wieder zurückzog. Diese Mischung von Informationen, das war ganz typisch Sophie, Blumen und Kiautschou. Von dieser Stadt hatte sie erst vor ein paar Tagen von Nian gehört. Sie fragte sich, ob Max von Leberfinger beim Boxeraufstand mitgekämpft hatte, und es lief eine Gänsehaut über ihren Rücken angesichts der Erkenntnis, dass wirklich alles mit allem verknüpft zu sein schien.

Sie las weiter.

Max war nach dem Willen seiner Familie schon verlobt worden, aber nach seiner Erkrankung hat er – ganz Gentleman – seine Verlobung gelöst. Ganz ehrlich, liebste Mai, ich glaube, Max sollte dieser Krankheit dankbar sein, denn sie hat ihn von all diesen familiären Verpflichtungen befreit. Von der kaiserlichen Marine und von seiner hässlichen Verlobten.

Natürlich habe ich diese Verlobte nie zu Gesicht bekommen, er hatte auch kein Lichtbild von ihr, was ich reichlich seltsam fand. Doch als ich ihren Namen hörte, war mir alles klar, Hermine-Auguste-Feodora von Schoeneich-Carolath, mit diesem Namen kann man doch nur wie ein mageres altes Reitpferd aussehen, meinst Du nicht? Und nur deshalb hatte er auch kein Bild! Liebes, ich kann hören, wie Du lachst, Du denkst, ich übertreibe, wie es so meine Art ist.

Henriettes Gesicht verzog sich zu einem Lächeln, wie sehr sie den Humor ihrer Schwester vermisste.

Außerdem war es nicht zu übersehen, dass Max von meinen immer noch üppigen Reizen sehr angetan war.
Du weißt, wir haben oft davon gesprochen, wie es denn wäre, wenn sich eine von uns verlieben würde, haben sogar gefürchtet, wir müssten den gleichen Mann lieben, und nun ist es so ganz anders gekommen. Henriette, ich zögere fortzufahren, denn ich fürchte, Du könntest mit meinem weiteren Handeln nicht ganz einverstanden sein.

O Gott, was für ein Brief. Henriettes Puls beschleunigte sich.

Max und ich haben uns ineinander verliebt. Du und ich, wir hatten uns nie vorgestellt, dass unser Prinz auf einem Schimmel angeritten käme, aber hättest Du gedacht, ich würde mein Herz an einen kranken Mann mit schimmliger Lunge verlieren? Nun, es wurde uns sehr schwer gemacht. In dem Augenblick, als das Personal bemerkte, was sich zwischen uns entwickelte, wurde ich noch stärker bewacht als bisher, als hätte Großmama eine Prämie für den Erhalt meiner Jungfräulichkeit bezahlt.
Es blieb bei verstohlenem Händedrücken, nicht ein einziger Kuss war uns vergönnt.
Schließlich hat Max mich gefragt, ob ich einverstanden wäre, mit ihm die Klinik zu verlassen.

Nun, trotz all unserer wilden Ideen, von Kamelritten durch die Wüste bis hin zu meinem Wunsch, auf der Bühne zu reüssieren, war das Durchbrennen mit einem Fremden darin nicht vorgekommen. Ich ahnte, was das für Großmama bedeuten würde. Aber dann tröstete ich mich damit, dass, wenn ich erst einmal mit Max verheiratet wäre, es ihr sehr gefallen würde. Also sollte man sie vor vollendete Tatsachen stellen, Mama und Papa waren ja zu weit weg, um sich zu kränken. Und Du, liebste Schwester, würdest alles gutheißen, was ich tue, oder etwa nicht? Bist Du am Ende vielleicht auch schon verlobt? Immer wenn ich an Dich denke, bilde ich mir ein, etwas um Dich herum zu sehen, keine Schatten, nein, etwas Schönes, und mein Herz fängt an so schnell und unregelmäßig zu schlagen, als würde ich Max in die Augen schauen. Wem schaust Du in die Augen?

Völlig durcheinander ließ Henriette den Brief sinken. Und starrte aufs Meer. Hasste für einen Moment diese blaue Unendlichkeit, die stumpf vor sich schlagend vor ihr lag und mit jeder heranbrechenden Welle nur verdeutlichte, wie groß die Entfernung zu Sophie war.

Ja, im Unterschied zu Sophie war sie verlobt. Aber sie hatte sich Hofmann nicht ausgesucht. Welche Augen brachten ihr Herz zum Klopfen? Sie war dabei, sich dem Wohl der Familie zu beugen. Sophie musste wahnsinnig sein, so krank mit einem gebrechlichen Mann aus der Klinik zu fliehen. Das war völlig unvernünftig. Man konnte nur hoffen, dass Max genug Vermögen hatte, um sie beide anständig durchzubringen. Und was, wenn er sie nicht heiraten würde, was dann? Henriette wurde trotz der aufsteigenden Hitze so kalt, dass eine Gänsehaut über ihren Rücken zog. Sie hatte Angst weiterzulesen.

Es war uns beiden unerträglich, auch nur eine weitere Minute getrennt zu sein. Verstehst Du, Henriette, an dieser Krankheit kann man sehr früh sterben. Warum sollten wir warten, wo wir doch nicht wussten, wie viel Zeit wir noch hatten? Bitte versuche, das auch Mama und Papa verständlich zu machen. Falls sie von Großmama oder wem auch immer davon hören, bevor ich noch vermählt sein sollte.
Wir haben zusammen die Freiluftheilanstalt verlassen und sind nach München aufgebrochen, weil Max dort eine Wohnung hat, die er mit einem Freund, einem Photographen, teilt. Der Photograph ist freundlicherweise ausgezogen, und seitdem leben wir hier in der Nähe der Universität in einer kleinen Dachwohnung. Doch das ist nur vorübergehend. Wir haben uns verlobt und Großmama eine Karte geschickt. Doch noch vor unserer Vermählung wollen wir nach Italien, weil da die Luft für uns beide besser sein soll. Dort bleiben wir, bis Max zu einer weiten Reise fähig ist. Denn – und das wird Dich außerordentlich freuen – wir wollen zu Euch nach Samoa.
Max sagt, dass der Schriftsteller Robert Louis Stevenson auch an Tuberkulose erkrankt war und sich deshalb in Vailima in der Nähe von Apia niedergelassen hatte, wo es ihm deutlich besser ging als irgendwo sonst auf der Welt.
Du siehst also, liebste Mai, dass es nur noch eine Frage von wenigen Monaten ist, bis wir wieder miteinander vereint sein werden. Ich vermisse Dich mehr, als ich sagen kann, aber verrate das bloß nicht Max, er ist sehr eifersüchtig.
Nachdem ich nun wieder frei bin, so viele Briefe zu verfassen wie ich nur kann, werde ich Dir so oft schreiben, wie es mir möglich ist. Auch mehr über Max, der so anbetungswürdig ironisch sein kann.
Ich umarme Dich, ich küsse Dich, vergiss mich nicht,
Deine Schwester Sophie

Sie kommt! Sophie kommt, Henriette sprang auf, am liebsten wäre sie hochgerannt zu ihren Eltern und hätte es ihnen gleich verkündet, aber dann fiel ihr ein, dass sie ihnen keine Erklärung für diesen Brief geben konnte. Also rannte sie zum Strand, denn etwas in ihr musste rennen, rennen, rennen. Sie rannte bis dorthin, wo die Wellen sich brachen, und drehte sich zum zweiten Mal in dieser Nacht mit weit ausgestreckten Armen um sich selbst, aber diesmal voller Übermut, voller Glück, genauso wie früher bei einem ihrer Lieblingsspiele mit Sophie. Verloren hatte immer diejenige, der zuerst so schwindelig wurde, dass sie umfiel.

Henriette schleuderte die Pantoffeln von sich, und es war ihr vollkommen gleichgütig, ob sie ihre Füße verletzen würde, ob man sie im Nachthemd sehen konnte, ob ihre Eltern sie oben schon vermissen würden. Sophie war auf dem Weg, und das war gut! Henriette drehte sich um sich selbst, kreiselte wie ein Derwisch um ihre eigene Achse, das flirrende Sonnenlicht und das glitzernde Meer blendeten sie so, dass sie die Augen schloss und sich immer weiter drehte, bis sie wirklich umfiel.

Außer Atem schlug sie auf dem Sand auf, der noch feucht von der Flut der Nacht war. Das warme Wasser leckte an den unteren Zipfeln ihres Nachthemdes und umspülte ihre Füße. Sie breitete ihre Arme aus, fühlte die brennende Sonne auf ihrer pulsierenden Haut und atmete die gischthaltige Luft tief ein, völlig eins mit dem Glucksen und Gurgeln der Wellen.

Ja, hier in Samoa würde Sophie wieder gesund werden.

13. Kapitel

Nur Nian hatte Henriette gesehen, als sie vom Strand zurückgekommen war, durchnässt, voller Sand und glückstrahlend. Ihr Vater war schon zur Plantage aufgebrochen, Ella und ihre Mutter hatten noch geschlafen. Nun teilte sie mit Nian schon ein zweites Geheimnis. Henriette war nicht ganz wohl dabei, sie wusste einfach nicht, was sie von Nian halten sollte. Einerseits fand sie es falsch, dass Nian sich so demütig und unwissend gab, andererseits brachte sie ihr auch Verständnis entgegen, denn alles andere hätten ihre Eltern nur als unerträgliche Provokation aufgefasst.

Nachdem Henriette den Brief gelesen hatte, war sie zum ersten Mal, seit sie von Sophie getrennt worden war, rundum glücklich. Sie war davon überzeugt, dass Sophie bald kommen und hier in Samoa wieder gesund werden würde.

Henriettes veränderter Gemütszustand wurde von allen bemerkt. Jeder vermutete andere Ursachen dahinter, und Henriette ließ jeden in seinem Glauben. Schließlich hatte sie keine Erklärung dafür, wie sie zu diesem Brief gekommen war.

So dachten ihre Eltern, die nach Henriettes Ausbruch immerhin ein Telegramm an Sophie auf den Weg gebracht hatten, dass Henriette sich mit der Verlobung ausgesöhnt hatte. Ella glaubte, Henriette wäre verliebt in Hofmann, und Nian vermutete, dass es mit dem zusammenhing, was Henriette am Strand erlebt hatte. Nian hatte als Einzige die Muschel auf ihrem Sekretär bemerkt und sie mit einem merkwürdigen Lächeln gefragt, ob auch sie das blaue Leuchten gesehen hätte.

Henriette hatte nur genickt. Sie wollte gern über die Muschel und dieses automatische Schreiben sprechen, aber nur mit Tamatoa und Sina. In der nächsten Nacht war sie wieder an den Strand gegangen, aber weder Tamatoa noch Sina waren erschienen.

Und Henriettes Enttäuschung wuchs, als die beiden auch am nächsten und übernächsten Tag nicht auftauchten. Um sich abzulenken, schrieb sie jetzt endlich »Die Hühnerstallaffäre« zu Ende und schickte den Text an Charmian.

Doch die beiden jungen Samoaner tauchten über eine Woche lang nicht mehr auf. Henriette machte sich Sorgen, ob ihnen etwas zugestoßen war oder ob sie etwas getan hatte, das die beiden gekränkt hatte.

Schließlich hielt sie es nicht mehr aus, immer nur zu warten. Sie beschloss, am nächsten Morgen beim ersten Anzeichen der Dämmerung loszureiten und das Dorf von Tamatoa und Sina zu suchen.

Sie schlief schlecht und war schon lange vor der Dämmerung wach. Das Reitkostüm lag schon bereit, und sie quälte sich in die Hose mit dem Überrock, in die sie ohne ihr Korsett kaum hineinpasste. Warum, fragte sie sich, tue ich mir das an? Wenn alles gut geht, werden mich nur Tamatoa und Sina sehen, und die kennen mich schon im Nachthemd.

Kurz entschlossen stieg sie wieder aus dem Reitkostüm und suchte nach dem *Lavalava.* Sie band sich den Rock um die Hüften und lief probehalber in ihrem Zimmer hin und her. Was für ein angenehmes Gefühl, man spürte ihn kaum und war doch bedeckt. Als Oberteil fand sie ein leichtes rosafarbiges Kamisol, das auf der Vorderseite geschnürt werden konnte, darüber zog sie eine dünne Bluse. Blieb die Frage nach den Schuhen. Ganz sicher nicht die Knöpfstiefeletten! Die Samoaner liefen meistens barfuß oder sie trugen eine Art leichte Pantolette, was auch sehr viel angenehmer war, als sich bei der Hitze mit Strümpfen abzuplagen. Henriette beschloss, es ihnen gleichzutun.

Sobald sie eine Veränderung am Himmel bemerkte, schlich sie zum Stall zu Kaiser Wilhelm und Queen Victoria und tätschelte die beiden. Letztes Mal war sie auf der Queen geritten, und sie waren gut miteinander ausgekommen, deshalb sattelte sie die Stute, griff aber nach kurzem Zögern beherzt zum Männersattel ihres Vaters.

Dann stieg sie auf und trabte hinunter zum Wäldchen am Meer. Erst dort trieb sie Victoria an, schneller zu laufen. damit sie so weit wie möglich kamen, bevor es hell wurde.

Was für ein herrliches Gefühl, halb nackt auf dem Pferd zu sitzen und das nicht im Damensattel! So hatte sie sehr viel mehr Kontrolle über das Pferd. Etwas Druck mit dem Oberschenkel und schon änderte ihre Stute das Tempo. Das Einzige, was sich als höchst unpraktisch erwies, waren die Pantoffeln, die in den Steigbügeln hin- und herrutschten.

Sie kam rasch voran. Erst als der Weg wieder enger wurde und zugewachsen war von wucherndem Schlingkraut, Gräsern und den monströsen Blättern der wild wachsenden Taropflanze, wurde sie unsicher, denn es gab kaum sichtbare Abzweigungen von ihrem Weg, die ihr bei dem Ausflug mit Hofmann nicht aufgefallen waren.

Ich vertraue meinem Gefühl, sagte sie sich, das wird mich führen. Wenn ich zu diesem hohen Banyanbaum komme, dann bin ich richtig. Aber ihr Weg wurde umsäumt von Hibiskussträuchern, Schraubenpalmen und Bananenpflanzen. Kein Banyanbaum weit und breit. Aus den Blättern und Ästen ertönte das aufgeregte Zwitschern und Singen von Vögeln, die aber für ihr Auge unsichtbar blieben. Der Duft nach überreifer Ananas und grünen Bananen erinnerte sie daran, dass sie Hunger hatte und es schon bald Zeit für das Frühstück war. Endlich wurde der Weg so schmal, dass sie von Queen Victoria absteigen und ihr Pferd an den Zügeln führen musste.

Ungeduldig wünschte sie sich den mächtigen Banyanbaum herbei, doch stattdessen wuchsen hier zartgliedrige Farne, ja sogar Bäume mit farnwedelartigen Blättern, Birken und über alles hinüberkletternde Wachsblumen, deren herunterhängende dunkelrosa Blütenbällchen betäubend süß dufteten. Alles war so zugewuchert, dass sie sich wie durch einen grünen Tunnel bewegte. Dieser Weg stimmte ganz und gar nicht. An solche Farnblätter konnte sie sich nicht erinnern, weder an diese Blüten noch daran, dass der Weg leicht, aber beständig anstieg. Hatte Hofmann sie damals so in seinen Bann gezogen, dass ihr all das entgangen war?

Beim Gehen merkte sie, dass die Kanten des Sattels die Innenseiten ihrer Oberschenkel aufgeraut hatten, und es stellte sich heraus, dass die Pantoffeln auch beim Laufen völlig fehl am Platz waren, denn sie verlor ständig einen im Schlingkraut, das begierig seine Ranken ausstreckte.

Endlich wurde der Tunnel heller, sie schritt schneller aus, denn dafür gab es nur eine Erklärung! Vor ihr lag ein großer Platz ohne Bäume. Das musste das Dorf sein.

Sie begann zu rennen, doch Queen Victoria gab sich auf einmal störrisch und blieb dann völlig unvermittelt stehen und schnaubte.

Henriette drehte sich zu ihr und zerrte an den Zügeln, bis ihre Stute noch zwei Schritte zugab, doch dann wieherte sie empört und bewegte sich keinen Schritt weiter.

Erst als Henriette sich ratlos umdrehte, erkannte auch sie, warum ihre Stute sich geweigert hatte. Sie schnappte nach Luft, und ihr Puls fing an zu hämmern.

Der Dschungel endete völlig unvermittelt, sie stand an einer Kante, einen Schritt weiter, und sie wäre in einen Abgrund gestürzt.

Tief unter ihr lag in einem natürlichen Becken aus schwarzen Lavasteinen ein kleiner See, dessen dunkles Wasser in der gerade aufsteigenden Sonne smaragdfarben glitzerte. Nachdem sie sich etwas beruhigt hatte, entdeckte sie, dass der See von zwei schaumig weiß sprühenden Wasserfällen gespeist wurde, die sich genau auf der gegenüberliegenden Seite rechts und links oberhalb des Sees ihren Weg durch den Dschungel gebahnt hatten. Das Wasser sah einladend aus, und sie überlegte, ob es wohl eine Möglichkeit gäbe, hinunterzugelangen und darin zu baden.

Plötzlich perlte Gelächter zu ihr hoch.

Sie trat so nahe an den Abgrund, wie es nur eben ging, und da sah sie drei junge Samoaner, die sich ganz offensichtlich bereit machten, von einem der Felsen ins Wasser zu springen. Sie erkannte Tamatoa und zwei fremde junge Männer. Tamatoa schürzte den *Lavalava* so hoch, dass Henriette seine Tätowierung sehen konnte, die von Weitem wie eine kunstvolle Hose aussah, die sich von den Knien bis zur Taille zog. Dann klemmte er sich den Stoff zwischen die Beine und sprang mit einem Kopfsprung in den See. Die anderen folgten seinem Beispiel mit lauten Rufen. Sie tauchten sich gegenseitig unter, kletterten aus dem Wasser und stiegen wieder auf den Felsen, um erneut hineinzuspringen. Jetzt klebte der *Lavalava* an Tamatoa, und die Sonne schien auf seinen nassen Körper, verwandelte die Wassertropfen auf seiner glatten Haut in goldene Punkte und betonte seine vollkommenen männlichen Formen. Henriette fühlte ein angenehmes Prickeln, das von ihrer Brust durch ihren Körper zog. Am liebsten hätte sie ihre Kleider von sich geworfen und wäre hinuntergesprungen, um ihren erhitzten Körper an seinen zu pressen. Sie konnte sich gar nicht sattsehen und seufzte unwillkürlich.

Tamatoa war eindeutig der Schönste der drei, dabei hatten alle muskulöse und wohlgeformte Körper, wie es Henriette bisher nur im Museum bei antiken Statuen gesehen hatte. Aber Tamatoa war der Einzige mit einer so aufwändigen Tätowierung. Vielleicht, überlegte Henriette, war sie den *Matai* und ihren Söhnen vorbehalten.

Nachdem alle noch ein paarmal unter großem Gelächter ins Wasser gesprungen waren, brach Tamatoa ein großes dunkelgrünes Blatt ab, das am Rand des Sees wuchs. Er wedelte damit den anderen zu und schwamm zu einem der Wasserfälle, stellte sich unter das sprudelnd herabschießende, in der Sonne silbern leuchtende Wasser. Dort packte er das Blatt auf sein Haar und rieb es hin und her. Schließlich glitt er damit über seinen Körper, als ob es Seife wäre. Henriette konnte gar nicht aufhören, ihn anzustarren, der Wunsch, mit diesem Blatt zu tauschen, über seinen nassen Körper zu gleiten, zog sich durch ihren Körper, und ihr Verlangen, ihn anzufassen, wurde übermächtig. Sie schluckte, trat näher an den Abgrund, und sie sehnte sich einen Moment lang danach, sich ins Wasser fallen zu lassen und zu erleben, was dann geschehen würde. Ihre Hände umfassten die Zügel fester, als wollte ein Rest von ihr sie wieder zu Verstand bringen.

Unten hatten sich die anderen auch Blätter geholt und schwammen zu Tamatoa hin, der jetzt den Kopf in den Nacken legte und seine Haare unter dem Wasserfall ausspülte.

Da entdeckte er sie. Er richtete sich abrupt auf und rief den anderen etwas zu. Die beiden drehten sich laut lachend zu ihr um, und einer der Jungen winkte ihr sogar zu. Doch Henriette winkte nicht zurück, ihr schoss das Blut in die Wangen, und sie schämte sich in Grund und Boden. Sie griff nach den Zügeln und zerrte die verdutzte Queen Victoria hinter sich her. Weg hier, nur weg. Wie sollte sie Tamatoa noch in die Augen schauen, sie hatte ihn geradezu verschlungen wie die Alten Susanna im Bade. Ganz sicher hatte er eine Bemerkung gemacht, und darüber hatten die anderen gelacht. Dabei sollte sie in Kürze Hofmann heiraten! Und auch wenn sie ihn nicht liebte, war das keine Art, sich zu benehmen!

Sie stolperte vorwärts. Es tut mir leid, Queenie, flüsterte sie beruhigend ihrer Stute zu, dann stieg sie auf. Sie musste zurück. Schnell zurück.

Tamatoas Blick hatte sie aus einem schönen Tagtraum zurückgeholt, sie musste vollkommen verrückt gewesen sein. Er beschenkte sie mit einer wertvollen Muschel und einem *Lavalava,* und zum Dank glotzte sie ihn an. So hatte sie sich ihr Wiedersehen wirklich nicht vorgestellt.

Und noch dazu hatte sie die Zeit völlig aus den Augen verloren, die Sonne stand schon hoch, jeder würde sehen, wie unzureichend bekleidet sie das Haus heute Morgen verlassen hatte. Sie musste sich etwas sehr Plausibles ausdenken, warum es dazu gekommen war.

Sie klopfte der Queen immer wieder besänftigend auf den Hals, wie um sich selbst Mut zuzusprechen. Die Stute suchte sich tapfer einen Weg durch das Schlingkraut, aber es ging Henriette nicht schnell genug. Allergrößte Eile war nun angebracht!

Sie drückte die Fersen in die Flanken der Stute, um sie anzutreiben, dabei löste sich ein Pantoffel und rutschte aus dem Steigbügel. Jetzt gab es zwei Möglichkeiten: anhalten, absteigen und ihn suchen oder schnell nach Hause. Sie ritt weiter.

Während sie sich auf den Weg konzentrierte und dabei über den Kopf von Victoria auf den Boden starrte und darauf hoffte, dass sie bei jeder Abzweigung die richtige Entscheidung traf, dachte sie darüber nach, was sie ihren Eltern über diesen Ausflug sagen würde.

Wie aus dem Nichts ragte er plötzlich vor ihr auf, der hohe Banyanbaum mit seinem dicken verästelten Stamm, den sie auf dem Hinweg so verzweifelt gesucht hatte. Aber jetzt würdigte sie ihn keines Blickes, nur der Weg zurück interessierte sie noch.

Verzweifelt trieb sie die Stute an, die ihr Bestes gab, im Kampf gegen all das Grün, das den Weg überwucherte. Endlich wurde der Weg etwas breiter, die brave Queen lief schneller, und Henriette spornte sie noch mehr an. Doch plötzlich scheute ihre Stute vor einem quer laufenden Ast zurück, bäumte sich auf und warf Henriette in hohem Bogen aus dem Sattel. Ihr Aufprall wurde zwar ein wenig von dem mit Schlingkraut überwucherten Boden abgemildert, trotzdem wurde ihr schwarz vor Augen, und sie verlor das Bewusstsein.

14. Kapitel

»Ma-i«, drang eine Stimme leise zu Henriette durch. Es war nicht Sophies Stimme. Ihre Schultern waren nass, was war passiert? Es roch nach feuchtem Gras und Kokosöl, nach Salz und Zitrone. Sie öffnete ihre Lider und landete direkt in den braunen Augen von Tamatoa, die sie besorgt ansahen.

Ihr Kopf war auf dem Schoß von Tamatoa gebettet, der offensichtlich einen nassen *Lavalava* trug. Warum lag sie hier? Warum war sein *Lavalava* nass?

Obwohl sich alles um Henriette herum drehte, konnte sie doch deutlich erkennen, wie verführerisch der Anblick seines nackten Oberkörpers war. Seine karamellfarbene Haut war glatt und fest, und sogar sein Nabel war ein perfekt geformter Kreis, der von zahllosen Muskelsträngen rechts und links gehalten wurde. Trotz stechender Schmerzen im linken Knie und der rechten Hand gefiel es ihr außerordentlich, hier so zu liegen, und es war ihr gleichgültig, warum und wieso.

Hier gab es nur noch Tamatoa und sie, alles andere schien weit entfernt und vollkommen unwichtig. Sein Anblick, der Geruch und die Kühle seiner Haut lösten ein Ziehen aus, das sich sehnsüchtig von ihrem Nabel bis hin zum Schambein zog, ihrem Schmerz die Schärfe nahm und ihn in etwas Aufregendes verwandelte. Sie hätte gern ihre Hand auf seine gelegt, sie hätte gern gewusst, wie sich seine schimmernde Haut anfühlte. Und als sie spürte, dass sie ihn vor allem gern küssen würde, wusste sie, dass sie auf den Kopf gefallen sein musste. Ich muss völlig verrückt sein, denn er scheint nichts dergleichen zu fühlen, wie könnte er auch sonst so zurückhaltend sein? Er schien nicht die leiseste Ahnung zu haben, was er in ihr auslöste. Tamatoa saß so gerade und distanziert, geradezu abweisend da, wie jemand, der nur seine Pflicht erledigte. Wie ein Samariter, der Gutes tun wollte.

Doch je länger sie mit offenen Augen dalag, desto besser erinnerte sie sich an das, was passiert war. Sie hatte Tamatoa und seine Freunde beim Baden beobachtet, und nachdem er sie erwischt hatte, war sie überstürzt weggeritten. Und jetzt das! Sie versuchte sich aufzurichten, aber sofort drehte sich alles, und ihr Kopf sank zurück in Tamatoas Schoß.

»Wo ist mein Pferd?«, fragte sie.

»Schschsch!« Tamatoa deutete auf Queen Victoria, die ein paar Meter entfernt stand und interessiert zu ihnen hinübersah. Erleichtert schloss Henriette die Augen, sie hatte sich sehr peinlich benommen und würde verletzt und in zerrissenen Kleidern, aber wenigstens zusammen mit ihrem Pferd zurückkommen.

»Telesa hat dich am Leben gelassen, aber ich glaube, du solltest sie in Zukunft nicht mehr so herausfordern.« Tamatoa deutete ernsthaft auf ihre offenen Haare, die sich wie ein wirres Vogelnest auf seinem feuchten *Lavalava* ausnahmen. Das rang Henriette ein Lächeln ab.

»Neben meinem Vater kommt mir Telesa wie ein Schutzengel vor«, murmelte sie, und Tamatoas fragender Blick verriet ihr, dass er sie nicht verstanden hatte.

Dann wollte er auf Englisch wissen, ob sie aufstehen könne. Obwohl sie am liebsten noch Stunden so liegen geblieben wäre, nickte sie, weil sie ahnte, dass jede Minute, die sie später nach Hause kommen würde, den Ärger, der sie erwartete, nur vergrößern würde.

Er stützte sie beim Aufstehen, dabei drang ein so verlockender Schwall von Zitrone, Heu, feuchter Baumwolle und Kokosöl in ihre Nase, dass ihr Körper wohlig schauerte, was Tamatoa besorgt zur Kenntnis nahm und sie stärker umfasste. Sie machte sich mit Absicht schwer, sodass er sie noch fester in seinen Armen halten musste. Tamatoa, dachte Henriette und überraschte ihn, indem sie ihre Arme um seinen Hals legte und ihn an sich heranzog. Er sperrte sich.

Ja, das alles war vollkommen unmöglich, sie würden niemals zusammen sein können, aber einen Kuss, einen einzigen Kuss, das musste doch möglich sein. Tamatoa schob sie etwas von sich fort und sah sie aus seinen dunklen, rotbraun schimmernden Augen fragend an. »Mai?«

Henriette vergaß die Welt um sich herum, sie bog ihr Gesicht zurück und präsentierte ihm ihre Lippen, und als er zögerte, zog sie mit ihrer rechten Hand seinen nassen Kopf zu sich hinab, so lange, bis ihre Lippen sich berührten. Sein Mund fühlte sich weich an, und so nah duftete er wie eine Mischung aus Mango und Salz. Ihr Herz hämmerte durch ihren Körper und verlangte nach mehr.

Aber Tamatoa wandte sich von ihr ab. Sie öffnete ihre Augen und sah, dass in seinen Tränen schimmerten. »Das ist nicht richtig«, sagte er. »Wir dürfen das nicht tun.«

Henriette zitterte am ganzen Körper, das war ihr herzlich egal, vollkommen egal. Er legte eine Hand auf ihre vom Sturz aufgeschürfte Wange und streichelte sie, leicht und voller Wärme, sodass sie unwillkürlich ihre Wange an seine Handfläche presste, so wie sich ihr ganzer Körper an ihn schmiegen wollte. Jetzt und immer.

»Mai, es tut mir leid, das wäre falsch. Du bist mir nicht bestimmt. Mein Vater bestimmt, wen ich heiraten werde. Du kannst nur wie eine Schwester für mich sein.«

Henriette stöhnte und fühlte sich nicht nur schwach vom Sturz, sondern auch noch vollkommen gedemütigt. Ihr Gesicht brannte vor Scham.

Tamatoa legte seine Hand unter ihr Kinn und zwang sie, ihn anzusehen. Eine Träne war über seine Wange gelaufen, aber er lächelte und sagte: »Du sollst meine besondere Schwester sein, und ich habe auch einen Namen für dich. Nuanua.«

Er küsste sie noch einmal ganz leicht auf ihren Mund. Es war so zart und samten und süß, als hätte man ihre Lippen mit einer Rosenknospe gestreift.

»Nuanua. Wir beide, das ist wie Sonne und Regen, beides ist wichtig, das eine kann ohne das andere nicht sein, doch wir können eigentlich niemals zusammen sein. Und wenn es geschieht, dann ist es für uns beide etwas ganz Besonderes, aber etwas, das wieder vergehen muss. Ein Regenbogen, Nuanua.«

Jetzt liefen Henriette auch die Tränen über das Gesicht. Er hatte recht. Sie rang um Beherrschung, nickte ihm zu, und er half ihr dabei aufzusitzen.

Danach atmete Tamatoa schwer durch, und Henriette hatte zum ersten Mal eine Ahnung davon, was es ihn gekostet haben musste, so kühl und vernünftig zu bleiben.

»Tuamapuna.« Tamatoa betrachtete ihr verletztes Knie. *»Pei ua oneonea le sooga?«* Dann versuchte er das zu übersetzen. »Ob sich die Schmerzen im Gelenk anfühlten, als ob Sand in das Gelenk gekommen wäre?« Als sie nickte, schlug er vor, einen *Fogau* aus seinem Dorf zu holen, der die Bänder und Gelenke wieder an ihren rechten Platz renken könne. Außerdem sei Sina eine begabte Heilerin und könne die Wunden behandeln, bevor sie nach Hause reiten würde.

Henriette lehnte alles ab. Das würde ihre Eltern nur misstrauisch machen, es war besser, wenn es so aussah, als hätte sie ganz allein einen Unfall gehabt.

Er half ihr auf das Pferd, nahm die Zügel und führte sie durch den Wald. Trotz ihrer Schmerzen und dem misslungenen Kuss fühlte sich Henriette seltsam gelöst. Sie hätte für immer so mit ihm und dem Pferd weitergehen mögen. Nuanua, das war schön.

Nach einiger Zeit begann Tamatoa zu singen, und seine warme, vibrierende Stimme vermischte sich mit dem Zwitschern der Vögel, dem Summen der Insekten und dem Rascheln der Blätter unter ihren Schritten. Eigentlich war es mehr ein Sprechgesang als ein wirkliches Lied:

»O le Tala ia Tapuitea; O le planeta o Tapuitea a tu mai
i le afiafi, ua taua o le matamemea; a tu mai le vaveao, ua taua lao
le fetuao. O le ulugalii sa nonofo i Falealupo …«

Zuerst war Henriette nicht sicher, aber dann hörte sie genauer hin, erkannte einige Worte. Trotz der Hitze fing sie an zu frieren, alles in ihr zog sich zusammen. Dieser Sprechgesang war das, was sie geschrieben hatte, damals in München. Das war der

Text, der sie und Sophie dazu gebracht hatte, diese Madame Blanche de la Beaufort aufzusuchen.

Es fiel ihr sehr schwer, ruhig zu bleiben und abzuwarten, bis Tamatoa mit seinem Gesang am Ende war.

»*… A laga a outou seuga i le vaveao, ou te i ai foi e faamalamalama le ala.*«

»Was bedeutet das, was du gesungen hast?«, fragte sie ihn, und er antwortete, dass es sich um die Legende der Venus handele. Dann erzählte er ihr die Geschichte: In Falealupo lebte ein verheiratetes Paar, die Frau hieß Faagalo und der Mann Tuimaseve. Sie bekamen eine Tochter, die sie Tapuitea nannten, und sie wurden mit noch einer Tochter gesegnet, die aber von Tapuitea aufgefressen wurde. Das Gleiche geschah mit ihrer dritten Tochter. Als die Eltern noch einen Sohn bekamen, der Sauea hieß, flohen sie vor ihrer gefräßigen Tochter in den Busch, wo sie noch einen Sohn namens Toiva bekamen.

Eines Tages entdeckte Tapuitea ihren Bruder Toiva, der in der Nähe von Salia in einem vulkanischen See badete. Als er merkte, dass Tapuitea näher kam, flüchtete er sich auf einen Pandanusbaum, der am Rand des Sees wuchs. Als er sich neugierig vorbeugte, um seine Schwester besser sehen zu können, sah Tapuitea seinen Schatten auf einem Felsen. Da sie dachte, das wäre ihr Bruder, begann sie gierig den Felsen abzunagen. Ihr Bruder stellte sie zur Rede, weil sie so ein monströses Wesen war, und bat sie zu verschwinden. Tapuitea war einverstanden und versprach, dass sie nur noch am Abend zurückkäme, um ihnen beim Abendessen zu leuchten, und wenn sie frühmorgens auf Taubenjagd gingen, würde sie ebenfalls da sein und ihnen den Weg leuchten.

Was für eine seltsame Geschichte, dachte Henriette und

hoffte, dass sie alles richtig verstanden hatte, denn sie beide sprachen wirklich nur ein sehr lückenhaftes Englisch. Ein Mädchen, das die Geschwister fraß und dann zu etwas so Schönem wie einem Stern wurde.

»Und wenn man direkt neben Tapuitea am Himmel noch einen Stern leuchten sieht«, fügte Tamatoa hinzu, »dann ist das ein sehr schlechtes Zeichen. Es bedeutet, dass bald einer unserer *Matai* sterben wird. Aber man sieht es nur selten.« Dabei klang er erleichtert, als wäre er froh, dass sich die Stimmung zwischen ihnen nun wieder geändert hatte. Obwohl sie nur langsam vorankamen, näherten sie sich doch mehr und mehr dem Haus ihres Vaters, und Henriette wollte vorher unbedingt noch etwas über die blaue Muschel wissen. Schließlich war sie der Grund, warum sie überhaupt losgeritten war. »Warum hast du mir diese blaue Muschel geschenkt?«

Er zuckte mit seinen breiten Schultern und lächelte ihr zu. »Sina hat gesagt, dass traurige *Aitu* von dir Besitz ergriffen haben und diese Muschel sie vertreiben wird, weil sie dir hilft, deine Stärke zu finden. War das denn nicht so?«

Sina also hatte die Muschel für sie ausgesucht, nicht Tamatoa. »Deine Schwester ist eine Heilerin?«

Tamatoa lächelte stolz. »Ja, meine Schwester ist nicht nur die schönste *Taupou* von Samoa, sie besitzt auch besondere Kräfte. Wenn in einer der drei Welten, über die wir neulich nachts gesprochen haben, etwas nicht stimmt, spürt sie das, und manchmal weiß sie, was man tun kann oder welche Pflanzen helfen. Vielleicht wird sie eines Tages eine *Matai*.«

»Frauen können *Matai* sein?«

Tamatoa nickte. »Wenn sie gut reden können. Wenn du nicht reden kannst auf Samoa, dann kannst du gar nichts werden, auch wenn du der Sohn eines *Matai* bist. Und Sina, sie kann sogar sehr gut reden, besser als ich.«

Er sagte das ohne jeden Groll. Eifersucht schien für ihn ein Fremdwort zu sein, nicht aber für Henriette, die sich neben den vielen Fähigkeiten von Sina plötzlich sehr armselig vorkam.

»Und Sina hat gesagt, die Muschel hat mit dir gesprochen, noch in der Nacht, als wir sie dir gebracht haben. Ist das wahr?«

»Ja«, sagte Henriette und fragte sich, ob Sina wusste, wie sie für ihren Bruder empfand, und was sie dazu sagen würde.

Mittlerweile waren sie am Rand des Gartens angekommen, und sie musste sich von ihm verabschieden.

Sie sahen sich tief in die Augen, dann legte Tamatoa die Zügel in ihre unverletzte linke Hand und nickte ihr zu. »Nuanua, sei nicht traurig. Wir haben das Richtige für unsere Familien getan. Und das ist das Einzige, was zählt.«

Er drehte sich um und lief zurück in den Wald, wo sie ihn wieder singen hören konnte, doch nun klang es so wild und kriegerisch, dass sie unwillkürlich schauderte. Dann aber brachte es sie zum Lächeln, denn genau diese kämpferische Haltung sollte sie jetzt anlegen, bevor sie sich ihrer Familie stellte.

Sie war noch keine zwei Meter über das Gras geritten, als Nian und Ella auf sie zu rannten.

Ella war angesichts ihres Aufzuges einen Moment lang so verblüfft, dass ihr die Worte fehlten. Nian griff schweigend nach den Zügeln der Stute und schüttelte nur den Kopf.

Ihre Mutter stand mit hängenden Schultern auf der Veranda, die Haare völlig aufgelöst. Sie schluchzte.

»Wo bist du gewesen? Wie siehst du überhaupt aus? Was für ein Glück, dass deinem Vater dieser Anblick erspart bleibt!«

Henriette fiel ein Stein vom Herzen. Er war also nicht da!

Nian führte Queen Victoria in den Stall und half ihr beim Absteigen. Erst in diesem Augenblick merkte Henriette, wie schlimm sie sich das Knie verrenkt hatte.

Hochrot im Gesicht erschien ihre Mutter, und ein Schwall von Beschimpfungen ergoss sich über Henriette. Über ihre Bekleidung, ihr Benehmen, ihren Sturz, einfach über alles. Ihre Mutter schloss ihre Suada mit einem tiefen Seufzer und der Erkenntnis, dass ihr Vater recht damit gehabt hatte, als er Henriette so schnell wie möglich verheiraten wollte. Dann schickte sie Nian los, den Arzt zu holen, und wies Henriette an, ihr aus den Augen zu gehen, sich zu waschen, zu frisieren und dann in einem sauberen Nachthemd ins Bett zu legen.

Nach zwei Stunden war Nian wieder zurück. Dr. Krämer war am Tag zuvor zu einer Pflanzung nach Savaii aufgebrochen, wo eine Typhusepidemie ausgebrochen war, deshalb war nur seine Schwester Dorothea mitgekommen, was Henriette sehr angenehm war.

Dorothea stellte keine lästigen Fragen, scheuchte alle aus Henriettes Zimmer und untersuchte dann das Knie, die Hand und die Gelenke. Sie war sich sicher, dass nichts gebrochen oder gerissen war. Alles nur Prellungen und Hautabschürfungen. Allerdings erklärte sie Henriette, dass Prellungen oft viel schmerzhafter waren als Brüche, fand aber trotzdem, dass sie Glück im Unglück gehabt hatte, denn einen Bruch hätte nur ihr Bruder behandeln können. Sie reinigte die Wunden mit Jod, verband sie, rief nach Nian und bat sie, Tücher und Alkohol zu bringen. Damit sollten die Prellungen gekühlt werden, damit die nicht noch stärker anschwollen. Außerdem sollte auf diese Weise auch der Sonnenbrand in Henriettes Gesicht gemildert werden.

Nachdem Nian das Zimmer wieder verlassen hatte, fiel Dorotheas Blick auf die Muschel. Sie drückte ihre Bewunderung für das blaue Leuchten aus, stand auf, nahm sie in die Hand und hielt sie ans Ohr.

»Das ist merkwürdig.« Sie zog die Augenbrauen über ihren blaugrauen Augen hoch. Henriette war gespannt, was Dorothea damit sagen wollte. »Bisher habe ich noch bei jeder Muschel ein Meeresrauschen gehört. Aber diese Muschel ist stumm.«

Überrascht betrachtete Henriette Dorotheas freundliches Gesicht. Das war wirklich seltsam. Sie hatte vermutet, dass jeder das Rauschen hören würde. Sie überlegte, ob sie sich Dorothea anvertrauen konnte. Vielleicht hatte sie schon einmal mit diesem anfallartigen Schreiben zu tun gehabt, vielleicht hatte sie sich auch schon einmal in den Falschen verliebt. Irgendwie wirkte sie so, als wäre ihr nichts Menschliches fremd.

»Dorothea, kann ich Sie etwas fragen …«, begann sie, aber in diesem Augenblick brachte Nian die mit Alkohol getränkten Tücher, die Dorothea sofort um ihre malträtierten Gelenke zu wickeln begann.

Nachdem Nian wieder gegangen war, antwortete Dorothea: »Alles, was Sie wollen.« Sie warf ihr einen aufmunternden Blick zu, aber Henriette hatte der Mut verlassen, und sie entschloss sich erst einmal nachzufragen, ob es stimme, dass das Klima von Samoa besonders gut für Tuberkulosekranke sei.

»Fragen Sie wegen dieses englischen Schriftstellers?«

Als Henriette nickte, hob Dorothea zu einem kleinen Vortrag über das Klima von Samoa an. Nach traditioneller europäischer Sicht war das feuchtheiße Klima nicht gut für Lungenkranke, doch ihr Bruder war sicher, dass Robert Louis Stevenson von genau diesem Klima auf Samoa noch ein paar Jahre geschenkt bekommen hatte, die er im rauen England nicht mehr erlebt hätte.

»Allerdings«, so fügte sie mit einem kleinen Lächeln hinzu, »hatte er in seiner Frau Fanny Osbourne auch eine hingebungsvolle, starke und gesunde Pflegerin, die alles von ihm fernhielt, was seiner Gesundheit abträglich war.« Sie rückte eine Haarnadel in ihrem nachlässig aufgesteckten Haar zurecht. »Die meisten Männer brauchen so eine Frau.« Das klang ein wenig abschätzig, aber dann fuhr sie gewohnt gut gelaunt fort: »Man sieht es unter den Engländern nicht gern, dass jetzt Gouverneur Solf im ehemaligen Wohnhaus des Geschichtenerzählers oder des *Tusitala*, wie sie Stevenson hier in Samoa nennen, residiert.« Sie zuckte mit den Schultern. »Aber die Villa Vailima ist mit Sicherheit der schönste Wohnsitz in ganz Samoa. So gesehen gebührt sie vielleicht wirklich dem höchsten Mann der Insel. Außerdem ist es diesem Mann zu verdanken, dass hier alle mehr oder weniger friedlich zusammenleben.«

Sie packte ihre Utensilien zusammen. »Haben Sie noch etwas auf dem Herzen, Kindchen?«, fragte sie. Doch obwohl sie so freundlich war, erschien es Henriette nun nachgerade unmöglich, dieser praktisch veranlagten Frau von ihren Schreibanfällen zu erzählen. Oder von Tamatoa. Sie musste sie erst besser kennenlernen, dann konnte sie sich ihr vielleicht anvertrauen.

Dorothea spürte, dass Henriette etwas beschäftigte.

»Ist es wegen deiner Verlobung?«, fragte sie und setzte sich wieder neben Henriette auf das Bett.

Henriette wurde blass, und der Schwindel kam plötzlich zurück. Die Verlobung hatte sie über all dem, was heute Nacht und am See passiert war, völlig vergessen. Hofmann! Sie schloss die Augen.

Dorothea dachte, ihr Erbleichen wäre der Beweis dafür, dass sie auf der richtigen Fährte war, und tätschelte ihren Arm, sodass Henriette die Augen wieder aufschlug.

»Nun«, sie schmunzelte, »ich könnte mir vorstellen, dass du nicht mit deiner Mutter darüber sprechen kannst, was dich in der Hochzeitsnacht erwartet. Deine Mutter erscheint mir etwas …«

Henriette wartete gespannt, wie denn ihre Mutter auf andere wirkte, leider umschiffte Dorothea den angefangenen Satz mit: » … aber ich kann dir versichern, es ist alles ganz natürlich und entspricht dem Lauf der Welt.«

»Warum sind Sie dann nicht verheiratet?«

Dorothea richtete sich auf, lief plötzlich mohnrot an und rückte ein wenig von Henriette ab. »Ich führe meinem Bruder den Haushalt und unterstütze ihn, da bleibt keine Zeit für eine Ehe.«

»Und waren Sie schon einmal verliebt?«

Bestürzt sah Henriette, dass Dorotheas Augen plötzlich in Tränen schwammen. »Es tut mir leid, das wollte ich nicht!«

Sie richtete sich auf und nahm Dorotheas Hände in ihre Linke, aber Dorothea entzog sie ihr so schnell, als müsste sie sie aus kochendem Wasser retten. Sie stand auf.

»Es tut mir leid.«

»Aber das muss es nicht. Lassen Sie uns Freundinnen sein!«, sagte Henriette, immer noch entsetzt darüber, was ihre Frage da ausgelöst hatte.

Dorothea fuhr sich mit den Handrücken über ihre Augen. »Das sind wir doch schon, oder nicht?« Sie ging zur Tür, wo sie mit Nian zusammenstieß, die frische Tücher brachte.

Henriette hörte Dorothea die Treppe hinuntergehen, wo ihre Mutter dann jammernd auf sie einsprach.

Nian tränkte die neuen Tücher mit Alkohol, nahm die schon warm gewordenen wieder ab und wickelte die frischen um das rechte Handgelenk und das linke Knie.

»Das ist nicht gut!«, flüsterte sie, und Henriette wusste sofort, dass Nian nicht ihre Verletzung meinte.

»Dass ich weggeritten bin?«

»Dass du versuchst, etwas zu verstehen, das du nicht verstehen kannst!«

Spielte sie auf die Muschel an? »Wie meinst du das?«

»Ich rede von den Samoanern. So wenig wie du in eine chinesische Seele eintauchen kannst, so wenig wirst du *Fa'a Samoa* begreifen.«

»Ich habe keine Ahnung, wovon du sprichst.«

Nian deutete auf den schmutzigen *Lavalava,* der am Boden neben der Waschkommode lag. »Davon.«

Henriette sah Nian durchdringend an. Was wusste die Chinesin? War sie ihr etwa gefolgt?

»Es gibt Schönheit und Klugheit und Weisheit in allen Ländern. Man kann sie bestaunen und sich an ihr freuen, aber man kann sie niemals besitzen. Denn all das, all diese Menschen werden von Sitten regiert, die über alles andere erhaben sind. Und nicht einmal deine Kenntnis dieser Sitten wird verhindern, dass es zu einer entsetzlichen Katastrophe kommt, wenn du das nicht respektierst.« Sie griff nach dem vom Sturz zerrissenen *Lavalava* und hielt ihn Henriette unter die Nase.

»Denn die Kenntnis der Sitten allein ist niemals der Schlüssel zu ihrem tiefen Verständnis. Es ist wie mit dem Tee.« Sie schürzte verächtlich ihre Lippen. »Ihr Europäer denkt, ihr wisst, was Teetrinken bedeutet, nur weil ihr kochendes Wasser auf Teeblätter schütten könnt.«

»Du sprichst in Rätseln!«

Nian verzog spöttisch ihren Mund. »Dann sind es Rätsel, die du lösen musst. Aber du solltest nicht zu lange damit warten. Sonst fällst du nicht nur vom Pferd, sondern sehr viel tiefer.«

Sie legte noch ein Kissen unter Henriettes Knie und verließ das Zimmer.

15. Kapitel

Wenn Ella nicht gepetzt hätte, wäre niemals herausgekommen, dass Henriette unvollständig bekleidet am frühen Morgen unterwegs gewesen war, und dann hätte ihr Vater auch nicht alle Hebel in Bewegung gesetzt, um die Hochzeit vorzuverlegen. Darin wurde er nun von ihrer Mutter unterstützt, die der Auffassung war, dass die Hitze dem Verstand ihrer Tochter stark zusetzte und man sie unter die Haube bringen sollte, bevor sie ihn völlig verlor. Besonders empörend fand sie den Sonnenbrand, der ihrer Meinung nach sehr viel mehr als die Prellungen davon kündete, dass ihre Tochter sich nicht wie eine Dame zu benehmen wusste.

Als sich die Nachricht von Henriettes Reitunfall in Apia herumgesprochen hatte, setzten Krankenbesuche ein. Ihre Mutter hatte alle Mühe, den Besuch daran zu hindern, Henriette in ihrem Zimmer aufzusuchen. Sie behauptete, der Sturz hätte zu den allerschrecklichsten Migräneattacken geführt, nur damit niemand herausfand, dass sich die Haut in weißen Blasen von dem Gesicht ihrer Tochter abschälte.

Nach ihrem Ausflug war nun immer jemand bei ihr. Nian wurde angewiesen, nachts vor Henriettes Tür auf einer Matte zu schlafen, vorgeblich, um ihr zu helfen, falls sie etwas benötigte, in Wahrheit hatte sie den Auftrag zu verhindern, dass Henriette das Haus verließ. Dabei wäre das nicht nötig gewesen, denn Henriette konnte sich nur unter Schmerzen bewegen und schon gar nicht reiten. Was sie viel mehr quälte, war, dass sie die Muschel nicht berühren konnte. Sie hätte gern erfahren, ob das zu einem neuen Schreibanfall führen würde, einem Anfall, der ihr einen Brief von Sophie bescheren würde, aber ihre rechte Hand war gar nicht in der Lage, etwas zu schreiben.

Drei quälende Wochen lang blieb Henriette im Bett oder lag, wenn niemand zu Besuch kam, auf dem Liegestuhl auf der Veranda. Stets befand sie sich in Gesellschaft von Ella oder ihrer Mutter, ohne dass etwas geschah.

Als sie sich wunderte, dass ihr Verlobter sie nicht ein einziges Mal besuchte, erklärten ihre Eltern, dass Hofmann in wichtigen Plantagenangelegenheiten auf der Südseite von Upolu unterwegs sei. Doch sobald er zurückkäme, würde der Hochzeitstermin bekannt gegeben. Diese Hochzeit erschien Henriette wie eine ferne Utopie, wie ein Theaterstück, das man plante zu besuchen, irgendwann. In den vielen erzwungenen Mußestunden versuchte sie sich vorzustellen, wie sie ihm als Frau Hofmann den Haushalt führte oder mit ihm allein im Bett lag, aber es gelang ihr nicht. Sie wusste, sie sollte sich darauf besinnen, was es bedeutete, mit ihm zu leben, aber alles, woran sie denken konnte, war Tamatoa. Wie er in den See gesprungen war und wie er ihren Kopf in seinen Schoß gebettet hatte. Und an den Kuss. Nuanua. Und obwohl sie sehr genau wusste, dass diese Erinnerungen sie nirgendwohin brachten außer in die Hölle, war es das, womit sich ihre Fantasie am liebsten beschäftigte. Dabei kämpfte sie tapfer dagegen an.

Sie hatte alle Romane gelesen, die es in Apia gab, sie hatte sich im Schach deutlich verbessert, nur um sich selbst von diesen Fantasien zu erlösen. Ja, sie war sogar bereit, Ellas Geschwätz zu ertragen und jedes Kartenspiel der Welt zu lernen, nur um wieder Ruhe und Gleichmut in ihr Herz zu bringen. Und als es ihrer Hand etwas besser ging, hatte sie versucht, einen Artikel für Charmian zu schreiben, aber es schmerzte zu sehr. Schließlich kam sie auf die Idee, es mit der linken Hand zu probieren, doch der Text war ein so unleserliches Gekrakel, dass sie aufgeben musste. Dabei hatte sie schon so einen guten Titel dafür gefunden: »Mode und Moral. Warum man in der Südsee kein Korsett braucht.«

Schließlich hatte sie Ella angefleht, ihr zu helfen. Ella war zuerst Feuer und Flamme, aber als ihr klar wurde, dass sie nur aufschreiben sollte, was Henriette ihr diktierte, gab sie sich Mühe dabei, so gelangweilt zu wirken, dass Henriette ganz wütend wurde und sich sehr beherrschen musste, um Ella nicht zu verärgern. Und sie war heilfroh, als auch dieser Artikel endlich auf der Post gelandet war.

Henriette schlief schlecht und träumte viel von Sophie, aber dann wachte sie eines Nachts auf, ohne sich an ihren Traum zu erinnern, mit rasendem Herzschlag, verschwitzt und völlig zerschlagen, ohne zu wissen, was sie geweckt hatte. Sie dachte daran, dass Tamatoa ihr erzählt hatte, die Träumenden würden ihre Körper verlassen. Genauso fühlte sie sich. Als hätte sie Berge bestiegen und wäre um ihr Leben gerannt.

Sie sehnte sich nach frischer Luft, setzte sich auf und tappte immer noch vorsichtig wegen des Knies zum Fenster. Dort blieb sie unvermittelt stehen.

Vor ihr glühte die blaue Muschel in der Dunkelheit wie eine

gigantische Theaterlaterne. Sie ging näher heran, aber sie spürte eine heftige Abneigung dagegen, sie zu berühren. Verblüfft fragte sie sich, was wohl geschähe, wenn sie diese Abneigung ignorieren würde. Die Göttin Nafanua, fiel ihr plötzlich ein, war die Göttin des Krieges. Sie trat noch näher heran, im gleichen Moment merkte sie, dass die Tür hinter ihr geöffnet wurde.

»Was ist los?«, fragte Nian und stellte sich neben sie.

Schweigend starrten sie die Muschel an.

»Yin«, begann Nian schließlich, »für uns Chinesen steht die Muschel für das Yin, das Weibliche, das Silberne, den Mond im Gegensatz zu Yang, dem Männlichen, dem Goldenen, der Sonne. Aber so etwas habe ich noch nicht gesehen. Es sieht aus, als wäre die Muschel vom Blitz oder einem Donnergott getroffen worden, von Yang also und als würde sie nun eine Perle ausbrüten. Aber was auch immer es ist, wir können nichts tun, wir sollten lieber wieder schlafen.«

Sie legte sich wieder vor die Tür. Henriette war immer noch nicht in der Lage, die Muschel zu berühren, stattdessen stellte sie sich endlich ans Fenster und wünschte sich hinunter ans Meer. Es wehte ein warmer Passat, der ihre Stirn kühlte und den Duft von Wunderblumen mit sich brachte. Der Himmel war wolkenlos, und der sensenförmige Mond überstrahlte die Sterne. Aber als sie genau hinsah, entdeckte sie schon die ersten Streifen der Dämmerung, die sich am Horizont zeigten. Sie hatte viel dazugelernt seit ihrem ersten Tag in Samoa.

Sehnsüchtig betrachtete sie die weißen Schaumstreifen draußen am Riff, wo sich die Wellen brachen, und wünschte sich hinunter an den Strand, an dem sie seit ihrem Reitunfall nicht mehr gewesen war. Sie vermisste nicht nur das Meer, sondern auch Tamatoa und sogar Sina und Taufa. Wann immer sie an Tamatoa dachte, zog sich etwas in ihrer Brust zusammen und quälte sie. Und umgekehrt verschwendete er nicht einen einzigen Gedanken an sie. Denn als Sohn des mächtigsten Mannes im Dorf, als Sohn des *Matai* war es völlig undenkbar, dass sie beide jemals etwas anderes als eine flüchtige Freundschaft verband. Nicht, dass ihre Eltern so eine Verbindung je in Betracht ziehen würden. Bei dem Gedanken daran, was ihr Vater dazu sagen würde, hellte sich ihr Gesicht etwas auf. Wie schon so oft in den letzten Wochen erinnerte sie sich selbst daran, dass ihr zukünftiges Leben Hofmann hieß. Frau Ernst-Otto Hofmann. Oder machte sie es sich zu einfach, sollte sie mehr kämpfen? Sollte sie sich weigern – und ihren Vater seinem Henker ausliefern? Was auch immer er getan hatte, es war schließlich nicht ihre Schuld. War es denn sicher, dass Hofmann seine Drohungen wahrmachen würde? Hätte sie das nicht alles viel genauer prüfen müssen, bevor sie Ja zu dieser Verlobung gesagt hatte? Ach, Sophie, seufzte sie und fühlte sich schwer und müde, wenn du doch nur hier wärest und mir deinen Rat geben würdest.

Sie warf einen letzten Blick aufs Meer und entdeckte die Venus am Himmel. Wie hatte der Name der Venus in der Geschichte von der Menschenfresserschwester gelautet: ... Tapuitea. Und da, direkt neben Tapuitea, blinkte ein zweiter Stern, wie ein kleiner, rötlich schimmernder Zwillingsbruder. Das brachte Unglück, hatte Tamatoa gesagt, das bedeutete: Ein *Matai* wird bald sterben.

Unsinn, genauso ein Unsinn wie das mit den *Aitu* und der Telesa, die es auf ihre Haare abgesehen hatte. Sie humpelte zurück zum Bett und setzte sich. Unsinn!

Sie sah hinüber zur Muschel und traute ihren Augen kaum.

Während sie ihren Träumereien nachhängend das Meer angestarrt hatte, hatte sich das blaue Leuchten verwandelt. Jetzt flackerte die Muschel so wild, als ob Blitze darin gefangen wären. Am liebsten hätte sie ein Tuch darübergedeckt, stattdessen drehte sie sich weg und vergrub ihren Kopf in den Kissen. Wie typisch für dich, dachte sie, den Kopf im Sand vergraben und hoffen, dass sich schon alles findet.

Am nächsten Morgen erinnerte sie sich sofort an das, was in der Nacht geschehen war. Sie setzte sich auf und betrachtete die Muschel, die nun wieder aussah wie eine gewöhnliche blaue Muschel.

Henriette stand auf und blickte aus dem Fenster. Zu ihrer Überraschung hatten sich noch in der Nacht dicke, graue, bedrohliche Wolkenhaufen zusammengeballt, und es regnete in Strömen. Das war nicht mit dem Regen zu vergleichen, der sonst oft um die Mittagszeit für ein paar Minuten herunterkam und nur die Luft schwer machte.

Zwei ganze Tage lang schüttete es so, als wollte Gott die Menschheit auf eine neue Sintflut vorbereiten. Die Erde war gesättigt von Wasser, überall bildeten sich kleine Bäche und Seen, alles wurde weggeschwemmt. Wäsche trocknete nicht, Feuer zu entfachen erforderte äußerste Geduld, der Weg vom Haus ins Küchenhaus war ein einziges Schlammbad.

Am dritten Tag, an dem der Regen noch dazu von heftigem Wind begleitet wurde, saß Henriette mit ihrer Mutter und Ella in gedrückter Stimmung beim Frühstück.

Ihr Vater war schon bei Tagesanbruch zur Plantage geritten, weil sich ein kleiner Bach in einen reißenden Fluss verwandelt und die Lager der Kulis überschwemmt hatte, sodass zwanzig Arbeiter ohne Dach über dem Kopf waren. Aber wenn es nur das gewesen wäre, hätte er sich nicht so beeilt. Wesentlich ärgerlicher fand er die Tatsache, dass die schöne Wohnung von Hofmann bei der Kopra-Darre überflutet worden war. Deshalb würde Hofmann, der endlich zurück aus dem Süden war, so lange zu ihnen ziehen, bis seine Wohnung wieder trocken war. Ihre Mutter hatte diese Nachricht in große Aufregung versetzt. Schließlich gab es im Haus kein Gästezimmer, und sie wusste nicht, wie sie dieses Problem aus der Welt schaffen sollte.

»An solchen Tagen wünschte man sich doch zu Hause in Deutschland zu sein«, murmelte sie. Diese mutlose Stimmung hielt den ganzen Tag an, bis Henriette auf die Idee kam, Hofmann in dem Arbeitszimmer ihres Vaters einzuquartieren. Das gefiel ihrer Mutter außerordentlich gut. Mit deutlich besserer Laune kommandierte sie Nian und ihre Töchter hin und her, damit sie ihr dabei halfen, diesen Plan umzusetzen.

Das Eisbärenfell wurde hinaus- und das große Sofa, auf dem man zur Not auch schlafen konnte, hineingeschafft, außerdem eine Waschgarnitur, Decken, Kissen und Handtücher.

Henriette betrachtete das alles mit gemischten Gefühlen. Hofmann und sie würden also unter einem Dach schlafen. Aber dann schalt sie sich eine Närrin, denn sie würde den Rest ihres Lebens mit ihm sogar ein Bett teilen. Und deshalb bist du nicht nur eine Närrin, sondern die schlimmste Närrin diesseits des Horizonts! Du hast die Hände in den Schoß gelegt und getan, was dein Vater von dir erwartet, ohne das wirklich zu hinterfragen. Du hättest es wenigstens versuchen müssen.

Trotz des nicht enden wollenden Regens überraschte sie am Nachmittag eine Besucherin. Dorothea war gekommen, angeblich, weil sie nach Henriettes Verletzungen sehen wollte, aber wie sich dann herausstellte, war das nur ein Vorwand. Sie wartete, bis sie mit Henriette allein war, weil sie ihre Mutter nicht beunruhigen wollte. Doch dann sprudelte alles aus ihr heraus wie ein Wasserfall.

Ihr Bruder war immer noch nicht aus Savaii zurück, und sie hatte seit seiner Abreise keine Nachrichten von ihm erhalten. Sie fürchtete, er könnte erkrankt, allein und völlig auf sich gestellt im Dschungel liegen. Aber noch mehr als das beunruhigte sie ein Gespräch, das sie heute Morgen im Krankenhaus belauscht hatte. Auch wenn ihr Samoanisch nicht allzu gut war, war sie ganz sicher, dass es darin um Rache gegangen war. Etwas Entsetzliches musste passiert sein, denn auch die samoanischen Mädchen aus dem Dorf hinter dem Banyanbaum waren heute nicht zum Unterricht für die Krankenschwestern erschienen.

»Vielleicht ist es nur wegen des stürmischen Regens?«, schlug Henriette vor, obwohl das, was Dorothea erzählt hatte, mit dem merkwürdigen Glühen der Muschel, das sich seither jede Nacht wiederholt hatte, sehr gut zusammenpasste.

»Der Regen ist allen vertraut und kein Grund, nicht zum Unterricht zu kommen. Nicht einmal Stürme halten die Mädchen sonst ab. Nein, ich fürchte, hier geht etwas Schlimmes vor sich. Mein Bruder und ich waren schon hier, bevor die Deutschen die Regierung übernahmen, und ich weiß, wie kriegerisch die Samoaner sein können, wenn man sie beleidigt hat.«

Henriette bat Nian, den Johannisbeerlikör zu bringen, um Dorothea zu beruhigen. »Sie nehmen das nicht ernst«, sagte Dorothea und trank den Likör in einem einzigen Zug aus. »Weil Sie noch so jung sind, aber ich vertraue meinem Gefühl.«

»Und was wollen Sie tun?«

»Das weiß ich nicht! Wenn nur mein Bruder hier wäre, der ist in solchen Angelegenheiten ein so guter Ratgeber.« Sie zuckte mit den Schultern. »Es tut mir leid, ich fürchte, ich habe hier nur Unruhe verbreitet, ohne wirklich etwas zu bewirken. Verraten Sie mich nicht an Ihre Mutter. Ich werde jetzt wieder gehen und versuchen, mehr herauszufinden.« Sie stellte das leere Likörglas ab, das sie mit beiden Händen fest umklammert gehalten hatte.

»Fahren Sie in das Dorf der Mädchen, die nicht gekommen sind?«

»Bei dem Wetter wäre das keine gute Idee und ohne männliche Begleitung erst recht nicht. Verzeihen Sie mein unbedachtes Eindringen.«

»Ich bin froh, dass Sie gekommen sind, ich hatte schon befürchtet, Sie mit meinen unbedachten Fragen bei Ihrem letzten Besuch gekränkt zu haben.«

Dorothea lächelte jetzt wieder so wie sonst. »Das würde Ihnen nie gelingen, dafür sorge ich selbst ganz allein. Und ich weiß, dass man mich hier in der Kolonie für eine reichlich lächerliche Person hält. Aber das ist mir im Großen und Ganzen wirklich einerlei.« Sie stand auf und lief die Treppen nach unten, wo Henriettes Mutter wissen wollte, ob mit ihrer Tochter alles in Ordnung sei. Dorothea bejahte und entschuldigte sich mit dem Hinweis auf das Krankenhaus.

Kopfschüttelnd sah ihre Mutter der abfahrenden Kutsche hinterher. »Was für eine merkwürdige Frau«, sagte ihre Mutter. Dann wandte sie sich zum ersten Mal heute in allerbester Stimmung an Henriette, die gerade die Treppe hinunterkam. »Nachdem ihr nach oben gegangen seid, kam Leso mit einer Nachricht deines Vaters. Die Ankunft deines Verlobten verzögert sich wegen des Regens, weshalb wir ihn erst morgen treffen werden. Vorausgesetzt, dieser Regen hört bis morgen wieder auf, werden wir einen Ausflug in die Stadt unternehmen, um alles für deine Hochzeit in die Wege zu leiten. Ich freue mich so für dich, Kind!« In einer ihrer sehr seltenen Zärtlichkeitsanwandlungen legte ihre Mutter den Arm um Henriette und zog sie so dicht an sich, dass ihr der pudrige Geruch ihrer Mutter in die Nase stieg. Dieser spezielle Duft nach Iris und Jasmin hatte sich seit ihrer Kindheit nicht verändert. Früher hatte genau diese Beständigkeit sie beschützt und glücklich gemacht. Doch jetzt erfüllte es ihr Herz mit Trauer, und sie hätte nicht sagen können, warum.

16. Kapitel

Am nächsten Morgen schien die Sonne, als wollte sie diesen Regentag aus dem Gedächtnis Samoas auslöschen. Doch anders als in Deutschland war die Luft nicht frisch und rein vom Regen, sondern feucht und bleiern.

Die dampfige Schwüle erschwerte das Atmen und erinnerte Henriette an ihre Schwester, die ständig nach Luft ringen musste. Auch ihre Mutter und Ella stöhnten unter der Feuchtigkeit, einzig ihr Vater war so guter Stimmung, dass sie ihn pfeifen hörten, während er draußen die Anweisung gab, die große Kutsche anzuschirren.

Obwohl die Sonne schien und sich die Muschel in der letzten Nacht nicht mehr gerührt hatte, fühlte Henriette in sich eine Unruhe, die nichts mit der Tatsache zu tun hatte, dass sie heute Hofmann wiedersehen würde. Aber sie hatte keine Zeit, sich ihren Überlegungen hinzugeben, denn ihre Mutter bestand darauf, dass Henriette bei diesem Ausflug besonders gut und damenhaft aussehen müsse, um den Gerüchten über ihr unziemliches Benehmen die Stirn zu bieten. Außerdem sollte ihr Anblick ihrem Verlobten beweisen, dass er sich für die Richtige entschieden hatte. Das bedeutete, Henriette musste sich trotz der Schwüle in ein Korsett zwingen, auf das sie während ihrer Rekonvaleszenz verzichtet hatte. Ihre Mutter höchstpersönlich schnürte das Korsett so eng, dass Henriette schwindelig wurde. Sie trug ihr Sonntagskleid, das aus Guipurespitze bestand, die mit hellroséfarbigem Satin hinterlegt und mit Perlen verziert war. Außerdem Seidenstrümpfe und ihre weißen Schnürstiefeletten. Ihr Haar wurde von Nian zu einem großen, ballonartigen Vogelnest aufgetürmt und mit einem wagenradgroßen Hut mit Schleier dekoriert. Alles in allem ein Kostüm, das im Winter am Nordpol sicher sehr angenehm zu tragen gewesen wäre. Henriette konnte kaum atmen und kam sich vor wie eine unbewegliche Porzellanpuppe, aber ihre Mutter war zufrieden. Die langen Ärmel kaschierten das immer noch leicht geschwollene Handgelenk, und der Rock verbarg das schorfige Knie, der Schleier die letzten Spuren des Sonnenbrands.

Ella wurde angewiesen, sich bei Hofmann nicht zu verplappern. Dann bestiegen sie die Kutsche und erreichten kaum eine Stunde später die Plantage in der Nähe von Vailele.

Dort brachte ihr Vater die Pferde zum Stehen und zeigte stolz auf die schnurgeraden Reihen von Kokospalmen, unter denen behäbige Rinder grasten. Er stieg aus, lief voraus zu einer Palme und deutete voller Begeisterung auf sie.

Henriette dachte, wenn sie nicht all diese Dinge über ihn wüsste, hätte ihn sein jungenhaftes Benehmen wirklich liebenswert gemacht.

Sie stiegen aus, öffneten ihre Sonnenschirme und folgten ihrem Vater. Henriette spürte, wie ihre innere Unruhe wuchs. Sie musste den Impuls unterdrücken, sich ständig umzusehen, als wäre ihr jemand auf den Fersen. Sie versuchte sich auf das zu konzentrieren, was ihr Vater erzählte, und fragte sich, was das Besondere an dieser Palme sein sollte.

Für sie sah der Baum aus wie eine ganz gewöhnliche Kokospalme, allerdings mit ziemlich kleinen Früchten.

»Meine Lieben, was sich euch hier darbietet, ist nicht selbstverständlich.« Die Stimme ihres Vaters klang beinahe ehrfürchtig.

»Wie meinst du das?«, fragte Ella und drehte unentwegt den neuen chinesischen Sonnenschirm in den Händen, den ihr Hofmann hatte schicken lassen.

Ihr Vater zwirbelte seinen Bart und warf sich in die Brust. »Das, meine Damen, ist eine Kokospalme!«

»Nun ja, mein lieber Mann, das sehen wir«, entgegnete ihre Mutter ungeduldig. Liebend gern hätte Henriette ihr zugestimmt, um den Besuch auf der Plantage abzukürzen.

»Aber wusstet ihr, dass es sieben geschlagene Jahre dauert, bis eine Palme Früchte trägt? Wir haben es geschafft, diese Palme ist die erste, und auch die anderen zeigen schon kleine Früchte.«

»Aber du bist doch erst seit drei Jahren hier, wie kann das denn sein?«, fragte Henriette.

»Ich habe diese Bäume nicht gepflanzt, sondern dem vorherigen Pflanzer abgekauft. Der musste wegen der Gesundheit seiner Frau zurück nach Deutschland.« Sein Gesichtsausdruck zeigte deutlich, was von einem solchen Mann zu halten war.

»Und was machen die Rinder hier?«, fragte Henriette.

»Die fressen all das, was den Boden so schnell zuwuchert: Schlingkraut, Gras und anderes Unkraut, was die Ernte erschwert. So schlagen wir zwei Fliegen mit einer Klappe.«

»Wirklich sehr interessant, mein Lieber. Und wie erntet ihr die Kokosnüsse, mit Leitern?«, fragte ihre Mutter, legte den Kopf zurück und sah hoch zu den Früchten. Das brachte Henriette und Ella dann doch zum Lachen, denn die beiden hatten schon oft dabei zugesehen, wie der samoanische Koch eine Palme hochgeklettert war, um Kokosnüsse zu ernten. Sogar ihr Vater schmunzelte.

»Nein, wir warten, bis die reifen Früchte herabfallen.«

»Ist das nicht gefährlich für die Rinder?«, fragte Henriette und dachte, dass es auch für die Arbeiter und sie selbst nicht ungefährlich war.

»In der Tat, das kann passieren, kommt aber nur selten vor. Die Rindviecher scheinen einen Instinkt dafür zu haben, was man von Menschen allerdings nicht behaupten kann. Herabfallende Kokosnüsse sind die Hauptursache der Verletzungen bei den chinesischen Kulis, die auf den Plantagen arbeiten.«

Er zuckte mit den Schultern. »Die Samoaner hingegen sind wie die Rinder, das weiß ich von Dr. Krämer, denen passiert das nie. Aber die arbeiten ja leider nicht auf den Plantagen.«

»Und was passiert dann mit den reifen Früchten?«, fragte Ella, um die Aufmerksamkeit wieder auf sich zu lenken.

»Die werden von den Arbeitern aufgeklaubt und mit Eseln in Tragekörben zur Kopra-Darre gebracht. Und das schauen wir uns als Nächstes an.«

Er lief zurück zur Kutsche und half den Damen beim Einsteigen.

»Wie außerordentlich bemerkenswert, mein Lieber«, sagte ihre Mutter. »Ist das der Ausflug, den du uns versprochen hast?«

Ihr Vater lächelte nicht mehr. »Nein, dazu kommen wir später. Ich hätte gedacht, dass es durchaus von Interesse für meine Familie sein könnte, zu erfahren, womit das Geld verdient wird, das ihr so leichtherzig für eure Garderoben ausgebt.«

Die Wangen von Henriettes Mutter verfärbten sich krebsrot.

»Nun, ich bin äußerst gespannt auf die Kopra-Darre!«, warf Henriette mit übertriebener Begeisterung ein. Sie hatte Mitleid mit ihrer Mutter, und außerdem wollte sie schnell fort von hier.

»Was ist überhaupt Kopra?«, wollte Ella wissen, während sie durch die mit Kokospalmen bepflanzten Haine auf und ab fuhren.

Ihr Vater erläuterte, dass man zuerst die äußeren Fasern der Kokosnüsse abschälte, dann die Nuss teilte, das weiße Fleisch herausholte und zerkleinerte. Danach kam es in das Trockenhaus, wo man das Kokosfleisch einen bis eineinhalb Tage trocknete, bis es dann als Kopra zum Schiff gebracht werden konnte.

»Warum verschifft man denn nicht einfach die Nüsse?«, hakte Ella verwundert nach.

»Die würden sehr viel mehr Platz wegnehmen, und aus Kopra kann man Kokosöl gewinnen oder Kokosraspeln. So getrocknet verdirbt das Kokosfleisch nicht und kann gut transportiert werden.« Ihr Vater blühte während seiner Ausführungen regelrecht auf.

Henriettes Mutter unterdrückte ein Gähnen.

Kurze Zeit später waren sie bei der Kopra-Darre angelangt, zwei beeindruckend großen Häusern, zwischen denen ein hoher gemauerter Kaminturm stand. Anders als bei den Kokospflanzungen sah man hier, welche Schäden die Wassermassen angerichtet hatten. Kästen waren weggeschwemmt worden, feuchte Säcke verbreiteten einen unangenehm süßlichen Geruch von Verwesung. Überall standen noch tiefe Pfützen, aus denen schwarze Mückenschwaden in die schwüle Hitze emporstiegen.

Ella entdeckte Hofmann als Erste.

»Dort drüben steht dein Verlobter!«, rief sie und winkte zu ihm hin.

Hofmann lächelte, als er die Kutsche entdeckte, und hob die Hand zum Gruß. Beklommen betrachtete Henriette ihren zukünftigen Gatten. Neben ihm stand ein großer Koffer. Er würde also wirklich zu ihnen ziehen. Die letzten Wochen hatte sie nur mit Tagträumen von Tamatoa verbracht, und sie wusste nicht, ob es ihr gelingen würde, Hofmann nun unbefangen gegenüberzutreten. Sie musste widerwillig zugeben, dass Hofmann außerordentlich gut aussah. Sein blondes Haar glänzte in der Sonne, seine blauen Augen funkelten, das weiße Hemd mit den hochgekrempelten Ärmeln betonte seine breiten Schultern und die schlanke Taille. Die Nietenhosen steckten in hohen Lederstiefeln und betonten die kräftigen Beine. Er lief auf sie zu.

Unwillkürlich schob sich Tamatoa vor ihr inneres Auge, und sie fragte sich, wer von den beiden Sophie besser gefallen würde. Dann erinnerte sie sich an die Beschreibung von dem mageren, ironischen Max, und ihr wurde klar, dass wohl keiner von diesen beiden Gnade vor den Augen der Schwester gefunden hätte. Und es war auch müßig, darüber nachzudenken. Sie sollte sich lieber auf ihre Hochzeit konzentrieren. Unwillkürlich schüttelte sie den Kopf, was ihr Vater bemerkte. Mit scharfem Unterton fragte er sie, was es denn nun schon wieder auszusetzen gäbe.

Henriette blieb eine Antwort erspart, weil Hofmann genau in diesem Augenblick den Schlag der Kutsche öffnete und zuerst ganz kavaliersmäßig ihrer Mutter und dann Ella dabei half auszusteigen.

Henriette aber legte er beide Hände um die Taille, hob sie aus der Kutsche und wirbelte sie im Kreis herum. Überrumpelt wollte Henriette protestieren, als sie jedoch merkte, wie sehr

Hofmann mit ihrem Gewicht zu kämpfen hatte, fand sie, er wäre bestraft genug.

Er setzte sie auf den Boden, rang nach Luft, und als Ella auch herumgeschwenkt werden wollte, lehnte er ab.

Nun begrüßte er formvollendet und mit sehr galanten Bemerkungen zu ihrem blühenden Äußeren ihre Mutter, dann etwas jovialer ihren Vater. Sie klopften einander die Schultern und erzählten sich im Flüsterton eine Anekdote, über die sie schallend lachten. Allerdings konnten sie Henriette damit nicht täuschen, sie spürte, dass etwas in der Luft lag. Das Gelächter war zu laut und übertünchte nicht ganz die Anspannung, die Hofmann ausstrahlte.

Henriette versuchte, aus der Art ihres Umgangs etwas darüber zu erfahren, auf welche Weise Hofmann ihren Vater in der Hand hatte. Die beiden versuchten so sehr wie alte Freunde zu wirken, dass Henriette anfing, an sich selbst zu zweifeln.

Hatte Hofmann ihr nun gedroht und gesagt, ihr Vater würde hängen, wenn sie nicht mitspielte, oder nicht? Und war ihr Vater wirklich ein Mörder? Denn man wurde doch nur für Mord gehenkt, oder nicht?

Hofmann kam auf sie zu und fragte, was sie dazu veranlasste, an einem so herrlichen Tag so griesgrämig herumzustehen, und lud sie ein, mit ihm zusammen die Räumlichkeiten der Firma anzuschauen. Der Vorschlag wurde von ihren Eltern mit übergroßer Begeisterung aufgenommen.

Hofmann redete in einem fort. Er zeigte sich angetan von ihrer Frisur, lobte ihre weibliche Figur und trat ständig unter dem Vorwand, ihr etwas zeigen zu müssen, so nah an sie heran, dass sein Geruch nach türkischen Zigaretten, Anis und Lorbeerblättern ihr in die Nase stieg.

Sie heuchelte Interesse für das getrocknete Kokosnussfleisch, für die leeren Nussschalenhälften, aus denen, wie Hofmann erklärte, Geschirr und Instrumente gemacht wurden, während die äußeren abgeschälten Fasern zu Textilien, Taschen und Matten verarbeitet wurden. Doch in Gedanken war sie viel mehr mit dem beschäftigt, was Dorothea ihr erzählt hatte. Sie fragte Hofmann, ob er auf seiner Reise etwas Ungewöhnliches bemerkt hätte.

Sein Gesicht wurde hart, seine Lippen zu einem Strich, und er wollte genau wissen, was sie denn damit meine. Als ihm klar wurde, dass Henriette gar nichts und Dorothea nur einige Gesprächsfetzen gehört hatte, entspannte er sich wieder. »Machen Sie sich keine Sorgen«, sagte er und tätschelte ihren Arm. »Diese Samoaner sind ganz groß im Reden, aber sie sind wahrlich keine Krieger!«

Er legte seine Hände um ihre Taille, ungewöhnlich kleine Hände, wie ihr bei dieser Gelegenheit auffiel, und zog sie so nah zu sich heran, dass sie die Tiefe der Fältchen um seine Augen und jede einzelne seiner goldsilbernen Wimpern betrachten konnte. Das kreidige Blau seiner Iris leuchtete um seine großen schwarzen Pupillen wie das Meer um eine geheimnisvolle Grotte.

Er war wirklich sehr attraktiv, vor allem, wenn er ein wenig spöttisch lächelte wie gerade eben. Und sogar die kaum verheilten Kratzwunden, die seine Wange verunzierten, verstärkten seine männliche Aura. Doch obwohl sie alle diese Vorzüge deutlich erkennen konnte, lösten sie nicht den Wunsch aus, ihn so berühren zu wollen wie Tamatoa.

Röte schoss ihr ins Gesicht. Der Sturz musste ihren Verstand schwer beschädigt haben.

Zum Glück glaubte Hofmann, sie wäre seinetwegen rot geworden, und lächelte noch stärker.

»Henriette, ich bin froh, dass wir schon bald den Bund der Ehe schließen werden. Und auch wenn wir durch ungewöhnliche Umstände zusammengekommen sind, kann sich doch etwas Gutes daraus entwickeln.«

»Sie meinen so in der Art von Dünger, wo dann auf der Basis von Exkrementen besonders dicke Früchte wachsen, ja?«

Hofmann ließ ihre Taille verärgert los, stieß einen leisen Pfiff aus, dann fasste er sich wieder und drapierte ein Lächeln über seinem Gesicht.

Henriette wusste nicht, welcher Teufel sie geritten hatte, das zu sagen, aber auch im Nachhinein fand sie es außerordentlich passend. Schließlich hatte er damit gedroht, dafür zu sorgen, dass man ihren Vater aufhängte.

»Widerspenstige Frauen wecken immer meinen Eroberungsdrang.«

Er biss sich auf die Lippen und berührte geistesabwesend die Kratzer auf seiner Wange. »Aber sie sollten den Bogen nicht überspannen.«

»Hier habt ihr euch also versteckt!«, rief Ella, und es war ihr deutlich anzuhören, wie zufrieden sie war, die beiden entdeckt zu haben.

»Wir wollen jetzt nach Apia!«

»Na dann folgen wir doch den Befehlen dieser frechen kleinen Prinzessin!«, sagte Hofmann, packte Ella und schwenkte sie nun doch im Kreis um sich herum. Ella kreischte vor Freude, und erst als ihre Mutter hinzutrat und dem Einhalt gebot, hörte Hofmann zu Ellas größtem Bedauern damit auf.

Henriette fragte sich, welcher von diesen vielen Hofmanns

der echte war. Der einzige Mensch, der Ella zum Lachen bringen konnte und häufig ein Geschenk für sie hatte, der charmante, blauäugige Draufgänger oder der üble Erpresser, der selbst nicht ganz unschuldig sein konnte, denn sonst hätte er doch ihren Vater längst an die Polizei verraten. Also wer zum Teufel war dieser Mann wirklich?

Schwungvoll stieg Hofmann auf sein Pferd und ritt vor der Kutsche her. Sein Koffer sollte in der Zwischenzeit von Leso zu ihrem Haus gebracht werden. Die Kopra-Darre lag erst wenige Minuten hinter ihnen, als das Donnern eines Kanonenschusses ertönte.

Henriette zuckte erschrocken zusammen, dachte an Dorotheas Befürchtungen von einem Aufstand, aber dann dämmerte ihr, was es wirklich war.

»Das Postschiff!«, stellten Henriette und ihr Vater gleichzeitig fest.

»Wie gut, dass wir schon auf dem Weg nach Apia sind«, freute sich ihre Mutter. »Dann werden wir reichlich Bekannte treffen und vielleicht endlich Nachricht von Sophie erhalten.«

Der Einzige, der sich nicht sonderlich zu freuen schien, war Hofmann. Wenn Henriette nicht so neugierig darauf gewesen wäre, zu erfahren, ob Sophie schon verheiratet und unterwegs nach Samoa war, hätte sie sich vielleicht Gedanken darüber gemacht, aber jetzt konnte sie es kaum erwarten, endlich ins Postamt zu kommen.

17. Kapitel

Im Postamt, das zwischen deutschen Warenhäusern, dem deutschen Konsulat und der deutschen Schule lag, trafen sie Renkenberg und die Webers, aber auch einige Engländer, und ihr Vater hatte jede Menge damit zu tun, seine Familie vorzustellen.

Henriette freute sich, als sie Dorothea in der Schlange der Wartenden entdeckte, und bat, eingedenk der Erlebnisse vom letzten Mal, um die Erlaubnis, mit ihr sprechen zu dürfen. Was ihr Vater huldvoll gestattete.

Dorothea sah immer noch genauso bedrückt aus wie gestern bei ihrem Besuch, und Henriette hätte sie gern gefragt, ob es etwas Neues von ihrem Bruder gab oder von den Mädchen aus dem Dorf, aber dann bemerkte sie, wie begierig die Umstehenden darauf waren, an ihrem Gespräch teilzunehmen. Deshalb beschränkte sie sich darauf, Dorothea aufmunternd zuzunicken und sie zum Kaffee zu ihnen nach Hause einzuladen.

Henriette konnte sich nicht vorstellen, dass Dorothea sich grundlos Sorgen machte, und sie dachte darüber nach, wie man ihr helfen könnte. Doch als sie wieder bei ihrer Familie anlangte, kam sie nicht dazu, ihren Vater um Unterstützung zu bitten, denn er schlug gerade vor, dass Hofmann schon mal mit den Damen zu der geplanten Überraschung flanieren sollte, und er würde mit der Post folgen.

Ganz offensichtlich beabsichtigte er, allein die Post durchzusehen, aber warum? Henriette wollte um jeden Preis verhindern, dass er Briefe von Sophie an sich nahm, die eigentlich an sie gerichtet waren. Aber nachdem ihre Mutter einverstanden und Ella mit Hofmann schon begeistert vorangegangen war, blieb ihr nichts anderes übrig.

Voller Ungeduld spazierte sie mit den anderen die Hauptstraße am Meer entlang zu dem Karussell, das in der deutschen Bierhalle von Matasele eine der Hauptattraktionen von Samoa war. Die Schwüle hatte noch weiter zugenommen, sodass Henriette der kleine Spaziergang vorkam wie die Besteigung der Eigernordwand. Auch ihre Mutter stöhnte leise in ihr Spitzentaschentuch, mit dem sie sich ständig das Gesicht abtupfte.

Hofmann erzählte ihnen, dass das Karussell von der einzigen Dampfmaschine der ganzen Insel wie von Zauberhand angetrieben wurde, was besonders die samoanischen Kinder entzücken würde. Man traf dort Matrosen und Samoaner, die sich gleichermaßen bei einem Glas Bier, das hier nach deutschem Reinheitsgebot gebraut wurde, an den bunten Lichtern und der schrägen Musik erfreuten. Es lagen oft Schiffe der kaiserlichen Marine vor Apia, außerdem Kopra- und Handelsschiffe der Amerikaner und Neuseeländer, sodass es an der Bierhalle immer sehr lebhaft zuging. Das Karussell selbst war das letzte Überbleibsel eines amerikanischen Zirkusses, der vor Jahren in Apia gestrandet war und dort große Erfolge gefeiert hatte.

Henriette war froh, dass Ella die ganze Zeit mit Hofmann

plauderte, so fiel ihr beharrliches Schweigen nicht weiter auf. Als sie endlich am Karussell anlangten, unterdrückte Henriette ein Lachen, denn man sah dem guten Stück an, wie alt es war. Die Farben waren so verblichen, dass man sie im hellen Sonnenlicht nur noch erahnen konnte, und der Lack blätterte in großen Blasen von den Tieren in der Mitte des Karussells ab. Niemand hatte sich je die Mühe gemacht, es mit einem neuen Anstrich zu beglücken.

Ella jedoch schien es sehr zu gefallen, und sie ließ sich gern von Hofmann ein Ticket für fünfundzwanzig Pfennige kaufen. Allerdings bestand sie darauf, dass er mitfuhr, und so bestiegen sie zusammen zwei altersschwache geschnitzte Pferde, während sich Henriette und ihre Mutter auf eine Bank in der Nähe setzten und den beiden zusahen. Danach kaufte Hofmann den Damen eine Limonade und sich selbst ein Bier. Und weil Ella keine Ruhe gab, fuhr er eine weitere Runde mit ihr.

»Wenn man es nicht besser wüsste, könnte man auf die Idee kommen, dass dein Verlobter dir aus dem Weg geht. Immerhin habt ihr euch seit Wochen nicht gesehen! Findest du nicht, du solltest dafür sorgen, dass Ella ihn nicht so stark für sich in Anspruch nimmt?« Ihre Mutter hatte spitz geklungen, doch Henriette versicherte ihr, dass sie es ausgesprochen liebenswürdig von Hofmann fände, Ella eine Freude zu machen, und dass sie ihrer Schwester diese Aufmerksamkeit von Herzen gönne. Daraufhin legte ihre Mutter ihre spitzenbehandschuhten feuchten Hände auf die von Henriette und tätschelte sie. »Du hast ein großes Herz, das freut mich. Doch ist alles in Ordnung zwischen dir und Hofmann? Oder hat er vielleicht Gerüchte über deinen Aufzug bei dem Reitunfall gehört?«

In diesem Moment kamen Ella und Hofmann zurück zu

ihnen. Hofmann beschloss, sich angesichts der Hitze ein zweites Bier zu holen.

Ella wollte ihn begleiten, aber diesmal bestand er darauf, alleine zu gehen, und ließ Ella schmollend zurück.

Als Henriette ihm nachsah, bemerkte sie, dass er sich zu dem Bier noch einen Schnaps genehmigte, was ihr zu dieser Stunde etwas seltsam vorkam. In der extremen Hitze der Mittagszeit stieg einem der Alkohol so rasant in den Kopf, dass man unweigerlich Kopfweh davon bekam.

Hofmann gesellte sich erst wieder zu ihnen, als ihr Vater gut gelaunt mit der Post zu ihnen aufschloss. Er hatte einen Brief von Charmian für Henriette und einen von Sophie, außerdem einen Brief von Sophie an ihre Eltern. Und es gab eine Antwort auf die Nachricht, die von San Francisco aus nach Deutschland telegrafiert worden war, die auf Drängen ihrer Mutter sofort geöffnet wurde.

Henriette schloss die Augen und hielt die Luft an, so unerträglich gespannt war sie.

»Oh, das Telegramm konnte nicht zugestellt werden, weil niemandem der Aufenthaltsort von Sophie bekannt ist«, sagte sie überrascht.

Ihr Vater runzelte die Stirn und warf ihrer Mutter einen wütenden Blick zu. »Was soll das bedeuten? Wohnt sie denn nicht bei deiner Mutter?«

Für Henriette war das Telegramm der Beweis dafür, dass Sophie auf dem Weg nach Samoa war, nur deshalb wusste niemand, wo man sie erreichen konnte. Sie war schon auf einem Schiff! In ihrer Vorfreude fiel es ihr leicht, ihre Schwester zu verteidigen. »Wir sollten vielleicht ihre Briefe lesen, sicher gibt uns das einen Hinweis darauf, wo sie sich aufhält.«

»Du schweigst besser«, fuhr ihr Vater sie an, »denn nur deinetwegen haben wir all das Geld für ein Telegramm ausgegeben. Für nichts und wieder nichts!«

Ihre Mutter legte begütigend ihre Hand auf seinen Arm und bat ihn, leiser zu sprechen, da sie bereits Aufmerksamkeit erregt hätten.

Er ließ sich beruhigen und verteilte die restliche Post: Briefe für ihre Mutter, Tageszeitungen und Illustrierte.

Hofmann informierte er über die Ankunft mehrerer Pakete mit bestellter Ware, die er am nächsten Tag mit einem Karren abholen lassen würde.

Sie alle konnten es nun kaum erwarten, auf die kühle Veranda zu kommen und dort ihre Post zu lesen. Henriettes Mutter wandte sich voller Mitleid an Hofmann. »Haben Sie denn gar keine Post? Gibt es denn niemanden in unserer schönen Heimat, der an Sie denkt?«

Hofmann versicherte ihr, dass ihn nur seine Kavalierspflichten daran gehindert hatten, sich um seine Post zu kümmern. Solange er in der Gesellschaft von so drei außerordentlich entzückenden Damen aus der Heimat sei, würde er nicht das Geringste vermissen. Doch sobald sie ihn verlassen hätten, würde er zum Postamt eilen.

Henriette beobachtete ihn und war sicher, dass er log. Seine Augen wanderten immer wieder nervös über die Schultern ihrer Mutter, und seine rechte Hand knetete unentwegt an der Kette seiner Taschenuhr, aber das schien niemandem außer ihr aufzufallen.

Auf dem Rückweg zur Kutsche lief er neben Henriette her und fragte, ob sie bereit sei, heute Abend nach dem Dinner die Einzelheiten der Hochzeit zu besprechen. Und er erinnerte

Henriette daran, dass er bei ihnen im Haus wohnen würde. Der Gedanke erfüllte sie mit großem Unbehagen, weil sie unbedingt heute Nacht an den Strand wollte, in der Hoffnung, endlich Nachricht von Tamatoa zu erhalten. Denn sie war sicher, dass mit dem Auftauchen von Hofmann die Zeiten ihrer Bewachung vorbei waren. Aber ich muss noch vorsichtiger sein als sonst, dachte sie.

»Natürlich«, sagte sie, »natürlich sprechen wir über die Hochzeit, wann immer es Ihnen angenehm ist.« Sie hätte ihm alles versprochen, nur um ihn jetzt loszuwerden und ihre Briefe lesen zu können.

In ihren Augen dauerte es noch mal eine Ewigkeit, bis sie zu Hause anlangten, und sie fürchtete schon, ihr Vater würde darauf bestehen, Sophies Brief an sie zuerst zu lesen, aber er reichte ihr wortlos den Umschlag und ihrer Mutter den anderen. Dann verschwand er mit dem restlichen Stapel im Arbeitszimmer.

»Komm, wir setzen uns auf die Veranda«, schlug ihre Mutter vor, »dort ist es kühler.« Kaum hatten sie in den Korbstühlen Platz genommen, polterte ihr Vater aus dem Arbeitszimmer.

»Apollonia!«, brüllte er, aber ihre Mutter lehnte sich entspannt in dem Stuhl zurück.

Schließlich kam er auf die Veranda.

»Was habt ihr mit meinem Arbeitszimmer angestellt?« Der Zorn stand ihm ins Gesicht geschrieben.

Henriette erkannte sofort, wie sehr es ihre Mutter genoss, ihm zu sagen, dass es nun wirklich keinen anderen Ort für plötzliche Logiergäste im Haus gab und er sich eben solche Einladungen vorher überlegen müsse. Oder man könne ja auch anbauen, ein Bad beispielsweise! Ihr Vater schnaubte dazu nur, drehte sich abrupt um und verschwand wieder in seinem

Arbeitszimmer. Diesmal schlug er die Tür krachend hinter sich zu.

Verblüfft betrachtete Henriette ihre Mutter, die so tat, als wäre nichts passiert, dabei aber so aussah, als würden in ihrem Kopf Siegesfanfaren ertönen.

»Ich schlage vor, zuerst liest jeder seine Briefe, und dann können wir sie einander vorlesen.«

Nein, wollte Henriette protestieren, aber der stählerne Blick ihrer Mutter verriet ihr, dass es in dieser Sache kein Entkommen gab.

Ella kam zu ihnen und gab missmutige Laute von sich, weil sie als Einzige keinen Brief erhalten hatte, und wurde kurzerhand von ihrer Mutter zum Klavierüben abkommandiert. Doch Ella rächte sich, indem sie so falsch wie nur möglich spielte.

Nachdem Nian ihnen Zitronenlimonade gebracht hatte, öffnete Henriette Sophies Brief und fing an zu lesen.

Liebe, allerliebste Mai,
zuerst einmal musst Du mir versprechen, dass Du Dir keine Sorgen um mich machst. Sei versichert, dass es mir nun wieder gutgeht. Und ich schwöre Dir, dass ich alles getan habe, um Dir zu schreiben, aber erst heute, zweihundertsechsundsechzig Tage nach unserer Trennung, ist es mir möglich, diesen Brief nicht nur zu schreiben …

Die Buchstaben verschwammen vor ihren Augen, während ihr Herz schneller schlug. Das war genau der Brief, den sie neulich nachts geschrieben hatte, nachdem sie die blaue Muschel von Tamatoa bekommen hatte. Sie musste den Brief nicht lesen, sie wusste schon, was da drinstand. Wie war das nur möglich?

Sie versuchte sich zu beruhigen und beobachtete ihre Mutter, die mit dem Brief von Großmutter Christiane-Auguste angefangen hatte, doch der war offensichtlich nur sehr kurz, denn sie hatte ihn schon zu Ende gelesen, und nun musterte sie Henriette. »Deine Schwester ist wohl viel kränker, als wir gedacht haben. Mama hat sie in einer Klinik untergebracht. Und was schreibt dir Sophie?«

»Lies doch erst noch den Brief, den sie euch geschrieben hat, ich möchte nicht vorgreifen.«

Ihre Mutter nickte, öffnete Sophies Brief und wurde erst bleich, dann puterrot. »So vergilt diese Undankbare also die Großzügigkeit, die ihr Mama hat angedeihen lassen. Das ist unfassbar!« Mit Tränen in den Augen sah sie hoch zu Henriette. »Das wollen wir deinem Vater lieber nicht erzählen, es würde ihm das Herz brechen.«

Von wegen, dachte Henriette, Papa hatte ein Herz aus Stein. Doch sie nickte ihrer Mutter verschwörerisch zu.

»Sophie ist also mit einem lungenkranken Exsoldaten, einem nichtsnutzigen Maler durchgebrannt. Womit habe ich das nur verdient?« Sie rief nach Nian und verlangte nach dem Johannisbeerlikör. Dann wollte sie Sophies Brief an Henriette selbst lesen, und angesichts ihrer Verstörtheit gab Henriette ihn an ihre Mutter weiter.

Beim Lesen schrie sie immer wieder auf, hielt sich dann erschrocken die Hand vor den Mund und schüttelte so vehement den Kopf, dass sich ihre Frisur aufzulösen begann.

»Henriette, wir müssen dich verheiraten, bevor dieser Skandal hier bekannt wird und deinen Ruf ruiniert.«

»Sophie ist krank, und sie will hierherkommen. Und der Soldat stammt doch aus einer guten Familie …«, wandte Henriette ein.

»Die ihn enterbt hat, nachdem er mit Sophie weggelaufen ist! Oder wie würdest du dieses lächerliche Hausen in einer Dachkemenate sonst verstehen?« Vor Empörung konnte ihre Mutter kaum atmen.

»Mama!«

»Ohne Geld ist man nichts auf der Welt. Das habe ich am eigenen Leib erfahren.« Sie stöhnte leise. »Zu Sophies Entschuldigung lässt sich allerhöchstens anführen, dass das ständige Fieber ihr den Kopf vernebelt haben muss. Deine Hochzeit muss noch früher als gedacht stattfinden!«

»Das sieht doch dann so aus, als müsste ich heiraten!« Bei dem Gedanken, heiraten zu müssen, bevor Sophie in Samoa war, stieg Verzweiflung in ihr auf.

Ihre Mutter wurde schon wieder gefährlich rot, sie trank den Rest des Likörs in einem Zug aus und schnappte dann nach Luft. »Meine liebe Henriette, wir sind hier in den Tropen, wo alles schnelllebiger ist. Niemand wird sich in derartigen Verdächtigungen ergehen. Hofmann ist ein junger Mann, es wird jedem einleuchten, dass der in dieser tropischen Hitze so bald wie möglich eine anständige Frau braucht, bevor auch er der Rassenschande anheimfällt wie so viele andere.«

Die Worte ihrer Mutter erinnerten sie an die Szene vor dem Postamt, die samoanische Dame in europäischen Kleidern, die ihren Vater kannte. Unbehaglich rutschte Henriette auf ihrem Korbstuhl hin und her. Wäre es nicht besser, wenn sie sich ihrer Mutter anvertrauen und ihr von dieser Frau erzählen würde und von den schändlichen Hintergründen ihrer Verlobung? Aber sie wusste weder, was es mit der Samoanerin auf sich hatte, noch was am Klondike wirklich passiert war. Es wäre unmenschlich, ihre Mutter mit der Keule der Halbwahrheit in

Unruhe zu versetzen, nur um endlich mit jemandem reden zu können.

Außerdem war ihre Mutter nun ganz in ihrem Element.

»Alles in allem betrachtet, ist es da vielleicht ganz gut, wenn dein Verlobter jetzt schon unter unserem Dach wohnt. Ich werde gleich mit deinem Vater sprechen!« Ihre Mutter stand auf und verschwand mit einem Rascheln ihrer Röcke im Arbeitszimmer ihres Vaters.

Henriette öffnete Charmians Brief und hielt dabei die Luft an. Was, wenn sie ihre Artikel lächerlich gefunden hatte? Es waren nur wenige Zeilen. Mit klopfendem Herzen las Henriette den Brief. Charmians Verleger hatte *Die Hühnerstallaffäre* für so gut gehalten, dass er anfragen ließ, ob Henriette nicht bis auf Weiteres für ihn romantische Liebesgeschichten schreiben wolle. Sein bester Autor war infolge seiner bedauerlichen Trunksucht vom Pferd gefallen und hatte sich das Genick gebrochen. Charmian schrieb, das sei eine Chance, die man nicht ausschlagen dürfe, weil es wichtig sei, den Fuß in der Tür zu haben. Henriette fand, das hörte sich sehr vernünftig an. Was für ein Glück! Dann war das nicht nur ein alberner Mädchentraum, sondern wirklich eine Möglichkeit, Geld zu verdienen. Doch sofort fiel ihr wieder Hofmann ein. Der Ehemann hatte das Recht, seiner Gattin zu verbieten zu arbeiten. Darüber mussten sie unbedingt eine Übereinkunft treffen, bevor sie heirateten. Oder aber, flüsterte eine leise Stimme, du heiratest erst gar nicht.

Laute Stimmen brachten sie zurück aus ihren Tagträumen. Das war die Ehe. Ständige Auseinandersetzung. Ständiger Kompromiss! Henriette schlich zur Tür, um besser lauschen zu können. Nian huschte vorbei und warf ihr ein verständnisinniges Lächeln zu, bei dem sich Henriette sehr unwohl fühlte. Sie wusste immer noch nicht, ob Nian und sie Freundinnen waren oder nur Verschwörerinnen. Sie gab ihren Plan auf und lief nach oben in ihr Zimmer, wo sie Ella mit der blauen Muschel in der Hand überraschte.

Was war das nur für eine Familie, jeder spionierte hinter jedem her!

»Was machst du in meinem Zimmer?«, fragte sie unwirsch.

»Ich habe nur die Muschel angeschaut. Sie ist so anders als die, die ich am Strand gefunden habe.«

»Was meinst du mit anders?« Henriette gab sich keine Mühe zu verbergen, wie ungehalten sie war.

Ella zuckte mit den Schultern. »Sie rauscht ja nicht mal!«

»Ja?«

»Hast du das noch gar nicht ausprobiert?«, fragte Ella und hielt ihr die Muschel hin.

Dorothea hatte auch nichts gehört. Henriette nahm sie mit einem, wie sie hoffte, gelangweilten Gesichtsausdruck, hielt sie an ihr Ohr und musste sich sehr beherrschen, um nicht zurückzuzucken, denn die Brandung, die an ihr Ohr drang, war noch sehr viel lauter als neulich nachts. Wellen krachten an den Strand, sogar das schaumige Zerplatzen der Gischtbläschen im Sand konnte sie hören. Und weit entfernt noch etwas anderes, das wie schrille Schreie klang. Möwenschreie?

Nur noch mühsam beherrscht reichte sie die Muschel wieder zurück an Ella.

»Hör doch mal genau hin!«

Ella legte die Muschel wieder an ihr Ohr, wechselte mit völlig unbewegtem Gesichtsausdruck zur anderen Seite. Henriette konnte sich nicht vorstellen, dass ihre Schwester so ruhig geblieben wäre, wenn sie das Gleiche gehört hätte wie sie.

»Aber da ist nichts. Gar nichts!« Ella legte die Muschel wieder auf den Schreibtisch. »Sie ist schön, aber stumm. Wo hast du sie gefunden?«

Henriette hatte Angst, die Muschel nochmals an ihr Ohr zu legen, andererseits musste sie sich noch einmal vergewissern.

»Ich bin müde, mein Knie tut wieder weh, und ich muss mich hinlegen.«

»Liest du mir Sophies Brief vor?«, fragte Ella. »Und was ist mit dem Brief aus San Francisco?«

Henriette schüttelte den Kopf. »Später. Den Brief von Sophie hat Mama.« Sie setzte sich auf ihr Bett und gähnte. »Sei ein Schatz und schick mir Nian, wenn du hinausgehst.«

Ella sah griesgrämiger aus denn je. »Ich finde, du hast Ernst-Otto gar nicht verdient!«, maulte sie, aber dann verließ sie Henriettes Zimmer.

Henriette griff nach der Muschel, die sich sofort heiß und schwer in ihre Hand schmiegte, aber nicht vibrierte. Sie brachte sie zu ihrem Ohr und hörte schon von Weitem die Brandung. Je höher sie die Muschel anhob, desto deutlicher drangen auch Schreie an ihr Trommelfell. Entsetzt ließ sie die Muschel sinken.

Was hatte das zu bedeuten?

Nichts, beruhigte sie sich, das hing vielleicht nur mit dem vielen Regen zusammen. Die Feuchtigkeit hatte das ganze Haus durchdrungen, sogar die Wäsche im Kleiderschrank war klamm. Aber, widersprach ihre Vernunft sofort, das konnte doch einer Muschel nichts anhaben, die lag schließlich immer im Wasser. Na gut, dachte Henriette, dann musste es eine andere naturwissenschaftliche Erklärung für dieses Phänomen geben, eine, die sie nicht kannte. Kein Grund, deshalb so nervös zu werden.

Sie betrachtete ihre Hände, aber die fühlten sich an wie

immer, weit von einem Schreibanfall entfernt. Trotzdem musste sie jetzt etwas tun, um sich von diesen verstörenden Veränderungen abzulenken.

Sie setzte sich an ihren Schreibtisch und begann einen Brief an Charmian. Zuerst musste sie sich zwingen, nicht dauernd zur Muschel hinüberzusehen, aber je länger sie schrieb, desto leichter fiel es ihr. Schließlich war sie nur noch auf ihren Brief konzentriert und vergaß alles andere.

Sie teilte Charmian mit, wie außerordentlich erfreut sie wäre, Liebesgeschichten für Macmillan zu schreiben. Bisher hatte sie zwar nie Liebesgeschichten verfassen wollen, aber sie war sicher, dass es gut war, mit dem Schreiben Geld zu verdienen. Und irgendwo musste man schließlich anfangen.

Vielleicht hatte sie das bisher nur deshalb nicht gewollt, weil sie vorher noch nie verliebt gewesen war. Plötzlich stand Tamatoa vor ihren Augen, wie er an jenem Morgen in den smaragdfarbenen See gesprungen war. Sie machte sich Notizen, wie sie die Helden nennen wollte, und dann kam ihr noch eine Idee, die ihr ein Lächeln entlockte. Was, wenn sich ihre Helden auf einer Schiffsreise kennenlernten? Dann war sie zwar immer noch keine Reiseschriftstellerin, aber auf dem Weg, auf der Reise dorthin.

18. Kapitel

Abends warteten sie mit dem Dinner vergeblich auf Hofmann. Stunde um Stunde verging, ohne dass er auftauchte. Anfangs hatte ihr Vater noch versucht, ihn zu entschuldigen, und darum gebeten, auf ihn zu warten, doch als es dann auf zehn Uhr zuging, hatte ihre Mutter wortlos das völlig zerkochte Essen auftragen lassen.

Die Stimmung war so gereizt, dass sich nicht einmal Ella etwas zu sagen traute, weil jeder Angst hatte, das könnte der Funke sein, der alles zur Explosion brachte.

Nachdem Henriette den Brief an Charmian beendet hatte, war ihr Blick wieder auf die Muschel gefallen. Sie hatte es nicht lassen können und noch einmal in sie hineingehört. Voller Entsetzen musste sie erkennen, dass sich die Geräusche noch genauso beängstigend anhörten wie zuvor. Danach war ihre innere Unruhe von Stunde zu Stunde gestiegen, und sie wünschte sich nichts mehr, als endlich dem Haus entrinnen zu können. Sie musste herausfinden, was draußen vor sich ging. Dorothea hatte recht, es braute sich etwas zusammen.

Henriette hasste Hofmann dafür, dass er erst lange nach dem Abendessen erschien und dann noch Stunden mit ihrem Vater beisammensaß, bis er schließlich zum Sofa wankte. Sogar von ihrem Zimmer aus konnte sie hören, wie betrunken er war. Das wiederum hatte sie außerordentlich erleichtert, denn dann würde er sicher wie ein Stein schlafen und nicht nachts im Haus herumgeistern.

Noch während ihr Vater sich mit Hofmann betrank, hatte sie draußen am Riff wieder diese Lichtpunkte entdeckt, von denen sie inzwischen wusste, dass es die brennenden Palmfackeln waren, mit denen Tamatoa Fische und Krebse aufzuscheuchen pflegte. Er würde also da sein, wenn sie an den Strand kam. Das hoffte sie jedenfalls. Schließlich könnten auch andere zum Fischen ausgefahren sein.

Auch wenn sie nicht an die Macht der Telesa glaubte, nutzte sie die lange Wartezeit und flocht sich heute sorgfältig einen Zopf. Sie zog auch den Kimono über ihr Nachthemd.

Als alle im Bett waren, lief sie trotz des immer noch schmerzenden Knies so schnell wie noch nie aus dem Haus und hinunter zum Meer.

Der Mond stand so voll und hell am Himmel, dass keine Sterne zu sehen waren. Die Flut trieb mächtige Brecher über das Riff bis hin zum Strand, wo sie krachend zerbarsten. Das Wasser kam sehr weit hoch und leckte an Henriettes Füßen.

Sie hielt Ausschau nach dem kleinen roten Boot, aber sie konnte es nirgends sehen, und sie begann sich zu fragen, ob sie sich die Lichtpunkte eingebildet hatte. Bei diesem Seegang würde doch niemand ernsthaft zum Fischen hinausfahren.

Doch da waren sie wieder. Sie kniff die Augen zusammen, blickte genauer hin und stieß überrascht Luft aus.

Von allen Seiten strömten lange Boote heran, in denen heftig paddelnde Männer saßen, und es schien, als wären sie auf dem Weg zu genau diesem Stück Strand. Durch den Wind hörte sie auch einen rhythmischen Klang, keine Trommeln, sondern Holzstöcke, die aneinandergeschlagen wurden. Und dazu Gesang, der sich ganz anders anhörte als alles, was sie bis jetzt auf Samoa gehört hatte. Kriegerische Männerstimmen, voller Angriffslust.

Ihr lief eine Gänsehaut über den Rücken, und sie stolperte unwillkürlich rückwärts, konnte aber den Blick nicht von den herannahenden Booten wenden.

Was war das? Ein Aufstand? War es das, was Dorothea gehört hatte? Plante man, die weißen Farmer zu überfallen, wollte man sie massakrieren? Aber warum sollten sie das tun, dafür musste es einen Grund geben. Hatte Gouverneur Solf neue Gesetze erlassen, gegen die die Samoaner sich nur so zur Wehr setzen konnten?

Ihr Herz klopfte ständig schneller. Was sollte sie jetzt tun?

Eine Hand legte sich von hinten auf ihre Schulter, sie schrie auf, doch ihr wurde sofort der Mund zugehalten.

Sie wehrte sich, zappelte und trat ihren Angreifer. Dann stieg ihr sein Geruch in die Nase, und sie erkannte diese einzigartige Mischung aus nassem Gras, Salz, Kokosöl und Zitrone und hörte auf, sich zu wehren. Es war Tamatoa, der ihr den Mund zuhielt.

Er drehte sie um und starrte sie einen Moment lang böse funkelnd an. Sein hasserfüllter Blick traf sie mitten ins Herz. »Wenn du nicht schreist, lasse ich dich los«, sagte er schwer atmend, ohne sie noch länger anzusehen.

Henriette nickte. Kaum hatte er seine Hand von ihrem Mund genommen, wollte sie wissen, was denn los sei.

Er trug nur einen sehr kurzen Rock und keine Ketten, dafür hatte er zwei lange, gefährlich wirkende Speere in der Hand.

»Du musst hier weg«, sagte er, und sie konnte hören, wie schwer es ihm fiel, das zu ihr zu sagen.

»Eigentlich sollte ich nicht hier sein, und ich tue es nur, weil ich es Sina und Taufa versprechen musste.«

Er war also nicht hier, weil er sich um sie sorgte, sondern auf Befehl seiner Geschwister.

»Wir haben keine Zeit. Versprich mir, dass du deine Mutter und Schwester an deine Hand nimmst und dich mit ihnen im Wald versteckst. Jetzt sofort!«

»Was ist denn los? Ist das ein Aufstand? Wollt ihr alle Deutschen töten?« Sie musste wissen, was die Samoaner vorhatten.

Tamatoa suchte ihren Blick. Henriette zuckte zurück.

Seine Augen waren schwer von Trauer, von Zorn, aber auch von Mitleid.

»Du musst die Frauen deiner Familie retten.«

»Was ist mit meinem Vater und Hofmann?«, fragte sie verständnislos.

»Die werden diese Nacht nicht überleben.«

Henriette überlief es eiskalt. All diese Männer kamen, um ihren Vater und Hofmann zu töten? Sie musste eingeschlafen sein, verhext von der Muschel, das alles war nur ein schrecklicher Albtraum. Henriette biss sich auf die Lippen und zwickte sich fest in den Arm. Sie war wach, daran ließ auch der harte Rhythmus der aneinandergeschlagenen Hölzer und der monotone Gesang der näher kommenden Männer nicht den geringsten Zweifel.

»Aber was hat mein Vater euch denn getan?«

»Er gewährt diesem Schwein Unterschlupf, er beschützt ihn! Aber das ist nun wirklich nicht mehr wichtig. Wenn ihr nicht sofort verschwindet, wird auch euch schreckliches Leid angetan.

Und es steht nicht länger in meiner Macht, dich zu schützen.« Er wies auf die Boote, die trotz der wilden Flut langsam, aber beständig herandrängten.

Alles in Henriette schrie danach wegzurennen, doch sie konnte es nicht lassen, sie musste verstehen, warum das hier geschah.

»Was ist passiert?«

Tamatoa verschränkte die Arme vor seiner Brust und sah zu Boden. Er sprach sehr langsam, als müsste er jedes Wort aus sich herausquälen, und seine Stimme klang nun wie die eines alten Mannes. »Ich habe versagt, und es gibt nur eine einzige Möglichkeit, diesen Fehler wieder auszulöschen. Bitte zwing mich nicht, dir Gewalt anzutun, deshalb geh jetzt. Verschwinde!«

Henriettes Herz raste, und ihre Knie zitterten. Es war ihr entsetzlich, Tamatoa in diesem Zustand zu sehen. Sie hätte ihn gern getröstet, aber ein Blick über seine Schulter auf die wild paddelnden Männer machte ihr klar, wie lächerlich dieser Wunsch war.

»Ich verlasse dich erst, wenn du mir verrätst, was hier vorgeht!«

Tamatoa schüttelte den Kopf, schwer und langsam, als wäre er voller Stein gewordener Trauer. »Wenn ich es ausspreche, schneidet es noch tiefer in mein Herz, Nuanua.«

Als sie diesen Namen hörte, schnürte es ihr die Kehle zu. Es klang wie eine Grabrede, so als wäre es das letzte Mal. Etwas in ihr wollte ihm den Mund mit Küssen verschließen, mit ihm weglaufen. »Bitte, Tamatoa, was ist geschehen?«

»Dein Verlobter«, sagte er stockend, »der Mann, der in eurem Haus wohnt, hat über Sina und über mich und über mein ganzes Dorf Schande gebracht.« Er sah ihr voller Verzweiflung in die Augen, wischte ein Träne weg und setzte an, etwas zu sagen, doch dann schüttelte er den Kopf und schrie sie an: »*Ou te se tagata tau suati!* Ich bin ein Mann, der den Gesetzen gehorchen muss! Und jetzt lauf schon! Geh! Geh endlich!«

Das war so unmissverständlich wütend, so drängend, dass Henriette losrannte. Schlagartig verstand sie, was passiert sein musste. Sie erinnerte sich an das, was Tamatoa über Sina und ihre Stellung als *Taupou* des Dorfes erzählt hatte, und sie sah deutlich Hofmanns gierige Blicke vor sich. Die Kratzer auf seiner Wange! Das war es, das musste es sein, was Dorothea gehört hatte, was die Unruhe überall ausgelöst hatte. Das war der abscheuliche Grund, warum die Mädchen aus dem Dorf nicht mehr nach Apia gekommen waren.

Henriette sah Sina vor sich, wie sie ihr anmutig und voller Unschuld die blaue Muschel überreicht hatte, wie sie mit ihren Geschwistern gekichert und gelacht hatte, wie sie behutsam ihren Fuß behandelt hatte. Hofmann hatte all das zerstört. Hass durchflutete ihre Adern. Was auch heute Nacht noch geschehen würde, sie konnte ihn nicht heiraten. Auf gar keinen Fall.

Während sie hoch zum Haus jagte, überschlugen sich ihre Gedanken. Wenn sie ihrem Vater und Hofmann nichts sagte, sie nicht warnte, dann würden beide heute Nacht noch sterben. Dann hätte ihr Vater keine Macht mehr über sie, und sie müsste Hofmann nicht heiraten.

Was für ein wunderbarer Gedanke! Sie wäre frei und könnte tun und lassen, was sie wollte. Würde Geschichten schreiben und reisen! Und wenn Sophie käme, könnten sie beratschlagen, wie es weitergehen sollte. Ihre Mutter könnte nach Deutschland zurückkehren, einzig Ella würde um Hofmann weinen.

Sie musste verrückt sein, auch nur einen Moment in Erwägung zu ziehen, das zu tun. Sie konnte doch ihren Vater nicht dem sicheren Tod überantworten! Ganz egal, was er am Klondike getan hatte und wie hart er zu ihr gewesen war, er war ihr Vater.

Aber diese bösartige Stimme in ihrem Kopf gab keine Ruhe. Was, wenn sie alle alarmierte und sie nur den betrunkenen Hofmann allein zurückließen? Dann müsste ihr Vater keine Angst mehr vor diesem elenden Erpresser haben, und einen toten Verlobten konnte Henriette nicht heiraten. Und Sinas Leid wäre gerächt!

Ihr war ganz schwindelig von der Möglichkeit, mit einem Schlag von allem Übel befreit zu sein.

Wenn du das tust, dann machst du Tamatoa zum Mörder, willst du das? Auf Samoa wurden Verbrechen unter Eingeborenen nach alten samoanischen Gesetzen bestraft, aber sobald Weiße betroffen waren, wurde deutsches Recht über sie gesprochen. Gouverneur Solf musste, allein schon um seine Position zu wahren, mit allen Mitteln dafür sorgen, dass der Mord an einem Weißen gesühnt würde. Egal, wie schuldig sich der Weiße in den Augen der Samoaner gemacht hatte.

Tamatoa selbst musste das Verbrechen an der *Taupou* mit Blut abwaschen, das verlangten die Sitten seines Clans. Henriette verstand sehr wohl, dass nicht nur seine Schwester damit besudelt worden war, sondern auch sein Vater und damit die Ehre des ganzen Dorfs. Doch dann würde Tamatoa mit dem Tode bestraft werden, denn jeder würde wissen, warum Hofmann ermordet worden war und wer der Mörder war.

Und du, Henriette, wie willst du damit weiterleben, dass du wissentlich den Tod eines Menschen in Kauf genommen hast?

Den Tod! Es ging hier nicht darum, Hofmann zu verprügeln. Hofmann sollte sterben. Und war sie dann nicht besser als seine Mörder?

Wenn sie Hofmann aber warnte, konnte Tamatoa ihn nicht töten, er würde nicht zum Mörder werden und konnte also auch nicht zum Tode verurteilt werden. Wenn sie Hofmann zur Flucht verhalf, würde sie nicht sein, sondern vielmehr Tamatoas Leben schützen.

Henriette hatte Seitenstechen und musste einen Moment stehen bleiben, um zu verschnaufen. Sie betrachtete das Haus, das nichtsahnend von all der Aufruhr im Mondlicht vor ihr lag, umgeben von duftenden Wunderblumen, Jasmin und Frangipani.

Willst du wirklich Gott spielen, Henriette? Wer bist du, dass du bestimmst, wer heute Nacht stirbt und wer nicht?

Widerstrebend erkannte sie, dass sie leider nur eines tun konnte. Sie musste verhindern, dass es zu einem Blutbad kam, musste verhindern, dass Tamatoa zum Mörder wurde. Es durfte keinen einzigen Toten geben. Denn nichts von all dem würde Sinas Verletzungen wieder rückgängig machen, es würde nur neues, noch schlimmeres Leid über sie alle und letztlich über die ganze Insel bringen.

Sie holte tief Luft und rannte mit einer letzten Kraftanstrengung ins Haus, schlug den Gong, hastete ins Küchenhaus zu Nian und dem Koch, weckte ihre Eltern und erzählte atemlos, was sich draußen zusammenbraute.

Zuerst glaubte ihr Vater, dass sie verrückt geworden sei, aber dann versuchte er den immer noch betrunkenen Hofmann zur Rede zu stellen. Der ließ sich nur zu einem Achselzucken herab, da wusste ihr Vater, dass sie nicht mehr viel Zeit hatten, und übernahm das Kommando.

Ella verstand nicht, dass es wirklich um Leben und Tod ging, und fand das alles eine spannende Abwechslung von der sonstigen Langeweile, während ihre Mutter stöhnte und schluchzte. Sehr langsam erwachte Hofmann aus dem Nebel seiner Trunkenheit.

Ihr Vater bestimmte, dass er Kaiser Wilhelm und Hofmann sein Pferd nahmen, um schneller wegzukommen, während Nian und die Frauen mit Queen Victoria und dem wendigen Buggy nach Apia in das Zentralhotel fahren würden. Henriette fand den Gedanken, dass ein Pferd vier Frauen und eine Kutsche ziehen sollte, etwas fragwürdig, aber ihr Vater und Hofmann waren in sehr viel größerer Gefahr.

»Henriette, du bist mir verantwortlich, dass ihr das schafft!« Ihr Vater reichte ihr einen Umschlag mit Geldscheinen. Dann lief er mit Hofmann zu den Ställen und ritt davon.

Henriette drängte ihre Mutter zu noch größerer Eile, und schließlich zwang sie sie ohne Koffer in die Kutsche, wo Nian schon auf dem Kutschbock saß. Henriette warf sich selbst das erstbeste Kleid über, schlüpfte in ein paar Schuhe, dann stieg sie zusammen mit Ella in die Kutsche und nahm die Zügel in die Hand. Zusammen mit Nian trieb sie ihre Stute ohne Unterlass an. Victoria bemühte sich redlich, aber sie kamen nur schwerfällig voran.

Trotz des vollen Monds war der Weg nur schwer zu erkennen. Henriette sagte sich, Hauptsache, die Richtung stimmt. Es ging nur darum, so viel Entfernung wie nur irgend möglich zwischen sie und Tamatoa mit seinen wütenden Rächern zu bringen.

Sie waren noch nicht weit gekommen, als Ella aufschrie und nach hinten zeigte. »Schaut doch mal!«

Henriette trieb die Pferde weiter an, dann riskierte sie einen kurzen Blick über die Schulter. Hinter ihnen erhellte ein gewaltiges Feuer die Nacht, Funken stoben hoch in den Himmel. Henriette lief es kalt über den Rücken. Auch Nian betrachtete das Feuer, wandte abrupt den Blick ab und legte ihre Hand auf Henriettes Arm. *»Gù qián, bù gù hòu«,* sagte sie und zuckte mit den Schultern. »Schau nach vorn, nicht nach hinten!«

In diesem Augenblick ertönte ein entsetzliches Getöse, die Kutsche war vom Weg abgekommen. Ihre Mutter und Ella schrien voller Entsetzen, die Stute wieherte und bäumte sich auf. Henriette stand auf dem Bock und riss an den Zügeln, um sie zu beruhigen. Nian versuchte, Henriette zu helfen. Gemeinsam taten sie alles, um die kleine Kutsche zu halten, doch vergeblich, der Buggy kippte mit einem lauten Knall zur Seite.

Henriette wurde auf Nian geschleudert, und ihr gerade geheiltes Knie durchfuhr ein scharfer Schmerz. Sie richtete sich auf, lauschte in die Ferne, ob ihnen auch noch Gefahr von nachsetzenden Kriegern drohte. Aber sie konnte nichts hören, außer dem wilden Meer draußen am Riff. Ihre Mutter und Ella gaben nicht einen Laut von sich, nicht einmal ein Stöhnen.

»Mama!«, rief sie. »Ella!«

Ella antwortete mit einem leisen »Ja, hier bin ich!«, aber ihre Mutter blieb stumm. Beunruhigt kroch Henriette zu ihr hinüber. »Mama!«, flüsterte sie, »Mama, hörst du mich?« Sie antwortete nicht. Sie atmete, ihre Augen waren offen, aber sie sprach nicht.

»Wir müssen sie in das Krankenhaus bringen, schnell!«

Sie nahm Queen Victoria aus dem Geschirr und ließ sich von Nian dabei helfen, ihre Mutter über das Pferd zu legen. Dann setzte sie sich dahinter. Sie wies Nian an, sich mit Ella im Wald zu verstecken und zu warten, bis sie zurückkäme. Hofmann, dachte sie voller Zorn, das alles hat Hofmann zu verantworten. Und selbst wenn er diese Nacht überlebt und weiterhin Vater bedroht, ich werde diesen Mann unter gar keinen Umständen heiraten. Niemals!

Sie betrachtete ihre wie tot daliegende Mutter und spornte die Stute an und ließ erst nach, als die Lichter von Apia vor ihr auftauchten.

19. Kapitel

Julius von Sommerfeld

Nachdem Max in der Lungenheilanstalt seine große Liebe gefunden und in seinen Briefen zu einem unerträglichen Romantiker geworden war, hatte ich Anfang Juli ohne Murren die Wohnung für die Turteltauben geräumt und meine Habe in einem zur Wohnung gehörigen Dachverschlag verstaut. Denn ich hatte vorerst keine Lust, mir eine neue Bleibe zu suchen.

Zum einen war mein Vertrauen in Max' Glück nicht sehr groß, er war leicht entflammbar, und wie sollte ein Mann, der ständig Fieber hatte, in der Lage sein, eine so weitreichende Entscheidung wie die einer Hochzeit zu treffen? Zudem kränkte es mich, dass er so offensichtlich nicht wollte, dass ich seine Verlobte kennenlernte. Ein Gefühl, das sich zugegeben auch mit etwas Neid vermischte, denn seit jenem Abend bei Madame hatte ich ständig das Bild von Henriette vor Augen. Obwohl ich alles tat, um sie von dort zu verscheuchen, denn an und für sich war ich nicht der Mann, der sich von aussichtslosen Projekten herausgefordert fühlte. Im Gegenteil, ich hielt mich für einen Realisten. Umso mehr wähnte ich Max im Reich der Fantasten.

Zum anderen musste ich nach einem handfesten Streit mit

Hochstätter meine Anstellung in dessen Photoatelier aufgeben. Eigentlich war der Anlass dafür nachgerade lächerlich. Hochstätters Frau Alfreda, eine reizende Mischung aus Xanthippe und Wolpertinger, hatte allen Ernstes behauptet, ich hätte ihr unziemliche Avancen gemacht. Ein Gedanke, den jeder außer Hochstätter sofort als Lüge durchschaut hätte. Doch für Hochstätter war seine bayerische Venus eine Circe, der jedes männliche Wesen rettungslos verfallen musste. Nun, ich war zu sehr Gentleman, um Hochstätter darüber aufzuklären, dass es genau andersherum gewesen war. Natürlich war mir nach diesem Vorfall klar, warum seine Assistenten sich ständig die Klinke in die Hand gaben und was die Warnungen meines Vorgängers zu bedeuten hatten.

Zu all dem kam diese Unruhe, die mich immer im Frühling befiel und in aller Regel einen schweren Anfall von Reisefieber ankündigte. Ich verließ München, nicht ohne Max vorher noch anzubieten, eine Photographie von ihm und seiner Verlobten für die Nachwelt zu machen, was er jedoch unter den fadenscheinigsten Gründen zu verhindern wusste.

Ich begann zu vermuten, dass es sich bei dieser Sophie um eine irgendwie unansehnliche Person handeln musste, und mein Neid wurde etwas weniger.

Also zog ich nur wenig gekränkt gen Italien, wo ich einige Monate in Ligurien verbrachte und dort Sehenswürdigkeiten photographierte, die ich als Postkarten an Touristen verkaufte. Anders als in früheren Jahren reizten mich die wahrhaft schönen Töchter Liguriens diesmal nicht im Mindesten. Seit ich Henriette bei Madame Blanche de la Beaufort begegnet war, schob sich bei jeder noch so unverfänglichen Unterhaltung mit einem weiblichen Wesen ihr Gesicht vor meine Augen. Ich erkannte, dass ich nur noch nach Frauen Ausschau hielt, die ihr ähnlich sahen. Ja, ich ging dazu über, ihre Aufnahme täglich zu betrachten. Selbst nachdem ich das Bild tief in meinem Reisekoffer verbannt hatte, entblödete ich mich nicht und kramte es doch wieder hervor. Ich kämpfte dagegen an, denn ich wollte nicht den gleichen Fehler wie Max machen und mich zu früh einer heiteren Abwechslung berauben, die uns Männern nun einmal gut anstand und uns überhaupt erst die nötige Reife für die Ehe zuteilwerden ließ.

Ich schlürfte gerade einen köstlich kühlen Roero Arneis und aß von den ersten weißen Trüffeln des Jahres, als mich Anfang Oktober ganz unvermittelt das Telegramm mit der Nachricht von Max' Tod erreichte. Tief getroffen war ich nicht in der Lage weiterzuessen, und sogar den Wein verschmähte ich.

Tot. Max! Mein bester und in Wahrheit auch einziger Freund. Es gab nicht viele, die meine Sicht auf die Welt teilten und die mit meiner spöttischen Art zurechtkamen.

Ich zürnte Max. Was fiel ihm ein, einfach zu sterben! Mit keinem Wort hatte er erwähnt, dass es ihm schlechter ging, im Gegenteil, er hatte beschwingt geklungen. Seine Briefe waren voll des Lobes auf seine Verlobte gewesen, die an Schönheit und Klugheit nicht ihresgleichen auf der Welt hatte und die ihm so guttat, die ihn anhielt zu malen und sogar so weit ging, selbst zu malen, die ihn also rundum glücklich gemacht hatte. Sie skizzierten, sie aßen und lachten zusammen und brauchten niemanden außer sich selbst. Und seine halbherzigen Einladungen, Zeit mit ihnen zu verbringen, hatte ich abgelehnt und auf später verschoben, schließlich, so dachte ich, verflog immer irgendwann der Zauber, der jedem Anfang innewohnte.

Doch nun bereute ich mein Verhalten zutiefst. Ich schnürte

meinen Ranzen und machte mich schnurstracks auf den Heimweg über die Alpen. Leider war ich trotzdem zu spät für sein Begräbnis und musste mich damit begnügen, sein Grab aufzusuchen. Als ich da stand, am Nordfriedhof, noch vor dem nackten Holzkreuz, das später durch den Grabstein ersetzt werden würde, schämte ich mich, dass ich ihm nur wegen seines Glücks aus dem Weg gegangen war.

Unsere Wohnung musste nun aufgelöst und meine Möbel aus der Dachkammer entfernt werden, weil ich allein die Miete nicht bezahlen konnte und seine Verlobte offensichtlich auch nicht. Ich hatte zwar in Italien einiges Geld mit den Postkarten verdient, aber ich war kein wirklich wohlhabender Mann.

Die Bilder in seinem Atelier sollten, so der Wille seiner Familie, verkauft werden. Niemand von ihnen wollte sie auch nur ansehen, so als wären sie schuld an seinem Tod. Dabei war ich ganz sicher, dass Max seine Gesundheit bei den Militäraktionen in Kiautschou ruiniert hatte und nicht beim Malen von Bildern.

Als ich unsere ehemals gemeinsame Wohnung betrat, war es nicht zu übersehen, dass eine Frau hier Einzug gehalten hatte. Wo es früher nach Tabak und Leder und Staub gerochen hatte, war nun der Duft von Puder, Parfüm und Pfingstrosen vorherrschend. Ich hatte geläutet, aber niemand hatte mir aufgemacht, sodass ich mir mit meinem alten Schlüssel behelfen musste.

Als Erstes lief ich in das Atelier, das über eine kleine eiserne Wendeltreppe zum Dach zu erreichen war. Dort war ein rundum verglastes Nordzimmer, in dem Max das richtige Licht zum Malen gehabt hatte.

Jetzt standen hier zwei Staffeleien, und die Unordnung war

noch größer als früher, verschmierte Paletten, zerdrückte Farbtuben und zu meiner großen Überraschung fünfzehn verschiedene Porzellanmörser mit Pigmenten in verschiedenen Blautönen. Woher kam diese Besessenheit für blaue Farbe? War das eine neue Stilrichtung aus Paris? Ich entdeckte dunkle Blautöne, fast schwarz, Berliner Blau, Heliogenblau und Indigo, dann ein eher grünliches Blau, Kobalttürkis, Ultramaringrün und nur schwach grün Zirkon-Cölinblau, sattes Hellbau wie Manganblau und Cobalt-Cölinblau, blaugraues Azurit und etwas dunkleres Cobaltblau und dann noch dunkelblaue Pigmente wie Smalte und Ägyptisch-Blau. Wären die Schälchen nicht von zarter Frauenhand beschriftet gewesen, hätte ich die Farben nicht zu benennen gewusst. Aber Farbe interessierte mich sehr, denn auch in der Photographie wurde zunehmend mit Koloration gearbeitet.

Meine Neugier war mehr als entfacht. Ich lief hinüber zur Wand, wo die Leinwände so an der Wand lehnten, dass ich die bemalte Fläche nicht sehen konnte.

Ich drehte das erste Bild um, ein für Max höchst ungewöhnlich kleines quadratisches Format, von höchstens dreißig mal dreißig Zentimetern. Enttäuscht sah ich, dass es keine Landschaft, auch kein Porträt war, ja nicht einmal das, was man gemeinhin unter einem Stillleben verstand. Und ich wusste sofort, dass das nicht von Max stammen konnte, denn dieses Bild zeigte nur das Bestreben eines Laien, etwas abzubilden.

Trotzdem berührte mich das Bild gerade in der Einfachheit seiner Pinselführung. Es unternahm gar nicht erst den Versuch, eine Tiefe zu erzeugen oder eine Perspektive einzunehmen, und doch strahlte es eine mystische Aura aus, der ich mich nicht entziehen konnte. Je länger ich auf dieses blau – nein, nicht einfach nur blau, sondern ultramarin-türkisblau - und silbern schimmernde Geheimnis starrte, desto mehr ging in mir vor. Mein Herz begann viel stärker zu schlagen, als es der Weg hinauf über die Wendeltreppe allein gerechtfertigt hätte. Ich musste ein paarmal schwer schlucken, sehnte mich nach einem doppelten Grappa und vor allem nach Max. Denn jetzt verstand ich, warum er mir seine Verlobte vorenthalten hatte, nur aus dem Grund, weil ich sie schon vor ihm gekannt hatte.

Denn ich erinnerte mich ganz genau daran, wo ich so ein luzides Leuchten schon einmal betrachtet hatte. Und ich verspürte den dringenden Wunsch, Max' Verlobte sofort zu sehen. Gleichzeitig hatte ich Angst davor, was ich nur sehr ungern vor mir selbst zugab. Das alles war mir nicht ganz geheuer!

Mit dem Bild in der Hand taumelte ich zum Fenster, um es dort noch genauer zu betrachten.

Im hellen Tageslicht war das regenbogenartige Glühen des silbrigen Perlmutts noch deutlicher zu erkennen, hier spürte man, dass diese Muschel lebte, dass sie ein Geheimnis trug, dass sie etwas mitteilen wollte. Das, was ich als stümperhaften Versuch abgetan hatte, barg ein verborgenes Leben in sich, es war ein sonderbares kleines Meisterwerk.

Ich setzte mich auf einen der Schemel und griff in meine Brusttasche, wo ich ihre Photographie mittlerweile der Einfachheit halber aufbewahrte. Ich hielt die Aufnahme neben das Muschelbild und konnte nicht umhin festzustellen, dass es viel Ähnlichkeit zwischen der Muschel auf meiner Photographie und dem gemalten Bild gab.

Gewiss, Max hatte mir von den Vorzügen seiner Verlobten vorgeschwärmt, allerdings hatte er anders als früher auf ausschweifende Details verzichtet. Konnte es wirklich sein, dass er mit der Frau verlobt war, an die ich – sicher nur aufgrund einer momentanen Geisteskrise und auch nur vorübergehend – mein lächerliches Herz verloren hatte?

Und da ertönte auch schon Luzifers böse Stimme, die mich fragte, was ich eigentlich beklagte. Denn was wäre passender, als dass ich der Trauernden nun zur Seite stünde und einfach nur den rechten Moment abwartete.

In diesem Augenblick holte mich das leise Rascheln von Röcken von meinen unmoralischen Plänen wieder zurück in die Gegenwart.

»Was tun Sie hier?«, fragte eine betörend weibliche, aber offensichtlich erzürnte Stimme. »Wie sind Sie hier hereingekommen?«

Ich drehte mich zu ihr um. Wirklich, da stand in tiefes Schwarz gekleidet eine der Zwillingsschwestern, und mir war sofort klar, dass es nicht Henriette war. Da mich diese Erkenntnis unglaublich erleichterte, schlich sich ein glückliches Lachen auf mein Gesicht, was ihr reichlich unangemessen erscheinen musste.

Natürlich war es die Jüngere, die an dem Abend auch so gehustet hatte wie Madame. Dass ich nicht gleich auf diesen Gedanken gekommen war! Schließlich hatten sich Max und Sophie in der Lungenheilanstalt kennengelernt!

»Verzeihen Sie mein Eindringen. Ich bin Julius, ein Freund von Max. Wir haben hier früher zusammengewohnt, und seine Familie bat mich, sein Atelier aufzulösen.«

Sophie seufzte, dabei musterte sie mich prüfend. »In der Tat, ich glaube, wir sind uns schon begegnet, aber ich könnte nicht sagen, wo und wann. Ganz sicher wurden Sie mir nicht von Max vorgestellt.«

Ihre Augen waren klar, aber verschwollen vom Weinen. Ihr Gesicht wirkte hager, ihre Schultern nach vorn gebeugt wie unter einer großen Last.

Plötzlich wurde ich von großer Verlegenheit befallen, wegen meines in jeglicher Hinsicht kleinlichen Verhaltens. Ich hätte sie trotz Max' Ausflüchten besuchen müssen, ich hätte eine schöne Aufnahme der beiden machen sollen.

Ich war sicher, Max würde wollen, dass ich mich um sie kümmerte und mich nicht auf die Seite der Familie stellte, die ihr und seiner Malerei die Schuld an seinem Tod gab. Höchste Zeit, dass ich mich endlich als wahrer Freund erwies.

Ich verriet ihr, wo wir uns kennengelernt hatten. Daraufhin brach sie in Tränen aus. Sie stand vor mir, zitterte erbärmlich am ganzen Körper, und die Tränen tropften, ohne dass sie von einem Taschentuch aufgehalten wurden, auf ihre Brust. Ich konnte nicht anders, als sie in meine Arme zu schließen. Wie sehr sie ihn geliebt haben musste!

»Ich vermisse Max so sehr«, flüsterte sie, »und ich bin froh, dass Sie da sind. Seine Familie behandelt mich wie eine Hure, eine Erbschleicherin, und auch meine Großmutter wünscht mich in die Tiefen der Hölle. Der einzige Mensch, der mir jetzt beistehen würde, der mich verstehen könnte, ist meine Schwester. Ohne sie schaffe ich das alles nicht!« Nachdem sie sich etwas beruhigt hatte, erzählte sie mir, dass die Séance bei Madame Blanche de la Beaufort einer der letzten Abende gewesen war, an dem sie ihre Schwester gesehen hatte. Seither hatte sie nichts von ihr gehört. Sie war ganz sicher, dass Henriette ihr geschrieben haben musste, aber Henriette hatte ja nur die Adresse der Großmutter, und sie vermutete, dass Henriettes Briefe von ihr einbehalten wurden, um ihre Enkelin so zur Vernunft zu zwingen. Keine Silbe seit sechs Monaten, sie wusste nicht einmal, ob sie glücklich in Samoa angekommen war.

Sie deutete schluchzend auf die Bilder, die an der Wand lehnten. »Ich habe einen sehr hohen Preis dafür bezahlt, dass ich mit Max durchgebrannt bin, aber es war jede Sekunde davon wert.«

Nachdem sie sich etwas beruhigt hatte, wurde ihre Erzählung flüssiger, so als ob sie schon lange darauf gewartet hätte, sich endlich jemandem anzuvertrauen. Max hatte sie immer wieder porträtiert, und irgendwann verlor sie die Lust daran, ihm immer nur Modell zu stehen. Eines Tages hatte sie auch einen Pinsel in die Hand genommen und angefangen zu malen, ohne vorher zu überlegen, was es werden sollte. Sie hatte sich ganz allein vom Pinsel über das Blatt führen lassen. Zu ihrem großen Erstaunen hatte sie eine Muschel gemalt. Und diese Muschel hatte sie nicht mehr losgelassen, sie musste sie immer und immer wieder malen, aber es gelang ihr nie, sie so abzubilden, wie sie sie vor ihrem inneren Auge sah.

Ich versicherte ihr, dass das Bild, das ich angesehen hatte, absolut perfekt sei, aber sie schüttelte nur traurig den Kopf und behauptete, es würde ihr nicht gelingen, das Licht der Muschel so zu malen, dass es sich richtig anhören würde.

Ich sah sie ungläubig an. »Anhören?«

»Ja.« Sie nickte mir zu. »Wenn ich sie richtig malen könnte, würde man sie hören, man würde den Klang dieser Muschel hören. So wie man den Wind hören kann, der durch manche Bilder weht.«

Das kam mir nun doch reichlich verworren vor, wie alles, was mit dieser Muschel zusammenhing.

»Max hat auch einmal von so einer Muschel geträumt«,

erzählte ich ihr dann und holte widerstrebend das Bild von ihr und ihrer Schwester hervor.

Wenn ich geahnt hätte, dass ich sie damit wieder zum Schluchzen bringen würde, hätte ich das nie und nimmer getan. Aber nun war es zu spät.

Ich stieg die Treppe nach unten, fand mich in der Küche wieder leidlich zurecht, kochte ihr einen Tee und brachte ihn hoch zu ihr.

Sie hatte sich gefasst, betrachtete immer noch die Photographie und hielt sie kopfschüttelnd neben die Schälchen mit den verschiedenen Blautönen. Als sie mich bemerkte, dankte sie für den Tee und trank sofort einen Schluck. »So ähnlich sieht die Muschel aus«, sie deutete auf die Photographie, »die ich so gern malen würde, aber es gelingt mir nicht. Wenigstens habe ich jetzt ein Bild von Henriette. Ich mache mir große Sorgen um sie. Am Anfang, als ich mit Max zusammengekommen war, hatte ich immer, wenn ich an sie dachte, ein gutes Gefühl, aber seit einiger Zeit hat sich das verdunkelt, als würde sie in Gefahr schweben. Ich muss zu ihr. Aber nicht nur deshalb, sie ist die Einzige, die mich versteht und der ich vertrauen kann. Ich habe eine solche Schande über meine Familie gebracht, und wenn sie alle erst erfahren, wie groß meine Schande wirklich ist, bin ich verloren. Sie müssen mir helfen!« Sie atmete tief durch, sah mir fest in die Augen und wiederholte: »Wenn Sie wirklich Max' Freund waren, dann müssen Sie mir helfen!«

»Und wo finden wir Ihre Schwester?« Ihre Verzweiflung ging mir nahe.

»Auf Upolu, das ist eine der beiden Hauptinseln von Samoa. Und das ist am anderen Ende der Welt. Wir müssen uns beeilen!«

Ich war Max' Freund, und ich wollte ihre Schwester nur allzu gern wiedersehen, und in München hielt mich sowieso nichts. Doch ich hatte nicht genug Geld für eine Reise ans andere Ende der Welt. Ja, ich wusste noch nicht einmal, wie lange man da unterwegs sein würde. Aber ich würde eine Lösung finden.

»Warum tragen Sie eigentlich das Bild von meiner Schwester und mir in Ihrer Brusttasche herum?«

»Weil es mir so gut gefällt«, antwortete ich, und das war die reine Wahrheit, allerdings nur die halbe.

Ihr verweintes Gesicht verzog sich zu einem wissenden Lächeln. »Dann sind wir also Partner?«

Ich nickte ihr zu. »Ja. Das sind wir.«

20. Kapitel

Auf Upolu stand Henriette eine Woche nach dem Überfall zusammen mit Nian am Küchenhaus und betrachtete die verkohlten Ruinen des Haupthauses. Nachdem Tamatoa und seine Krieger der beiden Männer nicht habhaft werden konnten, hatten sie das Wohnhaus angezündet und das Küchenhaus zum Glück nur ausgeplündert. Später waren sie weitergezogen zur Kokosplantage mit der Kopra-Darre und hatten auch dort Feuer gelegt. Aber kurz nach Mitternacht hatte kräftiger Regen eingesetzt und die Flammen auf der Plantage im Keim erstickt. Für das Haus war der Regen zu spät gekommen.

Es war Henriette unmöglich, das so gelassen hinzunehmen wie Nian. Ihr Zuhause war bis auf die Grundmauern abgebrannt, mitsamt dem einzigen Brief, den Sophie ihr im letzten Jahr geschrieben hatte. Ihre Mutter hatte seit dem Unfall kein Wort gesprochen, sie lag im Krankenhaus wie eine lebendige Leiche. Ella hatte sich den Arm gebrochen, und der Mann, der an all dem schuld war, hatte nur mit ihrer Hilfe entkommen können.

Dabei wäre es so viel besser gewesen, wenn er in der Nacht den Tod gefunden hätte. Eine Stimme in ihrem Kopf quälte sie unablässig: dass ihr Ausflug mit Hofmann in den Dschungel der Kern all dieser Zerstörung gewesen war. Eine andere Stimme wollte sie trösten und beharrte darauf, dass ihr Vater schuld daran war, dass Hofmann in ihrem Leben eine so wichtige Rolle spielen konnte. Und eine dritte Stimme lachte sich über all das ins Fäustchen, weil es so müßig war, darüber nachzudenken, denn es war zu spät. Sie musste neu anfangen, mit dem, was diese grauenhafte Nacht übrig gelassen hatte.

In der Kolonie und unter den Pflanzern war die Empörung über Gouverneur Solfs Untätigkeit groß. Er wurde permanent aufgefordert, endlich durchzugreifen und ein Exempel zu statuieren, anstatt danach zu fragen, wie es zu diesem Aufstand gekommen war. Solf jedoch ließ sich von niemandem provozieren.

Allerdings hatte er ihren Vater vorgeladen und ihn persönlich befragt. Nachdem Henriette mit einer Bandage am Knie aus dem Krankenhaus entlassen worden war, musste auch sie eine Aussage machen. Sie hatte gelogen wie noch nie in ihrem Leben, und das Einzige, was ihr daran wirklich Kummer bereitete, war, dass sie nicht verraten konnte, was Hofmann Sina angetan hatte. Denn das hätte nur Tamatoa in große Gefahr gebracht. Jeder hätte gewusst, dass Tamatoa oder sein Vater, der *Matai,* diesen Rachefeldzug geplant hatten. Deshalb war ihr nichts anderes übrig geblieben, als sich völlig ahnungslos zu geben und so zu tun, als wüsste sie nicht, warum man ausgerechnet das Haus ihres Vaters für den Überfall ausgesucht hatte. Und obwohl sie beinahe daran erstickt wäre, durfte sie niemandem verraten, was für ein mieses Schwein ihr Verlobter war.

Sie hoffte, dass man Tamatoa niemals bestrafen würde, auch wenn er ihr Haus zerstört hatte und es sie schmerzte, am Bett ihrer schweigenden Mutter zu sitzen. Für Henriette gab es nur einen einzigen Schuldigen in der ganzen Angelegenheit. Hofmann. Er sollte, er musste dafür büßen. Nicht Tamatoa. Sie wünschte, sie könnte mit ihm über alles reden. Aber ihr war klar, was das für ein lächerlicher Wunsch war. Er würde ganz sicher nie wieder mit der Frau reden, die dafür gesorgt hatte, dass ein Verbrecher wie Hofmann entkommen war. Und wenn sie sich nachts schlaflos in ihrem Hotelbett hin und her wälzte, verschwand ihre Gewissheit darüber, dass sie richtig gehandelt hatte. Niemals hätte sie Tamatoas großzügige Warnung dazu benutzen dürfen, Hofmann zu retten.

Ihr Vater verriet mit keinem Wort, wohin er und Hofmann in jener Nacht geritten waren. Er war erst zwei Tage danach bei ihnen in Apia aufgetaucht. Seither saß er stumm und bleich neben dem Bett seiner Frau und bedrängte Dorothea mit seiner ständigen Frage danach, wann seine Gattin denn nun endlich wieder zu sich käme. Henriette wunderte sich über seine offensichtliche Betroffenheit und fragte sich, warum er das tat. Aus Liebe oder nur aus Schuldgefühlen? Aber dann beantwortete sie sich die Frage selbst, wahrscheinlich war es eine Mischung aus beidem.

Ella hatte sich in der Nacht den linken Arm gebrochen. Auch ihr Verhalten ließ Henriette staunen, denn Ellas Griesgrämigkeit war wie weggeblasen. Stattdessen versuchte ihre Schwester, sich nützlich zu machen. Sie saß auf der anderen Seite am Bett ihrer Mutter und las ihr Geschichten und Gedichte vor.

So war es Henriette überlassen, mit Nian zum Haus zu reiten und herauszufinden, ob und wie man es bewohnbar machen könnte.

Weil die Kutsche immer noch nicht repariert war, mussten

sie die Pferde nehmen. Während Henriette noch überlegte, wie sie Nian auf die Schnelle das Reiten beibringen könnte, hatte sich die Chinesin schon in den Sattel von Kaiser Wilhelm geschwungen und war vorangaloppiert.

Als Nian ihren verblüfften Blick bemerkte, zuckte sie mit den Schultern. »Nicht wissen, aber Wissen vortäuschen ist eine Untugend. Wissen, aber sich dem Unwissenden gegenüber ebenbürtig verhalten ist Weisheit.« Dann ritten sie weiter.

Zum wiederholten Male hatte Henriette sich gefragt, ob sie Nian vertrauen konnte. Schließlich entdeckte sie immer wieder, dass Nian nicht die Wahrheit gesagt hatte, aber sie war sich nicht darüber im Klaren, ob Nian das wirklich nur zu ihrem eigenen Schutz tat, oder ob sie ein merkwürdiges Spiel mit ihr trieb, dessen Regeln allein sie bestimmte.

Nian unterbrach ihre Gedanken, räusperte sich und deutete auf die Ruine. »*Móu shì zài rén, chéng shì zài tiān.* Dinge zu planen liegt beim Menschen. Dinge zu vollenden liegt beim Himmel.«

»Und was würdest du tun, wenn du an meiner Stelle wärst?«, fragte Henriette jetzt mit Blick auf das verkohlte Gelände vor ihnen.

Nian kaute auf ihrer Unterlippe, dann zuckte sie mit den Schultern. »Was ist das denn für eine kindliche Frage.

Es ist euer Grundstück und das Küchenhaus steht noch. Ihr müsst es wieder aufbauen.«

Henriette betrachtete die verkohlten Reste und schüttelte entmutigt den Kopf. »Aber das ist unmöglich.«

»Unsinn! Wir sagen, der Mann, der den Berg abtrug, war derselbe, der anfing, die kleinen Steine wegzutragen. Du musst nur anfangen.«

Henriette stieg vom Pferd und lief dann langsam um die

Ruine herum. In der Asche lagen verkohlte Balken, hier und da erkannte sie ein paar Dinge, die den Brand nahezu unversehrt überstanden hatten. Eine Zwiebelmustertasse, ein Schlüssel, eine Kanne, die Whiskeyflasche aus dem Schreibtisch ihres Vaters, der nur in der Mitte durchgebrannt war. Die Whiskeyflasche erinnerte sie daran, wie stümperhaft sie den Schreibtisch durchsucht hatte. Es kam ihr vor, als wäre das schon Jahre her.

Der Schreibtisch!

Sie erinnerte sich an diese Bilder von ihrem Vater und Hofmann in Alaska. In der Eile hatte sie diese nicht genau angeschaut.

Wenn die Whiskeyflasche den Brand überlebt hatte, dann vielleicht auch die Bilder in den Schubladen. O ja, sie würde mit den kleinen Steinen anfangen! Was auch immer am Klondike geschehen war, sie würde es herausfinden, denn dort lag die Ursache allen Übels.

Sie kniete sich neben die Whiskeyflasche und stocherte in der Asche herum, wo sie nur noch ein paar Ecken der schwarzen Umschläge entdeckte, in denen die Bilder der nackten Frauen gewesen waren.

Entmutigt rief sie sich zur Ordnung. Es ist sinnlos, lass es lieber, was vergangen ist, ist vorbei, nach allem, was Hofmann getan hat, wird er es nicht wagen, hier jemals wieder aufzukreuzen. Trotzdem, sie musste unbedingt wissen, was ihr Vater damals am Klondike getan hatte. Sie wollte sich Gewissheit verschaffen, ob sie richtig gehandelt hatte, als sie Hofmann laufen ließ, um Tamatoa und ihren Vater zu schützen.

Nian hatte gar nicht so unrecht, es war gut, mehr über die Menschen zu wissen und ihnen weiszumachen, man sei ahnungslos.

Henriette fand eine Pfote des Eisbärenfells, die wie durch ein Wunder weiß und unversehrt geblieben war, und dann zwei Schubladen, deren dickes Holz nur außen angekokelt war. Und in einer von ihnen befanden sich die Photographien, unbeschädigt, mit einem Gummiband zusammengehalten.

Sie erhob sich und suchte einen Platz in der späten Nachmittagssonne, um sie genauer zu betrachten. Das obere Bild erkannte sie sofort wieder. Es zeigte die Blockhütte, aus Baumstämmen roh zusammengezimmert, oben auf dem Dach lag eine Plane, die an den Seiten festgenagelt war. Neben der niedrigen Eingangstür unter dem vorgezogenen Dach befand sich ein Haufen grob gespaltener Holzscheite und ein Hackklotz, in dem ein Beil steckte. Ihr Vater und Hofmann hatten ihre Arme um eine Frau gelegt, die in der Mitte zwischen ihnen stand. Diese Dame war deutlich jünger als ihr Vater, trug ein tief dekolletiertes, eng geschnürtes, seidig schimmerndes Kleid und einen grotesken Hut mit langen Federn. Sie musste entweder eine Schauspielerin oder eine Prostituierte sein. Jedenfalls erweckte sie zwischen Männern in der schäbigen Arbeitskleidung diesen Eindruck.

Das nächste Bild zeigte ein großes zweistöckiges Gebäude, von der Straße aus aufgenommen. Es hatte zwei große Erker und dazwischen einen offenen Balkon, auf dem ein chinesisch aussehender Trupp Akrobaten seltsame Verrenkungen zeigte. Im Giebel des Gebäudes konnte sie eine Inschrift entziffern: *Palace Grand 1899*. Auf dem letzten Bild lag deutlich mehr Schnee, und es war eine Straße zu sehen mit einem Lebensmittelgeschäft, einer irischen Hufschmiede, einer chinesischen Wäscherei und einem deutschen Zahnarzt. Auf der Straße warteten zwei schwer bepackte Hundeschlitten mit jeweils acht Hundepaaren auf ihre

Besitzer. Die Straße führte zum Fluss, wo Henriette ein Schiff erkennen konnte.

Das Gummiband saß sehr lose, als ob früher einmal mehr Bilder in dem Bündel gewesen wären.

»Was gibt es denn da so Interessantes?«, fragte Nian und sah ihr über die Schulter.

Henriette zögerte einen Moment. Dann entschied sie, dass sie eine Verbündete brauchte. Sie wollte Nian, die ihr bisher noch nie geschadet hatte, so gern vertrauen.

Sie reichte ihr die Bilder. »Da du so viel mehr weißt, als du verrätst, hast du ja sicher mitbekommen, dass mein Vater mich mit Hofmann verloben wollte, weil der ihn dazu erpresst hat. Ich muss wissen, was damals geschehen ist.«

Nian schüttelte den Kopf. »Nach meiner Erfahrung ist es keine gute Idee, in der Vergangenheit herumzustochern. Es ist besser, sich auf die Gegenwart zu konzentrieren.« Nian seufzte. »Meine Mutter ist daran zerbrochen. An all dem ›*hätte* ich meine Söhne anders erzogen, *wären* sie nicht in den Aufstand gezogen, dann *würde* ich jetzt Enkel in den Armen wiegen‹ …«

Trotzdem griff sie nach den Photographien und sah sie sorgfältig durch.

»Ist dir das aufgefallen?«, fragte sie nach einiger Zeit.

»Was denn?«, erwiderte Henriette neugierig.

Nian tippte auf die Photographie von dem *Palace Grand Theatre*. »Da auf dem Balkon!«

»Die chinesischen Akrobaten?«

»Ihre Kostüme sehen aus wie die der berühmten *Silbernen Drachen,* eine Truppe, die in China jedes Kind kennt. Sieh doch mal genau hin, die Schuppen des Drachen bestehen aus kleinen silberblauen Muscheln.«

Silberblaue Muscheln? Henriette kniff die Augen zusammen, hielt das Bild nah vor sich hin, dann wieder weiter weg. Aber sie hätte das niemals erkannt.

»Ich wusste nicht, dass die *Silbernen Drachen* schon damals im Ausland Gastspiele gegeben haben. Andererseits haben wir Chinesen schon mit den Indianern von Alaska Handel getrieben, lange bevor einer von euch Europäern überhaupt von uns gehört hatte.«

»Kennst du jemanden von dieser Truppe?«, fragte Henriette.

Nian schürzte die Lippen. »Ich bin nicht sicher. Aber ich glaube, die zweite Schwester meiner Mutter hatte einen Cousin, der in Peking an der Oper aufgetreten ist.«

»Kennst du die Frau in der Mitte zwischen meinem Vater und Hofmann?«

»Nein, aber hier, hast du das gesehen?« Nian deutete auf das Bild mit den Hundeschlitten.

Henriette nahm es sich noch einmal vor, dann ging ihr ein Licht auf. »Die chinesische Wäscherei?«

Nian nickte. »Das ist jemand aus der Li-Familie aus Kiautschou. Und wer ist diese Dame zwischen den Herren?«

»Das weiß ich nicht, aber ich möchte wirklich gern erfahren, was damals geschehen ist. Glaubst du, jemand aus der Li-Familie erinnert sich daran?«

»Vielleicht. Die Weißen benehmen sich sehr töricht in Gegenwart von uns Schlitzaugen, sie tun so, als wären wir nicht da, als wären wir ungebildete Kinder. Dabei war China schon eine Weltmacht, als die Deutschen noch wie die Barbaren vor den Römern durch den Sumpf davonliefen.« Sie lächelte in sich hinein. »Ich werde in meinem nächsten Brief nach Hause einmal wegen der Li-Familie und den Akrobaten nachfragen.

Aber jetzt solltest du dich wirklich mit dem beschäftigen, was hier vor uns in Trümmern liegt. Und ich werde mir die Schäden im Küchenhaus vornehmen.« Nian verließ Henriette, die die Photographien kurzerhand in ihr Mieder steckte. Dann ging sie weiter um die Ruine herum. Sie entdeckte das Schachbrett aus Marmor. Es war nur versengt, aber noch brauchbar, sie zog es unter den verkohlten Balken hervor, um es Ella mitzubringen. Sie legte es zur Seite und suchte weiter nach Gegenständen, die das Feuer verschont hatte.

Silberblaue Muscheln ... Sie dachte an ihre Muschel, und sie fragte sich, wo sie geblieben war. Plötzlich erschien es ihr von allerhöchster Wichtigkeit, sie zu finden, auch wenn es höchst unwahrscheinlich war, dass etwas aus dem Meer ein solches Feuer überstehen konnte. Plötzlich kam es ihr so vor, als wäre das Geschenk von Tamatoa und Sina ein Symbol für ihre Zukunft, als könnte nur dann alles wieder gut werden, wenn sie die Muschel der Göttin Nafanua fand. Auch wenn ihr Verstand sie belächelte, weil sie ihre Zukunft wie in einem Märchen von einem Gegenstand abhängig machen wollte, von dem es am Boden des Meeres Hunderte und Tausende gab. Ihr Gefühl war stärker und setzte sich durch.

Sie holte im völlig verwüsteten Küchenhaus einen Korb, band sich eine Schürze vor und machte sich daran, die Ruine zu durchsuchen, während sich Nian weiter den Aufräumarbeiten in der Küche widmete.

Unter den verkohlten Balken fanden sich erstaunlich viele Gegenstände, die das Feuer gut überstanden hatten, und je mehr sie wegräumte, desto deutlicher wurde, dass das Fundament aus Portlandzement nahezu unbeschädigt war.

Schon nach kurzer Zeit war Henriette schwarz von dem

Ruß. Die schmierige Substanz setzte sich überall auf ihren Händen, ihren Kleidern fest, trotzdem suchte sie weiter. Sie fand Kämme, Kannen, sogar einen außen angeschmorten Reisekoffer ihrer Mutter, dessen Inhalt unversehrt war. In der Hoffnung, ein paar brauchbare Kleider für sie alle zu finden, öffnete sie ihn, und trotz ihrer Enttäuschung musste sie bei diesem Anblick laut lachen. Es war ein Pelzmantel, den ihre Mutter da eingemottet hatte. Das lockte Nian aus dem Küchenhaus. Henriette hielt den Mantel hoch, und Nian meinte, den könne man sicher verkaufen oder gegen ein paar Kleider tauschen. Dann fragte sie angesichts der sinkenden Sonne, wie lange Henriette noch weitersuchen wolle und was sie eigentlich suche, ob die Familie etwa einen Schatz im Haus verborgen habe.

»Vielleicht!«, antwortete Henriette, obwohl sie nicht mehr daran glaubte, die Muschel heute noch zu finden.

»Wir sollten langsam zurück zum Hotel reiten und morgen weitermachen.«

»Ich werde hier übernachten!«, beschloss Henriette. »Ich werde im Küchenhaus schlafen, dann kann ich gleich morgen früh bei Sonnenaufgang weitermachen. Wenn ich jetzt zurückreite, müsste ich mich säubern, und der klebrige Ruß geht nur schwer ab. Reite du zurück, gib meinem Vater Bescheid, und komm morgen früh wieder her. Und bring jede Menge Seife mit!«

Nian sah Henriette eindringlich an. »Ich halte das für keine gute Idee, schau dich doch um, dieser Ort wurde verwüstet. Woher wissen wir, dass die Angreifer nicht zurückkommen und ihr Werk vollenden?«

»Sie waren hinter Hofmann her, und der ist nicht mehr hier. Außerdem ist doch schon alles zerstört. Noch dazu weiß niemand, dass ich hier bin.« Henriette war fest entschlossen, die Ruine nicht ohne die Muschel zu verlassen.

»Auf dieser Insel weiß jeder über alles Bescheid.« Nian lächelte, als ob Henriette ein kleines Kind wäre, das etwas sehr Dummes, nichtsdestotrotz Erheiterndes gesagt hätte.

Aber Henriette war zu erschöpft, um sich daran zu stören. Sie wollte nur noch, dass Nian ging und sie allein ließ.

»Trotzdem bitte ich dich, nach Apia zu fahren und meinem Vater Bescheid zu geben, damit er sich keine Sorgen macht. Richte ihm aus, dass das Fundament unversehrt ist. Am besten schickt er gleich morgen ein paar starke Männer her.«

Nian senkte ihren Kopf und nahm schlagartig die demütige Haltung ein, mit der sie sich sonst immer vor Henriettes Eltern durch das Haus bewegte. Henriette fühlte sich, als ob sie eine Ohrfeige erhalten hätte.

»Sehr wohl, Madam«, fügte Nian hinzu, trippelte zu Kaiser Wilhelm, stieg auf und trabte davon.

Henriette kämpfte gegen den Wunsch an, hinter ihr herzurennen und sich zu entschuldigen. Dann verstand sie, dass sie gerade dabei war, die zarten Bande zwischen Nian und sich zu zerstören, und begann nun doch hinter ihr herzujagen. Sie rief so laut sie konnte, doch Nian reagierte nicht.

Das musste sie morgen wiedergutmachen, nahm sie sich vor. Sie wandte sich wieder der Ruine zu, die im roten Abendlicht unwirklich aussah. Henriette kam es so vor, als wären die Pflanzen ganz begierig darauf, sich über den Ruinen auszubreiten. Rundherum war alles so grün und saftig, und der bittere Geruch der Asche vermischte sich schon mit dem von Jasmin und Frangipani.

Es wurde langsam stiller, das Zwitschern der Vögel verstummte nach und nach, bis nur noch das Branden der Wellen am Ufer zu hören war, Welle für Welle für Welle. Und Henriette wurde bewusst, dass all dies schon so war, bevor es die Märchen von Menschen fressenden Schwestern gegeben hatte, und immer noch genauso sein würde, wenn auch sie schon längst zu Staub geworden waren.

Erstaunt bemerkte sie, dass dieser Gedanke sie mit großer Ruhe erfüllte. Sie wandte sich wieder ihrer Suche zu. Ich hätte gründlicher vorgehen sollen, nach irgendeinem Ordnungsprinzip, dachte sie. Ratlos betrachtete sie die verkohlten Balken. Ich mache weiter, bis die Sonne ganz untergegangen ist, dann wasche ich mich im Meer, nehme die Schlafmatten aus dem Küchenhaus und bereite mir am Ufer einen Platz zum Schlafen. Am Strand fühlte sie sich Tamatoa und Sina näher. Dort gab es nur sie, das Meer, den Himmel und ihre Gedanken, und sie konnte für einen Moment so tun, als wäre all das Furchtbare nicht geschehen.

Sie schob verbrannte Bücher zur Seite, die schon bei der leisesten Berührung zu Asche wurden, fand einige Silberklumpen, die wahrscheinlich Löffel gewesen waren. In einem verkohlten Holzkästchen lagen die Perlen ihrer Mutter unversehrt. Wenn es die Perlen geschafft hatten, dann ja vielleicht auch ihre Muschel? Aber die Perlen waren in einer schützenden Hülle gewesen, ihre Muschel jedoch nicht. Sie fand noch zwei kleine Teller, ein Weinglas, aus dem nicht einmal eine Ecke herausgebrochen war. Dann war die Sonne untergegangen, und die Ruine lag vor ihr wie ein schwarzer Abgrund.

Plötzlich spürte sie die Erschöpfung in allen Knochen und auch, wie hungrig sie war. Sie wischte sich ihre bis tief unter die Nägel schwarz verfärbten Hände an der Schürze ab und lief hinüber ins Küchenhaus, wo Nian schon ganze Arbeit geleistet hatte. Die wenigen Töpfe, die nicht zerschlagen worden waren, standen auf den Regalen, die Schubladen waren der Verwüstung entgangen, Messer, Quirle und Besteck lagen noch genauso dort, wie ihre Mutter sie hineingelegt hatte. In der Vorratskammer, aus der nur das Corned Beef, der Zucker und das Mehl gestohlen worden waren, fanden sich noch die Einmachgläser mit der Marmelade und den Gurken. Das würde ein seltsames Abendessen ergeben, aber es war immerhin etwas Essbares.

Ihre Suche nach einer Lampe oder Kerze blieb ergebnislos. Schließlich gab sie es auf, bückte sich nach einer der Schlafmatten, kam dann aber zu dem Schluss, dass es keine gute Idee war, mit ihren schmutzigen Händen die Matte anzufassen, und beschloss, sich zuerst zu waschen und dann ein Lager zu bereiten.

Sie warf noch einen langen Blick auf die Ruine und überlegte, dass sie ihre Aufräumarbeiten morgen wirklich systematischer angehen musste.

Sie wandte sich ab, doch da nahm sie im Drehen aus den Augenwinkeln ein blaues Leuchten wahr. Nur ein Hauch von Leuchten, kaum zu sehen.

Sie bekam eine Gänsehaut, weil dieses kalte Licht feindlich aussah und die Ruine noch hässlicher machte. Als ob böse Kobolde unter all dem Schutt eine blaue Laterne angezündet hätten. Ihre Füße bewegten sich schon darauf zu, bevor ihr Verstand den Befehl dazu gegeben hatte. Es zog sie unwiderstehlich an.

Es gab hier auf Samoa Pflanzen, die nachts leuchteten, das hatten Sophie und sie in einem Buch gelesen. Allerdings erklärte man sich dieses nächtliche Leuchten im Dschungel mit *Aitus,* die dort ihr Unwesen trieben. Und Henriette wusste auch, dass abgebrannte Pflanzen ein guter Nährboden für andere Pflanzen waren, aber dass es so schnell gehen konnte, hielt sie für ausgeschlossen. Tief in ihrem Innersten wusste sie auch schon, was es wirklich war.

Sie stolperte über verbrannte Balken und Ziegel, räumte verkohlte Bücher und Möbel zur Seite, bis sie die Ursache für das blaue Leuchten fand.

Es ging wirklich von der Muschel aus, die ihr Tamatoa und Sina geschenkt hatten. Das Äußere der Muschel war völlig schwarz, das Leuchten kam aus dem Inneren. Es war das kälteste Blau, das sie jemals gesehen hatte. Unwillkürlich fröstelte es sie. So stellte sie sich das gefrorene Meer am Nordpol vor.

Aber das kam sicher nur davon, dass die Muschel voller Ruß war, ganz sicher musste sie zum Meer gebracht und gewaschen werden, dann wäre ihr Leuchten wieder voller Wärme.

Angespannt griff sie nach der Muschel. Würde sie in ihrer Hand vibrieren, würden wieder Blitze in ihr explodieren? Aber die Muschel lag kalt und von klebrigem Ruß umgeben in ihrer Hand, wo sie sofort aufhörte zu leuchten. Als hätte sie nur gefunden werden wollen.

Henriette ging hinunter zum Strand, zum ersten Mal, seit sie in Samoa war, langsam und ganz ohne die Furcht, erwischt zu werden. Sie war sicher, dass kein Europäer hier auftauchen würde, die saßen alle zu Hause und hatten Angst, dass auf der Insel ein Aufruhr, eine Rebellion ausgebrochen sein könnte. Niemand wusste, was wirklich passiert war. Weil sie geschwiegen hatte, weil sie den Gouverneur belogen hatte.

Umso mehr wünschte sie sich, dass Tamatoa käme, damit sie ihm ihr Verhalten erklären konnte, aber so sehr sie sich auch danach sehnte, so deutlich war ihr klar, dass er ihren Wunsch nicht teilen konnte. Für ihn musste es so aussehen, als ob Henriette ihn verraten hätte. Es würde also niemand am Strand sein, außer ihr. Sie war so allein wie noch nie in ihrem Leben.

Früher war immer Sophie bei ihr gewesen. Ihre Zwillingsschwester wäre auch die Einzige, die sie jetzt neben sich ertragen hätte. Sie betrachtete die Muschel in ihrer Hand und fragte sich, ob der Brand die Muschel zerstört hatte, oder ob sie nach einem Bad im Meer ihre geheimnisvolle Energie zurückbekäme.

Es war auch unten am Meer sehr dunkel, weil die dick aufgeplusterten Wolkenberge so schwer am Himmel hingen, als wollten sie gleich auf die Erde stürzen und eine Sintflut auslösen. Henriette erinnerte sich daran, wie ihr Tamatoa erzählt hatte, dass besonders in diesen Nächten die Seele der Träumenden auf dem Weg zurück zu ihrer Mutter wären. Sie lächelte unwillkürlich, aber dann sah sie plötzlich ihre Mutter vor sich und fragte sich, ob deren Seele jemals wieder zurück in ihren Körper gelangen würde.

Weil Ebbe war, musste sie sehr weit laufen, um zum Wasser zu kommen. Als sie am Wasserrand angekommen war, ging sie wegen des lädierten Knies vorsichtig in die Hocke, legte die Muschel neben sich, griff sich einen Klumpen Sand und rubbelte damit ihre Hände ab, spülte sie im Meerwasser aus. Sogar in dem spärlichen Licht konnte sie erkennen, wie sich das Wasser schwarz verfärbte. Dann tauchte sie die Muschel ins Wasser und wusch den Ruß ab, was wegen der spitzen Kalkstacheln nicht so einfach war. Als sie damit fertig war, sah die Muschel aus wie eine ganz gewöhnliche Muschel, und es kam ihr selbst völlig unwahrscheinlich vor, dass sie vorhin geleuchtet haben sollte. Sie hob die Muschel an ihr Ohr und war gespannt, was sie hören würde.

Sie blieb stumm. Nichts, nicht mal ein Rauschen.

Verwundert legte Henriette die Muschel zurück auf den Sand, danach schnürte sie ihre Schuhe auf, zog sie aus, dann ihren Rock, die Kniebandage, die Bluse und schließlich ihre Unterwäsche. Sie brachte alles auf den trockenen Sand und lief zurück ins Meer, sie musste das, was geschehen war, von sich abwaschen. Hier im Wasser hatte sie das Gefühl, Tamatoa näher zu sein. Vorsichtig suchte sie einen Weg über den mit Muscheln und Korallen durchsetzten Strand, bis das Wasser hoch genug an ihren Schenkeln stand und sie darin eintauchen konnte.

Bisher hatte sie nur in der Wanne nackt gebadet, und so war sie nicht vorbereitet auf dieses wunderbar seidige Gefühl, mit dem das warme, weiche Meerwasser ihre Haut umspülte. Es war wie eine ganz besondere Umarmung. Immer wieder tauchte sie ein, spülte ihre Haare aus und dachte dabei an diese gefährliche *Aitu,* die Untote Telesa, von der Tamatoa gesprochen hatte.

Sie legte sich auf den Rücken, ließ sich treiben, sah in den lilaschwarzen Wolkenhimmel und wünschte sich, er wäre jetzt bei ihr und würde sie Nuanua rufen. Auch Sophie kam ihr in den Sinn, aber das Bild von Tamatoas lachendem Gesicht verdrängte ihre Schwester aus ihrem Kopf.

Zusammen mit der Flut kam leichter Wind auf, der das Wasser unruhiger machte, aber auch die Wolkenkette aufriss, sodass Henriette einzelne schwach leuchtende Sterne erkennen konnte.

Sie fing an zu frösteln, watete zurück ans Ufer und ließ ihre Haut vom Wind trocknen. Dabei sah sie hinaus aufs Wasser, in der Hoffnung, doch noch irgendwo Tamatoas Boot zu entdecken, doch da waren nur die Schaumkronen der Wellen, die laut über das Riff brandeten. Der Wind frischte weiter auf, und ihr wurde kalt. Sie wandte sich um und lief vor zu ihrem

Kleiderhäufchen. Der Wind wurde noch stärker, und plötzlich wirbelten ihre Kleider durch die Luft, und sie wusste nicht, was sie zuerst einfangen sollte. Lachend lief sie dann hinter ihrem Rock her und erhaschte ihn, kurz bevor er sich in einer niedrigen Palme am Waldrand verfing.

Hinter dieser Palme bewegte sich noch etwas im Wind. Sie streifte schnell ihren Rock über und sah dann genauer hin.

Zuerst verstand sie nicht, was es war. Es war so ungewöhnlich, etwas, das sich so niemals im Wind bewegen sollte.

Es waren Füße, schöne nackte Männerfüße, die sachte hin und her schaukelten.

Nackte dunkelbraune Männerfüße.

Henriettes Kehle wurde so eng, dass sie nicht mehr schlucken konnte. Fassungslos wanderten ihre Augen höher, ein dunkler *Lavalava,* der sich im Wind bauschte und den Blick auf die Tätowierungen freigab, die sich vom Knie bis zur Taille zogen. Ein prächtiger Oberkörper, geschmückt mit Muschelketten, Zähnen und Steinen. Ihr Herz raste, und Tränen stürzten aus ihren Augen, während das Entsetzen versuchte, einen Weg durch ihre Kehle zu finden. Sie schluchzte auf, sie zitterte. Sie würde nie wieder in ihrem Leben glücklich sein. Ihr Leben war vorbei.

Sein Kopf war auf die Brust gesenkt, als ob er schlafen würde.

Aber er war tot.

Tamatoa war tot.

21. Kapitel

Nach dem ersten grauenhaften Moment erkannte sie, dass sie etwas tun musste. Vielleicht war er noch zu retten, vielleicht konnte sie ihn wiederbeleben. Sie packte seine Füße, stellte sie sich auf ihre nackten Schultern und hielt sie am Knöchel fest. Er konnte nicht tot sein, es musste einen Weg geben, ihn zu retten.

Während sie immer noch schluchzte und am ganzen Körper zitterte und seine Füße umklammerte, überlegte sie, was sie tun könnte. Sie musste ihn dort herunterholen. Das musste sie einfach schaffen.

Henriette sah sich nach etwas um, was ihn stützen würde, wenn sie ihn loslassen musste. Aber da war nichts, offensichtlich war Tamatoa auf die Palme geklettert, hatte dort ein Seil angebracht und war dann in den Tod gesprungen.

Er war tot. Und du wirst ihn niemals mehr eine Geschichte erzählen hören, du wirst nie mehr sein Lachen hören!

Tamatoa war tot.

Dann muss ich ihn hier runterholen, wenn ich ihn nicht retten kann, muss ich ihn wenigstens begraben, dachte sie. Doch auch das war unmöglich. Seine Familie musste ihn beerdigen, und es wäre sicher ein großes Unglück für alle, wenn man seinen Leichnam nicht finden würde.

Menschen, die nicht unter der Erde bestattet wurden, gingen als Untote auf der Insel umher.

Ich werde ihn hier herunterholen und wenn es das Letzte ist, was ich in meinem Leben tue. Langsam nahm ein Plan in ihrem Kopf Gestalt an.

Sie streichelte seine Füße und stammelte: »Es tut mir so leid, so unendlich leid!« Dann küsste sie den Fuß auf ihrer rechten Schulter. Als ihre Lippen seinen Rist berührten, zuckte sie zusammen, weil seine Haut trotz der Hitze schon kalt war. Dann küsste sie den Fuß auf der linken Seite und gab ihn frei. Sie vermochte es nicht, ihn anzusehen, und rannte tränenblind durch den Wald nach oben zur Ruine. Im Küchenhaus fand sie ein Messer, holte ihre gutmütige Stute, schwang sich auf ihren Rücken und galoppierte wieder nach unten. Hin zu Tamatoas Palme.

Ihre Stute wollte nicht neben Tamatoas Füßen stehen bleiben. Sie wich aus und verweigerte den Gehorsam. Auch wenn Henriette ihr Pferd gut verstehen konnte, so war der Wunsch, Tamatoa von dort herunterzuholen, so übermächtig, dass sie alle Kräfte aufbot, um Queen Victoria ihren Willen aufzuzwingen.

Nachdem sie es geschafft hatte, das Pferd in die richtige Position zu bringen, kletterte sie auf seinen Rücken, rutschte aber immer wieder ab, weil Victoria so unruhig war und sie selbst so zitterte und immer noch blind von Tränen war. Doch ihr Zorn war so stark, dass sie nicht aufgab, und endlich vermochte sie es, sich auf dem Rücken ihrer Stute aufzurichten und oben zu bleiben. Sie musste sich sehr weit strecken, um an den Strick zu gelangen, und dann gelang es ihr nur mit allergrößter Anstrengung, den Strick durchzusäbeln, Stück für Stück für Stück.

Sie griff nach ihm, wollte ihn in ihre Arme schließen, aber er war so unglaublich schwer, rutschte weg. Sie geriet ins Ungleichgewicht und stürzte mit ihm zusammen in den Sand. Queen Victoria bäumte sich auf und galoppierte davon. Etwas weiter entfernt blieb sie stehen und sah zu ihnen hin, als wäre sie neugierig, was als Nächstes passieren würde.

Henriette fühlte beim Aufprall keinen äußerlichen Schmerz, nur tief innen ihren ungeheuerlichen Verlust und die Scham über das klägliche Scheitern ihres Plans.

Sie rappelte sich mühsam, aber entschlossen auf und zog Tamatoa ein kleines Stück weiter zum Strand. Dort setzte sie sich hinter ihn und legte seinen Kopf in ihren Schoß, so wie er das bei ihrem Reitunfall getan hatte. Wenn sie doch die Zeit zurückdrehen könnte! Wenn sie mit ihm reden könnte, ihm erklären könnte, wenn sie doch gestern zusammen weggelaufen wären.

Wenn, wenn, wenn …

Nach und nach wurde ihr Schluchzen weniger, und eine seltsame Ruhe breitete sich in ihr aus. Zum ersten Mal in ihrem Leben verstand sie, warum der Gedanke an Rache so ungemein befriedigend war. Mit ihrer Rache würde sie ein ganz und gar ungerechtes Schicksal korrigieren. Wie konnte es sein, dass der erpresserische Hofmann davongekommen war, während Tamatoa, ein liebender Bruder und Sohn, ein von Lachen erfüllter Mensch, nun tot war? Ihre Rache würde diese Ungerechtigkeit aus der Welt schaffen.

Ungewöhnlich starker Wind trieb die Flut voran, umtoste ihren Kopf und verstärkte doch nur das Gefühl großer innerer Ruhe. Sie musste ihn finden.

Denn es gab keinen Zweifel daran, dass Tamatoas Tod ganz allein ihre Schuld war. Sie hatte Tamatoa hintergangen, und nur deshalb hatte Hofmann fliehen können. Henriette vermutete, dass Tamatoa sich umgebracht hatte, weil er es nicht geschafft hatte, seine Schwester zu rächen, und damit vor allen anderen Männern sein Gesicht verloren hatte. Sie hatte sich angemaßt, ihn, den Sohn des *Matai,* schützen zu wollen, und genau damit hatte sie ihn in den Tod getrieben.

Jetzt liefen wieder Tränen über ihr Gesicht, während sie Tamatoas Kopf in ihrem Schoß vor und zurück wiegte. So unnötig, so sinnlos.

Der Wind war mittlerweile so stark geworden, dass die umherwirbelnden Sandkörner sie in die Haut stachen und in ihren Augen brannten. Aber ich werde hier sitzen bleiben, bis die Sonne aufgeht, wir werden diese eine einzige Nacht gemeinsam verbringen. Die Nacht fragt nicht, wer Sonne oder wer Regen ist, denn nachts sieht man keinen Regenbogen.

TEIL 2

San Francisco

Drei Monate später

22. Kapitel

Das Schöne an einer Geschichte ist, dass sie immer ein richtiges Ende hat, dachte Henriette, legte den Füllfederhalter neben die blaue Muschel auf den zierlichen Damensekretär und betrachtete kopfschüttelnd ihre mit Tinte verschmierten Hände.

In einer Geschichte ergaben die Ereignisse am Ende immer einen Sinn, sogar in einem Märchen, aber in ihrem Leben war das völlig anders.

Seit sie Samoa auf einem Kopradampfer verlassen und im Hotel ihrer Tante in San Francisco wohnte und arbeitete, war kein Tag vergangen, an dem sie nicht an Hofmann und ihre Rache, und keine Nacht, in der sie nicht an Tamatoa und ihre Liebe gedacht hatte.

Sie arbeitete im Hotel für Kost und Logis, und sie schrieb, wann immer sie freihatte, Liebesgeschichten für Macmillan. Denn sie musste Geld verdienen, das sie an Sophie schicken würde, damit sie endlich herkommen konnte.

Liebesgeschichten waren zwar nicht ganz das, was Henriette gerne schreiben wollte, aber Tante Berta hatte sie dazu ermutigt und zwar einzig und allein deshalb, weil Berta genau diese Art von Geschichten verschlang. Aschenputtelgeschichten, die leider nicht auf irgendwelchen Reisen, sondern in San Francisco spielen sollten. Henriette hatte schnell begriffen, für wen sie schrieb. Für all die Frauen, die nach Kalifornien gekommen waren, um einen durch den Goldrausch reich gewordenen Mann zu heiraten. Viele hatten aber noch keinen gefunden und arbeiteten hart, einige fristeten ihr Dasein auch als Madam. Madam war die freundliche Umschreibung für Frauen, die mit ihrem Körper Geld verdienen mussten.

Es erstaunte Henriette selbst, wie leicht es ihr fiel, diese sehr einfachen Liebesgeschichten nach dem immer gleichen Muster zu schreiben. Starker Mann rettet schwache Frau nach einigen Verwicklungen aus dem Elend. Der starke Mann glich Tamatoa, musste aber zu einem Europäer werden, und die Frau, die errettet wurde, war eine Mischung aus Sophie und Sina und manchmal auch Nian. Natürlich hatten diese Geschichten ein gutes Ende. Es tat Henriette sehr gut, das zu schreiben, es lenkte sie ab, und es brachte sie nach und nach auch dazu zu akzeptieren, was geschehen war.

Durch das Schreiben fühlten sich ihre Schuldgefühle weniger bitter an. Außerdem verdiente sie so das dringend nötige Geld für Sophies Reise nach San Francisco. Henriettes Englisch hatte sich innerhalb weniger Wochen dramatisch verbessert.

Ermutigt von ihren ersten Erfolgen hatte sie mit Charmians Hilfe einen Vorschuss verlangt, der es ihr ermöglichte, Sophie ein Ticket für die Überfahrt nach Baltimore und eine Fahrkarte für die Eisenbahnfahrt von Baltimore nach San Francisco zu kaufen. Seitdem hatte sie jede Woche eine Liebesgeschichte verfasst, die sie immer zuerst ihrer Tante zum Lesen gab. Wenn sie Berta nicht gefiel, schrieb Henriette sie um. Ihre Tante hatte ein gutes Gespür für das, was gefragt war, und das merkte man auch ihrem Hotel an. Berta witterte einen Trend, lange bevor ihn die anderen auch nur ahnten. So hatte sie gerade Zitronentartes eingeführt, die man sonst in San Francisco vergeblich suchte.

Da Henriette ihren ursprünglichen Plan, als Reiseschriftstellerin zu arbeiten, nicht aus den Augen verlieren wollte, hatte sie sich ein Herz gefasst und an verschiedene deutsch-amerikanische Zeitungen einen kleinen Artikel über das deutsche Theater in San Francisco geschickt, der dann in »Die deutsche Hausfrau« abgedruckt worden war. Jetzt sparte sie auf eine Underwood-Schreibmaschine, die ihr Charmian empfohlen hatte, damit sie noch schneller noch mehr schreiben und verdienen konnte. Schließlich war Sophie immer noch krank und verfügte nur über wenig Geld. Deshalb hatte Henriette Sophie zuerst auch angeboten, zurück nach Deutschland zu kommen, was Sophie entschieden abgelehnt hatte. Sie schrieb Henriette, dass sie nach Max' Tod mehr als bereit für einen Neuanfang war. Außerdem wollte Sophie von San Francisco aus zu ihrer Mutter weiterreisen, die seit jener schicksalhaften Nacht kein Wort mehr gesprochen hatte.

Henriette spürte, dass Sophie ihr nicht die ganze Wahrheit verraten hatte. Sie nahm sich zum hundertsten Mal ihren letzten Brief vor, der sie erst Anfang Dezember erreicht hatte, und versuchte zu verstehen, was sie ihr verschwieg.

München, am 1. November 1905

Liebe geliebte Mai,
Schwesterherz,
diesen Brief kann ich nur schreiben, weil mich der liebe, unermüdliche Julius dazu gezwungen hat. Denn eigentlich möchte ich am liebsten sterben, aber aus verschiedenen Gründen geht das jetzt nicht.

Max ist tot.
Wir sind nicht einmal bis zum Lago Maggiore gekommen, wo Max so gern den Monte Verità besucht hätte. Doch plötzlich ging es ihm so viel schlechter, dass an eine Weiterreise nicht mehr zu denken war. Im Gegenteil, er wollte zurück nach Deutschland, wollte vor allem, dass wir heiraten, damit ich in den Genuss seines Erbe käme und versorgt wäre.
Aber er war zu schwach, und wir haben es nicht mehr über die Alpen zurück geschafft. Immerhin ist er in meinen Armen gestorben. Schwesterherz, Du bist meine Seelengefährtin, aber ich fürchte, diese Erfahrung kannst Du nicht mit mir teilen.

An dieser Stelle stiegen Henriette jedes Mal Tränen in die Augen. Tamatoa war nie ihr Geliebter gewesen, und es wäre auch niemals dazu gekommen, aber sie erinnerte sich jede Nacht daran, wie sich sein toter Körper auf ihrem Schoß angefühlt hatte.

Ihre Schwester irrte sich, und das machte Henriette nachdenklich. War die enge Verbindung zwischen ihnen abgerissen? War es am Ende eine Illusion zu glauben, wenn Sophie nur erst wieder hier wäre, würde alles gut werden, so wie im Märchen? Sie dachte an Tapuitea, die Legende von der Venus, die eine Schwester gewesen war, die ihre Brüder fressen wollte und dann zum Stern geworden war. Sogar dieses merkwürdige Märchen ging am Ende gut aus.

Wie auch immer, Max' Familie will nichts von mir wissen und behandelt mich wie eine elende Erbschleicherin, eine Rolle, die nicht zu mir passt.
Max hatte ohne mein Wissen nach unserer Verlobung sein Testament geändert, bei einem Notar, doch seine ehrenwerte Familie

hat alles angefochten und vor Gericht Recht bekommen, auch wenn Julius sein Bestes getan hat, um mich zu rehabilitieren. Vor Gericht wurde ich dargestellt wie eine habgierige, eiskalte Frau, die einen todkranken Mann seiner Heilung beraubt, zum Reisen und damit in den Tod zwingt, nur um ihn zu beerben.

Du kannst Dir sicher vorstellen, wie Großmama auf den Skandal reagiert hat, und nun weißt Du also auch, unter welchen Umständen ich leben muss. Wenn Julius mir hier kein Asyl gewährt hätte – was natürlich auch wieder zu dem übelsten Gerede geführt hat –, dann säße ich auf der Straße.

Von daher hält mich hier nichts, und ich brenne darauf, endlich nach Samoa zu reisen. Seltsamerweise scheint Max' Tod meine Tuberkulose etwas besänftigt zu haben, sodass ich nicht zu fürchten brauche, dass mich ein übereifriger Arzt von Bord weist wie letztes Mal. Ich denke, das würde im Augenblick auch niemand wagen. Außerdem werden wir wohl die Route über Baltimore nehmen, weil das schneller geht. Mehr denn je möchte ich in Deiner Nähe sein und in der von Mama.

Und Du musst wegen der Reise keine Angst um mich haben, denn Julius hat angeboten, mich zu begleiten, nicht, weil er so ein vollendeter Gentleman ist – das ist er ohne Zweifel –, sondern weil es ihn danach gelüstet, die Südsee zu erkunden. Ich halte ihn für eine getriebene Seele, die nur im Reisen zur Ruhe kommen kann.

Er behauptet, nach Samoa zu wollen, um dort die Töchter der Aphrodite aufzuspüren und zu photographieren, doch ich spüre, er hat einen anderen Grund, den er mir nicht verrät.

Genauso wenig, wie du mir verrätst, was dich wirklich hierhertreibt, dachte Henriette.

Aber er hat kein Geld, um die Reise für mich zu bezahlen. Wir hatten zwar ein paar Einnahmequellen, doch die sind nun versiegt. Er könnte zwar sehr leicht mit bestimmten Photographien Geld verdienen, doch dazu ist er nicht bereit, wegen seiner Ehre!
Mein Bedarf an Ehrenmännern ist gerade mehr als gedeckt, denn Max' Brüder haben vor Gericht unentwegt darauf gepocht, was sie für Ehrenmänner sind und dass Max ein Ehrenmann war, der niemals sein Testament zugunsten einer Kokotte und Erbschleicherin geändert hätte, wenn die ihn nicht dazu verführt hätte.
Du siehst, auch mein Humor ist auf dem Feld der Ehre gefallen und hat ein Ehrengrab bekommen. Obwohl die Ehre also gerade inflationär in mein Leben getreten ist, habe ich in dieser Hinsicht Verständnis für Julius. Es gibt einfach Grenzen, die man nicht überschreiten sollte.
Denkst Du auch manchmal daran, was für dumme kleine Mädchen wir damals waren, als wir an Madames Séancen teilgenommen haben? Hattest Du jemals wieder so einen Schreibanfall?

Ja, dachte Henriette jedes Mal, wenn sie an diese Stelle gekommen war, ja, hatte ich, aber das wollte sie ihr erzählen, wenn sie wieder zusammen waren. Sie wünschte inständig, dass es nicht mehr lange dauern würde. Seitdem sie Sophie vor zwei Monaten die Fahrkarten geschickt hatte, war kein Brief mehr von ihr oder von Julius eingetroffen. Henriette konnte nur hoffen, dass sie längst auf dem Weg hierher waren.

Wenn es Dir also möglich sein sollte, mit Papa bezüglich der Reisekosten eine Vereinbarung zu treffen, oder wenn Du mit Tante Berta eine Lösung fändest, wären wir mehr als dankbar. Denn wirklich, ich brenne darauf, Dich wiederzusehen. Wenn ich an Dich

denke, sehe ich nicht mehr dieses glückliche Licht um Dich herum, so wie damals, als ich anfing, mich in Max zu verlieben. Jetzt weiß ich nicht, war das alles nur eine Projektion meiner glücklichen Gedanken und erscheint mir nun alles um Dich herum so schwarz, weil das nun die Farbe meines eigenen Gemütszustandes ist, oder ist auch Dir etwas Grauenhaftes zugestoßen, was Du mir nicht verraten willst? Nun, es ist müßig, darüber zu spekulieren, ich hoffe, dass wir uns bald sehen werden.
Julius steht neben mir, begierig darauf, den Brief zur Post zu bringen. Ich hoffe auf ein baldiges Wiedersehen. Ich werde Dir eine wundervolle Überraschung mitbringen, das verspreche ich.
Sei herzlich umarmt, geküsst und gedrückt von
Deinem Dich liebenden Schwesterherz

In den letzten drei Monaten hatte sie diesen Brief schon so oft gelesen, dass er ganz zerknittert war. Sie hatte ihrem Vater dann einmal geschrieben und ihn um Geld für Sophie gebeten, aber keine Antwort erhalten.

Dafür schrieb ihre Schwester Ella mittlerweile sehr regelmäßig, und von ihr wusste sie, dass ihre Mutter seit jener schicksalhaften Nacht kein Wort mehr gesprochen hatte und ihr Vater dem Alkohol verfallen war. Deshalb waren alle sehr froh, dass Nian es übernommen hatte, sich um alles zu kümmern. Der zuerst geplante Wiederaufbau des Hauses wurde jedoch wieder verworfen, weil Nian völlig damit ausgelastet war, sich um die Plantage und die Pflege von Henriettes Mutter zu kümmern. Henriette liebte die unglaublich kurzen, poetischen Briefe, die ihr Nian schickte. Immer wieder war sie überrascht, wie gut es ihr gelang, in zehn Sätzen so viel mehr zu sagen als Henriette auf drei Seiten:

Henriette,
hier herrscht immer noch die Zeit des Wartens,
aber alles schreitet voran.
Ich beseufze die Zeiten und stähle meinen Willen.
Ich schreibe den Freunden der alten Tage vom Goldenen Fluss,
um eine Antwort auf Deine Frage zu erhalten.
Noch bin ich nicht in der Stimmung, den Mond anzuschauen,
doch ich bin wohl im Land der weißen Frangipaniblüten.
Nian

Henriette warf noch einen Blick darauf und wünschte sich einmal mehr, dass Nian wirklich jemanden finden würde, der ihnen mehr zu den Photographien von »damals am goldenen Fluss«, dem Yukon verraten konnte. Denn sie würde erst wieder einen Fuß auf Samoa setzen und die weiß-rosa Frangipaniblüten riechen können, wenn sie wusste, was mit Hofmann geschehen war. Seit jener Nacht gab es keine Spur von ihm.

Sie achtete darauf, ihr Empfangskleid aus creme und grau gestreifter Seide nicht mit Tinte zu beflecken, was Berta verärgern würde. Die Angestellten ihres Hotels mussten stets tadellos aussehen, das galt bis hin zum letzten Küchenmädchen. Berta war stolz darauf, dass man bei ihr überall vom Boden essen konnte, und sicher war das auch ein Teil ihres Erfolges.

In San Francisco gab es zwar viele Hotels, aber in den meisten galt es schon als hygienische Meisterleistung, wenn die Betten frei von Wanzen waren.

Henriette hatte versucht, sich ihrer Tante anzuvertrauen, aber Berta hatte es abgelehnt, zu erfahren, was auf Samoa geschehen war. Ihr Credo lautete: »Hör mir auf mit diesen alten Geschichten! Du bist jung, du bist gesund und sogar schön, mehr kann man vom Leben nicht erwarten. Was auch immer mit dir geschehen ist, es gehört nun zur Vergangenheit, und es hilft niemandem, wenn du nicht endlich damit anfängst, dich dem heutigen Tag zuzuwenden.« Um Henriette klarzumachen, wie lächerlich das Bejammern der Vergangenheit war, gab sie ihrer Nichte dann einen höchst unangenehmen Arbeitsauftrag, zu dem auch ihre heutige Vormittagsbeschäftigung in der Küche gehört hatte. Spätzleteig für das Abenddinner vorbereiten. Obwohl die Küche, anders als die in Samoa, sehr modern war und über einen gemauerten Ofen mit gusseisernen Platten verfügte und über eine riesige Spüle mit zwei Becken aus weißer Emaille und fließendem Wasser, hasste Henriette die Arbeit an diesem Ort. Es war heiß, schrecklich feucht, und es roch immer unangenehm nach rohem Fleisch, nach Blut, Schweiß, altem Frittierfett und gleichzeitig süßlich wie von überreifem Obst. Und ganz besonders hasste sie es, klebrigen Spätzleteig herzustellen. Glücklicherweise lag das für heute hinter ihr.

Henriette zupfte die schwarzen Schoner von den schmal geschnittenen Ärmeln mit der grauen Brüsseler Spitze und versteckte das Journal, in das sie ihre Ideen, Geschichten und Notizen schrieb, in dem Bezug ihres Kopfkissens. Denn trotz allem Gerede über Vergangenheit und Zukunft war ihre Tante sehr neugierig und legte größten Wert darauf, alles über jeden im Hotel zu erfahren. Auch über ihre Gäste. Man kann nie wissen, wofür das gut ist, pflegte sie zu sagen, wenn Henriette sie beim Spionieren erwischte.

Henriette überprüfte den Sitz ihrer Frisur im angelaufenen Spiegel des mächtigen dunklen Kleiderschranks.

Sie rückte ein paar Nadeln in ihren Haaren zurecht, die über eine bauschige Außenwelle zu einem Knoten aufgesteckt waren.

Und sie ignorierte die violetten Schatten unter ihren Augen, die Berta irrtümlich auf ihr nächtliches Schreiben zurückführte.

Ihr Blick fiel auf die blaue Muschel, die seit der Nacht von Tamatoas Tod verstummt war. Stumm, wie sie selbst.

Ja, sie schrieb diese Geschichten für Macmillan, Charmians Verleger, um Sophie Geld schicken zu können, aber es war, als wäre mit dieser Nacht auch ein Teil in ihr abgestorben. Sie arbeitete, sie verdiente Geld, aber mehr als alles andere sehnte sie sich danach, wieder etwas anderes zu fühlen als Trauer. Auch das war ein Grund, warum sie die Ankunft ihrer Schwester kaum noch erwarten konnte. Zuerst hatte sie versucht, Sophie einen Brief darüber zu schreiben, aber die Worte waren ihr hohl vorgekommen. Sie wollte, dass Sophie die Muschel in die Hand nahm und neben ihr saß, wenn sie ihr alles erzählte.

Henriette drehte sich mit einem Seufzer vor dem Spiegel zur Seite und widmete sich den Dingen, die ihre Tante für wichtig hielt. Ihrem Aussehen. In dem neuen S-Korsett, das ihre Hüften weit nach hinten drückte, wirkte ihre imposante Figur reichlich seltsam.

Tante Berta, noch stattlicher gebaut als Henriette, legte allergrößten Wert darauf, dass sie beide nach der neuesten Mode gekleidet waren, wenn sie im *European Palace* an der Rezeption arbeiteten. Doch es dauerte immer noch lange, bis die Neuigkeiten aus Paris hier am anderen Ende der Welt angelangt waren. Auch wenn es seit zwanzig Jahren den *Transcontinental Express* gab, der in knapp vierundachtzig Stunden von New York nach San Francisco fuhr. Nach einem letzten Blick in den Spiegel stieg sie die schmalen Treppen des Hinterhauses nach unten und machte sich durch den winzigen, lichtlosen Garten auf den Weg zu dem Vorderhaus, das wie viele viktorianische Häuser hier oben am Nob Hill im italienischen Stil erbaut worden war.

Tante Berta hatte den Grund hier oben schon erworben, als es noch sehr günstiges Brachland war. Erst als die Stadt entschieden hatte, die Cable-Car-Bahn bis hier oben zu verlängern, hatte sie angefangen, ihr Hotel zu bauen, in dem sicheren Wissen, dass ihre Gäste die Aussicht und die Ruhe hier oben nach dem hektischen Getriebe in Downtown zu schätzen wussten. Und sie hatte sich nicht getäuscht.

Heute veranstaltete Tante Berta ihr wöchentliches Samstagsdinner, das mit Abstand köstlichste Dinner der ganzen Stadt, zu dem sich meist die Crème de la Crème der Stadt ansagte und dies, obwohl Berta selten Männer zusammen mit ihren Frauen einlud. Und wenn doch, dann durften sie niemals am gleichen Tisch sitzen, weil ihre Tante fand, dass Eheleute getrennt voneinander deutlich amüsanter waren.

Das *European Palace* war zwar deutlich kleiner und weniger prächtig wie das gerade frisch renovierte *Palace Hotel* in der Market Street Ecke Montgomery, doch zog es viele Menschen zu ihnen, und sie waren fast immer ausgebucht. Bei Berta fühlten sich russische Großfürsten wohl, Verleger von der Ostküste, aber auch reiche deutsche Industrielle, die im Zuge des Goldrauschs in die Stadt gekommen und hier gestrandet waren.

Tante Berta hatte den Dining Room mit europäischen Gemälden voller Hirsche, venezianischer Gondeln und Alpenglühen ausgestattet. Es gab Thonet-Stühle, karierte Tischdecken und Chianti aus Italien, Riesling aus dem Rheingau, Bordeaux und Champagner aus Frankreich. Sahneweißes Geschirr aus Limoges, Gläser aus Zwiesel, Lampen und Lüster aus Venedig.

Und der mit Eiche getäfelte Billardraum samt angeschlossenem Klubzimmer, exklusiv nur für Männer, rundete alles ab.

Am liebsten versammelten sich die Gäste im sogenannten Vier-Jahreszeiten-Salon, der sogar mit zwei rollbaren Flügeln ausgestattet war. Hier spielte Charmian einmal im Monat Liszt für alle Gäste. Und sie war am Klavier noch viel besser als an der Schreibmaschine.

An den vier Wänden prangten mit den Jahreszeiten bemalte Tapeten aus England, die von üppigem Stuck gehalten wurden. Davor standen tiefe, bequeme Sofas und Sessel, die mit braunem oder grünem Samt bezogen waren. Auf dem Boden lagen Perserteppiche mit Blumen- und Ornamentmustern, kurzum, es gab nicht einen einzigen freien Platz im gesamten Zimmer. An jedem nur möglichen Ort stand eine Lampe mit schwarzen Kristallfransen, Kandelaber mit hängenden Glasprismen, Photographien von Tante Berta mit prominenten Gästen, eingerahmt in schwere goldene Rahmen, weibliche Statuetten in allen Größen und Formen in schwarzem Marmor aus Elfenbein und Messing, Schalen mit künstlichem Obst und dazwischen Kübel mit Stechpalmen und Grünlilien. Obwohl die Gesamtwirkung geradezu schaurig überladen war und vor allem die männlichen Gäste gern Scherze über diese geballte Weiblichkeit machten, fühlten sich doch alle dort wohl.

Niemand wusste so genau, woher Tante Berta das Geld für all diesen Prunk bekommen hatte, aber obwohl so vieles und reichlich Unanständiges gemunkelt wurde, hinderte das niemanden daran, hier abzusteigen. Sogar eingefleischte Puritaner wie Mr. und Mrs. Alex T. Vogelsang, die Kirkpatricks oder die Gallaghers. Das Essen und der Service waren einfach erstklassig.

Wie auch das heutige Abendmenü. Als Amuse-Gueule war Feldsalat mit Entenleberpastete vorgesehen, dann eine leichte Hummersuppe, gefolgt von Hirschgulasch mit hausgemachten Spätzle, und zum Dessert eine Nougatmousse sowie Petit Fours und Käse.

Tante Berta hatte die Angewohnheit, mit ihren Fingern auf den Tresen aus geschwärzter Eiche zu trommeln. Und weil sie dabei ihren Mittelfinger benutzte, an dem sie einen silbernen Ring trug mit einem nahezu taubeneigroßen Regenbogenmondstein, war das so laut, dass Henriette das Trommeln schon von Weitem hören konnte. Um diesen silbernen Ring rankten sich ebenfalls aufregende Geschichten, die Berta aber als Märchen abtat. Henriette beeilte sich und flog geradezu über den Mosaikboden. Als sie näher kam, war nicht zu übersehen, dass Bertas mächtige Figur nur noch durch ihr Korsett im Zaum gehalten wurde, während ihre großen dunklen Augen zornig blitzten.

»Hetty, was soll nur aus dir werden? Du siehst grauenhaft aus, du bist zu spät. Ich erwarte, dass du dich vor dem Dinner noch den Umständen entsprechend umziehst. Heute Abend hat sich Eugene Schmitz, unser Bürgermeister, angesagt. Vorher wirst du dich aber bitte noch um einen ganz besonderen Gast kümmern, der in Kürze hier eintrifft. Ich habe mit ihm schon alles besprochen, und er wird heute Abend auch am Dinner teilnehmen. Er holt gerade noch sein Gepäck vom Hafen.« Sie drehte sich um und verließ die Halle, nach allen Seiten grüßend, während Henriette ihren Platz hinter der Rezeption einnahm. Lächelnd erinnerte sie sich an den letzten besonderen Gast, den Berta für sie im Sinn gehabt hatte. Sie hatte ihr einen schwerhörigen, kränklichen russischen Grafen ans Herz gelegt, der, wie Tante Berta ihr begeistert erklärt hatte, ein Vermögen in Juwelen besaß. Der Mann hatte Henriette an Fürst Kurakin erinnert, weshalb sie das Gespräch auf Séancen gebracht hatte, was ein großer Erfolg gewesen war. Bedauerlicherweise war der Graf abgereist, ohne seine Rechnung zu bezahlen, denn er war nicht nur arm, sondern ein armer Hochstapler.

Henriette empfing Gäste und verteilte die Zimmerschlüssel, die an schweren Holzkegeln hingen. Je dunkler es draußen wurde, desto voller wurde die kleine, mit Palmen gesäumte Halle.

Rechts von der Rezeption befand sich ein Sitzbereich aus Ledersofas und schweren Sesseln, der zumeist von Männern genutzt wurde.

Links standen Caféhaustische mit Marmorplatten und Eisenfüßen, umgeben von geschwungenen Thonet-Stühlen mit Armlehnen, die viel von Frauen genutzt wurden, die in der Stadt beim Einkaufen gewesen waren. Eifrig plaudernd ließ man sich zur Stärkung Apfel- und Zitronentartes oder *High Tea* servieren.

Berta war entzückt darüber, dass man zu ihrem *High Tea* kam, obwohl sie keinen Tea-Room und erst recht keinen Ladies-Tea-Room anzubieten hatte, wie das *Palace*. Alle kamen wegen der Qualität des Gebäcks, aber nur Henriette kannte das Geheimnis, warum die Scones und Muffins und das Brot für Bertas hauchdünne Gurkensandwiches so köstlich war.

Berta selbst buk das gesamte Gebäck noch vor dem Frühstück in ihrer eigenen Küche und tat dann vor dem Personal so, als hätte sie einen Bäcker aufgetan, der das Hotel damit belieferte. Es war ihr peinlich, dass die Chefin selbst Hand anlegte. Henriette fand, sie sollte lieber stolz darauf sein, dass sie es von einer Bäckerfamilie aus dem Hessischen geschafft hatte, sich in

San Francisco ein Hotel aufzubauen und zwar ganz ohne einen Ehemann. Doch Berta blieb dabei, das sei rufschädigend, immerhin hatte sie hart an dem Gerücht gearbeitet, sie wäre das uneheliche Kind eines Grafen von Nassau-Darmstadt. Und eine Beinahe-Gräfin würde nicht mal in die Nähe einer Küche kommen, geschweige denn mit ihren zarten Händen einen Hefeteig kneten.

Als es langsam Zeit wurde, sich für das Dinner umzuziehen, trat noch ein Gast in die Halle. Henriette erkannte ihn sofort, und mit jedem Schritt, den er auf sie zu kam, hämmerte ihr Herz schneller. Nie im Leben hatte sie es für möglich gehalten, dass er es wagen würde, wieder in ihr Leben zu treten. Nicht nach allem, was auf Samoa geschehen war.

Sein goldenes Haar schimmerte im dämmrigen Licht, und einige der Damen in der Halle musterten ihn unauffällig. Obwohl Henriette den Impuls verspürte wegzurennen, stemmte sie ihre Beine fest in den Boden und zwang sich, ruhig zu atmen. Gut, dachte sie nach dem ersten Schreckmoment. Gut. Wenn ich weiß, was er vorhat, dann ist er kein Phantom mehr. Dann kann ich ihn endlich vernichten.

23. Kapitel

Lächelnd neigte er den Kopf, nahm seinen hellgrauen Homburger ab und legte ihn auf die Rezeption, von wo ihn Henriette am liebsten heruntergefegt hätte. Aber sie beherrschte sich und wartete ab, bis er etwas sagte.

»Meine Braut!«, waren seine ersten Worte.

Henriette versetzte dem Hut jetzt doch einen Stoß. Was fiel ihm ein!

»Das ist vorbei!«

Er bückte sich nach dem Hut, fegte ein paar unsichtbare Staubkörner mit der Hand herunter und setzte ihn wieder auf.

»Dein Vater sieht das vollkommen anders.«

»Das glaube ich nicht. Nicht nachdem, was Sie getan haben!«

Hofmann schürzte die Lippen und holte einen Brief aus der Tasche. »Der ist von deinem Vater für deine Tante. Sie hat ihn auch schon gelesen.«

»Interessiert mich nicht. Hier ist bedauerlicherweise kein Zimmer frei.«

Sie lächelte Mrs. Vogelsang zu, die ihr den Schlüssel reichte und hängte ihn an den dazugehörigen Haken.

Hofmann musterte den weißen Zobelmantel von Mrs. Vogelsang und sah ihr leise pfeifend hinterher. Dann holte er genauso einen Schlüssel aus seiner Hosentasche. Henriette wusste nun sicher, wer der besondere Gast war, von dem Berta gesprochen hatte. Denn den Schlüssel konnte er nur von Berta haben.

»Haben Sie schon eine Vorauszahlung geleistet?«

»Nun, ich gehöre doch zur Familie. Lies diesen Brief, die Verlobung wurde nie gelöst, und unsere Heirat würde einen Herzenswunsch deines Vaters erfüllen.« Henriette spürte ein Würgen in der Kehle. Sie wusste gar nicht, was sie zuerst sagen sollte. Er wagte es, hier aufzukreuzen, nach allem, was er zu verantworten hatte. Es war ihre Schuld, dass dieser erbärmliche Hund sich hatte retten können. Es war ihre Schuld, dass Tamatoa tot war. Das ganze Dorf hätte ihn langsam und qualvoll steinigen sollen. Wie dumm sie gewesen war, wie unfassbar dumm! Tränen der Wut stiegen in ihr hoch, sie rang um ihre Beherrschung. Diese Genugtuung würde sie ihm nicht geben.

»Ich werde den Brief lesen, sobald ich die Zeit erübrigen kann.«

»Ich freue mich schon auf das Dinner. Man hört nur das Allerbeste über die Küche deiner Tante. Sie scheint eine sehr großzügige und temperamentvolle Frau zu sein.« Er nickte ihr zu, ließ den Brief wie unabsichtlich liegen, winkte dem Hausdiener und schaffte sein Gepäck in Zimmer fünfzehn. Ausgerechnet. Das war das schönste mit einem herrlichen Blick auf die Stadt.

Zögernd griff sie nach dem Brief. Tatsächlich, es war die Schrift ihres Vaters, allerdings reichlich zittrig.

Berta, meine liebe Schwester,
bitte gewähre dem Überbringer dieser Zeilen Deine ganze freundliche Unterstützung. Er ist der Verlobte von Henriette, auch wenn meine Tochter Dir möglicherweise etwas anderes erzählt haben sollte.
Ich kann Dir gar nicht genug danken, dass Du meiner Tochter Henriette in der momentanen schweren Lage so gut zur Seite stehst.
Leider kann ich Dir nichts Neues vom Zustand meiner geliebten Gattin berichten, denn sie liegt immer noch stumm auf der Chaiselongue, und niemand weiß, was in ihrem Kopf vor sich geht. Dr. Krämer meint, ich solle sie zu einem Spezialisten nach Sydney bringen, aber ich bin nicht sicher, ob sie so eine Reise überstehen würde.
Ich schreibe Dir heute in der Hoffnung, Dich zum ›Postillon d'Amour‹ machen zu können. Denn wie Du ja weißt, ist Henriette verlobt, und in den Wirren des Aufstandes, der sie in Dein Haus gebracht hat, musste ihr Verlobter sich einigen Herausforderungen stellen, die eine längere Abwesenheit unumgänglich machten. Bei meiner kindsköpfigen Tochter hat das natürlich zu einigem Verdruss geführt. Doch nun ist er zurück, und ich wünsche, dass die beiden so schnell wie möglich heiraten. Denn ich möchte Hofmann zum Kompagnon machen, um meine Tochter abzusichern. Man weiß nie, welche Schläge das Schicksal noch für uns bereithält, und Dir als liebende Tante ist sicher auch klar, dass ich noch zwei Töchter habe, die es zu versorgen gilt.
Nimm ihn also mit offenen Armen auf und sorge für eine Versöhnung, Du würdest mir damit ganz persönlich einen großen Gefallen tun. Leider kann ich per Post nicht in die Einzelheiten gehen. Ich weiß, Du liebst Dein Patenkind wie eine Tochter und wirst alles tun, um ihr Wohlergehen sicherzustellen.
Dein Dich liebender Bruder Karl-Joseph Mayberg

Fassungslos ließ Henriette den Brief sinken. Jetzt bereute sie es, ihre Tante nicht doch in die wahren Begebenheiten auf Samoa eingeweiht zu haben. Denn nun war es zu spät, Berta liebte ihren Bruder so bedingungslos wie Henriette Sophie.

Henriette benötigte einen Plan. Auf keinen Fall würde sie Hofmann heiraten. Niemals, unter keinen Umständen. Aber offensichtlich würde er nie damit aufhören, ihren Vater zu erpressen. Wieder stiegen Tränen der Wut in ihre Augen.

Sie wünschte sich, Sophie wäre hier, ihre ungetrübte Sicht auf alles, was passiert war, hätte ihr sehr gutgetan. Henriette wusste, dass ihre Vernunft von hasserfüllten Gedanken vernebelt war. Alles in ihr schrie nach Rache, sie schwankte zwischen verschiedenen Szenarien. Hofmann könnte aus einem Fenster fallen oder von einem mit Bierfässern beladenen Pferdefuhrwerk oder auch einem Automobil überrollt werden. Dann kam ihr eine tödliche Lebensmittelvergiftung in den Sinn. Neulich erst hatte sie im *San Francisco Chronicle* darüber gelesen, dass jemand an verdorbenem Büchsenfleisch gestorben war. Das Dinner heute Abend würde ihr die Gelegenheit bieten. Es gab zwar kein Büchsenfleisch, aber vielleicht ließ sich etwas anderes finden. Die Spätzle.

Großartig, Henriette, meldete sich nun doch ihre Vernunft zu Wort und überschlug sich vor lauter Spott. War es nicht schon genug, dass du in Samoa Gott spielen musstest und schmählich versagt hast? Was, wenn jemand anderes das vergiftete Essen bekam? Womöglich deine Tante! Willst du wirklich morden, um dich zu rächen? Gab es keine andere Lösung? Aber ich könnte es versuchen, widersprach sie ihrer Vernunft. Wenn ich etwas fände, was Bertas Hotel nicht in Verruf bringt, etwas, das ich gezielt steuern könnte. Berta verwendete

Arsen als Rattengift, denn Ratten gab es in San Francisco viel zu viele.

Das weiße Pulver war geruch- und geschmacklos, und es löste sich gut in alkoholischen Getränken auf, denen Hofmann ja reichlich zusprach. Er würde sicher so lange hier wohnen, bis sie verheiratet waren, währenddessen könnte sie ihm jeden Tag etwas in den Wein mischen, und er würde langsam dahinsiechen. Was für ein schöner, geradezu berauschender Gedanke!

Sie nahm den Brief, nickte den Gallaghers zu, die in der Halle Kaffee tranken, und ging in das Hinterhaus, um sich umzuziehen.

Während sie sich mit ihrer Frisur abquälte, dachte sie an Nian, die sie so viel mehr vermisste, als sie es für möglich gehalten hatte. Sie hätte ihr sicher einen klugen Rat geben können. Bestimmt hatte sie Verwandte in Chinatown, die sich mit chinesischer Medizin auskannten und mit Giften. Aber Nian hätte vielleicht noch einen viel besseren Vorschlag gehabt, etwas, was Henriette niemals einfallen würde.

Als sie darüber nachzudenken begann, was Nian an ihrer Stelle tun würde, dämmerte ihr, dass Nian auf keinen Fall die offene Konfrontation suchen würde, das war nicht ihre Art. Sie würde ihr Opfer beobachten, abwarten und dann sehr durchdacht zuschlagen.

Ja, sie musste Hofmann erst einmal in Sicherheit wiegen.

Henriette hielt inne, und je länger sie darüber nachdachte, desto besser gefiel ihr das. Sie durfte nicht überstürzt handeln. Bevor sie anfing, ihm Gift zu verabreichen, sollte sie gründlich über Alternativen nachdenken. Dazu brauchte sie Zeit. Zeit, die sie dazu nutzen sollte, ihn zu studieren, ihm das Gefühl zu geben, er bekäme, was er wollte. Dann erst würde sie ihren Plan in die Tat umsetzen.

Erfreut dankte sie Nian, die ihr sogar aus dieser Entfernung einen guten Rat erteilt hatte.

Trotzdem war sie froh, dass ihre Schwester auch bald hier ankommen würde. Dann musste sie keine Entscheidung mehr alleine treffen, sie konnten gemeinsam beraten, wie es mit Hofmann und ihrer Mutter weitergehen sollte.

Entschlossen läutete sie nach dem Zimmermädchen, das ihr dabei half, das mit bunten Perlen bestickte, türkisgrüne Abendkleid mit dem tiefen Dekolleté anzulegen. Dann zog sie sich die langen, bis zu den Oberarmen reichenden Abendhandschuhe aus elfenbeinfarbenem Satin an. Schließlich betupfte sie sich mit einem Parfüm, das Berta für sie ausgesucht hatte. Sie benutzte es nur selten, weil der jasminartige Duft sie an Samoa erinnerte und mit tiefer Trauer erfüllte. Aber heute Abend passte das ganz ausgezeichnet zu ihren Plänen. Es würde ihr Verlangen nach Rache wachhalten.

Nachdem das Zimmermädchen wieder gegangen war, griff sie nach einem kleinen, zum Kleid passenden Beuteltäschchen und betrachtete sich im Spiegel. Sie sah aus wie eine junge Frau, die nichts anderes im Kopf hatte als ihr Vergnügen. Das merkwürdige Blaugrün des Kleides brachte ihre Augen gut zur Geltung, und was noch sehr viel besser war, es erinnerte sie an die blaue Muschel. Und die Perlen schillerten in allen Farben des Regenbogens. Nuanua.

Gut, dachte sie, das ist meine Rüstung. Das war zwar noch kein Plan, aber ein Anfang. Sie lächelte sich zu. Fürs Erste werde ich ihn einlullen, ihn überraschen, um ihm dann den Todesstoß zu versetzen. Und dann dämmerte ihr, dass jede Entscheidung, die Hofmann anging, doch nur von ihr alleine gefällt werden konnte, niemand konnte ihr das abnehmen. Niemand war dort gewesen in jener Nacht am Strand und hatte gesehen, was sie gesehen hatte.

Das endlos ans Ufer schlagende Meer, die raschelnden Palmen und Tamatoas Füße, die vom Wind sanft hin- und hergeschaukelt wurden.

24. Kapitel

Das private Esszimmer ihrer Tante begeisterte vor allem Männer. Denn im Unterschied zum hocheleganten Interieur des Hotels hatte Berta es eingerichtet wie einen Saloon. Mit derben, dick gepolsterten Holzstühlen, kleinen runden Tischen und einem riesigen elektrischen Klavier, das so ziemlich alle bekannten Melodien und Gassenhauer spielte. Von dem eher witzigen »My merry Oldsmobile« bis hin zum hochsentimentalen und von Berta besonders geschätzten »In the Shade of the old Apple Tree« war wirklich alles dabei. An den Wänden hingen Ölgemälde mit ernstem biblischem und mythologischem Hintergrund wie Susanna im Bade, Adam und Eva im Paradies, Amor und Psyche und die Entführung Europas.

Trotzdem erwartete Berta, dass sich alle festlich kleideten. Zwischen jedem Gang wurde die Sitzordnung verändert, was die Serviermädchen jedes Mal durcheinanderbrachte. Doch Berta bestand darauf, denn für sie war es das Wichtigste, dass man sich bei ihr nicht langweilte, dafür – so fand sie – war das Leben zu kurz. Und das wiederum bedeutete, dass Henriette auch nur eine überschaubare Zeit neben Hofmann verbringen musste.

Tatsächlich saß sie zwischen Hofmann und dem Bürgermeister von San Francisco, Eugene Schmitz, der einen deutschen Vater hatte und im Salon von Tante Berta gern sein Deutsch aufpolierte. Es gab auch Gerüchte darüber, dass er in Bertas Salon, hinter verschlossenen Türen, das ein oder andere brisante Geschäft tätigte. Henriette war das gleichgültig. Sie fand es einen Wink des Schicksals, dass sie neben »handsome Gene«, wie Berta ihn heimlich nannte, sitzen durfte, und sie hoffte, es würde ihr gelingen, Hofmann ordentlich ins Schwitzen zu bringen.

Ihnen gegenüber saß Luisa Tetrazzini, eine füllige, gut gelaunte Koloratursopranistin, die gerade ihr Debüt in San Francisco gegeben hatte und sich ausgezeichnet mit Louis Ghirardelli unterhielt, der mit seinen beiden Brüdern am Fisherman's Wharf ein großes Kaffee- und Kakaowarenhaus betrieb, in dem so ausgezeichnete Schokolade produziert wurde, dass Berta sie sogar im Hotel anbot.

Die Stimmung war großartig, und Henriette gab sich alle Mühe, auch dazu beizutragen, was ihr beifällige Blicke ihrer Tante einbrachte.

Nachdem der Feldsalat mit Entenleberpastete abgeräumt und die leichte Hummersuppe aufgetragen worden war, wandte sich Henriette an Eugene Schmitz und fragte ihn, ob er als Bürgermeister es eigentlich befürwortete, wenn Verbrecher frei in seiner Stadt herumliefen.

Henriette hätte nicht gedacht, dass ihre Frage gleich die ganze Unterhaltung lahmlegen würde, aber sie hatte wohl einen Nerv getroffen, denn der Bürgermeister legte entschieden das Silberbesteck aus seinen Händen und räusperte sich in die gespannte Stille.

Die Tetrazzini summte ein paar Takte aus »Auf in den Kampf« und brachte die Runde damit zum Lachen, doch dann schwiegen wieder alle erwartungsvoll.

»Handsome Gene« lächelte Henriette an, murmelte etwas von schönen Frauen, die in seinen Augen niemals etwas falsch machen können, und beteuerte dann, dass er sich oft wünschte, in einer Stadt zu leben, die nicht seit über fünfzig Jahren die Abenteurer aus der ganzen Welt anlocken und dann hier stranden lassen würde.

Henriette hatte erwartet, er würde auf den Tisch hauen und ihr versichern, dass er persönlich dafür Sorge trüge, alle Ganoven der Stadt ins Gefängnis zu schaffen. Stattdessen gab der Chief von San Francisco eine so schwache Antwort. Offenbar hatte er ihre Frage als Kritik verstanden, aber jetzt war sie in Fahrt und konnte sich nicht mehr bremsen.

»Soll das heißen, man kann nichts gegen all diese Verbrecher tun?«, fragte sie.

»Handsome Gene« warf sich in die Brust, aber Hofmann kam ihm schon zuvor.

»Was der geschätzte Herr Bürgermeister sagen will, ist sicherlich, dass es äußerst schwierig ist, in einer solchen Stadt dem Verbrechen Herr zu werden. Kaum hat man eine Ratte erwischt, finden sich schon wieder zehn neue, die nur allzu begierig sind, in ihre Fußstapfen zu treten.«

»Wohl gesprochen!« Die am Tisch platzierten Herren hätten Hofmann beinahe applaudiert.

»Sollte man deshalb erst gar keine Ratten mehr fangen?«, entgegnete Henriette und ignorierte die mahnenden Blicke ihrer Tante.

»Natürlich nicht, man muss ihnen Einhalt gebieten.« »Handsome Gene« strich seine etwas zu langen, mit reichlich Haaröl getränkten Haare zurück.

»Und wenn man Ihnen eine Ratte auf dem Silbertablett servieren würde, wären Sie dann in der Lage, sie unschädlich zu machen?« Henriette starrte Hofmann dabei derart unhöflich an, dass es keinen Zweifel geben konnte, dass eine solche Ratte am Tisch saß. Die Tetrazzini fing an, unüberhörbar mit Ghirardelli zu tuscheln. Hofmann hielt ihrem Blick stand und begann sogar noch zu grinsen, so als wäre ihr Gerede nur albernes Zeug, Phantastereien eines verwirrten Frauenzimmers, was Henriette mehr ärgerte als alles andere.

»Was Sie aber auch für seltsame Fragen stellen, junge Lady …«

Der Bürgermeister schlug nun unvermittelt so laut mit der Faust auf den Tisch, dass sich alle im Saal zu ihnen herumdrehten. Tante Berta warf Henriette finstere Blicke zu.

»Nun, ich kann mich nicht um jede Ratte persönlich kümmern, aber ich habe meine Leute.«

Alarmiert stand Berta auf und klatschte in die Hände. »Zeit, die Plätze zu wechseln.« Sie kam zu Henriette hinüber und zog sie zu einem der italienischen Erkerfenster.

»Was sollte denn das? Willst du unsere Gäste beleidigen? Weißt du denn nicht, welche Schwierigkeiten mir Gene machen kann? Er kann das Hotel mit einem einzigen Schnippen seiner Finger einfach dichtmachen. Was ist denn nur in dich gefahren?«

»Es tut mir leid, ich glaube, ich bekomme gerade Migräne«, sagte Henriette, die sich gerade fragte, ob es nicht eine gute Idee wäre, Hofmanns Zimmer zu durchsuchen, solange er hier beim Dinner war.

»Das wirst du schön bleiben lassen und dich zusammennehmen. Jetzt ist keine Zeit für Migräne. Ausnahmsweise werde ich deinen Verlobten an deinem Tisch lassen, meinem Bruder zuliebe. Kümmere dich um Hofmann!«

Henriette unterdrückte ein Seufzen. Dann setzte man sich in neuer Runde zusammen, und diesmal befand sich Hofmann gegenüber von ihr, aber er wurde sofort von einer üppigen Operettenschauspielerin in Beschlag genommen, die sich Madge Lessing nannte und ausgezeichnet Deutsch sprach. Zu Henriettes großem Vergnügen hielt sie Hofmann für einen deutschstämmigen Regisseur aus Los Angeles auf der Suche nach Talenten. Madge Lessing flirtete und zog alle Register einer erfolgreichen Stummfilmdiva. Sie sah ihn stets von schräg unten an, klimperte mit den Augen, seufzte und verzog ihr kleines Mündchen, während die dunkelbraunen Locken in Massen in ihr Gesicht fielen.

Das erinnerte Henriette an die Telesa von Samoa und daran, was sie sich vorgenommen hatte. Rache. Sie musste Hofmann außer Gefecht setzen, damit ihre Familie in Frieden weiterleben konnte. Solange er lebte und sich als ihren Verlobten betrachtete, konnte sie keinen Fuß auf Samoa setzen. Sie musste einfach erfahren, womit er ihren Vater erpresste. Dieses Wissen verlieh ihm eine solche Macht über sie alle. Es wäre ja möglich, dass ihr Vater sich schuldig für etwas fühlte, was man aus heutiger Sicht ganz anders sehen konnte. Außerdem wollte sie auch wissen, wie Hofmann an sein Geheimnis gelangt war. Wenn es wirklich um Mord ging und Hofmann zugesehen und den Mord nicht verhindert hatte, dann war er mitschuldig. War er aber nicht dabei gewesen, woher nahm er dann die absolute Gewissheit über das, was geschehen war?

Als das Hirschgulasch mit den hausgemachten Spätzle serviert, die Rotweinflaschen geöffnet und auf den Tisch gestellt wurden, traf sie schon wieder ein böser Blick ihrer Tante. Schuldbewusst hörte Henriette auf zu grübeln und wandte sich endlich dem Mann zu, der neben ihr saß.

Sein kantiges Gesicht mit sehr lebhaften Augen wirkte außerordentlich gelangweilt, um nicht zu sagen griesgrämig, und er trank den Wein wie ein Verdurstender. Henriette bedauerte ihr unhöfliches Schweigen. Sie sprach ihn an und fand schnell heraus, dass er nicht über ihre Nichtbeachtung verärgert war, sondern darüber, dass seine frischgebackene Ehefrau Charmian Kittredge an einem anderen Tisch saß. Und das, wo sie ihn doch dringend gebeten hatte, sie zu begleiten. Henriette erklärte ihm, dass Berta nie Eheleute zusammensitzen ließ und sehr selten zusammen einlud, weil das ihrer Meinung nach den Erfolg eines amüsanten Abends schwer beeinträchtigen konnte.

Ihr Tischnachbar zuckte mit den Achseln und stellte sich ihr dann eher widerwillig vor. Zuerst dachte Henriette, dass er einen billigen Witz auf ihre Kosten machen würde, aber dann dämmerte ihr, dass es wirklich stimmte. Charmian hatte immer nur von ihrem Jack gesprochen. Jack, der in Yokohama war oder in Europa oder in Oakland, und Jack, den sie in Chicago heiraten musste, weil er geschieden war und in Kalifornien Geschiedene nicht heiraten durften. Sie hatte nur vergessen, ein winziges Detail zu erwähnen, nämlich, dass es sich bei ihrem besagten und geliebten Jack um Jack London handelte.

Henriette verschlug es einen Moment lang die Sprache. Sie bewunderte nicht nur seine Romane wie »Ruf der Wildnis«, sondern auch die Reportagen über »Die Menschen des Abgrunds« aus den Londoner Elendsvierteln.

Nachdem Henriette sich als seine glühende Bewunderin

vorgestellt hatte, wurde er etwas gnädiger und begann, sich mit ihr zu unterhalten.

»Solche Dinner sind mir ein Gräuel«, sagte er. »Reiche Geldsäcke, die sich amüsieren wollen. Die noch nie in ihrem Leben einen Finger krumm gemacht haben. Die aus allem nur Geld pressen, die nichts selbst produzieren, so wie ein ehrlicher Farmer.« Er sah die Männer im Raum der Reihe nach an und schüttelte den Kopf, dann blieb sein Blick an Hofmann hängen, und sein Gesichtsausdruck verdüsterte sich noch mehr.

»Wir kennen uns«, blaffte er über den Tisch und musterte Hofmann genauer. »Vom Yukon.«

Hofmann wurde bleich. Voller Genugtuung erinnerte sich Henriette daran, dass »Ruf der Wildnis« am Klondike spielte und dass Jack London mehrere Jahre dort verbracht hatte. Allein dafür, dass er Hofmann zum Blasswerden gebracht hatte, liebte sie ihn.

Hofmann schüttelte den Kopf. »Nicht, dass ich wüsste.«

»Doch, doch, doch«, beharrte London. »Am Klondike.«

»Wie können Sie da so sicher sein, dort waren Hunderttausende!« Hofmann war sichtlich nervös.

»Das stimmt, und noch mehr sind dort elendig zugrunde gegangen. Aber ich schreibe Bücher und habe ein Faible für Details. Ich vergesse nur selten ein Gesicht. Ihre Ohren sind so winzig, vielleicht habe ich sie mir deshalb gemerkt.« London drehte sich zu Henriette und zwinkerte ihr so leicht zu, dass sie nicht sicher sein konnte, ob sie es sich nicht nur eingebildet hatte.

Unwillkürlich griff sich Hofmann an seine Ohren, als würde er sie zum ersten Mal berühren.

»Unsinn, meine Ohren sind einfach Ohren!«

»Ich glaube, Sie waren einer von den Männern, die in diesen Skandal um Mary Belle in Dawson verwickelt waren, eine von den *soiled doves,* den Madams, die ermordet wurden.«

»Sie haben eindeutig zu viel getrunken!« Hofmann verlor zusehends die Fassung.

»Nein«, widersprach London knapp, »es waren Deutsche. Deshalb habe ich mir das gemerkt.«

Henriette fühlte, wie auch sie bleich wurde. Deutsche also, dann war einer davon vielleicht ihr Vater?

Madge Lessing nickte ihr mitfühlend zu und bat die Herren darum, sich doch daran zu erinnern, dass Damen am Tisch saßen.

Hofmann stimmte der Diva zu und wollte dringend das Thema wechseln, aber Henriette hoffte, mehr darüber zu erfahren, was am Klondike wirklich geschehen war. Wenn sie doch nur schon früher geahnt hätte, wer Charmians Ehemann war!

»Sie haben völlig recht«, sagte sie zu London, »Hofmann war am Klondike zusammen mit meinem Vater. Was ist denn damals passiert mit dieser Mary Belle?«

»Ich glaube nicht, dass ein Mann, der Romane aus der Sicht eines Hundes schreibt, darüber reden sollte, was mit Menschen geschehen ist«, ließ sich Hofmann vernehmen.

Madge Lessing kicherte, während London neben ihr gegen den Impuls ankämpfen musste aufzuspringen.

»Hofmann ist immer so unhöflich, ignorieren Sie ihn einfach«, sagte sie und legte ihre Hand auf Londons Arm. »Sie würden mir einen großen Gefallen tun, wenn Sie mir mehr darüber erzählen könnten.«

London trank sein Weinglas in einem Zug aus und beruhigte

sich etwas. »Es war eine sehr raue Zeit, ich war mit meinem Schwager dort, aber ich hätte dort weder meine Schwester Eliza noch meine Töchter sehen wollen. Mit Charmian wäre es vielleicht eine andere Sache, sie ist einfach …« Er drehte sich nach seiner Ehefrau um und warf ihr sehnsüchtige Blicke zu, dann wandte er sich wieder zu Henriette.

»Also Mary Belle tanzte in Dawson im *Palace Grand Theatre,* aber sie verdiente wohl auch Geld nebenbei. Wenn ich mich richtig erinnere, dann hatte einer ihrer Kunden aber kein Gold und bezahlte sie mit dem Anteil an einem Claim, den er zusammen mit seinem Freund gekauft hatte. Diesen Mann, einen Österreicher, hat man später tot aus dem Yukon gezogen. Man vermutete, dass er sich ertränkt hatte, nachdem ihm im nüchternen Zustand wieder klar geworden war, was er getan hatte. Doch was dann genau passiert ist, weiß ich nicht mehr.« Er warf einen festen Blick auf Hofmann, dann zuckte er die Schultern. »Es tut mir leid, aber ich war wohl doch ein wenig voreilig, denn ich erinnere mich nicht mehr genau, wie er in die Sache verwickelt war.«

»Aber Sie sagten, diese arme Frau wurde ermordet?«, fragte jetzt Madge Lessing neugierig.

Jack London zögerte. »Man hat ihr den Schädel eingeschlagen.«

Henriette schnappte nach Luft. Hässliche Bilder schoben sich vor ihr inneres Auge. So grausam sie ihren Vater manchmal auch erlebt hatte, konnte es wirklich sein, dass er einer Frau den Schädel einschlug? Es erschien ihr undenkbar. Aber dann dachte sie an Sina und Tamatoa, und alles erschien ihr möglich.

»Hat man ihren Mörder jemals gefunden?«, fragte Madge Lessing und kam Henriette damit nur knapp zuvor.

»Nicht in der Zeit, in der ich dort war. Dawson City, der White Pass, der Yukon, all das war lange Zeit ein gesetzloser Raum voll armer, gieriger Männer, die ihr letztes Geld für die Ausrüstung gegeben hatten, nur um dann doch zu scheitern. Es war eine grandiose, eine schöne, unberührte Landschaft, doch das Hässliche und Gemeine steckt das Schöne und Edle mit seiner Fäulnis an, und zusammen verrottet und verwest es.«

Hofmann stand wortlos auf und verließ den Raum.

»Das ist eine Schande! Bestimmt hatte diese arme Frau Angehörige«, sagte Miss Madge mit einem wohligen Schaudern.

»Nein, ich glaube nicht. Und ich schätze, ihre Mörder haben das genau gewusst.«

»Wenn ihr Tod nie gesühnt wurde, spukt ihr Geist sicher nachts über dem Yukon River.« Madge Lessing klang jetzt geradezu begeistert.

Jack London schüttelte den Kopf, goss sich aus der Weinflasche das Glas wieder voll und trank es aus. »Ich glaube nicht an Geister, wenn man tot ist, ist man tot. Meine Mutter war Spiritistin, mein leiblicher Vater war Astrologe. Meine Eltern haben sich bei einer spiritistischen Sitzung kennengelernt, und was war die Folge davon? Armut, nichts als bitterste Armut. Wenn an Astrologie etwas dran wäre, hätten sie reich werden müssen. Nein, ich glaube nicht an das Jenseits.«

Henriette erinnerte sich an Madame de la Beaufort und daran, dass Sophie alles nur für Schwindel gehalten hatte, und doch waren sie so fasziniert davon gewesen, dass sie Woche für Woche wieder dorthin gegangen waren.

»Nun Mr. London, Sie scheinen mir ein Mann mit festen Überzeugungen zu sein«, ließ sich Madge Lessing vernehmen und tupfte mit ihrer Damastserviette ihren Mund ab. »Allerdings war ich auf einer Séance und habe dort mit meinem verstorbenen Vater gesprochen! Und diese Erfahrung hat mein ganzes Leben verändert.«

»Alles Taschenspielereien von Schwindlern!« London seufzte und schürzte seine Lippen voller Verachtung. Madge Lessing wurde rot. »Und doch habe ich eine Photographie, auf der man sehen kann, wie sich der Geist meines Vaters manifestiert hat!«

Henriette erinnerte sich an den attraktiven Photographen, der an ihrem letzten Abend bei Madame überraschend aufgetaucht war, und sie fragte sich, was auf seinen Aufnahmen wohl zu sehen gewesen war.

London goss sich noch ein Glas Wein ein, dann räusperte er sich und fragte Henriette, demonstrativ das Thema wechselnd, wann sie denn das letzte Mal etwas Schönes gesehen habe.

Madge Lessing konnte ihre Empörung über diese Unhöflichkeit nur schwer verbergen, und Henriette schwankte, ob sie ihr beistehen oder dem berühmten Schriftsteller antworten sollte. Immerhin war sie ja auch mehrfach auf einer Séance gewesen, doch dann begann sie, ihm von Samoa zu erzählen, von Tamatoa, der blauen Muschel und der Göttin Nafanua. Und durch sein geschicktes Nachfragen waren die beiden alsbald so miteinander ins Gespräch vertieft, dass es Henriettes Aufmerksamkeit entging, wie Hofmann zurückkam.

Erst als Berta das Zeichen für den Platzwechsel gab, bemerkte Henriette, dass er wieder neben Madge Lessing saß.

»Aber wenn es dort so schön war, warum haben Sie Samoa denn dann verlassen?«, fragte London, als sie schon alle im Aufstehen waren.

»Es ist genauso, wie Sie gesagt haben«, sie wandte ihren Blick weg von London hin zu Hofmann, damit jedem klar war, wer hier gemeint war. Dann wiederholte sie die Worte von Jack London: »Das Hässliche und Gemeine steckt das Schöne und Edle mit seiner Fäulnis an, und zusammen verrottet und verwest es.«

Charmian trat zu ihrem Mann und nickte Henriette freundlich zu. Sie griff ganz unkonventionell nach Jacks Hand und drückte sie innig. »Selbst wenn es das letzte Mal sein sollte, dass Berta mich einlädt, aber dieses Dessert werden wir am gleichen Tisch einnehmen!«

Jack Londons Gesicht begann so glücklich aufzublühen, dass Henriette sich unwillkürlich wünschte, es gäbe in ihrem Leben auch jemanden, den der Gedanke, mit ihr zusammen zu sein, so ungemein aufheitern würde. Und dabei dachte sie diesmal nicht an ihre Schwester.

»Charmian, kennst du Henriette schon?«, fragte Jack.

Charmian lachte und erklärte ihm, dass sie Henriette an Macmillan vermittelt habe und dass Bertas Nichte seit geraumer Zeit die Liebesgeschichten für ihren Verleger schreibe, die früher der alte Fergus Andersen verfasst habe. Henriette spürte, wie sie blutrot im Gesicht wurde. Das hatte sie nun davon, dass sie sich nur des Geldes wegen Geschichten ausdachte.

Doch Jack London musterte sie mit Respekt. »Sie brauchen also Geld. Und Sie arbeiten wie jeder anständige Mensch, der Geld zum Leben braucht. Schreiben ist ein Beruf, und ich denke nicht an die Schriftstellerei als Kunst. Ich bin ein großer Träumer, aber ich schreibe Bücher zu keinem anderen Zweck, als drei- oder vierhundert Morgen meinem Landbesitz einzuverleiben. Mein Vieh interessiert mich mehr als mein Beruf.«

Henriette beruhigte sich etwas. Er fand es also nicht grauenhaft peinlich, was sie da tat.

London küsste Charmians Nacken, als wären sie allein, dann

zwinkerte er Henriette zu und wandte sich an seine Frau. »Ich glaube, wir werden eines Tages nach Samoa segeln, mein Liebling. Was meinst du dazu?«, sagte er.

»Hört sich nach einer guten Idee an. Aber ich habe noch eine bessere. Was hältst du davon, endlich das Dessert zu essen?« Charmian zog London neben sich an einen Tisch, und Henriette musste ein Lächeln unterdrücken, weil ihre Tante zwar beide Augenbrauen hochzog, sich aber dazu durchrang, das Verhalten der Jungvermählten nicht zu kommentieren.

Zum Glück erlaubte Berta Hofmann aber nicht noch einmal, an Henriettes Tisch zu sitzen, sondern platzierte ihn jetzt neben sich selbst. Das erlaubte es Henriette, sich ihrer Nougatmousse zu widmen, ohne mit ihm reden zu müssen. Lustlos knabberte sie an einem Petit Four herum und fragte sich, wie sie das eben Gehörte zu ihrem Vorteil nutzen konnte. Wenn London recht hatte und ihr Vater und Hofmann in den Mord an einer Frau verwickelt waren, dann musste sie Hofmann entweder heiraten oder töten.

Eine andere Wahl hatte sie nicht.

Aber woher wusste Hofmann eigentlich so genau, was passiert war? Und was, wenn ihr Vater gar nicht so schuldig war, wie Hofmann behauptete? Was, wenn die Erinnerung ihres Vaters an den Abend von Alkohol oder Krankheit getrübt war und ihn Hofmann nur an seine Schuld glauben ließ?

Warum hatte sie das noch nie vorher hinterfragt? Sie musste unbedingt herausfinden, was damals wirklich geschehen war. Vielleicht würde das schon genügen, um sich Hofmann vom Hals zu schaffen und endlich in Frieden zu leben, vielleicht würde ihr dieses Wissen einen Schlüssel in die Hand geben, um Sina und Tamatoa zu rächen.

25. Kapitel

Drei Tage später wusste Henriette schon sehr viel mehr als vor dem Dinner. Sie war mit der Cable-Car-Bahn zur Bibliothek in der Larkin Street gefahren, die in einem Nebengebäude der prächtigen City Hall untergebracht war. Ihr war nämlich der Gedanke gekommen, dass etwas über den Mord an dieser Mary Belle in den Zeitungen gestanden haben könnte. Natürlich war es nicht ausgeschlossen, dass sich Jack London mit seinen Anschuldigungen geirrt hatte, aber es war einen Versuch wert.

Sie hatte nach den Zeitungen von San Francisco gefragt, und weil es ihr peinlich war, nach dem Mordfall an einer Prostituierten und Tänzerin zu suchen, hatte sie behauptet, auf der Suche nach einer Todesanzeige zu sein.

Daraufhin hatte ihr ein Gehilfe den *San Francisco Chronicle* und den *San Francisco Examiner* von 1897 bis 1902 gebracht. Das magere Ergebnis waren mit Druckerschwärze verschmierte Finger. Nirgends war auch nur eine einzige Silbe über den Mord an einer Mary Belle zu finden oder über einen Mord am Klondike.

Überhaupt gab es wenige Nachrichten vom Klondike, und das hatte sie auf den Gedanken gebracht, dass es dort vor Ort auch Zeitungen gegeben haben musste. Sie hatte bei dem Bibliothekar nachgefragt und erfahren, dass da die *Dawson Daily News,* die *Yukon Midnight Sun,* die *Klondike News* und *Skaguay News* infrage kamen, jedoch wurden diese nicht hier in der Bibliothek archiviert.

Der Bibliothekar erläuterte langatmig, dass man unter bestimmten Voraussetzungen, eventuell und nur bei einer behördlich gegebenen Wichtigkeit diese Zeitungen herschaffen könnte, doch dies bedürfe der Zustimmung seitens seiner Vorgesetzten und würde außerdem Zeit in Anspruch nehmen.

Und natürlich könne man nicht davon ausgehen, dass dort vor Ort alles richtig archiviert worden sei, denn damals im Goldrausch hätten die Menschen ganz andere Probleme gehabt. Wer hätte denn da schon Geld für Todesanzeigen gehabt, wurde sie belehrt. Da waren die Leute doch gestorben wie die Fliegen!

Dann wollte der Bibliothekar noch wissen, warum sie denn nach Todesanzeigen suchen würde, und ließ durchblicken, dass er für Erbschleicherinnen nichts übrig hätte. Henriette fühlte sich so eingeschüchtert, dass sie den Rückzug antrat.

Unverrichteter Dinge und auch noch zu spät erschien sie zu ihrem Dienst an der Rezeption, was ihr eine Rüge von Tante Berta eintrug, die seit dem Dinner nicht gut auf sie zu sprechen war. Der hübsche Eugene hatte sich bei ihr beschwert, weil er beim Essen Andeutungen darüber ausgesetzt gewesen war, dass er korrupt sein könnte. Obwohl das ja nicht im Mindesten in Henriettes Absicht gelegen hatte. Als sie zu ihrer Rechtfertigung versucht hatte, Berta zu erklären, dass Hofmann ein elender Erpresser war, war sie an Bertas Sturheit gescheitert. Ihre Tante wollte einfach nicht zur Kenntnis nehmen, dass ihr lieber

Bruder mit dieser Verlobung eine falsche Entscheidung getroffen hatte.

Während Henriette an der Rezeption Gäste begrüßte und verabschiedete, grübelte sie darüber, dass sie bei ihrer Suche in der Bibliothek irgendwo einen Fehler gemacht haben musste.

Wenn das, was passiert war, nicht einmal in einer Zeitung in San Francisco gestanden hatte und Mary Belle keine Angehörigen gehabt hatte, warum konnte Hofmann dann ihren Vater überhaupt erpressen? Wo kein Kläger, da kein Richter.

Seit dem Dinner hatte sie Hofmann nicht mehr gesehen, allerdings hatte sie den Eindruck, dass ihr Zimmer durchsucht worden war.

Aber jetzt saß Hofmann an einem der Bistrotische, wo er Kaffee trank und die Rezeption keine Minute aus den Augen ließ. Henriette verwünschte Bertas Sturheit, hier konnte sie ihn weder hinauswerfen noch ihm eine Szene machen. Und sie hatte keinen anderen Ort in San Francisco, an den sie sich flüchten könnte.

Immerhin war es ihm nicht gelungen, ihr zur Bibliothek zu folgen, und das gab ihr das Gefühl, einen Vorsprung vor ihm zu haben. Einen Vorsprung, den sie unbedingt besser nutzen musste. Denn sie konnte ihn nur ausschalten, wenn sie wusste, was wirklich vorgefallen war.

Sie nahm gerade die Schlüssel der Tetrazzini entgegen, die sich erkältet hatte und die beim Arzt gewesen war, um sicherzugehen, dass ihre Stimme nicht in Gefahr war, als ein Telegrammbote die Halle betrat. Henriettes Herz begann jedes Mal stärker zu klopfen, wenn der Mann kam, weil sie Angst hatte, es könnte schlechte Nachrichten von ihrer Mutter oder von

Sophie geben. Aus den Augenwinkeln bemerkte sie, dass Hofmann aufgesprungen war und sich der Rezeption näherte.

Der Bote überreichte Henriette zwei Telegramme, eines war für Tante Berta und eines für sie. Sie gab dem Boten ein Trinkgeld und riss ihr Telegramm auf, obwohl alle Blicke in der Halle auf sie gerichtet waren.

Es war von Sophie, aus Sacramento. Morgen früh würde sie mit dem Zug hier in San Francisco eintreffen. Fassungslos betrachtete sie das Telegramm. Morgen, wirklich morgen? So lange hatten sie sich nicht gesehen, und nun sollte es morgen endlich so weit sein. Freudige Schauer liefen durch ihren Körper, und sie merkte, dass sie den Tränen nahe war.

Mehrere Gäste traten an die Rezeption, unter ihnen auch Hofmann, und alle waren voller Anteilnahme.

»Nein«, versicherte Henriette und wischte sich verstohlen die Tränen aus den Augen. »Nein, es ist nichts Schlimmes, das ist die schönste Neuigkeit seit Langem. Jetzt wird alles wieder gut!« Sie warf Hofmann einen langen Blick zu, und dann machte sie sich auf, Tante Berta zu suchen, um ihr das andere Telegramm zu überbringen.

Sie fand Berta in ihrem Ankleidezimmer, wo sie gerade dabei war, ihren Tresor zu öffnen. Sie hatte ihn Henriette schon einmal gezeigt, denn sie war sehr stolz, dass sie ihren Gästen eine sichere Aufbewahrung für ihre Wertsachen anbieten konnte. Henriette hatte den Tresor noch niemals geöffnet gesehen. Und so gern sie mit den guten Nachrichten herausgeplatzt wäre, wusste sie, dass sie Berta jetzt nicht überfallen durfte. Dieser Tresor war ihr Lieblingsspielzeug und musste gebührend bewundert werden.

Von außen war der Tresor ein langweiliger dunkelgrüner

Hochschrank aus Holz, im Stil der Neorenaissance, dem man sein Geheimnis nicht im Geringsten ansehen konnte. Berta hatte ihn aus der Erbmasse der »Privilegierten Morsey'schen Apotheke« aus Bremen ergattert.

Berta zeigte ihr den geheimen Verriegelungsmechanismus, der sogar dreier Einstellungen bedurfte. Durch das Drehen zweier Rosetten sprang eine Rosette des Querriegels auf und gab dann erst das verborgene Schlüsselloch frei. Henriette dachte daran, wie Nian und sie mit einer Haarnadel die Schreibtischschubladen ihres Vaters geöffnet hatten, und spürte, wie allein der Gedanke daran ihr die Röte ins Gesicht trieb. Zum Glück war Berta so in ihrem Element, dass es ihr nicht auffiel.

»Natürlich weiß niemand außer mir, wo ich diesen Schlüssel verborgen habe, denn Kindchen, man kann einfach niemandem trauen.« Sie zwinkerte Henriette verschmitzt zu. »Schau mal, was die Tetrazzini von ihrem Verehrer geschenkt bekommen hat.« Sie öffnete eine der unteren Laden, zog ein mit Diamanten überladenes, im Licht funkelndes Diadem heraus und setzte es sich übermütig auf den Kopf. Dann betrachtete sie sich im Spiegel. »Und wie steht es mir?«, fragte sie.

»Sehr schön«, behauptete Henriette, obwohl es so aussah, als wäre ihrer Tante ein Haufen Schnee auf den Kopf gefallen. »Unsinn, ich sehe aus wie ein kränklicher Weihnachtsbaum.« Sie nahm es wieder ab und verstaute es im Tresor. »Außerdem ist es nicht echt, allerdings würde ich das der Tetrazzini niemals verraten. Immerhin liegt hier auch der Familienschmuck von Miss Lessing, grottenhässlich, aber sehr wertvoll.« Sie schloss den Tresor und seufzte. »Eine Frau sollte nur schönen Schmuck besitzen. Ich würde mir alles umarbeiten lassen.« Sie hielt inne und musterte ihre Nichte. »Aber warum bist du eigentlich nicht an der Rezeption?«

Henriette reichte ihr das Telegramm, das Berta neugierig aufriss. Sie zog überrascht die Augenbrauen hoch, und dann begann sie zu lachen. »Es ist von Charmian, aber eigentlich betrifft es dich. Sie bittet mich, dich freizustellen, denn sie hat einen Sonderauftrag für dich, einen gut bezahlten. Du sollst für ihren Chef eine neue Artikelserie schreiben. Das, was du ihm über ›Mode und Moral‹ geschickt hast, hat ihn beeindruckt.« Berta grinste. »›Mode und Moral‹! Ich bin sehr stolz auf dich!«

Henriette konnte sich nicht uneingeschränkt freuen, sie war hin- und hergerissen, sie wünschte sich, Zeit mit Sophie zu verbringen. Aber so eine Chance wollte sie sich auch nicht entgehen lassen, und außerdem brauchten sie Geld. »Und schreibt Charmian auch, über was ich berichten soll?«

»Ja, sie hat eine Liste mitgeschickt von *haunted houses,* über Geister- oder Spukhäuser in Kalifornien. Du sollst die Menschen interviewen, die darin leben, und mit dem *Atherton House* anfangen.«

Ausgerechnet Spukhäuser. Henriette hatte an die verschiedensten Dinge gedacht, aber auf Spukhäuser wäre sie niemals gekommen. Sie erinnerte sich mit großem Unbehagen an die spiritistischen Sitzungen und wusste nicht, ob sie lachen oder weinen sollte.

»Steh doch nicht rum wie ein Ölgötze, wo bleibt deine Begeisterung? Ich dachte, das würde dir viel mehr Freude bereiten, als Liebesromane zu schreiben?«

»Ja, das stimmt, Tante Berta, aber ich bin gerade mit den Gedanken ganz woanders, denn ich habe auch ein Telegramm bekommen.« Sie wedelte es durch die Luft.

»O Gott, schlechte Nachrichten aus Samoa?«

Henriette schüttelte den Kopf, und dann strahlte sie ihre Tante an. »Meine Schwester Sophie wird morgen endlich in San Francisco eintreffen.« Und dann sprudelte es nur so aus ihr heraus. »Sie kann bei mir schlafen, wenn wir ein zweites Bett in meine Kammer stellen. Aber wir brauchen ein Zimmer für den Freund von Max.«

Ihre Tante sah kritisch drein. »Wer ist das denn nun wieder?«

»Der Freund von Max begleitet Sophie auf der langen Reise. Das ist doch sehr freundlich von ihm.«

»O ja, ein wahrer Gentleman, wie selbstlos!« Ihre Tante schnalzte skeptisch mit der Zunge. »Kindchen, du bist so naiv, dass ich manchmal zweifele, ob du vom selben Blut abstammst wie ich!« Aber dann lachte sie und wiederholte nochmals: »›Mode und Moral‹, das gefällt mir. Was macht der Freund von Max? Ich hoffe, er ist wenigstens reich?«

»Ich glaube nicht, aber er ist Photograph!«, antwortete Henriette und wusste selbst nicht, warum sie das anführte, als müsste sie ihn verteidigen.

Berta klatschte in die Hände. »Perfekt! Ich brauche dringend einige Bilder vom Hotel und von mir.« Sie bemerkte erst jetzt, dass Henriette sich zwar freute, aber auch ganz durcheinander war.

»Kindchen, was hast du denn?«, fragte sie besorgt.

Henriette kam sich lächerlich vor. »Sophie und ich waren uns immer so nah, aber was, wenn wir uns beide sehr verändert haben und einander fremd geworden sind?«

»Natürlich habt ihr euch verändert. Ihr wart dumme Backfische, als ihr euch das letzte Mal gesehen habt. Jetzt seid ihr Frauen geworden. Selbstverständlich ist das anders. Aber ich frage dich, ist ein Apfelbaum im Sommer kein Apfelbaum mehr, nur weil der weiße Blütenschaum vom Wind verweht wurde?«

Henriette schmunzelte. Berta hatte recht, sie waren gewachsen an dem, was sie erlebt hatten, und sie waren doch immer noch Schwestern.

In einer ihrer seltenen Gefühlsanwandlungen drückte Berta Henriette an sich und gab ihr den nächsten Tag frei, um ihre Schwester am Hafen abzuholen.

»Wie, am Hafen?«, hakte Henriette nach.

Ihre Tante nickte. »Der Zug aus Sacramento kommt über Benicia und Oakland in die Bay von San Francisco. Das heißt in Oakland steigen alle aus und werden mit Fährbooten übergesetzt zum Ferry Building am Embarcadero. Das ist sehr umständlich, und ich habe Bürgermeister Eugene schon hundertmal gefragt, warum die Stadt noch immer keine Brücke nach Oakland gebaut hat. Und jetzt geh wieder zurück an die Rezeption. Und arbeite für zwei, damit ich dir morgen guten Gewissens freigeben kann!«

Beschwingt lief Henriette zurück in die Halle, sie hatte einen bezahlten Auftrag, der sie zumindest an verschiedene Orte in Kalifornien bringen würde, und sie würde endlich wieder mit Sophie zusammen sein. Jetzt mussten sie nur noch Hofmann loswerden.

26. Kapitel

Am nächsten Morgen hörte Henriette den Westminsterschlag der Turmuhr des Ferry Buildings schon lange, bevor sie ihn sehen konnte, und trieb den Kutscher zu größerer Eile an.

Sie war zu spät, viel zu spät! Und das war allein die Schuld von Hofmann, der sich angemaßt hatte, sie begleiten zu wollen. Es hatte sich schnell im Hotel herumgesprochen, dass sie heute ihre Schwester abholen würde. Hofmann hatte eine Droschke angemietet und darauf bestanden, seine zukünftige Schwägerin mit abzuholen. Aber das war das Allerletzte, was Henriette sich wünschte, dieser Mann sollte ihr nicht auch noch das Wiedersehen mit Sophie verderben.

In ihrer Verzweiflung hatte sie Berta angefleht, ihn so lange abzulenken, bis sie ihm entwischt war. Zuerst hatte sich Berta geweigert, aber als sie merkte, dass Henriette mit den Tränen kämpfte, hatte sie sich breitschlagen und ihn in ihr Büro rufen lassen. Und Hofmann, der sie sich als Verbündete warmhalten wollte, konnte sich ihr nicht widersetzen.

Wenn sie nur wüsste, wie sie sich Hofmann für immer vom Hals schaffen könnte!

Am liebsten hätte sie selbst die Droschke chauffiert. Sie

musste stark an sich halten, den Kutscher nicht dauernd anzutreiben. Endlich näherten sie sich dem Wasser.

Von Tante Berta wusste sie, dass das Ferry Building nach Charing Cross in London der zweitgrößte Umschlagplatz der Welt war, aber als sie jetzt über das Kopfsteinpflaster auf den mächtigen Turm in der Mitte des lang gestreckten Gebäudes zu galoppierten, war Henriette der Überzeugung, niemals etwas so Großes und Faszinierendes gesehen zu haben.

Vor dem Gebäude, das mit seinen schier endlosen, halbrunden Säulenbögen wie eine Kathedrale wirkte, wimmelte es nur so von Menschen und Fuhrwerken und Kutschen, großen und kleinen Handkarren und sogar zwei Automobilen.

Die Schreie der Möwen, die über dem Building kreisten, das Getrappel der Pferde, das Poltern von Fässern und das dumpfe Aufschlagen von Säcken vermischte sich mit chinesischen, italienischen und englischen Wortfetzen.

Es roch nach Salz, Fett und verdorbenen Früchten, nach Blut, Eisen und Staub, nach frischem Brot, geschmolzenem Zucker und Bratfisch.

Der ganze Platz vibrierte in der Sonne, die heute von einem für San Francisco ungewöhnlich klaren Himmel schien. Das richtige Wetter für so einen Glückstag, dachte Henriette.

»Dort drüben, da legen die Fähren aus Oakland an«, sagte der Kutscher und zeigte mit dem Finger nach rechts. Henriette war alles recht, Hauptsache, sie und Sophie verfehlten sich nicht. Nicht nach so endlos langer Zeit.

Als der Kutscher endlich am richtigen Eingang angelangt war, sprang Henriette von der Droschke, bat den Mann zu warten und stürmte in das Innere, wo sich die Menschen noch dichter aneinanderdrängten als vor dem Gebäude.

Henriette entdeckte einen Schalter, wo sie nachfragte, ob das Schiff aus Oakland schon angekommen war, und sie fand heraus, dass es trotz seiner nicht unbeträchtlichen Verspätung bereits vor einer halben Stunde angelegt hatte. Sie ignorierte die Händler, die sich mit ihren Waren dicht an sie heranschoben, und die zerlumpten Kinder, die mit ihren Händchen an ihrem Kleid zerrten, und hoffte, dass man sie nicht völlig ausgeraubt hätte, bis sie am Pier angekommen war. Angestrengt hielt sie Ausschau nach ihrer Schwester.

Jede Menge Europäer strömten ihr entgegen, sie hörte nun auch deutsche, norwegische und französische Worte. Dann sah sie mehrere orthodoxe Juden, hier irgendwo musste sie sein, denn das waren sicher alles Reisende des Transcontinental-Expresszuges.

Aber nirgends eine Spur von Sophie. Ihr Herz klopfte ständig schneller. Ob ihre Schwester sich sehr verändert hatte? Unsinn, Henriette, du tust gerade so, als wären Jahre vergangen, seit ihr euch nicht mehr gesehen habt, und nicht Monate.

Da endlich, sie blieb stehen, ja, dort drüben, das war sie, das musste sie sein! Sie war ganz sicher, aber dann auch wieder nicht. Das war der Gang ihrer Schwester, doch sie lief so langsam und schwerfällig, obwohl ihre Silhouette in dem untaillierten schwarzen Kleid geradezu mager wirkte. Sie stützte sich schwer auf den Arm eines hochgewachsenen, breitschultrigen Mannes.

Henriette rannte auf sie zu und rief durch all den Lärm hindurch ihren Namen. »Sophie, Juniherz, hier bin ich!«

Ihre Schwester drehte sich sofort um und suchte die Menge ab.

Henriette, die eben noch zu ihr hatte hin rennen wollen, blieb wie angewurzelt stehen.

Ja, das war ihre Schwester. Aber wie sah sie aus? Einerseits war ihr Gesicht unfassbar mager, und andererseits wölbte sich ihr Leib weit nach vorn. Das war es also, was Sophie ihr die ganze Zeit verheimlicht hatte: Ihre Schwester war schwanger. Deshalb hatte sie so dringend aus Deutschland fortgewollt. Als sich ihre Blicke trafen, verschwamm alles andere vor Henriettes Augen, und es zählten nur noch sie beide.

Sophie löste sich von dem Mann, und dann liefen sie aufeinander zu, Sophie schwankte, aber auch sie rannte, und Henriette schob achtlos jeden beiseite, der sich ihr in den Weg stellte. Sie sah nur noch Sophies Gesicht, das immer größer wurde, und hörte nichts mehr außer der Stimme ihrer Schwester, die ihren Namen rief. Alles andere wurde zu einem Lichter- und Geräuschenebel, bis sie sich in den Armen lagen, und es war Henriette vollkommen gleichgültig, ob das schicklich war oder nicht.

Ihre Sophie, ihr Juniherz war da, endlich, endlich da!

Sie hielten sich fest, aber es fühlte sich ganz anders an als früher, nicht nur, weil Sophies dicker Bauch im Weg war, sie roch auch anders, nicht mehr nach Honig und frisch gemähtem Gras, sondern nach Thymian und Sahne.

Sophie ignorierte ihren Bauch und presste Henriette noch fester an sich heran. »Tut dir das nicht weh?«, fragte Henriette.

»Nein«, flüsterte Sophie, und dann zog sie überrascht eine Augenbraue hoch. »Im Gegenteil, es gefällt ihm, es freut sich mit uns mit. Fühl mal!« Sie nahm Henriettes Hand und legte sie seitlich an ihren gewölbten Bauch. »Kannst du es spüren, es tanzt vor Freude.«

Henriette stiegen die Tränen in die Augen, aber nicht nur aus Rührung, sondern auch aus Scham und Trauer. Sie empfand nicht so sehr Freude über dieses lebendige Wesen im Bauch ihrer Schwester, als vielmehr Trauer über die Gewissheit, dass nach der Geburt des Kindes nichts mehr so wie früher zwischen ihnen wäre. Sie hatte ihre Schwester verloren.

»Hey, Mai!«, sagte Sophie leise, und das klang fast wie früher, nur viel mütterlicher. Sonst hatte sich auch eine Prise Spott in ihre Tröstungen gemischt.

Henriette weinte nun hemmungslos. Sophie war endlich da, aber es war nicht so, wie sie es sich ausgemalt hatte. Sie sah krank aus, während es diesem ungeborenen Kind offensichtlich sehr gut ging. Wie ein Parasit hatte es ihre Schwester von innen befallen, ausgehöhlt und sie in eine andere verwandelt.

Du klingst verrückt, Henriette, meldete sich eine Stimme in ihrem Kopf. Sehr verrückt. Denk an das, was Sophie durchgemacht hat, du musst sie aufpäppeln, und dann wird sich alles finden.

»Schschschschsch …« Sophie tätschelte ihr immer noch den Rücken. Langsam kam Henriette wieder zu sich und bemerkte zum einen, dass man sie anstarrte, und zum anderen, dass sie beide ein gewaltiges Hindernis im Strom der Menschen darstellten.

Sie lösten sich voneinander. Sophie lächelte unsicher und suchte Henriettes Blick. »Bist du gekränkt, weil ich dir nichts von der Schwangerschaft geschrieben habe?«

»Unsinn, ich bin einfach nur so glücklich, dass du hier bist.«

Jetzt trat der Mann zu ihnen, auf den ihre Schwester sich vorhin gestützt hatte. Das musste der Freund von Max sein. Verblüfft betrachtete ihn Henriette, und sofort schossen ihr zwei Dinge durch den Kopf. Sie fragte sich, warum Sophie in ihrem Brief mit keinem Wort erwähnt hatte, was für ein ausgesprochen attraktiver Mann er war, und er kam ihr auch vage bekannt vor. Aber das war natürlich Unsinn, vielleicht wünschte sich einfach jede Frau, dass sie ihm schon einmal begegnet wäre.

Er trat auf Henriette zu und wirkte so außerordentlich glücklich, sie zu sehen, dass Henriette plötzlich sicher war, ihn zu kennen, aber sie hätte nicht sagen können, woher.

Er reichte ihr seine Hand, die sich warm und trocken und kräftig anfühlte. Er stellte sich als Julius von Sommerfeld, seines Zeichens Photograph vor. Das alles wusste sie ja schon, auch dass er ein Freund von Max gewesen war. Aber wo wäre sie jemals mit einem Photographen zusammengetroffen?

Nur ein einziges Mal. Die Röte schoss ihr ins Gesicht. Die Séance bei Madame de la Beaufort! Es schien ihr, als wären seither Jahrzehnte vergangen. Was für ein naives Ding sie damals gewesen war. So mit sich selbst beschäftigt, dass ihr nicht einmal aufgefallen war, wie gut der Photograph ausgesehen hatte. Alles, woran sie sich erinnerte, war der bösartige Husten von Madame und an ihr Stöhnen und Hecheln und an das Jaulen der Möpse auf dem Schoß des britischen Lords.

Während sie Julius jetzt betrachtete, überlegte sie, wie sie ihn in einer ihrer Liebesgeschichten beschreiben würde, kam dann aber zu dem Schluss, dass er zu perfekt war für das, was sie dem Verlag abliefern musste. Ihre Helden durften attraktiv sein, im Sinne von männlich, aber auf keinen Fall schön. Wenn sie zu schön waren, hatte Charmian gesagt, dann war das verdächtig. Schöne Männer waren in aller Regel die schlimmsten Bösewichte oder aber sie liebten keine Frauen. In den Geschichten, die Henriette bis jetzt bei Macmillan abgeliefert hatte, sahen die Bösewichte stets aus wie Hofmann, und dort fanden sie immer ein gerechtes schlimmes Ende.

Sie sah Julius genauer an, um herauszufinden, was sein ovales Gesicht so besonders machte. Doch sie konnte sich nicht entscheiden, ob es an den tief liegenden, strahlend grünen Augen lag, die von sehr dunklen Augenbrauen beschattet wurden, oder an seiner hohen Stirn oder an seiner Nase, die gerade und kräftig über einem etwas zu schmalen Mund aufragte. Die dunklen Bartschatten gaben ihm etwas Kühnes und Lässiges zugleich. Ein Mann, der es gewohnt war, dass man seinen Vorschlägen wie Befehlen gehorchte. Plötzlich dachte sie an Hofmann, und sie fragte sich, ob es einem Mann wie Julius gelingen könnte, Hofmann in seine Schranken zu weisen. Dann überlegte sie, ob ihre Schwester vielleicht Gefallen an ihm gefunden hatte. Sie war vielleicht von Max schwanger, aber doch nicht blind. Waren die beiden ein Paar?

»Ich würde euch gern noch länger dabei zusehen, wie ihr euch gegenseitig anstarrt, aber ich würde mich gern setzen«, unterbrach Sophie ihre Gedanken und nickte mit dem Kinn zu ihrem Bauch hin.

Sofort wandten sich Henriette und Julius Sophie zu, nahmen sie zwischen sich und bugsierten sie durch die Menschenmassen, die Henriette jetzt sehr viel mächtiger vorkamen als vorhin.

»Warum hast du mir nicht gesagt, dass Julius der Photograph ist, den wir bei Madame kennengelernt haben?«, fragte sie Sophie, die sie daraufhin verblüfft anstarrte.

»Ich habe gedacht, dass du das sofort weißt. Julius und Photograph, da bin ich gar nicht auf die Idee gekommen, dass du nicht zwei und zwei zusammenzählst.«

Sie blieb kurz stehen und stützte sich ein wenig atemlos auf Henriette. »Aber du hast recht. Ich habe Julius auch nicht gleich erkannt, als ich ihm nach Max' Tod wieder begegnet bin, und ich schätze, du hast auf Samoa so viel erlebt, dass alles andere in den Hintergrund getreten ist.«

»Ja«, sagte Henriette, »und das werde ich dir nachher alles erzählen.«

Beim Kutscher angelangt, schickte Julius die Schwestern nach Hause und versprach, sich um das Gepäck zu kümmern.

Sophie betrachtete verblüfft die Straßen, durch die sie hoch zum Nob Hill fuhren, und konnte sich gar nicht sattsehen. »Niemals hätte ich gedacht, dass San Francisco so eine lebhafte Stadt ist, daneben ist München ja ein Geisterdorf. Hier gibt es so viel mehr Automobile, Droschken, Fuhrwerke, dann diese Trambahnen und all die Menschen. Und diese Aussicht auf die Häuser und das Meer. Oh, wie herrlich, wie ich mich freue, endlich hier bei dir zu sein!« Sie griff nach Henriettes Hand und drückte sie fest. »Ohne dich wäre ich jetzt nicht hier, und das werde ich dir niemals vergessen!«

Sophies Begeisterung steigerte sich noch, als sie das *European Palace* betraten.

Berta stand hinter der Rezeption und lief ihnen entgegen, doch je näher sie kam und Sophies Zustand erkannte, desto weniger erfreut war sie, ihre Nichte zu sehen. »Ihr kommt mit in mein Büro, alle beide, sofort!«, zischte sie und hastete voraus.

Dort wollte sie wissen, warum man ihr diesen Zustand verheimlicht habe, und ob ihr Bruder darüber informiert sei.

Henriette bewunderte ihre Schwester, die es nicht zuließ, dass Berta sie abschätzig behandelte, nur weil sie unverheiratet schwanger war.

Bertas Reaktion überraschte Henriette, schließlich waren so viele Gerüchte über sie im Umlauf. Gerüchte, die sehr viel unschicklicher waren als das Kind im Bauch ihrer Schwester.

Berta wollte allen Ernstes verhindern, dass Sophie in ihrem Hotel wohnte. Schwangere waren unseriös. In dem Zustand blieb eine Dame zu Hause und belästigte niemanden mit diesem Anblick. Wenn Sophie hier wohnte, würde man sie sehen und darüber reden, und das konnte sich Berta nicht leisten.

Erst als Henriette ankündigte, dass sie mit ihrer Schwester zusammen gehen würde, lenkte Berta ein, aber nur unter der Bedingung, dass Sophie sich als Witwe ausgab und auf keinen Fall im Hotel umherlief.

»Am besten wäre es, wenn du nach Samoa weiterreist, bevor das Kind kommt, ein Hotel ist kein Ort für einen Säugling!«, sagte Berta abschließend. »Und du, Henriette, solltest deinen Verlobten endlich heiraten. Ich verstehe nicht, wie zwei so kluge und schöne Mädchen ihrem Vater solche Sorgen bereiten können. Hat er denn momentan nicht schon genug mit eurer Mutter zu tun?«

Mit diesen Worten rauschte sie davon und überließ die Schwestern sich selbst.

Sophie, weit davon entfernt, wütend oder verletzt zu sein, grinste ihre Schwester so spöttisch an wie früher. Plötzlich wusste Henriette, dass sie sich getäuscht hatte.

Ja, Sophie würde bald Mutter sein, aber sie war trotzdem immer noch Sophie, und der einzige Weg, sie nicht zu verlieren, bestand darin, dieses Kind genauso zu lieben wie ihre Schwester.

In einer Aufwallung ihrer Gefühle stand Henriette auf und umarmte ihre Schwester viel heftiger als vorhin im Ferry Building.

»Was ist los?«, fragte Sophie.

»Nichts, mir ist nur klar geworden, wie dumm ich manchmal sein kann!«

»Das sind wir doch alle von Zeit zu Zeit, oder nicht?«, Sophie kicherte, »sogar Frauen wie Tante Berta! Und jetzt möchte ich mich ausstrecken und mit dir reden, alles von dir wissen, alles, was geschehen ist. Du hast dich sehr verändert, seit ich dich das letzte Mal gesehen habe.«

Henriette wollte ihr widersprechen, schließlich war sie nicht schwanger, aber dann schwieg sie. Ihre Schwester hatte recht. »Gut, dann gehen wir in mein Zimmer, es ist winzig, aber dort sind wir unter uns, so wie früher.«

»Ich glaube, meine liebe Mai, nichts ist mehr so wie früher«, sagte Sophie jetzt wieder ernst, »aber das ist auch gut so. Stell dir bloß mal vor, wir wären immer noch die zwei Gören, die sich den ganzen Tag so lange im Kreis drehen, bis sie einfach umfallen.« Sophie breitete ihre Arme aus und drehte sich einmal vorsichtig um sich selbst, was mit ihrem gewölbten Leib so komisch aussah, dass Henriette laut herauslachen musste. Sophie hatte recht, alles war gut, so wie es war. Sie nahm Sophies Hand und lief mit ihr ins Hinterhaus.

27. Kapitel

Beunruhigt stellte Henriette fest, dass die Tür zu ihrem Zimmer nicht verschlossen war, und es wurde noch schlimmer, als sie die Zimmertür dann öffnete.

Hofmann saß auf ihrem Bett und las in dem Journal, das sie in ihrem Kopfkissenbezug versteckt hatte.

Er war genauso überrascht wie sie, zuckte zusammen, unterdrückte aber den Impuls aufzustehen und blieb ausgesprochen unhöflich einfach sitzen.

Henriette war sprachlos. Über all den erfreulichen Neuigkeiten des Tages hatte sie Hofmann und die Bedrohung, die er darstellte, endlich einmal vergessen können.

»Wer ist denn dieser Flegel?«, fragte Sophie. »Der Hausdiener?«

Hofmann musterte unverschämt lange ihren Bauch, grinste unangebracht, stand dann lahm auf und reichte Sophie die Hand. »Ich freue mich, jetzt auch endlich die Bekanntschaft meiner Schwägerin zu machen. Mein Name ist Ernst-Otto Hofmann, und ich bin der Verlobte von Henriette.«

»Ich bin nicht seine Verlobte. Verlassen Sie auf der Stelle mein Zimmer, und geben Sie mir sofort den Schlüssel zurück.«

»Ich habe keinen Schlüssel, Berta hat dem Stubenmädchen erlaubt, mir aufzuschließen, weil ich ihr gesagt habe, ich hätte eine Überraschung für dich.« Hofmann zeigte auf den Schreibtisch, wo ein kleines Kästchen mit einer Schleife stand, deutete eine Verbeugung an und verließ das Zimmer.

»Wer war dieser abscheuliche Kerl?«, fragte Sophie und ließ sich auf Henriettes Bett fallen. Es war noch kein zweites Bett in ihr Zimmer gebracht worden. Sie versuchte, ihre Knöpfstiefeletten auszuziehen, aber ihr Bauch war im Wege, und Henriette beugte sich zu ihren Füßen, um ihr zu helfen. Das erinnerte sie an den Tag in Tamatoas Dorf, das sie mit Hofmann besucht hatte und er ihr die Schuhe ausgezogen hatte. Wie er Sina da angestarrt hatte.

»Das ist eine lange Geschichte, eine sehr lange Geschichte.«

»Wir haben alle Zeit der Welt.«

»Nein, haben wir nicht, ich muss später arbeiten, Berta ist eine ziemliche Sklaventreiberin.«

»Dann fang an und fass dich kurz, bring mich einfach auf den neuesten Stand, die Einzelheiten kannst du mir ja später erzählen, einverstanden?«

Henriette zog den Schreibtischstuhl neben das Bett, in dem ihre Schwester lag, und weihte sie in alles ein, was geschehen war. Von ihrer Ankunft in Samoa über Tamatoa, Sina und der blauen Muschel, hin bis zu der grauenhaften Nacht, in der sie Samoa verlassen hatte. Sie beschrieb, wie Tante Berta und Charmian sie hier so gut unterstützt hatten, und sie eröffnete ihr alle Vermutungen darüber, was mit ihrem Vater und Hofmann am Klondike passiert sein musste.

Sophie war entsetzt, als sie erfuhr, was Hofmann Sina angetan hatte, aber noch schlimmer fand sie das Ansinnen ihres Vaters, dass Henriette ihn immer noch heiraten sollte, und sie schwor, dafür zu sorgen, dass es niemals zu dieser Ehe käme. Diesen kämpferischen Geist ihrer Schwester hatte Henriette so lange vermisst, aber jetzt konnte sie sich nicht recht darüber freuen, weil Sophie nicht nur durch Max'Tod geschwächt war, sondern auch von der langen Reise, dem andauernden Husten und ihrer Schwangerschaft.

Ihre Schwester wehrte sich tapfer gegen den Schlaf, aber kurz bevor Henriette fertig war, fielen Sophie die Augen zu. Sie schlief unruhig und hustete im Schlaf so heftig, dass Henriette sich fragte, wie sich das wohl für das Ungeborene anfühlen musste. Sie deckte Sophie zu, überprüfte im Spiegel ihr Aussehen und wandte sich zur Tür.

Da fiel ihr Blick auf das Kästchen, das Hofmann dagelassen hatte. Hin- und hergerissen nahm sie es in die Hand und schüttelte es leicht. Etwas kullerte darin herum. Etwa so groß wie eine Murmel.

Der Traum vom Murmelmann. Henriette lief eine Gänsehaut über den Rücken. Davon konnte Hofmann nichts wissen, davon hatte auch nichts in ihrem Ideenbuch gestanden, denn trotz allem, was passiert war, hatte sie schon lange nicht mehr davon geträumt. Jetzt sah sie im Traum nur noch Tamatoas Füße im Wind.

Was also war in dem Kästchen? Die Neugier siegte über ihre Abscheu. Sie löste die Schleife und nahm den Deckel ab. Innen war das Kästchen mit schwarzem Samt ausgeschlagen. Darauf lag weder eine Murmel noch ein Ring oder Diamant, sondern es war ein kleiner Goldnugget. Hastig schloss sie den Deckel wieder. Das war ganz eindeutig eine Drohung, sich nicht länger zu zieren.

Bedrückt lief sie ins Vorderhaus und nahm ihren Platz an der Rezeption ein.

Wenige Minuten nachdem sie angefangen hatte zu arbeiten, tauchte Julius von Sommerfeld auf und verkündete, alles Gepäck sei wohlbehalten im Hotel angekommen. Sein Zimmer sei wunderbar sauber und von einem Standard, auf den er im Wilden Westen gar nicht zu hoffen gewagt habe. Danach machte er Henriette Komplimente zu ihrer Frisur, ihrem Kleid, ihrer Figur, und als sie ihn darauf hinwies, dass sie zu arbeiten hätte, nickte er verständnisvoll und zog sich zurück. Er setzte sich an einen der Caféhaustische, auf einen Platz, von dem aus er Henriette beobachten konnte. Dann bestellte er sich Kaffee und eine Zitronentarte. Es wunderte Henriette, dass er nicht so müde war wie ihre Schwester.

Gegen ihren Willen musste Henriette ständig zu ihm hinübersehen, und wann sie das tat, dann trafen sich ihre Blicke, worüber Sommerfeld unangemessen glücklich zu sein schien. Verblüfft fragte sich Henriette, was ihm solche Freude bereitete. Dabei hatte er nicht einmal bemerkt, wie neugierig er von allen Damen und sogar von den Herren, die die Halle durchquerten, gemustert wurde. Womöglich war er einfach so daran gewöhnt, dass er deshalb keine Notiz mehr davon nahm.

Als Berta auftauchte und von ihr wissen wollte, wer der hübsche junge Mann war, genoss es Henriette sehr, ihr sagen zu können, dass es sich um den Freund von Sophies verstorbenem Verlobten handelte.

»Ah, der Photograph!«, erinnerte sich Berta und stürmte zu ihm hin.

Julius sprang sofort auf, als Berta zu ihm trat, und salbte ihre Tante dermaßen mit Komplimenten zum Hotel und seiner

Besitzerin ein, dass Berta ganz weich im Rückgrat wurde. Das war gut für Sophie, denn wenn Berta jemanden ins Herz schloss, kümmerte sie sich trotz aller Bärbeißigkeit auch um dessen Wohlergehen.

Jetzt musste es nur noch gelingen, sie davon zu überzeugen, dass Hofmann schädlich für sie alle war. Ihre Tante wollte nicht daran glauben, dass ihr Bruder etwas Unrechtes getan haben könnte, deshalb hatte Henriette nicht die leiseste Idee, wie ihr das gelingen könnte.

Es wunderte sie, dass Berta, die – von dem russischen Schwindler einmal abgesehen – so eine gute Menschenkenntnis besaß, auf diesem Auge völlig blind war.

Ihr Vater war ein Spieler und Abenteurer, dem es nichts ausgemacht hatte, seine Familie für Jahre zu verlassen, nur um seine Träume zu verwirklichen, und er zögerte nicht, seine älteste Tochter zu verheiraten, nicht einmal nach all dem Unglück, das Hofmann mit seiner abscheulichen Tat über die Insel gebracht hatte und vor allem über ihre Mutter.

Als ob ihre Gedanken ihn herbeigerufen hätten, stand Hofmann plötzlich vor ihr, wohl wissend, dass sie sich hier an der Rezeption kein Aufsehen erlauben konnte.

»Was hältst du von meinem Hochzeitsgeschenk? Ich bin es leid zu warten. Ich möchte mit meiner Braut nach Samoa zurückkehren und zwar bald. Dein Vater braucht jede Hilfe, die er bekommen kann. Hast du denn gar kein Mitgefühl mit deiner armen Mutter?«

Was für ein Hohn war das denn? »Meine Mutter«, zischte Henriette nur mühsam beherrscht, »meine Mutter hat ihren Verstand oder ihre Stimme nur wegen Ihrer Abscheulichkeiten verloren!«

Völlig unbeeindruckt redete Hofmann weiter.

»Gönnst du deinem Vater nicht wenigstens eine ehrbare Tochter? Ich verstehe, dass sich das weibliche Geschlecht immer ein wenig zieren muss, aber ich habe genug davon und deshalb unser Aufgebot bestellt. Außerdem habe ich mit Pastor Hermann Gehrke von der deutschen St. Matthäuskirche im Missionsdistrikt über einen Trauungstermin gesprochen. Und Berta würde sich freuen, unser Hochzeitsdinner auszurichten. Es wären also wirklich viele Menschen glücklich. Meinst du nicht, dass du da endlich über deinen Schatten springen solltest?«

»Ich heirate keinen Frauenschänder!« Henriette versuchte, ihre Stimme zu dämpfen, aber sie spürte, dass es gleich zu einer katastrophalen Szene kommen würde.

»Große Worte für die Tochter eines habgierigen Mörders!«, parierte er in einem so bösartigen Ton, dass es Henriette die Sprache verschlug. Wie verwandelt ihr Hofmann heute vorkam.

Es erschien ihr unfassbar, dass sie in ihm nicht schon vom ersten Moment an den brutalen Kerl erkannt hatte, der er war. Aber er hatte einen freundlichen Eindruck auf sie gemacht, ja, sie hatte ihn sogar interessant gefunden und Freude an dem Ausflug mit ihm gehabt. Und Ella hatte sich sogar in ihn verliebt. Sie schauderte. Dann hatte er ein ganzes Dorf in tiefste Verzweiflung gestürzt, und Tamatoa war tot, weil sie Hofmann hatte entkommen lassen. Plötzlich dachte sie an das Kind ihrer Schwester. Was, wenn Sina das alles überlebt hatte und noch dazu schwanger war?

Sie kam zu dem Schluss, dass sie diesen Mann lieber töten würde, als ihn zu ehelichen.

28. Kapitel

Julius von Sommerfeld

Es ist nicht so, dass die Reise spurlos an mir vorbeigegangen wäre, doch ich fühlte nun, da ich am Ziel meiner Wünsche angekommen war, neben der Erschöpfung eine seltsame Nervosität. Und wenn mich nicht alles täuschte, dann war nicht ich selbst die Ursache, sondern es hatte mit den Vorgängen hier im Hotel zu tun.

Dabei hatte alles so vielversprechend begonnen. Als Henriette am Ferry Building in die Arme ihrer Schwester gefallen war, hatte ich wie vom Donner gerührt dagestanden und sie nur angestaunt.

Ich hatte mich nicht getäuscht, ich war nicht umsonst ans andere Ende der Welt gefahren: Henriette war die Frau, die ich zu heiraten beabsichtigte. Auch als ich näher zu ihr hineilte, änderte sich das nicht. Max hatte meine Entschlusskraft immer belächelt, aber in diesem Fall würde er mir recht geben. Ihre Augen, ihre Haare, ihre Haut, alles war geradezu perfekt. Das klingt, als würde ich mich nur von Äußerlichkeiten leiten lassen, aber als Photograph musste ich leider mehrfach feststellen, dass sich ein unglücklicher Charakterzug sehr wohl im Gesicht und in der Gestalt eines Menschen widerspiegelt. Glücklicherweise war Henriette so in die Umarmung mit ihrer Schwester vertieft, dass ihr nicht weiter auffiel, wie geradezu unverschämt ich sie musterte.

Doch dann bemerkte ich, wie beunruhigt Henriette wirkte. Sie war blass, bläuliche Schatten lagen unter ihren Augen, und um ihren Mund war etwas Trauriges, das damals in München nicht da gewesen war. Und so sehr ich es der Sorge um Sophies Zustand zuschreiben wollte, so deutlich war mir, dass die Ursache hierfür etwas anderes sein musste, etwas, das sie schon länger quälte.

Und nachdem nun dieser blonde Germane hier aufgetaucht war, wusste ich, dass es mit ihm zusammenhängen musste.

Während ich mit ihrer Tante Konversation pflegte, entging es meiner Aufmerksamkeit nicht, dass sich dort drüben an der Rezeption etwas äußerst Unangenehmes zusammenbraute. Jedes Wort, das er zu Henriette sagte, schien ihr einen Schlag zu versetzen, denn sie wich immer weiter zurück, presste die Lippen energisch zusammen, und ihre Augen verengten sich. Schließlich ertrug ich das keine Minute länger und fragte Berta Mayberg, wer denn der Mann dort an der Rezeption sei, der sich mit Henriette unterhielt.

Nun war es an mir, einen Schlag versetzt zu bekommen. Denn mit allem hatte ich gerechnet, allerdings nicht damit, dass Henriette verlobt sein könnte.

So abweisend, wie sie sich dem Mann gegenüber verhielt, war vollkommen klar, dass es sich in keinem Fall um eine Liebesheirat handeln konnte. Also, warum verlangten ihre barbarischen Eltern ein solches Opfer, noch dazu in diesem derart jungen Alter?

Zorn trieb meinen Puls nach oben, dennoch bemühte ich

mich, gelassen zu wirken, und stellte mich Hofmann vor. Er lächelte mich freundlich an, nicht ahnend, dass ich alles daransetzen würde, ihm seine Verlobte wegzunehmen.

Hofmann sah gut aus, wirkte charmant und intelligent, war alles in allem ein durchaus ernst zu nehmender Rivale. Das Einzige, was mich hoffen ließ, war die Kälte, mit der ihn Henriette betrachtete, ja, es lag geradezu Abscheu in ihrem Blick. Ihre Tante jedoch ignorierte die Missstimmung zwischen den Verlobten und tat so, als wäre alles in Ordnung.

Hofmann erklärte uns, er habe Henriette gerade mitgeteilt, dass er mit dem Pfarrer über die Details ihrer Trauung gesprochen hätte, und Henriette wurde nun so bleich, als hätte man ihr Todesurteil verkündet.

In jener Nacht, damals bei Madame Blanche de la Beaufort, war sie mir so gesund und selbstbewusst vorgekommen, und jetzt war sie nur noch ein Schatten ihrer selbst. Was war da nur passiert? Was vermochte eine stabile junge Frau in so ein nervöses Bündel zu verwandeln?

Berta verschwand, nicht ohne ihre Nichte noch an das Extrakissen für Misses Lessing und die Blumen für die Tetrazzini zu erinnern. Henriette notierte sich alles gewissenhaft, und das erinnerte mich daran, dass sie wegen des automatischen Schreibens bei Madame gewesen war. War es vielleicht das, was sie beunruhigte?

»Und darf ich fragen, welcher Art Geschäfte Sie nachgehen?«, wandte ich mich an Hofmann.

»Nun, ich habe am Klondike ein kleines Vermögen gemacht, was mich einer ständigen Berufstätigkeit enthebt und es mir ermöglicht, meinen Leidenschaften zu frönen. Aber – nur damit Sie mich nicht für einen Müßiggänger halten – ich beabsichtige in Kürze, mit meinem Schwiegervater zusammen weitere Grundstücke auf Samoa zu erwerben und dann in den Kakaoanbau einzusteigen.«

Das wurde ja immer schlimmer, er schien den Schwiegervater genauso betört zu haben wie Berta Mayberg. Vielleicht war es ganz einfach das Gold, das ihn so attraktiv machte? Brauchten die Maybergs vielleicht Geld? Das wäre mein Todesurteil.

»Sie sehen gar nicht aus wie ein Farmer.«

»Was wollen Sie damit sagen?« Angriffslustig trat Hofmann einen Schritt näher, er war anscheinend der Typ, der hinter allem eine Beleidigung witterte.

»Unter Farmern stelle ich mir immer ungehobelte und etwas einfältige Burschen vor«, sagte ich und sah aus den Augenwinkeln, dass Henriette etwas Farbe zurückbekam und sie sich auf die Lippen biss.

Hofmann entspannte sich und schlug mir jovial auf die Schulter, eine Geste, die ich außer Max noch niemals jemandem gestattet hatte, und es kostete mich große Überwindung, nicht zurückzuweichen.

Er markierte zwar den harten Mann, aber er kam mir nicht vor wie ein Goldgräber, eher wie ein Händler, der den Goldgräbern das Geld wieder abknöpft.

»Was haben Sie am Klondike gemacht?«, fragte ich ihn deshalb.

»Er war dort Vogelforscher!«, sagte Henriette mit beißendem Spott.

Jetzt musste ich mir auf die Lippen beißen.

Hofmann ignorierte sie. »Ich habe Gold gesucht, wie alle.«

»Nicht alle. Manche verdienen ihr Geld, indem sie es denen wegnehmen, die welches haben«, mischte sich Henriette wieder ein und klang kalt wie der Yukon im Winter.

»Dann waren Sie also Bordellbesitzer?«, entfuhr es mir.

Henriette schnappte nach Luft, und ich erwartete, auf der Stelle niedergeschlagen zu werden. Doch Hofmann brach in lautes Gelächter aus, man sah zu uns her, und ich bin sicher, alle dachten, wir würden uns prächtig amüsieren.

Er war schlauer, als ich es für möglich gehalten hätte, und ich nahm mir vor, ihn nicht länger zu unterschätzen.

In Henriettes Augen las ich eine solche mit Mordlust gepaarte Verzweiflung, eine Gefühlsregung, die mir so noch niemals bei dem schwachen Geschlecht untergekommen war, nicht einmal dann, wenn ich mich ihnen von meiner schlechtesten Seite gezeigt hatte. Hofmann musste sich also wirklich etwas Ungeheuerliches zuschulden haben kommen lassen.

Mir kam ein großartiger Gedanke, offenkundig war Hofmann ein misstrauischer Mann, der überall Gegner witterte. Ich musste ihm also anders begegnen und ihn überraschen. Ich beschloss, ihm ein unerwartetes Geschenk zu machen und mich bei ihm anzubiedern.

»Sie haben einen außergewöhnlich starken Sinn für Humor«, sagte ich deshalb ohne jeden sarkastischen Unterton und ohne Henriette anzuschauen. »Außerdem verfügen Sie über ein ebenso außergewöhnliches Gesicht, das ich sehr gern porträtieren würde, wenn Sie erlauben.«

Jetzt wurde er tatsächlich unsicher und wand sich, doch dann bemerkte ich, wie es in seinen kreideblauen Augen blitzte.

»Sie müssen mich für einen sehr eitlen Mann halten. Aber wenn Sie mir eine Freude machen wollen, dann schlage ich vor, dass Sie ein Porträt von meiner Verlobten und mir machen. Ich bin sicher, Henriettes Familie wäre entzückt.«

Henriette sah aus, als hätte ich ihr den Todesstoß versetzt.

Wieder hatte ich ihn unterschätzt. Das war dumm, man durfte seine Gegner nicht verharmlosen, man musste sie studieren! Dazu war es nötig, ihn hier wegzuschaffen und dann mit Henriette allein zu sprechen.

Einen Plan, ich brauchte einen guten Plan, denn Hofmann würde sofort den Braten riechen. Ich musste also sehr vorsichtig sein.

Ich reichte ihm versöhnlich die Hand. »So eine Verlobungsphotographie scheint mir auch eine gute Idee zu sein, so von Schwager zu Schwager.« Ich machte eine Pause, blickte zu Boden, räusperte mich und gab mir alle Mühe, verlegen zu wirken. »Ich weiß ja nicht, ob es in Ihre Pläne passt ... Aber Sie haben vorhin über die deutsche Kirche gesprochen, und Sie scheinen gute Verbindungen zu haben. Ich weiß, meine Bitte ist ein wenig ungewöhnlich, aber glauben Sie, wir könnten den Pfarrer für eine Doppelhochzeit begeistern? Sie haben ja gesehen, in welchem Zustand meine Verlobte ist, da eilt es uns nun doch ein wenig.« Ich spürte förmlich, dass Henriette kurz davor war, mich voller Entsetzen zu unterbrechen, aber ich musste so vorgehen, sonst wäre er niemals von hier verschwunden.

Nach einem Blick auf Henriettes Kummer, der ihm außerordentlich gefiel, zögerte Hofmann keinen Moment mehr. Er schüttelte geradezu begeistert meine Hand.

»Jetzt verstehe ich das alles! Deshalb hat mich Henriette so lange warten lassen! Allein aus diesem Grund haben Sie die weite Reise auf sich genommen, alles nur, damit die Zwillinge zusammen unter die Haube kommen können. Nein, was für eine entzückende Idee!«

Männer sollten niemals das Wort »entzückend« in den Mund

nehmen. Niemals, unter keinen Umständen, auch nicht für neugeborene Kätzchen.

Ich unterdrückte meine Abscheu vor seinem widerwärtigen Verhalten, nickte ergeben und drückte dankbar seine Hand.

Henriette begrüßte gerade eine beleibte Frau mit »Hallo, Miss Lessing«, reichte ihr den Schlüssel, wobei ihre Hand zitterte wie eine Silberpappel im Novembersturm. »Ihr Extrakissen ist auch schon unterwegs.«

»Wann könnten Sie denn mit dem Pfarrer sprechen?«, fuhr ich fort.

Hofmann deutete eine Verbeugung an. »Wann immer Sie wollen, oder besser gesagt, wenn es dem Herrn Pfarrer passt, doch ich würde meinen, dass Eile in unser aller Sinn wäre.« Er grinste widerlich zweideutig, und ich spürte, dass ich meine Fassade nicht mehr lange würde aufrechterhalten können.

»Glauben Sie, Sie könnten heute noch mit ihm reden und diskret für uns anfragen? Es wäre ja möglich, dass der Pfarrer bezüglich des Zustandes meiner Verlobten unschlüssig ist, und ich möchte uns eine solche Demütigung ersparen. Und wenn der Pfarrer bereit ist, uns allen seinen Segen zu geben, dann gehen wir gemeinsam hin und legen den Termin fest.«

Henriette sah aus, als ob sie gleich ohnmächtig würde, aber sie hielt sich so tapfer am Tresen fest, dass ihre Knöchel weiß hervortraten.

All das schien Hofmann zu gefallen, und ich konnte es kaum noch erwarten, dass er das Hotel verließ. Allerdings wusste ich, dass mein ganzer Plan dahin war, wenn er auch nur ahnte, dass ich ihn belog, also gab ich mich ruhig und gelassen.

Hofmann sah unschlüssig zwischen Henriette und mir hin und her. »Das klingt nach einer guten Idee, oder, Liebste?«

Henriette funkelte mich böse an und schüttelte den Kopf. »Nein, das ist die schlechteste, die lächerlichste und widerwärtigste Idee, von der ich jemals gehört habe.«

Das war hervorragend, ich hätte ihre Reaktion nicht besser planen können, denn dies überzeugte ihn endgültig davon, dass Henriette und ich keine Komplizen waren.

Ein unmerkliches Lächeln legte sich über sein Gesicht, und er entspannte sich. Hofmann nahm seinen Hut und setzte ihn voller Schwung auf.

»Gut, dann werde ich mal sehen, was ich für Sie tun kann. Wir sehen uns heute Abend. Ich denke, wir werden alle mit Berta speisen und diese wunderbare Idee einer Doppelhochzeit feiern!«

Er tippte an seinen Hut, nickte mir zu und verschwand aus der Hotelhalle.

Endlich war meine Stunde gekommen, doch Henriette drehte sich abrupt weg von mir und machte Anstalten, die Rezeption zu verlassen.

»Gehen Sie nicht!«

»Ich muss Sophie von den neuesten Entwicklungen berichten!«

»Es wird keine Doppelhochzeit geben. Niemals.«

Jetzt hatte ich ihre volle Aufmerksamkeit.

»Es schien mir das einzige Mittel, ihn von ihr wegzubringen. Sophie und ich sind nicht verlobt, Sophie liebt nur Max. Also nutzen wir die Zeit und verraten Sie mir, was hier eigentlich vor sich geht, nur dann kann ich Ihnen helfen.«

»Mir kann niemand helfen!«

»Quod erat demonstrandum.«

»Ich jedenfalls bin mit meinem Latein am Ende.«

»Reden Sie mit mir!«

»Ich kann hier nicht weg.«

»Dann erklären Sie es mir hier und jetzt.«

»Woher weiß ich, dass ich Ihnen vertrauen kann?«

»Fragen Sie Sophie!«

Das gab ihr zu denken, sie nagte so heftig an ihrer schönen, erdbeerfarbenen Unterlippe, dass sie mir leidzutun begann, dann winkte sie dem Concierge, ihren Platz an der Rezeption zu übernehmen, und setzte sich mit mir an einen der Caféhaustische.

»Wir haben nur wenig Zeit, Berta kann es nicht leiden, wenn ich meine Pflichten vernachlässige.«

Ich nickte ihr zu, und dann beschrieb sie mir, wie Hofmann ihren Vater erpresst und was er Schändliches auf Samoa getan hatte. Während sie erzählte, musste ich immer wieder den Impuls unterdrücken, ihr meine Hand auf den Arm zu legen, um sie zu beruhigen. Nachdem sie alles erzählt hatte, brauchte ich einige Minuten, um die ganze Geschichte zu verdauen.

Sie eröffnete mir dann noch, dass sie bereits vergeblich versucht hatte herauszufinden, was damals am Klondike passiert war, und dass sie nicht glaubte, diese Hochzeit noch verhindern zu können, ohne ihren Vater für immer zu ruinieren.

Das wirkte dann zu meiner eigenen Überraschung auf mich wie ein Schlachtruf.

Bisher hatten Schwierigkeiten mit dem schönen Geschlecht mich allerhöchstens in eine elegante Flucht getrieben, denn warum sollte ich mein Leben unnötig verkomplizieren? Doch nun spürte ich plötzlich völlig andere Wallungen in meiner zum Kampf nur allzu bereiten Brust.

»Zusammen werden wir das schaffen!«, versicherte ich ihr.

»Dazu müssen wir ihn jedoch zunächst im Glauben lassen, dass es zu dieser Doppelhochzeit kommen wird. Wir sollten wirklich mit dem Pfarrer einen Termin vereinbaren, das wird sein Misstrauen einschläfern und gibt uns die Zeit, die wir benötigen.«

»Uns?«

»Uns. Ich werde alles tun, um Ihnen zu helfen!« Das brach etwas unbeherrscht aus mir heraus, und ich war nicht einmal unglücklich darüber. Im Gegenteil, es bestätigte mich darin, dass sie die richtige Frau für mich war.

Und ich würde alles tun, um ihr zu beweisen, dass ich der richtige Mann für sie war.

29. Kapitel

In den nächsten Tagen kam es Henriette so vor, als wäre ihre Welt durch die Ankunft von Sophie nur noch mehr aus den Fugen geraten. Sophie war so schwach, dass sie nicht aufstehen konnte. Max' Tod hatte ihre Schwester sehr viel tiefer getroffen, als sie allen weismachen wollte. Mit letzter Kraft hatte es Sophie gerade noch bis zu ihr geschafft, aber nun musste sie sich erholen. Es war unmöglich, mit ihr darüber zu sprechen, was Hofmann im Schilde führte. Henriette hatte ihr auch nichts von der geplanten Doppelhochzeit erzählt, um sie nicht zu beunruhigen.

Henriette fütterte ihre Schwester, wann immer sie wach war, mit Hühnerbrühe, Orangensaft und der Schokolade von Ghirardelli.

Sophies Husten wurde davon zwar nicht wirklich besser, aber sie nahm etwas zu und wurde langsam etwas munterer.

Hofmann hatte Tante Berta mit der Idee einer Doppelhochzeit sehr begeistern können, und man hatte sich mit dem Pfarrer auf Mittwoch, den 18. April, geeinigt. Das wiederum fand Berta zunächst keinen guten Tag für eine Hochzeit. Warum nicht bis Mai warten und ein schöneres Datum wählen oder wenigstens einen Sonntag? Als ihr aber klar wurde, dass man wegen Sophies Zustand ohnehin auf große Festlichkeiten verzichten musste, fand sie sich damit ab.

Insgeheim freute sich Henriette, dass ihre Tante später noch Gelegenheit haben würde, Hochzeiten für ihre Nichten auszurichten, aber jetzt konnte sie ihr das noch nicht verraten. Berta hatte auch ihren Eltern geschrieben, und von ihrem Vater waren umgehend erleichterte Glückwünsche eingetroffen.

Tante Berta war sehr praktisch veranlagt und hatte keinerlei Hemmungen, die zukünftigen Männer ihrer Nichten für allerlei Arbeiten im Hotel einzuspannen. Tatenlos herumlungernde Männer waren ihr ein Gräuel. Zu viel Muße, gab sie Henriette zu verstehen, brachte die Herren womöglich auf dumme Gedanken.

Julius wurde deshalb von Berta damit beauftragt, von jedem Zimmer des Hotels Photographien anzufertigen sowie Außenaufnahmen. Hofmann, der nicht wollte, dass Julius ihn bei Berta ausbootete, hatte sich scheinheilig als Assistent für Julius zur Verfügung gestellt, was Julius zwar sehr auf die Nerven ging, aber seine und Henriettes Recherchen erleichterte. So wusste man wenigstens, wo sich Hofmann aufhielt, und außerdem fing er an, ihnen beiden zu vertrauen. Henriette gab sich alle Mühe, so zu tun, als hätte sie sich in ihr Schicksal gefügt, aber sie vermied es, mit Hofmann allein zu sein.

Jeden Morgen, wenn Henriette aufwachte, hatte sie das Gefühl, dass sie es niemals rechtzeitig bis zur angesetzten Hochzeit schaffen würden, hinter das Geheimnis vom Klondike zu kommen. Noch dazu trudelten schlechte Nachrichten von Ella ein. Ihre Mutter, die immer noch kein Wort gesprochen hatte, war an einer Lungenentzündung erkrankt.

Wegen all dieser Umstände hatte sie keine Zeit gehabt, auch nur eine einzige Zeile über ein Spukhaus zu schreiben. Charmian hatte schon telegrafisch nachgefragt, ob sie etwa das Interesse daran verloren hätte. Zum Glück hatte Berta das etwas ungehaltene Telegramm von Charmian entgegengenommen, und ihr schlechtes Gewissen hatte dann dafür gesorgt, dass Henriette heute genug Zeit zur Verfügung stand, um das *Atherton House* zu besichtigen und etwas darüber zu schreiben. Außerdem hatte Berta eine Idee gehabt, wie man Charmian besänftigen könnte. Sie hatte vorgeschlagen, auch eine Photographie zum Artikel mitzuliefern. Dafür würde sie großzügig den ganzen Tag auf Julius und Henriette verzichten. Mit den anfallenden Arbeiten würde sie Hofmann betrauen.

Julius und Henriette hatten sich daraufhin sehr früh am Morgen verabredet, um genug Zeit zu haben.

Julius wartete schon in der Droschke, die sie zum Hayes Valley bringen sollte. *Atherton House* befand sich 1990, California Street Ecke Octavia Street.

Henriette stieg reichlich nervös ein und setzte sich neben ihn. Das war ihr erster richtiger Auftrag und das erste Mal, dass sie mit Julius allein sein würde. Hofmann war endlich einmal in weite Ferne gerückt.

Julius wedelte mit einer Zeitung, die er sich besorgt hatte, für den Fall, dass Henriette länger mit dem Interview beschäftigt sein würde als er mit seiner Photographie.

»Erinnern Sie sich noch daran, wann und wo wir uns kennengelernt haben?«

»Natürlich!«

Er schlug die Zeitung auf. »Ich glaube ja nicht an Zeichen oder Schicksal, aber sehen Sie mal hier:

›*Astral dicit of Brakeman photographed.*‹«

Henriette war nicht in der Stimmung zum Rätselraten und ließ sich erklären, was Julius so begeistert hatte.

»Hier steht, dieser Brakeman hat den Beweis erbracht, dass man mentale Dinge photographieren kann. Er hat einen Mann photographiert, dem der rechte Zeigefinger fehlt.«

»Das hört sich für mich nicht sehr spirituell an.«

Julius grinste. »Ich habe mich schlecht ausgedrückt. Also, der Mann hat beide Hände auf den Tisch gelegt und sollte daran denken, wie seine Hand war, bevor er den Finger verlor. Und das Unglaubliche ist, dass auf dem Photo alle fünf Finger zu sehen sind. Der Photograph schwört, dass der Finger nicht da war, als er die Kamera darauf gerichtet hat!«

»Das würde bedeuten«, Henriette zog zweifelnd ihre Augenbrauen hoch, »die mentale Kraft des Mannes hätte einen Finger geschaffen, der in der Wirklichkeit nicht da ist.«

»Und das wäre der Beweis dafür, dass die Photographie mentale Vorgänge erfassen kann, die dem menschlichen Auge unsichtbar bleiben.«

»Nun, das scheint mir doch sehr fragwürdig. Das kann man doch sicher manipulieren, oder nicht?«

Julius rieb seine Nase, und Henriette dachte zum wiederholten Male, dass er einfach zu gut aussah.

»Warum arbeiten Sie nicht als Schauspieler?«, entwischte es ihr, dabei hatte sie ihn eigentlich fragen wollen, ob es ihm damals bei der Séance gelungen war, das Ektoplasma zu photographieren.

Verblüfft sah Julius sie an. »Soll das eine Beleidigung sein? Die Schauspieler, die ich kennengelernt habe, waren, um es freundlich auszudrücken, für meinen Geschmack allzu sehr von ihrem Nabel besessen, und ihre Gedanken kreisten allezeit nur darum.«

Unvermittelt stieg das Bild von Tamatoas Nabel in Henriette empor. Sie wollte es nicht, sie wehrte sich, aber sie sah ihn vor sich, genau wie damals, als ihr Kopf nach dem Reitunfall in seinem Schoß gelegen hatte. Sie zwickte sich in den Arm, um diese Bilder zu verscheuchen, aber es gelang ihr nicht, und sie merkte, wie ihr Tränen in die Augen stiegen.

In den vergangenen Wochen hatte sie diese Erlebnisse in die hinterste Kammer ihres Bewusstseins verbannen können, aber nun kamen sie ungebeten und unpassend und mit voller Wucht zurück. Ausgerechnet in dem Moment, in dem sie zum ersten Mal allein mit Julius war. Sie versuchte, ihr Schluchzen zu unterdrücken, aber es gelang ihr nicht.

Julius saß wie erstarrt neben ihr.

»Entschuldigen Sie, habe ich etwas Falsches gesagt, war einer Ihrer Eltern oder Geschwister Schauspieler? Ich kenne natürlich nicht alle, und meine Worte über ihre Selbstbezogenheit galten nur für die, die mir persönlich bekannt waren.«

Henriette war nicht in der Lage, etwas zu sagen. Sie schämte sich, wegen ihres Ausbruchs, sie schämte sich, dass es ihr gefiel, mit diesem attraktiven Mann unterwegs zu sein. Dazu hatte sie kein Recht! Sie spürte, wie befremdet Julius von ihrem Verhalten war, und bemühte sich um Haltung.

»Es tut mir wirklich leid, hat Sie das Gerede über die mentale Photographie so aus der Fassung gebracht?«

»In Samoa glaubt man an Geister«, stammelte sie zusammenhanglos, »*Aitu* werden sie dort genannt. Vielleicht können Sie die ja photographieren, wenn Sie dann in der Südsee sind!«

Sie verlor endgültig die Beherrschung und wurde von heftigen Schluchzern geschüttelt, ihre Augen und Nase schwollen zu. Der Kutscher drehte sich nach einem besonders heftigen Schniefen um und schüttelte den Kopf, während Julius immer noch stocksteif neben ihr saß.

Schließlich legte er seine Hand auf ihren Arm, tätschelte ihn wenig überzeugend und reichte ihr dann ein Taschentuch.

»Es tut mir wirklich leid, ich hätte diese dumme Zeitung nicht kaufen sollen, dann wäre das alles nicht passiert!«, sagte er, und seine Stimme klang sehr heiser, während er wütend die Zeitung zusammenknüllte.

»Unsinn!« Sie war wieder etwas ruhiger geworden und tupfte ihr Gesicht mit seinem Taschentuch trocken. »Wir wären so oder so auf Geister gekommen, schließlich soll ich etwas über dieses Haus schreiben.« Henriette wunderte sich, dass er nicht wissen wollte, was sie so zum Weinen gebracht hatte, er wusste ja nichts von Tamatoa. Hoffentlich dachte er nicht, sie würde um einen Schauspieler weinen, in den sie unglücklich verliebt war.

Er schwieg beharrlich, drehte den Papierklumpen in seinen Händen und hatte aus der Zeitung mittlerweile einen Ball geformt.

»Was war eigentlich damals auf der …«, begann sie, dann fiel ihr Blick auf die Zeitung. Sie griff danach und strich sie glatt.

»San Francisco Call«, las sie, und dann wurde sie schlagartig ganz ruhig. Sie war so unglaublich dumm gewesen! In Bertas Hotel gab es den *San Francisco Chronicle* und den *San Francisco Examiner,* und nur deshalb war sie davon ausgegangen, dass das alle großen Zeitungen der Stadt mit überregionalen Berichten waren. Dabei gab es noch eine! Ein Boulevardblatt mit vielen Bildern und reißerischen Artikeln wie der über diese Photo-

graphie des »mentalen Fingers«, den Julius gelesen hatte. Sie tupfte sich mit seinem Taschentuch resolut die Tränen vom Gesicht. »Es tut mir leid!«, murmelte sie, und dann erklärte sie ihm, dass sie nach der Besichtigung des Hauses unbedingt noch in die Bibliothek müssten, um nachzusehen, ob es im *Call* nicht doch einen Artikel über den Mord an Mary Belle gegeben hatte.

Sein Gesicht hellte sich auf, allerdings wandte er ein, dass es dieses Blatt sicher nicht in die heiligen Hallen der Bibliothek geschafft hätte, und schlug vor, lieber direkt zum *Call* zu fahren und dort im Archiv nachzusehen.

Der Kutscher zügelte die Pferde und zeigte auf das viktorianische Haus mit asymmetrischen Fassaden im typischen Queen-Anne-Stil.

Sie stiegen aus und baten ihn zu warten. Das Haus war an den Hang gebaut, Steintreppen führten hoch zum Eingang, der hinter einem breiten Vordach versteckt war. Links vom Eingang befand sich ein runder Turm mit einem spitzen Dach und rechts ein vorspringendes zweistöckiges Gebäude mit mehreren übereinandergestellten Erkern. Es wirkte freundlich und überhaupt nicht wie ein Spukhaus. Die Holzfassade war in einem hellen Beige gestrichen, der Vorgarten allerdings war ungepflegt und voller Laub.

Julius baute das Stativ für seine Kamera auf, während Henriette an der Tür klopfte. Warum wohnte jemand in einem Spukhaus? Sie war gespannt auf ihr erstes Interview. Eine kleine, zarte, weißhaarige Frau in einem Reformkleid mit hoher Taille und einer sehr aufrechten Haltung, wie sie nur Tänzerinnen haben, öffnete ihr die Tür. Sie freute sich, Henriette zu sehen, stutzte jedoch nach einem Blick auf ihr Gesicht und zog sie dann in ihre dünnen Arme, was Henriette völlig aus der Fassung brachte.

Sie drehte sich Hilfe suchend nach Julius um, aber der war gerade damit beschäftigt, alles für die Photoaufnahme vorzubereiten. In diesem Augenblick schloss sich die Tür hinter ihr, und sie war in der Umarmung der alten Frau gefangen.

Aus den weißen Haaren der Lady stieg ihr der beruhigende Duft von Rosenholz und Lavendel in die Nase, und sie entspannte sich trotz der merkwürdigen Situation wieder etwas.

»Darling, Sie sehen ja fürchterlich aus, geradeso, als hätten Sie den Geist schon vor der Tür gesehen!« Sie kicherte, und ihre überraschend dunkle, raue Stimme wollte nicht so recht zu ihrem Körper passen.

Schließlich ließ sie Henriette wieder los und fragte, ob sie einen Tee trinken wolle. Dann führte die Lady sie in eines der Turmzimmer, wo schon alles für einen Tee zu zweit vorbereitet war.

Henriette war verblüfft, denn soweit sie wusste, hatte niemand ihren Besuch angekündigt.

Sie setzte sich auf einen Shakerstuhl, der seltsam fremd in diesem viktorianisch überladenen Haus wirkte, und ließ sich duftenden Earl Grey-Tee einschenken.

»Ich bin Rose Aspensen, nennen Sie mich Rose, bitte. Und wer sind Sie?«

Henriette stellte sich vor und fragte dann, woher Rose gewusst hatte, dass sie kommen würde.

Rose lächelte verhalten und zeigte dann auf eines der Bilder an der Wand. Ein Männerporträt in Öl, ein kantiges Gesicht, aus dem sie von müden blauschwarzen Augen angestarrt wurden. Im Hintergrund waren felsige, schneebedeckte Berge zu erkennen. Ein höchst unsympathisches Gesicht, fand Henriette und sehnte sich nach Julius.

»Um diese Zeit trinke ich immer meinen Tee, den ersten nehme ich im Bett, den zweiten hier mit ihm, mit meinem Jack. Aber trinken Sie ruhig aus seiner Tasse. Er wird es Ihnen nicht verübeln, er hat mir auch gesagt, dass Sie heute kommen werden. Und er hat recht gehabt!«

»Ist er der Geist, der hier herumspukt?«, fragte Henriette und zog ihren Notizblock aus der Tasche.

Rose lachte. »Nein, ganz und gar nicht. Wir sind nur Seelenverwandte. Außerdem war er mein Gönner, damals.«

Henriette hatte bisher noch kein Interview geführt und wusste nicht, ob sie die Dame gleich zu den Geistern im Haus befragen sollte, oder ob man immer erst einmal nett plauderte. Sie entschied sich für das Höflichsein. »Ihr Gönner, damals?«

Über Roses Gesicht glitt ein Leuchten. »Ja, wir haben uns vor zwanzig Jahren kennen und lieben gelernt, aber ich war Tänzerin, und er war mit einer Katholikin verheiratet, die sich nie hätte scheiden lassen, außerdem hatte er viele Kinder, ich vergesse leider immer, wie viele. Ich bin mit meiner Kompanie durch ganz Amerika gezogen, wir sind sogar bis nach Valparaíso in Chile gekommen. Aber egal, wo auch immer wir waren, Jack hat versucht, in meiner Nähe zu sein. Und dann in meinen letzten beiden Jahren, da waren wir am Klondike …«

Henriette bekam eine Gänsehaut. War das möglich? Saß sie hier vielleicht an einer Quelle, wusste Rose etwas, das ihr weiterhelfen würde? Hatten irgendwelche hilfreichen Geister sie hierhergeschickt?

»Am Klondike?«

»Ja, ich war nun schon wirklich lange nicht mehr in der

Blüte der Jugend, aber am Klondike, nun, da war es anders, da galt jede Frau als Schönheit, und tanzen konnte ich ja.« Sie stand auf, drehte sich in eleganten Pirouetten um den Teetisch und setzte sich wieder hin, ohne auch nur schneller zu atmen. »Tanzen kann ich immer noch, ich trainiere täglich. Man muss in Form bleiben, sollten Sie auch tun, Kindchen, Sie sind ein wenig, nun ja, ähhm, füllig.«

»Am Klondike?«

»Jack, mein Jack fand Gold, was ich ehrlich gesagt nicht erwartet hatte, ich glaube niemand. Und weil er ein guter Mann war und kein Verschwender, hat er mir dieses Haus gekauft und für mich gesorgt.« Henriette hätte darauf gewettet, dass Jacks Ehefrau das Thema guter Mann und Verschwendung sicher anders beurteilt hatte.

»Haben Sie am Klondike auch andere Frauen gekannt?«

Rose nickte. »Lucky Lucy, Klondike Kate, Amazing Annabelle und Sweet Sadie natürlich!«

»Und Mary Belle?«

Rose legte den Kopf zurück und sah ihrem Jack in die Augen. »Warten Sie mal, den Namen habe ich schon gehört, aber wo? Nehmen Sie von dem Shortbread, ich habe es selbst gebacken.«

Henriette griff nach einem Keks und biss hinein, aber er war so hart und von so ungenießbarem Geschmack, dass sie sich die Frage verkneifen musste, vor wie viel Jahren Rose das selbst gebacken hatte. »Köstlich«, murmelte sie und überlegte, wie sie den Keks loswerden könnte. Aber Rose sah sie so aufmerksam an, dass daran nicht zu denken war.

»Mary Belle …?«, sagte Henriette, während sie den Keks herunterwürgte und dann mit Tee nachspülte.

»Ich glaube, Mary Belle ist erst aufgetaucht, als ich mit Jack zurück nach San Francisco gezogen bin. Sie hat meine Wohnung am Klondike übernommen. Aber ich dachte, Sie kommen wegen der Geister?«

Henriette verbarg ihre Enttäuschung, indem sie in ihrem noch völlig leeren Notizblock blätterte. »Das ist richtig.«

In diesem Moment klopfte es an der Tür, Rose sprang hoch und flatterte leichtfüßig nach unten, um Julius hereinzulassen. Sie besprach mit ihm, was er noch aufnehmen könnte, und lud ihn zum Tee ein.

Nachdem sich alle wieder gesetzt hatten, sah Rose misstrauisch zwischen Henriette und Julius hin und her. »Haben Sie diese junge Lady zum Weinen gebracht? Sie sollten Ihre Hände von Männern lassen, die so gut aussehen, die denken nur an sich.«

»Es war nicht seine Schuld«, sagte Henriette schnell, denn ihr Gefühlsausbruch war ihr immer noch peinlich. »Wirklich nicht.«

»Glauben Sie, dass es hier spukt?«, fragte Julius, der offensichtlich schnell wieder wegwollte. Vor dem Hintergrund, dass sie ja vorhatten, noch zu dem Zeitungsarchiv zu fahren, fand Henriette das zwar vernünftig, aber auch reichlich unhöflich.

Rose goss sich noch einen Tee ein, gab Sahne hinzu und fing dann an, ihnen von dem Haus zu erzählen. Sie sprach so schnell, dass Henriette kaum mit ihren Notizen hinterherkam. Das Haus hatte einst die Chilenin Dominga de Goñi bauen lassen, nachdem ihr amerikanischer Ehemann Faxon D. Atherton gestorben war. Die beiden hatten mit ihren sieben Kindern in Chile gelebt, aber nach dem Tod ihres Mannes zog Dominga mit ihrem Sohn George und ihrer Schwiegertochter Gertrude hier ein. Gertrude war eine genauso ungewöhnliche Frau wie ihre dominante Schwiegermutter, denn sie schrieb höchst pikante Romane. Die beiden Frauen sollen den armen George so sehr unter ihrer Knute gehabt haben, dass er es eines Tages nicht mehr aushielt und zurück nach Chile fahren wollte. Doch während der Überfahrt starb er, und der Kapitän warf ihn nicht über Bord, sondern steckte seine Leiche zur besseren Konservierung in ein Fass mit Rum.

»Apropos, möchte jemand etwas Rum in seinen Tee?«, fragte Rose und deutete auf eine Glaskaraffe auf dem Tisch. Julius goss sich demonstrativ einen großen Schluck ein. Henriette wollte zuerst ablehnen, aber dann nahm sie auch einen Schuss in den Tee, damit es ihr leichter fiel, sich auf diese Geister zu konzentrieren. Denn ihre Gedanken waren bei der Erwähnung der bedauernswerten Rumleiche wieder nach Samoa geschweift, und sie hatte sich gefragt, wie man wohl Tamatoa beerdigt hatte.

Nachdem also alle an dem Tee mit Rum genippt hatten, fuhr Rose fort: Die Leiche wurde dann in dem Rumfass zurück nach San Francisco geschickt, wo man den armen George trocknete und anständig beerdigte. Doch er kam zurück in das Haus hier und peinigte die Frauen der Familie mit nächtlichen Geistererscheinungen so sehr, dass sie Hals über Kopf auszogen.

An der Stelle hielt Rose inne und grinste ihre Besucher an.

»Aber ich sage Ihnen, was hier wirklich los ist. Es gibt einen Geist, aber der wird von den zwei Frauengeistern so was von in Schach gehalten, das ist unglaublich.«

»Und wie äußert sich das?«, fragte Henriette, ohne von ihrem Block aufzusehen.

»Es klopft nachts an meiner Schlafzimmertür, aber niemand ist da. Ich sehe Lichter, mal blaue, das sind die Damen, und mal graue, das muss er sein. Manchmal wird es ganz kalt neben mir, oder ich höre aufgeregtes Wispern, und es windet durch die Zimmer, obwohl alle Fenster geschlossen sind.«

»Warum ziehen Sie nicht aus, so wie alle vor Ihnen? Niemand hat hier länger als vier Monate gewohnt.«

»Warum sollte ich Angst haben, wovor? Ob man das jetzt Spuk nennt oder nicht, für mich sind das einfach nur Phänomene, so wie der Wind, das Meeresrauschen oder der Regenbogen. Solange die Menschen nicht wussten, wie ein Regenbogen entsteht, dachten sie, es wären Zeichen der Götter, dabei ist es nur der Tanz der Sonne durch das Wasser. Eigentlich ist alles nichts anderes als ein einziger Tanz, der Versuch, Materie in Energie zu verwandeln. Oh, wo wir gerade davon reden, spüren Sie das?«

Genau in diesem Augenblick fühlte Henriette, dass es unter ihren Füßen vibrierte. Erstaunt sah sie zu Julius, der es auch zu merken schien. Dann begannen die Teetassen zu zittern, und schließlich fingen die Tassen auf den Untertellern kaum hörbar an zu klirren.

»Die Erde ist in Aufruhr«, sagte Rose. »Wenn man genau hinhört, wenn man sich bemüht, kann man die Zeichen immer als das sehen, was sie sind. Und wenn Sie mich fragen, gibt es keine lächerlichen Spukgeister in weißen Gewändern, aber vielleicht Seelenenergie, die sich an manchen Orten zusammenballt.«

Julius stand auf, seine Ungeduld war nicht zu übersehen. »Ich tanze dann mal mit meiner Kamera in den alten Ballsaal, wenn Sie mich bitte entschuldigen wollen.«

»Lieben Sie ihn?«, fragte Rose unverblümt, als sie wieder allein waren. Überrumpelt schüttelte Henriette den Kopf.

»Seien Sie vorsichtig, so ein Mann ist zu allem fähig. Ich

habe mir extra einen wie Jack ausgesucht. Der war immer dankbar für meine Hingabe!«

Jetzt reichte es Henriette. Auch ältere Damen sollten sich benehmen und ihre Zunge im Zaum halten. »Danke«, sagte sie. »Ich werde jetzt gehen.«

Rose streckte ihr versöhnlich die Hand hin. »Was es auch ist, das Sie bedrückt, Sie dürfen dem nicht ausweichen, nehmen Sie es an und tanzen Sie damit. Aber ich glaube, die Deutschen tanzen nicht so gern.«

»Was soll das nun wieder heißen?« Unschlüssig blieb Henriette stehen.

»Na ja, ich habe in vielen Kompanien gearbeitet, aber deutsche Showgirls waren selten dabei.«

Rose machte ein paar Schritte. »Die Einzige, die ich je kennengelernt habe, war Mary Belle, aber deren Akzent war besser als Ihrer.«

»Mary Belle war Deutsche?«

»Wir hatten alle Künstlernamen, meiner war Jolly Josephine.«

»Dann habe Sie sie doch gekannt?«

Rose zuckte mit den Achseln. »Wir haben nicht zusammen getanzt, und bevor man nicht mit jemandem getanzt hat, kennt man ihn nicht wirklich.«

Henriette hätte sie am liebsten geschüttelt. »Können Sie mir sonst noch irgendetwas über Mary Belle sagen?«

»Es ist immer schlecht, wenn ein Showgirl mit ihrem Manager verheiratet ist. Die Verehrer haben doch gewisse Wünsche, die dem Status einer Ehefrau widersprechen. Deshalb habe ich nie geheiratet.«

»Mary Belle war verheiratet?«

»Ihr Mann hat meinen Mietvertrag unterschrieben, aber das

ist jetzt schon so lange her. Es gab viel zu wenig Wohnungen dort, und man musste froh sein, wenn man überhaupt ein Zimmer fand.«

»Können Sie sich noch an seinen Namen erinnern?«

Rose zuckte mit den Schultern. »Tut mir leid.«

Julius trat zu ihnen. »Wir sollten jetzt gehen.«

»Schicken Sie mir den Artikel dann?«, fragte Rose nun geradezu schüchtern, und plötzlich kam sie Henriette wie eine sehr einsame alte Dame vor, die ihnen ein lustiges Theaterstück vorgetanzt hatte, nur um zu verbergen, wie allein sie sich fühlte.

Henriette trat zu ihr und hauchte rechts und links einen Kuss auf ihre Wange. »Natürlich. Und ich danke Ihnen, Sie haben mir wirklich sehr geholfen!« Sie nickte Julius zu, der tippte sich an seinen Hut. Rose, deren Wangen sich gerötet hatten, lächelte ihnen zu, ohne noch ein weiteres Wort zu sagen.

In der Kutsche fragte Julius, warum zum Teufel sie so viel kostbare Zeit mit der alten Spinnerin vertrödelt hatte.

»Wenn Sie so etwas sagen, mag ich Sie überhaupt nicht.« Henriette starrte ihm angriffslustig ins Gesicht. Was fiel ihm ein, Rose eine alte Spinnerin zu nennen! Die Spinnerin hatte immerhin etwas sehr Interessantes ans Licht gebracht!

»Und ich mag es nicht, wenn Sie anfangen zu weinen, ohne mir zu sagen, was los ist«, schoss Julius zurück.

»Gut, dann sind wir ja quitt.«

»Sind wir!«

Henriette bedauerte es sehr, dass sie sich ihm anvertraut hatte, dass er mitgekommen war, dass er hier war, dass er so lebendig war und ganz besonders, dass er ein Mann war!

In höchst unseligem Schweigen ließen sie sich zurück nach Downtown zum *San Francisco Call* bringen.

30. Kapitel

Als sie aus der Kutsche ausgestiegen waren, griff Julius nach ihrer Hand und küsste sie. »Ich möchte mich entschuldigen«, sagte er im liebenswürdigsten Tonfall. »Ich hatte mich so darauf gefreut, dass wir heute etwas Zeit allein miteinander verbringen, und als Sie angefangen haben zu weinen, erschien mir das wie ein Kommentar zu meinen Hoffnungen und hat mich sehr durcheinandergebracht. Was halten Sie davon, wenn wir noch einmal ganz von vorn anfangen, so als hätten wir uns gerade erst getroffen, als gäbe es weder Sophie noch Hofmann noch sonst jemanden.«

Versöhnt lächelte Henriette ihm zu. »Das ist unmöglich.« Sie entzog ihm sanft ihre Hand. »Aber ich versichere Ihnen, meine Tränen hatten gewiss nichts mit Ihnen zu tun. Gehen wir rein!«

Julius hielt ihr die Tür zum *Call* auf, und dann fragten sie sich zum Archiv durch, wo man ihnen bereitwillig die gesuchten Zeitungen zur Verfügung stellte.

Henriette war froh, dass Julius sie begleitete, denn anders als in der Bibliothek war sie hier anzüglichen Blicken und abschätzigen Kommentaren ausgesetzt. Es herrschte ein rauer Ton, mit dem Julius gut umzugehen wusste.

Sie berichtete Julius, was die reizende Rose ihr über Mary Belle erzählt hatte, und dann machten sie sich daran, die Zeitungen durchzusehen.

Der *Call* war eine wahre Fundgrube, sie teilten sich die Jahrgänge, um schneller voranzukommen. Nur drei Stunden später hatten sie eine ungefähre Vorstellung davon, was damals passiert sein musste:

Mary Belle war zusammen mit anderen Tänzerinnen im *Palace Grand Theatre* in Dawson engagiert worden, allerdings war sie keine Prostituierte, wie Jack London das fälschlich angedeutet hatte. Weder ein Ehemann noch ihr richtiger Name wurde in einem der Artikel erwähnt.

Ludwig Stockinger, ein Österreicher aus Kärnten, hatte ihr seinen Anteil an einem Claim überlassen, den er zusammen mit einem deutschen Partner gekauft hatte. Warum er ihr den überlassen hatte, darüber wusste niemand etwas, aber es wurde natürlich darüber spekuliert, ob es die Bezahlung für Liebesdienste gewesen war oder ein Akt der Liebe. Nachdem sich dieser Claim als wahre Goldgrube herausgestellt hatte, war Stockinger ertrunken im Yukon aufgefunden worden, und man vermutete, dass er sich aus Gram über dieses voreilige, viel zu kostbare Geschenk das Leben genommen hatte.

Als Nächstes verkaufte Stockingers Partner den ergiebigen Claim an die Yukon-Nugget-Gesellschaft. Dazu tauchte er Arm in Arm zusammen mit Mary bei der Gesellschaft auf und legte alle Anteilsscheine, auch die von Stockinger, vor.

Dann verließ er Dawson mit sehr viel Geld, und Mary Belle verschwand. Alle dachten, dass Mary Belle mit ihm zusammen gegangen war, bis man im nächsten Sommer nach der Schneeschmelze eine weibliche Leiche fand. Auch wenn ihr Schädel so zertrümmert war, dass man es nicht mit Sicherheit sagen konnte, vermutete man, dass es Mary Belle war. Die Polizei von Dawson bemühte sich jedoch nicht sonderlich, herauszufinden, was passiert war. Schließlich war Mary Belle keine Frau aus guter Familie gewesen, eine Außenseiterin, und niemanden interessierte ihr Schicksal. Bis der christliche Verband junger Frauen in Dawson Sturm dagegen lief. Aber selbst als die Untersuchungen mit etwas mehr Nachdruck geführt wurden, waren die Spuren längst eiskalt, und der Mord wurde als ungelöst zu den Akten gelegt. Man wusste zwar, wer der Partner von Stockinger gewesen war, doch konnte man seine Spur nur bis nach San Francisco verfolgen, wo sie sich im Nichts auflöste.

Es war der Name des ominösen Partners von Stockinger, der Henriette das Blut in den Kopf trieb: Karl-Joseph Mayberg.

Ein Ernst-Otto Hofmann kam jedoch in keinem einzigen Artikel vor, immer nur Mayberg, Mayberg, Mayberg. Henriette fragte sich, warum Jack London dann überhaupt Hofmann mit Mary Belle in Verbindung gebracht hatte. Auch wenn London Mary Belles Beruf in falscher Erinnerung gehabt hatte, war er doch sicher kein Lügner.

All das, was sie herausgefunden hatten, zerschmetterte Henriettes Hoffnungen. Es sah wirklich so aus, als hätte ihr Vater Mary Belle ermordet, um an die Anteilsscheine des Claims zu kommen und ihn verkaufen zu können. Ja, diese Artikel erweckten sogar den Eindruck, dass ihr Vater Mary Belle dazu angestiftet haben könnte, Stockinger den Kopf zu verdrehen, um an die Scheine zu kommen!

Trotzdem wollte sie nicht glauben, dass ihr Vater so abgrundtief geldgierig war. Dass er gemordet hatte und dann mit diesem Blutgeld auf Samoa Grund und Boden gekauft hatte. War er tatsächlich so gewissenlos? Und wie passte Hofmann in dieses Puzzle?

Henriette hatte das Gefühl, jetzt noch mehr Fragen als vorher beantworten zu müssen. Und der Gedanke, zurück ins Hotel zu fahren und mit ihrer kranken und schwangeren Schwester darüber zu sprechen, oder schlimmer noch, wieder Hofmann zu begegnen, war ihr unerträglich.

Nachdem sie die Zeitung verlassen hatten, rief Julius eine Droschke, und während er für sie den Schlag aufhielt, schlug er vor, einen Tee im berühmten *Garden Court* des *Palace Hotel* einzunehmen. Gerade so, als ob er ihre Gedanken gelesen hätte.

Henriette zögerte keinen Moment, das war eine willkommene Ablenkung, die ihr Zeit zum Nachdenken geben würde. Außerdem hatte sie den riesigen Komplex des *Palace Hotel,* das sich über einen ganzen Block und sechs Stockwerke hoch an der Market Street, Ecke Montgomery Street hinzog, noch nie von innen gesehen.

Von der Droschke aus hatte Henriette einen guten Überblick über die Market Street. Sie war sehr belebt, auf den breiten Fußgängerwegen tummelten sich schwarz gekleidete Männer mit Hüten und nur einige wenige Frauen. Die Händler hatten ihre bunten Markisen ausgefahren, um ihre Waren vor der strahlenden Sonne zu schützen. Von den Bratbuden und den Blumenständen her wehte ein appetitanregender Duft auf die Fahrbahn, wo die Droschken und Fuhrwerke sich mit den Wagen der Cable-Car-Bahn den Platz teilen mussten.

Der Wind war kühl, aber er vertrieb den Dunst aus der Bucht und sorgte dafür, dass das strahlende Licht der Sonne diesem emsigen Treiben einen goldenen Glanz verlieh. All dieses Leben erinnerte Henriette an das, was Frau Weber auf Samoa an dem

Abend gesagt hatte, als sie Hofmann kennengelernt hatte. Sie hätte die Nase voll von Palmen und Meer und Sehnsucht nach Theater und Straßen. Jetzt verstand sie viel besser, wie sie das gemeint hatte.

Vor dem *Palace* stiegen sie aus, und Julius führte sie durch das einschüchternd große, kahle Foyer des Hotels in den *Garden Court*. Dieser Innenhof war gerade erst neu gestaltet worden. Früher hatten hier die Kutschen ihre Fracht abgeladen und dann auf Fahrgäste gewartet.

Nun war der überdachte, luftige Innenhof mit riesigen Palmen in Kübeln, roten Perserteppichen und Möbeln ausgestattet worden. Man saß mitten in der Stadt wie im Freien und dennoch behütet von den mit Säulen geschmückten Aufgängen und Korridoren des Hotels, die bis zum sechsten Stock emporstiegen.

Henriette fühlte sich ein wenig eingeschüchtert, und sie fand, dass all dies zwar sehr beeindruckend war, man sich aber in Bertas Hotel sehr viel wohler fühlen konnte.

Sie wählten einen achteckigen Tisch aus dunklem Holz, der in der Mitte mit einer Einlegearbeit aus Marmormosaik verziert war. Beim Hinsetzen bemerkte Henriette, dass die Damen von den anderen Tischen zu ihnen hersahen und Julius hinter ihren eifrig wedelnden Fächern geradezu schamlos anstarrten.

Als der diensteifrig herbeieilende Ober fragte, was er ihnen bringen dürfe, bestellte Julius *High Tea* für sie beide und Champagner, was Henriette überraschte und den Ober zu einem leichten Zucken in der linken Augenbraue veranlasste.

»Wir sollten einen Detektiv beauftragen«, sagte Julius, nachdem der Ober sie verlassen hatte.

»Aber wo finden wir den, und wird der dann mehr herausfinden, und zwar so rechtzeitig, dass eine Hochzeit noch verhindert werden kann, ohne dass mein Vater verhaftet wird?« Nachdem sie in allen Artikeln auf seinen Namen gestoßen war, kamen ihr die Drohungen, die Hofmann ausgestoßen hatte, sehr viel realer vor als bisher.

»In Samoa ist er sicher, ich glaube nicht, dass die Deutschen ihre Landsleute an die Amerikaner ausliefern, jedenfalls nicht ohne schlüssige Beweise. Aber ich flehe Sie an, lassen Sie uns eine Stunde lang nicht von Verbrechen oder Geistern sprechen, ja?«

Julius suchte Henriettes Blick und versenkte ein glückliches Strahlen darin. »Ich bin so froh, dass wir allein hier sind. Denn ich möchte über uns reden.«

»Uns? Über uns? Sind Sie nicht der Verlobte von Sophie?« Henriette versuchte einen Scherz. »Ich glaube, Sie haben das mit der Doppelhochzeit falsch verstanden, Sie können nur eine von uns kriegen.«

Er blieb ernst.

»Spüren Sie denn nicht, dass ich Ihre Schwester nur Ihretwegen hierherbegleitet habe? Und ich habe Hofmann nur Ihretwegen diese lächerliche Doppelhochzeit vorgeschlagen, nur aus einem einzigen Grund …« Er griff nach ihrer Hand, und die Hitze seiner Haut drang durch die Brüssler Spitze ihres Handschuhs.

»Ja?«

»Ich liebe Sie.«

Perplex starrte Henriette Julius an und entzog ihm ihre Hand. Dass er sie mochte, hatte sie natürlich längst bemerkt. Aber Liebe?

Sie fragte sich, was es war, das sie für ihn empfand. Ja, sie mochte seinen Humor und fühlte sich wohl in seiner Gegenwart. Und sie fand ihn attraktiv und hilfsbereit.

Doch sie spürte nicht den Wunsch, ihn anzufassen, so wie Tamatoa. Wenn sie Julius ansah, geriet nichts in ihrem Körper außer Kontrolle, spürte sie nicht dieses unbändige Sehnen. Allerdings gefiel es ihr, mit ihm Wortgefechte auszutragen, und sie hatte den Wunsch, ihn zu beeindrucken. Aber war das genug? War das Liebe?

»Wir kennen uns doch gar nicht«, begann sie. »Sie haben mich auch nur ein einziges Mal gesehen, bevor wir uns hier wieder getroffen haben. Wie können Sie da so sicher sein?«

»Ich kenne mich und weiß, was in mir vorgeht, und das hat mich hierhergeführt. Allerdings kann man natürlich nie sicher sein, ob diese Gefühle für immer so bleiben werden.«

»Dann räumen Sie also ein, dass Ihre Liebe durchaus enden kann. Darf ich fragen, wie lange Ihre bisher glühendste Liebe hielt?« Henriette hätte gewettet, dass es da schon viele gegeben hatte.

Er wirkte konsterniert, zog seine Augenbrauen zusammen und blitzte sie an.

»Es dauert nie länger, als bis ich mein Vergnügen gehabt habe«, erwiderte er böse.

»Ich wollte Ihnen nichts unterstellen. Das kommt nur alles so plötzlich. Und gleichzeitig gibt es so viele andere Dinge, die gerade erledigt werden müssen.«

»Glauben Sie, dass Sie nur in klösterlicher Einsamkeit entscheiden können, ob Sie mich oder wen auch immer lieben?« Julius verzog spöttisch den Mund. »Dann wäre die Menschheit schon vor vielen Jahren ausgestorben, schließlich besteht unser

Leben darin, fortwährend mit unvorhergesehenen Ereignissen fertigzuwerden. Naturkatastrophen, Hungersnöte, Kriege, Pocken, Pest und Cholera … oder Ernst-Otto Hofmann.«

Er hatte seinen Humor wiedergefunden.

Erleichtert lächelte Henriette ihm zu.

Der Ober rollte einen Teewagen mit einer silbernen Etagère heran, auf der sich ganz unten kunstvoll dekorierte Lachs-, Gurken- und Eiersandwiches befanden, in der Mitte Scones, Butter und rote Marmelade und ganz oben lagen Petit Fours und mit Schokolade gefüllte Éclairs.

Er stellte Teller und Tassen aus chinesischem Porzellan auf den Tisch und goss ihnen aus der silbernen Teekanne einen stark duftenden Earl Grey-Tee ein. Das erinnerte Henriette für einen Moment an Nian und wie sie gesagt hatte, die Europäer dächten, sie wüssten etwas über Tee. Sie wünschte, Nian wäre hier und würde ihr einen klugen Rat geben.

Während sie dem Ober schweigend zusahen, begann ein Klavierspieler Beethovens *Für Elise* zu spielen.

Henriette merkte jetzt, wie hungrig sie trotz aller Aufregung war, und ließ sich mit großem Vergnügen Sandwiches auf ihren Teller legen, wohingegen Julius alles ablehnte.

»Wann darf ich den Champagner servieren, Sir?«, fragte der Ober.

Um Julius' Lippen zuckte ein bitteres Lächeln. »Später … vielleicht.«

Der Ober nickte und verschwand lautlos.

»Es tut mir leid«, murmelte Henriette mit reichlich vollem Mund. »Köstlich, Sie sollten auch etwas essen, statt Trübsal zu blasen.«

»Es freut mich zu sehen, dass dramatische Ereignisse nur auf

Ihr Urteilsvermögen und nicht auch noch auf Ihren Magen schlagen.«

Henriette legte das angebissene Sandwich auf den Teller und sah ihm belustigt in die Augen.

»Sie sind es gewohnt, dass die Damen entzückt über Ihre Aufmerksamkeit sind, oder?« Sie versuchte, ihn zum Lachen zu bringen, und trieb es auf die Spitze. »Was haben Sie erwartet, dass ich ohnmächtig niedersinke vor Glück?«

»Nun, das wäre mir jedenfalls lieber, als Ihrem ungebremsten Appetit zuzusehen, nachdem Sie mich haben abblitzen lassen. Und ja, ich konnte mich in der Tat bisher nicht über mangelnde Aufmerksamkeit beklagen. Frauen mögen mich. Bisher jedenfalls.« Er zwinkerte ihr zu, aber Henriette spürte, wie ernst es ihm doch war.

Henriette, die das Sandwich hatte aufessen wollen, fand sich nun doch etwas herzlos. Sie starrte auf die letzten Krümel des staubigen Scones, den sie vor dem Sandwich verschlungen hatte und der sich in der Tat nicht einmal ansatzweise mit denen von Berta messen konnte.

»Dass Frauen Sie mögen, das verstehe ich sehr gut, aber was sehen Sie denn in mir? Warum ich?«, fragte sie. »Was veranlasst Sie zu glauben, Sie würden mich lieben?«

»Wie kokett von Ihnen, nun auch noch nach Lob zu heischen, nachdem Sie mir eben eine harsche Abfuhr erteilt haben.«

»Es hat mich nur interessiert, warum Sie sich Ihrer Gefühle so gewiss sind.«

»Da Sie kein Interesse an mir zeigen, würde ich vorschlagen, dass wir uns nun wirklich anderen Themen zuwenden.«

Das Klavierspielen endete mit einem jähen, unpassenden Akkord, dann ging ein Raunen durch den *Garden Court,* einige

Menschen standen auf und begannen zu klatschen. Irritiert sahen sich Julius und Henriette an. »Wissen Sie, was das zu bedeuten hat?« Henriette flüsterte und sah sich zwischen den Palmkübeln um, konnte aber niemanden entdecken, der diesen Applaus verdient hätte.

Nun erklangen die ersten Takte von *La donna è mobile,* und der Applaus brandete so stark auf, dass sich weder Julius noch Henriette dem entziehen konnten, und auch sie standen auf. Dann sah Henriette den beleibten Mann im schwarzen Gehrock mit dem runden Gesicht neben dem Klavier, der sehr gelassen die Huldigungen entgegennahm und seinen Hut in die Runde schwenkte. Sein Haar war schon etwas zurückgewichen, was seine Stirn stark vergrößerte.

»Das muss Enrico Caruso sein, der Sänger!«, rief sie und wusste, dass sie das niemals Berta erzählen durfte, denn die hätte alles dafür gegeben, wenn der berühmte Tenor bei ihr gewohnt hätte. Erwartungsvolle Stille breitete sich aus, und der Mann am Klavier fing wieder an, die ersten Takte von *La donna è mobile* zu spielen. Doch Caruso winkte nur noch einmal mit dem Hut und sagte dann in einem sehr italienisch klingenden Englisch: *»Let's meet tonight at the Mission Opera House!«,* wozu der Klavierspieler ein paar Takte aus Carmens »Auf in den Kampf« anstimmte. Man applaudierte ihm abermals, gerade so, als hätte er wirklich gesungen. Nachdem er gegangen war, summte plötzlich ein Leben durch den *Garden Courtroom,* als wären alle aus ihrem Dornröschenschlaf erwacht.

Julius und Henriette sahen sich an. »Schade«, sagte sie, »dass er nicht gesungen hat, das hätte meiner Schwester gefallen. Ich habe gelesen, man muss weinen vor Glück, wenn man ihn hört!«

»Oh, wie so trügerisch sind Weiberherzen«, seufzte Julius, aber seine schlechte Stimmung hatte sich verflüchtigt, und Henriette wagte eine delikate Frage.

»Wenn Sie eine Frau lieben, was erwarten Sie dann von ihr? Soll sie Ihren Hut und die Stechpalmen abstauben sowie sich um die Details Ihrer Verdauung kümmern? Seien Sie bitte ehrlich. Würden Sie von Ihrer Gattin verlangen, dass sie zu Hause bleibt und Ihre Manschettenknöpfe poliert, oder dürfte sie einem Beruf nachgehen, der sie mit Freude erfüllt?«

Er konterte sofort.

»Ohne jeden Zweifel muss meine Verdauung an der obersten Stelle ihrer Prioritäten stehen! Und selbstverständlich bestehe ich auf erstklassig polierten Manschettenknöpfen.«

Er blieb dabei so ernst, dass Henriette ihm auf den Leim gegangen wäre, wenn er nicht wenige Sekunden danach noch etwas hinzugefügt hätte. »Schließlich muss sich mein edles Antlitz auch in den Manschettenknöpfen spiegeln können, denn ich werde niemals genug davon bekommen.«

Sie sahen sich einen Moment schweigend an, dann brachen sie in lautes, befreiendes Gelächter aus, was sofort den Ober aufs Tapet brachte, der wissen wollte, ob nun die Zeit für den Champagner gekommen sei.

Julius nickte.

Henriette fühlte sich wie berauscht vom Champagner und der Aufmerksamkeit, mit der sie überschüttet worden war. Es tat so gut, einmal nicht an Hofmann zu denken oder an ihre schwangere Schwester oder ihre kranke Mutter.

Julius wollte wissen, wie sie den Artikel über *Atherton House* angehen würde. Dann fragte er, wie sie sich ihre Zukunft als Autorin vorstellte und was sie am liebsten schreiben würde, wenn sie vollkommen frei und finanziell unabhängig wäre. Sein Interesse schien ihr aufrichtig.

Sie hatte noch nicht wirklich darüber nachgedacht, was sie jetzt am liebsten schreiben würde. Früher hatte sie davon geträumt, Reiseschriftstellerin zu werden, aber nachdem sie Charmian kennengelernt hatte, war ihr klar geworden, dass es auch beim Schreiben einen Markt gab, der bedient werden wollte, ganz genau wie die Menschen in Bertas Hotel, und nun erschienen ihr solche Wünsche völlig unrealistisch.

Trotzdem verriet sie ihm, dass sie immer noch gerne durch die Welt reisen und darüber für deutsche Zeitungen berichten oder ein Buch darüber verfassen wollte.

Und als sie ihn im Gegenzug darüber ausfragte, was er denn am liebsten photographieren würde, behauptete er, dass er genau das gleiche Ziel habe wie sie. Mit seinen Photographien zu dokumentieren, wie andere Völker lebten.

Verblüfft hatte sie mit ihm darauf anstoßen wollen, aber da hatte er sein Glas wieder abgestellt, sich umständlich geräuspert und ihr dann anvertraut, dass das nicht die ganze Wahrheit war. Sein ursprünglicher Plan war es, künstlerische Photos von nackten Südseeschönheiten zu machen. Zum einen weil er damit viel Geld verdienen konnte und zum anderen, weil es ihm gefiel, schöne Frauen zu studieren.

Henriette hatte überrascht nach Luft geschnappt und sich mit der Speisekarte Luft zugefächelt, aber dann hatte sie einfach nur lachen müssen, womöglich eine Folge des Champagners.

»Ursprünglich?«, hatte sie ihn gefragt. »Und jetzt?«

Er war ganz ernst geworden, hatte wieder nach ihrer Hand gegriffen, und diesmal hatte sie sie ihm nicht entzogen. »Jetzt möchte ich die Welt nur noch zusammen mit Ihnen und durch Ihre Augen sehen.« Er küsste formvollendet ihre Hand, und sie spürte, wie viel Beherrschung es ihn kostete, nicht leidenschaftlicher zu werden.

Obwohl ihr klar war, dass er ihr damit schmeicheln wollte, war es doch ein schöner Gedanke, dass jemand die Welt mit ihr und durch ihre Augen sehen wollte.

Sie saßen eine Weile schweigend da und betrachteten einander. Vielleicht sollte sie ihm eine Chance geben, vielleicht waren ihre Gefühle für Tamatoa einfach nur eine andere Art von Liebe gewesen?

Schließlich hatte Julius seine Augen in ihren versenkt und ihren Blick so lange festgehalten, dass es Henriette plötzlich ganz heiß wurde und ihr Herz in einen schnelleren Takt verfiel.

»Verraten Sie mir, was es eigentlich mit dieser blauen Muschel auf sich hat?«

Sprachlos trank sie einen großen Schluck Champagner, um sich etwas Zeit zu verschaffen, während sich die Gedanken in ihrem Kopf überschlugen.

»Wie meinen Sie das?«, fragte sie, weil er unmöglich etwas über die Muschel wissen konnte. Sie wollte ihm nichts von Tamatoa erzählen.

»Diese Muschel muss Ihnen und Sophie viel bedeuten.«

»Sophie?«

»Reden Sie denn gar nicht mit ihr? Auf der Reise hat sie mir immerzu erzählt, wie nah Sie sich immer gewesen seien und wie sehr sie Sie vermisse.«

»Das stimmt, aber alles hat sich verändert. Sie ist krank und hat sich zurückgezogen, auch wenn wir beide so tun, als wäre alles wie früher. Deshalb habe ich ihr auch noch nichts von der angeblichen Doppelhochzeit gesagt.«

»Sophie ist viel zäher, als Sie glauben.« Er wollte beruhigend ihre Hand tätscheln, aber das ließ sie nicht zu. Er sollte nicht merken, wie sehr seine Frage nach der Muschel sie aufgewühlt hatte.

»Ich hoffe, dass Sie recht haben, es ist schlimm genug, dass unsere Mutter so krank geworden ist. Wie kommen Sie auf die Muschel?«

»Ihre Schwester hat sie gemalt.«

Davon hatte Sophie nichts erzählt, sicher war sie zu müde gewesen.

»Sie hat gemalt?«

Julius nickte. »Immerzu eine Muschel, aber sie war nie zufrieden, weil sie ihrer Meinung nach nie das richtige Blau dafür gefunden hat.« Er hielt inne, und es kam Henriette so vor, als ob er noch mehr sagen wollte, es sich aber im letzten Moment anders überlegt hatte.

»Das ist wirklich merkwürdig, sie hat es mir gegenüber mit keiner Silbe erwähnt. Vielleicht hat es mit ihrer Schwangerschaft zu tun.«

Julius zog eine Augenbraue hoch und sah sie prüfend an. »Nein, ich denke, diese Muschel hat mit Ihnen beiden zu tun.«

»Wie auch immer, was Sie gerade erzählt haben, hat in mir den Wunsch geweckt, nun nach Hause zu fahren und nach Sophie zu sehen.«

Eines Tages werde ich ihm alles erzählen, aber nicht heute, dachte sie. Sie tranken aus und begaben sich auf den Heimweg.

Und erst, als sie später aus der Droschke ausstiegen und Hofmann mit einem verschlagenen Lächeln auf sie zueilte, wurde ihr bewusst, dass die letzten Stunden vielleicht nicht sehr viel mehr gewesen waren, als die blassgoldenen Champagnerbläschen im Glas, nur ein sanftes Prickeln im Mund, köstlich, aber flüchtig. Trotzdem hatte sie jede Minute genossen, zum allerersten Mal, seit sie Tamatoa tot am Meer gefunden hatte.

31. Kapitel

Nachdem sie mit Julius im *Atherton House* gewesen war, trug Hofmann tagelang ein merkwürdiges Lächeln zu Schau, offensichtlich hoffte er, Henriette würde ihn fragen, was ihn so amüsierte, aber sie ignorierte ihn vollständig. Sophies Zustand hatte sich so verschlechtert, dass Henriette Berta bekniete, einen Arzt kommen zu lassen. Das hielt Berta jedoch für unnötig. Immerhin versprach sie, sich nach einer Hebamme umzuhören.

Dann bekam Sophie auch noch Fieber, und Henriette flehte Berta erneut an, einen Arzt zu holen. Schließlich bat Berta einen Gast, der Arzt in New York war, um seinen Rat.

Doktor Stevens untersuchte Sophie gründlich und versicherte ihnen, dass es dem Kind gut ginge. Sophie benötigte Ruhe und vor allem gutes Essen, um zu Kräften zu kommen. Auch sollte jegliche Aufregung von ihr ferngehalten werden.

Aufgrund ihres Fiebers hatte Henriette Sophie nichts von all dem, was sie über Mary Belle herausgefunden hatte, verraten und auch nichts von Julius' Liebeserklärung erzählt. Doch seine Worte gingen ihr ständig durch den Kopf, beim Spätzlebereiten in der Küche, beim Arbeiten an der Rezeption und bei ihren Unterhaltungen mit Berta, deren Enthusiasmus über

Hofmann ein wenig abgeklungen war, nachdem sie ihn in ihrem Zimmer an ihrem geliebten Tresor erwischt hatte. Er hatte sich zwar mit allerlei Ausreden herausgewunden, aber Berta betrachtete ihn seither viel kritischer, was Henriette sehr erleichterte, denn dann würde die niemals stattfindende Doppelhochzeit Berta nicht das Herz brechen.

Um Sophie nicht zu stören, saß sie nach einem arbeitsreichen Tag im Hotel spätabends in der Halle und arbeitete dort an dem Artikel über das Spukhaus. Erst jetzt bemerkte sie, wie schlecht sie das Interview mit Rose geführt hatte, sie hatte ihr viel zu wenige Fragen zu den eigentlichen Geistererscheinungen gestellt und nicht richtig nachgehakt. Was hatte Rose damit gemeint, dass die zwei Frauengeister den Männergeist unter Kontrolle hatten? Außerdem hätte sie sich eine Geisteranekdote erzählen lassen müssen. Sie blickte auf ihren chaotischen Notizblock und fragte sich, wie daraus jemals ein lesbarer Artikel werden sollte.

Ein Geräusch ließ sie hochschauen, und ihr wurde sofort mulmig, als sie Hofmann erkannte, denn auf diesem Block waren auch all ihre Notizen zu Mary Belle. Sie versuchte, ein paar Seiten umzublättern, bevor er ihren Tisch erreicht hatte.

»Darf ich?«, fragte er und setzte sich dann, bevor sie ihn dazu eingeladen hatte.

»Ich möchte dir etwas zeigen.« Er zog langsam einen großen Umschlag aus seinem Jackett und gab sich Mühe, besorgt auszusehen, aber auf seinen Lippen lag das gleiche verschlagene Lächeln, mit dem er sie schon nach dem Ausflug zum Spukhaus empfangen hatte.

Henriettes Herz begann zu hämmern. Was war in diesem Umschlag? Sie dachte an die Umschläge in den Schubladen ihres Vaters.

Waren das hier die Beweise für die Schuld ihres Vaters am Tod von Mary Belle?

Unterlagen zu ihrer Hochzeit?

Ein Vertrag, der ihm volle Verfügungsgewalt über ihre Mitgift verschaffte? Sein Testament, ein weiteres Hochzeitsgeschenk? Was auch immer es war, es würde schmerzhaft für sie werden. Seine kreideblauen Augen funkelten, als müssten sie jetzt schon über einen Witz lachen, und es gelang ihm kaum, seinen besorgten Gesichtsausdruck beizubehalten.

»Warum sollte ich das anschauen?« Sie ärgerte sich, dass sie so leise und ängstlich klang, deshalb fügte sie mit fester Stimme hinzu: »Ich denke, ich will das lieber nicht sehen.«

»Das solltest du aber. Nur damit du weißt, welche Art Mann deine Schwester heiraten wird.«

Es ging um Julius? Widerwillig betrachtete sie den Umschlag. Einerseits war sie erleichtert, wenn es um Julius ging, dann waren in dem Umschlag keine Beweise gegen ihren Vater. Aber warum wollte er Julius anschwärzen? Hatte er Verdacht geschöpft, dass sie ihn wegen der Doppelhochzeit belogen hatten? War es ihm vielleicht gelungen, mit Sophie zu sprechen, die sie immer noch nicht eingeweiht hatten?

»Julius heiratet Sophie, das geht mich doch nichts an.«

»Findest du nicht, dass es wichtig ist, die Familie zu schützen?«, fragte er mit einem Lächeln, das eine unbändige Wut in ihr hochspülte und Tränen in ihre Augen trieb. Was maßte sich dieser Mann an? Er, der so viele Familien auf Samoa zerstört hatte, redete von Familie. Als ob Judas von Ehre reden würde.

Er würde nicht eher Ruhe geben, bis sie den Umschlag aufgemacht und hineingeschaut hatte, das wusste sie. Ich werde ihm keinen Grund zur Freude geben, beschloss sie. Was auch immer er Schäbiges über Julius ausgegraben hat, ich werde keine Miene verziehen. Doch sie begann sich zu fragen, was das denn sein konnte. Sie konnte sich weder vorstellen, dass Julius ein Betrüger oder Schwindler war, noch sonst etwas Nachteiliges. Umso besser, dachte sie, dann kann es nicht allzu schlimm sein.

Sie öffnete den Umschlag und zog die Papiere heraus.

Es waren Photographien. Ganz ähnlich denen, die ihr Vater im Schreibtisch gehabt hatte.

Allerdings gab es einen sehr großen Unterschied. Sie musste tief Luft holen, um sich zu beherrschen. Die wunderschöne nackte Frau auf den gewagten Bildern sah aus wie sie, aber es war ganz eindeutig ihre Schwester.

Sie schob die Bilder langsam wieder zurück und wünschte sich eine Peitsche, mit der sie Hofmann schlagen könnte. Doch sie hatte keine und überlegte verzweifelt, wie sie mit Worten den gleichen Effekt erzielen könnte.

Du widerwärtiger Bastard, wollte sie schreien, aber es würde ihm gefallen, sie fassungslos zu sehen. Also versuchte sie, ruhig zu atmen und sich nichts von dem Sturm in ihrem Kopf anmerken zu lassen. Nicht nur in ihrem Kopf, auch in ihrem Bauch zog sich alles zusammen, und ihr Herz hämmerte in wütendem Stakkato.

Erstens hatte Hofmann nicht das Recht, ihre Schwester nackt zu sehen, zweitens, warum hatten weder Julius noch ihre Schwester von diesen Aufnahmen erzählt? Hatten die beiden doch eine Liaison? Ihre Schwester würde sich doch nicht einfach so ausziehen? Das waren also die Schönheiten, die Julius in Wahrheit photographieren wollte! Hatte er nur mit ihr geflirtet, weil er sie auch gerne so abbilden wollte, weil ihre Schwester nun schwanger und nicht mehr verfügbar war, oder weil es ihm eine perverse Befriedigung verschaffte, mit beiden Schwestern eine Liaison zu haben? Alles das ekelte sie an. Was auch immer Hofmann anfasste, wurde von einem klebrigen Spinnennetz überzogen, aus dem niemand mehr entrinnen konnte.

»Ich wüsste nicht, dass es uns etwas angeht, was die beiden hinter verschlossenen Türen treiben. Immerhin sind sie verlobt.«

Hofmann bemühte sich, betreten auszusehen. »Du hast vollkommen recht.«

»Wo haben Sie diese Aufnahmen denn eigentlich her? Hat Julius sie Ihnen gegeben?« Henriette wurde schlecht bei diesem Gedanken. »Dann könnten wir ja Julius einfach mal fragen, was die beiden sich dabei gedacht haben. Vielleicht tun wir das am besten gleich, was meinen Sie?«

Sie erhob sich und sah hinüber zur Rezeption an die Wand mit den Schlüsseln.

»Sein Schlüssel ist nicht da, also ist er in seinem Zimmer. Fragen wir ihn doch!«

»Das ist keine gute Idee. Es ist schon spät.« Hofmann sah seine Felle davonschwimmen und lenkte ein.

»Es war nicht zu spät, die Photographien mir zu zeigen. Wir sollten das gleich aus der Welt schaffen.«

Henriette nahm den Umschlag und machte sich auf zu Julius' Zimmer. Sie zitterte am ganzen Körper, aus Wut und aus Enttäuschung. Seit ihrem gemeinsamen Tee hatten sie kein Wort mehr gewechselt, aber Julius hatte ihr an der Rezeption zugeflüstert, dass er dabei wäre, einen Detektiv zu engagieren.

Sie hämmerte voller Genugtuung an Julius' Zimmertür, die sofort geöffnet wurde. Als er sie erkannte, lächelte er beglückt, in dem Augenblick, als Hofmann sie jedoch eingeholt hatte, versteinerte sich seine Miene.

»Dürfen wir reinkommen?«, fragte sie, wartete aber keine Antwort ab.

Im Zimmer fiel ihr auf, dass auf seinem Schreibtisch großes Chaos herrschte und überall Landkarten herumlagen.

»Was ist denn los, geht es Sophie nicht gut? Steht dem Hochzeitstermin etwas im Wege?«

Henriette hielt ihm den Umschlag hin und rang um Beherrschung. »Hier drin befinden sich Aktphotographien von meiner Schwester, die der außerordentlich gütige Hofmann mir nicht vorenthalten wollte, um mich über Ihren Charakter zu informieren.«

Julius biss sich auf die Lippen und ballte die Fäuste. »Darf man erfahren, Hofmann, wie Sie an die Bilder gekommen sind? Das letzte Mal jedenfalls, als ich sie gesehen habe, befanden sie sich in den Tiefen meines Koffers!«

Hofmann wich etwas zurück. Und murmelte recht zusammenhanglos, dass er Berta im Hotel zur Hand ginge und die Photographien ihm auf diesem Wege von dem Zimmermädchen quasi in den Schoß gelegt worden waren.

Die Erklärung klang so dermaßen lächerlich, dass Henriette ihn ungläubig anstarrte. Sie sollte Berta wirklich eindringlich warnen, dieser Mensch schreckte vor nichts zurück.

Julius packte Hofmann an seiner Hemdbrust und zerrte ihn zu sich heran. »Was fällt Ihnen ein? Sie wagen es, meine Sachen zu durchwühlen?«

Statt einer Antwort schlug ihm Hofmann die Faust ins Gesicht. Das kam so unerwartet, dass Julius weit nach hinten geschleudert wurde. Blut schoss aus seiner Nase. Henriette schrie auf.

Julius riss Hofmann zu Boden, setzte sich auf ihn und malträtierte sein Gesicht mit Fäusten.

»Aufhören!«, schrie Henriette. »Sofort aufhören!«

Schwer atmend hielt Julius inne. »Was soll ich mit diesem Schwein machen?«, fragte er. »Ich tue alles, was Sie sagen!«

»Henriette, du solltest daran denken, dass ich Beweise habe. Mord verjährt nicht!« Hofmann keuchte. »Und wenn ich sterbe, dann geht alles an die Polizei von Dawson.«

»Oh, wir müssen diesen Ehrenmann ja nicht gleich umbringen«, schlug Julius nach Luft schnappend vor.

Ehrenmann, o ja! Alles Ehrenmänner hier!

Was redeten die von Ehre! Henriette spürte, wie sich ihre Mundwinkel verzogen und sie hysterisch zu lachen anfing. Musste sie Julius wirklich davon abhalten, Hofmann ernsthaft zu verletzen? Musste sie erneut sein Leben schützen?

Wenn sie doch nur auf Samoa schon die richtige Entscheidung getroffen hätte! Viele Menschen wären sehr viel glücklicher, und Tamatoa wäre noch am Leben.

Ihr hysterisches Lachen begann in Weinen überzugehen. »Schlag ihm den Schädel ein«, flüsterte sie Julius zu, »vernichte ihn! Jetzt sofort!«

Unsicher sah Julius zwischen ihr und Hofmann hin und her, dann stand er seufzend auf und legte seinen Arm um Henriette.

Doch sie schüttelte ihn ab, mit diesem Heuchler wollte sie auch nichts mehr zu tun haben. Nacktphotographien von ihrer Schwester tief unten in seinem Koffer!

Hofmann lag stöhnend am Boden. Sein linkes Auge war geschwollen und seine Lippe gespalten. Blanker Hass traf Henriette aus dem unverletzten rechten Auge.

»Wenn du am 18. April nicht am Altar in der Matthäuskirche erscheinst«, zischte er, »dann ist dein Vater ein toter Mann, dafür sorge ich! Ich habe lange genug gewartet.«

In diesem Augenblick kam Tante Berta herein. In aller Eile hatte sie offenbar nur einen roten Morgenmantel übergeworfen, das Haar hing wirr herunter, und ihre Augen blitzten kampflustig.

»Was ist hier los?«, zischte sie zornig und musste an sich halten, nicht lauter zu werden. »Seid ihr verrückt geworden? Was soll denn dieser entsetzliche Lärm um diese Uhrzeit? Das hier ist ein Hotel und kein Bordell.«

Sie sah von Hofmann zu Julius und dann zu Henriette, packte ihre Nichte und zog sie mit sich aus dem Zimmer. Über ihre Schulter rief sie den Männern zu, sie sollten ein Bier auf ihre Rechnung trinken und sich auf der Stelle versöhnen.

Sie schleifte Henriette förmlich zu ihren Privaträumen, ohne ein Wort zu sagen. Nachdem sie die Tür geschlossen hatte, schwieg sie immer noch. Henriette bekam Angst. Ihre Tante redete sonst ohne Unterlass.

Berta holte aus dem Tresor im Ankleidezimmer eine Flasche smaragdfarben schimmernden Absinth, zwei Gläser und Absinthlöffel, Würfelzucker und stellte eine Karaffe mit Wasser hinzu. »Es gibt Situationen, wo es ein Absinth sein muss! Ich schätze, es war ein Fehler, dass ich dir nicht zuhören wollte. Aber nun wirst du mir alles erzählen, und zwar wirklich jedes einzelne Detail. Wir werden uns entspannen, den Absinth genießen und überlegen, was zu tun ist. Es hat noch nie etwas genützt, übereilte Entscheidungen zu treffen.«

Berta schüttete den Absinth in das kugelförmige Reservoir im Fuß des Glases und legte die silbernen Absinthlöffel, die wie mit Lochmuster verzierte Kuchenheber aussahen, über das Glas, gab Würfelzucker darauf und träufelte langsam Wasser aus der Karaffe darüber.

Auch wenn dieses Ritual beruhigend auf Henriette wirkte, fühlte sie trotzdem, dass in ihrem Kopf immer noch großes Chaos herrschte. Erst nachdem sie ein paar Schlucke von dem bitteren, würzigen Absinth getrunken hatte, war sie in der Lage, Berta einen Bericht über all die Ereignisse zu geben, die letztendlich zu der blutigen Auseinandersetzung zwischen Julius und Hofmann geführt hatten.

Danach musste sich Berta noch einen Absinth mischen, so sehr verstörte sie Henriettes Erzählung. »Mein Bruder hat niemals einer Frau den Schädel eingeschlagen. Niemals. Das müssen und das werden wir beweisen. Ich werde Hofmann aus dem Hotel werfen, gleich morgen früh!«

»Das ist keine gute Idee! Nur einmal angenommen, er hätte wirklich etwas in der Hand, das Papa belastet. Wir wissen nicht, ob er vielleicht Beweise gefälscht hat, und bei all dem, was die Zeitungen über Papa geschrieben haben, genügt sicher schon der kleinste Hinweis, um die Presse auf ihn aufmerksam zu machen …«

»Das stimmt, wir sollten ihn lieber im Auge behalten.« Berta nahm noch einen ordentlichen Schluck, dann sah sie zu ihrer Nichte. »Es tut mir leid, ich hätte dir glauben müssen! Aber ich habe wirklich gedacht, es würde sich nur um kindische Liebesverwicklungen handeln, wegen deren du dich den – an sich weisen – Entscheidungen meines Bruders widersetztest.« Sie lächelte verlegen und deutete mit dem Kopf auf das leere Glas in ihrer Hand. »Nun kennst du auch mein geheimes Laster, in das bis heute nur Charmian eingeweiht war.«

Henriette nickte ihr zu, es war gut, dass Berta nun Bescheid wusste, aber sie fühlte sich immer noch so durcheinander. Was sollte sie denn nun von den Aktbildern und von Julius halten?

Das Beste wäre natürlich, Sophie zu fragen, aber sie sollte ja jede Aufregung vermeiden, und Sophie würde es sicherlich aufbringen, zu wissen, dass Hofmann sie nackt und in aufreizenden Posen gesehen hatte. Andererseits war ihre Schwester ja wohl bei Geiste gewesen, als diese Photographien gemacht wurden. Sie musste gewusst haben, dass sie keinerlei Einfluss darauf hatte, wer sie sich später ansah.

Sophie war schon immer wilder als sie gewesen, aber das hätte sie ihrer Schwester doch nicht zugetraut. Henriette könnte sich dazu niemals überwinden, sie wollte selbst darüber entscheiden, wer sie nackt sehen sollte und wer nicht.

»Worüber denkst du nach?«

»Diese Photographien …«

»Tzzt.« Berta grinste und nahm noch einen großen Schluck Absinth. »Ihr zwei seid schöne junge Frauen, was ist denn schon dagegen zu sagen? Wenn Sophie alt ist, wird sie diese Bilder einmal lieben.«

»Das schon, aber man weiß doch nie, wer sie anschauen wird.«

»Was man nicht weiß, macht einen nicht heiß!«

»Wie kannst du dich so tolerant gebärden, und gleichzeitig verbietest du Sophie, durch das Hotel zu laufen, nur weil sie schwanger ist!«, empörte sich Henriette. »Würdest du es ihr nackt erlauben?«

»Was für eine Puritanerin du doch bist, Kindchen! Sittenstrenge an und für sich ist etwas absolut Lächerliches, das wirst du mit zunehmendem Alter noch besser begreifen. Aber ich führe ein Hotel und darf nicht in den Ruf einer Absteige kommen, sonst bleiben die prominenten und reichen Gäste aus und steigen woanders ab. Und glaub mir, Kindchen, ich habe hart gearbeitet, um dieses Hotel zu dem zu machen, was es ist.« Sie lächelte versonnen. »Und meine Devise, was Moral anging, war immer nur die: Das Einzige, was zählt, ist das Ziel. Wenn du etwas wirklich willst, Henriette, dann musst du öfter mal über deinen Schatten springen. Aber jetzt bin ich müde, und auch du solltest ins Bett gehen.«

Henriette erhob sich, wollte ihrer Tante einen Kuss geben, aber die winkte nur ab. »Genug Vertraulichkeiten für heute.«

Als Henriette in ihr Zimmer kam, war sie erstaunt, Sophie wach im Bett zu finden.

»Wo bist du gewesen?«, fragte Sophie und streckte die Arme nach ihrer Schwester aus. Henriette ignorierte sie, setzte sich aber an ihr Bett. Warum hast du diese Bilder gemacht, wollte sie fragen, was verbindet dich mit Julius?, aber sie schwieg. Sophie sollte nicht beunruhigt werden.

Dabei kam es ihr unendlich schäbig vor, dass sie mit ihrer Tante nun mehr Geheimnisse teilte als mit Sophie, auch wenn Sophie vielleicht doch mehr vor ihr verbarg, als sie bisher geahnt hatte.

Sophie nahm die Hand ihrer Schwester und legte sie auf ihren Bauch. Das Kind trat deutlich gegen Henriettes Hand, und sie zog sie erschrocken weg.

»Deshalb kann ich nicht schlafen«, seufzte Sophie. »Es spürt sicher, dass ich mir Sorgen mache. Um dich. Wann endlich verlassen wir diese hektische Stadt und gehen nach Samoa? Ich weiß, du bist hier nicht glücklich. Du bist überhaupt nicht glücklich. Dabei habe ich deine Artikel gelesen und musste so lachen. Was du schreibst, gefällt mir so gut! Also, was ist mit dir los, mein großes Maischwesterherzchen, verrate es mir.«

»Verrate du mir, warum du Muscheln malst.«

»Irgendwann war ich es leid, Max Modell zu stehen, und dann fingen diese Träume an. Du erinnerst dich an unsere Murmelmannträume?«

Henriette nickte. Sie wusste genau, wann sie das letzte Mal vom Murmelmann geträumt hatte, am Strand, in der Nacht, als Tamatoa und Sina ihr die blaue Muschel geschenkt hatten.

»Kurz nachdem wir aus der Freiluftheilanstalt geflohen waren, fing es an. Ich träumte wieder vom Murmelmann, aber diesmal endeten die Träume anders. Er legte zwar die Spur, der ich folgen musste, aber die Spur führte zu einer blauen Muschel, und wann immer ich bei ihr angekommen war, wusste ich, dass ich in Sicherheit war.

Manchmal leuchtete die Muschel, und genau das wollte ich malen. Ich hatte das Gefühl, wenn mir das gelingen würde, wüsste ich, wer ich wirklich bin. Aber ich schaffte es nie, und nur einmal noch, nachdem Max schon gestorben war, hatte ich wieder so einen Traum. Ich folgte der Murmelspur, die erneut bei der blauen Muschel am Ufer des Meeres endete. Aber dieses Mal leuchtete die Muschel nicht nur, sondern ein Regenbogen stieg aus ihr auf, der sich weit über das Meer spannte und mich einlud, auf ihm weiterzugehen.« Sophie hielt einen Moment inne. »Aber als ich etwa in der Mitte war, verwandelten sich all die bunt schillernden Tropfen des Regenbogens in Murmeln und stürzten ins Meer. Und ich mit ihnen.«

Nuanua, dachte Henriette, der Regenbogen. Das Licht und das Wasser, die nicht zusammenkommen können. Aber sie schwieg, um Sophie nicht zu unterbrechen.

»Ich klatschte auf den Ozean, spürte, wie meine Füße in das warme Meerwasser eintauchten, wie das Salz in meine Nase drang, und hörte, wie das Wasser an meinen Ohren vorbeigurgelte und perlte. Dann löste ich mich auf – in Millionen von türkisblauen, kobaltblauen, ägyptischblauen, ach, einfach unendlich vielen verschiedenen blauen Teilchen und wurde eins mit dem Wasser.« Sophie griff nach Henriettes Hand. »Und als ich aufgewacht bin, wusste ich, dass ich dich bald wiedersehen würde.«

»Hattest du Angst, während du das geträumt hast?«

»Als ich ins Meer gestürzt bin, da hatte ich Angst, doch sie verflog, nachdem ich im Wasser war. Allerdings habe ich jetzt Angst.« Sie strich über ihren runden Bauch. »Ich habe Angst vor der Geburt, davor, dass ich das nicht schaffe, davor, dass etwas mit dem Kind nicht stimmt, davor, dass ich sterbe und es dann allein sein wird. Versprichst du mir, dass du dich um das Kind kümmerst, falls mir etwas zustößt, und dass du es niemals einem anderen Menschen, auch nicht Mutter, Ella oder Tante Berta überlassen wirst?«

Ihre Worte legten sich wie eine kalte Klammer um Henriettes Herz und pressten es zusammen. Sie umarmte Sophie und drückte sie fest an sich.

»Ich verspreche es dir. Aber ich bin ganz sicher, dass dir nichts geschehen wird.«

»Du wirst bei mir bleiben, wenn das Kind kommt, ja?«

»Natürlich, wir werden eine Hebamme holen, und dein Kind wird das schönste unter der Sonne Kaliforniens! Was hast du nur für seltsame Gedanken. Alles wird gut!«

»Ich fühle mich nicht gut, sondern schwach. Immerzu muss ich husten und bin so müde. Wie soll ich da eine Geburt überstehen?« Sophie sah nun ernstlich besorgt aus.

»Wenn es so schwierig wäre, dann wären die Menschen schon lange ausgestorben«, behauptete Henriette und versuchte so optimistisch wie möglich zu wirken, obwohl sie insgeheim genau die gleichen Bedenken wie Sophie hatte. Sie nahm sich vor, gleich morgen ihre Tante noch einmal nach der Hebamme zu fragen.

Sophie und Henriette seufzten gleichzeitig, verblüfft sahen sie sich an: Das war schon lange nicht mehr vorgekommen. Sophie wirkte nach dem Gespräch viel gelöster.

»Es ist spät, wir sollten schlafen. Alle beide!«

Henriette deckte ihre Schwester zu, löschte das Licht und legte sich in ihr Bett. Als sie im Dunklen die unruhigen Atemzüge von Sophie hörte, schwor sie sich, niemandem mehr zu erlauben, Keile zwischen sie beide zu treiben. Diese Photographien waren so lächerlich im Vergleich zu dem, was Sophie durchgemacht hatte.

Sie war so mit sich selbst beschäftigt gewesen, dass ihr entgangen war, wie viel Angst ihre Schwester hatte. Ich muss mich besser um sie kümmern, und ich werde sie beschützen, schwor sich Henriette, egal was passiert. Und egal, was Hofmann noch alles herbeizaubert, ich muss ihn endlich unschädlich machen, diesen Magier des Bösen.

32. Kapitel

Nachdem Tante Berta nun in alles eingeweiht war, wurde vieles leichter. Am Tag nach der Prügelei hatte sie mit Hofmann geredet und ihm einen Arzt geschickt, um ihn in Sicherheit zu wiegen. Und sie hatte Henriette zu ihm geschickt, damit sie ihn um Verzeihung bat.

Berta persönlich hatte Hofmann darum gebeten, die Doppelhochzeit nicht platzen zu lassen. Sie hatte sich sogar ein paar Tränen abgerungen und davon gesprochen, wie wichtig es für sie und den Ruf des Hotels wäre, ihre Nichten endlich als ehrbare Frauen unter der Haube zu sehen, und wie sehr auch ihr vom Schicksal so hart geprüfter Bruder sich darüber freuen würde. Und dann hatte sie den Vogel abgeschossen und Henriette mit dem nächsten Schachzug zum Staunen gebracht. Denn Berta ließ eine Schneiderin ins Haus kommen, die ihren Nichten Hochzeitskleider nähen sollte, und zeigte Hofmann die Entwürfe. Natürlich hatte ihn das restlos davon überzeugt, dass sich die Angelegenheit nach seinen Vorstellungen entwickelte. Denn es war jedem klar, dass Berta niemals unnötig Geld ausgab.

Während Hofmann mit Berta im Gespräch war, hatte Henriette sein Zimmer durchsucht, um einen Hinweis darauf zu finden, ob er irgendwo Unterlagen aufbewahrte, die im Falle seines Todes an die Polizei geschickt würden.

Doch sein Zimmer war in jeglicher Hinsicht enttäuschend. Außer ein paar Kleidern war nicht das Mindeste zu finden, kein Brief, keine Karten, keine Ausweise oder Unterlagen, nichts, einfach gar nichts. Das wiederum, so dachte Henriette, war der Beweis dafür, dass mit Hofmann etwas nicht stimmte. Jeder Mensch besaß doch etwas, das ihm am Herzen lag, selbst wenn es nur eine Muschel oder eine Flasche Absinth war.

Schließlich dämmerte ihr, dass er seine persönlichen Dinge an einem anderen Ort versteckte, aber wo? Das Beste war sicher, ihn überwachen zu lassen. Julius hatte einen Detektiv damit beauftragt, der allerdings nicht der Hellste zu sein schien, denn Hofmann war ihm wiederholt entwischt.

Nach all diesen Misserfolgen hatte Henriette vorgeschlagen, noch einmal Jack London zu befragen, doch der war unterwegs, um für sich und Charmian ein Schiff zu kaufen, auf dem sie eine Reise durch die Südsee planten.

Seit Henriette von den Nacktphotographien ihrer Schwester wusste, sah sie Julius mit anderen Augen. Er hatte das mit den Südseeschönheiten, die er ursprünglich photographieren wollte, ernst gemeint, und sie war unsicher, ob er wirklich davon Abstand genommen oder es nur gesagt hatte, um ihr zu gefallen.

Sie vermied es, mit ihm allein zu sein, weil sie noch nicht wusste, wie sie damit umgehen sollte. Es gab ja auch Wichtigeres, was in Angriff genommen werden musste.

Denn schon in zwei Tagen war der geplante Hochzeitstermin, von dem Sophie noch nichts ahnte und den auch in Wahrheit niemand wahrnehmen wollte, doch sie hatten immer noch nichts in der Hand, um Hofmann aufzuhalten.

Heute Nacht hatte Sophie Henriette völlig verstört geweckt, weil sich das Kind nicht mehr bewegte. »Normalerweise tritt es mich die ganze Nacht, aber jetzt liegt es wie ein Stein in meinem Bauch. Bitte, tu irgendwas, sonst werde ich verrückt. Dieses Kind ist das Einzige, was mir von Max geblieben ist, ich darf es nicht verlieren!«

Sobald es hell wurde, hatte sich Henriette bei Tante Berta nach einer Hebamme erkundigt. »Die einzig Gute, von der ich weiß, hat Charmian aufgetan, als sie in dieser Hinsicht mal einen Rat gebraucht hat.«

Als Henriette sie verblüfft ansah, beeilte sich ihre Tante hinzuzufügen: »Charmian brauchte den Rat für eine Freundin. Dieser Hebamme eilt der Ruf voraus, dass noch nie jemand unter ihren Händen gestorben ist, was, wie du weißt, sehr ungewöhnlich ist. Schließlich sterben im Kindbett mehr Frauen als an anderen Krankheiten. Es gibt aber einen Haken.« Sie zuckte mit den Schultern.

Sofort stand Henriette die ständig betrunkene, geldgierige, schmuddlige und dumme Hebamme Mrs. Gramp vor Augen, die in ihrem Kopf gleich neben dem bösen Geizhals Scrooge einen Ehrenplatz in der Galerie von abscheulichen Menschen in Dickens' Romanen einnahm.

»Sie trinkt?«

»Im Gegenteil, Miranda Baker gehört zu den Abstinenzlern.«

»Was ist es dann?«

»Sie muss den Nebeneingang benutzen. Sie ist keine Weiße.«

»Dann hoffe ich, dass ihr das nichts ausmacht, denn uns ist es völlig egal, welche Hautfarbe sie hat. Hauptsache, sie weiß, was sie tut«, hatte Henriette erleichtert geantwortet und sich sofort auf den Weg zu Mrs. Miranda Baker gemacht.

In der Droschke dachte sie darüber nach, wie verdreht ihre Tante doch war. Nacktbilder fand sie nicht der Rede wert, eine Schwangerschaft jedoch peinlich. Sie hatte Tränen über *Onkel Toms Hütte* vergossen, würde aber nie eine Schwarze in ihrem Hotel beschäftigen.

Die Droschke fuhr ans untere Ende der Market Street, wo Mrs. Baker wohnte. Henriette war trotz Charmians Empfehlung froh, dass sie sich persönlich davon überzeugen konnte, ob Mrs. Baker die Richtige für Sophie war. Sie musste einfach alles tun, um zu verhindern, dass Sophie bei der Geburt in Lebensgefahr geriet.

Als Miranda Baker die Tür öffnete, musste sich Henriette ein Lachen verkneifen, denn nach den Worten ihrer Tante hatte sie erwartet, dass eine Schwarze oder eine Chinesin die Tür öffnen würde, stattdessen stand eine sehr hübsche, zarte junge Frau vor ihr, die man überhaupt erst auf den zweiten Blick als Mischling erkannte. Ihre Haut schimmerte wie Erdnussbutter, und ihr pechschwarzes glattes Haar war so perfekt aufgesteckt, wie Henriette es bisher nur auf Samoa gesehen hatte. Mrs. Baker trug sogar eine kleine weiße Blume über ihrem Ohr.

Zusammen fuhren sie zurück zum Hotel, und Henriette nutzte die Zeit, um mehr über die Hebamme zu erfahren.

Es stellte sich heraus, dass ihr erster Eindruck sie nicht getrogen hatte und Mrs. Baker wirklich Vorfahren aus Samoa hatte. Tatsächlich war Mrs. Baker eine Nichte der legendären Queen Emma, von der Henriette schon auf Samoa gehört hatte. Allerdings war diese Queen Emma gar keine wirkliche Königin, so wie die Queen Emma Kamehameha von Hawaii. Emma Forsayth-Coe war die Tochter eines Walfängers, der eine samoanische Prinzessin von der Insel Savaii geheiratet hatte und geschäftlich so erfolgreich war, dass sie von allen nur die Queen genannt wurde. Aber wie Mrs. Baker mit einem leichten Erröten bekannte, in ihrer Familie war man nicht besonders stolz auf diese Verwandtschaft, weil Emma als unmoralisch galt, als schlechtes Vorbild. Aber sie würde das trotzdem immer gleich erwähnen, denn schließlich kämen solche Dinge aus der Vergangenheit immer ans Licht, besser also, man gab sie freimütig zu.

Henriette war die Moral von dieser Emma gleichgültig, ihr erschien es vielmehr als Zeichen des Schicksals, als ein wunderbares Omen, dass die Hebamme, die Sophie bei der Geburt helfen würde, samoanische Vorfahren hatte. Sie erinnerte sich wehmütig daran, wie sanft sich Sina damals um ihren Fuß gekümmert hatte, und sie fragte sich, wie es Sina seit dieser Nacht ergangen war.

»Verwenden Sie auch samoanische Heilmittel, um die Geburt zu unterstützen?«

Mrs. Baker wurde rot im Gesicht und versicherte ihr mit großem Stolz, dass sie keine primitive Geburtshelferin sei, sondern eine sehr amerikanische Ausbildung bei einer amerikanischen Hebamme und außerdem eine Ausbildung zur Nurse bei den katholischen *Sisters of Mercy* an der *St. Mary's*-Schwesternschule erhalten hatte.

Henriette bewunderte das gebührend. Nach einer Weile, als Mrs. Baker merkte, wie peinlich Henriette ihre unbedarfte Frage war, fügte sie noch leise hinzu: »Wenn es die Situation erfordert, nun, dann wende ich vielleicht schon manchmal etwas an, dass ich aus Upolu kenne, eine Massage oder einen Tee. Oder wenn es gewünscht wird, dann massiere ich das Neugeborene auch mit Samoaöl ein, das schützt das Kind vor allem Bösen.«

»Das wünschen wir uns auch. Und was genau ist Samoaöl?«

»Es besteht aus Kokosöl und den duftenden Blüten des Ylang-Ylang und einem Sud aus den stärkenden Knollen des Mumuta-Grases. Und bitte nennen Sie mich doch Miranda, ja?«

Nachdem sie angekommen waren, führte Henriette Miranda durch den Hintereingang über die Küche zu Sophie. Sie wollte die beiden allein lassen, aber Sophie bestand darauf, dass sie dablieb.

Miranda wusch sich die Hände und betastete dann Sophies Bauch mit großer Behutsamkeit, wärmte das Hörrohr an, bevor sie es auf Sophies Bauch legte, und vergewisserte sich dabei mit konzentrierten Blicken, dass sie Sophie nicht wehtat. Henriette war nun restlos davon überzeugt, dass Miranda die richtige Hebamme für Sophie war.

Nach der Untersuchung schlug Miranda eine Rückenmassage vor, um Sophie zu entspannen, denn die wäre nicht nur für sie, sondern auch für das Kind gut.

»Wie geht es denn nun dem Kind?«, fragte Henriette. Miranda gebot ihr mit einem Blick aus ihren dunklen Augen zu schweigen und berührte mit so sanften Bewegungen Sophies Schulter, dass Henriette gar nicht sicher war, ob sie überhaupt etwas massierte. Aber anscheinend war das der Fall, denn schon nach wenigen Minuten ging ein Strahlen über Sophies Gesicht. »Komm her!«, rief sie und legte dann die Hand ihrer Schwester unterhalb des Nabels auf ihren Bauch.

»Es hat Schluckauf!«, stellte Henriette erstaunt fest. »Wie ist das nur möglich?«

»Es hat sich verschluckt«, erklärte Miranda, »vielleicht vom vielen Husten seiner Mutter. Sie sollten Papaya essen, das wird Ihnen und Ihrem Kind guttun.« Miranda sah dabei Henriette an. »Das bekommen Sie ganz sicher auf den Märkten in Chinatown. Und trocknen Sie die kleinen pfeffrigen Kerne, die sind gut gegen den Husten.«

Miranda entdeckte die blaue Muschel auf dem Schreibtisch. »Woher haben Sie diese Muschel? Sie haben sie doch nicht als Souvenir gekauft, oder?« Sie klang plötzlich sehr besorgt. »Darf ich die Muschel in die Hand nehmen?«, fragte sie. Henriette nickte ihr zu und beobachtete, wie Miranda die Muschel an ihr Ohr hielt und zusammenzuckte, als hätte sie einen Schlag erhalten.

Miranda konnte also auch etwas hören. Jetzt hätte Henriette sie ihr am liebsten aus den Händen gerissen, aber sie traute sich nicht. Das letzte Mal hatten sich so grauenhafte Ereignisse angekündigt.

»Das ist ein Geschenk aus Samoa.«

»Das ist gut«, sagte Miranda, wirkte aber immer noch verstört.

»Was glauben Sie, wann ist es so weit?«, meldete sich Sophie zu Wort. »Ich fühle mich jetzt schon so, als ob ich bald platzen müsste.«

»Sie haben das richtige Gefühl.« Miranda legte die Muschel wieder auf den Schreibtisch und lächelte Sophie beruhigend zu. »Nicht weil Sie platzen werden, aber meine Erfahrung sagt mir, es dauert nicht mehr lange. Wenn sich das Kind plötzlich nicht mehr so stark bewegt wie sonst, kann das ein Zeichen dafür sein, dass es sich auf die Geburt vorbereitet. Wenn das Wasser abgeht oder wenn Sie regelmäßig Wehen haben, dann lassen Sie mich holen. Und warten Sie damit nicht zu lange, ja?«

Henriette brachte Miranda zurück zur Droschke und gab ihr fünf Dollar als Anzahlung.

»Wenn Sie die Muschel geschenkt bekommen haben, wissen Sie, dass sie etwas Besonderes ist. Die Göttin Nafanua ist wütend, das gefällt mir nicht!« Miranda presste die Lippen aufeinander, als hätte sie schon zu viel offenbart. »Ich sage so etwas nur sehr ungern, aber Ihre Schwester ist ziemlich geschwächt. Sie ist in keiner guten Verfassung für eine Geburt. Denken Sie an die Papaya und holen Sie mich rechtzeitig.« Sie stieg in die Droschke und winkte Henriette noch einmal zu.

Verblüfft sah Henriette ihr nach. Einerseits war Miranda so stolz, amerikanisch ausgebildet zu sein, andererseits gab sie etwas auf die Zeichen der Muschel. Was sollte sie jetzt zuerst machen? Papaya in Chinatown kaufen oder zu dem Pfarrer gehen und den Hochzeitstermin unter dem Vorwand einer schwierigen Geburt absagen?

In jedem Fall musste sie zuerst mit Berta sprechen und ihr von den Bedenken der Hebamme erzählen.

Sie fand Berta in der dampfigen Küche. Auf dem riesigen gusseisernen Herd ließ ein Küchenmädchen warmes Wasser aus zwei kupfernen Wasserschiffen in einen Eimer ab, während Berta und der Koch an dem großen Holztisch unter den Tellerborden voller Tongeschirr saßen und darüber debattierten, ob es Crème brûlée oder Mousse au Chocolat zum Dessert geben sollte.

Als Berta ihre Nichte durch den Dampf erkannte, stand sie auf und zog sie aus der Küche.

»Konnte die Hebamme Sophie beruhigen?« Nachdem Henriette ihr alles erzählt hatte, holte Berta aus ihrer Schürze zwei Briefe. »Wie erfreulich, dass Mrs. Baker ihr Handwerk versteht. Während du unterwegs warst, ist Post für dich gekommen. Willst du nicht gleich nachsehen, wie es deiner Mutter geht?«

Sie reichte die Briefe an Henriette weiter. Einer war von Nian, der andere von Ella.

Obwohl Berta gern gehabt hätte, dass sie beim Lesen in ihrer Nähe blieb, zog Henriette sich in den winzigen Garten zwischen dem Vorder- und Hinterhaus auf eine Eisenbank zurück, um in Ruhe lesen zu können.

Sie überflog zuerst die wenigen Zeilen von Ella, die sie anflehte, endlich zurückzukommen, weil es ihrer Mutter deutlich schlechter ging und ihr Vater immer merkwürdiger würde. Die meiste Zeit säße er hinter der verschlossenen Tür seines Arbeitszimmers und tränke Whiskey.

Beim Lesen schüttelte Henriette immer wieder den Kopf. Sie konnten unmöglich jetzt nach Samoa fahren, sie mussten warten, bis das Kind auf die Welt gekommen war. Eine Reise in Sophies Zustand wäre fatal.

In Erwartung weiterer Hiobsbotschaften öffnete sie Nians Brief. Bevor sie anfing, ihn zu lesen, atmete sie tief durch.

Henriette,
Du solltest sehr bald Deine Mutter sehen.
Ihre Krankheit verhüllt die bleibende Zeit.
Meine Ohnmacht, die Entfernung zu verringern, lässt mich seufzen.
Doch die Mondgöttin Chang, die durch den Vorhang der Nacht weht,
hat unsere Gebete erhört.
Ich habe ausgezeichnete Nachrichten von den Silbernen Drachen
am goldenen Fluss.
Du findest sie neben dem Tin How Tempel in Deiner Stadt.
Man erwartet Dich, aber überreiche ein Glück verheißendes Geschenk,
sonst wird ihre Antwort nur Schweigen sein.
Dann komm her, bevor der Wind die letzte Hibiskusblüte
ins Meer geweht hat.
Nian

Henriette brauchte wie immer einen Moment, um zu verstehen, was Nian ihr damit sagen wollte, und sie fragte sich, warum Nian sich beim Schreiben so viel mystischer ausdrückte als beim Sprechen.

Der goldene Fluss, das war der Yukon, das war deutlich, aber erst nach längeren Überlegungen dämmerte ihr, wer die *Silbernen Drachen* waren. Das mussten die chinesischen Akrobaten sein, die auf der Photographie zu sehen waren, die sie in den verkohlten Resten des Hauses gefunden hatte. Nachdem sie das begriffen hatte, setzte sie sich sofort in Bewegung. Sie raffte ihre schmalen Röcke und stürmte wieder zu Berta, die immer noch in der Küche war. Sie erklärte ihr, dass sie nach Chinatown musste, jetzt nicht mehr nur, um Papayas zu kaufen, sondern um mit einem der *Silbernen Drachen* zu sprechen. Vielleicht war das endlich der Durchbruch! Nian hätte ihr nicht geschrieben, wenn die *Silbernen Drachen* nicht wirklich etwas zu berichten hätten. Jetzt würden sie also endlich mehr über Mary Belle erfahren, und so groß Henriettes Angst auch war, Beweise dafür zu finden, dass ihr Vater doch ein Mörder war, noch größer war ihre Hoffnung, belastende Beweise gegen Hofmann zu bekommen.

Wie schade, dass Nian nicht hier war. Henriette sprach kein Wort Chinesisch, und das war eine sehr schlechte Voraussetzung, selbst wenn die *Silbernen Drachen* Englisch konnten. Außerdem musste sie sie erst einmal finden. Nian hatte sich etwas nebulös ausgedrückt. Wo war dieser Tempel, und wer von den Drachen wusste etwas?

Julius, der von der Prügelei tiefe Kratzer davongetragen hatte, tauchte in der Küche auf.

Er merkte sofort, dass etwas geschehen war, und wollte wissen, um was es sich handelte. Nachdem Henriette ihm von

Nians Brief erzählt hatte, war er verärgert, weil sie ihm gegenüber die Photographien nicht erwähnt hatte. Schließlich wäre das ein guter Hinweis für den Detektiv gewesen, meinte er. Aber dann ließ er sich von ihrer Begeisterung anstecken und wollte nach Chinatown mitkommen, was Berta für eine ausgezeichnete Idee hielt.

»Wir brauchen einen Dolmetscher!«, sagte Henriette.

»Wenn ich das richtig verstanden habe, handelt es sich bei den *Silbernen Drachen* doch um eine Artistengruppe«, widersprach Julius. »Wenn die schon überall in der Welt aufgetreten sind und nun in Kalifornien leben, dann sprechen sie bestimmt auch andere Sprachen.«

Berta lächelte Julius an wie einen dummen Schuljungen. »Keine meiner Wäscherinnen spricht auch nur ein einziges Wort Englisch.«

»Und mit wem verhandeln Sie dann?«, fragte Julius.

»Mit dem Besitzer der Wäscherei.«

»Also gibt es doch jemanden, mit dem Sie reden können. Und wir finden auch jemanden.«

»Ihr müsst aufpassen, ich habe gehört, dass es sehr gefährlich ist für Europäer, nach Chinatown zu gehen.«

»Morgen soll die Hochzeit stattfinden, es bleibt uns keine Zeit mehr, gehen wir!«

»Und was ist mit Hofmann?«

»Da könnt ihr ganz beruhigt sein.« Berta grinste böse. »Ich glaube nicht, dass er heute viel außer Haus gehen wird. Ich schätze, er hat sich gestern den Magen verdorben.«

Henriette holte ihren Sonnenschirm und die weißen Spitzenhandschuhe, dann machten sie sich auf den Weg ins chinesische Viertel, das an Nob Hill angrenzte.

Sie wollten die Cable-Car-Bahn nehmen, die die Clay Street hinunter nach Downtown führte, doch die fuhr ihnen vor der Nase weg. Und da es wieder so ein schöner, sonniger Tag war und Chinatown nur etwa fünfundzwanzig Minuten zu Fuß entfernt war, entschieden sie, einen Spaziergang dorthin zu machen.

33. Kapitel

Schweigend liefen sie unter einem strahlend blauen Himmel die Clay Street hinunter nach Chinatown. Julius unternahm immer wieder einen Versuch, Konversation zu machen, aber Henriette hatte keine Lust, mit ihm zu reden, und gab einsilbige Antworten.

Schließlich platzte ihm der Kragen. »Was ist eigentlich los? Ich habe gedacht, dass wir uns im *Palace* ein wenig angefreundet hätten.«

»Das war, bevor Hofmann mir Ihre Kunst nähergebracht hat.« Henriette drehte wütend den Knauf ihres spitzenbezogenen Bambusschirms.

»Deshalb gehen Sie mir aus dem Weg, wegen so einer Lappalie?« Julius klang ehrlich überrascht. »Noch dazu sind es doch nur Bilder von Ihrer Schwester!«

»Eben!«

»Ach, andere Damen würden nicht Ihr Missfallen erregen?«

Henriette blieb stehen. »Das hätten Sie mir sagen müssen.«

»Eigentlich wollte Sophie das tun, aber ich nehme an, sie hat es über die Schwangerschaft vergessen.« Seine Stimme klang gedrückt.

Niemand hatte sie gewarnt.

»Wir haben das doch nur getan, um Geld zu verdienen.«

»Und da gab es keine andere Möglichkeiten?«

»Henriette, nun hören Sie aber auf! Sophie war es gewohnt, für Max nackt Modell zu stehen. Es war ihre Idee, man hätte uns aus der Wohnung geworfen, weil wir nicht genug Geld hatten, um die Miete zu bezahlen.« Er wurde immer lauter, und Henriette war froh, dass sie alleine auf dem Fußweg unterwegs waren.

»Da wussten wir noch nicht, dass Sie uns die Fahrkarten schicken würden. Was wir aber wussten, war, dass Ihre Schwester schwanger war und nicht zu einer Engelmacherin gehen wollte. Max' Familie verabscheute Sophie, und mit den Einnahmen von gewöhnlichen Photographien hätte ich niemals die Miete, den Arzt und die weite Reise für uns beide bezahlen können.«

Natürlich war es nobel von Julius, sich so verantwortlich für Sophie zu fühlen. Aber warum? Außerdem fand sie es merkwürdig, dass er ausgerechnet von ihrer Schwester erotische Photos gemacht hatte, wenn er sich doch von Anfang an angeblich zu ihr hingezogen gefühlt hatte. War das gelogen und sie vielleicht nur der Ersatz für Sophie, die er nicht haben konnte? Denn ihre Körper waren – jedenfalls bis zu Sophies Schwangerschaft – fast identisch.

»Herrgott noch mal! Reden Sie mit mir! Henriette, Sie benehmen sich schlimmer als ein puritanischer Sektenführer. Wie enttäuschend!«

Henriette gab ein empörtes Schnauben von sich. Er machte sie so wütend mit seinem Gerede, dass sie ihm am liebsten einen Hieb mit dem Schirm versetzt hätte.

»Sie können doch nicht erwarten, dass ich es gutheiße, wenn Sie für Geld alles machen.«

Julius blieb stehen und stemmte die Arme in seine Taille, als ob er sich davon abhalten müsste, sie zu schütteln.

»Alles? Was für ein Unsinn! Ich habe diese Bilder so gemacht, dass man Sophies Gesicht nicht sieht, und es sind sehr schöne künstlerische Aktstudien. Soll ich Ihnen verraten, mit welcher Art von Bildern man deutlich mehr Geld verdienen kann? Mit Pornographie.«

Das glaube ich gern, dachte Henriette, ganz sicher wusste ein Mann wie Julius, wie so etwas aussah.

Unvermittelt ging ein Leuchten über sein Gesicht.

»Ich glaube fast, Sie sind eifersüchtig! Ja, das muss es sein.«

Henriette drehte sich von ihm weg und lief entschlossen weiter. Sie hatten einen Mordfall aufzuklären, und er beschäftigte sich mit lächerlichen Unterstellungen.

Zum Glück lag vor ihnen schon der Eingang zu Chinatown. Von Weitem hörte es sich an, als ob dieses Viertel Tausende von summenden und brummenden Bienenstöcken beherbergte, aber je näher sie kamen, desto klarer konnte Henriette die verschiedenen Stimmen und Geräusche voneinander unterscheiden. Händler, die ihre Waren anpriesen, Frauen, die sich von einer Straßenseite zur anderen unterhielten, Fahrräder, die Henriette bisher in San Francisco noch nirgends sonst gesehen hatte. Pferdefuhrwerke und Handkarren.

Julius hatte sie nach wenigen Schritten wieder eingeholt und blieb nun dicht neben ihr. Angesichts der Massen von Menschen, die sich jetzt an ihnen vorbeidrängten, war Henriette nicht unglücklich darüber.

Sie fragten sich zum *Tin How Tempel* durch, aber niemand

redete mit ihnen. Wenn sie jemanden ansprachen, wurde nur der Kopf geschüttelt und dann weitergegangen. Ständig wurden sie angerempelt, oder man trat ihr auf die Füße. Etwas Übelriechendes wurde aus einem Fenster gekippt, verfehlte Henriette nur knapp und klatschte dann neben ihr auf die Straße. Sie vermied es, das genauer zu betrachten. Trotzdem gefiel es Henriette hier. In den offenen Ladentüren baumelten tote Hühner und Enten, Schweinsfüße, Schwänze und Köpfe, Rinderzungen und gehäutete Schlangen. In anderen lag eine Auswahl an Fischen und Meerestieren, die von einem riesigen Thunfisch bis hin zu winzigen Krevetten, Meeresschildkröten und Hummern reichte. Daneben befanden sich Kräuterläden, aus denen es würzig nach Rinde und Ysop, Thymian und Minze duftete, aber auch nach verbranntem Horn und Seife. Es gab Porzellan- und Eisenwarenläden, Läden mit bedruckten Baumwoll- und Seidenstoffen, dann welche mit perlenbestickten Bändern und Schuhen, Läden mit kunstvoll geschnitzten Haarkämmen aus Horn und Perlmutt und Fächern und Läden mit geheimnisvoll dunklen Fenstern. Aber am besten gefielen Henriette die Obst- und Gemüseläden mit den leuchtend bunten Früchten. Viele davon hatte Henriette noch nirgends gesehen, auch nicht in Samoa. Früchte mit Stacheln oder aus durchsichtiger Gallerte, winzige grüne Bananen, helllila Auberginen, orange Tomaten und gelbe Paprika und Büschel von Blattgemüsen. Hier duftete es nach Pilzen und Ingwer, nach vergorenem Fruchtfleisch, Honig und Koriander. Henriette kaufte ein halbes Dutzend Papayas für Sophie.

Zwischen den Läden drängten sich Dim-Sum-Verkäufer, die in geflochtenen Bambuskörbchen ihre gefüllten Teigtäschchen verkauften. Tee- und Suppenverkäufer lungerten neben den Wokständen herum, wo in schweren Eisenpfannen auf offenem Feuer klein geschnittene Fleisch- und Gemüsestücke gebraten wurden.

An den Markisen vor den Läden baumelten Laternen und Windspiele mit großen und kleinen Glöckchen, deren silbernes Bimmeln sich beim kleinsten Windhauch mit dem knatternden Flattern der rot glitzernden Girlanden vermischte, die von einer Straßenseite zur anderen gespannt waren. Neben diesem Leben war die Market Street nur eine Einöde und Nob Hill ein Grab.

Julius blieb vor einem Laden stehen, in dem Pinsel, Papier und Tinte verkauft wurden. »Ich werde fragen, wo wir diesen Tempel finden, und notfalls dafür bezahlen.«

Sie betraten den dämmrigen, erstaunlich stillen Laden, in dem es nach Sandelholz duftete, und erkundigten sich nach dem *Tin How Tempel.*

Ein alter Mann in einem schwarz schimmernden Mantel mit breiten Goldbordüren, der vorne offen war und sehr weite, bis zum Boden reichende Ärmel hatte, beäugte sie misstrauisch, dann verbeugte er sich, aber so zögerlich, dass es einer Beleidigung gleichkam. Henriette erinnerte sich an das, was Nian ihr gesagt hatte, und sie verbeugte sich auch tief, dabei zog sie Julius am Ärmel, der sie glücklicherweise sofort verstand und es ihr gleichtat.

»Den *Tin How Tempel*«, sagte der alte Mann ohne jeden Akzent. »Also, Sie halten mich für einen Wegweiser.« Er lächelte in sich hinein. »Ich nehme nicht an, dass Sie hergekommen sind, um Chinesisch zu lernen, oder?«

Erleichtert richtete sich Henriette wieder auf, und während sie die ausgestellten Pinsel, Blätter und Schriftzeichen bewunderte, dachte sie verzweifelt darüber nach, wie sie an die Information gelangen könnten, die sie so dringend benötigten. Etwas Glückverheißendes, hatte Nian geschrieben. Ihr müsst etwas mitbringen.

»So gern wir Ihre Sprache auch erlernen würden, so fürchte ich doch, uns fehlt der nötige Verstand. Doch wir möchten etwas kaufen, um es im *Tin How Tempel* zu opfern. Ein Glück verheißendes Zeichen.«

Der alte Mann lächelte. »Eine gute Idee. Und warum dieser Tempel, warum *Mazu?*«

Henriette spürte, wie sie rot wurde, deshalb senkte sie ihren Kopf und hoffte, ihr würde etwas Kluges einfallen. Die Wahrheit konnte sie schlecht verraten. Weil neben dem Tempel Leute wohnen, die uns vielleicht helfen, einen Mörder zu entlarven.

»Ich hatte so einen Traum. Mit einer blauen Muschel!«, sagte Julius plötzlich. Verblüfft starrte Henriette ihn an. Hatte er sich das gerade ausgedacht?

Der alte Mann betrachtete sie nun sehr viel freundlicher und nickte Julius freundlich zu.

»Außerdem waren da ein silberner Drache und ein goldener Fluss.«

Was war mit Julius los, was redete er da bloß?

Nach einer Pause setzte er hinzu: »Und in diesem Traum ist mir auch der Name des Tempels erschienen. Aber ich weiß nicht, was das alles zu bedeuten hat. Deshalb suchen wir nun nach dem Tempel und möchten dort eine Glücksbotschaft verbrennen.«

Der Mann nickte. »Die blaue Muschel ist sicher das Zeichen für *Mazu,* die Himmelskönigin, die auch die Herrscherin über die Sieben Weltmeere ist, und eben diese wird im Tempel *Tin*

How verehrt. Der silberne Drache erhebt sich jedes Jahr beim Herbstvollmond vom Gelben Meer in einer gewaltigen Welle in den Quiantang-Fluss hinein. Vielleicht bedeutet dies, etwas Gewaltiges hat begonnen, etwas, das Sie umreißen wird.«

So interessant wie Henriette die Entwicklung des Gesprächs auch fand, ihre Angst, die Akrobaten heute nicht mehr zu finden, wurde ständig größer.

»Wie wäre es, wenn Sie für uns ›Möge das Glück der blauen Muschel für immer mit den *Silbernen Drachen* sein‹ aufschreiben?«, schlug sie vor.

Der Alte nickte. »Das hört sich gut für mich an, obwohl es eine unwissende Europäerin gesagt hat.« Er lächelte in sich hinein.

Dann griff er in seinen weiten Ärmel und zauberte einen Pinsel hervor, dessen Spitze er prüfend betrachtete. »Wieselhaare umgeben von Ziegenhaaren«, erklärte er Julius. »Das sind die besten.« Er bereitete alles vor und fragte, ob sie die Schrift in Gold auf rotem Papier wollten, weil das für sehr glückbringend gehalten wurde, aber auch am teuersten war. Natürlich stimmten sie zu. Dann lud sie der Alte zu einem Tee ein, den er umständlich zubereitete und der Henriette wieder an Nian erinnerte. Schließlich verbreitete sich der Duft nach Jasmintee im Raum, und endlich hatte jeder eine dampfende Schale vor sich stehen.

Nachdem er einmal daran genippt und zustimmend genickt hatte, tauchte der alte Mann seinen Pinsel in die golden schimmernde Tinte. Feierlich schweigend malte der Mann die Schriftzeichen senkrecht auf ein langes rechteckiges Stück Papier. Henriette musterte Julius unauffällig. Sein angeblicher Traum hatte ihnen das Herz dieses Mannes geöffnet.

Auf so eine Idee wäre sie vor lauter Aufregung niemals verfallen. Vielleicht sollte ich doch etwas freundlicher zu ihm sein, dachte sie. Seit er hier mit Sophie angekommen ist, versucht er mir zu helfen, und ich gebe ihm nicht gerade viel zurück. Sie nahm sich vor, liebenswürdiger mit ihm umzugehen.

Der alte Mann war fertig, legte den Pinsel beiseite und verbeugte sich vor seinem Schriftstück, dann verlangte er mit einem Lächeln fünf Dollar, was Julius mit sehr viel größerer Fassung aufnahm als Henriette. Das war ein absurd hoher Preis für die wenigen Worte. Henriette bekam für eine ganze Liebesgeschichte von Macmillan gerade mal fünf Dollar.

Glücklicherweise hatte Julius so viel Geld dabei und reichte es dem Mann, der es mit einer leichten Verbeugung entgegennahm. Dann rollte er den Spruch zusammen und umwickelte ihn mit einer Bastschnur. »Es war mir eine Freude, Ihnen behilflich zu sein«, schloss er. »Der Tempel, den Sie suchen, ist nicht mehr weit. Gehen Sie die Clay Street noch ein Stückchen weiter Richtung Downtown, dann treffen Sie auf die Waverly Street, dort biegen sie links ein, und nach wenigen Schritten sehen Sie den Tempel.« Er verbeugte sich und verschwand dann in den Tiefen seines Ladens ohne ein weiteres Wort.

Julius und Henriette sahen sich an und verließen den Laden, dessen Tür mit einem silbernen Bimmeln hinter ihnen zufiel.

Zehn Minuten später waren sie in der Waverly Street, fanden den Tempel aber nicht gleich. Der Alte hatte vergessen zu erwähnen, dass der Tempel im ersten Stock eines unscheinbaren Ziegelsteingebäudes untergebracht war. Erst nachdem sie sich in der Straße umgeschaut und beobachtet hatten, dass viele Chinesen voller Ehrfurcht in das Gebäude hineingegangen waren, bemerkten sie, dass der schmale überdachte Balkon im ersten Stock golden bemalt war und rote Lampions von seiner Decke herabhingen. Zehn Stufen führten zu einem Eingang, der etwas im Dunklen unter dem Balkon lag, sodass man nicht auf den ersten Blick die prächtig geschnitzten Türeinfassungen des Hauses sehen konnte.

»Aber wir müssen in ein Haus neben dem Tempel.« Henriette verfluchte Nian, weil sie sich nicht genauer ausgedrückt hatte.

Rechts neben dem Tempel war ein zweistöckiges Haus mit einem Zugang zum Souterrain, mit Balkonen im ersten Stock und einem überdachten Erker im zweiten Stock. Es hatte den Anschein, als würden hier sehr viele Menschen wohnen.

Links neben dem Tempel befand sich zum Glück nur ein kleiner Laden, in dem Räucherwaren verkauft wurden und aus dem Schwaden von Weihrauch zu ihnen herüberwaberten.

Sie versuchten es zunächst im Haus rechts neben dem Tempel. Als sie das Haus betraten, roch es nach gekochtem Reis, nach verbranntem Reis, nach gebratenem Reis, nach feuchter Wäsche und gekochtem Kohl. Von überall drang das Weinen von Säuglingen an ihre Ohren, laut und schnell ausgetragene Wortgefechte mischten sich mit der Melodie eines Wiegenliedes. Doch wen auch immer sie ansprachen, das, was man noch am ehesten als Antwort verstehen konnte, war ein Schulterzucken.

Sie durchkämmten das ganze Haus, aber sie fanden nicht einmal den kleinsten Hinweis auf die *Silbernen Drachen*.

Dann versuchten sie es in dem Räucherladen, den eine sehr alte Frau mit nur wenigen Zähnen führte, die auf jede ihrer Fragen immer nur freundlich grinsend den Kopf schüttelte. Was für eine Lektion, dachte Henriette, so ähnlich mussten sich die Chinesen fühlen, wenn sie mit dem Schiff in San Francisco ankamen. Niemand verstand sie, niemand machte sich die Mühe herauszufinden, was sie wollten, denn eigentlich wollte sie jetzt, nachdem der Eisenbahnbau beendet war, niemand mehr hier in Kalifornien haben.

Völlig entmutigt traten sie wieder auf die Straße.

»Wir wären besser gleich zu dem Pfarrer gegangen und hätten die Hochzeit für morgen wegen Krankheit abgesagt. Hofmann hätten wir sagen können, dass der Pfarrer krank ist und wegen einer Seuche die Kirche bis auf Weiteres geschlossen bleibt.«

»Und was machen wir nun damit?« Julius wedelte mit der Schriftrolle.

Henriette deutete hoch zum zweiten Stock.

»Bringen wir sie doch in den Tempel, wo wir schon hier sind und ein Vermögen dafür ausgegeben haben. Es wird ja niemandem schaden, oder?«

Statt einer Antwort ging Julius voraus und erklomm die Eingangsstufen, denen sich im düsteren Inneren weitere schmale Stufen anschlossen. Als sie im ersten Stock angekommen waren, empfing sie dort ein muskulöser Mönch mit kahl rasiertem Schädel in einem safrangelben Gewand, das einem Kimono nicht unähnlich war. Er begrüßte sie zuerst auf Chinesisch, dann, als er bemerkte, dass sie nichts verstanden, auf Englisch.

Er führte sie durch einen dunklen Vorraum in den eigentlichen Tempel. Die Luft war neblig von den Schwaden all der verbrannten Weihrauch-, Sandelholz- und Räucherkerzen. Trotzdem war die Wirkung des goldenen, geschnitzten Tores am anderen Ende des Raumes, das von der Decke bis zum Boden reichte, so überwältigend, dass Henriette der Atem stockte. Prächtige, achteckige Glaslaternen mit langen Quasten in der Mitte baumelten davor und beleuchteten einen Tisch, auf dem drei riesige, messingfarbene Gefäße standen, die Henriette an überdimensionierte Mörser erinnerten.

»Und jetzt?«, flüsterte sie zu Julius.

»Sprechen wir ein stilles Gebet und verlassen diesen Tempel, bevor ich einen Hustenanfall bekomme.«

Henriette dachte an Nian, dann ließ sie sich die Rolle von Julius geben und lief hinüber zu dem Mönch und fragte ihn, wo sie diese Botschaft opfern sollten.

Der Mönch bat darum, die Rolle anschauen zu dürfen, rollte sie aus, las, stutzte, las sie noch einmal und brach dann in kindisches Gelächter aus.

Henriette war froh, dass niemand außer ihnen im Tempel war.

»Warum lachen Sie?«, wollte Henriette wissen.

Der Mönch wischte sich die Augen trocken. »Verzeihung, aber ich denke nicht, dass Sie diese Zeilen hier opfern wollen, obwohl es möglich ist. *Mazu* steht jedem offen.«

»Was steht denn da?«, fragte sie.

Der Mönch zögerte einen Moment, aber Henriette nickte ihm unnachgiebig zu. Dann las er vor und deutete dabei auf die Worte:

»Möge der silberne Drache diesen beiden haarigen Langnasen Verstand einhauchen.«

Henriette und Julius sahen sich an, dann mussten auch sie lachen, und als der Mönch auch wieder mit einstimmte, konnten sie sich gar nicht mehr beruhigen.

»Fünf Dollar für diese Glücksbotschaft!«, japste Julius.

»Was für ein Glück!«, stimmte Henriette zu. »Immerhin hat er uns nicht verflucht!«

Der Mönch war nun neugierig geworden und wollte wissen, wie sie zu dieser Rolle gekommen waren. Henriette erklärte ihm, dass sie eigentlich nur Akrobaten aus der Truppe der *Silbernen Drachen* suchten, um mit ihnen zu sprechen, und dass sie diese Glücksbotschaft als Geschenk hatten überreichen wollen.

Der Mönch lachte wieder, fasste sich dann aber und erklärte ihnen, dass die Botschaft durchaus gewirkt hätte, denn er sei der Mann, den sie suchten. In seinem früheren Leben sei er Akrobat bei den *Silbernen Drachen* gewesen, und er wohne rechts vom Tempel im Souterrain, insofern hatte Nian ganz recht gehabt mit ihrer Beschreibung.

Doch seine Fröhlichkeit verflüchtigte sich sofort, als klar wurde, was sie von ihm erfahren wollten.

Er strich sich über seinen kahlen Schädel und dachte offensichtlich verzweifelt nach. Dann traf er eine Entscheidung. »Es ist sehr lobenswert, dass Sie als ehrenwerte Tochter alles tun, um Ihrem Vater zu helfen. Aber ich fürchte, ich kann Ihnen nicht helfen.«

Henriettes Herz begann zu hämmern. Was wollte er damit sagen, dass ihr Vater doch ein Mörder war?

»Wie meinen Sie das?«, entfuhr es Julius erschrocken.

»Haben Sie schon vom *Chinese Exclusion Act* gehört?«, fragte der Mönch, und als sie beide das verneinten, erklärte er ihnen, dass dieses Gesetz den Zuzug von chinesischen Einwanderern stoppen sollte. Aber noch viel weitgehender war der *Geary Act,* der 1902 noch einmal bestätigt worden war und der Chinesen nicht nur zum Mitführen eines Ausländerausweises zwang, sondern ihnen auch verbot, vor Gericht als Zeugen aufzutreten.

»Das ist alles wirklich sehr schockierend, aber warum erzählen Sie uns das?«, fragte Julius.

»Um Ihnen klarzumachen, dass kein Chinese jemals vor Gericht beschwören kann, was er damals gesehen hat. Was nützt es also, wenn ich es Ihnen erzähle?«

»Es wird unseren Seelen Frieden bringen«, erwiderte Henriette schnell, um den Mönch zu ermutigen, sich zu offenbaren.

»Ich wünschte, ich könnte das von mir behaupten. All das, was dort geschehen ist, hat auch mein Leben verändert, und ich erinnere mich nicht gern daran, was für ein Mensch ich früher war.« Er seufzte und gab sich einen Ruck. »Nun gut, ich werde Ihnen berichten, was sich damals zugetragen hat, aber nicht hier im Tempel. Gehen wir hinüber in mein Zimmer und trinken dort einen Tee.«

Sein Zimmer war nebenan im Souterrain, ein dunkles, feuchtes Loch mit einer Matte am Boden, die er Julius und Henriette zum Sitzen anbot, während er Tee und Trinkschalen holen ging. Für Henriette dauerte es eine quälend lange Zeit, bis er anfing zu erzählen, was in jener Nacht geschehen war.

Sie hatten vier Wochen in Dawson gastiert und waren in dem Theater immer im Wechsel mit den Tänzerinnen aufgetreten. Hinter der Bühne war nicht viel Platz, und man kam leicht ins Gespräch. Er vor allem, denn er lernte Englisch, weil er plante, in Amerika zu bleiben und nicht wieder nach China zurückzugehen.

Das Theater war klein und so kannten sie die Tänzerinnen

vom Sehen. Die meisten verwendeten ihre Energie auf weiße Männer, die eine Mine und Gold besaßen. Damit konnten die chinesischen Akrobaten nicht konkurrieren.

Er kannte Mary Belle, aber nicht besser als die anderen Mädchen. Allerdings war sie ihm aufgefallen.

Er rauchte abends nach der letzten Vorstellung gern heimlich eine Zigarette. Da das den Akrobaten verboten war, versteckte er sich immer hinter dem Theater.

Von dort aus konnte er beobachten, wie Mary Belle sich verstohlen hinter den Theaterabort schlich, wo sie sich mit einem blonden Mann traf, den sie innig küsste und mit dem sie sich angeregt unterhielt, bis er sie mit einem Klaps auf ihren verlängerten Rücken wieder hineinschickte, wo sie kurze Zeit später das Theater wieder mit anderen Männern verließ.

Zwei ihrer Begleiter waren ihm besonders aufgefallen. Der eine hinkte ein wenig, und wenn er nicht später in der Zeitung ein Bild von ihm gesehen hätte, würde er sich an ihn auch kaum erinnern. Es war der Österreicher, der im Yukon ertrunken war. »Kein schöner Tod«, sagte der Mönch und nahm einen großen Schluck Tee.

In Henriettes Bauch gurgelte es schon von all dem Tee, den sie heute getrunken hatte, und sie hoffte, der Mönch würde endlich zur Sache kommen.

Kurz darauf sah er Mary Belle wieder mit dem blonden Mann hinter dem Theater. Die beiden hatten Streit, schließlich lief Mary Belle weinend davon. Nachdem weder Mary Belle noch der schöne Blonde an den folgenden Abenden zu ihrem Stelldichein erschienen, dachte er, sie hätten sich getrennt. Das nächste Mal begegnete er ihr in der Wäscherei in Dawson, in der eine Cousine seines Onkels arbeitete, da turtelte sie mit einem großen dunkelhaarigen Mann mit einem gewaltigen Schnauzbart.

Das hatte ihn damals weder verwundert noch weiter beschäftigt, denn ganz Klondike war ihm wie ein gieriges, abstoßendes Bordell vorgekommen, das die hässlichsten Seiten der Menschen zum Vorschein brachte. An dieser Stelle zögerte er einen Moment, um dann hinzuzufügen, dass auch er diesen Lastern erlegen war. Nach dem heimlichen Rauchen begann er auch noch heimlich zu trinken. »Ich war sehr unglücklich und wusste nicht, was mir fehlt.« Er sah von Julius zu Henriette und lächelte entschuldigend. »Ich habe mich verändert.«

Sie nickten ihm ermutigend zu, Henriette kämpfte jetzt stark gegen ihre Ungeduld, während Julius gelassen und sehr entspannt wirkte. Aber es ist auch nicht sein Vater, um den es hier geht, dachte Henriette.

»Ich wusste nicht, warum ich trank, denn eigentlich vertrug ich nicht viel, und ich büßte am nächsten Tag immer mit einem elenden Unwohlsein, doch ich konnte es nicht lassen. Und dann, eines Abends, machte ich einen großen Fehler bei der Figur des fliegenden Feuerdrachen und setzte damit das Leben meines Partners aufs Spiel.«

Henriette nippte an dem nach feuchter Erde schmeckenden Tee und verkniff sich ein Seufzen. Julius drückte ihren Arm, als wüsste er, was in ihr vorging. Der Mönch fuhr unbeirrt mit seiner Erzählung fort.

An diesem besonderen Abend hatte ihn der Leiter der Truppe vor die Wahl gestellt, die Truppe zu verlassen oder mit dem Trinken aufzuhören.

Der Herbst war schon lange vorbei, und es schneite so stark, dass er sich zum Rauchen auf die Veranda vom Nebenhaus geflüchtet hatte. Er hoffte, das Rauchen würde seinen Kopf klarer machen, ein Irrtum, wie er heute natürlich sehr wohl wusste. Weil er nicht gesehen werden wollte, hatte er sich in die hinterste Ecke der Veranda verkrochen. Ein schwerer Fehler, wie er gleich bemerkte. Aus der Gasse weiter unten hörte er gezischte Wortfetzen, wurde neugierig und sah genauer hin.

Dort in der Dunkelheit stritten der schöne Blonde und der große bärtige Mann mit Mary Belle. Alle drei wirkten sehr betrunken und furchtbar aufgebracht. Beide Männer zerrten an ihr. Anscheinend wollte Mary Belle den blonden Mann verlassen, um mit dem anderen zusammen zu sein. Der Streit war zunächst immer lauter geworden, bis Mary Belle angefangen hatte zu weinen und von dem Schnauzbärtigen getröstet wurde. Da hatte der Blonde dann eingelenkt und so getan, als wäre er mit allem einverstanden.

Der Mönch seufzte. Damals hatte er gedacht, der Streit wäre beigelegt. Er hatte sich noch eine neue Zigarette angesteckt, um endlich darüber nachzudenken, wie es mit seinem Leben weitergehen sollte.

Dann war alles ganz plötzlich geschehen. Der Blonde hatte sich gebückt und einen Steinbrocken gepackt, der aus dem Schnee ragte. Damit schlug er auf Mary Belle ein, die sofort zu Boden sank. Doch der Blonde ließ nicht nach. Er beugte sich über die Frau, den Stein in beiden Händen, und hieb auf sie ein. Wieder und wieder und wieder. Und dabei hatte er die ganze Zeit den anderen angebrüllt.

Der unheilvolle Bericht hing in der Luft wie eine akute Bedrohung, dabei war das alles ja schon vor langer Zeit geschehen. Henriette hatte das Gefühl, innerlich zu brennen, und kippte den Tee in ihren Magen, um sich zu beruhigen.

»Was ist geschehen, nachdem er Mary Belle getötet hatte?«, fragte Julius.

»Ich wollte weglaufen, aber ich zitterte am ganzen Körper. Ich hatte Angst, sehr große Angst, und gleichzeitig waren meine Beine wie durch flüssiges Eisen an den Boden der Veranda geschmiedet, und ich vermochte kaum zu atmen. Ich vergewisserte mich, dass niemand außer mir hier draußen war, und hätte mich am liebsten unsichtbar gemacht. So eine gemeine Bluttat würde man nur allzu gern einem Chinesen anhängen.«

»Wenn Sie nicht weggelaufen sind, haben Sie gesehen, was dann passiert ist?« Henriette brachte nur ein heiseres Flüstern hervor.

Der Mönch nickte. »Der blonde Mann hat die Leiche von Mary Belle mithilfe des anderen hinter einen Hügel gezerrt und dort mit Schnee bedeckt.«

»Die beiden haben das zusammen getan?« Julius kam Henriette zuvor, die nun leichenblass neben ihm saß.

Der Mönch nickte noch einmal. Dann goss er ihnen Tee nach.

»Ich war völlig verstört und habe mit zwei meiner engsten Freunde darüber gesprochen. Mein Gewissen war in schrecklicher Aufruhr. Konfuzius sagt: ›Wer eine Gelegenheit zu rechtschaffenem Tun sieht, sie aber nicht ergreift, ist ein Feigling.‹ Und ich war sogar ein sehr großer Feigling. Ich hatte nichts getan, um dieser armen Frau zu helfen, und dann tat ich wieder nichts, damit man ihren Mörder fassen konnte. Nur für mich traf ich eine Entscheidung. Ich gab das Rauchen und Trinken auf und reiste mit der Truppe weiter nach Fairbanks. Aber mein Gewissen fraß mich auf. Doch verschüttetes Wasser kann man nicht zurückfüllen. Ich konnte zwar nichts ungeschehen machen, aber ich entschied mich am Ende unserer Tournee dafür, Mönch zu werden.«

Er lächelte Henriette an. »Allerdings habe ich gehofft, dass die Vorsehung mir eines Tages die Möglichkeit geben wird, etwas wiedergutzumachen und mich von dieser Schuld zu reinigen.«

Er zeigte auf die Rolle und lächelte verschmitzt. »Doch ich hätte nie gedacht, dass es so geschehen würde.«

»Können Sie sich nicht daran erinnern, worüber die drei gestritten haben?«, fragte Julius eindringlich.

»Aber nein, diese Sprache war mir völlig fremd. Ich war schon damit ausgelastet, Englisch zu lernen.«

»War es diese Sprache?« Henriette erhob sich und schrie urplötzlich Julius an: »Du elender Schurke du! Das alles ist deine Schuld! Ich werde das nicht zulassen!«

Julius zuckte zusammen, während der Mönch erbleichte.

»Ja, das könnte die Sprache gewesen sein, die sie benutzt haben, aber nach all der Zeit könnte ich das niemals beschwören. Oder wie wir Buddhisten sagen: Es gibt drei Wahrheiten: meine Wahrheit, deine Wahrheit und die Wahrheit.«

Julius wandte sich Henriette zu und flüsterte ihr zu: »Die Wahrheit ist die, dass ein blonder Mann und ein bärtiger dunkler Mann jeder sein können.«

Damit hatte er zwar recht, aber Henriette war ganz sicher, dass der Mönch ihren Vater und Hofmann mit Mary Belle zusammen beobachtet hatte. Es waren nicht viel Deutsche zum Klondike gekommen, und Mary Belle war mit einem Deutschen verheiratet. Und ihr Mörder war eindeutig der Blonde, nicht der andere.

Sie überließen dem Mönch die Rolle mit den Schriftzeichen,

die er ehrerbietig entgegennahm. »Der Scherz ist oft das Loch, aus dem die Wahrheit pfeift«, murmelte er.

Sie gaben ihm eine Spende für den Tempel und verließen Chinatown.

34. Kapitel

Zurück im Hotel ließ Berta sofort alles stehen und liegen, um zu erfahren, was Henriette und Julius in Chinatown herausgefunden hatten.

Henriette brachte die Papayas in die Küche, dann stieg sie hoch zu Bertas privatem Esszimmer, wo Berta und Julius schon auf sie warteten. Sie saßen an einem der jetzt verwaist wirkenden Saloontische und erzählten ihr, dass sie zwar mit einem Augenzeugen des Mordes an Mary Belle gesprochen hatten, ihnen das aber nicht das Geringste nutzte, sogar dann nicht, wenn der Mönch Hofmann als den Mörder identifizieren würde. Weil Chinesen als Zeugen bei Gericht nicht zugelassen waren.

»Papperlapapp.« Berta war ebenso erschrocken wie erleichtert und wie immer voller Tatendrang. »Nachdem wir jetzt Bescheid wissen, finden wir eine Möglichkeit, Hofmann aus dem Weg zu räumen. Besondere Schwierigkeiten erfordern besondere Maßnahmen. Ich werde mit Eugene reden, es muss doch etwas geben, was ein Bürgermeister da tun kann.« Berta klingelte nach dem Dienstmädchen, dass man ihr eine Droschke besorgen sollte, und begann, sich ausgehfertig zu machen. Sie war voll in ihrem Element, aber Henriette erinnerte sich an das

Dinner, bei dem der Bürgermeister keine Stellung zur Verbrechensbekämpfung bezogen hatte, und wunderte sich über Bertas Zuversicht. Ihre Tante schien trotz der schlechten Beweislage geradezu aufzublühen. Als ob die endgültige Gewissheit über die Unschuld ihres Bruders sie erst richtig in Schwung gebracht hätte. Vielleicht hatte Berta bisher insgeheim doch mehr Zweifel an der Unschuld ihres Bruders gehegt, als sie zugegeben hatte.

»Und du, Julius, solltest dringend dem Pfarrer Bescheid geben, dass morgen keine Hochzeiten stattfinden werden.«

»So spät noch?« Julius warf einen Blick auf die Standuhr.

»Ein Pfarrer ist doch immer sehr beschäftigt. Noch unhöflicher wäre es, ihn erst morgen aufzusuchen!« Berta zog ihr Umschlagtuch fest und machte sich auf den Weg zur Droschke, die gerade eingetroffen war. Henriette und Julius liefen hinter ihr her.

»Was machen wir mit Hofmann?«, rief Julius ihr nach.

»Wir behaupten, wir müssten wegen der nahe bevorstehenden Geburt alles absagen, und wiegen ihn weiterhin in Sicherheit. Zumindest so lange, bis ich mit Eugene besprochen habe, wie man ihn aus dem Weg schaffen kann. Ich bin überzeugt, ein Bürgermeister wie er kennt da Mittel und Wege.«

Und dann hörten sie nur noch das Klappern der langsam leiser werdenden Hufe. Julius und Henriette sahen sich an.

»Sie hat recht«, sagte Julius und nahm seinen Hut wieder vom Garderobenständer an der Rezeption. »Ich werde dem Pfarrer Bescheid geben. Richten Sie Sophie Grüße von mir aus.« Er wollte noch etwas hinzusetzen, unterließ es dann aber und lief ohne ein weiteres Wort durch die Halle nach draußen.

Henriette ging in ihr Zimmer, um endlich nach Sophie zu sehen.

Ihre Schwester saß auf dem Bett und las in »The Game«, dem neuesten Buch von Jack London, das Charmian ihr geschenkt hatte. Als Henriette hereinkam, ließ sie das Buch sofort fallen. »Obwohl ich Boxen nicht mag, ist es interessant geschrieben. Max hätte das geliebt! Aber nun sag schon, was habt ihr herausgefunden?«

Henriette setzte sich zu ihr an die Bettkante und berichtete ausführlich, was der Mönch ihnen zu dem Mord an Mary Belle erzählt hatte. Sophie war entsetzt darüber, dass in einem angeblich freien Land, in dem Menschen aus allen Ländern der Erde lebten, es den Chinesen per Gesetz verboten war, vor Gericht auszusagen. »Kannst du nicht darüber etwas schreiben, Henriette?«

Henriette war sich ziemlich sicher, dass niemand etwas darüber lesen wollte, aber ihre Schwester hatte recht, sie sollte wenigstens einen Versuch unternehmen.

Allerdings quälte sie etwas anderes sehr viel mehr als das Weltgeschehen, etwas sehr Privates. Und auch wenn es ihr reichlich lächerlich erschien, ausgerechnet jetzt damit anzufangen, fasste sie sich ein Herz und fragte ihre Schwester endlich nach den Aktphotographien, die Julius gemacht hatte.

»Sie sind sehr schön, nicht?«, sagte Sophie völlig unbefangen, so als hätte Julius sie Henriette gezeigt, weil er so stolz darauf war.

»Und wir haben viel Geld dafür bekommen, schade nur, dass ich dann damit aufhören musste, aber nackte Schwangere verkaufen sich nicht.«

»Hast du eine Liaison mit Julius?«, fragte Henriette und hätte sich am liebsten gleich die Zunge abgebissen, denn das ging sie nichts an.

Sophie lachte sie aus. »Du bist ja verrückt.« Sie zeigte auf ihren Bauch. »Ich habe Max geliebt, wir haben füreinander gebrannt. Lichterloh. Hältst du mich für so wankelmütig?«

Henriettes Gesicht brannte, aber sie musste das jetzt fragen. »Und es hat dich nicht gestört, dich vor ihm auszuziehen?«

Sophie lachte zum ersten Mal so übermütig wie früher. »Du Schäfchen! Nein, was ist denn schon dabei? Mein Körper gehört mir, und er ist, wie er ist. Und von mir aus kann ihn jeder sehen. Ich fühle mich viel freier ohne Kleider. Wenn es nach mir ginge, würde ich immer nackt herumlaufen. Max und ich haben davon geträumt, einmal den *Monte Verità* im Tessin zu besuchen und dort mit anderen Künstlern ein freies Leben zu führen. Frei von Kleidern und frei von Zwängen.« So lebhaft hatte sich Sophie noch kein einziges Mal geäußert, seit sie in San Francisco angekommen war.

»Max war zwar ein Spötter, aber die *Lebensreformbewegung* hatte es ihm angetan. Obwohl er sich oft lustig über die ekstatischen Barfußtänzer gemacht hat, so hat er doch insgeheim großen Respekt vor diesen freien Geistern gehabt und hätte gern dazugehört. Aber es war zu spät.« Sophie hielt inne und schluckte ein paar Mal trocken, dann räusperte sie sich. »Wir hätten uns früher begegnen sollen. Ich weiß, ich war gut für ihn. Mit mir an seiner Seite hätte er seiner Familie viel früher die Stirn geboten, anstatt seine Zeit und sein Talent beim Militär zu vergeuden.«

Gerührt betrachtete Henriette ihre Schwester, die mit dickem Bauch und vom Husten ausgezehrt, aber mit glänzenden Augen eine flammende Rede auf ihren Geliebten hielt. Das war ihre Sophie, die Sophie, die sie so sehr vermisst hatte!

Sophie sah Henriette fest in die Augen und umfasste ihre Hände. »Versprich mir bitte, wenn ich bei der Geburt sterbe, dann wirst du dafür sorgen, dass dieses Kind nicht so ein Leben führen muss wie Max. Versprich es mir!«

»Du stirbst nicht. Was du für einen Unsinn redest!«

»Versprich es!«

Henriette nickte, dann lächelte sie. »Und um zu verhindern, dass einer von uns vorher an Hunger stirbt, gehe ich jetzt in die Küche und schneide dir deine Papaya auf, und mir mache ich ein Omelett. Nach all dem Tee, den ich heute getrunken habe, brauche ich etwas feste Nahrung. Soll ich dir auch noch etwas machen?«

»Papaya reicht für mich.« Sophie gähnte ausgiebig. »Berta hat mir zum Abendessen vor drei Stunden eine leckere Hühnersuppe mit Nudeln und Gemüse bringen lassen. Vielleicht findest du ja einen Rest in der Speisekammer, dann musst du nichts kochen.«

Henriette lief nach unten in die Küche im Vorderhaus und dachte über das nach, was ihre Schwester über Max und das Freisein erzählt hatte.

Die Küche war geradezu gespenstisch menschenleer, sogar das Küchenmädchen der Abendschicht hatte schon Feierabend. Henriette hielt prüfend ihre Hand über die gusseisernen Platten des Herdes und fand, dass er zu kalt für ein Omelett war. Da sie keine Lust hatte, den Herd wieder einzuschüren, beschloss sie, sich mit einem Käsebrot zu begnügen. Außer dem Ticken der Uhr über dem Herd war nichts zu hören. Das ganze Hotel schien zu schlafen.

Sie nahm einen Teller aus dem Bord, stellte ihn auf den Tisch, holte den Schlüssel zur Speisekammer aus seinem Versteck und schloss sie auf. In der Kammer duftete es verführerisch nach frischem Brot, Schinken und Sahne. Einen Moment lang stand sie unentschlossen vor all den Köstlichkeiten.

Plötzlich kam es ihr so vor, als ob ein Luftzug durch die Kammer wehen würde. Unsinn, sie schüttelte den Kopf. Bertas Hotel war kein Spukhaus. Aber vielleicht würde das die Attraktivität des Hotels noch erhöhen, dachte Henriette, wenn es hier einen Geist gäbe. Sie lächelte, als ihr spontan »Der Geist der blauen Muschel« einfiel, aber im gleichen Moment fand sie das sehr pietätlos Tamatoa gegenüber. Sie griff nach Brot, Käse und Butter und räumte alles auf den Tisch, holte aus der Besteckschublade ein großes Messer und schnitt eine Scheibe Brot von dem riesigen runden *Sourdough*-Laib ab.

Unvermittelt spürte sie eine schwere Hand auf ihrer Schulter, und Henriettes Körper erkannte sofort, dass das kein Geist war, sondern ein Mensch, und ohne sich umzudrehen, wusste sie auch, wessen Hand das war. Sie erstarrte, während es in ihrem Kopf zu rasen begann. An alles hatten sie gedacht, nur Hofmann selbst hatten sie vergessen. Den Mann, der ohne Zögern einer Frau den Schädel eingeschlagen hatte.

»Darf ich dir behilflich sein?«, fragte er ölig, griff nach dem Messer und nahm es ihr aus der Hand. »Setz dich«, befahl er, und Henriette war so verwirrt, dass sie ihm das Messer kampflos überließ und sich wirklich hinsetzte. Er schnitt weitere Scheiben ab, als wären sie ein Ehepaar, das gemeinsam das Abendbrot einnimmt, aber sie bemerkte, wie wütend er das Messer durch das Brot trieb, so als wäre es sein Feind.

»Reichlich spät für ein Abendessen, findest du nicht?«, fragte er und prüfte wie nebenbei mit einem Finger die Schärfe des Messers. Henriette lief eine Gänsehaut über den Rücken.

»Ich hätte gedacht, dass du am Vorabend unserer Hochzeit so aufgeregt bist, dass du keinen Bissen herunterbekommst.«

Sie musste sich zwingen, ruhig zu atmen. In ihren Füßen kribbelte es, alles in ihr verlangte danach wegzulaufen, aber das wäre falsch, sie sollte ihn in Sicherheit wiegen.

»Aber es freut mich, dass du unserer Hochzeit so entspannt entgegensiehst. Du bist eben ein kluges Mädchen und weißt auch, dass du vor der Hochzeitsnacht keine Angst zu haben brauchst.«

Er kam näher, die Hand mit dem langen Brotmesser hing entspannt neben seinem Oberschenkel. »Ich werde sehr sanft zu dir sein.«

Sanft! Henriettes Kehle schnürte sich zu, und sie war froh, dass sie noch keinen Bissen gegessen hatte, denn ihr wurde flau im Magen. Er war sanft gewesen, o ja, und wie sanft er sich an Sina vergangen hatte, so außerordentlich sanft, dass ein ganzes Dorf daran verzweifelt war. Sie gab sich Mühe, nicht wie hypnotisiert auf das Messer in seiner Hand zu starren, sondern unbefangen zu wirken. Sie stand auf, blieb ihm zugewendet und versuchte dabei unauffällig zur Tür zu gelangen.

Doch Hofmann durchschaute sie und stellte sich in den Türrahmen, wo er mit einer impulsiven Geste seine Hände emporhob. Die Klinge des Messers blitzte auf.

»Allerdings hat das lange Warten meine Leidenschaften doch reichlich angefacht. Morgen ist es endlich so weit. Dann kehren wir nach Samoa zurück, und ich kann deinem Vater unter die Arme greifen.« Er verzog spöttisch seine Mundwinkel. »Und ich denke, nicht nur er, sondern auch Ella wird sich sehr freuen, mich zu sehen.«

Er stand jetzt so nah vor Henriette, dass sie instinktiv vor ihm zurückwich, doch er trat wieder auf sie zu, und sie bewegten sich beide wie Tänzer, wie von böser Macht in ein auswegloses Ballett gezwungen. Ausweglos nur für Henriette, denn jetzt stand sie mit dem Rücken zur Wand, Hofmann dicht vor ihr. Beide atmeten schwer. Henriette voller Angst, denn aus Hofmanns Gesicht schlug ihr eine Mischung aus Gier und Belustigung entgegen.

»Jetzt möchte ich von meiner lieben Braut endlich einen Kuss, den Kuss, der mir als ihrem Bräutigam zusteht.«

Ich sollte das tun, dachte Henriette, ich sollte wirklich, um ihn zu besänftigen, aber das kann ich nicht, eher übergebe ich mich.

»Und ich finde«, flüsterte er mit einiger Genugtuung, »die Tochter eines Mörders sollte sich dabei nicht zu sehr zieren, denn das könnte meine Leidenschaften unkontrolliert auflodern lassen.« Jetzt stand er dicht vor ihr und hielt das Messer neben ihr Gesicht.

Henriettes Knie begannen zu zittern. Wollte er ihr das Gesicht zerschneiden, wenn sie sich weigerte? Los, komm, Henriette, was ist denn schon ein Kuss, nichts von Bedeutung, morgen bist du ihn los. Sein Kopf näherte sich, die blauen Augen, die sie einmal ganz hübsch gefunden hatte und die ihr jetzt nur noch vorkamen wie tückische Eiskrater, und sein Geruch nach Anis und türkischen Zigaretten drängte an ihre Nase und verstärkte noch das flaue Gefühl in ihrem Bauch.

Er zerrte sie mit einem Arm heran und presste sich an sie.

Henriette versteifte sich und wendete ihren Kopf ab, aber er hatte sie fest im Griff, packte ihre Arme und verdrehte sie auf den Rücken, sodass Henriette bei jeder Bewegung stechende Schmerzen in die Schulter schossen.

Er musste verrückt sein, ganz sicher würde gleich jemand kommen, Julius oder Berta oder vielleicht der Nachtportier, der sich etwas zu essen holen wollte. Hofmann stand nun schräg hinter ihr und hielt das Messer dicht neben ihr Ohr.

»Wenn ich so darüber nachdenke, habe ich keine Lust mehr, länger darauf zu warten, und mir ist auch nicht danach, sanft zu sein«, zischte er so nah, dass sie seinen heißen Atem spürte.

»Zumal die Moral in deiner Familie ja nicht gerade zu den größten Tugenden gehört, wenn man den Zustand deiner Schwester und ihre Nacktbilder in Betracht zieht. Nun ja, wie der Vater, so die Töchter!« Er lachte, als hätte ihm jemand einen schmutzigen Witz erzählt.

Henriettes Herz raste. Sie musste etwas tun, aber sie durfte ihn nicht reizen, er war ein Mörder. Hofmann strich mit dem Messer über ihre Wange, und die Klinge fühlte sich sehr kalt an. Henriette zwang sich, klar zu denken. Was konnte sie tun, ohne sich in Gefahr zu bringen?

»Jemand, der solche Bilder macht, der provoziert das doch geradezu. Ihr wollt, dass die Männer hinter euch herlaufen. Und ihr seid Zwillingsschwestern, da ist eine wie die andere. Wir tun es hier, und wir tun es jetzt. Wer will schon eine Katze im Sack kaufen!«

Er ließ sie los, aber nur, um sie gegen die Wand zu pressen, er drängte ein Bein zwischen ihre Knie und zwang so ihre Beine auseinander. Gleichzeitig hielt er das Messer an ihre Kehle gepresst. Mit der freien Hand wühlte er in ihren Röcken.

Sie wand sich und versuchte, sich ihm zu entziehen, er drückte sich noch fester an sie, sodass sie kaum Luft bekam. Jetzt siegte die Angst über ihre Vernunft. Er würde nicht aufhören, im Gegenteil, ihr Widerstand schien ihn erst noch zu befeuern.

Es gab also nur noch sie oder ihn. Sie hob den einen Arm, den er nicht wie im Schraubstock umklammert hatte, um ihm ins Gesicht zu schlagen, aber er war schneller und zog die Klinge tief über ihre Wange. Der Schmerz ließ sie zusammenzucken, Blut tropfte auf ihre Kleider.

»Ich habe dich gewarnt! Mach weiter so, und niemand wird dein Gesicht wiedererkennen.«

Jetzt hatte er ihre Unterkleider erreicht und zerrte daran herum. Der Schmerz in ihrer Wange verlieh ihr endlich die Energie, die sie benötigte, sie zog ein Knie an und trat ihm voller Kraft zwischen die Beine. Doch er ahnte ihr Manöver und wich ihr rechtzeitig aus, zerrte sie dabei mit, und sie geriet so ins Taumeln, dass sie beide auf den harten Fliesenboden der Küche stürzten. Nun lag er auf ihr, und Henriette verfluchte ihre Ungeschicklichkeit.

»Ich hätte dich gar nicht für so leidenschaftlich gehalten«, grinste Hofmann und kitzelte sie mit der Messerspitze an der Kehle, wie um sie daran zu erinnern, dass er nicht zögern würde, das Messer erneut zu benutzen.

Henriette bäumte sich mit aller Macht auf, um ihn von sich herunterzuwerfen, aber er war sehr viel stärker und schwerer und bewegte sich kaum. Er schlug ihr ins Gesicht. »Wenn du das noch einmal versuchst, bist du tot. Und das meine ich so, wie ich es sage.«

Ich weiß, wollte Henriette ihm ins Gesicht schreien, ich weiß, denn du bist ein Mörder! Mit letzter Beherrschung gelang es ihr, den Mund zu halten. Sonst würde er sie wirklich töten.

Er hatte seine Hände jetzt wieder an ihrer Unterwäsche und riss ungeduldig daran. Henriette versetzte ihm mit ihren Hüften einen Stoß, um ihn herunterzuwerfen. Verärgert schlug er sie so brutal ins Gesicht, dass das Blut von ihrer Wange überall hinspritzte und sie Angst hatte, ohnmächtig zu werden. Das musste sie auf jeden Fall verhindern, denn das würde ihm nur allzu gut in die Hände spielen.

In ihrem Kopf dröhnte es, um sie herum drehte sich alles in einem schwarz-weißen Flimmern, und sie fürchtete nun doch gleich das Bewusstsein zu verlieren, denn jetzt bekam sie Halluzinationen. Sie sah das weiße Gesicht ihrer Schwester, die mit einer großen Bratpfanne in der Hand hinter Hofmann stand.

In derselben Sekunde krachte die Pfanne auf Hofmanns Schädel, und Henriette wünschte sich von ganzem Herzen, er wäre tot.

Er verdrehte die Augen und brach über ihr zusammen. Sie stieß ihn schwer atmend weg und versuchte sich aufzurichten, aber ihr war so schwindelig, dass sie wieder zusammensackte.

Sophie ging schwerfällig in die Knie, hockte sich neben sie, bettete Henriettes Kopf auf ihren Schoß und brach in Tränen aus.

»O Gott, was hat dieses Schwein dir angetan, überall ist Blut!« Sie wischte mit einem Zipfel ihres Kleides Henriettes Gesicht sauber.

Hofmann stöhnte leise.

»Er lebt!«, stellte Henriette bestürzt fest. Einerseits war sie froh, dass ihre Schwester nicht zur Mörderin geworden war, andererseits mussten sie sich um Hofmann kümmern, ihn aus dem Weg räumen.

»Schschsch, beruhige dich, alles wird wieder gut.« Sophies Stimme legte sich wie Balsam auf Henriettes Angst.

»Wir müssen Hofmann irgendwo einsperren, bis Berta zurück ist und wir wissen, was wir jetzt mit ihm machen.«

Sophie grinste Henriette an. »Ich weiß, was wir mit ihm machen, das hier hat mich auf eine ganz hervorragende Idee gebracht. Hofmann ist es vielleicht nicht klar, aber das war das Beste, was er tun konnte. Schade, dass wir da nicht früher draufgekommen sind.«

Henriettes Gedanken kreisten immer noch durch ihren Kopf, als wären sie auf einem höllischen Karussell, schneller und schneller. »Ich verstehe kein Wort. Aber ganz sicher ist es nicht gut, dass du dich in deinem Zustand aufregst.«

»Ich bin die Ruhe selbst. Wir machen es so: Wir werden beide vor Gericht gegen Hofmann aussagen. Ein Mann, der sich an einer Schwangeren und einer Jungfrau vergehen will, der gehört ins Gefängnis. Selbst wenn er irgendwelche Beweise gegen unseren Vater haben sollte, wer glaubt denn dann noch so jemandem?«

»Das hört sich gut an …«

Hofmann stöhnte lauter und fing an zu fluchen.

Henriette zwang sich, jetzt keinen Fehler zu machen. »Aber was auch immer wir tun, wir müssen ihn erst mal wegsperren!«, flüsterte sie. »Wir dürfen ihn nicht unterschätzen, er ist zäh!«

Sophie verstand sofort. »Das gelingt uns nur zu zweit. Kannst du aufstehen?«, fragte sie und half Henriette dabei, sich aufzurichten. Ihr Schwindelgefühl wurde wieder stärker, aber sie ballte die Fäuste und atmete tief durch. Sie hievte sich auf die Knie hoch, saß dann ihrer Schwester gegenüber, die totenblass war und deren großer Kugelbauch zwischen ihren geöffneten Knien kaum Platz fand.

»Ist auch wirklich alles in Ordnung mit dir?«, fragte Henriette.

Sophie nickte, wurde aber für ein paar Sekunden noch blasser, hielt ihren Bauch, seufzte und holte ein sauberes Taschentuch aus ihrer Rocktasche. »Hier, press das auf die Wunde, damit sie endlich aufhört zu bluten.«

Sie sahen sich an, nickten sich gleichzeitig zu, so als hätte ihnen jemand das Kommando gegeben, nahmen sich dann an den Händen und zogen sich hoch. Sophie stöhnte leise und legte ihre Hände um den Bauch.

»Bist du sicher, dass mit dir alles in Ordnung ist?«, fragte Henriette, und als Sophie wieder stumm nickte, sah Henriette sich nach Hofmann um. Ihre Beine zitterten, und ihr Herzschlag hämmerte immer noch durch ihren Körper wie angetrieben von einem verrückt gewordenen Metronom.

Hofmann wurde zusehends munterer. Henriette sah sich suchend um, dann zeigte sie auf die Speisekammer.

»Dorthin«, schlug sie vor.

Sophie und Henriette bückten sich nach seinen Beinen. Sophie packte das rechte, Henriette nahm das linke, und dann schleiften sie ihn gemeinsam über den Boden in die Kammer.

»Was für ein komfortables Gefängnis!« Sophie betrachtete die geräucherten Schinken, die an der Decke baumelten und einen aromatischen Geruch verströmten, die Gläser mit eingemachtem Obst und Gemüse, die Säcke mit Kartoffeln, Reis, Mehl, Zucker und Kaffee. »Was, wenn er alles kurz und klein schlägt? Dann sind die Vorräte von Tante Berta ruiniert. Das würde sie bestimmt sehr wütend machen.«

Trotzdem verließen sie erst mal die Kammer, und Henriette verschloss die Tür mit dem Schlüssel, den sie in ihre Rocktasche steckte.

Sophie hatte recht, das war ein schlechter Plan. Aber wo sollten sie ihn denn sonst hinschaffen?

»Wie wäre eine Putzkammer?«, schlug Sophie vor.

»Zu gefährlich, da lagert Berta Bleichmittel und ätzende Chemikalien.«

»Keller?«

»Gibt es in diesen Häusern nicht.«

»Wäschekammer?«

»Das wäre gut, aber dazu müssten wir ihn durchs ganze Hotel schleifen.«

»Das macht sicher einen guten Eindruck bei den Gästen.« Sophie grinste Henriette an, dann fing sie an zu glucksen. Henriette stimmte ein, und schließlich lachten beide wie befreit aus vollem Hals.

Sophie hielt sich den Bauch und musste sich auf die Bank unter dem Tellerbord setzen.

»Ich weiß, wie wir's machen!«, sagte Henriette. »Wir fesseln ihn einfach, dann kann er die Vorräte nicht vernichten. Paketschnur ist oben an der Rezeption, ich hole sie schnell.«

»Bist du verrückt? So kannst du nicht gehen.« Sophie zeigte auf Henriettes blutbesudeltes Kleid.

»Und du bist zu schwanger, um durchs Hotel zu laufen. Außerdem hast du auch ein paar Blutflecken abbekommen.«

»Schlagen wir ihm doch den Schädel ein.« Sophie war wieder ernst geworden. »Dieser Mann hat so viel Elend über so viele Menschen gebracht …«

»Sophie, du wirst in Kürze Mutter, willst du wegen Mordes vor Gericht?«

»Wenn seine Leiche heute Nacht noch im Meer verschwindet, wird es nie jemand erfahren.« Sophie schien von ihrem Plan überzeugt.

»Du bist verrückt! Erstens ist das hier keine billige Detektivgeschichte, und zweitens kann das schiefgehen. Aber das

Schlimmste wäre doch, mit so einer Schuld zu leben, meinst du nicht?« Henriette sah sie besorgt an.

»Dieser Mann hat gerade versucht, dich zu vergewaltigen, und du glaubst, ich hätte auch nur das mindeste Schuldgefühl, ihn zu töten? Und wir wissen ja, was er Mary Belle angetan hat, das wäre doch nur ausgleichende Gerechtigkeit.«

»Aber wenn alle so denken würden, was für eine Gesellschaft wäre das? Eine voller Hass und Blutrache. Willst du, dass dein Kind in so einer Welt groß wird? Findest du es gut, wenn selbst ernannte Rächer durch die Gegend laufen und entscheiden, wer sterben soll und wer nicht? Ist es nicht besser, es gibt Recht und Gesetz?«

Sophies Augen blitzten. »Und wo war Recht und Gesetz, als Mary Belle starb? Was ist das für ein lächerliches Recht und Gesetz, wenn der einzige Zeuge in einem Mordfall nicht aussagen darf, nur weil er Chinese ist?«

»Das sind schlechte Gesetze, aber trotzdem ist es gut, dass es welche gibt. ›Du sollst nicht töten‹ ist außerdem fast überall auf der Welt, in sehr vielen Religionen eine Art Grundgesetz.«

Sophie lachte spöttisch. »Manchmal kommst du mir wirklich wie ein sehr schlichtes Lämmchen vor. In allen Religionen, in denen gesagt wird, dass man nicht töten soll, findest du auch die Botschaft, dass es völlig in Ordnung ist, Krieg gegen Andersgläubige zu führen und sie zu töten.« Mitten im Satz wurde sie weiß wie eine Jasminblüte und hielt sich den Bauch.

Keine Aufregung, hatte der Arzt gesagt, keine Aufregungen, hatte die Hebamme Miranda gesagt, und was war das hier alles? Henriette betrachtete den Küchenboden, der voller Blutspritzer war. Sofort vergaß Henriette, dass ihre Schwester sie gerade ein schlichtes Lämmchen genannt hatte, und setzte sich neben sie.

»Was ist los?«, fragte sie. »Hast du Schmerzen?«

Sophie hatte schon wieder Farbe im Gesicht. »Es geht schon. Aber vielleicht sollte ich mich ein bisschen hinlegen.« Sie schnaufte laut ein und aus. »Aber was machen wir mit Hofmann?«

»Wir lassen ihn erst mal da, wo er ist. Julius wird sicher bald zurück sein, dann soll er sich darum kümmern, und bis dahin ist Hofmann vielleicht noch zu benommen, um großen Schaden anzurichten. Geh du schon mal vor, ich werde hier etwas aufräumen.«

Sophie verließ die Küche, und Henriette blieb allein zurück.

35. Kapitel

Nachdem Sophie gegangen war, nahm sich Henriette ein Glas Wasser, setzte sich auf die Bank und ruhte sich einen Moment lang aus. Sie war so müde von all dem, was heute geschehen war, und die Wunde auf ihrer Wange klopfte unentwegt. Sie wagte es nicht, sie zu berühren, und verschob das Versorgen der Wunde auf später, wenn sie alles aufgeräumt hätte.

Die Uhr über der Spüle mit den zwei gewaltigen weißen Emaillebecken zeigte schon nach Mitternacht. Merkwürdig, dass Julius immer noch nicht zurück war. Bei Berta hingegen verwunderte es sie kein bisschen. Sie lächelte. Berta hatte sicher ihre ganz eigenen Methoden, den Bürgermeister zu einer Lösung zu bewegen.

Es fiel ihr schwer, sich nach der kleinen Pause wieder in Bewegung zu setzen, aber der Fußboden musste gewischt werden, Blut in der Küche entsprach nicht Bertas Vorstellungen von Sauberkeit, und außerdem würde es die Küchenmädchen der Frühschicht ängstigen. Ächzend bereitete sie Eimer, Wasser, Seife und Schrubber und Lappen vor und begann damit, den Boden zu wischen.

Gerade als sie dabei war, den Lappen ein letztes Mal auszuwringen, tauchte Julius in der Küche auf und rief ihr schon von Weitem zu:

»Der Pfarrer hat eine besonders lange Spätmesse gehalten und war sehr verärgert über …«

In diesem Moment drehte sich Henriette zu ihm um.

»Was zum Teufel ist hier passiert?« Er rannte förmlich auf sie zu, musterte dann die blutbefleckten Kleider und die Wunde an ihrer Wange und biss sich auf die Lippen.

Er nahm ihr den Lappen ab, schleuderte ihn in den Eimer, dann legte er sehr behutsam seine Arme unter Henriettes Knie. Henriette versteifte sich sofort. Niemand sollte sie heute noch anfassen! Julius warf ihr einen so besorgten Blick aus seinen sanft bittenden Augen zu, dass sie sich wie ein Kind aus der Küche tragen ließ. »Du gehörst ins Bett, und diese Wunde muss umgehend versorgt werden. Ich bringe dich auf dein Zimmer und kümmere mich um Verbandszeug. Wo verwahrt ihr das?«

Henriette war zu schwach, um zu protestieren, ja, sie genoss es geradezu, dass sich jemand um sie kümmerte, und sie fand es nur richtig und angemessen, dass er jetzt zum Du übergegangen war. Es fühlte sich gut an, in seinen Armen zu liegen und den Kopf an seine Brust geschmiegt die Treppen hinaufgetragen zu werden. Und sie war froh, dass er so völlig anders als Hofmann roch. Seinem Körper entstiegen kaum wahrnehmbare Spuren von Zitronenmelisse und Holz.

In ihrem Zimmer angekommen, öffnete er die Tür. Dann blieb er unvermittelt stehen und setzte sie ab.

Sophie saß stöhnend auf der Kante ihres Bettes und warf ihnen Hilfe suchende Blicke zu.

»Ich glaube, es geht los!«, verkündete sie mit einem schiefen Lächeln.

»Dann hole ich sofort die Hebamme!«, sagte Henriette.

Sophie schüttelte den Kopf. »Nein, bitte geh nicht weg, ich möchte, dass du bleibst.«

Henriette sah zu Julius.

»Wo muss ich hin?«, fragte er.

Sie erklärte es ihm, und er versprach sich zu beeilen. Aber mitten in der Nacht fuhr weder eine Cable-Car-Bahn, noch standen Droschken vor dem Hotel, und bis zum unteren Ende der Market Street war es weit. »Zur Not werde ich rennen!«, versprach Julius, »aber ich gehe erst, nachdem wir deine Wunde versorgt haben.«

»Das mache ich schon, je eher Miranda hier ist, desto besser.«

Unschlüssig blieb Julius vor Henriette stehen, dann gab er sich einen Ruck und verließ die beiden.

Er war schon aus der Tür, kam wieder zurück und rief ihnen zu, dass sie sich keine Sorgen machen müssten, er hätte gehört, das erste Kind würde immer am längsten brauchen.

Henriette und Sophie sahen sich an.

»Tut es sehr weh?«, fragte Henriette.

»Wie schwere Bauchkrämpfe, aber es geht schnell vorbei, und dann ist erst mal Ruhe.« Nach einem kurzen Zögern fügte sie noch hinzu: »Aber ich habe Angst.«

»Du brauchst keine Angst zu haben«, sagte Henriette, obwohl sie mindestens genauso viel Angst hatte. »Bis es richtig losgeht, ist Julius längst zurück.«

»Und wenn nicht?«

»Wir werden das Kind schon schaukeln.«

Henriette setzte sich neben Sophie aufs Bett und nahm ihre Hand. »Wir zwei haben doch immer alles geschafft, oder nicht?«

Sophie drückte sie fest.

»Warum bist du eigentlich vorhin in die Küche gekommen?«

»Ich hatte so ein komisches Gefühl.« Sophie zeigte auf die blaue Muschel auf dem Schreibtisch. »Als ich das gesehen habe, hatte ich auf einmal große Angst um dich. So ähnlich sah die Muschel aus, die ich versucht habe zu malen.«

Die Muschel strahlte in reinem arktischen Blau, sie sah aus, als wäre sie gefroren. Hin und wieder zuckten türkis und saphirblaue Blitze durch die Muschel, als würde in ihr ein Gewitter toben.

Verblüfft betrachtete Henriette die Muschel, dann erinnerte sie sich daran, dass Miranda auch etwas gehört hatte. Sie stand auf und legte die Muschel an ihr Ohr. Entsetzt nahm sie sie sofort wieder herunter.

»Was ist?« Sophie sah sie besorgt an.

Henriette hörte nicht nur Meeresrauschen, sie hörte ein schreckliches Grummeln und Krachen und durcheinanderschreiende Menschen. Was bedeutete das? War ihre Schwester in Gefahr, war das Kind in Gefahr? Waren sie alle in Gefahr, hatte sich Hofmann befreit und rächte sich gleich an ihnen? Sie musste sofort nach unten und nachschauen, ob er noch sicher in der Speisekammer war.

Sie erklärte Sophie, was sie vorhatte, und rannte so schnell sie konnte in die Küche. Schon von Weitem hörte sie, wie Hofmann von innen an die Tür hämmerte. Zum Glück war es eine sehr dicke Tür mit einem stabilen Schloss. Erleichtert rannte sie zurück und fand Sophie bleich und schwer atmend auf dem Bett vor. Sie hielt sich den Bauch und hatte die Augen geschlossen. Henriette sah hinüber zur Muschel, durch die immer noch kalte Farbblitze zuckten.

»Es wird heftiger. Ob das normal ist?«, fragte Sophie.

»Ja, das ist völlig normal«, behauptete Henriette, um sie zu beruhigen, und fügte hinzu, das wüsste sie von Sina, die auf Samoa als Geburtshelferin arbeitete.

»Erzähl mir was«, bettelte Sophie, »bitte, ich muss mich ablenken, sonst vergehe ich vor Angst.«

Henriette überlegte nicht lange.

»Erinnerst du dich an diesen seltsamen Schreibanfall und die Worte …«

»Mit den vielen Os«, unterbrach Sophie, die sich gerade etwas entspannte. »O ja, das tue ich.«

»Ich weiß jetzt, was das bedeutet. Es ist der Anfang einer Legende, die man sich auf Samoa erzählt, über eine Schwester, die ihre Geschwister frisst. Die Legende von Tapuitea.«

Über Sophies Gesicht ging ein Leuchten. »Ja, das möchte ich hören.«

Während Henriette ihr die Geschichte erzählte, bemerkte sie mit großer Besorgnis, wie die Abstände zwischen den Wehen immer kürzer wurden und die Wehen dafür länger. Aber sobald sie aufhörte zu erzählen, feuerte Sophie sie wieder an. Sophie lief mittlerweile im Zimmer hin und her, weil ihr das angenehmer war, als zu sitzen.

»Dann ist die schöne Venus in Samoa also eine Menschenfresserin. Was für eine seltsame Geschichte! Hast du noch mehr davon?«

Henriette begann, ihr die Legende von der blauen Muschel zu erzählen, wie die beiden siamesischen Schwestern von Samoa nach Fidschi geschwommen waren und dem Leuchten der Muschel nicht widerstehen konnten.

»Halt, warte, und wenn mein Kind zwei Köpfe hat oder gar keinen oder sonst irgendwie gestört ist?«

»Unsinn, alles ist gut, obwohl …« Henriette zögerte einen Moment. »Wenn es jedoch nach seiner Mutter kommt, dann ist natürlich alles möglich …«

Sophie begann zu lachen, wurde aber unvermittelt von der nächsten Wehe mit einer Welle von Schmerzen überschwemmt, die so lange dauerte, dass Henriette anfing, Julius zu verfluchen. Wo blieb er nur?

Eine Stunde später glaubte sie nicht mehr daran, dass Julius noch rechtzeitig zurück sein könnte. Sie hatte in der Zwischenzeit eine Schüssel mit kaltem Wasser geholt, um Sophie die Stirn abzutupfen, und sie hatte in der Küche den Herd eingeheizt und die Wasserschiffe befüllt, damit später heißes Wasser bereitstünde. Außerdem hatte sie Handtücher und Decken aus der Wäschekammer geholt. Es war ihr völlig egal gewesen, ob jemand sie in den blutbefleckten Kleidern sah. Außerdem hatte sie Alkohol zum Desinfizieren besorgt und eine Schere.

Sie tupfte Sophie die Schweißperlen von der Stirn und hoffte inständig, dass keiner von den Gästen Sophies wüste Verfluchungen zu Gehör bekam. Ihre Schwester nahm kein Blatt vor den Mund und schwor ständig bei Gott und allen Geistern und Dämonen, dass sie nie, nie, nie wieder ein Kind zur Welt bringen wollte. Sie verfluchte Max und wünschte, sie wäre auch schon tot.

Henriette fühlte sich vollkommen hilflos, und sie fragte sich, warum sie nicht mit Miranda über die Geburt gesprochen hatte. Sie wusste nicht, was zu tun war, worauf sie achten sollte. Sophie hatte ihr signalisiert, dass Henriette ihr am meisten half, indem sie ihr die Fäuste in den Rücken stemmte und sie an den Schultern festhielt, wenn eine Wehe sie schüttelte.

Mittlerweile schrie Sophie nur noch, und es blieben nur wenige schmerzfreie Sekunden zwischen den Wehen.

Plötzlich wurde Sophie von einer Wehe so überwältigt, dass sie nicht einmal mehr schreien konnte, sie hechelte kurz, dann verdrehte sie ihre Augen, japste noch einmal und wurde in ihren Armen ohnmächtig.

Panisch schüttelte Henriette ihre Schultern, um sie zu sich zu bringen, aber sie blieb bewusstlos. Dafür vernahm sie etwas anderes. Ein leises Wimmern.

War das möglich? Sie ließ den Rücken ihrer Schwester los, legte sie vorsichtig auf das Bett und sah hinunter an Sophies Bauch vorbei zwischen ihre Beine.

Es war da! Es war da! Sie kniete sich neben Sophies Oberschenkel und nahm das winzige Wesen in die Hand. Das Kind war ein Junge mit pechschwarzen Haaren und den schönsten blauen Augen, die sie jemals gesehen hatte. Seine Händchen und Füßchen waren kleiner als die von Puppen und strampelten so begeistert und voller Kraft, als gäbe es nichts Schöneres, als endlich auf der Welt zu sein. Er betrachtete alles mit großen Augen und wirkte vollkommen gesund. Das wundervollste Kind unter der Sonne, Sophies Sohn, ihr Neffe. Sie traute sich kaum, ihn anzufassen. Schließlich nahm sie ihn behutsam in ihre Hände. Tränen strömten über ihr Gesicht, während sie dieses winzige Bündel Mensch auf ein Handtuch legte. Er strampelte immer noch, so als wäre er glücklich, endlich Platz zu haben. Plötzlich stutzte sie, da war etwas, seitlich am Oberschenkel des Jungen. Sie sah genauer hin. Es war ein winziges blaues Muttermal, und es hatte die Form einer blauen Muschel.

Der Kleine bekam eine Gänsehaut, und Henriette hüllte ihn jetzt zügig in ein Handtuch. Gleichzeitig versuchte sie, Sophie aus ihrer Ohmacht zu wecken. »Sophie«, rief sie immer und immer wieder, »Sophie! Dein Sohn ist da, alles wird gut werden!«

Mit einer Hand hielt sie ihren Neffen, mit der anderen rüttelte sie ihre Schwester. Langsam beunruhigte sie deren Ohnmacht. Sophie würde doch wohl nicht sterben, nicht, nachdem sie das alles durchgestanden hatte. »Sophie!«, schrie sie jetzt, aber das gefiel ihrem Neffen überhaupt nicht. Er fing an zu wimmern und wurde lauter und lauter, bis er brüllte. Unglaublich, dass ein kleines Wesen so schrill werden konnte, sie hoffte, es würde Sophie aufwecken. Aber Sophie rührte sich nicht, vielleicht sollte sie ihr den Jungen in den Arm legen, aber dazu musste sie die Nabelschnur durchtrennen. Sie wickelte den Jungen wieder aus und starrte panisch die Nabelschnur an. Man musste sie durchschneiden, aber an welcher Stelle? Und wann? Oder konnte sie noch warten, bis die Hebamme endlich da war?

Doch sie hatte schon so lange gewartet, wer wusste schon, wann Julius und Miranda hier aufkreuzen würden.

Sie nahm die Schere und schnitt mit angehaltener Luft die Nabelschnur durch. Der Säugling verstummte sofort, was Henriette nur noch mehr in Angst versetzte. Hatte sie etwa seine Lebensader durchtrennt, war es zu früh gewesen?

In diesem Moment wurde die Tür aufgerissen. Julius und Miranda rannten herein, und der Kleine begann wieder zu quäken.

Miranda stellte ihre große, an einen Arztkoffer erinnernde Hebammentasche ab und eilte zu Sophie.

»Wie lange ist sie schon so?«, fragte sie, musterte Sophie und begann, mit voller Kraft auf ihrem Bauch herumzudrücken.

»Ich weiß es nicht, ein paar Minuten, eine Ewigkeit?«

»Sie muss aufwachen!« Miranda gab klare Anweisungen, wer was tun sollte. Sie schickte Julius nach heißem Wasser, dann holte sie ein Riechfläschchen aus ihrer Hebammentasche und hielt es Sophie unter die Nase. Als Sophie sofort zu sich kam, sprach sie auf sie ein und machte ihr klar, dass sie ihre Hilfe brauchten, um die Nachgeburt aus dem Körper zu pressen.

Sophie sah sich verwirrt um, Henriette verstand sie auch ohne Worte, ihre Schwester interessierte sich nur für ihr Kind, das sie ja noch gar nicht gesehen hatte. Henriette legte Sophie ihren Sohn in den Arm. Aber sie war zu schwach, um ihn wirklich festhalten zu können, Henriette ging neben dem Bett in die Hocke und hielt sie beide fest umarmt.

»Das ist er, dein Sohn, ist er nicht wunderschön?«, flüsterte sie.

»Ja.« Sophies Augen wendeten sich ab, nach oben.

Henriette nahm ihre Hand und drückte sie fest, Sophies Augen richteten sich wieder auf sie.

»Wie soll er heißen?«, fragte Henriette ihre Schwester.

»Max natürlich, wie sonst.« Dann fielen ihr wieder die Augen zu.

Ob Sophies Zustand besorgniserregend war?, fragte sich Henriette, und Tränen liefen ihr über die Wangen. Miranda zwang Sophie mit dem Riechsalz wieder ins Bewusstsein zurück und drückte weiter auf Sophies Bauch herum. Dabei wollte sie wissen, ob es denn einen Grund zum Weinen gäbe, ob mit dem Kind etwas nicht in Ordnung sei oder es nicht richtig atmen würde. Als Henriette das verneinte, schüttelte Miranda missbilligend den Kopf.

»Eine Geburt ist ein Anlass zur Freude! Lächeln Sie das Kind an, was soll es von der Welt halten, wenn seine ersten Eindrücke so von Trauer erfüllt sind!«

Erst nachdem die Nachgeburt draußen war, wurde Miranda sanfter. Sie wickelte den Säugling aus den Tüchern und begutachtete ihn genau.

»Ein Prachtkerl!«, sagte sie, nachdem sie ihn vom Rücken auf den Bauch gedreht und seine speckigen Beinchen befühlt hatte. Sie strich prüfend über die Haut des Säuglings und entdeckte schließlich die winzige blaue Muschel, stutzte, berührte sie noch einmal, lächelte und wiederholte mit noch mehr Überzeugung: »Was für ein Prachtkerl!«

Sie holte einige Instrumente aus ihrer Tasche, schnitt die Nabelschnur noch ein Stückchen ab, desinfizierte den Nabel und wickelte ein Stückchen Gaze darum. Sie versicherte Henriette, dass sie bei ihrem mutigen Schnitt alles richtig gemacht hatte.

Miranda packte das Kind fest in die Tücher, gab es Henriette und verabreichte Sophie, die völlig apathisch dalag und stark blutete, verschiedene Tropfen, die sie direkt auf die Zunge gab.

Julius kam mit einer Schüssel heißem Wasser ins Zimmer und stellte sie neben dem Bett ab. Miranda trat zu ihm, tauchte ihre Hände hinein, verrieb dann ein paar Tropfen wohlriechendes Öl zwischen den Handflächen, legte sie auf den Bauch von Sophie und begann eine leichte Klopfmassage.

Henriette beruhigte sich etwas. Miranda reagierte so, als wäre dies eine völlig normale Geburt, sie durfte aufatmen. Sie reichte Julius den Säugling, um sich die Hände und das Gesicht zu waschen.

Sie ging zum Handtuchständer neben dem Fenster und trocknete ihre Hände ab. Nur Sekunden später rutschte die blaue Muschel unvermittelt vom Sekretär, wie von unsichtbarer Macht gezogen. Henriette sprang zu ihr hin, um sie aufzufangen. Im gleichen Moment durchzogen Risse die Fensterscheibe hinter ihr, und klirrend stürzten scharfkantige Glasscherben ins Zimmer, genau auf die Stelle, an der Henriette Sekunden vorher noch gestanden hatte. Jetzt begann alles zu beben, die Wände bewegten sich, die Kronleuchter an der Decke schwangen hin und her, alle Möbel rutschten knarrend und klirrend von einer Seite des Zimmers auf die andere. Alle schrien gleichzeitig, und sogar Sophie erwachte aus ihrer Apathie.

Panisch sahen sich Miranda, Julius und Henriette an. »Wir müssen hier raus, sofort«, sagte Julius, doch die Dielen unter ihren Füßen schwankten so dermaßen, dass sie beim ersten Schritt zur Tür zu Boden geschleudert wurden. Dann, genauso plötzlich, wie es angefangen hatte, beruhigte sich die Erde wieder.

»Wir müssen Sophie und das Baby schützen, noch können wir hier raus!«, brüllte Henriette.

Doch in diesem Augenblick kam der nächste Erdstoß, tausendmal heftiger als der vorige. Das Bett knickte ein, sodass Sophie herausrollte.

»Raus hier, raus!«, schrie Henriette wieder. Julius reichte ihr den Kleinen, den sie mit der einen Hand fest an ihre Brust drückte, ohne die Muschel in der anderen loszulassen. Julius verständigte sich mit Miranda, die nickte ihm zu, nahm ihre große Hebammentasche und hielt ihm die Tür auf. Er bückte sich, hob Sophie in ihre Decke gewickelt auf seine Arme, dann rannten alle vier aus dem Zimmer, über die wie von einem Riesen gespaltene Treppe nach unten.

An vielen Stellen war das Holz zerborsten, und es kostete Henriette und Miranda große Mühe, sich mit ihren Röcken nicht in den aufgesplitterten Holzstücken zu verheddern.

Nach draußen, wir müssen raus, dachte Henriette. Nichts wie raus hier.

Der winzige Garten zwischen dem Vorder- und Hinterhaus existierte nicht mehr, das Hinterhaus hatte sich direkt an das Vorderhaus geschoben. Noch stützten sich die Gebäude gegenseitig.

Sie rannten noch schneller durch das Vorderhaus hin zur Rezeption, deren schöner Mosaikboden einen sehr tiefen sternförmigen Riss aufwies. Tische und Stühle waren umgekippt, der Tresen in der Mitte entzweigebrochen.

Während sie durch die Halle rannten, spürte Henriette, wie die Erde schon wieder anfing zu beben, und sie legte noch etwas Tempo zu, um sich und das Kind draußen in Sicherheit zu bringen.

Sie waren gerade völlig außer Atem vor dem Haus angelangt, dicht gefolgt von Julius und Miranda, als hinter ihnen die gesamte Front lautlos in der Erde versank und den Blick auf die Innenräume freigab, wie in einem modernen Theaterstück.

»Und ich habe meine Kamera nicht bei mir, das ist wirklich zu ärgerlich«, murmelte Julius neben ihr, der mit Sophie auf seinen Armen genauso wie sie den Rest des Gebäudes anstaunte.

Henriette bückte sich, um die Muschel neben sich auf die Erde zu legen, damit sie ihren Neffen besser festhalten konnte.

Als sie sich wieder erhob und suchend nach Miranda umdrehte, entdeckte sie die Hotelgäste, die es, soweit Henriette das nach einem ersten prüfenden Blick beurteilen konnte, glücklicherweise wohl alle rechtzeitig ins Freie geschafft hatten. Und eben rannten auch noch zwei notdürftig bekleidete Zimmermädchen aus dem Hotel auf die Straße.

Männer, Frauen und Kinder, teilweise in ihren Nachtgewändern, manche waren nur in eine Decke gehüllt, manche waren barfuß. Unwillkürlich suchte sie nach ihrer Tante, bis ihr wieder einfiel, dass Berta ja noch beim Bürgermeister war. Hoffentlich befand sie sich dort in Sicherheit!

Es erstaunte Henriette, dass kein Jammern oder Wehklagen zu hören war. Auch ihr Neffe gab kein Geräusch von sich. Alle waren still, dabei beschwerten sich die Gäste sonst über alles und jedes. Doch nicht nur ihnen hatte es die Sprache verschlagen, sondern anscheinend der ganzen Stadt. Es lag eine ungewöhnliche Ruhe über San Francisco, mit dem Ende des Bebens war alles verstummt.

Wie magisch angezogen blickte sie durch die langsam aufziehende Dämmerung Richtung Market Street. Es erschien Henriette geradezu gespenstisch, wie weit sie ungehindert über die Ruinen bis hin zum Meer sehen konnte. Graugelbe, dicke Staubwolken waberten über der Stadt und vergrößerten sich ständig. Ein Blick auf das benachbarte Chinatown verriet ihr, dass dort kein Stein auf dem anderen geblieben war. Sie dachte an den jungen Mönch und an den Mann in dem Schreibwarenladen, und sie hoffte, dass es auch ihnen gelungen war, sich rechtzeitig in Sicherheit zu bringen. Unwillkürlich presste sie ihren Neffen fester an ihre Brust und schwor sich, ihn immer zu beschützen und dafür zu sorgen, dass sein Leben nach diesem katastrophalen Anfang mit jedem Tag besser wurde.

36. Kapitel

Julius trat mit Sophie auf dem Arm zu Henriette und Miranda und wollte wissen, was sie jetzt mit Sophie tun sollten.

»Sie muss ruhig liegen, sie sollte nicht bewegt werden«, erklärte Miranda und holte ein Fläschchen aus ihrer Hebammentasche, schüttelte es und verabreichte Sophie wieder ein paar Tropfen. Dann musterte sie ihre Gesichtsfarbe und schüttelte besorgt den Kopf. »Wir müssen ein Bett für sie improvisieren.«

Henriette betrachtete das Hotel, lief ein paar Schritte zum Haus hin und sah sich suchend um. Sie erkannte, dass nicht alles zerstört worden war, manche Möbel und Gegenstände waren noch völlig in Ordnung. So waren einige Thonet-Stühle und Statuetten unbeschädigt, genauso wie das eine der beiden Pianos. Weiter oben standen auch unversehrte Betten, aber es war zu gefährlich, dort hinaufzusteigen, niemand wusste, ob nicht noch mehr Wände und Böden in sich einbrechen würden.

Es kam allerhöchstens in Frage, etwas aus dem Erdgeschoss zu holen. Auch das war nicht ohne Risiko, doch Henriette kam auf keine andere Idee.

Nachdenklich betrachtete sie das Piano. Vielleicht ließe es

sich sogar über die Straße rollen, und Sophie könnte sich darauflegen.

Henriette legte ihren Neffen in die Arme von Miranda und bat sie auch, auf die blaue Muschel zu achten. Dann marschierte sie entschlossen auf die Hotelruine zu. Sie würde das Piano herausholen.

Julius, der Sophie neben Miranda auf die Erde gebettet hatte, rannte ihr nach.

»Was hast du vor?«

»Ich werde hineingehen und dieses Piano herausholen. Wir können Sophie darauflegen, und wenn ihre Blutungen nicht aufhören, können wir sie vielleicht damit in ein Krankenhaus rollen oder in ein Lazarett oder wo auch immer jetzt Verwundete versorgt werden.«

»Das ist viel zu gefährlich, was, wenn es noch einen Erdstoß geben sollte?«

»Dann verrate mir etwas Besseres! Ich sehe weder einen Karren, noch einen Wagen oder ein rollbares Bett, nicht einmal eine Trage. Nur Ruinen, und ich werde nicht zulassen, dass meine Schwester an dem Tag stirbt, an dem mein Neffe geboren wird, und auch nicht später. Das Kind braucht seine Mutter.«

»Was riecht hier so verbrannt?«, fragte Julius plötzlich.

»Der Herd! Ich hatte den Herd eingeschürt, damit wir heißes Wasser für die Geburt haben.«

O Gott! Hofmann, den hatte sie über die Geburt von Max völlig vergessen. Er war immer noch in der fensterlosen Kammer neben der Küche eingesperrt. Selbst wenn er das Beben überlebt hatte, konnte er sich niemals selbst befreien.

»Julius, wir müssen Hofmann herausholen, sonst verbrennt er bei lebendigem Leibe.«

Julius zuckte ungerührt mit den Schultern. »Das ist mir, mit Verlaub, wirklich absolut gleichgültig. Wir haben eine stark blutende Mutter und ein Neugeborenes. Dieser Mann jedoch hat einer Frau den Schädel eingeschlagen, das halte ich für ausgleichende Gerechtigkeit, wenn du mich fragst. Setz dich keinen Gefahren aus, nur wegen dieses Monsters. Wir wissen nicht, ob es nicht noch mehr Erdstöße geben wird. Wir wissen nicht, wie stabil das Haus noch ist. Tot nutzt du weder Sophie noch dem kleinen Max.«

»Auch wenn das stimmt, möchte ich nicht, dass der Geburtstag meines Neffen der Tag ist, der mich für immer daran erinnern wird, dass ich jemanden bei lebendigem Leib habe verbrennen lassen.«

Julius verdrehte gequält seine Augen und stöhnte laut hörbar.

»Gehen wir rein und sehen nach, ob wir überhaupt bis zur Küche kommen. Wenn wir ihn finden, schaffen wir ihn raus und nehmen das Piano mit.«

Henriette wartete nicht länger und ging voran. Sie klopfte hart gegen die Wände, dann stampfte sie auf den Boden, alles schien fest verkeilt zu sein. Sie tastete sich weiter vor.

»Sture Weiber haben schon immer zum Untergang des Mannes beigetragen«, brummte Julius hinter ihr. »Es ist doch logisch, wenn die Fassade in der Erde versunken ist, ist das ganze Gebäude instabil geworden!«

In der Mitte der Rezeption drang ein schreckliches Stöhnen an ihre Ohren.

»Das kommt von dort hinten, vom Treppenhaus!«, sagte Julius. Sie nickten sich zu und liefen in die Richtung des Stöhnens. Henriette hoffte inständig, dass sich niemand schwer verletzt hatte. Und als sie dann erkannte, wer da stöhnte und warum, musste sie sich trotz allem, was passiert war, auf die Lippen beißen, um nicht hysterisch zu lachen. Denn sie fanden dort Mrs. Vogelsang in ihrem weißen Zobelmantel, den sie über ihrer Unterwäsche trug. Glücklicherweise war sie unverletzt, lag aber entkräftet über einer großen Reisetruhe, die sie offensichtlich nicht aus den Augen hatte lassen wollen. Ihre perlenbesetzten Pantoffeln waren von ihren nackten Füßen gerutscht, die in der Luft hingen.

Als sie Julius entdeckte, wimmerte sie wie eine schwer verletzte Katze. Er bückte sich sofort zu ihr und nahm sie auf den Arm. »Die Truhe müssen wir aber zurücklassen«, befand er, und Mrs. Vogelsang verdrehte gequält die Augen.

»Ich bin gleich zurück, warte hier auf mich!«, sagte er zu Henriette und trug Mrs. Vogelsang nach draußen.

Doch sie wusste, dass sie keine Zeit zu verlieren hatten, und ging weiter. Je weiter sie in das Hotel eindrang, desto stärker hämmerte Henriettes Herz. Sie fürchtete sich viel mehr, als sie Julius gegenüber zugeben wollte. Er hatte recht, sie mussten sich beeilen. Außerdem dröhnte eine teuflische Stimme durch ihren Kopf, die ihr einflüsterte, es sei nur gerecht, Hofmann endgültig zu vergessen, und sie wusste nicht, wie lange sie noch dagegen ankämpfen konnte.

Völlig atemlos kam Julius zurück. »Sie hat Glück, dass ihre dämliche Schatztruhe sie nicht das Leben gekostet hat!«, grummelte er, dann kämpften sie sich schweigend weiter voran.

Jeder weitere vorsichtige Schritt in das Gebäude zeigte, dass wirklich nur der vordere Teil der Fassade eingestürzt war, während der Rest des Hotels vom Hinterhaus gestützt wurde und immer noch annähernd so dastand wie vor dem Beben. Dicker Qualm wies ihnen den Weg zur Küche.

»Beeilen wir uns!« Jetzt ging Julius energisch voraus.

Henriette hörte ein Geräusch. »Da ruft jemand!«, sagte sie, und Julius lauschte, nur um dann zähneknirschend weiter Richtung Küche zu eilen.

»Dieser Schweinehund ist schlimmer als eine Kakerlake, offenbar hat er hundert Leben.«

Julius band sein geknotetes Seidentuch ab und reichte es Henriette. »Binde dir das vor das Gesicht.«

Der Rauch wurde hier sehr dick, und sie begannen beide zu husten.

Erst als Henriette vor der verschlossenen Tür stand, erinnerte sie sich daran, dass sie vorhin den Schlüssel eingesteckt hatte, und war froh, als sie ihn nach allem, was passiert war, wirklich in ihrer Rocktasche fand.

»Hilfe, Hilfe!«, schrie Hofmann, und seine Stimme schnappte panisch über, klang dabei aber so laut und vital, als wäre er nicht im Geringsten verletzt. Lass ihn doch da drin, flüsterte der kleine Satan in ihrem Kopf wieder, hör doch mal, wie widerlich wohlauf er klingt. Julius hat recht, der Mann hat hundert Leben. Doch dann dachte sie an den kleinen Max, steckte den Schlüssel ins Schloss und drehte ihn um.

Sofort wurde die Tür aufgerissen, Hofmann stürmte heraus und hätte Henriette beinahe über den Haufen gerannt.

Hinter ihm sah Henriette, dass ein paar Schinken von der Decke herabgefallen waren, aber sonst wirkte die Kammer wie eine Oase der Ordnung in dem unfassbaren Chaos um sie herum. Sogar die eingemachten Gläser standen noch unversehrt in den Regalen.

»Das wurde aber auch Zeit!«, schimpfte Hofmann und begann dann wegen des Rauchs zu husten.

»Los, gehen wir«, kommandierte Julius und trat den Rückweg an, »wir haben genug für diesen Verbrecher getan.«

In diesem Augenblick begann die Erde wieder zu beben. Die schwere Tür der Kammer wurde von herabfallenden Balken aus den Angeln gedrückt und stürzte auf Julius. Er versank im Qualm, der am Boden schon so dicht war, dass Henriette ihn kaum noch sehen konnte.

»Julius!«, schrie sie. »Julius!« Er antwortete nicht.

Sie kniff die Augen zusammen, bückte sich und erkannte, dass die Holztür Julius' Fuß unter sich begraben hatte. Julius lag da wie tot.

Nein, nein, nein!

Es durfte nicht schon wieder geschehen, dass ein Mann starb, nur weil sie es sich in den Kopf gesetzt hatte, Hofmann zu retten. Ihr Herz raste, während ihre Lunge verzweifelt nach Luft rang.

»Julius!«, rief sie, »Julius!« Aber dann hörte sie auf, weil sie ihren Atem sparen musste. Der beißende Qualm hatte eine dunkle Farbe angenommen und verätzte ihren Rachen.

Sie riss sein Taschentuch wieder vom Gesicht, um besser zu sehen, versuchte die Tür anzuheben, verfluchte ihre Schwäche, biss die Zähne zusammen, spannte alle Muskeln an und versuchte es noch einmal, aber das schwere Ding bewegte sich keinen Millimeter.

»Hofmann!«, schrie sie, und ihre Stimme schnappte beinahe über, »komm sofort her und hilf mir!«

»Ungern!« Hofmanns Stimme war so dicht neben ihr, dass sie erschrak. »Du solltest auch hier verschwinden! Der Mann ist nicht zu retten, und ich trauere ihm nicht nach! Ein überheblicher Angeber, los, komm!«

»Ohne ihn gehe ich hier nicht weg.« Ich mache nicht zweimal den gleichen Fehler, durchfuhr es sie. In diesem Moment spürte sie in jeder Faser ihres Körpers, wie viel ihr Julius bedeutete. Sie konnte sich ein Leben ohne seine spöttische, trockene Art gar nicht mehr vorstellen. Allein der Gedanke, ihn hier zurückzulassen, war so schmerzhaft, so unerträglich, dass sie sich plötzlich stark wie eine Riesin fühlte.

Sie bückte sich voller Energie, um die Tür zu bewegen, dabei fluchte sie wie ein Bierkutscher, aber es rührte sich nichts.

»Hilf mir, verdammt noch mal!«, fauchte sie Hofmann an, schockiert darüber, wie unmenschlich der sich in dieser lebensbedrohlichen Situation verhielt. Sie konnte ihn nicht mehr sehen, ihre Augen tränten, und das erschwerte die ohnehin schon völlig verqualmte Sicht. Sie zerrte an der Tür, Schweiß lief ihr über das Gesicht und vermischte sich mit ihren Tränen.

»Das ist sinnlos, wir können nichts mehr für ihn tun, und du solltest auch gehen«, insistierte Hofmann. Seine Stimme kam jetzt vom anderen Ende der Küche und schien Henriette Meilen entfernt. Dieser widerliche Feigling!

Leises Grollen versetzte Henriettes Puls in noch größere Aufruhr. Das Grollen wurde lauter. Nicht hier, nicht jetzt, sie wollte noch nicht sterben, nicht heute. Ihre Knie zitterten, ihre Beine wollten losrennen, ihr Körper wollte flüchten, aber ihr Herz wusste, dass sie niemals ohne Julius gehen konnte.

Die Erde bebte ein weiteres Mal, aber sehr sanft, mehr wie ein Hund, der sich schüttelt. Trotzdem knirschte es im Gebälk. Instinktiv hockte sie sich neben Julius und versuchte sie beide mit ihrem Körper vor den herabfallenden Teilen zu schützen. Harmlose Staub- und Zementbrocken rieselten über ihr von der Decke, doch etwas weiter, an dem Übergang zum Flur stürzte laut krachend ein Teil der darüberliegenden Decke herab. Balken und Ziegelsteine türmten sich zu einem großen Haufen auf.

Hofmann schrie so laut, dass es Henriette durch alle Knochen fuhr und ihr die Kehle zuschnürte, dann war nichts mehr zu hören, nur noch das Rieseln von Sand, das leise Knistern von Flammen, die sich durch Holz fraßen.

Henriette erhob sich und sah durch die Staubwolken dorthin, wo eben noch Hofmann gestanden hatte. Er war nicht mehr zu sehen. Wo er gestanden hatte, lag nun ein riesiger Haufen Ziegelsteine und gesplittertes Holz.

»Hofmann?«, rief sie durch den Staub, der sich jetzt langsam mit dem schwarzen Qualm zu immer größeren, bitter beißenden Schwaden vermischte.

Es blieb beunruhigend still. Totenstill, dachte Henriette, und eine Gänsehaut lief ihr über den Rücken.

Doch dann begann es über ihrem Kopf wieder zu knirschen, und ihr wurde klar, dass sie keine Zeit mehr zu verschwenden hatte. Hastig bückte sie sich zu Julius, dessen Augen jetzt weit offen standen, dabei aber so orientierungslos wirkten, dass Henriette nicht sicher war, ob er eine Kopfverletzung erlitten hatte.

»Julius, kannst du mich verstehen?«

Sein geflüstertes ›Ja‹ war kaum zu hören, erfüllte Henriette aber mit neuer Hoffnung.

»Schaffst du es, den Fuß unter der Tür herauszuziehen?«, fragte sie ihn.

»Nein.« Er räusperte sich und wurde lauter. »Die Tür ist zu schwer. Vielleicht kannst du einen Balken darunterschieben und ihn als Hebel benutzen? Aber noch lieber wäre es mir, wenn du dich in Sicherheit bringen würdest, Sophie und Max brauchen dich!«

»Ich gehe nur mit dir hier wieder raus.«

»Raus hier, Henriette, sofort!«, krächzte Julius. Henriette sparte ihren Atem und suchte fieberhaft nach einem Balken, der stabil und trotzdem nicht zu schwer für sie war. Vorsichtig tastete sie sich durch den mittlerweile fast schwarzen Qualm.

»Verschwinde hier!«, befahl Julius wieder, aber Henriette ignorierte ihn.

Endlich fand sie etwas, das ihr geeignet schien. Sie tastete sich zurück, schob das dicke Holzstück unter die Tür und legte einen Ziegelstein unter den Balken, sodass sie ihn wie einen Hebel benutzen konnte. »Auf drei ziehst du dein Bein an, geht das?«

»Es muss«, stöhnte Julius.

Henriette zählte bis drei und presste mit vollem Körpereinsatz den Balken über den Ziegelstein und hob die Tür wirklich ein paar Zentimeter an.

»Ich hab's!«

Julius, der versucht hatte aufzustehen, stöhnte wieder.

»Ich fürchte, ich habe mir etwas gebrochen. Lauf, Henriette, lauf!«

Henriette bückte sich neben ihn und half ihm hochzukommen. Julius stützte sich schwer auf Henriettes Schulter, und gemeinsam humpelten sie los, doch wegen der vielen Schuttberge kamen sie nur quälend langsam voran.

Neben dem Trümmerhaufen, der Hofmann unter sich begraben hatte, war nur noch ein sehr schmaler Spalt, durch den sie sich kaum hindurchzwängen konnten. Und genau an dieser Stelle fragte Julius, ob Hofmann es nach draußen geschafft hätte. Henriette bekam trotz der Hitze, die das aufflackernde Feuer ausstrahlte, eine Gänsehaut. »Nein,« sagte sie. »Hat er nicht. Er liegt unter diesem Haufen Schutt.«

Julius seufzte. »Ich glaube ja nicht, dass er in den Himmel kommt, aber möge seine Seele in Frieden ruhen.«

Es überraschte Henriette, Julius so gefühlsduselig zu erleben, und sie fürchtete, sein Kopf könnte doch etwas abbekommen haben. Oder war es Demut angesichts einer solchen Katastrophe?

Nach einem weiteren tiefen Seufzer redete Julius aber schon weiter.

»Deine Tante sollte beim Wiederaufbau des Hotels – und ich zweifle keinen Moment, dass sie es wieder aufbauen wird – einen Geistlichen oder Heiler oder Schamanen durch das Grundstück jagen«, keuchte Julius und unterdrückte immer wieder Schmerzenslaute, »damit Hofmann hier nicht als Geist sein Unwesen treibt.«

Henriette musste trotz aller Widrigkeiten schmunzeln. Es war unnötig, sich Sorgen um seinen Geisteszustand zu machen, er war doch ganz er selbst.

Sie waren in der halb eingestürzten Halle angekommen, wo sich Julius stöhnend und hustend von ihr löste und schwer gegen das noch unversehrte Piano lehnte. Der Qualm war hier noch nicht so dick, sodass sie beide kurz anhielten und verschnauften.

»Du hast mich überzeugt.« Er klopfte auf das Piano. »Wir brauchen eine Transportmöglichkeit für Sophie und jetzt auch noch für mich. Das hier ist sicher nicht optimal, aber momentan vielleicht doch eine gute Lösung.«

In diesem Augenblick knickte das Piano unvermittelt ein

und stürzte so zur Seite, dass Julius das Gleichgewicht verlor und Henriette ihre Arme um ihn legen musste, damit er nicht umfiel.

So nah waren sie sich noch nie gekommen, und Henriette war erstaunt, wie angenehm sie es fand, seinen hämmernden Herzschlag an ihrer Brust zu fühlen. Seine feste Taille lag unter ihren Händen, und sie konnte bei jedem Atemzug das Vibrieren seiner Muskeln spüren. Und das fühlte sich sehr gut an, trotz ihrer schmutzigen Kleider, trotz des bitteren Rauchgeruchs, der ihnen beiden aus allen Poren strömte, trotz der Trümmer um sie herum. Unwillkürlich seufzte Henriette tief und zufrieden.

Sie musterten sich gegenseitig. Julius hatte Kratzer auf der Stirn, und auf seinen Wangen lagen die stoppeligen Schatten einer durchwachten Nacht. Auf der staubverschmierten Stirn und der Nase glänzten Schweißperlen, doch das störte Henriette nicht, im Gegenteil, alles, was sie sah, gefiel ihr ausnehmend gut. Seine grünen Augen glitzerten voller Leben und betrachteten sie mit so großem Begehren, als wäre sie die sinnlichste und die einzig wichtige Frau auf der Welt. Dabei war ihr sehr wohl bewusst, wie sie aussehen musste, schwarz von Ruß, mit zerrissenen, blutbefleckten Kleidern und wirren Haaren voller Zement- und Staubbrösel.

Trotzdem versenkte er seine grünen Augen immer tiefer in ihren, als wären sie nicht mitten in einem Erdbeben, sondern als hätten sie alle Zeit der Welt und es gäbe nur sie beide.

Das Piano krachte ein letztes Mal in sich zusammen, alle Hämmerchen schlugen auf die Saiten und erzeugten eine fürchterlich dissonante Melodie, die durch die rauchige Luft schwebte wie ein geisterhafter Kommentar zu ihrer Umarmung. Sie sahen sich an und brachen in unbändiges Gelächter aus. Ihr Lachen lief in Wellen durch ihre Körper, und dort, wo sie sich berührten, fühlte Henriette, wie kleine Impulse sie durchzuckten, Impulse, die wollten, dass sie ihn noch sehr viel näher an sich heranzog, die wollten, dass sie ihn nie wieder losließ. Impulse, die ihr befahlen, ihre Lippen auf seine zu pressen.

»Ich würde dich jetzt gern küssen«, sagte er, »und es ist mir egal, ob uns dabei der nächste Stock, das ganze Hotel oder gleich noch der Himmel auf den Kopf fällt …«

Henriette ließ ihn nicht ausreden, sie presste ihre Lippen auf seine und vergaß augenblicklich, wo sie sich befand und was passiert war. Es gab nur noch sie und ihn.

Erst als es nach viel zu kurzer Zeit bedrohlich über ihnen zu ächzen begann, schraken sie zusammen und humpelten dann Hand in Hand nach draußen.

37. Kapitel

Es war jetzt taghell, doch Nebel lag über der Bucht, und man konnte nicht sagen, ob es der Nebel war, der so oft die Sonne daran hinderte, auf San Francisco zu scheinen, oder ob es die Mischung aus Rauch und Qualmwolken war, die das Licht in ein stechendes Grau verwandelte.

Es waren immer mehr Menschen den Nob Hill hinaufgestiegen, die von hier fassungslos auf die zerstörte Stadt starrten, aus der ständig neue Rauchwolken aufstiegen.

Henriette suchte nach ihrer Schwester und fand sie mit Miranda und Max auf einem Wagen. Gerade als sie sich fragte, wie es Miranda in diesem Durcheinander gelungen war, einen Wagen aufzutreiben, entdeckte sie Tante Berta, die danebenstand und mit Miranda debattierte. Gott sei Dank! Auch Berta lebte und war trotz des Bebens ganz in ihrem Element.

Als sich ihre Blicke trafen, rannte Berta auf sie zu und schloss ihre Nichte in ihre Arme.

»Viel lieber würde ich dich ohrfeigen, Henriette! Wie konntet ihr so dumm sein und noch einmal in ein Haus hineingehen, das so aussieht?« Sie zeigte mit ausgestreckter Hand über ihre Schulter auf das Hotel, und als Henriette zurückblickte, lief ihr eine Gänsehaut über den Rücken, denn das Gebäude wirkte ohne Fassade wirklich so, als ob es jeden Moment einstürzen könnte. Sie hatten großes Glück gehabt!

»Nach den ersten Erdstößen habe ich mir solche Sorgen um euch gemacht, mir kurzerhand die Droschke von Eugene geschnappt und bin hierhergeeilt, um nach euch und dem Hotel zu sehen. Aber zu spät.« Berta schnaufte, dann lächelte sie unvermittelt und sah zu Sophie hinüber. »Aber ganz offensichtlich hat das Beben auch die Ankunft meines erstaunlich hübschen Großneffen beschleunigt.« Sie ließ ihre Nichte los, dann fragte sie nach Hofmann, und als sie erfuhr, dass er am Eingang zur Küche unter den Trümmern ihres Hotels begraben war, seufzte sie erleichtert. »Haltet mich nicht für herzlos, aber ich bin froh, dass dieser Mann unserer Familie keine Schwierigkeiten mehr bereiten kann. Und das bestätigt meine Theorie, dass selbst im größten Unglück noch ein Glück zu finden ist. Und jetzt muss ich dieser katastrophalen Lage ins Auge sehen und mich um meine Gäste kümmern!«

Henriette bewunderte ihre Tante, die rot im Gesicht, mit schmutzigen Kleidern und einer nahezu aufgelösten Frisur eine unglaubliche Haltung bewies, obwohl sie vor den Ruinen ihres Lebenswerks stand. Hofmanns Tod war für sie also nichts weiter als ein Glück im Unglück. Henriette beneidete ihre Tante um diese klare Sicht der Dinge, für sie war das nicht so leicht.

Berta räusperte sich, straffte ihre Schultern, dann wandte sie sich mit lauter Stimme an ihre Hotelgäste und erklärte ihnen, dass sie sich um ein Obdach für alle kümmern würde. Denn der vorausschauende Bürgermeister dieser wunderbaren Stadt hatte dem Militär schon befohlen, Notunterkünfte zu bereiten.

Zuerst müssten jedoch die Verletzten ärztlich versorgt werden. Als niemand Einwände erhob, wies sie Miranda an, mit Sophie und Julius nach Mission Dolores zu fahren, wo man schon dabei war, ein Lazarett aufzuschlagen.

»Ich begleite sie«, sagte Henriette und trat mit dem humpelnden Julius zu Miranda und Sophie, die schon auf dem Wagen lag. Miranda hatte die große Hebammentasche unter ihren Kopf gelegt und ihren Umhang über sie und ihren Sohn gebreitet.

Sophie war sehr blass, aber bei Bewusstsein und betrachtete abwechselnd Max und die Muschel, die Miranda auf ihren Bauch gelegt hatte, wo sie in allen Regenbogenfarben leuchtete, als ob sie von einem inneren Licht erhellt wäre.

Als Julius und Henriette Hand in Hand neben sie an den Wagen traten, blickte sie hoch und zwinkerte ihrer Schwester zu. »Ich hoffe doch, dass nicht jedes Mal erst die Erde beben muss, bevor ihr zwei zusammenfindet.«

Julius und Henriette sahen sich an und lächelten, dann stiegen sie zu Miranda auf den Wagen und fuhren durch die zerstörte Stadt nach Mission Dolores.

»Ist die Muschel nicht viel zu schwer für Sophie?«, fragte Henriette Miranda und wunderte sich darüber, wie ordentlich Miranda aussah. Keine Haarsträhne hatte sich aus ihrem Knoten gelöst, und ihre weiße Schürze war immer noch makellos. Niemand wäre je auf die Idee gekommen, dass sie gerade knapp einem Erdbeben entronnen war.

»Sie ist nicht zu schwer. Sie tut ihr gut!« Miranda nahm die schillernde Muschel von Sophies Bauch und hielt sie Henriette hin.

»Weil ich wusste, dass Sie nichts gegen traditionelle Medizin haben, habe ich um die Unterstützung der Göttin Nafanua gebeten.« Sie sah Henriette auffordernd an und deutete auf ihren Kopf. Zögernd legte Henriette die Muschel an ihre Ohren. Sie kam sich völlig lächerlich dabei vor, rings um sie herum lag alles in Trümmern, es brannte, Menschen waren verletzt und obdachlos, und sie sollte dem Gesang einer Muschel lauschen. Noch dazu hatte sie Angst, dass sie wieder nur Schreie hören würde. Aber Miranda sah sie immer noch erwartungsvoll an und nickte ihr zu.

Henriette war überrascht und erleichtert, als nur das friedliche Rauschen der Brandung an ihre Ohren drang. Plötzlich empfand sie die Muschel als viel schwerer, und nachdem Miranda sie ihr abgenommen und zurück auf Sophies Bauch gelegt hatte, begann Henriettes Hand zu vibrieren, und dann kribbelte es in ihren Fingerspitzen.

Verblüfft betrachtete sie ihre Hände. Ich habe keine Zeit für so etwas, sagte sie sich, auf gar keinen Fall, es gibt so vieles, was wir tun müssen, und ganz sicher werde ich jetzt nichts aufschreiben. Auf gar keinen Fall.

Ihre rechte Hand zuckte unkontrolliert. Julius bemerkte das, griff nach ihr und streichelte sie.

»Was ist los?«, fragte er. »Hast du dir vorhin die Hand verletzt? Sie fühlt sich so heiß an.«

»Nein, das ist etwas anderes.«

»Etwas anderes?«

Henriette überlegte, ob sie ihm von diesen Schreibanfällen erzählen konnte, oder ob er sie für verrückt halten würde. Ihre Hand vibrierte noch stärker und vereitelte jede Ausrede. Ihr wurde klar, dass sie ihm die Wahrheit sagen musste.

»Du erinnerst dich daran, wo wir uns kennengelernt haben?«

Julius nickte und grinste selbstzufrieden. »Ich weiß, du glaubst es nicht, aber ich habe damals schon gewusst, dass es einmal so kommen wird.«

»Dann bist du also eine Art Prophet.« Sie fand das eine gute Überleitung zu tranceartigen Zuständen.

»Kein Prophet, das war Liebe auf den ersten Blick.«

Ihre Hand zuckte jetzt so stark, dass Julius ihr erstaunte Blicke zuwarf. »Was ist das? Eine Art von Krampfleiden?«

»Nein, ich muss nur etwas aufschreiben. Ich weiß nicht, was geschieht, wenn ich es nicht tue, denn bisher habe ich dann immer geschrieben. Es ist wie eine Art Trance, in der ich schreiben muss.«

»Jetzt?« Julius blickte von dem Wagen hoch auf die Stadt, aus der nur noch gespenstische Mauerreste in den Himmel ragten. »Jetzt musst du etwas aufschreiben?«

Henriette konnte nur noch nicken, ohne etwas zu sagen. Ihre Hand, ihr Arm, alles Blut strömte dorthin, und sie hatte Angst, wenn sie nicht gleich damit anfing, etwas zu schreiben, würde sie ohnmächtig werden.

»Hast du vielleicht einen Bleistift für mich?«, fragte sie und versuchte sich auf die Straße zu konzentrieren, auf die Bilder vor ihren Augen, aber die Trümmer schienen zu ihr hin zu fliegen, der Quecksilberhimmel schien herabzustürzen, und ihre Hand zuckte immer stärker, obwohl Julius sie festhielt.

Miranda meldete sich zu Wort. »Ich habe einen Bleistift, und Sie können in mein Krankenbuch schreiben, wenn Sie wollen.« Sie kramte in ihrer Tasche, reichte Henriette den Stift und ein dickes, in taubenblaues Leinen gebundenes Buch. Als Henriette es aufschlug, zogen die leeren gelblichen Seiten ihre Augen magisch an, als wären sie der Lichttunnel zu einer anderen Welt. Ihre Hand umklammerte den Stift, und sie begann mit rasender Geschwindigkeit zu schreiben.

Werte Tochter,
es schickt sich ganz und gar nicht, dass ich Dir diesen Brief schreibe, denn es handelt sich um eine mehr als heikle Angelegenheit, von der ich gehofft hatte, dass sie niemals ans Licht käme.
Heute ist der 18. April, der Tag Deiner Hochzeit, und seit dieser schrecklichen Nacht, die zu Deiner Flucht geführt hat, fühle ich, wie meine Kräfte schwinden. Ich sage es nur äußerst ungern, doch ich befürchte, wahnsinnig zu werden. Ständig höre ich Schritte hinter mir und ein leises Zischen wie von Satan selbst, so als würde er mich verfolgen. Solange ich nüchtern bin, glaube ich, dass es sich dabei schlicht und ergreifend um mein Gewissen handelt. Aber sobald ich auch nur ein Glas von meinem geliebten Laphroaig getrunken habe, verschwindet diese Einschätzung, und ich sehe mich von den Bestien der Hölle umzingelt.
Bevor mein Verstand noch mehr Schaden nimmt, möchte ich Dir also schreiben und erklären, warum ich Hofmann für einen guten Kerl halte, der durch mich ein großes Unrecht erlitten hat.
Ich glaube niemals, dass er dem Mädchen aus dem Dorf etwas angetan hat. Diese samoanischen Damen sind äußerst entgegenkommend und verfügen über spezielle Liebeskünste, die ich jedoch nicht mit meiner Tochter besprechen werde. Nur so viel – auch die Dame in der Poststelle gehörte dazu, weswegen ich nicht wollte, dass meine durch und durch sittsame Tochter von ihrer Gegenwart beschmutzt wird.
Doch zurück zu mir und meinen Verfehlungen. Ich war mit meinem Freund Ludwig schon eine Weile am Klondike, als Ludwig anfing,

verrückt zu spielen. Ich vermute, es war die Kälte und der ewige Schnee, jedenfalls überließ er mir die harte Arbeit im Claim und verbrachte immer mehr Zeit im Bordell und im Theater, wo er sich in die einzige deutsche Tänzerin verliebte, die aber nichts von ihm wissen wollte.

Er war so vernarrt in sie, dass er ihr seinen Anteilsschein an unserem Claim zu Füßen legte. Ich tat alles, um ihn daran zu hindern, aber er war wie von Sinnen und behauptete, Mary Belle hätte diesen Liebesbeweis von ihm verlangt. Doch das war Unsinn, wie ich später erfuhr. Sie reagierte, wie jede vernünftige Frau der Welt es getan hätte, sie dankte ihm, nahm den Schein, und dann eröffnete sie ihm, dass sie verheiratet sei.

Ludwig hat das leider nicht wie ein Mann aufgenommen, sondern sich umgebracht, was ich sehr bedauert habe. Allerdings ist es mir damals schon seltsam vorgekommen, dass er ertrunken sein soll, denn er hasste das Wasser wie der Teufel den Weihrauch und sah sich immer vor, nicht zu nah am Fluss zu sein.

Meiner Meinung nach hätte er sich eher eine Kugel in den Kopf geschossen, als so zu sterben.

Zur gleichen Zeit stieß ich endlich auf Gold, viel Gold, das uns beide reich gemacht hätte.

Um es kurz zu machen, nach Ludwigs Tod stand Mary Belle plötzlich vor meiner Tür, weinend und wollte wissen, ob es ihre Schuld sei, und sie versuchte sich zu rechtfertigen. Ihr schönes Puppengesicht war verquollen, ihre roten verführerischen Lippen zitterten, und ihr zarter Tänzerinnenkörper bebte beim Schluchzen so überaus anmutig, dass es mir das Herz brach, sie so leidend zu sehen. Nun verstand ich Ludwig, ja, es erging mir bald ganz genauso wie ihm, und obwohl ich sehr dagegen ankämpfte, vergaß ich, dass ich Familienvater war, vergaß, was mit Ludwig passiert war, und vor

allem vergaß ich, dass sie verheiratet war. Mit Hofmann.
Anders jedoch als bei Ludwig erhörte sie mich und wollte mit mir zusammen weg vom Klondike, ja sie bekannte sich zu mir und versprach, Hofmann meinetwegen zu verlassen.
Heute schäme ich mich dafür, vor allem, wenn ich Deine Mutter regungslos auf ihrem Bett liegen sehe, aber zu diesem Zeitpunkt waren meine Ehefrau und meine Kinder aus meinem Leben verschwunden. Ich brannte nur noch für Mary Belle.
Doch bevor Du mich verurteilst, solltest Du erst einmal drei Jahre in Alaska zubringen. Natürlich wollte ich mit einem Teil des Geldes für Euch sorgen, aber leben wollte ich fortan mit Mary Belle. Sie hatte mir gesagt, dass Hofmann für einen gewissen Betrag mit einer schnellen Scheidung einverstanden sein würde. Ich hatte ihr zu dem Zeitpunkt noch nichts von Euch erzählt, um sie nicht zu kränken, aber ich hatte heimlich ebenfalls begonnen, mich um meine Scheidung zu kümmern. Am Klondike galt ich als Junggeselle, und das war mir auch ganz recht so.
Sie gab mir dann Ludwigs Anteile, und ich verkaufte unseren Claim an die Alaska-Gold-Gesellschaft.
An dem Abend, als wir Hofmann seinen Anteil übergeben wollten, feierten Mary Belle und ich ausgiebig. Ich war vollkommen betrunken, als wir Hofmann am verabredeten Ort trafen. Es war ihre Idee, ihn auf der Straße zu treffen. Sie fürchtete, er könnte wütend werden und mehr Geld verlangen, und davor hatte sie Angst. Sie war eben so zart …
Ich werde mir nie verzeihen, dass ich in jener Nacht so viel getrunken habe, denn meine Erinnerung setzt erst wieder damit ein, dass ich neben Mary Belle stehe, sie blutüberströmt im Schnee liegt und ich einen blutigen Stein in der Hand halte.
Hofmann stand weinend neben mir und erzählte mir alles.

Mary Belle hätte sich anders entschieden, sie hätte zu ihm zurückgewollt, deshalb sei ich wie ein Berserker über sie hergefallen. Er hätte sich zwischen uns gestellt, aber ich sei nicht zu bremsen gewesen.

Ich erwartete, dass er die Polizei rufen würde, doch das tat er nicht. Wem würde das nutzen, sagte er, Mary würde davon nicht wieder lebendig!

Und dann half er mir, dem Mörder seiner Frau, Mary Belle im Schnee zu bestatten, wir verwischten die Spuren und hatten die Natur auf unserer Seite, denn es schneite unentwegt.

Er verhielt sich so großherzig – ich weiß nicht, ob ich dazu in der Lage gewesen wäre. Verstehst Du, er half mir, obwohl ich ihm seine Frau wegnehmen wollte. Sie sei schon ein wenig flatterhaft gewesen, sagte er, aber das wäre noch lange kein Grund, sie zu töten, und dann weinte er wieder. Hofmann weinte um seine Frau! Ich bat ihn immer wieder um Vergebung, bot ihm Geld an, aber er wollte nichts davon annehmen. Er riet mir nur zu verschwinden, schnell zu verschwinden, und das tat ich dann. Erst sechs Monate später haben wir uns hier auf Samoa zufällig wieder getroffen. Als er hörte, ich hätte Töchter, sagte er »quid pro quo« oder »eine Hand wäscht die andere«. Was hätte ich da Deiner Meinung nach tun sollen?

Mich der Polizei stellen und Deine Mutter und Schwestern dieser Schande aussetzen? Da war Deine Vermählung wirklich für alle das Beste.

Ich hoffe, Du kannst mir verzeihen, dass ich ein Mensch bin, der Fehler gemacht hat. Ich werde diesen Brief versiegeln, Du sollst ihn erst im Falle meines Ablebens erhalten. Lass Dich nicht dazu verleiten, überstürzt zu handeln! Ich denke, Du bist ein zu großherziger Mensch, als dass Du Deine Mutter damit behelligen wirst.

Ich wünsche mir, dass Du mit Hofmann glücklich wirst und nie solchen Versuchungen ausgesetzt sein wirst wie Dein sündiger Vater.
In Liebe
Dein Vater

Henriette fiel der Bleistift aus der Hand, dann kam sie langsam zu sich, ohne sich daran zu erinnern, was sie geschrieben hatte.

Julius saß dicht neben ihr und hatte seinen Arm um sie geschlungen. Das dicke Buch mit ihren von der holprigen Fahrt krakeligen Buchstaben lag offen auf ihren Knien. Ihr Blick fiel auf die letzte Zeile. Der Brief war also von ihrem Vater.

Sie klappte entschieden das Buch zu.

»Ich möchte das jetzt nicht lesen«, sagte sie. »Und ich weiß nicht, ob ich es jemals lesen werde.«

»Weißt du denn nicht, was du geschrieben hast?«, fragte Julius.

Henriette schüttelte den Kopf.

»Bist du denn nicht neugierig?«

»Doch, schon, aber ich bin sicher, es geht darin um Hofmann, und der ist tot. Und es gibt so viele Lebende, um die wir uns kümmern müssen.« Sie deutete nach hinten zu Sophie und Max, dann auf die schwer bepackten Menschen, die unterwegs waren. Manche mit Handkarren, manche mit Pferdewagen, und einige schoben sogar ein Klavier voller Gepäckstücke durch die Straßen. Trotzdem lag immer noch diese eigenartige Ruhe über der Stadt. Der Geruch von Staub und Rauch setzte sich überall fest und wurde zunehmend stärker.

Julius nahm Henriettes rechte Hand und küsste sie behutsam, drehte sie um und küsste die Innenseite ihres Handgelenks. Henriette genoss das Gefühl seiner weichen Lippen und der stoppeligen Wangen auf ihrer Haut.

»Was auch immer da mit dir geschieht«, sagte Julius und unterbrach seine Küsse, »es beunruhigt mich sehr, aber ich liebe dich auch dann, wenn du verrückt bist.« Er zog sie heran und küsste sie sanft auf die Stirn wie ein kleines Mädchen. »Und ich werde dich vor Geistern jeglicher Art beschützen, sogar vor denen aus deiner Vergangenheit.«

Seine Worte strömten durch ihren vor Erschöpfung schweren Körper und verwandelten alles Müde in eine silbrige Leichtigkeit, die ihr zu Kopf stieg und ihr das Gefühl gab zu schweben.

Sie drückte fest Julius' Hand und lehnte sich an ihn.

Ihr Blick schweifte über die teilweise brennenden Ruinen, und was sie sah, erfüllte sie mit Trauer. Doch gleichzeitig empfand sie die Gewissheit, dass diese Stadt viel zu lebendig war, um sich von einer Katastrophe besiegen zu lassen.

Und ich fühle mich auch endlich wieder lebendig, dachte sie und betrachtete Julius von der Seite. Sie spürte mit jedem Herzschlag, mit jedem Atemzug und in jeder Faser ihres Körpers, wo auch immer ihr Weg sie nun hinführen mochte, sie würde ihn von nun an mit ihm gemeinsam gehen.

»Würdest du mit mir bis ans Ende der Welt gehen?«, fragte sie in einer Aufwallung ihrer Gefühle und sah all die Länder vor sich, die sie mit ihm zusammen bereisen wollte.

»Nur unter einer Bedingung ...«

Wie unromantisch, dachte Henriette etwas ernüchtert und wartete gespannt, auf seine Bedingung.

»Ich gehe gern mit dir bis ans andere Ende der Welt, über Berge und Regenbogen, von mir aus auch bis zum Mittelpunkt der Erde oder hinauf zu den Sternen«, Julius legte eine dramatische Pause ein und zwinkerte ihr zu, »aber auf keinen Fall gehe ich das alles zu Fuß!«

Epilog

Samoa, Oktober 1906

Henriette stieg mit gemischten Gefühlen von ihrer Stute ab. Sie hatte sich am späten Nachmittag auf der alten Queen Victoria aus Apia davongestohlen, weil sie es endlich tun musste.

Sie hatte die Muschel mitgenommen, um sie an den Strand zurückzubringen, an dem sie damals Tamatoa gefunden hatte.

Das wollte sie allein tun, und sie war sehr froh, dass weder Julius noch Nian darauf bestanden hatten, sie zu begleiten.

Als sie an der Ruine ihres ehemaligen Hauses angekommen war, verblüffte es sie, dass die schwarz verkohlten Mauern und Bohlen schon vollkommen von Pflanzen überwuchert waren. Taroblätter, weiß blühender Jasmin, roter und gelber Hibiskus und das Schlingkraut mit seinen wächsernen rosa Blüten umrankten die Reste des Hauses, und fast schien es, als wäre es nie da gewesen. Als hätten sie nie hier gelebt.

Es duftete nach Blumen und Gras und schon ein wenig nach dem Meer, das nur leise zu hören war, weil unzählige Vögel so heiter und laut zwitscherten. Offensichtlich war dieser Ort inzwischen ein beliebter Brutplatz geworden.

Sie führte ihre Stute durch das kleine Palmenwäldchen nach unten zum Strand. Mit jedem Schritt wuchs ihre Beklommenheit, und sie versuchte, die Erinnerung an Tamatoas Füße im Wind zu verscheuchen.

Glücklicherweise war es heute nahezu windstill. Die Sonne stand schon tief am Horizont und verwandelte die Umrisse der Palmwedel im Gegenlicht in feine schwarze Scherenschnitte.

Queenie blieb ständig stehen und schnaubte, als ob auch sie sich an diese Nacht erinnern würde, und nur gutes Zureden von Henriette brachte sie dazu weiterzutraben.

Dann waren sie angelangt. Zögernd sah sich Henriette um, aber es war niemand da, der Strand lag verlassen vor ihr. Sie band Victoria an dem Stamm einer Palme fest und holte die Muschel aus einer der Satteltaschen.

Das Meer hatte sich weit zum Riff hin zurückgezogen und gab den Blick auf den trügerisch weichen, weißen Meeresboden frei. Bei jedem Schritt hörte sie das Knirschen der Korallen und Muschelstücke unter ihren Füßen. Der Geruch nach Algen und verrottetem Kokosnussfleisch, von nassem Sand und Salz legte sich auf Henriettes Lungen und beruhigte sie ein wenig. *Vor was hast du denn Angst? Was hast du denn erwartet?* Das würde Julius sie sicher spöttisch lächelnd fragen, wenn er hier wäre. *Etwa, dass Tamatoas Geist hier herumirrt?*

Am Uferrand klemmte sie den geblümten *Lavalava,* den sie zum großen Ärger ihrer Mutter seit ihrer Rückkehr aus San Francisco trug, zwischen ihre Knie und setzte sich mit dem Gesicht zum Meer in den Sand. Wieder atmete sie dieses prickelnde Luftgemisch tief ein und spürte, dass sie jetzt gar keine Angst mehr hatte.

Die Muschel legte sie vor sich in den Sand und wusste nicht recht, was sie damit tun sollte.

So viel war geschehen, seit sie das erste Mal hier gesessen

hatte. So viel war geschehen, seit sie aus San Francisco wieder hierher zurückgekommen war.

Ihre Schwester Ella hatte sie am Hafen in Apia abgeholt, und Henriette hatte sie kaum wiedererkannt. Ella war jetzt größer als Henriette und immer noch sehr schlank, aber ihre Formen hatten sich entwickelt, und sie sah nun aus wie eine junge Frau. Ihre Augen glänzten, und alles Griesgrämige war von ihr abgefallen wie der Kokon von einem Schmetterling.

Ella und der kleine Max verliebten sich sofort ineinander, und das war für alle eine große Erleichterung, denn Ella kümmerte sich hingebungsvoll um ihren Neffen, während Sophie ständig dünner wurde und nur noch hustete. Bis jetzt hatte das Klima von Samoa ihr nicht sonderlich geholfen.

Ihre Mutter hingegen war aufgeblüht, nachdem man Max in ihre Arme gelegt hatte. Sie reagierte zum ersten Mal erkennbar und wurde ganz aufgeregt. Sie summte ihrem Enkel ein Wiegenlied vor, dann kam Stück für Stück die Erinnerung an den Text der Lieder zurück. Kurz darauf begann sie zu sprechen und machte schnell Fortschritte. Heute war sie fast schon wieder so bestimmend wie früher.

Henriette schmunzelte, als sie an die Auseinandersetzung wegen des *Lavalava* dachte. Ja, ihre Mutter war eindeutig wieder ganz die Alte. Julius hatte auch viel dazu beigetragen, denn er umgarnte ihre Mutter, wo er nur konnte, und brachte sie ständig zum Lachen.

Und dieses perlende, befreiende Lachen hatte Henriette überhaupt erst bewusst gemacht, dass sie das früher nie gehört hatte, weder damals in München noch später in Samoa. Obwohl sich in Samoa fast alles gut angelassen hatte, vermisste sie Berta viel mehr, als sie gedacht hätte. Ihre Tante hatte partout nicht mitkommen wollen. Sie habe eine gute Versicherung, sie habe Pläne, ja sie behauptete sogar, regelrecht froh zu sein, das Hotel in San Francisco neu aufbauen zu können. Sie hatte es noch während des großen Brands geschafft, den Nachbarn rechts und links das Land zu einem Spottpreis abzukaufen. Ihre Tante ließ sich wirklich von nichts und niemandem unterkriegen, und ihr hatten sie es zu verdanken, dass sie schon zehn Tage nach dem Erdbeben drei Plätze auf einem Schiff nach Honolulu bekamen, von wo sie dann nach Samoa weiterreisen konnten.

Ein paar Strandläufer ließen sich nicht weit von Henriette im Sand nieder und liefen in einem komplizierten Ballett hin und her, als hinge ihr Leben davon ab. Der Sand nahm langsam eine rosa Farbe an, während die untergehende Sonne den Horizont nach und nach in flüssiges Kupfer verwandelte.

Sicher hatte Berta mittlerweile die Nachricht vom Tod ihres Bruders erhalten, und Henriette fragte sich, welches »Glück im Unglück« Berta wohl darin zu sehen vermochte, doch sie fürchtete, diesmal würde Berta kein Glück erkennen können, und es bekümmerte Henriette, dass Berta mit ihrer Trauer ganz allein fertigwerden musste.

Als sie mit Julius, Max und Sophie in Samoa angekommen waren, hatte sich herausgestellt, dass ihr Vater genau am Tag des Erdbebens, also am 18. April gestorben war. An dem Tag, als Henriette mit Mirandas Stift seinen Brief aufgeschrieben hatte.

Natürlich hatte man ihn bei der Hitze sofort beerdigen müssen, und Henriette und Sophie konnten nur noch sein Grab auf dem deutschen Friedhof besuchen.

Danach erst war Henriette bereit, den Brief zu lesen, den sie selbst nach dem Erdbeben in Mirandas Krankenbuch geschrieben hatte und das Miranda ihr bei der Abreise geschenkt hatte.

Denn im Arbeitszimmer ihres Vaters hatte sie keinen Brief finden können, nicht einmal eine Notiz.

Wegen Nian.

Es war Nian gewesen, die seinen Brief verbrannt hatte. Aus Vorsicht, damit er nicht in falsche Hände geriet. Er lag offen herum, und als Nian das Mordgeständnis gelesen hatte, vernichtete sie ihn.

Ihr Vater war nicht mehr dazu gekommen, den Brief zu versiegeln, er hatte ihn geschrieben und war dann zu einem Spaziergang zur Plantage aufgebrochen, von dem er nie zurückkehrte, weil ihm dort eine Kokosnuss auf den Kopf gefallen war. Und man vermutete, dass das nur deshalb passiert war, weil der gesamte pazifische Raum von dem großen Erdbeben erschüttert worden war.

Es tat Henriette leid, dass ihr Vater nun nie mehr erfahren würde, dass er Mary Belle gar nicht getötet hatte. Aber wäre es eine Erleichterung für ihn gewesen, zu wissen, dass er seine Tochter mit einem Mörder verheiraten wollte?

Wohl kaum.

Nian hatte ihre Familie beschützt. Ohne Nian wäre alles zusammengebrochen. Es war Nian, die die Plantage mithilfe ihrer Verwandten weiter geführt hatte, die ein Haus in Apia gefunden, die ihre Mutter mit Ellas und Dorotheas Unterstützung gepflegt hatte. Selbst um die Beerdigung ihres Vaters hatte sie sich allein gekümmert.

Als Henriette am Tag ihrer Ankunft aus der Droschke ausgestiegen war und Nian auf der Veranda entdeckt hatte, war sie auf sie zu gerannt, um sie zu umarmen, aber Nian war stocksteif stehen geblieben und hatte die Umarmung nicht erwidert. Auch als Henriette immerzu »Danke« gestammelt hatte, verharrte

Nian hölzern wie eine geschnitzte Statue, und als Ella ihr voller Begeisterung den kleinen Max gezeigt hatte, hob Nian nur eine Augenbraue.

Immerhin begrüßte sie Julius mit einem dezenten Kopfnicken, fast so elegant wie die samoanischen Frauen und gar nicht mehr unterwürfig wie früher.

Erst als Henriette darauf bestand, einen Tee mit ihr zu trinken, um ihr von den Erlebnissen in Chinatown zu berichten, hatte Nian sich zu einem Lächeln hinreißen lassen, vor allem als sie erfuhr, was der Mann in dem Laden als angebliche Glücksbotschaft für Mazu aufgeschrieben hatte.

Ich werde sie nie verstehen, dachte Henriette mit einem Seufzer und warf einen kleinen Stein ins Meer. Trotzdem liebe ich sie wie eine Schwester, anders als Sophie, ganz anders als Ella, aber doch wie eine Schwester. Henriette hatte angeboten, ihr zum Dank für alles, was sie getan hatte, die Heimreise für sie und ihre Verwandten zu bezahlen, aber Nian hatte abgelehnt.

Nian wollte in Samoa bleiben.

Doch Henriette wollte nicht auf der Insel bleiben, sie spürte deutlich, dass sich auch Julius hier langweilte. Keiner von ihnen war ein Farmer. Doch bevor Sophie nicht gesund war, wollte und konnte sie nicht wegfahren. Sie waren jetzt zwar verlobt, doch Henriette hatte sich geschworen, dass sie erst heiraten würden, wenn Sophie mitfeiern konnte. In den letzten Tagen hatte Julius angedeutet, dass sie vielleicht nicht länger warten, sondern lieber heiraten sollten, solange Sophie noch lebte.

Ein kaum hörbares Geräusch ließ Henriette zusammenzucken. Sie drehte sich um und schnappte nach Luft, als sie erkannte, wer da hinter ihr stand.

Henriette sprang sofort auf und war erleichtert, als Sina ihre

Begrüßung mit einem freundlichen Kopfnicken erwiderte und sich dann neben Henriette und die Muschel in den Sand setzte.

Im Licht des Sonnenuntergangs sah Sina fast genauso aus, wie Henriette sie in Erinnerung gehabt hatte. Doch ihr schwarzes Haar war nun schneeweiß und leuchtete in der Abendsonne zartrosa. Es stand in einem atemberaubenden Kontrast zu ihrem jugendlichen Gesicht und verstärkte ihre Schönheit noch. Ihr Haar war zwar sorgfältig aufgesteckt, doch der *Lavalava* und ihre Bluse hingen in löchrigen Fetzen an ihr, so als würde sie allein und ausgestoßen im Wald leben. Henriette hätte am liebsten ihren *Lavalava* ausgezogen und ihn ihr umgehängt.

»Es tut mir so leid«, sagte Henriette auf Englisch und hoffte, Sina würde sie verstehen.

Sina deutete auf die Muschel und antwortete ihr auf Englisch. »Warum hast du sie hierhergebracht?«

»Ich hatte das Gefühl, dass ich sie dem Meer zurückgeben sollte, aber jetzt denke ich, du solltest sie haben.« Sie reichte Sina die Muschel.

Als Sina sie entgegennahm, leuchtete die Muschel auf. Sina legte sie wieder vor sich in den Sand.

»Der Mann, der dir das angetan hat, ist tot«, sagte Henriette und kam sich ein wenig lächerlich vor, schließlich war es nicht ihr Verdienst, dass er tot war.

»So tot wie Tamatoa, mein Bruder. So tot wie mein Leben. So tot wie das Leben meines Kindes.«

Henriette schwieg, weil sie nicht wusste, was sie sagen sollte.

»Wenn ein Leben zu Ende ist, gibt es zwei Möglichkeiten. Man kann sich auslöschen und in das Totenreich Polutu eingehen, wie es Tamatoa getan hat. Oder man kann den Sonnenuntergang abwarten und ein neues Leben beginnen.« Sie nahm

Henriettes Hand und legte sie zusammen mit ihrer auf die blaue Muschel. Unter ihren Händen wurde die Muschel heiß, und Henriette fürchtete schon, sie würde wieder einen Schreibanfall bekommen, und wollte die Hand zurückziehen, doch dann ließ sie es zu und spürte die Energie, die durch sie hindurchströmte, nicht nur durch ihre Hand, sondern durch ihren ganzen Körper.

»Ich wusste, dass du kommen würdest.« Sina sah ihr in die Augen. »Ich habe es geträumt. Tamatoa hat es mir verraten.«

»Was genau hat er dir gesagt?«

»Dass du erst dann wieder nach Samoa kommen würdest, wenn er alle beide mit seinem Fluch getötet hätte.«

Obwohl Henriette nicht daran glaubte, dass Hofmanns Tod und der ihres Vaters mit einem Fluch zusammenhing, konnte sie doch nicht verhindern, dass ihr eine Gänsehaut über den Rücken lief.

»Und hat er auch über mich gesprochen?« Im gleichen Moment fragte sie sich, ob sie wirklich wissen wollte, was er über eine Verräterin wie sie gesagt hatte.

Sina nickte und machte dann eine Pause, die Henriette beklommen werden ließ.

Endlich verkündete Sina die Worte ihres Bruders wie einen Urteilsspruch.

»Er hat gesagt, was Nuanua, also was dich angehe, nun, niemand könne einen Regenbogen töten oder verfluchen. Jeder ist froh, wenn er einen entdeckt, denn er ist das Sinnbild für Tagaloalagis Werk.«

Sie nahm die Hände von der Muschel und musterte Henriette, dann fing sie an, sehr breit zu lächeln. »Also?«

Verblüfft starrte Henriette Sina an und überlegte, was sie von ihr erwartete. Sie hatte das Gefühl, etwas Dramatisches tun zu müssen. Die Muschel ins Meer werfen, einen Tanz aufführen, singen?

Sie wich Sinas Blick aus und sah zum Himmel, wo das untere Ende der Sonne gerade den Horizont berührte und sich vor ihren Augen die ganze Welt in ein unwirklich flammendes Meer aus Lila und Orange verwandelte.

Die aufkommende Flut schleuderte die auberginenroten Wellen über das Riff und donnerte gegen den Strand, während mehr und mehr Wind aufkam.

Henriette betrachtete all dies, und langsam wurde ihr klar, dass es ganz einfach war.

Alles fügte sich zu einem Puzzle zusammen. Sina, die Heilerin, die damals ihren Fuß verbunden hatte und die Sophie vielleicht helfen konnte. Nian, die sich um alles gekümmert hatte und die so sprachbegabt war, die Plantage, die verkauft werden musste, und ihre Zeit im Hotel ihrer Tante. Ella und Max. Plötzlich wusste sie, was zu tun war.

Ich werde mit all diesen meinen alten und neuen Schwestern ein Hotel in Apia eröffnen, dachte sie. Und wenn mir das gelungen ist, werde ich mit Julius die Welt erforschen und immer wieder hierher zurückkehren.

Und sie wusste auch schon, wie sie das Hotel nennen würde.

Sie bückte sich nach der blauen Muschel, hob sie auf und reichte Sina ihre Hand. Sina nickte und nahm ihre Hand so selbstverständlich, als hätten sie das schon viele Male getan. Sie liefen zur Stute, stiegen auf, setzten sich hintereinander auf ihren Rücken und ritten gemeinsam los.

Nachdem sie schon die Hälfte des Weges auf Queen Victoria zurückgelegt hatten, deutete Sina an den fast schwarzen

Himmel mit einigen noch grün-lilafarbenen Wolken. Zuerst konnte Henriette nicht sehen, was Sina ihr zeigen wollte, aber dann entdeckte sie es auch. Es war die Venus, die hoch über dem Meer strahlend aufblinkte und das Ende der Dämmerung verkündete. *»O le Tapuitea«,* sagte Henriette und konnte es kaum erwarten, zurück nach Apia zu kommen, um Julius von ihrem neuen Plan zu erzählen.

Statt eines Nachwortes …

Samoa liegt in der Südsee und ist von Deutschland aus gesehen am anderen Ende der Welt, und doch war es von 1900 bis 1914 eine deutsche Kolonie. Das hat mich immer schon fasziniert, und ich war sehr glücklich, mit der Recherche zu diesem Buch meinen Traum von einer Reise in die Südsee endlich verwirklichen zu können.

Immer wieder hatte ich in den Büchern über Samoa gelesen, dass die Deutschen sich dort, anders als überall sonst in ihren Kolonien, vor allem dadurch ausgezeichnet hätten, dass sie den Samoanern eine – natürlich nur für damalige Verhältnisse – erstaunliche Freiheit zugestanden hatten. So wurden Samoaner nicht zur Arbeit auf den Plantagen gezwungen, auch Prügelstrafen durften an ihnen nicht vollzogen werden. Für die aus China oder den Marianen herangekarrten Arbeiter galt das jedoch nicht, sie waren auf den Plantagen übelsten Misshandlungen ausgesetzt, die erst 1909 per Gesetz verboten wurden.

Der deutsche Gouverneur Wilhelm Solf (siehe Glossar) hatte sehr klare Vorstellungen davon, wie man die Kultur der Samoaner bewahren sollte, und war bereit, sich umfassend in das Land und seine Traditionen einzuarbeiten. Natürlich nur unter der Voraussetzung, dass der deutsche Kaiser als oberster Herrscher von Samoa anerkannt wurde.

In Samoa war und ist die Redekunst eine der wichtigsten Fähigkeiten, über die ein Mann verfügen muss, wenn er eine herausragende Position in seinem Clan anstrebt.

Solf beherrschte die samoanische Sprache so gut, dass er allein durch seine Redekunst in der Lage war, einen blutigen Aufstand zu verhindern. Er versuchte mit allen Mitteln, die Kultur der Insel zu verstehen, und schreckte nicht davor zurück, sich ein traditionelles samoanisches Tattoo stechen zu lassen, das von der Taille bis zu den Kniekehlen reicht. Das kann bis zu drei Monate dauern und ist sehr schmerzhaft, doch diese Tätowierung macht den Mann erst zu einem ernst zu nehmenden samoanischen Mann. Solf war auch bestens vertraut mit der *Kava*-Zeremonie, den samoanischen Tänzen und allen Höflichkeitsritualen. Insgesamt hatte der Gouverneur mehr Probleme mit den deutschen Pflanzern, die sich von seinen Entscheidungen oft im Stich gelassen fühlten, als mit den Samoanern.

Damit soll hier nicht die Zeit des Kolonialismus schöngeredet werden, selbstverständlich ist jede Art der Fremdherrschaft ein Gräuel. Glücklicherweise kam es aber durch Solfs Anstrengungen in Samoa nicht zu so entsetzlichen Vorfällen wie etwa der Völkermord an den Herero in Deutsch-Südwestafrika, dem heutigen Namibia.

Nichtsdestotrotz galt auch in Samoa das deutsche Gesetzbuch, sobald Weiße in Streitfragen oder Verbrechen involviert waren, und eben nicht die Rechtsprechung nach der alten samoanischen Tradition.

Die Familie, der Dorfclan, die Sippe haben in Samoa einen für uns nahezu unvorstellbaren Stellenwert – auch heute noch.

Verstöße gegen deren Ehrenkodex führen zum Ausschluss aus der Gemeinschaft, was so schmerzhaft ist, dass denjenigen, denen das geschieht, häufig der Freitod als einzige Lösung erscheint.

Erstaunlicherweise zählt Samoa auch heute noch zu dem Land mit den weltweit höchsten Selbstmordraten bei Jugendlichen und jungen Erwachsenen. In den meisten Fällen geschieht das aus Scham, weil man gegen die Regeln der Großfamilie oder der in Samoa allmächtigen christlichen Kirchen verstoßen hat. Die christlichen Missionare haben in Samoa wirklich ganze Arbeit geleistet. Doch obwohl man in jedem, auch dem allerkleinsten Dorf eine völlig überdimensionierte Kirche finden wird, schlummern unter der Oberfläche immer noch die früheren Traditionen und Mythen. Teilweise wurden sie in die christliche Religion integriert, wie der Glaube an die Totengeister oder die Vorstellungen von der Seele und dem Leben nach dem Tod. Trotzdem wird man auch heute noch auf der ganzen Insel keine Samoanerin sehen, die mit offenem Haar herumläuft!

Viele Informationen über Samoa habe ich in Sachbüchern gefunden, die mir durch die Bayerische Staatsbibliothek in München zugänglich waren.

Einige, die vielleicht auch für Sie von Interesse sein könnten, gibt es bis heute noch im Buchhandel:

Genthe, Dr. Siegfried: *Samoa.* Reiseschilderungen, Berlin 1908

Krämer, Dr. Augustin: *Samoa-Inseln,* Stuttgart 1902–3

Zieschank, Frieda: *Ein Jahrzehnt in Samoa,* Leipzig 1918

Ehlers, Otto: *Samoa. Die Perle der Südsee,* Berlin 1895

Außerdem waren alle Veröffentlichungen von Prof. Dr. Hermann Joseph Hiery sehr hilfreich. Besonders schön anzuschauen ist sein Buch: *Bilder aus der deutschen Südsee,* Paderborn 2005.

Ein wichtiger Klassiker zu den Medizinpflanzen in Samoa ist das Buch von Dr. W. Arthur Whistler: *Samoan Herbal Medicine,* Western Samoa 1996

Doch ich bin sehr froh, dass ich darüber hinaus für dieses Buch nach Samoa gereist bin, um auch vor Ort zu recherchieren.

In Samoa gilt mein besonderer Dank Mataafa Keni Lesa, dem Chefredakteur des *Samoan Observer,* der dafür gesorgt hat, dass in seiner Zeitung am Tag nach unserer Ankunft ein Artikel mit dem Titel: »German Writer seeks help« erschienen ist, woraufhin sich viele Samoaner und Samoaner mit deutschem Familienhintergrund bei mir gemeldet haben, mit denen ich sehr aufschlussreiche Gespräche führen konnte. Ihnen allen danke ich sehr herzlich.

Und nur durch die Hilfe von Sophie Budvietas, die den Artikel geschrieben und uns darüber hinaus mit zahlreichen wertvollen Informationen zur Insel versorgt hat, war es möglich, in der kurzen Zeit so viele Eindrücke zu sammeln. Außerdem möchte ich Peter und Kalala Nash sowie Elizabeth Angus für ihre interessanten Anregungen danken.

Bei aller Recherche vor Ort ist mir völlig klar, dass man schon einige Jahrzehnte oder eher ein ganzes Leben auf Samoa verbringen muss, um auch nur zu ahnen, was *Fa'a Samoa* wirklich bedeutet.

Die Legenden und Geschichten, die im Roman verwendet werden, gibt es wirklich, ob jedoch irgendwo auf der Welt

Muscheln existieren, die das können, was die blaue Muschel im Roman von Samoa kann, das möchte ich wirklich gern Ihrer Fantasie überlassen.

Es waren nicht nur viele Deutsche in Samoa, es hatten sich auch eine Menge Deutsche auf dem Weg dorthin oder von Samoa zurück in San Francisco niedergelassen. Und überall dort an der amerikanischen Westküste gibt es bis heute sichtbare Spuren von ihnen, der *Palace of Fine Arts* von Bernard Maybeck oder die *Golden Gate Bridge* von Joseph Baermann Strauss, die schon in den Zwanzigerjahren des 19. Jahrhunderts angedacht, aber erst 1937 fertig wurde. Es gab um die Jahrhundertwende deutsche Zeitungen und sogar ein deutsches Theater.

Das Hotel und die Geschichte um Tante Berta sind frei erfunden, aber das Hotel *The Palace* gab und gibt es wirklich, ebenso das Theater *Palace Grand Theatre* in Dawson am Klondike.

Auch die Personen, die bei Tante Bertas Dinner zu Gast sind, haben wirklich gelebt und waren zu der Zeit des großen Erdbebens in San Francisco. Enrico Caruso war von dem Erdbeben so schockiert, dass er beschloss, dort nie wieder aufzutreten.

Ich möchte allen, die nach der Lektüre Lust haben, San Francisco zu besuchen, unbedingt die *San Francisco City Guides* ans Herz legen (http://www.sfcityguides.org/). Diese ehrenamtlich geführte Organisation bietet Fußtouren zu unfassbar vielen interessanten Themen und zu fast allen Epochen und Vierteln der Stadt an. Vom Goldrausch bis hin zum Japanischen Teegarten, man kann Chinatown erkunden oder die »Madams« von San Francisco kennenlernen. Die kompetenten Führer erzählen sehr anekdotenreich und beantworteten jede meiner auch noch so abwegigen Fragen.

Einige Ideen zu Bertas Hotel kamen mir ganz unvermittelt, als wir bei einer solchen Tour ein prächtiges Privathaus betreten durften, das original viktorianisch ausgestattet und wunderbar erhalten war. Im Keller gab es einen Saloon mit diversen vollautomatischen Pianos, in die ich mich sofort verliebt habe.

Und weiter wurde meine Fantasie beim Besuch der *San Francisco Main Public Library* angeregt, denn dort befindet sich im sechsten Stock die *San Francisco Historical Photograph Collection,* wo man alte Fotografien aus dem Archiv bestellen und anschauen kann. Ich danke besonders dem Team in der Ausleihe, das meine zahlreichen Fragen mit Geduld und dem tagelangen Herankarren von immer noch mehr Fotografien beantwortet hat. In dieser Abteilung finden sich außerdem alte Stadtpläne und Bauzeichnungen ganzer Straßenzüge. Manche der Photographien kann man aber auch bequem von zu Hause in der digitalen Sammlung anschauen.

Vielleicht möchten Sie ja in das San Francisco von 1905 / 1906 eintauchen. Hier der Link: (http://sfpl.org/index.php?pg=0200000301)

Ein Erlebnis für Erdbebeninteressierte ist ein Naturkundemuseum, das übrigens ganz besonders spannend auch für Kinder gemacht ist – die *California Academy of Sciences.* Hier kann man in der Erdbeben-Sektion in einem viktorianischen Zimmerchen eine Simulation des Erdbebens von 1906 erleben.

Man hielt meinen Mann und mich schon ein bisschen für verrückt, weil wir uns dieses verstörende Gefühl gleich dreimal antaten. Dazu muss man wissen, dass das Vorbeben etwa fünfundzwanzig Sekunden dauert, das eigentliche Beben nur ca. vierzig Sekunden. Beim ersten Mal waren wir so überwältigt, dass wir das Filmen – für den Trailer zum Buch – völlig vergaßen.

Natürlich hat San Francisco, genau wie Samoa, noch unendlich viel mehr zu bieten. Nur eines möchte ich noch erwähnen, für mich war es geradezu ein Omen, als ich in einem staubigen, nach reichlich »Gras« riechenden, herrlich unaufgeräumten Antiquariat die Bücher über Spukhäuser in San Francisco entdeckte. Das war der Moment, in dem ich plötzlich den »Klang der blauen Muschel« hören konnte. Julius, der Ektoplasma-Fotograf; Henriette und das tranceartige Schreiben; Tamatoa, Sina und die *Aitu* in Samoa; Berta und die Spukhäuser von San Francisco …

Auch wenn man ein Buch letztlich ganz allein schreibt, so wäre man ziemlich einsam, wenn man nicht auch sehr viel Hilfe und Unterstützung bekäme.

Allen voran danke ich meiner Lektorin Carola Fischer, die das Buch mit ihrem Lektorat wunderbar verbessert hat.

Ich danke den Kolleginnen, mit denen ich über den Roman immer wieder reden durfte, die auch »mal eben schnell« etwas gelesen haben, den Freundinnen, die für mich gekocht und mich durch schwere Hängerphasen gerettet haben, und natürlich meinem Mann, der mich auf den Reisen begleitet, fotografiert und einige der wunderbaren Bilder für den Trailer gefilmt hat. Außerdem gilt mein großer Dank Monica Liebetanz von *moma li design* sowie Blake Lewis und Janine Stengl von *stewismedia,* ohne die der Trailer bis heute nicht existieren würde und die Muschel niemals so schön blau geworden wäre.

Den Trailer zum Roman und weitere Informationen finden Sie auf meiner Homepage www.beatrix-mannel.de oder auf der Autorenseite Beatrix Mannel Gurian bei Facebook.

Ich freue mich immer über Ihr Feedback zu meinen Romanen, mailen Sie mir doch, ob Sie den Klang der Muschel hören konnten …

Glossar

Aitu Samoanisch: jenseitiges Geistwesen

Aitu Moso Samoanisch: böser Geist

Aloalo Tai Samoanischer Name einer Pflanze aus der Familie der Verbenengewächse, die in Samoa zur Wundheilung eingesetzt wurde.

Banyanbaum Er wird auch als »Würgefeige« oder »Bengalische Feige« bezeichnet. Der Wurzelstock dieser Pflanze steigt an anderen Baumstämmen empor, wurzelt aber im Boden. Durch die Verankerung im Boden wird die Pflanze mit Nährstoffen versorgt, und die Luftwurzeln werden dicker und verholzen. Mit der Zeit entwickeln sie sich zu Stämmen mit z. T. enormem Durchmesser. Wenn die Wurzeln sich berühren, verschmelzen sie, sodass ein dichtes Geflecht um den Wirtsbaum herum entsteht. Auf diese Weise werden seine Leitgefäße abgeschnürt, und er stirbt ab. Banyanbäume sind schnellwüchsig und können eine Größe von über 30 m erreichen. Beeindruckender ist jedoch

ihr Umfang. Der größte Banyanbaum hat einen Durchmesser von 300 m und steht in Kalkutta. Vielen Völkern ist der Baum heilig, da er als Sitz von Geistern betrachtet wird.
Der berühmteste Roman über Samoa in der Neuzeit, eine Familiensaga über drei Generationen, wurde von Albert Wendt geschrieben und trägt den Titel: *Die Blätter des Banyanbaums,* der 1998 auf Deutsch im Unionsverlag, Zürich erschienen ist.

BERNHARDT, SARAH 1844–1923. Sie war eine der berühmtesten französischen Schauspielerinnen des 19. und frühen 20. Jahrhunderts.

BLUMENALPHABET siehe Lady Montagu

BOXERAUFSTAND Aufstand in China, der 1899 losbrach und von den westlichen Mächten als der der »Boxer« bezeichnet wurde, was auf die Kampfkunst dieser Rebellen zurückgeht. Die regierende Qing-Dynastie in China hatte 1895 einen schweren Rückschlag erlitten. Der Krieg gegen das Inselreich Japan endete mit einer katastrophalen Niederlage. Daraufhin erließen reformorientierte Kreise bei Hofe eine Reihe radikaler Edikte, die auf eine Modernisierung nach westlichem Vorbild hinausliefen. Die Konservativen um die »Kaiserinwitwe« Cixi, die für den unmündigen Kaiser Tongzhi die Regentschaft führte, wagten dagegen den Aufstand mithilfe der sogenannten Boxer, jungen Chinesen, die sich zu Kampfbünden zusammenfanden und mithilfe eines magisch inspirierten Faustkampfes ihre

eigene Unverwundbarkeit im Kampf gegen die Ausländer demonstrieren wollten.
Ende 1899 schließlich brach der Aufstand unter der Parole »Helft der Qing-Dynastie, vertreibt die fremden Teufel« los und breitete sich rasch in Richtung der Großstädte Beijing (Peking) und Tianjin aus. Im Juni 1900 wurde der deutsche Gesandte Clemens von Ketteler auf der Straße im Gesandtenviertel ermordet, woraufhin das ganze Viertel belagert wurde. Erst im August gelang es durch den Einsatz auch internationaler Truppen, das Viertel zu befreien, doch die Unruhen setzten sich über Peking hinaus fort.
Nach der Ermordung des deutschen Gesandten kam es zu der berüchtigten Hunnenrede von Kaiser Wilhelm II.: »Pardon wird nicht gegeben, Gefangene nicht gemacht« (…) und »Wie vor tausend Jahren die Hunnen unter ihrem König Etzel sich einen Namen gemacht haben, der sie noch jetzt in der Überlieferung gewaltig erscheinen lässt, so möge der Name Deutschlands in China in einer solchen Weise bekannt werden, dass niemals wieder ein Chinese es wagt, etwa einen Deutschen auch nur scheel anzusehen.«
Obwohl die Kaiserinwitwe sich schließlich von den Boxern distanzierte und mit ihren regulären Truppen gegen sie vorging, wurde sie im »Boxer-Protokoll« dazu verpflichtet, die beteiligten Beamten zu bestrafen. Sie musste eine Sühnedelegation nach Europa schicken und 450 Millionen Silberunzen Entschädigung zahlen. Diese Sühnezahlungen machten bis 1910 etwa die Hälfte des chinesischen Staatshaushalts aus und führten zu erdrückenden Steuererhöhungen, die wiederum viele Chinesen außer Landes trieben.

Caruso, Enrico 1873–1921. Er war ein italienischer Opernsänger und gilt als der berühmteste Tenor der ersten Hälfte des 20. Jahrhunderts. Eine seiner berühmtesten Arien, »La donna è mobile«, ist unter http://de.wikipedia.org/wiki/La_donna_è_mobile zu hören.

Chinatown Chinesisches Stadtviertel von San Francisco. Es reicht im Westen bis zur Powell Street und bis zum Nob Hill, im Osten bis zur Kearny Street, im Norden bis zum North Beach. Das Viertel wurde bei dem Beben 1906 vollständig zerstört, aber an der gleichen Stelle wieder aufgebaut.

Chinese Exclusion Act Das Gesetz zum Ausschluss der Chinesen wurde vom US-Kongress am 6. Mai 1882 verabschiedet. Der *Chinese Exclusion Act* bestimmte, dass für eine Dauer von zehn Jahren keine chinesischen Arbeiter mehr in die Vereinigten Staaten einwandern durften. Der *Chinese Exclusion Act* war das erste Immigrationsgesetz in der Geschichte der USA, das die Einwanderung einer Gruppe von Menschen aufgrund ihrer ethnischen Zugehörigkeit einschränkte.

Dawson Dawson City oder Dawson liegt im Territorium Yukon in Kanada, am Ostufer des Yukon, an der Mündung des Klondike River, 240 km südlich des nördlichen Polarkreises. Die Siedlung wurde 1896 zu Beginn des legendären Klondike-Goldrauschs gegründet. Zu erreichen war Dawson nur über den White Pass oder den berüchtigten Chilkoot Trail und danach über einen langen und beschwerlichen Weg per Hundeschlitten oder Kanu, später per Schaufelraddampfer auf dem Yukon. 1898 hatten Boom und Einwohnerzahl mit über 40 000 Menschen ihren Höhepunkt erreicht.

Deutsche Handels- und Plantagen-Gesellschaft Deutsche Handels- und Plantagen-Gesellschaft der Südsee-Inseln zu Hamburg (DHPG). Die Gesellschaft wurde am 16. März 1878 als Aktiengesellschaft mit einem Grundkapital von 5 Mio. Mark gegründet. Sie ging aus der Firma Joh. Ces. Godeffroy & Sohn zu Hamburg hervor. Die Hauptniederlassung der Gesellschaft befand sich in Apia in Samoa. Daneben hatte sie noch Niederlassungen auf den Tonga-Inseln, im Bismarckarchipel und auf der unter amerikanischer Herrschaft stehenden, aber zur Samoa-Gruppe gehörenden Insel Tutuila.
Der Hauptanbau bestand aus Kokosnusspalmen auf Upolu sowie Kakaoplantagen.

Durieux, Tilla 1880–1971. Sie war eine österreichische Schauspielerin, die auch in Deutschland Berühmtheit erlangte.

Duse, Eleonora 1858–1924, gestorben in Pittsburgh. Sie war eine italienische Schauspielerin, die neben Sarah Bernhardt zu den großen Theaterschauspielerinnen ihrer Zeit zählte und auch heute noch als wegweisend für das Moderne Theater gilt.

Fa'a Samoa Samoanisch. Darunter versteht man die traditionelle samoanische Art zu leben. Ein ausgeprägter Gemeinschaftssinn, Gelassenheit und Heiterkeit zeichnen die samoanische Lebensweise, *Fa'a Samoa,* aus. Hektik und Stress haben die Fremden nach Samoa eingeschleppt.

Die samoanische Kultur besteht aus einem gegenseitigen Nehmen und Geben und Teilen innerhalb der Großfamilie, die von einem Oberhaupt, dem *Matai* geleitet wird. Er vertritt die Familie im *fono,* dem Dorfgericht. Der *Matai* besitzt die absolute Autorität, regelt die Verteilung der Arbeit, die Ausbildung und gibt oder verweigert die Zustimmung zur Heirat.

Dieser Lebensstil drückt sich sehr gut in den *Fales* aus, den offenen Häusern, in denen ganze Familien unter einem Dach wohnen, ohne Privatsphäre. Es gibt kein Eigentum, alles gehört allen. Der Grund des Dorfes gehört der Gemeinschaft, und jeder kann bei den Dorfversammlungen mitbestimmen, was damit getan werden soll. (Weshalb es bis heute auch nur wenige Hotelburgen an den Traumstränden gibt!) Weil allen alles gehört, gibt es nicht den Drang, etwa ein Auto besitzen zu müssen, es genügt, wenn der Pfarrer oder der *Matai* eines hat. Man versteht nicht, warum man sich anstrengen sollte, mehr zu besitzen als die anderen, denn die haben dann das Recht, daran teilzuhaben.

Heute ist es jedoch Pflicht, jeden Sonntag der Kirche möglichst viel Geld zu spenden. Die gespendete Summe wird laut verkündet und festigt oder zerstört den Ruf eines Clans.

FALE Traditionelles samoanisches Haus, bestehend aus einem Fundament, den Stützen und dem kunstvoll geflochtenen

Dach, ohne Innen- und Außenwände. Es können jedoch Rollos zum Schutz vor Regen und Wind heruntergelassen werden.

FEINMATTEN Auch *Ie Toga* genannt. Sie werden aus papierdünnen Pandanusfibern geflochten. Die Pandanusfibern werden durch Wässern, Sonnen, Trocknen und Klopfen dünn und weiß. Nach ein bis zwei Jahren werden sie dann verflochten und bei Zeremonien von allergrößter Bedeutung verschenkt.

FITI Fidschi-Inseln

FRANGIPANI Pflanze aus der Gattung der Hundsgiftgewächse, auch bekannt unter den Namen Pagodenbaum, Tempelbaum, Jasminbaum.
Ihren Ursprung hat Frangipani wahrscheinlich in Mittelamerika und der Karibik. Heute ist sie beinahe über den gesamten Polynesischen Raum verbreitet, wo sie zu stattlichen Bäumen von sechs bis acht Metern Höhe heranwächst.
Frangipani hat in vielen Ländern eine besondere Bedeutung. Sie gilt als Sinnbild der Unsterblichkeit (Tod und Wiedergeburt). Sie blüht in den Tropen fast ganzjährig. Ihre Blüten verströmen einen umwerfenden Duft. Nicht zuletzt aus diesem Grund werden sie auch für die berühmten Blütenkränze, die *Lei's,* verwendet.

GEARY ACT Ein US-amerikanisches Bundesgesetz aus dem Jahre 1892, das die Regelungen des *Chinese Exclusion Act* verschärfte und deren Gültigkeit um zehn Jahre verlängerte.

Der *Geary Act* schrieb die Einführung von Ausländerausweisen für alle Chinesen in den USA vor. Wurde dieser Ausweis nicht beantragt und ständig mitgeführt, konnte dies mit Deportation oder einjähriger Haft mit Zwangsarbeit bestraft werden. Weiterhin bestimmte der *Geary Act,* dass Chinesen bundesweit weder als Zeugen vor Gericht auftreten noch in *Habeas Corpus*-Verfahren Freilassung gegen Kaution beantragen durften.

GODEFFROY & SOHN Hamburgisches Handelshaus, das auf Samoas Hauptinsel Upolu 1865 große Gebiete gekauft und erste eigene Plantagen einrichtete, um in den beginnenden Koprahandel einzusteigen. Godeffroy organisierte Expeditionen ins Landesinnere, bei denen Ureinwohner verschleppt wurden, um diese auf den Plantagen als Zwangsarbeiter einzusetzen.

GUIPURESPITZE (franz. guiper = umhüllen) auch Ätzspitze, Luftspitze. Ein Grundstoff wird maschinell bestickt und danach das Grundgewebe durch Ätzen entfernt. Das Ergebnis ist ein durchbrochener Stoff, der wie geklöppelt wirkt. Oft aus Baumwolle oder Wolle.

HABEAS CORPUS (lateinisch: habeas corpus, »über den Körper verfüge du!«)

1679 erlassenes englisches Staatsgrundgesetz, nach dem kein englischer Untertan ohne richterliche Untersuchung in Haft gehalten werden darf. In allen angelsächsischen Ländern gültig (in den USA seit 1787); als rechtsstaatliches Prinzip auch in die kontinentaleuropäischen Verfassungen übernommen: »Niemand darf ohne richterlichen Befehl verhaftet werden.«

KAISER-WILHELMS-LAND So wurde der nordöstliche Teil der Insel Neuguinea genannt, der bis 1914 zum deutschen Kolonialreich gehörte. Zusammen mit dem Bismarck-Archipel, den nördlichen Salomonen, den Karolinen, Palau, Nauru, den Marshallinseln und den Marianen bildete es das kaiserliche Gouvernement und die deutsche Kolonie Deutsch-Neuguinea.

KAVA-ZEREMONIE *Kava,* auch *Ava* genannt, ist die Wurzel eines Pfefferstrauches. Die wie ein Stock geformte Wurzel ist circa einen Meter lang und hat nicht mehr als 5 cm Durchmesser. Durch Zerkleinern, Wässern und Filtern wird der Inhaltsstoff mit einer leicht narkotisierenden Wirkung aus der Wurzel gelöst und mit dem Wasser in sehr kleinen Mengen getrunken.

Die *Kava*-Zeremonie wird von den jungen Männern des Dorfes durchgeführt und zu zwei Anlässen abgehalten: bei Treffen der *Matai* und zur Begrüßung wichtiger Besucher, vor allem auswärtiger *Matai*. Besonders ehrenvoll ist eine *Kava*-Zeremonie, wenn auch die *Taupou* (dann nennt man sie *Taualuga*) des Dorfes anwesend ist. Es gibt keine speziellen Lieder oder Worte bei der Zeremonie. Die Bewegungen sind allerdings genau vorgeschrieben – auch die jeweilige Anzahl.

KIAUTSCHOU Bezeichnet ein Gebiet im Süden der Shandong-Halbinsel an der chinesischen Ostküste, das 1898 vom

Kaiserreich China an das deutsche Kaiserreich verpachtet wurde.
Die Hauptstadt war Tsingtau, heute Qingdao geschrieben – zu Deutsch »grüne Insel«. Grund für den Erwerb der Kolonie war der Wunsch nach einem Flottenstützpunkt für die Kaiserliche Marine in Ostasien. Im Ersten Weltkrieg kam Kiautschou nach der Kapitulation der deutschen Garnison im November 1914 unter die Verwaltung des Japanischen Kaiserreichs.

KLONDIKE Der Klondike River ist ein seichter, 161 km langer Fluss im Westen des Territoriums Yukon in Kanada, der von Osten kommend in den Yukon River mündet.
Von den dort ansässigen Indianern wurde er aufgrund seines Reichtums an Lachs als Thron-diuck (»Fluss voller Fische«) bezeichnet, was von den Goldsuchern Ende des 19. Jahrhunderts in den heute üblichen Namen umgewandelt wurde und dem umliegenden Gebiet, den Klondike Fields, den Namen gab.
An der Mündung des Klondike River in den Yukon – der Klondike hat hier eine Mündungsbreite von etwa 35 Metern – liegt die legendäre Goldgräberstadt Dawson.

LONDON, JACK 1876–1916. Er wurde als John Griffith Chaney in San Francisco geboren und wuchs in sehr ärmlichen Verhältnissen auf. Zunächst schlug er sich als Fabrikarbeiter, Seemann und Landstreicher durch. Später holte er die Highschool nach und begann zu studieren. Doch angesteckt vom »Goldrausch« brach er das Studium ab und versuchte sich erfolglos als Goldsucher in Alaska. Seine dortigen

Erlebnisse verarbeitete er in seinen ersten Erzählungen und in dem Roman *Ruf der Wildnis,* der ein Erfolg wurde. Jack London arbeitete von nun an als Schriftsteller und engagierte sich gegen Armut und Ungerechtigkeit, berichtete als Korrespondent aus den Elendsvierteln Londons und 1904 vom Russisch-Japanischen Krieg. Seine Ehe mit der lebenslustigen Charmian Kittredge hat ihm dabei sehr geholfen. Er musste sich von seiner Jugendliebe scheiden lassen, um 1905 Charmian heiraten zu können. Seine Romane *Wolfsblut, Der Seewolf* und *Martin Eden* gelten bis heute als Klassiker.

MATAI So nennt man die »Chiefs« von Samoa. Sie sind verantwortlich dafür, dass man sich mit Respekt begegnet, dass die Traditionen, die Kultur, das Benehmen und die angemessene Sprache eingehalten werden. Sie verwalten das Dorf. Man unterscheidet den *Ali'i,* den höchsten Chef, »High chiefs« und die *Tulafale,* die sogenannten Sprecher, die »talking chiefs«.

MAZU Sie ist eine daoistische Göttin, die Himmelskönigin.

LADY MONTAGU 1689–1762. Eigentlich Lady Mary Wortley Montagu. Sie reiste zu Beginn des 18. Jahrhunderts zusammen mit ihrem Mann in den Orient. In Konstantinopel erlangte sie als Frau Zutritt in den Harem, wo sie die Kommunikation durch Blüten kennenlernte. Darüber berichtete sie, neben anderen weit wichtigeren Entdeckungen, wie z.B. die der Pockenimpfung, die hier schon lange erfolgreich durchgeführt wurde – und die nach ihren Berichten auch in London eingeführt wurden –, in ihren *»Briefen aus dem Orient«: Letters written during their travels,* London 1763).

Man vermutet, dass diese Veröffentlichung dann die neue Mode der Sprache mit Blumen ausgelöst hat.

My merry Oldsmobile Der Song, den Tante Berta so mag, zu hören unter:

http://www.virtualvictrola.com/2009/04/in-my-merry-oldsmobile.html

Nafanua, Göttin Sie ist ein weiblicher *Aitu,* ein Geistwesen, das in ganz Samoa als Kriegsgöttin verehrt wird.

Nob Hill Nob Hill ist ein Stadtteil in San Francisco, der an die Kreuzung der Straßen California und Powell angrenzt. Hier wohnten und wohnen wegen der besonderen Aussicht und der zentralen Lage viele vermögende Familien, weshalb man diese Gegend auch scherzhaft als »Snob Hill« bezeichnet. Die Stadt breitete sich erst im späten 19. Jahrhundert in dieses Gebiet aus. Die Gebäude des Viertels wurden durch das Erdbeben von 1906 fast vollständig zerstört. Man fährt auch heute noch mit der Cable-Car-Bahn über die Hügel von Nob Hill Richtung Meer.

Nonibaum Ist ein Laubbaum mit großen, glatten, ovalen Blättern. Die reife Frucht *Noni* schmeckt eher faulig, aber es gibt *Noni*saft, der sehr gesund sein soll. Die Blätter wurden in der samoanischen Medizin als »Verbandsmaterial« verwendet.

NUANUA Samoanisch: Regenbogen, der dort als Sinnbild des Schöpfergottes Tagaloalagi betrachtet wird.

O AI LOU IGOA? Samoanisch: Wie heißt du?

O LE TALA IA TAPUITEA Samoanische Legende von der Venus:
O le planeta o Tapuitea a tu mai i le afiafi, ua taua o le matamemea; a tu mai le vaveao, ua taua lao le fetuao.
O le ulugalii sa nonofo i Falealupo ....

Auf Englisch:
THE LEGEND OF TAPUITEA
When the plante Tapuitea (Venus) showes in the evening, it is called matamemea, when it shows in the morning it is called fetu ao In Falealupo there once lived a married couple by the names of Faagalo (wife) and Tuimaseve. There was born to them a daughter ...

Zitiert aus:
TALA O LE VAVAU: THE MYTHS, LEGENDS AND CUSTOMS OF OLD SAMOA.
Adapted from the collections of C. Steubel and Brother Herman. Illustrated by Josua Toafa.
Polynesian Press Samoa House, Auckland / Wesley Bookshop, Apia, 1987

Es gibt zahlreiche, leicht unterschiedliche Fassungen dieser von mir im Roman nacherzählten Legende (z.B. von Turner oder von Krämer). Diese hier ist nach C. Steubel und Brother Herman erzählt. *Matamemea* bezeichnet nach anderen polynesischen Quellen den Mars. Aber in dieser Version wird es so erzählt, dass *Matamemea* der Name der Venus (des Morgensterns) ist, wenn sie am Abend erscheint.

Wenn *Tapuitea* mit einem sichtbaren Begleiter *(soa)* zu sehen war, galt dies als sehr schlechtes Omen, und man rechnete mit dem Tod eines *Matai.* Astrologen vermuten, dass es sich hierbei um eine Venus-Jupiter-Konjunktion gehandelt haben könnte.

(vgl. Williamson, Robert: *Religious and Cosmic Beliefs of Central Polynesia,* Band 1, Cambridge 1933, neu aufgelegt 2013)

Ou te se tagata tau suati! Samoanisches Sprichwort: Ich bin ein Mann, der den Gesetzen gehorchen muss.

Pago-Pago Der Hafen der Amerikaner auf Amerikanisch-Samoa, die Hauptstadt auf der Insel Tutuila

Pandanus-Baum Den Pandanus-Baum kennt man im Deutschen unter der Bezeichnung »Schraubenpalme«, was die Anordnung ihrer Blätter beschreibt. Am unteren Teil des Stammes bilden die Bäume kräftige Luftwurzeln aus.

Pfeiffer, Ida 1797–1858. Österreichische Reiseschriftstellerin, die in dreizehn Büchern über ihre Reisen durch vier Kontinente berichtete. Zwischen 1856 und 1858 besuchte sie Mauritius und Madagaskar, wo sie Ranavalona I. kennenlernte. Ihre Erlebnisse auf der Insel beschrieb sie in dem heute noch erhältlichen Buch *Reise nach Madagaskar.*

Queen Emma 1850–1913. Eigentlich Emma Forsayth-Coe. Sie war eine überaus erfolgreiche und geschäftstüchtige samoanisch-amerikanische Unternehmerin und Plantagenbesitzerin, um die sich zahlreiche, auch unmoralische Legenden ranken.

SAUMA'IAFE Samoanisch: Ein weiblicher *Aitu,* der wegen seiner Bösartigkeit in ganz Samoa gefürchtet wird.

SOLF, WILHELM 1862–1936. Er studierte orientalische Sprachen und Rechtswissenschaften und trat 1888 in den Dienst des Auswärtigen Amts ein. Nachdem er Bezirksrichter in Deutsch-Ostafrika gewesen war, kam er nach Samoa, wo er Präsident des Munizipalrats von Apia und nach kurzer Zeit Gouverneur wurde. In dieser Stellung verblieb er bis zum Jahre 1911. Als dann im November 1911 der Staatssekretär des Reichskolonialamts v. Lindequist im Zusammenhang mit dem deutsch-französischen Kongovertrag zurücktrat, wurde Solf sein Nachfolger.
Auch während des Krieges behielt er dieses Amt bei. Im Herbst 1914 begründete er zur »Pflege des Geistes vom 4. August« die »Deutsche Gesellschaft 1914«. Im Kabinett des Prinzen Max von Baden übernahm er dann das Staatssekretariat des Äußeren, wo er für einen internationalen Verständigungsfrieden plädierte. Seine Fachkenntnis brachte ihm in der Weimarer Republik den Posten des deutschen Botschafters in Tokio ein (1920–28).
Gemeinsam mit seiner Frau Johanna (1887–1954) kämpfte er später gegen den Nationalsozialismus und gründete den Solf-Widerstandskreis.
Der Solf-Kreis versuchte auch nach seinem Tod Verfolgte des Naziregimes zu unterstützen und verhalf ihnen über

Kontakte in der Schweiz zur Flucht ins Ausland. Durch einen Spitzel, der sich in die Gruppe eingeschlichen hatte, wurde der Solf-Kreis von der Gestapo aufgespürt. Die meisten Mitglieder des Kreises wurden hingerichtet.

STEVENSON, ROBERT LOUIS 1850–1894. Englischer Schriftsteller, der unter Lungentuberkulose leidend seine letzten Jahre in Samoa verbrachte. Zu seinen bekanntesten Werken zählen *Die Schatzinsel* und *Der seltsame Fall des Dr. Jekyll und Mr. Hyde.*

TAGALOA könnte zusammengesetzt sein – man weiß es nicht sicher – aus: Tane = der Mann und loa = ewig, also »der ewig seiende Mann«. Als Sinnbild von *Tagaloalagi* galt der Regenbogen.

TAGALOALAGI Samoanisch: Schöpfergott, der höchste aller Götter.

TALOFA Samoanisch: Hallo!

TAPU LIMA Samoanisch: Handgelenk

TAUPOU Samoanisch: »Dorfprinzessin«. Vorsitzende der unverheirateten Frauen des Dorfes, meist die Tochter des ranghöchsten *Ali'i.*

TELESA Samoanisch: Der Legende nach war Telesa eine *Taupou* in Lepea, einem Dorf in der Nähe der Hauptstadt Apia. Ihre große Schönheit bewog einen männlichen *Aitu* (es gibt zwei Versionen, in der einen ist es *Tafa'igata,* in der anderen *Sama'afe*), sie nachts auf einer Wolke zu entführen. Seither kehrt sie als *Aitu* immer wieder nach Samoa zurück und wird besonders von den Frauen, die ihre Eifersucht auf ihre Schönheit kennen, gefürchtet.

TETRAZZINI, LUISA 1871–1940. Sie war eine italienische Opernsängerin, von den 1890er-Jahren bis in die 1920er-Jahre eine der führenden lyrischen Koloratur-Sopranistinnen. Berühmt ist ihr Straßenkonzert, das sie an Weihnachten 1910 auf der Marketstreet in San Francisco vor ca. 300 000 Menschen gab.

TRANSCONTINENTAL-EXPRESS Am vierten Juni 1876 erreichte der Transcontinental Express San Francisco über die First Transcontinental Railroad nur 83 Stunden und 39 Minuten, nachdem er New York verlassen hatte. Zehn Jahre früher hätte die gleiche Reise auf dem Landweg Monate gedauert und Wochen mit dem Schiff um Südamerika herum.

TUAMAPUNA Samoanisch: verzogener Rücken

TULI VAE Samoanisch: Kniegelenk

TUSITALA Samoanisch: Geschichtenerzähler